大望
대망 15 다이코 3
요시카와 에이지/박재희 옮김

대망 15 다이코 3
차례

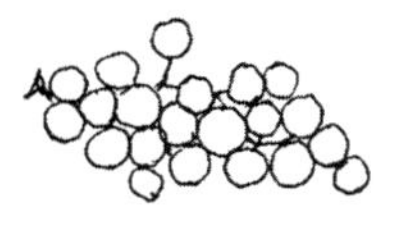

시다라 벌

　고쿠라쿠지(極樂寺) 산은 시다라 벌 전체를 앞에 두고, 멀리 적의 도비가스, 기요이다(淸井田) 아루미(有海) 벌 등을 바라볼 수 있다.
　그곳을 노부나가의 본진으로 하고, 조 단조 산의 한쪽에는 이에야스가 본영을 두고 있었다.
　도쿠가와, 오다의 연합군 3만 8천은 그 두 개의 산을 중심으로 해서, 이미 만반의 준비를 마치고 있었다.
　구름으로 덮여도 천둥도 바람도 없이 꼼짝 않고 움직이지 않는 하늘과 같았다.
　그날——
　고쿠라쿠지 산의 오다 본진 안에서는 산상의 큰 절안에서 오다, 도쿠가와의 노장(老將)이 모여 합동 회의가 열리고 있었다.
　물론 이에야스도 와 있었다.
　평의가 한창 무르익어갈 때 이에야스에게 보고 되었다.
　"척후인 와타나베 한조(渡邊半藏)와 쓰게 마타주로(柘植又十郎)가 돌아왔습니다."

노부나가는 그 말을 듣고 마침 잘 됐다, 곧 이곳에 부르는 게 좋겠다, 우리들도 함께 적의 사정을 자세히 듣고 싶다고 말했다.

쓰게, 와타나베 두 사람은 두 대장 앞에 나와서 자세히 보고했다.

"……우선 적의 본진부터 여쭌다면 대장 다케다 가쓰요리는 아루미 벌의 서쪽에 진을 치고 있었습니다. 튼튼하게 무장된 기마대 등을 보니 그 견고함이 이를 데 없었는데, 병력은 4천 가깝게 보였습니다."

한조의 뒤를 이어서 마타주로가 기요이다 근처의 상황을 보고했다.

"……기요이다 남쪽 가까운 언덕에는 오바타 노부사다(小幡信貞), 노부히데(信秀) 등이 유격대로서 전장의 일대를 보고 있습니다. 그로부터 아사이(淺井) 경계까지 두텁게 포진하고 있는 것이 전투 주력이고 중군 3천여는 다케다 노부카도, 하라 하야토, 나이토 슈리, 스가누마 교부 등의 부대가 보였습니다. 좌익에도 3천 남짓 되는 다케다 노부토요, 야마가타 마사카게, 오야마다 노부시게, 아토베 가쓰스케 등의 기치를 볼 수 있었으며, 또 우익으로서는 아나야마 바이세쓰, 바바 노부후사, 쓰지야 마사쓰구, 이치조 노부다쓰 등……아무튼 그 어마어마함은 말로써 다할 수 없습니다."

"나가시노 성의 포위에는?"

이에야스가 물었다.

와타나베 한조가 대답했다.

"그곳에는 아직, 오야마다 마사유키, 다카사카, 무로가의 정병, 약 2천 가량이 남아서 굳게 성을 누르고, 더욱이 성의 서쪽 산에도 감시대가 있는 듯 부근의 진지, 도비가스 산 근처에 걸쳐 대략 1천여의 병사가 숨어 있는 듯합니다."

두 사람의 보고는 대체로 개략적인 것이었다. 그 대부대의 부장들 중에도 이른바 이름을 떨치던 맹장·용장은 수없이 많았으며, 바바, 오바타 등은 천하의 병략가로서도 저명하다. 더욱이 그 포진이 치밀하고, 전의가 열렬하여 전군의 당당하고도 견고한 준비를 이 두 사람으로부터 들으면 들을수록 오다, 도쿠가와의 여러 장수들도 얼굴빛을 달리하여 회의 자리는 어쩐지 싸우기도 전에 일종의 전율에 휩싸인 것처럼 조용해지고 말았다.

그러자 사카이 다다쓰구(酒井忠次)가 갑자기 옆 사람이 놀랄 만큼 큰 소리로 말했다.

"승패는 이미 분명하오. 더 이상의 평의는 쓸데없소. ……과소한 적군이 어찌 우리의 이 대군을 맞겠소."

"평의는 이제 그만!"

소리에 응해서 다다쓰구의 말을 받아들인 노부나가는 무릎을 치면서 말했다.

"다다쓰구, 기특하게 말했다. 겁먹은 자의 눈에는 논에 나는 백로도 적의 깃발로 보여 무서움을 탄다더군. 하, 하, 하. 우선 두 사람이 보고한 정도라면 노부나가도 크게 안심해도 되는 일…… 이에야스공 축하해도 좋겠지요."

그러자, 칭찬을 받은 다다쓰구는 무의식중에 우쭐해져서 대꾸했다.

"적의 가장 허술한 곳은 후방의 도비가스라고 생각합니다. 경병들을 멀리 우회시켜 우선 그들 배후의 약점을 무찔러 넘어뜨리면 전군의 사기는 곧 혼란에 빠져……우리의."

"이봐, 이봣 다다쓰구(忠次), 무슨 말을 하는가? 이러한 대전에 그와 같은 잔꾀 따위가 무슨 소용이 있으랴. 참으로 임자는 어리석은 사내군. 자, 일동 퇴장, 퇴장!"

노부나가는 그렇게 꾸짖은 것을 기회로 하여 평의의 해산을 선언했다. 사카이 다다쓰구도 면목 없는 듯 사람들과 함께 퇴장했다.

사람들이 다 물러간 뒤에 노부나가는 이에야스에게 이렇게 다시 말했다.

"조금 전에는 생각하는 바 있어 제장이 열좌한 자리임에도 불구하고 도쿠가와 공에게 있어서는 중요한 양신 사카이 다다쓰구를 몹시 꾸짖었지만 용서를 하오. 절대 그의 체면을 진심으로 깎은 것이 아니오. ……그의 헌책, 그 모계. 지극히 묘하다고 생각한 까닭에, 적에게 샐 것이 두려워서 아까와 같이 일부러 꾸짖은 것이오. 뒤에 귀공이 잘 위로해 주시오."

"아닙니다, 모처럼의 묘계를, 아군만의 자리라고는 하나 공언한 것은, 역시 다다쓰구의 부주의임에 틀림없습니다. 그에게도 좋은 약이 되었겠죠. 저 또한 배울 점이 많았습니다."

"그러나, 갑자기 내가 일갈로 부정했기에, 아군들도 설마 다다쓰구의 계책이 채용되리라고는 생각지도 못할 것이오. ……귀공은 곧 다다쓰구를 불러서 그의 소망대로 도비가스의 기습을 허락해 줌이 좋겠소."

"알겠습니다. 다다쓰구도 말을 들으면, 틀림없이 좋아할 것입니다."

이에야스는 은밀히 다다쓰구를 불러서, 노쿠나가의 뜻을 전하며 명령했다.

"빨리 떠나도록 하라."

다다쓰구가 용감하게 뛰어나간 것은 말할 것도 없다. 극비 속에 부대 준비를 마치고, 몰래 노부나가에게도 인사를 올렸다.

"해질 무렵에 출발하겠습니다."

"그런가."

노부나가는 아무 말도 하지 않았다. 그러나 기후에서 데리고 온 소총수 5백 명을 나누어, 가나모리 나가치카(金森長近), 사토 마사히데(佐勝政秀) 두 장수에게 명령했다.

"다다쓰구를 도와, 마침내 궐의 진지를 탈취했을 때에는 즉시 봉화를 올려라."

금세 3천여 명으로 불어났다. 사카이 다다쓰구 이하, 혼다 히로다카(本多廣孝), 야스시게(康重), 마쓰다히라 고레타다(松平伊忠), 오쿠다히라 사다요시 등을 비롯하여, 사이고(西鄕), 마키노(牧野), 스가누마(管沼) 등의 여러 부대가 합세, 저녁이 되자 진영을 떠났다.

코앞도 보이지 않는 장마철의 어두움이었다. 모로(師)벌로부터 도요(豊) 강줄기로 들어갈 때부터 후둑후둑 흰 빗발이 어두움을 비스듬히 가르며 내렸다. 얼마 후 줄기차게 쏟아지는 큰비로 변해, 소리 없이 가는 3천의 그림자를 흠뻑 적셨다.

마쓰야마(松山) 고개를 넘기 위해, 일동은 기슭의 절간에 숨어서 모두 말을 내리고, 갑옷을 벗어 홀가분하게 등에 짊어졌다.

이곳은 매우 험난하다. 어둠을 뚫고 폭포수 같이 퍼붓는 빗속에서 미끄러지다가 기어오르고, 기어오르다가 미끄러진다. 앞머리에 선 사람의 창자루에 뒤에 선 사람이 매달리고, 또 그 뒷사람이 허리에 매달리고, 창자루를 붙잡는 식으로 겨우 3리 남짓한 험로를 넘었다.

희끄무레 날이 밝기 시작했다.

때는 바로 20일의 새벽녘.

구름은 개고, 아침 해의 광채가 깊은 안개의 바다를 사방으로 뚫고 있다.

"개었다!"

"하늘이 도우셨다."

"순조롭다."

산 위에서 사람들은 갑옷을 입었다. 그리고 전군을 3대로 나누어, 하나는 나카야마(中山)의 적진에 아침 기습을 하고, 하나는 도비가스로 달려갔다.

"설마?"

안심을 하고 있던 적은, 아침에 눈을 뜨자마자 울려 퍼지는 함성에 당황했다.

잠시 후 나카야마의 성채에서 검은 연기가 피어 올랐다. 재빨리 기습한 병사들이 불을 지른 것이다.

이곳에서 무너진 적은 도비가스로 달아나, 그곳 방루에 들어갔다. 그러나 그때는 이미 방벽의 일부로부터 기습 별동대가 쳐들어와 있었다. 혼전 속에서 목이 찢어질 듯이 부르짖는 소리가 들린다.

"다케다 노부사네(武田信實)의 목을 버었다! 수장 다케다 노부사네를 쳤다!"

이곳에 금방 불이 붙었다. 약속한 봉화를 올릴 필요도 없이 두 군데의 검은 연기는 고쿠라쿠지(極樂寺) 산의 아군 본진에서도 벌써 똑똑히 보았음에 틀림없으리라.

지난밤, 사카이 다다쓰구 등이 은밀하게 도비가스로 향한 후, '전진'의 명령은, 노부나가의 전군에 내려지고 있었다.

하나 아직 전쟁은 시작되지 않았다.

모질게 쏟아지는 빗속을 전군이 비를 무릅쓰고 자우스 산(茶磨山) 부근까지 이동한 것이다. 물론 본영도 그곳으로 옮겼다.

그로부터 새벽에 이르기까지 진군 병사들은 지네와 같이 끝없이 기다란 울타리를 치기 시작했다. 한 개의 말뚝을 박아 넣는 데도 위치나 깊이의 법칙이 있었다. 울타리 그 자체도 병사와 같이 포진 속에 있는 중요한 전투원으로 간주되고 있다.

2단책, 바깥 쪽 벌리기, 미로, 산가지 짜기 등 여러 가지 양식이 있는 모양이다. 새벽녘이 가까워 노부나가가 말을 타고 순시를 왔을 때에는 이미 비도 그쳤으며 울타리 공사도 끝나고 있었다.

"보아라. 오늘이야말로 고슈의 적들을 불러들여서 짓이긴 종다리처럼 만들어 보이겠다."

노부나가는 도쿠가와의 여러 장수들을 돌아보며 싱긋 미소를 지으면서 큰 소리쳤다.

‘……그렇게는 안 되겠지.’

누구나 생각했다. 억지로 자기들의 용기를 북돋워 주는 것이라고 해석했다.

그러나 이제 와서 확실히 안 것은 기후의 병사가 오카자키를 출발할 때부터 전군의 모든 병사에게 각기 한 개씩의 말뚝과 새끼를 메게 하고서 싸움터로 향해 온 것이다.

‘저렇게 많은 군사가 모조리 말뚝이나 새끼를 가지고 가서 무엇을 할 것인가.’

그러나 3만 개의 말뚝은 지금 하룻밤 사이에 긴 뱀과 같이 긴 울타리가 되어 날이 채 밝기도 전에, 여유 있는 품을 보이고 있었다.

‘오너랏 고슈의 정예.’

──하지만, 이것은 진격의 준비는 아니다. 노부나가가 말하는 것과 같이 적을 섬멸하기 위해서는 이 방책에 적군을 끌어들이는 것이 절대의 조건이 된다. 아마 그것을 위한 유인일 것이다. 사쿠마 노부모리(佐久間信盛)의 일대와 오쿠보 다타요(大久保忠世)의 소총대 일부는 우리 밖으로 나가 적을 기다리고 있었다.

와앗 하고, 새벽 하늘을 향해서 갑자기 함성이 올랐다. 아직 적과 맞서기는 일렀다. 도비가스 쪽에서 올라간 검은 연기를 발견한 것이다.

이 불꽃은 이곳으로부터는 정면에 보였지만 고슈 전군의 방비에서 보면 후방에 있었다. 고슈 군이 경악을 금치 못했다.

“이크. 적은 뒤에서도 움직이고 있다.”

“후방에 적이 다가왔다!”

감출 수 없는 동요 속에 주장 가쓰요리는 단호히 진격을 명했다.

“한시도 지체하지 말라. 적을 기다림은 적을 생각대로 움직이게 하는 데 불과하다.”

그 자신과 그에 따라 움직이는 고슈 군 전체의 신념은 오직 그것뿐이었다.

“모르느냐? 신겐 주군 이래 한 번도 패한 적이 없는 우리 무용을.”

누가 알았으리오. 이때를 경계점으로 해서 시대는 분명한 추이를 알리고 있었던 것이다. 문화는 빨리 진보했다. 서방의 힘──외국선에 의한, 문화의 도래는──화약, 총포 등의 무기에 대변혁을 일으키고 있었던 것이다.

슬프게도 명장 신겐조차 문화적인 선견에 다소 뒤져 있었다. 고슈의 험산

협수의 지세가 스스로 중앙에서 멀어지게 해 해의의 영향에 민감하지 못하며, 또한 장병들도 산악 지대 특유의 완고함과 자부심이 강해 은밀하게 남의 장점을 배우고 자기의 단점을 두려워하는 기풍이 결여되었던 이유이기도 했다.

요컨대 여전한 기마 정예를 가지고, 우선 야마가타 사부로베(山縣三郎丘衞)이하, 아마리(甘利), 아토베(跡部), 오가사하라(小笠原)의 제 부대는 맹렬히 울타리 밖의 사쿠마 노부모리와 오쿠보 다타요의 수세에 습격해 온 것이다.

이에 대해 노부나가는 끝까지 근대적인 두뇌와 병기를 가지고 과학적인 전법을 충분히 이용하고 있었던 것이다.

비 그친 뒤라 들판의 흙은 진흙탕이었다.

"적의 울타리에 덤비지 말라."

고슈군의 좌익——야마가타 사부로오베의 군사 약 2천은, 대장 야마가타의 지휘를 귀에 들으면서 급히 우회하여 렌지(連子)교의 남쪽, 적의 울타리가 끊긴 곳으로 돌진하려고 시도했던 것이다.

하지만 지독한 진흙벌이다.

조그만 늪이 많이 생겼다. 밤새 퍼부은 호우로 그곳의 개울이 넘쳐흘렀음에 틀림없다.

이것은, 미리 충분히 지리를 예측해 두었던 야마가타 사부로오베로서도 계산 못한 천재지변이었다.

병사들의 다리는 수렁 같은 진흙에 빠졌고 말도 움직이지 않는다.

그것을 보고 울타리 밖의 적 오쿠보 대가 옆쪽으로 총을 쏘아 댔다.

"돌아서랏!"

호령이 떨어지자 흙투성이가 된 야마가타 군사는 급전하여 오쿠보의 소총 부대에, 머리를 숙이면서 돌격했다.

"망할 것을!"

철썩, 철썩, 철썩——진흙물이 2천의 갑옷 속에 튀면서 뿌옇다. 소총에 맞아서 이곳에 넘어지고 저곳에 넘어져 피를 뿜으며 부르짖고, 말발굽에 밟혀 신음하는 자가 가련하게도 헤아릴 수조차 없었다.

그리고 끝내 적과 적이 서로 부딪쳤다.

이미 요 십수 년의 변천과 변혁은 옛날의 우아한 무사와 무사가 선조는 누

구의 본을 받았고 아무개의 후예로서 아무데 사는 아무개의 차남 또는 삼남
이다, 하는 식의 이곳을 명예로운 싸움터로서 통성명을 하던 고아한 전법을
많은 무사들 사이에서도 희미하게 만들었다.

따라서 한 번 칼과 칼이 맞부딪쳐 육탄으로 맞붙는 백병전이 되면, 그 처
절함은 이루 말할 수 없다.

무기는 총이 최고였고 다음은 창을 가지는 것이 유리했다.

창은 척살에 쓰기보다도 내려치며 옆으로 휘두르면서 때리는 것으로써 전
진의 용법이라고 가르치고 있었다.

그러기에 긴 것이 유리하다고 보여 두 칸 자루로부터 세 칸 자루에 가까운
긴 창도 있다.

잡병은 변화에 어둡고 임기응변의 용기가 모자라기에 때리는 것만을 능사
로 하고 있으면, 민첩하고 용감한 연마의 무사가 갑자기 그 속을 단창 척결
의 뛰어난 솜씨로 종횡무진으로 찌르고 돌아다니기 때문에, 한 사람의 무사
로 하여금 10수인을 일순에 무찌르는 용명을 뜻대로 누리게 할 수 있는 경
우도 자주 있다.

이때, 고슈 쪽에는 이러한 부류의 용맹한 자가 매우 많았다.

그 밀집 병단에 부딪치면 도쿠가와 군사도 오다 병도 거의 견딜 수가 없었
던 것이다. 오쿠보 대는 순식간에 비참하게 궤멸을 당하고 말았다.

하지만, 이 오쿠보대도 또 한 부대의 사쿠마세도 울타리 밖에 나가 있는
목적은 적을 유인하는 데 있었으며 실은 이기는 것이 최선이 아니다. 그러기
에 도망치면 되는 것이다. 그러나 눈앞에 바로 고슈 병을 보자, 여러 해 쌓
인 적개심이 불타지 않을 수 없었다.

"덤벳, 겁쟁이."

퇴각하더라도 등에 대고, 욕지거리를 받고 싶진 않다. 그리하여 반드시 피
바다 속에 일상의 인간성은 다 버리고 다만 자기 나라와 무사로서의 명예를
생각할 뿐이다.

이러는 사이에 때가 좋다고 보았던지 고슈 1만 5천의 중앙부는 구름과 같
이 전진을 개시해 왔다. 이를 일러 조운(鳥雲)의 진이라고도 하는지, 드디
어 오다군의 방책에 가까워지자, 하라, 나이토, 다케다 노부카도의 제 부대
로부터 우선 새떼가 일제히 나는 것처럼 일제히 함성을 지르며 덤벼들었다.

고슈 군의 눈에는 이 목책선 따위는 아무것도 아니었음에 틀림없다. 그것

을 단번에 돌파하여 곧장 도쿠가와, 오다의 중군여 송곳 돌리는 전법으로 밀어젖힐 셈이었던 모양이다.

와앗 하고, 방책에 덤벼든 것이다. 어떤 자는 울타리를 기어 넘으려고 했으며, 어떤 자는 큰 망치나 철봉을 휘둘러서 넘어뜨리려고 했고, 어떤 자는 톱질을 하고 또 어떤 자는 기름을 부어 불을 붙여 태워 없애려고 필사적이었다.

노부나가 쪽에서는 그 때까지의 전투를 울타리 밖의 사쿠마, 오쿠보의 2대에 맡기고 자우스 산의 전 진지(陣地)가 조용히 기다리고 있었다.

"좋앗."

본진에서 펄럭 하고 군기가 바람을 가르자 각처의 소총 부대의 부장 모두가 호령 소리를 다투었다.

"쏴!"

"쏴랏!"

타당, 탕, 탕, 탕, 탕——대지가 갑자기 미칠 듯 진동하기 시작했다. 산도 갈라지고 구름도 조각이 날 듯했다. 화약 연기는 기다란 울타리를 싸고 마치 모기가 떨어지듯 그 아래에 고슈 군의 병마는 시체를 쌓았다.

"물러서지 말라."

"나를 따르라."

독전하고 있던 장수도, 앞뒤 생각 없이 울타리를 향해 전우의 시체를 밟고 덤벼들고 있던 용사도 소나기처럼 퍼붓는 탄도를 피할 수는 없었다. 망할 것, 분하닷, 뭣이——하고 부르짖고 고함치며 벌떡벌떡 하고 같은 시체가 되고 말았다.

끝내 견딜 수 없어서,

"무……물러서랏."

4, 5기의 장수가 비장한 소리를 지르면서 말을 돌리니, 벌써 그 중의 한 명은 붉게 물들어 떨어지고, 한 명은 말이 총어 맞아, 울부짖는 말 등에서 떨어졌다.

그러나 패하면 패할수록 강해지는 것이 고슈 군의 본질이다. 최초의 맹습에는 거의 3분의 1을 잃었지만, 썰물처럼 물러가자마자 다시 새로운 부대가 목책에 육박해 왔다. 아직 피 묻은 3만 개의 말뚝에 흐르는 선혈이 마르기도 전에——.

"기다리고 있었다."

우리 안으로부터의 총화는 즉각 그것에 대답했다.

눈앞에 전우의 피로 물든 목책의 일선을 노려보면서 고슈 군의 맹졸 용장은 서로 격려하며 소리지르고 한 치의 땅도 물러서지 않을 기세를 보였다. 다음 사람은 또 다음을 위해 방패가 되어 한발 한발 밟고 전진하는 비장한 공격이다.

"죽어랏."

"죽음을 무릅쓰고 넘어랏."

"죽은 시체를 방패로 뒤의 군사를 넘게 하자."

아무리 용감하다고는 하나 고슈 군의 이러한 강습은 약간 포악스러운 용기에 가까운 것 같기도 하지만, 이 중앙군 중에는 오바타, 나이토, 하라 등과 같이 병법에도 밝고 실전에도 정통한 지휘자가 참가하고 있는 것이다.

"좌우를 돌보지 말고 힘차게 진격하라."

이렇게 엄명하고 있다고 해도 절대로 불가능하다는 것을 알고 있다면 막대한 희생을 무릅쓰고 그저 무리함을 되풀이할 수는 없는 것이다.

"단연코 무너뜨린다!"

이런 신념은 있었던 것이다.

왜냐하면, 그즈음의 총기는 한 발을 쏘고서 다음 탄약을 재워 넣을 때까지는 상당한 시간과 품이 걸린다. 그래서 일순간의 탄환이 빗발처럼 지나가면 그 뒤 반드시 총탄 소리가 멈추는 것이다. 그 사이야말로 이용할 수 있는 공간이라고 고슈의 부장들은 죽음을 아까워하지 않았다.

그런데, 노부나가는 미리 그 단점을 생각하고 있었다. 신무기의 조작과 함께 새로운 용법을 연구했다. 3천 정을 보유한 소총 부대를 3단으로 나누어 제1단 천 명의 소총수가 쏘면 급속히 좌우를 트게 하여, 제2단의 소총수가 앞에 나가 이내 발사한다. 그와 동시에 쫙 벌리면 또 이내 제3단의 소총수들이 나선다는 식으로 적이 예상하고 왔던 공간의 단점을, 이 전투에서는 아예 적에게 보여주지 않았던 것이다.

또 목책의 군데군데에 출구가 있다. 때를 엿보아 울타리 안에서 울타리 밖으로 오다, 도쿠가와의 창부대는, "덮쳐라" 하는 식으로 고슈 군의 좌우익에 돌격했다.

진격하려다 방책이나 총에 저지되고 물러서려면 적의 추격, 또 협격에 휩싸여 그렇게도 백전백승을 자랑하던 고슈 무사들도 그 용기를 휘두를 틈이 없었다.

야마가타대를 비롯하여, 오야마다대, 하라대 나이토대 모두가 많은 희생을 치르고 물러섰지만 단지 바바 노부후사만은 그 계략에 넘어가지 않았다.

노부후사는 적의 사쿠마 노부모리와 충돌했지간 본래부터 노부모리는 유인이 목적이기에 거짓으로 패주했다.

바바대는 그것을 쫓아서 마루야마 진지를 점령했다. 그러나 그 이상은, "깊이 뛰어 들어가도 소용없다"고 명을 내려 노부후사는 한 사람의 병사도 앞에 내보내지 않았다.

이에는, 노부나가 쪽에서도 뜻밖이라는 생각이었다.

가쓰요리의 진지에서도 우군으로부터도 성화같은 재촉이 있었다.

"왜 전진하지 않는가?"

노부후사는 움직이지 않았다.

"저로서는 다소 생각나는 것이 있어 이곳에 머물러 잠시 전황을 보고 있겠소. 여러분들께선 서슴지 말고 전진하여 공훈을 세우는 것이 좋겠소."

덤벼드는 자, 움직이는 자, 모두 목책까지 접근하면 같은 참패를 되풀이했다. 오다 군의 시바타 가쓰이에, 하시바 히데요시의 2개 부대는 멀리 북쪽의 촌락을 우회하여 고슈 군의 본영과 전선의 중간을 차단하는 작전을 벌였다.

고슈 군의 사나다 노부쓰나, 마사데루 형제는 이때 고전에 빠져 전사했다. 쓰지야(土屋)대도 전멸에 가까운 타격을 받고, 부장 쓰지야 마사쓰구(土屋昌次)는 분전하다가 전사했다.

한낮이 되자, 하늘은 막 장마가 그친 뒤처럼 맑게 개었고, 해는 중천에 떠서 극심한 더위와 강렬한 빛을 땅에 내리쬐었다

꼭 새벽녘인 5시경부터 전투가 벌어졌기에 부대는 새로 바꾸어도 고슈 군은 병사나 말이나 할 것 없이 흥건한 땀과 허덕임으로 피로에 지쳐 있었다.

아침의 유혈은 갑옷의 거죽에도 머리카락에도 살갗에도 이젠 아교풀처럼 말라 있었다. 그래도 더욱 잇따라 새로운 선혈을 주위에 뿌릴 뿐이었다.

"아토베 오이노도 나오너라. 아마리, 오가사하라, 스가누마, 다카사카의 모든 부대도 지금 바로, 함께 전진하라."

중군의 가쓰요리는 염라대왕처럼 노호하고 있었다. 그리고 만일에 대비해 두었던 예비대까지 모조리 전면에 내보낸 것이다.

가쓰요리(勝賴)가 일찍 깨달았으면 일부의 손해로 끝났을지도 모를 작은 과오를 이리하여 그는 시시각각 스스로의 대과(大過)로 몰고 간 것이다.

요컨대, 이것은 이제 단순한 사기나 용기의 문제가 아니다. 노부나가, 이에야스 쪽에서는 마치 사냥터에 덫을 놓아서 들오리나 멧돼지가 걸리는 것을 기다리고 있는 것과 같았다. 이에 저돌적으로 진격하는 고슈 군은 아무리 지휘의 목소리를 높여 보아도 쓸데없이 아까운 장병들을 보람 없는 죽음의 방패로 이용해 버리는데 지나지 않는다.

애석하게도, 아침부터 좌익에서 선전하고 있던 신겐과 팔다리같이 믿던 장수 야마가타 마사카게(山縣昌景)도 이미 전사한 것으로 전해졌다.

그 밖에 이름난 무사와 대대로 지휘해 온 용장이 차례차례 넘어졌으며 사상자는 전군의 반수 이상이 넘었다.

"이제, 적의 패색은 확연해졌습니다. 지금이 때가 아니겠습니까?"

노부나가의 옆에서 시종 전황을 보고 있다가 노부나가에게 이렇게 재촉한 것은 삿사 나리마사였다.

"흠! 좋겠다."

노부나가는 곧 나리마사로 하여금 우리 안의 전군에게 알리게 했다.

"울타리를 나가 진격. 고슈 군을 섬멸하라!"

총공격의 명령이었다.

마루야마(丸山)에서 움직이지 않았던 바바 노부후사는 그 모양을 멀리서 지켜보고, 비로소 노부후사의 한 목숨을 버릴 때가 왔구나 하고 입속으로 중얼거렸다.

다카마쓰(高松) 산의 한 언덕에는 도쿠가와 쪽의 군기가 바람에 펄럭이며 가득 차 있었다. 오쿠보 시치로에몬(大久保七郎右衛門), 지자에몬(治左衛門) 형제도, 그 가운데 진을 치고 있었다.

"형님."

"뭐냐?"

"오늘의 전투는 우리가 주체고 오다 쪽은 원군이 아닙니까?"

"말할 것도 없지."

"한데, 오늘 아침부터의 모양으로는 거의 오다 군이 주가 되어서 적을 괴롭히며 우리들이 수수방관하는 꼴이니, 약간 도쿠가와가의 치욕이 아닌가 생각합니다. 전투가 끝난 뒤까지도 오래도록 오다가의 아래로 보이게 될 염려도 있을 것입니다."

"그러나, 오늘 아침부터의 싸움에서는 아직 층만이 한몫 보고 있는 거야. 오다 군엔 4천 6·7백 정의 총밖에 없다. 눈부신 오다 군의 싸움에 비해 우리들의 진영이 활발하지 못한 것도 어쩔 수 없는 일이야."

"하지만, 그러다가 울타리 밖으로 진격하라는 어명이 내리겠지요. 그 때야 말로 뒤지지 말아야겠습니다."

"말할 것도 없는 일. 그 때야말르!"

형제는 울타리의 출입구에 자리 잡고. 인원을 밀집시켜, 은밀히 산 위의 군기를 지켜보고 있었다.

과연, 고슈 군의 패색이 짙은 것을 보자, 노부나가는 급히 방책 밖으로의 돌격을 명령했으며, 이에야스도 또한 휘하에 진격을 명했다.

"나서랏!"

마치 가모(賀茂) 경마의 선두라도 다투듯이, 대기하고 있던 오쿠보 형제는 저마다 말에 올라타고 방책 출구로부터 맨 먼저 튀어 나갔다.

"지금이다!"

"무사의 보람은!"

"어찌, 주군에게 뒤떨어지랴."

낭당들도, 둑을 끊은 노도와 같은 기세로 광야로 뛰쳐 나갔다.

이시가와 가즈마사, 사카키바라 야스마사, 히라이와 지카요시, 혼다 다타가쓰 등의 부대도 함성을 울리며 고슈 군의 좌익에 덤벼들었다.

오다의 군사는 본래부터 그의 몇 배나 된다. 하시바 히데요시나 시바타 가쓰이에는, 먼저 멀리 서방으로부터 우회하고 있었으며 밀물과 같은 공세로 바뀐 모든 부대의 위에는 삿사 구라노스케, 마에다 마타자에몬(前田又左衞門), 후쿠도미 구로자에몬(福官九郞左衞門), 노노무라 산주로(野野村三十郞), 니와 고로자에몬(丹羽五郞左衞門) 등의 정기가 펄럭이며 앞을 다투었다.

"주사부로(忠三郞), 주사부로!"

노부나가는 자우스 산의 야트막한 곳에 서서 전황을 지켜보고 있다가 잠시 후, 뒤의 직속 부하들을 돌아보고 가모 주사부로 우지사도(蒲生忠三郞氏鄕)를 불러 세웠다.

"부르셨습니까?"

곧 걸상 옆에 주사부로가 엎드리자, 노부나가는 오른쪽의 혼전을 가리키면서 말했다.

"저것을 봐라."

"적과 아군의 사이에서, 적이 덤비면 물러서고 적이 물러서면 달려들어 마치 파도 위를 나는 옥토와 같다. ……저 아직 젊은 두 사람의 부장. …… 주사부로, 보이는가. 임자에게도 보이는가."

우지사도는 고개를 들어 주군이 손끝으로 가리키는 곳을 보며 물었다.

"오오, 한 사람은 금의 호랑나비, 또 한 사람은 엷은 황색 바탕에 흰색 원이 그려진 작은 기를 갑옷 등에 꽂고 있는 무사 말입니까?"

"그거다. 아까부터 보고 있는데 적인가 생각하면 우리 쪽, 우리 쪽인가 생각하면 적……참으로 일진을 훨씬 벗어나서 분전하고 있는데 어떤 자인가 알아 보고 오너라."

주사부로 우지사도는 말에 올라타고 달려갔다가 곧 돌아와서 보고했다.

"역시 우리 편이 틀림없으며, 도쿠가와가의 직속 부하 오쿠보 시치로자에몬 다타요(大久保七郎右衞門忠世)공과 동생인 지자에몬 다타스케(治左衞門忠佐)공이었습니다."

"뭐, 두 사람 다 미카와(三河) 내기들인가. 사카이 하며, 오쿠보 형제 하며, 참으로 도쿠가와 공은 훌륭한 가신을 거느리고 있군. ……저것을 봐라. 두 오쿠보는 적에게 찰싹 붙은 채로 벼락이 떨어져도 떨어질 것 같지 않군 그래. 적에게는 매우 귀찮은 약일 거다."

해학 속에, 사기를 격려하면서 좌우를 향해서 노부나가는 크게 웃고 있었다.

대세는 결정적으로 보였다. 전 고슈 군을 뒤덮는 패색은 이제는 손을 쓸 수도 없었다.

가쓰요리의 본진조차 몇 겹의 포위 속에 떨어지고 있었다.

좌측으로부터 육박하는 도쿠가와 군, 또 송곳으로 쑤시듯 전위를 돌파하고 중군을 향해 맹렬히 습격해 오는 오다 군. ——그 중에 가쓰요리를 둘러싼 수많은 기치와 말울음과 갑옷의 빛과 그리고 별과 같은 칼빛 창빛은 피비린내와 흙먼지에 휩싸여서 마치 회오리바람에 휩싸인 한 채의 커다란 배와 같이 그 운명은 위태로워 보였다.

“지금은……”

마루야마를 내려온 바바 노부후사의 부대만이 아직 상처 없이 건전했다.

노부후사는 휘하의 한 무사를 가쓰요리에게 보내 알렸다.

“이젠 틀렸습니다.”

“분하다, 분하다.”

가쓰요리는 더욱 발을 구르며 이를 갈았다고 한다. 그의 기질로는 그랬으리라. 그러나 움직일 수 없는 사실에는, 그도 어쩔 수 없었다.

적에게 분쇄되어서 나이토 슈리, 그 외 중앙 부대의 여러 장수도 저마다 피투성이가 된 채 퇴각해 왔다.

“이 시점에서는……”

“눈물을 머금고, 전도의 분별을……”

막무가내로 본진의 장수들을 독려하여 가쓰요리의 몸을 두터운 포위로부터 구출했다. 이것을 적측에서 보면, 분명히 그슈의 중군은 정신없이 패주하기 시작한 것이라고 할 수 있었다.

대장 가쓰요리를 사루(猿)교 부근까지 보내고 나서, 나이토슈리는 후방을 위해 곧 되돌아와서 쫓아오는 적과 싸웠다. 그가 장렬한 전사를 한 곳은 데자와(出澤)의 언덕 위였다.

바바 노부후사도 패퇴하는 가쓰요리와 가련한 고슈 군의 잔당을 미야와키(宮脇) 근처에서 묵송하고 있었지만 한참 후, 말을 서쪽으로 돌리면서, 이 노장은 유유히 만감을 가슴 속에 되풀이하고 있었다.

“아아, 한 평생 생각하면 길었고, 도한 짧았다. 긴 것이 참이냐, 짧은 것이 참이냐. 다만 지금 순간만은 틀림없이 영원할 것이다. 죽음의 일순. 영원한 생명이란 그 일순의 여하에 따르는 것.”

“고 신겐 주군께는 저승에서 만나 뵙고 사고드리겠다. 역시 우리들 보좌하는 노장들 잘못이었다…… 안녕히, 고슈의 산하여! 죽자. 적어도 이름을 여름 풀의 꽃으로라도 하여 신겐 주군 이후 여태까지의 무사 일족의 이름을 더럽히지 말자.”

그리고 적중에 뛰어 들어가기 직전까지 뒤돌아서 고국의 하늘에 눈물을 바치고, 그리고 갑자기 말을 빨리 달려, 열 베도 넘는 적의 대군 속에 그의 모습도 그의 목소리도 곧 묻혀 없어지고 말았다. 그를 따라갔던 바바의 일족 낭당도 각기 그를 본받아서 장렬하게 전사했음은 더 말할 나위도 없다.

노부후사만큼 이 전투를 처음부터 예상했던 사람은 없다. 아마 그는 이후의 다케다 가의 쇠망에서 멸망에 이르기까지의 운명마저 깨닫고 있었음에 틀림없다. 그러나——그는 선견이나 총명을 가지고서도——이 위기를 구할 수가 없었다. 시대의 힘, 커다란 대세의 추이, 무섭기만 하다.

간신히 호라이지(鳳來寺) 산 방면에까지 퇴각하여 가쓰요리의 중군과 합친 고슈 군은 그때 헤아려 보니 처음 약 1만 5천 이상 2만 가까이 있었던 군세가 겨우 3천도 안 되었다고 한다.

가쓰요리는 측근 수십 기와 함께 고마쓰(小松) 강을 건너 겨우 부세쓰(武節)의 성으로 몸을 피했다. 강인 무쌍한 그도 시종 벙어리처럼 말이 없었다.

시다라(設樂)벌 일대에 실로 붉은 저녁 해가 넘어가려하고 있었다. 이 날의 대전은 새벽녘인 5시 경부터 시작되어 황혼이 가까운 4시 조금 전에 끝났다. 말 한 필 울지 않고 병사 한 사람 부르짖지 않고 광야는 급히 적막의 밑바닥에 해와 더불어 깊이 가라앉았다.

아직 치우지 않은 채 그대로 밤이슬에 가로누워 있는 시신은 고슈 군의 것만으로 1만 여를 헤아릴 수 있었던 것이다.

하초일기

　시체와 노획품 처리 등의 감독을 맡아 전후의 광야를 이리저리 순시하고 있던 마에다 마타자에몬(前田又左衛門)은 누군가 부르는 소리에 갑자기 말을 멈추고 돌아보니 금 호리병의 말 표지가 곧 눈에 띄었다.
　"여보게!"
　지쿠젠노가미 히데요시의 진영이었다.
　"마타자 아닌가?"
　"오, 지쿠젠인가?"
　"무단으로 지나갈 수야 있는가, 들리게."
　자신이 우리 밖으로 나와서 불러 들였다.
　본래부터 가옥 하나 없다.
　어제로써 대전의 결판은 난 것이지만, 앞으로의 행동은 아직 최고 군사 회의에서도 결정을 보지 못했던 것이다.
　'이 기회를 놓치지 말고, 고후까지 쳐들어가야 한다.'
　이러한 이에야스 측의 주장에 대해서 노부나가의 의견은 이런 것이었다.
　'아니 싸워서 점령한 지역의 뒤치다꺼리야말로 중요하다.'

양쪽 모두 일리가 있어 아직 결정을 보지 못한 것이다.

빈 군량 가마니, 어지럽게 쌓여 있는 장작더미 위에 마타자에몬은 털썩 주저앉으며 벗을 보고 웃었다.

"어 참, 전투가 없는 날은 피곤도 하다."

히데요시는, 곧 의자를 가져오게 하여 마타자에몬에게 앉기를 권했지만, 사용하지 않기에 그도 역시 적당한 돌 위에 앉았다.

그리고 은밀히 생각했다.

'과연 이러는 편이 두 사람이 이야기 나누기에 적절하군.'

서로가 지난날엔, 견공이라고 부르고 원공이라고 불리던 벗이다. 입신양명은 어느새 우정을 소원하게 한다. 근래에는 좀처럼 이렇게 조용하게 만나는 날이 없었던 두 사람이다.

"지쿠젠 술을 좀 줄 수 없을까. 진영에 있는가?"

"술을? ……있기는 하네만."

"무수한 시신을 장사 지내고 와서 그런지, 술이 좀 있었으면 좋겠어."

"마에다공에게 백탕 대신 술을 올리는 게 좋겠다."

히데요시는 뒤의 시동에게 일러두고, 웃으며 말했다.

"마에다 마타자에몬이라고 할 만한 자에게 어울리지 않는 허약한……"

마타자에몬은 시동이 바치는 술잔을 들어 입에 대면서 말했다.

"선장도 뱃멀미를 할 때가 있다더군. 이번 결투만은 피에 멀미를 느꼈어."

"어제는 어떻게 했는가."

"그저 정신없었지. 임자는 어떻게 싸웠는가."

"승패가 확실하다고 보일 때부터 다소 높은 곳에 서서 묵묵히 그저 구경만 했지."

"구경했어. 흠……"

"적의 입장에서는 참으로 애석하더군. 만약 가쓰요리가, 다키 강을 방비로 하여 그대로 고수했더라면 나가시노의 고성도 떨어지지 않을 수 없었어. 또 우리의 대병도 장기간의 출진은 할 수 없지. 잘 견뎌서 열흘이나 반 달이었을 거야. ……그래서 퇴진이라고 하면 추격을 받지. 생각하면 위험한 전투였다."

"전법도 많이 달라졌어. 총이라는 새로운 무기가 급격히 바꿔놓은 거야. 오케 분지의 전투와 이번의 전투를 비교해 보면, 격세지감이 든단 말이야.”

“음. 이제부터는 전투가 없는 날이야말로 진짜 싸움이야. 싸움이 벌어진 날로선 이미 때가 늦어.”

“가쓰요리의 잘못은 이웃의 무력과 장비를 아주 잘못 계산한 데 있어. 설마 오다 가에 5천 정의 총이 있었으리라고는 상상도 하지 않았음에 틀림없어. 새로운 무기 장비에 있어서는 천하 제일의 오다가를 잘못 본 거야.”

“마타자 그것도 또 임자가 잘못 본 거야.”

“왜?”

“소총, 대포, 화약 등의 보유에 있어 절대 우리 오다가가 제일 아니야. 오다가도 아직 뒤떨어져 있어.”

“그럴까?”

마타자에몬은 빙그레 웃었다. 가끔 언변으로 사람을 등에 업어 메어치기 하듯이 잘하는 히데요시의 버릇을 알고 있기 때문이다.

그러나 히데요시의 진지한 모습은 곧 그의 의심을 자연히 사라지게 했다. 히데요시가 진실로 우려해서 말하고 있다는 것을 곧 알았다.

“이제부터의 큰일은 첫째로 새로운 군비의 확충, 그에 따른 전법의 개혁, 또한 시시각각 시대에 뒤떨어지지 않는 마음가짐이 중요하다. 일개 다케다 따위를 궤멸시켰다고 해서 우쭐거려선 안돼.”

“내가 잘못하는 것 같이 말하는군. 평의 석상에서 많이 말하는 게 좋을 거야.”

“아니 요즘은, 다변은 약간 삼가고 있어. 여러 사람들 속에서 너무 다변이면 나쁘다는 것을 느끼게 됐어.”

“왠가, 임자에게서 임자다운 웅변을 빼면 임자답지 않아질 텐데.”

“여러 사람들이 모인 석상에서는, 사람마다 가슴 가득히 말하고 싶은 진정을 품고 있지. 나 한 사람이 많이 말하면 그만큼 다른 자의 입을 봉하여 다른 진정을 억압하는 것이 되지. 그러기에 이제부터는 말하지 않으면 안 될 때만 말하려고 생각하고 있어. 그것도 될 수 있는 한 말을 간결하게 요점을 들어 진정을 호소하기에 족하도록 요즘은 일상의 말버릇부터 수련하고 있지.”

“언제 만나도 무엇인가 반성하거나 공부하고 있는 것은 임자의 천성이라고는 하지만 감복했어. 나도 본받아야지. 한데, 조금 전 이야기의 다음은 어떻게 됐는가."

"음, 총 말인가."

"오다가 제1이 아니라고 하면……그러한 신무기를 다량으로 가지고 있는 나라는, 역시 서쪽의 영주들이 아니면 없겠지. 모리(毛利)가인가, 시마즈(島津)가인가."

"틀려."

"흠, 그럼 북국이지만 우에스기 겐신(上杉謙信)인가."

"아니, 절이다."

"절?"

"오사카 이시야마(大坂石山)의 혼간사를 중심으로 하는 권내라고 난 보고 있어. 절에는 당하지 못해. 재력이 있지. 또 사카이(堺)에 접하여 지리상의 이점도 얻고 있어."

"과연……"

"오늘 군사 회의서 도쿠가와 공께서는 이 기회에 다케다의 영토를 석권하여, 고후까지도 일거에 쳐 없애자고 주장했지만……그것은 도쿠가와 본위의 계책, 도쿠가와와 일족으로서는 오다 세력 3만을 이곳까지 불러낸 김에 다시없는 상책임에는 틀림없지만……우리 오다가로서는 취할 길이 아니야."

"왜 그것을 오늘 아침의 평의 때 말하지 않았는가."

"아니, 말석에 있는 자가 말하지 않아도 주군 자신, 도쿠가와 공의 그 수에는 넘어가지 않겠다는 얼굴을 하고 계셨어. 그 점은 안심해도 좋아."

본진 쪽에서 호각소리가 들린다. 마에다 마타자에몬은 급히 일어서서 시종에게 말을 부르게 하여 바삐 돌아갔다.

"지쿠젠, 또 언제 만나지."

전후의 방침은 그날 밤의 평의에서 결정됐다. 물론 노부나가는 기후로 철수하고, 이에야스도 일단 병사를 오카자키로 거두기로 결정한 것이다.

개선의 길에 오르면서 헤어질 때 노부나가는 이에야스에게 이렇게 말했다.

"이후, 도쿠가와 공께서는 스루가(駿河)에 손을 대시오. 노부나가는 이와무라를 쥐하고, 서서히 시나노(信濃)에 들어가는 길을 열어 놓겠소."

"알겠습니다. 이후 2, 3년을 기해서, 또 시나노에서 뵙기로 하겠습니다."

이에야스는 상냥하게 대답했다. 노부나가가 그에게 하는 말은 이미 조금씩 대등한 위치를 벗어나고 있었다. 동맹국이라고는 하나, 형이 동생에게 지시하는 것 같은 기미가 있었다.

이에야스는 달게 명을 받았다. 그러나 그 후, 미카와 도토미에 있었던 다케다 소속의 성채 10개소를, 달마다 하나하나 공략하여 점령해 갔다. 이를테면 나가시노 전투 곧 아스케(足助)성을 격파하고, 6월에는 쓰쿠데(築手), 다미네(田峰) 등을 공략하고 7월에는 부세쓰(武節)를 8월에는 스와가하라(諏訪原)를——하는 식으로 눈부신 진출을 계속했다.

나가시노의 패전은 다케다가에 있어서 확실히 치명적인 것이었다.

신겐 이래의 노장이나 모사 모두가——라 해도 좋을 만큼의 수를 이 싸움에서 잃었다.

가장 큰 손실은 불패의 신념을 잃었다는 것이다. 필승의 신념이 없는 군대는 이제 마른잎이 떨어지기 시작한 가을의 숲 같았다. 맹장 가쓰요리의 가슴에도 소슬바람과 같은 것이 일었을 것이다.

그래도 신겐의 아들이다. 신겐의 전부를 닮지 않고, 신겐의 일면만을 가진 아들이다. 그러한 큰 상처를 나가시노에서 입었는데도 아직, "나, 고슈에 건재하다"고, 가끔 기회를 타서 호랑이와 같이, 낡은 용기를 국경에서 떨쳤다.

스와가하라의 성을 공략하여, 이것을 한때 칼환하기도 하고, 고야마(小山)성의 급변에 달려와서 갑자기 창끝을 돌려 스루가에 불을 지르고, 이에야스를 급습하려고 시도했으며—— 어떻든 추측할 수 없는 데가, 아직 있었다.

그러나 차츰 그 움직임은 맹목적인 행동으로 변했다. 뚜렷한 방향을 가지지 않는, 또한 유유한 완급을 취할 수 없는 기변 한 가지만 아는 병력이 됐다.

실체의 힘이 격감했다는 증거라고 할 수 있다. 이리하여 신라사부로 이래 20 몇 대라고 하는 명문도 어느새 2류 극으로 전락하고 말았다.

하지만, 그러한 일들은 모두 나중의 일로서 느부나가는 대전이 끝나자 곧, 5월 25일 나가시노의 진영을 거두어 기후로 돌아왔다.

그리고 도쿠가와로부터 사절로 온 오쿠다히라 사다마사와 사카이 다다쓰구를 기후 성에서 맞이했다.

"그때는, 이 참에는,"

그러면서 대전 중의 추억을 자기도 이야기하고 두 사람에게 물으며 밤새
도록 잔을 기울였다.

두 사람이 돌아갈 무렵에는 칼을 선사하고 공을 치하했다.

"다다쓰구에겐 내가 애지중지하는 칼을."

또 오쿠다이라 사다마사에게는 자기의 이름 한 자를 주며 말했다.

"사다마사를 고쳐……노부마사라고 하는 게 좋겠어. 또 때때로 놀러오도
록 해라."

──또, 놀러 오도록 해라.

이러한 가벼운 말 한 마디라도 무사에게 있어서는 다시 없는 영예였다.

노부마사와 함께, 나가시노에 농성했던 70의 가신들에게도 각기 공로를
치하하는 선물이 있었다.

"……은혜, 다른 일족의 신하에게까지 미치다."

오다가의 가신들도 모두 두 사람을 축복하며 전송했다. 이러한 노부나가
의 온정은 앞서 나가시노의 싸움터에서 도리이 스네몬의 뼈를 찾게 하여, 정
중히 장사지내 준 때에도 느꼈던 일이기에, 주군의 인품에 더욱더 존경을 두
텁게 할 뿐이었다.

그 외 여러 가지 의미에서 노부나가의 위치는 이 나가시노의 대전을 계기
로 하여 일약 무게를 더했다. 눈에 보이는 것 이상의 큰 이익을 획득했다.

"이젠, 북방의 배후는 걱정할 필요없다."

장병들에 이르기까지 똑똑히 그것을 느꼈다. 왜냐하면, 신겐이 죽은 뒤에
도 고슈의 군마가 건전한 동안에는 게이키(京畿)로 향하고, 그 외의 반 노
부나가의 여러 나라에 대해서도, 반드시 배후의 호랑이 이상의 방비를 하지
않으면 불안한 상태에 있었기 때문이다.

그러나 방심을 경계하는 이도 있었다.

"아니다, 하나의 적이 줄어들면 하나의 적이 생긴다. 절대 안심해서는 안
된다. 강대한 고슈 군에 억눌려 있던 에치고(越後)의 우에스기 겐신이 이
번에는 직접 이쪽에 달려들지도 모른다. 겐신의 목숨이 붙어 있는 동안은,
아직도……"

사실 노부나가가 노려보고 있는 천지의 한쪽에, 겐신의 존재는 아직 북두
와 같은 광망(光芒)을 찬연히 지니고 있었다.

여름이 본격적으로 다가왔다. 해는 쨍쨍하고 대지는 뜨겁다. 구름봉우리도 움직이지 않는다.

6월 2일 기후를 출발한 노부나가의 행렬은, 지금 미노로부터 오미(近江)의 경계인 나카야마(中山) 고개를 넘어가고 있다.

멀리서 보면 끝없는 개미의 행렬처럼 보였을 것이다.

가까이서 그것을 보면 참으로 눈이 어지러울 정도로 화려한 여행진이었다. 일개 노부나가가 교토에 올라가기 위하여, 수행으로서는 노장 직속 무사 시동들로부터 소총대 궁전대 또 붉은 자루의 창다로 이어져 의사·서기·승려 하이쿠(俳句)를 짓는 사람·다도를 맡는 사람·수송대에 이르기까지——보내고, 또 보내도 인마의 열은 쉽게 끝나지 않는다.

나가시노의 대전은 한 달 전의 일이었다.

그 때의 철갑진을 대신해, 오늘의 행렬은 수많은 가지에 달린 꽃을 한 줄로 늘어놓은 것 같이 보기에도 평화스러웠다. 각자의 차림뿐만 아니라 말의 장식과 깨끗이 닦은 창과 총은 위용을 갖추었을 뿐만 아니라 일종의 '아름다움'을 느끼게 했다.

미리 통과한다는 소식을 들었기에 이쪽저쪽의 부락에서는 촌장을 비롯하여 남녀노소 모두 처마 밑에 앉아서 묵묵히 전송하고 있었다.

"이 곳을 넘을 때마다 행렬이 훌륭해진다. 인원도 굉장하리만큼 불어 간다."

토민들의 눈에도 그렇게 비쳤다.

의식적으로 노부나가도 그렇게 하고 있는 것 같이 생각된다. 지금껏 벌써 몇 번째 교토로 들어왔는지 모르지단, 그의 마음속을 들여다보면, 이 여행은 그에게 있어서 커다란 기쁨이며 평생을 건 대사업이기도 했다.

한 지방의 싸움이 끝나면, 그 후 그는 반드시 교토에 상경했다. 그리고 평정의 자초지종을 아뢰어 임금의 뜻을 받들기에 게을리하지 않았다. 이를테면 타향에 나가 성공한 아들이 그대마다 고향의 어버이에게 기쁨을 알리러 가는 것처럼, 그는 교토에 올라가서는 펴하에게 엎드려 공경할 때의 백성의 정을 잊을 수 없었다. 그것을 가지고 스스로 제일의 기쁨으로 삼고, 영광으로 삼았다.

이번 여행도 그것이었다.

물론 싸울 때마다 강대해지는 자기 나라의 융성한 실체를 과시하며 간다는 생각도 있다. 또 다분히 서울의 단상이나 서민에 대한 공략이나 문화적인 의도 등도 포함되어 있다.

그러나 핵심은 이런 것을 실천으로 보여 천하에 밝히는 일이었다.

"노부나가의 통업은 천자에게 돌아가며, 노부나가는 다만 임금의 뜻을 받들어 전 국내의 소란을 진압하고 폐하의 백성을 편안하게 받들기 위한 일개의 신하다."

그러나 그에게 근왕이라는 말은 없었다. 그뿐만이 아니라 전국시대의 제장은 굳이 근왕이라는 말을 평소에 그다지 사용하지 않았다. 지금 세상은 전란이 그치는 날이 없지만 조정에 대해 대역적 행위 등을 저지르는 사람은 아무도 없었다. 오히려 다투어 노부나가와 같은 처지가 되어, 노부나가의 충절의 결실을 들어 백성으로서의 기쁨을 가지고 싶은 것이었다. 그러나 그것을 이루려면, 그것을 성취하기에 족한 그릇이 아니면 안 된다.

그러기에 그의 이 여행은 최대의 만족임에 틀림없었다. 또 사방으로부터 전국의 군웅으로부터 얼마나 선망의 시선을 받았는지도 알 수 있는 것이다.

"쉬자, 땀을 씻으라."

마침, 고개 마루턱에 왔을 때다. 노부나가는 급히 말에서 내렸다. 그리고 곧장 줄에서 빠져 나와 길 옆에 있는 조그마한 마두관음의 그늘로 성큼성큼 걸어갔다.

시동들은 당황했다.

뜻하지 않던 일에 노장도 모든 시동들도 허둥거리며, 노부나가의 마음을 의심하면서 모두 뒤에서 뒤로, 명령을 전달했다.

"뭣 하러 이런 곳에서 갑자기 휴식하시겠다는 건지."

"쉬어라. 멈춰라."

"의자를, 의자를."

"아니, 보료방석을."

노부나가의 주위에서 시동들이 떠들썩했다. 마구 울어 대던 매미들도 뚝 그칠 정도였다. 노부나가는 마두관음의 사당 마루에 낙엽이나 먼지도 털지 않고 걸터앉아, 한 시동의 부채 바람을 쐬고 있었다.

하지만 곧 숲속에서 불어오는 시원한 바람에 땀이 식는 것을 느꼈다.

"이젠 좋아."

노부나가는 시동의 손으로부터 금선을 받아 그것을 접어 쥐더니, 시동들

중에 있는 가모 주사부로를 불러서 명령했다.

"주사부로(忠三郎), 주사부로. 그 근처에 마을 사람들이 엎드려 있었던 것 같다. 마을 사람들 중에서 나이 많은 자나 종주를 불러 오너라."

가모 주사부로 우지사토(浦生忠三郎氏鄕)도 올해 벌써 20세가 되었다. 무슨 영문인지 주군의 의도는 몰랐지만 옛! 하고, 선뜻 대답하며 뛰어갔다.

노부나가는 물었다.

"고자에몬(小左衞門). 기후를 떠날 때 일러두었던 광목은 말에 싣고 왔는가."

그리고 이렇게 지시했다.

"그 광목을 여기다 쌓아라."

니시오 고자에몬(西尾小左衞門)은 부하를 데리고 가 수송대로부터 광목 짐을 받아 곤포를 풀고 4, 5천 필의 광목을 노부나가 옆에 쌓았다.

'무엇을 하시려는 걸까?'

누구나 의아한 표정이었다.

노부나가는 더위에 목이 말랐던 졸개들이 사당 옆에 보이는 연못에 달려들어 앞을 다투며 손바닥으로 물을 퍼먹고 있는 것을 멀리서 보다가 말했다.

"이봐 간스케(勘助). 저것들을 야단치그 오너라. 물을 마셔서는 안 된다고 저것들을 쫓아버려라."

"눈에 거슬린다. 물러가랏!"

니와 나가히데(丹羽長秀)의 아들인 간스케가 연못으로 다가서며 일갈하니, 졸개들은 놀라서 모두 근처의 나무 그늘에 숨었다.

니와 간스케의 아버지 고로자에몬 나가히데(五郎左衞門長秀)는, 노부나가의 곁에 있었지만 수상히 여겨 주군에게 물었다.

"오케하자마(桶狹間) 때나 지난번의 나가시노 때에도 모두 5월경이어서 더위는 오늘 정도가 아니었으며, 군사들은 썩은 물이건 흙탕물이건 장구벌레를 손바닥으로 떠서 그대로 마시고는 싸웠습니다. 주군께서도 그러한 깨끗지 못한 물맛을 아시겠거든, 어찌하여 이 산 위의 연못 물에 한하여 마시지 말라고 꾸중하시는지요."

"하하하. 고로오자(五郎左)답지 않은 말을 묻는구나. 싸움터에서의 몸은 금강신이야. 평상시의 차림이면 몸도 평상으로 돌아가는 거다. 싸움터에서는 탈이 나지 않았던 물도 이럴 때 조심하지 않고 마시면 탈이 날 염려가 있어. 그들일망정 평온한 날에 병으로 쓰러지고 싶지는 않을 거다. 그래 그들을 꾸짖은 것이다. 좀 있다가 나이 많은 마을 사람이라도 오면, 수질을 잘 물어본 다음 좋은 물이라면 허가해 주어라. 그렇지 않으면 골짜기에서 샘물을 푸게 해라.”

나가히데(長秀)는 아무 말도 없이 머리를 수그렸다.

가모 주사부로가 종주 비슷한 자와 마을의 노인 5, 6명을 데리고 돌아왔다.

마을 사람들은 노부나가의 모습을 보자 20보나 앞에 털썩 꿇어앉아 땅에 이마를 댄 채, 분부가 내리기를 기다릴 뿐이었다.

노부나가는 멀리서이지만 직접 그들에게 말을 걸어 물었다.

“마을 사람들이여. 지난번 상경의 귀로에서, 부근에 많이 보이던 걸인들 무리는 지금도 무사히 이 곳에 있는가.”

의외의 질문에 얼굴을 서로 마주보는 가신들이 많았지만 또 그 중에서,

‘아아, 그 일을 기억하시고 물으시는군’

하고, 생각해 내는 측신도 있었다.

노부나가가 교토를 오가는 길에 언제나 이 근처에서 눈에 띄는 것이 걸인의 무리였다. 그는 자신이 통치하는 영역에 먹지 못하는 자가 무리를 이루고 있는 것은, 자기의 다스림이 모자라기 때문이라는 생각이 들었다. 오갈 때마다 눈에 띄어 마음이 편치 않았다.

그런데, 어디의 걸인이든 머무는 곳이 일정치 않아 어제 본 곳에 오늘은 이미 없는 것이 통례인데도, 이곳 산속의 걸인들만은, 모두 같은 자가 언제나 같은 곳에 무리를 이루고 있었다. 꼽추 사내나 눈먼 여자나 절름발이 계집애나 남녀노소할 것 없었다.

그래서 지난번, 상경하고 돌아오는 길에도 가신으로 하여금 이곳 주민들에게 물어 본 것이다. 어찌된 까닭으로 이곳 산속의 걸인들만은 한곳에 정주하고 있는가 하고.

주민들이 대답하는 말이 또한 재미있었다.

“저희들의 선조가 이 곳에서 옛날 도키와(常盤) 부인을 죽였다고 하는 말이 전해지고 있습니다. 그 인과응보로 대대로 병신이 태어나 산속의 원숭이, 산속의 원숭이라고 불려지고 있습니다만, 그들 자신은 선조의 죄업을 평생 갚는다고 모두들 태어나면서부터 깨닫고 있기에 이 곳을 떠나지 않

고 저렇게 길에 떨어진 말똥을 치우거나 할 수 있는 일은 하면서, 구걸을 하고 있는 것입니다만……"

듣고 온 가신은 한낱 우스개 이야기로써 노부나가에게 아뢴 후 까맣게 잊어버리고 있었지만, 노부나가는 그것을 기억하고 있는 것으로 보였다.

그날 부름을 받고 길가에 나온 마을의 늙은이나 종주들이 노부나가의 물음에 대해 재차 대답하였다.

"예, 변함없이 산속의 걸인들은 이곳에 살고 있습니다."

그들은 무엇인가 눈에 거슬린다고 책벌이라도 받을까봐 두려워했다. 노부나가는 고개를 끄덕거리며 말했다.

"그런가. 가련하게 태어난 자들이다. 노소 남김없이 이곳에 모이게 하여 이 포목 하나씩을 나누어 줘라."

노부나가의 곁에 마련되어 있는 광목더미를 쳐다보고, 마을 사람들은 눈이 휘둥그래졌다. 그런 오래전의 일을, 더욱이 보통 나그네들조차 눈여겨보지 않는 걸인들의 무리를, 하고 모두 뜨거운 감격의 눈물을 흘리듯 눈을 꿈쩍거렸다.

곧 종주 이하 마을 사람들은 수많은 산속 걸인들을 불러 모아왔다. 기어오는 자, 절룩거리며 오는 자, 업혀 오는 자, 간겨서 오는 자, 마두관음의 사당을 둘러싸고 넘쳐흐르는 상경의 화려한 햣장의 장병들에 비해 이것은 웃음이 터질 것 같은 기이한 관경이었다.

그러나 아무도 웃지 못했다. 옛적 이름 있는 영주는 그 자애로움이 들짐승에까지 미친다고 하지만 노부나가의 온정도 그에 뒤떨어지지 않는다. 인간은 누구나 그가 우쭐한 순간에 있을 때일수록 다른 사람을 생각해 주는 것이 어렵다고 하지만, 지금의 노부나가는 나가시노의 대첩을 거두고 아직 1개월밖에 되지 않았다. 인생 최고의 흐뭇한 일로 알고, 은밀히 남아의 가슴에 사해를 제압하는 무위의 대열을 빛내면서 더욱 영광스런 교토로의 도상에 있는 것이다.

누가, 그 노부나가가 기후를 떠날 때브터 이미 이러한 거리의 굶주린 백성에게까지 마음을 쓰고 있었다고 생각했을까. 가신들이 모두 의외로 생각한 것은 오히려 당연한 일이었다.

"이 후에도 굶주려 죽는 일이 없도록 마을 사람들도 정을 베풀어라."

노부나가는 당부하고, 그들의 조그만 집을 지을 수 있는 건축비까지 주고 떠났다. 그 행렬이 멀리 내려간 후, 고개의 매미들이 일제히 울기 시작했는데, 그것은 그의 자비에 우는 굶주린 백성의 소리 같기도 했다.

이러한 노부나가인가 하면, 그로부터 곧 2개월 후에는 일찍이 에이산의 살육 이상으로 잔인하기 이를 데 없는 피바다를 태연히 걷고 있는 노부나가이기도 했다.

그것은 8월 24일 기후를 떠나, 14일 쓰루가(敦賀)에 도착함과 동시에 개시된 에치젠 종문 폭동의 토벌이었다.

나가하마(長浜)의 히데요시도 참가했다.

아케치 미쓰히데는 선봉에 섰다.

니와 시바타, 사쿠마 다키가와 등——그것은 나가시노 출진 이상의 강한 진용이었다.

"애먹지 말라."

이것이 이 출진에 즈음해서 노부나가가 스스로 경계하는 말이었다.

상대는 일향종(一向宗)의 승단과 곳곳에 산재해 있는 종도들의 모임이었다. 뚜렷한 경계를 이루는 한 나라는 아니다.

그러기에 이것을 폭동이라고 일컬으며 전쟁이라고 하지 않는다. 때를 기다리지 않으며 장소를 가리지 않고 봉기하는 반란이다. 그런 만큼 그 전법도 기습, 궤책을 전적으로 하여 싸움의 장기화를 꾀하며, 단번에 결전하는 것을 피하고 장기간 출몰하여 노부나가를 바쁘게 지치도록 하는 것이 목적인 것 같았다.

아사쿠라가가 멸망해도 에치젠(越前)은 없어지지 않는다. 에치젠의 주권자는 바뀌어도 서민 속에 뿌리박고 있는 교단의 세력은 티끌만큼도 쇠퇴하지 않는다. 아니, 오히려 구 아사쿠라의 잔당과, 오사카 이시야마(石山寺)의 본당과의 연락이 강화되어 그 특유한 기변전법은 노부나가의 전후의 시정을 갈기갈기 토막을 냈고, 그 반항은 날이 갈수록 노골화되었다.

"본때를 보여주지."

노부나가는 은밀히 각오하고 있었음이 틀림없다.

이 귀찮은 적만큼, 노부나가의 성격을 심술궂게 한 것은 없었다. 노부나가는 참고 견딘다는 것을 본래 좋아하지 않는다. 그 하기 어려운 것을, 이 귀찮은 적에게만은 언제나 참고 참았다.

그러기에 끝내 해치우려고 병사를 이끌고 출발하자, 에이산과 같은 일도 주저 없이 하며 나가시노와 같은 살육을 해도 꺼릴 것이 없었다. 일향종의 토벌에 올랐을 때만은 노부나가도 평소의 노부나가가 아니었다. 적인 종문의 사람들이 증오하고 저주하는 대로 바로 그의 행위는 염라대왕 그대로이며, 그 모습은 악귀나찰이라고 해도 부족할 정도였다.

이 전진(戰陣)의 기록을 보아도 알 수 있다.

'나라 안의 폭동, 이미 패망하며 우왕좌왕, 산으로 도주하는 것을 가차 없이 산속까지 수색, 남녀의 구별 없이 베어 버리라는 명을 내려 8월 15일부터 19일까지 사방에서 사로잡힌 인원 1만 2천2백5십여로 기술함. 모두 시동들이 죽였더라. 기타, 나라 안에서 잡힌 남녀 그 수를 헤아릴 수 없으며, 생포하거나 죽인 자 합해 3, 4만도 넘는다고 하였더라.'

《노부나가 공기(公記)》에 이렇게 적혀 있다.

또, 그 처형 방법도 다른 '총견기'의 기재를 보아도 매우 잔인한 것이었던 모양이다.

'사찰·승방·상가·민가까지 빈 주머니 뒤지듯 샅샅이 뒤져 50·70으로 오라를 걸고 어깨에서 어깨로 오라를 꿰어 염주를 꿰듯이 한 패씩 나무패를 달고, 본진으로 끌고 가거나 또는 역참에서 베어 소리개와 까마귀의 밥으로 맡겨지더라.'

이 노부나가도 똑같은 노부나가였다.

나카야마 고개의 걸인들에게 광목을 주고 건축비까지 내리고, 후일에도 굶주리고 헐벗는 생활을 하지 않도록 지시하고 간 사람도 똑같은 노부나가였다.

에치젠의 평정은 대략 8월 중에 끝났다.

하시바, 아케치, 이나바 부자는 완벽주의인 노부나가의 영에 여세를 몰아 가가(加賀)까지 진격했지만 노부나가는 급히 어느 한도에서 진공을 멈추었다.

"아니야, 적당이 해 둬."

이 방면으로 더 넘어서는 것은 곧 우에스기 겐신과의 마찰을 일으키기 때문이다.

다케다가의 패퇴 이후에는 당연히 지금까지 먼 느낌이었던 노부나가 대 우에스기가 서로 국경을 접하는 모양으로 놓였다. 겐신과 노부나가가 서로

엿보는 눈은 모두가 날카롭고 빈틈이 없었으며,

'언젠가는 마주설 격.'

이라고 버티고 있었다.

그러나 노부나가로서는 지금 그것을 해 버릴 생각은 티끌만큼도 없었다. 적당히 해 두는 것.

노미(能美), 에누마(江沼), 히야(檜屋), 다이소지(大聖寺)의 여러 고을에 저마다 수비를 두어 우선 장래의 기점으로 해두고, 자신은 기타노쇼(北庄)로 진영을 옮겼다.

이곳에는 노장인 시바타 가쓰이에를 두어, 에치젠 8개 고을을 주고 방비를 맡게 했다. 기타노쇼에 짓는 민가의 배치까지 노부나가가 직접 살폈다.

호쿠리쿠(北陸)경영의 중진은, 이곳에 정해졌다. 그 외의 배치를 보면, 가나모리(金森), 후와(不破), 삿사(佐佐)등의 제장은 각 고을을 배분하고 마에다 마타자에몬 도시이에(前田又左衞門利家)에게도 두 개의 고을을 맡겼다.

단후(丹後)에는 잇시키 사코(一色左京)를 또 단바(丹波)에는 아케치 미쓰히데를, 그리고 호소카와 후지다카(細川藤孝)에게는 구와다(桑田), 후나다(船田)의 두 고을을 주었다.

대략 전후의 경영과 배치가 끝나자, 노부나가는 새 영주와 지방 무사들에게 매우 조항이 많은 '규칙'을 발표했다.

그 중에는, 새로운 일은 자세하지 않아도 무슨 일이든 노부나가에게 알릴 것. 부정하다고 생각되는 일을 꾸미지 말 것. (중략) 어찌하든 우리를 숭경하고 뒤에서라도 원한을 품지 말 것. 우리 있는 쪽에는 발이라도 바칠 각오로 할 것. 그리하면 무사의 행복을 얻을지니, 장구할 것이며, 분별하여 행동할 것 등등의 조항이었다.

나를 존경하라, 믿으라, 그리고 따라오너라. 그것이 무사의 행복이다——고 하는 것이다.

매우 자기를 높이기를 좋아했던 그즈음의 무인이라 하더라도, 이처럼 대담하게 자기를 과시한 예는 없다. 종전부터 그를 섬기던 수장들은 어떻든, 피정복지의 지방 무사나 일반민은 이 방문을 어떻게 보았을까.

9월 하순, 그는 기타노쇼로부터 후주(府中)로 진영을 옮기고, 그리고 26일 경에는 모든 일을 끝내고 기후로 개선한 것이다.

그리고 이 전, 나가시노 전투 후, 곧 상경하여 천황에게 문안을 드린 것처럼 이 가을에도 에치젠 점령이 끝나자 곧 상경의 길에 올랐다.

여름에 말을 멈췄던 나카야마 고개도 지나서 오미 길에 이르렀다.

세 칸 폭의 대로는 산속의 협지도, 계곡물에 허물어진 곳도, 역참의 거리도, 또한 호반을 따라서도 외길로 교토까지 통하고 있었다.

"소나무도 버들도, 지날 때마다 보는데 잘 자란다."

노부나가는 가로수의 소나무와 버들을, 마치 자기의 권속과 같이 하나하나를 돌아보며 말을 몰았다.

소나무 낙엽은 쓸었으며 버드나무의 밑둥에는 물이 뿌려져 있었다. 이를 보는 것도 그로서 상경의 길에서의 한 가지 즐거움인 것 같았다.

길은 될 수 있는 대로 험하고 강엔 꼭 필요할 때만 다리를 놓고 어디에나 관문을 두어 꼭꼭 지키는 것이 나라마다 군웅할거의 모양이었다. 신겐의 군국 정치 등도 그런 것이었다.

아사이(淺井), 아사쿠라(朝倉)도 모두 그랬다.

오직 노부나가만은 그 반대였다. 그의 영토엔 관문이라고는 없었다. 한 나라 두 나라 영토를 넓힐 때마다, 그 곳에 있는 관문은 모조리 닫아 버리고, 다리를 놓고 도로를 개설하였으며, 그리고 자기를 중심으로 하는 문화의 방사선을 밖으로 밖으로 향하게 했다.

세 칸 도로의 개통이 그 선구였다. 그리하여 입국세라든가 교량세·도선세 등 문화의 교류를 방해하는 것은 한때의 희생을 무릅쓰고라도 모두 없앴다.

이번 상경에는, 특히 길을 바꾸어 세다(勢田)에 이르렀다. 그것은 초여름에 그가 설계하여 착공하게 했던 세다의 장교(長橋) 공사가 준공했다고 하기에 "한번 보자"고 하는 목적 때문이었다.

이곳도 난이 있을 때마다 여러 차례 공방전을 되풀이하던 요해(要害)의 땅으로서, 그때마다 왕래의 곤난을 겪어왔다. 지금 그의 앞에 놓인 다리는 폭 24척, 길이 180칸으로 양쪽에 난간이 있으며 난간 머리에는 커다란 파꽃 모양의 장식이 있고 큰 기둥을 세운 당나라 식 위관을 갖추었다. 새로운 천하의 대도, 또한 문화의 동맥이 되고 있었다.

"다 되었군."

노부나가는 측근에게 말하고 다리 앞에서 말을 내렸다.

"걷자."

다리 위만을 걸어서 건넜다. 예전의 전투를 생각하며, 또 오래지 않아 중원에 크게 뻗어 나갈 내일의 대비를 위해 골똘히 호반의 지세를 보고 있는 것 같았다.

"처음 건너시는 겁니다."

모두 말을 내려 수없이 따라가는 측신들 중에서 누군가가 말했다.

다리를 건너자.

세다의 서쪽 오사카구치(逢坂口), 야마시나(山科)로 가는 쪽에 수많은 사람들이 마중 나와 있었다.

명문 산조(三條), 미나세(水無瀨) 두 대신, 또, 서울 근처의 제후들이었다. 상경 중이라고 하는 오슈(奧州)의 다테데루무네(伊達輝宗)도 와 있었다. 그리고 남부의 명마와 매를 보내 왔다.

그는 한 사람 한 사람에게 정중히 답례를 하며 가운데를 지나간다.

"오, 일부러……"

그의 훌륭한 인품, 경박하지 않은 미소는 이럴 때 모두를 의심스럽게 했다.

이 사람이 에이산을 불사르고, 다케다를 물리쳤으며, 바로 어제는 에치젠으로부터 가기(加賀)까지 전율에 떨게 했던 맹장일까 하고 생각하는 것이다.

오사카의 이시야마(石山) 혼간사에서도 미요시 쇼오간(三好笑岩)과 마쓰이 유칸(松井友閑)을 사자로서, 우호적인 말과 선물을 바치러 왔다. 노부나가는 그 사람들도 똑같이 접견했다.

"원로 황송하오."

반슈우(播州)의 아카마쓰(赤松)라든가, 벳쇼(別所)라고 하는 지방적인 무장들도 보였다. 모두가 부르지 않았는데도 온 사람들이다. 이렇게 마중 나온 사람들은 그를 둘러싸고, 장안에 넘쳐흘렀다.

노부나가가 머물고 있다는 것만으로도 교토는 마치 잔칫날 아니면 명절 같았다. 민중들에게 흘러나가는 돈도 막대했다. 무엇보다도 궁중의 상서로운 기운과 조정 귀족들의 기쁨이 민심에 비쳤다. 그 민중들은 입을 모아서 말했다.

"이제 우리들이 믿고 등댈 데가 생긴 것 같다. 머지않아서 천하는 노부나가님이 다스리게 될 거야."

　10월에 접어들자 노부나가는 묘심사(妙心寺)에서 다과회를 열었다. 사카이(堺)나 장안의 호사가들이 많이 모였다. 언젠가 히데요시가, 노부나가에게 속삭이며, "저것은 대단한 그릇입니다" 하고 말했던 사카이의 리큐(利休)도 와서 가루차를 타고 있었다.

축성계획

천은(天恩)은 노부나가에게 두터웠다.

차관에 임명됐던 것이 바로 엊그제인데, 또 우대신으로 벼슬이 올라갔다.

대신 배하의 식은 11월, 궁중에서 성대히 거행되었다. 문무백관이 모인 가운데, 조정의 위엄과 그의 영광을 축복하여 만세를 불렀다. 그 성대한 경관은 전대미문이었다고 한다.

——황공하게도 천자로부터 토기를 하사받아 상고 말대까지의 영예, 이보다 더할 것이 없었다.

그의 서기는 그날의 감격에 최상급의 말을 가지고서도 모자라는 것 같이 기술하고 있다.

이에 앞서 6월의 상경 때에도 서작의 알림을 받았는데, 자기의 영전은 사양했던 것이다.

"바라옵건대, 천은의 무궁함은 먼저 신하들에게 내리옵소서."

그때 서작의 영예에 오른 부장은 약 15명이었다.

시바타 가쓰이에, 하야시 노부가쓰(林信勝), 사쿠마 노부모리(佐久間信盛), 니와 나가히데, 이케다 노부테루(池田信輝), 하시바 히데요시, 다가와 가즈마스(瀧川一盆) 등.

아케치 미쓰히데도 빠지지 않았다.

다케이 세키앙, 마쓰이 유칸 등도 모두 고루 종5품을 받았다.

"더욱, 임자들에게 영광을 더해 주리라."

그와 함께 노부나가는, 옛날부터 진제이(鎭西)에 이름 높은 명문의 성자를 허용하여 신하들에게 명명해 주었다.

고레토(惟任), 고레즈미(惟任), 하라다(原日) 벳키(別喜) 등이라고 하는 성이 그것이다.

주우베 미쓰히데(十兵衛光秀)는 '고레토'의 성을 받았다.

이제 차차 노부나가는 시고쿠(四國) 규슈(九州)의 통일을 생각하고 있었던 것이다. 진제이의 명문 성을 가명으로 받게 하여, 드디어 서방 정벌의 말머리를 앞세우기를 다툴 날이 있을 것을 여러 부장들에게 예상케 했던 것이다.

그가 쓰고 있는 도장의 글――천하 포무――그 이상을 위한 기초 공작이었다.

이렇게 하여 교토의 체류는 길어졌다. 그의 여숙은 전에 아시카가 요시아키(足利義昭)가 있었던 니조(二條)의 성을 개축하여 쓰고 있었다. 날마다 대신·귀족·무인·문장가·나니와(浪華) 사카이(堺) 등의 거상까지 방문객의 성시를 이루었다.

교토가 그를 만류하는 것인지, 그가 교토를 떠나기 싫어서 그런지 이제 가을비 뿌리는 나날이 추위를 더해 겨울로 접어들려고 했다.

"내일은 개이겠지."

마구간에 있는 자들은 하늘을 보면서 말에게 먹이를 주고 있었다. 이쪽저쪽의 방에서도 여장을 꾸리기에 바빴다. 비가 와도 내일은 기후로 내려간다고 방금 노부나가의 측근으로부터 전갈이 왔다.

미쓰히데는 주군과 헤어져서 이곳으로부터 단바(丹波)의 영지로 돌아갈 예정이었다. 그래서 날이 저물기 전에 하직 인사를 올리려고 자기의 숙사로부터 이곳에 온 것이다.

기다란 마구간을 멀리 보면서 회랑을 돌아 걸어서 안으로 들려고 할 때, 웃으면서 자기의 앞에 멈춘 자가 있었다.

"야아, 고레토 아니야?"

"오오, 지쿠젠."

미쓰히데도 웃는 얼굴로 반겼다.

"어때?"

히데요시는 두 팔을 벌려 미쓰히데의 어깨를 끌었다. 미쓰히데는 싱글벙글하면서 대답했다.

"그저 그래. 내일은 출발이지."

"그래, 내일 출발이다. ……서로, 또 만날 날이 언제가 될지?"

"취해있군."

"서울에 있을 동안 취하지 않는 날이라곤 없네. 주군께서도 상경 중에는 날마다 주량이 늘어 가신단 말이야. 지금 인사드리면, 또 큰 잔을 들라고 하실 거야."

"주연 중이신가?"

미쓰히데는 갑자기 질리는 것같이 미간을 찌푸렸다.

틀림없이 노부나가의 주량은 요즘 매우 늘어났다.

'좋아하시는 편이었지만, 이전에는 저렇게까지 드시지는 않았다.'

이것은 옛적을 잘 아는 노신들이 말하는 바다.

히데요시 등도 그러한 축이지만, 그와 노부나가와는 건강의 정도가 다르다. 얼핏 약한 체질처럼 보이지만 노부나가 쪽이 훨씬 튼튼하다. 그 정신력을 살펴봐도 알 수 있듯이.

그 점에서 히데요시는 반대이다. 겉으로 보기에는 거칠고 단단한 것 같지만, 절대 완강한 체질이 아니다. 나가사마에 있는 그의 모친은, 지금도 그가 다소 몸을 돌보지 않으면 자주 타이르며 말한다.

'마음이 큰 것은 좋지만 몸만은 세심하게 돌봐라. 태어났을 때부터 약한 체질이어서 네 살인가 다섯 살 때까지도, 저 앤 사람이 되기는 좀 어려울 거라고, 나카무라(中村)의 사람들이 말할 정도였다…….'

히데요시는 모친의 사랑을 뼈저리게 느끼고 있다. 또 어렸을 때 허약했던 원인도 알고 있다. 겨우 입에 풀칠할 정도의 가난 속에 태어났고, 그는 발육 시기에도 궁핍의 밑바닥에서 허덕거렸다. 그것을, 어떻게든 사람답게 키워준 것은 오로지 어머니의 정성 하나였다.

그러기에 술이 싫지는 않지만 술잔을 손에 들면 모친의 말이 떠오른다. 또 술주정뱅이 남편 때문에 울던 그 시절의 모친을 생각하지 않을 수 없었던 것이다.

그렇다고 해서 그가 그렇게 술에 대해 엄숙히 생각하고 있다는 것은 아무도 몰랐다. 오히려 '그는 그리 마시지도 못하는 주제에 술자리를 좋아해서 잘 마시고 잘 떠들지만, 취하면 벌써 분별없는 사내다'라고 하는 식으로 보고 있었다.

누가 알랴 그만큼 술과 건강에 소심한 자는 없었던 것이다.

차라리 주베에 미쓰히데 쪽이 훨씬 더 호탕하게 마신다.

더욱이 그 미쓰히데가 공교롭다는 얼굴을 하고, '그럼, 지금 주연 중이신가?' 하고, 그에게 묻고 있는 것은 노부나가의 술이라고 하는 것이 매우 신하들을 괴롭히고 있다는 것을 알 수 있는 것이다.

그러자, 히데요시는 취소했다

"하하하. 아니 농담이야."

미쓰히데가 진지하게 서서 머뭇거리고 있는 모습을 혼자 우습다는 듯이 손사레를 치면서 말했다.

"조금, 농담을 한 거야. 주연은 벌써 끝났어. 이처럼 지쿠젠이 자리를 물러난 게 증거지. 하하하, 지금 것은 거짓말이지."

"예끼, 나쁜 사람 같으니라구."

미쓰히데는 씁쓸하게 웃었다. 히데요시의 좋은 기분을 나무랄 수도 없지만, 그는 히데요시라고 하는 사나이를 싫어하지 않았다. 히데요시도 또한 미쓰히데와 어색한 감정을 품었던 일 따위는 한 번도 없었다. 항상 융통성 없이 고지식한 그에게 허물없는 농담 등을 자주 걸지만, 존경할 만한 곳에서는 충분히 존경했다.

그래서 미쓰히데도 용서하고 있는 듯했다.

'이 사내, 쓸 만하다.'

고참인 점에서나 휘장의 석순으로 보던, 히데요시 쪽이 그보다도 앞섰지만, 다른 노장과 같이 미쓰히데의 마음속에도 문벌이나 교양 같은 것을 중히 여기는 생각이 잠재하고 있었다. 절대 히데요시를 경시하는 생각은 없는 것 같지만, 도기(土崎)가의 명문이라고 하는 자존심과 또 실제 사회에서의 체험이나 새 시대의 교양까지 겸비한 지식인으로 자처하고 있는 자부심에서 자연, '너는 사랑스런 놈이다'라고 하는 것같이 어딘지 모르게 그를 얕잡아 보는 태도가 나타나게 되는 것이었다.

장차 자기의 뜻하는 바가 있는 탓인지는 몰라도 그렇다고, ‘두고 봐라’ 하는 따위는 만나서 한 번이라도 입밖에 내놓은 적은 없었다.

특히 미쓰히데와 같은 뛰어난 지식인으로부터, 눈 아래로 보이게 된다는 것은 오히려 당연하다고 생각하는 것 같았다. 커다란 인간적 규격과는 다른 의미로, 단순한 지성이거나 교양 따위라는 이력 상에서는, 훨씬 자기보다도 그가 우수하다는 것을 인정할 만큼의 관대한 도량을 히데요시는 갖추고 있었다.

“참, 말하는 걸 잊었는데……”

히데요시는 갑자기 생각난 듯이 말했다.

“무엇보다도 먼저 축하할 것이 있다. 이번에는 고레토(惟任)의 사성을 받고 단바(丹波)의 영지를 더해 경사가 계속되고 있지. 오랫동안 주군을 섬긴 지성 때문이야. 당연하다고는 하나 귀공도 이제 운이 트일 때가 왔지. 더욱 발전하기를 빌겠어.”

이때엔 예의를 갖추듯 무릎까지 공손히 두 팔을 내렸다.

“아니, 분에 넘치는 영예, 모두 주군의 은덕이오.”

미쓰히데는 어디까지나 진지하게, 절에 대해 절로 답했다. 그러나 그 후에 다시 말했다.

“단바를 받아도, 아는 바와 같이 그 지방은 전 장군가의 영토로, 지금도 아직 완강하게 거성을 갖추고, 어떤 자가 오든 절대로 복종하지 않겠다고 버티는 고집스런 토호들이 많지. 과연 미쓰히데의 힘으로 잘 정복하여, 잘 다스려질지. 축하의 인사를 받는 것은 아직 이른지도 모르겠어.”

“아니, 너무 겸손하군. 이미 호쿠리쿠(北陸)로부터 옮기자마자, 호소카와 후지다카(細川勝孝)와 다카오키(忠興) 부자와 함께 단바에 가서 가메야마(龜山)의 수장 나이토(內藤) 일족을 항복시켜서, 착착 실적을 올리고 있지 않는가. 가메야마에 들어가는 데 어떻게 진격하나 하고, 주의 깊게 봤더니, 병사 한 사람 다치지 않게 하고, 적을 항복시키더군. 그 솜씨는 주군께서도 치하하셨지.”

“가메야마는 아직 서전(序戰), 이제부터가 어렵지.”

“어려운 일을 앞에 두고 있는 것만큼 산 보람이라고 할까, 그보다 재미있는 일이란 또 없지. 게다가 임자의 뜻대로 하라고 맡긴 새 영지의 평정과 경영에 착수하는 것만큼 유쾌한 일은 또 없지. 여기선 자기가 주체가 되어 무엇이든지 건설할 수 있으니 말이야."

이야기가 끝도 없이 길어질 것 같자, 미쓰히데(光秀)는 헤어지려고 했다.

"그럼, 또……언제."

"아, 잠깐!"

히데요시는 또 급히 화제를 돌려서 말했다.

"박학한 귀공이라면 알고 있을지 모르지만, 현재 국내의 수많은 성곽 중에서 천수각이라는 것을 짓고 있는 성은 얼마나 될까. 또 어느 나라와 어느 나라의 성이 그것을 갖추고 있을까."

"아화(安房)의 나라 다테야마(館山)의 사토미 요시히로(里見義弘)의 성……여긴 3층의 천수각이 있어 바다를 면해, 위용은 해로에서도 볼 수 있지. 또 스오우(周防)의 나라 야마구치(山口)에는, 오우치 요시오키(大內義興)의 4층각이 성곽의 중심을 이루어 아마 그 장대함은 일본 제일일지도 모를 걸."

"그 두 성뿐일까."

"내가 아는 한에서는. ……한데, 왜 그런 것들 갑자기 묻지?"

"아니, 오늘 주군의 어전에서 여러 가지 축성의 이야기가 나왔을 때 모리(森)가 계속 천수각의 설명을 여쭈어 오래지 않아, 아즈치(安土)에 축조하는 성곽에는 반드시 그 천수를 채택하게끔 헌책을 하고 있었기에."

"허? 모리라니?"

"시동인 란마루(蘭丸)."

"허허, 그건 또."

미쓰히데는 미간을 찌푸렸다.

"뭐, 이상한 일이라도?"

"아니 별로."

미쓰히데는 곧 아무렇지도 않다는 표정을 지었다. 그리고 히데요시와 두서너 마디 가벼운 이야기를 주고받다가, 곧 고개를 끄덕였다.

"그럼, 이만 실례하겠소."

그리고 헤어져서 노부나가가 있는 안쪽으로 타삐 갔다.

"지쿠젠님, 지쿠젠님."

니죠의 대청 큰 마루에는 노부나가를 중심으로 하여 물러가는 자, 문안드리러 오는 자 등, 가모(加茂)의 참배 길만큼 왕래가 많다.

또 누가 부르기에, 히데요시는 웃는 얼굴로 돌아봤다.

"오, 아사야마(朝山)님이오?"

아사야마 니치조(朝山日乘)는 보기 드문 추남이었다. 같은 추남이라도 아라키 무라시게(荒木村重)에게는 어딘가 사랑스런 풍모가 있지만, 니치조(日乘)는 유들유들한 데가 있다.

그는 가까이 다가와서 곧 큰일이라도 되는 것처럼, 목소리를 죽인다.

"뭣이오, 지쿠젠님?"

"뭣이라니, 무얼?"

"지금, 고레토 미쓰히데(惟任光秀)와 무엇인가 밀담을 한 모양인데……"

"밀담. 하하하…… 이런 곳에서 밀담은 안 되지."

"그렇지만, 하시바 지쿠젠과 고레토 미쓰히데가 니조의 복도에서 오래 속삭이고 있었다는 얘기만 들어도 인심은 겁을 내오."

"설마."

"아니, 틀림없소."

"스님도 좀 취했는가."

"많이 마시기는 했지만……그러나 조심하는 게 좋을 거요."

"술 말인가?"

"어리석은 소리! 미쓰히데와 친하게 지내는 것은 삼가는 게 좋을 거라고, 주의하는 거요."

"왜?"

"그이는 너무 재주가 많소."

"당세의 재주꾼은 아사야마 니치조라고 사람들은 모두 그러더군."

"나는 우둔하오."

"말도 안 되는 소리. 스님 같은 분은 허술하게 보아 넘길 수 없는 재식가요. 무인에게 있어서 가장 귀찮고 어려운 일이 귀족들을 상대하는 것과 호상들의 조종인데, 그것을 잘 하는 수완가로서는 오다가 중에서도 아사야마님의 위에 설 사람은 없소. 시바타까지도 감탄하고 있소."

"그 대신, 나에게는 무공이라는 게 하나도 없소."

"무공이라면 무인은 누구나 남에게 뒤지지 않으려고 그러지. 궁중의 역사, 장안의 시정 여러 가지 재무. 스님은 참으로 천재야."

"칭찬하는 거요, 놀리는 거요?"

"그러기에 무인들 중에서는 보기 드문 인재이기도 하고, 잘못 태어났다고도 하며, 정직하게 칭찬도 하고 늘리기도 하는 것이오."

"귀공에겐 당할 수가 없군."

니치조는 껄껄 웃었다.

커다란 이가 벌써 두세 개 빠져 있다. 나이로는 히데요시 등과 커다란 차이가 있다. 그러나 아들만큼 나이 어린 히데요시기기는 하지만, 니치조의 눈에는 아주 어른으로 보였다.

다만 니치조의 감정은 미쓰히데와는 그렇게 쉽사리 융합할 수가 없었다. 한결같이 그의 재식은 인정하지만, 히데요시의 야유엔 화가 나지 않아도 미쓰히데의 짧은 말에는 무엇인가 날카롭게 신경을 찌르는 것이 있다. 반발해보고 싶어진다.

"나만의 생각인가 하고 있었지만, 요즘 비슷한 말을 들었소. 이것은 골상을 보는 데 뛰어난 사람의 말임에 틀림없소."

"관상가가 고레토님을 어떻게 말했는데?"

"관상가가 아니오. 당대의 석학이오. 중국에서 고승으로 이름을 떨친 안고쿠사 에케이(安國寺惠瓊)라는 분이 은길히 나에게 얘기했소."

"무어라고 했소?"

"딱하긴 하지만 재주에 빠지는 지사(志者)의 상이라고. 게다가 하극상의 흉상이 보인다는 거요."

"아사야마 스님."

"무엇이오?"

"그만큼 나이를 드시고서 그러한 말을 입 밖에 내는 것이 아니오. 스님이 수완이 비상한 정략가임을 이미 오래 전부터 듣고 있지만, 집안에서는 정치 도락을 하지 않는 게 좋을 거요."

넓은 방 한가운데서, 한 장의 커다란 그림 도면이 시동들의 손으로 펼쳐졌다. 그것은 다다미 두 장 크기만 했다. ——고슈 가모 고리 아즈치(江州蒲郡安土) 일대의 그림 지도였다.

"여기가 비와 호의 내해."

"오쿠시마(奧島), 이자키(伊崎) 섬도 보이는군."

"아즈치 강은 이것인가."

"소지쓰(桑實寺)도 있소. ……조라쿠(常樂寺)도 그려져 있고."

시동들은 한쪽에 모여서 제비 새끼처럼 목을 나란히 하고 들여다보고 있었다.

란마루는 무리와 떨어져서 혼자 얌전하게 앉아 있었다.

그는 벌써 관례를 할 나이가 지났다. 아직 2, 3년은 지나야 20세가 되지만, 앞이마를 덮은 머리를 자르면 이미 훌륭한 젊은 무사라고 해도 좋다.

'너는 그대로가 좋다. 몇 살을 먹든지 시동 모습 그대로 있어.'

주군 말씀이라고——그 자신 말하는 것이다. 그래서 란마루는 아직 다른 소년과 예쁨을 다투어 머리 옷소매 모든 것을 어린이 그대로의 모양으로 하고 있었다.

"과연, 이것인가."

노부나가도 도면의 한쪽에 보료를 옮기게 하고, 친히 들여다보면서 말했다.

"잘 그려져 있군. 이것은 우리가 갖고 있는 군사 도면 따위와는 비교도 안 될 만큼 정밀하군. 란마루(蘭丸)?"

"예."

"어디서 이와 같이 치밀한 그림 도면을 빨리 구해 왔는가?"

"여승인 어머니께서 어떤 절간의 광에 있는 것을 전부터 알고 있었다고 하면서……"

그의 어머니는 묘코(妙光) 여승이라고 하여 말할 것도 없이 오다가의 충신 모리 산자에몬 요시나리(森三左衞門可成)의 후처이다.

여섯 명의 자식이 있었다. 그 중 다섯 명은 남자다. 란마루는 3남이지만, 다른 아들들도 모두 노부나가의 집안에 발탁되어 저마다 사랑을 받고 있다.

이곳의 시동들 가운데에는 란마루의 동생 둘이 있었다. 보오마루(坊丸)와 리키마루(力丸)다.

'너무 닮지 않았나.'

모두들 말했다.

보오마루, 리키마루가 평범한 아이인 것이 아니라 란마루가 너무나 뛰어났기 때문이다. 그를 총애하여 마지않는 것은 노부나가의 눈만이 아니었다. 누가 보아도 란마루의 총명은 출중하였다. 어린애 같은 모습을 하고 있을망정 휘하의 여러 장성 측근의 무사들 중에서도 그를 조그맣다고 업신여기는 일은 절대 없었다.

"뭐, 묘코 여승의 손에서……"

노부나가는 문득 다른 때에 볼 수 없었던 눈으로 란마루를 뚫어지게 보았다.

"그대의 어미는 부처님을 받드는 신자인 까닭에 여러 사찰과 왕래가 있는 것은 당연한 일이지만, 노부나가를 싫어하고 저주하는 문중의 첩자들에게 기만되지 않게끔, 자네가 슬쩍 때를 보아서 말해 두는 게 좋을 거다."

"그러한 일은 본래부터 저 이상으로 잘 분별하고 계십니다."

"아니, 생각이 나서 한 말이야."

노부나가는 벌써 몸을 구부리고 아즈치 일원의 도면에 열중하고 있었다.

여기에 노부나가의 거성(居城)으로서 서 성을 창시한다.

그것은 극히 최근에 노부나가의 입에서 나온 뜻이었다. 그가 현재 있는 기후는 벌써 그의 거성으로선 약간 지방적으로 편재되어 있는 느낌이 있었던 것이다.

노부나가가 눈여겨보고 있는——또 장차의 진출을 생각하고 있는 지형으로는 나니와의 땅 오사카에 있었지만 그곳은 완강한 반노부나가의 법성 혼간사가 있어서 당분간 흔들릴 것 같지도 않았다.

그렇다고 하여 그는 무로마치 장군의 어리석음을 본받아, 임금님의 옆 교토에 막부적인 구태를 구성하려고 하는 따위는 생각지도 않는다. 게다가 정치적인 교섭은 이곳이 더욱 긴밀하며, 한편으로는 중부 이서를 흘겨보며, 북쪽 우에스기 겐신의 진출에도 대비하려고 한다면——아즈치는 그의 이상에 가까웠다.

"고레토님이 대기실에 와서 대령하고 있습니다. 하직 인사를 올리고 싶다고."

그때 방 밖에서, 무사가 이렇게 알렸다.

"미쓰히데인가."

노부나가는 가볍게 물었다.

"이리 오게 해라."

그대로 계속 아즈치의 그림 도면을 보그 있었다.

미쓰히데는 이곳에 와서 안심한 것 같았다. 동시에 '지쿠젠에게 놀림을 받았구나' 하고 생각했다.

“이리 가까이 오너라, 고레토.”

노부나가는 그의 정중한 인사 따위는 아랑곳없이 매우 다정하게 불렀다.

──그림 도면의 옆으로 불렀다.

미쓰히데는 황송해하며 기어서 다가와, 비위에 맞는 말을 했다.

“벌써 새 성의 창안에 여념이 없으신 줄로 압니다.”

인사를 잘 못하는 미쓰히데이다. 이 정도의 말을 하면서도 스스로 반성해 보거나 하는 성품이었다.

‘아첨은 아닐까?’

노부나가는 공상가다. 어떤 자에게도 뒤떨어지지 않는 실천력을 가진 공상가였다.

“어때, 호수에 면한 이 일대를 성터로 하면?”

그의 머릿속에는 벌써 성곽의 구성과 규모의 여러 가지가 설계되어 있는 것 같았다.

손가락으로 선을 그어 보이면서 말했다

“여기서부터 이 근처까지, 이렇게 해서……”

“산 아래 성을 둘러싸고 무사들의 저택을 할당하고, 백성들이 사는 거리는 일본의 어디를 가도 볼 수 없는 정연한 거리로 만든다.”

그리고 중얼거리며 또 말했다.

“이 축성에서는 마음껏 노부나가가 가지고 있는 재력을 쏟아 볼 참이다. 천하의 군웅을 제압하기에 족한 위용을 이 성은 갖추지 않으면 안돼. 사치는 아니지만 천하 제일의 웅장하고 견고한 성으로서 온갖 미와 질과 위엄을 가지게 하고 싶단 말이야.”

“그렇습니다. 반드시 필요합니다.”

미쓰히데는 진심으로 그러한 일이 절대 노부나가의 허영심이나 오만한 도락 따위가 아니라는 것쯤은 인정하고 있기에, 자기의 생각을 그대로 설명하는 것 같이 말했다.

항상 그럴 듯한 공명이나, 기지에 넘치는 대꾸를 주위로부터 듣고 있는 노부나가의 귀에는 미쓰히데의 진지한 대답이 어딘지 성이 차지 않았다.

“어때……나쁜가.”

“그러한 일은 없는 줄로 압니다.”

“시기로서는 어떤가.”

"가장 적당한 시기라고 생각합니다."

"그런가?"

노부나가는 자신감을 굳혔다. 미쓰히테의 재식을 그만큼 인정하고 있는 사람은 없다. 노부나가는 근대적인 지식도 있음과 동시에, 신념만으로써는 밀어 붙이기가 어려운 정치면의 고충도 충분히 경험하고 있기에 자주 그를 칭찬한 히데요시 이상으로 미쓰히테의 자질은 잘 알고 있는 터였다.

"그대는 축성학에도 정통하고 있다고 전부터 듣고 있다. 이 임무를 맡아 보겠는가?"

"아니올시다. 축성의 감독으로서는 그것만으로는 모자랍니다."

"모자란다?"

"축성은 건설입니다. 역시, 큰 싸움과 같다고 보아야 합니다. 물자와 인력를 합쳐서 잘 구사하려면, 역시 노장 중의 중진이신 분께 감독을 맡기시는 것이 좋으리라고 생각합니다."

"누가 좋겠는가?"

"인화, 그것이 첫째인 까닭에 니와님 같은 분이 적임이라고 생각하옵니다만."

"고로자(五郞左) 말인가. 좋겠지."

실은 노부나가의 의중도 그것이었던 것처럼 고덕거리며, 물었다.

"그런데, 이것은 란마루의 헌책이지만, 이번의 축성에는 그 구조의 중심을 천수각에 두려고 생각해. 천수각을 짓는 것은 어떤가?"

미쓰히테는 대답하지 않았다.

곁눈으로 란마루의 모습을 보고 있었다.

"천수각 축조의 가부를 묻고 계시온지요."

"그렇다. 있는 것이 좋겠는가, 없는 것이 좋겠는가."

"물론 있어야 할 것입니다. 위용상으로서도."

"천수각의 양식에도 여러 가지가 있겠지. 그대는 젊었을 때부터, 여러 나라를 돌아다녀 축성에는 정통하다고 듣고 있다. 기탄없이 그대의 구상을 말하도록 해라."

"천하의 저 같은 놈이 감히."

미쓰히테는 겸손해 하면서, 무엇인가 꺼리는 것 같이 말했다.

"오히려 저 쪽에 있는 란마루님 편이 정통하실 겁니다. 여러 나라를 돌아다니면서도 천수각을 갖춘 성으로 말씀드린다면 겨우 두세 개밖에 보지 못했으며, 그것도 매우 유치한 구조였습니다. 란마루님의 헌책이라고 하면, 반드시 그에 대해서 생각이 있을 것으로 알기에……"

노부나가는 두 사람의 섬세한 신경 따위는 비교해 보지도 않았다. 아무렇게나 물었다.

"란마루."

"예."

"그대도 미쓰히데에 뒤떨어지지 않는 면학가이지만, 어느새에 축성까지 연구했던가. 천수각의 구조에 대해서 그대는 어떤 안이 있는가? 그렇지 않으면 여승인 어미의 손으로부터 도면이라든가, 자료 따위를 남의 집의 광으로부터 빌려가지고 있는 것은 아닌가."

"……"

"왜 대답을 안 하는가, 란마루."

"대답이 궁해졌기에."

"그것은 어떠한 이유인가."

"쥐구멍이라도 있으면 들어가고 싶은 심경이올시다."

그는 진정으로 부끄러움을 느끼는 것처럼 두 손 위에 얼굴을 떨어뜨리어 엎드렸다.

"아케치님께서도 너무 하십니다. 어찌하여 란마루에게 천수각의 구조라는 창안이 있겠습니까. ……실상을 말씀드리자면, 제가 주군께 여쭌 것도, ……사토미(里見), 오우치(大內)등의 여러 영주들의 성에는 천수각이 있다는 사실을……언젠가 숙직할 무렵, 미쓰히데님으로부터 자상하게 들은 이야기를 주군께 말씀드린 데 불과합니다."

"그럼 그대의 헌책이 아니라는 말인가."

"일일이 이것은 누가 말한 것입니다, 이것은 누구의 말입니다, 하고 주석을 붙이기에도 번거롭다고 생각했기에 막연히 주군께 참고로, 천수각을 지으시는 게 어떻겠습니까? 하고 말씀드렸을 뿐이올시다."

"그런가. 하하하……그러한 가벼운 뜻이었던가."

"그러하거늘, 아케치(明智)님께서는 그렇게 가볍게 여기시지 않으시고……무엇인가 제가 타인의 슬기를 훔쳐서 자기의 공으로 한 것 같이……저를 꺼려하시면서 하신 지금의 대답은 다소 뜻밖으로 들렸습니다. ……언젠가 숙직할 때 미쓰히데님 자신의 말씀으로는 오우치 성 사토미 성 등의 천수의 사생도도, 스미쿠라(隅倉) 모씨의 덕줄로 그린 비밀 도면 등도 모두 비장하고 계시다는 말씀을 들었습니다. 그러하옵거늘 무엇을 삼가신다고 저 같은 놈에게 물으시라고……주군에게 대답을 하옵시는지 이 란마루는 매우 당혹하고 있사옵니다.”

아직 어린 아이의 차림을 하고 있는 란마루이기에, 이내 눈에 홀려서 어린 아이라고 본다. 그런데 사실은 벌써 훌륭한 젊은이였으며 말을 하면, 전국의 책사, 삼국의 모사 등도 삼사를 피하리만큼 달의 구석구석에까지 지혜가 번지고 있었다.

“그런가, 미쓰히데?”

노부나가에게 얼굴을 보이게 되어 그는 그 얼굴을 아무렇지도 않게 꾸밀 수는 없었다.

“……옛.”

미쓰히데는 대답을 하긴 했으나 뒤의 말을 잇지 못했다. 훨씬 나이 아래인 란마루라고는 하나, 마음속으로 아니꼽게 생각하지 않을 수 없었다.

왜냐하면 그가 일부러 축성에 대한 자기의 의견을 말하지 않고, 란마루야 말로 그 방면에 조예가 깊다고 한 것은 노부나가의 총애를 알고 있기 때문에, 그가 칭찬을 받게끔 은밀히 호의를 나타내려고 한 것이었다. 아니 란마루가 수치를 느끼지 않게끔 마음을 쓴 것이다.

‘천수각에 대한 것이나 축성의 지식은 모두 이 몸이 숙직할 때, 란마루에게 말한 것으로, 그것을 란마루 자신의 창의와 같이 주군에게 헌책했다고 하는 것은, 참으로 아니꼬운 일입니다.’

이렇게 말했다면 얼마나 란마루가 부끄러워할까, 또 노부나가가 씁쓸해 할까. 그러한 불쾌는 피하는 것이 자신을 위하는 일이라고 생각하고, 사람의 감정을 통찰하기에 재빠른 그였기에 완곡히 공을 란마루에게 돌린 것이었다.

그런데, 결과는 그가 생각하고 있던 것과는 아주 거꾸로 되었다. 지금에서야 이 어린이 차림을 한 어른의 심술궂음에, 등골이 오싹해지지 않을 수가 없었다.

노부나가는 매우 난처해하는 그의 모습을 보고 거의 그의 마음속을 짐작한 모양이다.

갑자기 크게 웃으면서 말했다.

"고레토답지 않은 소심함이다. 그러한 것은 언제든지 좋다. 중요한 것은 천수각의 그림 도면, 먹줄로 그린 자료 등을 그대가 가지고 있는가, 하는 것이다."

"실은, 미쓰히데의 집에 조금은 있습니다만, 그것을 가지고서 만족하실지……"

"있으면 됐다. 노부나가에게 잠시 빌려달라."

"잘 알았습니다. 곧 가져오게 하여 올리겠습니다."

미쓰히데는 우연이라도 주군에게 거짓말한 것을 자책하고, 여전히 마음만은 매우 괴로운 것 같았다.

여러 나라 성을 비판하다가 이야기가 세상 이야기 등으로 바뀌어도 노부나가의 기분은 절대 나쁘지 않았다. 만찬을 하사받고 그는 아무런 실수 없이 물러났다. 적어도 실수는 아니었다.

이튿날 아침, 노부나가는 니조를 출발했다.

그날 아침, 여승인 어머니의 방을 찾아서, 문안드린 란마루는 바쁘게 서두르고 있는 어머니 곁에 다가서서 살짝 속삭였다.

"채비는 되셨습니까."

"어머님, 어머님께서 여러 곳의 사찰에 드나들면서, 아군의 군사 기밀을 종문의 승려들에게 누설시킬 우려가 있다고 알린 것은 틀림없이 미쓰히데라고, 동생 보마루로부터도 다른 측근으로부터도 듣고 있었기에, 어제는 고레토님이 하직 인사 차 온 것을 다소 쏘아 붙였습니다……어떻든 우리 모자는 아버지가 없고, 그리고 주군의 은총은 남의 갑절로 두텁게 받고 있으니 질시할 염려가 있습니다. 아무쪼록 남에게 방심하지 마십시오. 어머님께서도 조심해 주십시오."

묘코(妙光) 여승은 말없이 끄덕거렸다. 주군의 총애가 있으면 있을수록 6명의 자식들을 거느리고 인간 세상을 살아나간다는 것은 여간한 마음으로서는 어렵다.

그녀는 지금 손수 꾸리고 있는 궤 속에 한 개의 위패를 넣었지만 거듭 그것을 두 손으로 잡아 염불을 외우면서 이마에 대고 절을 했다.

란마루의 선친, 묘코 여승의 남편——모리 산자에몬(森三左衞門)의 위패였다.

아즈치의 축성과 그것을 둘러싼 대규모의 드시 계획은 다음 해 덴쇼 4년 정월부터 곧 착수되었다.

"도면을 긋고 안을 짜는 것은 필요하지만, 건시하의 건설이니 같은 그림을 그린다면 곧 땅 위에다 그려라."

그에 착수하는 회의 등은 거의 한 번밖에 열지 않았다. 노부나가의 그 한마디로써 총감독은 니와 고로자에몬(丹羽五郎左衞門) 이하 협력의 할당, 직원, 여러 가지 일의 담당 등, 모두 단번에 결정하고 말았다.

그 결과 놀랄 만한 인원이 토독 공사에 동원되었다.

틀림없이, 이것도 전쟁이다. 건설전이다.

"뭐니뭐니해도, 가슴이 후련하리만큼 사물의 결정이 빠른 대장이야."

민중은 그 신속함을 찬양했다. 서민성은 속도를 좋아한다. 그러한 데에 열정을 불러일으킨다.

어떻든 교토에서의 귀로에 아즈치에 행렬을 멈추고 노부나가가 그곳의 산이나 겨울 논, 초원을 일별하고 있던 것이 바로 지난 해 섣달의 일이었다. 이른 봄 호수를 건너온 큰 배가 수많은 건축자재를 호숫가에 쌓아 올리고, 하나씩 하나씩 배가 닿을 때마다 올라오는 인원은 이내 가까운 마을의 민중을 처마 밑까지 메워버릴 만했다.

"오는군 오는군, 또 오는구나."

한가한 노인들은, 날마다 가두에 나가 오래 살고 볼 일이라는 듯이 흥미진진한 얼굴로 구경하고 있었다.

교토, 오사카는 물론 멀리는 서쪽어서 또 간토 지방이나 호쿠리쿠에서도 저마다 제자나 일꾼들을 데리고 속속 장인들이 아즈치에 모여들다.

총감독 니와 나가히데의 아래로 건축 감독은 기무라 지자에몬(大村治左衞門), 도목은 오카베 마타에몬(岡部又右衞門), 세공은 미야니시 유자(宮西遊左), 조각 금공은 고토 헤이시토(後藤平四郎), 칠공은 오시 교부(首刑部)가 맡았다.

그 밖에 대장장이, 석공, 미장이, 장식공, 표구사 등에 이르기까지 천하의 대표적인 장인들이 모두 솜씨를 겨루기 위해 모여들었다. 또한 내부의 삼목·문장지·천정 등의 미술적 의장에는 가노 에이토쿠(狩野永德)가 선정되어, 에이토쿠 혼자 자기의 화파에 기울지 않게, 각파의 명장과 의논하여, 필세의 걸작을 여기에 옮겨, 오랜 전란 때문에 침체되어 있던 예술의 빛줄기를 여기에다 찬연히 나타내려고 했다.

뽕나무밭은 하룻밤 사이에 규격이 바른 도로가 되고 호수로 면한 산위에는 어느새 벌써 천수각의 골조가 완성되고 있었다. 불교의 세계설에 나오는 수미산 33천을 상징하여, 그것을 주천으로 하고, 이하 사천왕을 한 루 한 루씩 짜, 그 하나를 다문천(多聞天)의 성곽으로 부르고 다문망루를 지었다. 도합 5층의 망루다.

그 아래에는 커다란 석조의 창고가 있다.

창고에 이어서 큰 방, 또 무수한 방. 방의 위에 또는 아래에도 방. 방 수가 몇 백인지 또 몇 층인지 알 수 없다.

묵매의 칸, 팔경의 칸, 꿩의 칸 등, 화공은 밤잠을 자지 않고 그리며, 먼지를 주의해야할 옻칠인지라 칠장이는 주란이나 묵벽을 칠하면서 곁눈질도 하지 않고 일에 골몰했다.

기와는 귀화인인 이치칸(一觀)이라고 하는 당나라 사람이 구웠다. 중국의 굽는 법에 따랐다고 한다. 기와를 굽는 옹기가마는 호반에 있어 밤낮없이 나무를 때는 연기를 피우고 있었다.

"……과연 오다님의 식견은 넓군. 이 성의 구성을 보니, 어딘지 남만의 구조를 닮은 데가 있는가 했더니, 당나라 것의 좋은 점도 넣었고, 게다가 그것을 모두 일본화시켜 놓았으니……"

연신 멀리서 구조에 감탄하고 있는 승려가 있었다.

얼핏 보아서, 떠돌아다니는 중에 지나지 않지만, 미골이 높고 입이 큰 것이 어딘가 범상한 데가 있다.

"에케이(惠瓊)님이 아니시오?"

살짝, 뒤로부터 놀라지 않을 정도로 등을 두드린 자가 있다. 저쪽에 머물고 있던 부장들 중에서 혼자 빠져 나온 히데요시였다.

"허엇……이건. ……지쿠젠님이었습니까?"

중은 뒤로 돌아서더니 과장되리만큼 반가운 표정을 지었다.

히데요시도 장단에 맞추어서 한마디 했다.

"뜻밖인 곳에서."

다시 한번 에케이의 어깨를 두드리고, 그리고 정답게 실눈을 지었다.

"매우 오랫동안이었소이다. 하지스카(蜂須賀) 마을의 고로쿠(小六)님의 댁에서."

"그래그래, 그 무렵 고로쿠의 댁에 묵고 있었던 객승이 귀하였었지요. 얼마 전에 니조의 저택에서 고레토님으르부터 언뜻 상경했다는 소문을 듣고 있었는데."

"모리님의 사신들에 섞여서 교토에 머물고 있었습니다. 사신들은 이미 귀국했지만 급한 볼일도 없는 중늠이 홀가분하게 이곳저곳으로 낙중낙외의 절들을 찾아 돌아다니다가 때마침 건설을 보고 귀향해서 이야깃거리라도 될까 해서 문득 들렀다가, 크게 감동을 받았기에."

"귀승도 건설 중이지요?"

히데요시의 당돌한 말에, 에케이가 다소 얼굴색을 달리했다.

"에, 어디에……"

히데요시는 웃으면서 다시 말했다.

"아니, 성곽이 아니지요. 정주하고 있다는 아키(安藝) 나라에서 안고쿠사라고 하는 사원을."

"하하하. 사원의 말을."

그 말에 에케이도 파안일소했다.

"안고쿠사는 벌써 준공됐습니다. 지금은 그곳의 주지, 한번 틈을 보아 행차하신다면 황공하겠습니다만……귀하도 이미 나가하마의 성주이니, 홀가분하지 못 하실 것입니다."

"아니, 성주라고는 되었습니다만, 아직 치부를 못했기에 홀가분하고 입이 가벼운 것도 여전합니다. 그렇지만 하지스카의 댁에 있을 때보다는 다소 어른다워졌습니다."

"아니, 조금도 변함이 없소. 하시바님도 젊으시지만, 오다님의 중견은 거의 모두가 장년이니까요. 축성의 장관이나 그곳에 서 있는 막료 장성들의 의기나, 욱일승천지세라고 하는 것이 바로 이런 것을 말하는 것일까 하고 아까부터 심취한 채 보고 있었습니다."

"안고쿠사는 모리 데루모토(毛利輝元)님의 희사인가요…… 모리님이야말로 사이고쿠(西國)의 중진 또한 대국 부강의 정도에서도 인재에서도, 우리 오다가와는 비할 바가 아니지요."

에케이는 그러한 이야기에 언급되기를 피하는 것처럼, 천수각이 잘 되었음을 칭찬하고 성터의 절경을 치하하기도 했지만 잠시 후 히데요시로부터 권유를 받았다.

"나가하마도, 이곳으로부터는 바로 북쪽의 호반입니다. 저의 배도 있으니 이틀 밤 주무시기로 하고 놀러 가시지 않으렵니까. 오늘은 저도 짬을 내서 한번 나가하마로 돌아갈 예정이니."

그러나 급히 그것을 이별의 계기로 하여 인사를 하고 떠나갔다.

"아니오, 언젠가 한번 찾아보겠습니다. 하지스카 마을의 고로쿠님에게……아니 지금은 히코에몬(彦右衛門)이라고 하여, 귀하의 막하에 있다고 하니……그분에게도, 잘 전해 주십시오."

바라보고 있으니 길가의 민가에서 나온 제자 같은 중 두 사람이 스승의 모습을 보자 허둥지둥 뒤쫓아 간다.

호리오 모스케(堀尾茂助) 한 사람을 데리고 히데요시는 싸움터와 같은 공사장 쪽으로 향했다. 그는 이 축성에는 보조역할 정도로 책임 있는 소임은 맡지 않았기에 자주 이른 배로 왔다가 또 나가하마로 돌아가기도 했다.

"하시바님, 하시바님."

어디서 부르는 소리가 났다. 보니 란마루가 고른 이빨을 내보이는 웃음을 지으면서 달려오고 있었다.

"야아, 오란님이오. 주군께서는 어디에 계시오?"

"오늘 아침부터 천수각에서 지시를 하셨는데, 방금 자리를 뜨시고 상실사에서 휴식 중이십니다."

"그럼, 그리로 갑시다."

"하시바님, 지금 저쪽에서 다정하게 이야기를 나누시던 중은, 안고쿠사의 에케이라고 하는 관상을 잘 보는 분이 아니십니까?"

란마루는 무엇인가 그것에 흥미를 가지고 있는 듯한 말투로 물었다.

"그렇지요. 누구에게선가도 그런 이야기는 들은 적이 있는데, 관상 같은 것이 맞는 건지 안 맞는 건지……"

히데요시는 그다지 흥미 없다는 표정으로 말한다. 그러나 란마루의 성격과 주군의 곁에서 시중드는 그의 위치를 충분히 잘 알고 있는 그로서, 일부러 모호하게 말했는지도 모른다.

란마루도 란마루였다.

그가 미쓰히데를 대할 때에 비해 히데요시를 향해서는 말을 하는 데도 아무런 경계도 보이지 않았다.

다루기 쉽다——라고 보지는 않겠지만, 가끔 태평스럽게 보이거나 어리석게 보이기도 하기에 교제하기 좋은 사나이로 보고 있는 것은 사실이다.

"아니, 관상이라는 것은 맞습니다. 저의 어머니는 자주 말씀하십니다. 돌아가신 아버지 산자에몬이 전사하기 전, 어떤 관상가에게 몰래 예언을 들었던 모양입니다. ……그래, 저도 실은 에케이님과 같은 저명한 분의 말씀이기에 다소 마음에 꺼리는 일이 있습니다."

"아까 에케이에게 관상이라도 보아 달라고 했소?"

"아니, 아니. 이 란마루의 일이 아니올시다. 좀 다른 사람 이야깁니다만……"

그는 길의 앞뒤를 돌아보고서 은밀히 말했다.

"……고레토님의 일입니다."

"허. 아케치님이 어떻게 되었다는 것이요?"

"그분의 얼굴에는 주군이라도 해할 수 있는 탄골(反骨)이 엿보인다고…… 아주 대단한 흉상이라고 말하였다는 것입니다."

"누가?"

"안고쿠사의 에케이 스님이."

"그렇게 보면 그리 보일지도 모르겠소. 고레트님의 인상뿐만 아니라……"

"아니, 참말로 그렇게 여쭈었다는 것입니다."

히데요시는 싱글거리며 듣고 있었다. 흔히 일부 사람들은 이 란마루를 몹시 경계하여 신랄한 모사처럼 말하고 있는 자들도 있지만, 이렇게 터 놓고 이야기해 보면 역시 아직 젖비린내 나는 어린이라는 느낌이 확실히 들었다.

그에게는 그렇게 하는 것이었다.

히데요시가 적당히 대꾸해 주자 정색이 되어서 예기치 않는 일을 가볍게 말하기에 물어 봤다.

"대체 그러한 말을 누구한테 들었습니까?"

그러자, 란마루는 서슴없이 털어 놓았다.

"아사야마 니치조오님으로부터."

흐흠——하고 그는 수긍하는 얼굴로 말했다.

"니치조오님이 임자에게 직접 한 말은 아니겠지요. 또 누가 그것을 사이에서 전달한 사람이 있을 겁니다. 맞춰 볼까요?"

"맞춰 보십시오."

"임자의 모친 묘코님이시지요?"

“어떻게 알았습니까?”

“하하하.”

“참, 어떻게 그것을 아실까?”

“묘코님께서는 전부터 그러한 것을 믿고 계셨지요. 아니 좋아하시는 편이라고 하는 게 맞을지 모르지. 또 아사야마 니치조오님과는 상당히 친하시지요. 그러기에 대강 짐작을 한 것이오. 하나 히데요시로 말하자면, 에케이는 관상을 보는 것 이상으로 적국의 국상을 보는 것을 잘하는 것 같소.”

“……국상?”

“사람의 상을 인상이라고 한다면 나라의 상을 국상이라 해도 무방할 것이오. 에케이는 그것을 잘 보는 사람인 줄로 압니다. 그와 같은 자를 가까이 해서는 안 됩니다. 그는 중 차림을 하고 있을망정 모리 데루모토의 정략에도 참여하고 있는 인물입니다. 란마루님, 어떻소. 제가 훨씬 관상을 잘 보지요. 하하하.”

어느덧 소지쓰사의 산문이 그곳에 보였다. 두 사람은 낮은 돌층계를 무엇인가 이야기를 주고 받으면서 웃는 얼굴로 올라가고 있었다.

눈에 띌 만큼 축성의 공사는 진척되어 갔다.

그리하여 2월말, 노부나가는 이미 기후를 떠나 이사를 했다.

이 일로, 총감독 니와 나가히데도 낭패하여 노부나가에게 말했다.

“아직, 이사하심은 무리입니다. 본전의 벽도 마르지 않았습니다. 여러 일꾼들도 많이 들락날락하고 있기에 그 가운데에 좌정하신다면.”

그러나 노부나가는 아무렇지도 않다는 듯이 대답했다.

“아니 기거를 하게 될 수 있을 때까지 사쿠마 노부모리(佐久間信盛)의 집에서 기다리겠어. 될 수 있는 대로 빨리 해라.”

노부나가는 일상용품만을 가지고, 신하의 저택에 동거하게 되었다.

“몹시도 성급해서서.”

여러 감독들은 그의 성미 급한 데 어처구니없어 했지만, 무리는 무리라도 그것이 또 공사의 진척에 박차를 가했다.

성도 성이려니와, 그 이상 노부나가의 성급한 이사로 눈부시게 촉진된 것은, 새로운 성 아래 거리의 발전이었다.

아직 제대로 집채도 갖추어지기 전에 노부나가는 말 매매 시장을 열게 하여 다른 나라의 값 이상을 주고 자주 좋은 말을 사들였다.

그리고 여러 영주들에게 영을 내려 다른 도시에서 거래하는 것을, 그 세력권 내에서는 엄금했다.

"이제부터 마시장은 아즈치에서만 연다."

"아즈치는 장차 굉장한 도시가 된다."

이렇게 예상하고 여러 나라의 장사꾼들이 재빨리 이사해 왔다.

"빠른 것이 최고야."

이렇게 못이 좋은 토지를 다투어 이곳에 모인 민가는 순식간에 몇 천 호에 달했으며, 얼마 후 노부나가가 성안의 본전으로 들어갔을 때는 이미 1만 호 이상이 날로 생업의 번창을 구가하고 있었다.

기후의 가독(家督)은 아들 노부다타에게 상속시켰다.

노부다타도 이미 20세이다. 그에게도 성을 갖게 해야 할 시기가 온 것이다. 아즈치로의 진출은 그러한 뜻에서도 오다가의 번영을 더하게 했다.

그러나 축성상으로도 신기원을 이룰 만한 천하제일의 견고한 성이 이 요지에 의연하게 우뚝 솟았을 때, 그 군사적 가치에 가장 큰 관심을 가지고 있는 것은 이시야마(石山) 혼간사와 주고쿠(中國)의 모리 데루모토, 그리고 호쿠에쓰(北越)의 우에스기 겐신 등이었다.

그 중에서도 겐신은 이렇게까지 생각했다.

"아즈치는 에치고로부터 교토의 길을 차단했다."

겐신의 의도도 물론 중앙에 있다.

때만 된다면 금방이라도 에쓰 산을 넘어서 고호쿠로 나가 일거에 중원에 기를 꽂으려고 마음 먹고 있는 것이다.

당연히, 겐신으로서는 마음이 불편했을 것이다.

그런데 오랫동안 소식이 끊어졌던 전 장군 아시카가 요시아키가 자세하게 적은 밀서를 써 근황을 알려 왔다.

'아즈치의 성곽은 겉보기에는 대강 완성된 것 같이 보이지만, 실지 내용까지의 완성에는 적어도 2년 반이 걸린다. 그것이 완성된 뒤엔, 이미 에치고와 교토의 길은 없다고 해도 과언이 아니다. 치려고 하면 지금이 절호의 기회!

이몸은 그 뒤 여러 나라를 돌아다니며 온갖 반 노부나가권의 연계에 성공했다. 주고쿠의 모리님도 이에 가맹하였다. 나머지는 다년간의 숙망인사가미(相模)의 호조, 가이(甲斐)의 다케다, 에치고의 귀가, 이 3국 일화의 포위권을 결성하는데 있다. 그것은 우선 귀국이 맹주로서, 맨 먼저 일어서 주지 않으면 성취될 가망이 없다.'

이런 말 등을 적어 망명 중이면서도 여전히 책모 취미를 버리지 않는 요시아키의 본바탕을 유감없이 나타내고 있었다.

"세살 적 버릇 여든까지 가는군."

겐신은 그것을 보고 씁쓸하게 웃었다. 그 계책에 흔들릴 만큼 그는 호락호락한 대장이 아니다.

덴쇼 4년부터 5년의 여름에 걸쳐서 겐신의 병마는 가가, 노토(能登) 방면에서 준동하여 자주 오다의 영계를 위협했다.

구원군은 오미로부터 재빨리 달려갔다. 시바타 가쓰이에(柴田勝家)를 대장으로 하여 다키가와(瀧川) 하시바(羽柴), 니와(丹羽), 삿사(佐佐), 마에다(前田) 등의 모든 부대가 속속 향했다.

데토리가와(手取川), 우치코시(打越), 아다카(安宅) 등 곳곳의 적을 쫓고, 또 적에게 도움을 준 부락을 불사르며, 가나쓰(金津) 앞까지 진출했을 때였다.

"겐신의 진지로부터 오니고지마 야타로(鬼小島彌太郎)라는 자가 사자로 아군 진지에 가까이 와서, 이 서면을 오다님이 직접 보시기를 바란다고, 크게 소리 지르고는 곧 물러갔습니다만."

그날 한 장교는 두 겹 세 겹으로 휘장을 친 본영의 중추부에 한 통의 서면을 가지고 왔다.

아군 가운데도 모르는 자가 많았지만, 이 진중에는 노부나가도 은밀히 와 있었던 것이다.

노부나가는 놀랐다. 어떻게 하여 자기가 진중에 있다는 것이 샜을까 하고 직접 봉투를 뜯었다.

"바로 겐신의 직필이 틀림없는데."

문면에는 이렇게 적혀 있다.

──오랫동안 고명을 듣고 있습니다만, 아직 배면하지 못했음을 한으로 생각하고 있던 차에 원로를 무릅쓰고 오셨다니 다시없는 호기입니다. 그것을 쓸데없이 난군 중에서 어긋나게 된다면 서로 또 언제가 될지 모르는 날까지 이 하늘이 준 인연을 원망해야 될 것입니다. 따라서 내일 아침 묘시(6

시)에 일전하기로 결정하고, 가나쓰강까지 나오셔서 겐신을 부르십시오. 겐신도 귀하를 부르겠습니다. 제반사는 배면하고 결정지읍시다.

소위 결투장이었다.

"사자인 오니고지마라는가 하는 자는 어떻게 됐는가."

"곧 돌아갔습니다. 회답을 기다릴 것 없다고."

"그런가."

노부나가는 전율을 감추지 못했다.

그날 밤 안으로 그는 급히 퇴진을 알리고 멀리 물러섰다.

겐신은 나중에 몹시 웃었다는 것이다.

"과연 노부나가로군. 만약 그대로 앉아 있었더라면, 이튿날에는 모조리 우리 말발굽에 밟히고 노부나가는 더면함과 동시에 베여 강에 던져져 버렸을 것을."

그러나 노부나가도 또한 일부의 군병과 함께 재빨리 아즈치로 돌아와서 겐신의 전 시대적인 결투장을 생각하면서 빙글빙글 웃었다고 한다.

"가와나카지마(川中島)에 신겐을 유인한 것도 그와 같은 수법이었을 것이다. 아무튼 재빠르고 씩씩한 사람인 것 같다. 네게는, 그가 자랑하는 아즈키 나가미쓰(小豆長光)의 장검을 보고 싶다는 생각은 꿈에도 없다. 무사들이 붉은 끈으로 꿰맨 갑옷 등으로 화려하게 치장하는 시대에 겐신이 태어나지 못했음이 안타까울 뿐이다. 이미 아즈치의 성을 쌓는 일꾼들의 기술에까지 낭만 미술이나 당나라, 안남 등의 온갖 수법을 이용하고 있는 것을 어떻게 볼까. 가련하다, 그도 지방적인 일개 영웅에 불과한 것으로 보인다. 무기·전술, 기타의 문화 모든 것이 요 10년을 고비로 하여 바뀌었는데도……어찌 전술이 변하지 않고 있으랴. 그는 노부나가의 퇴진을 비겁하다고 웃고 있겠지만, 노부나가는 그의 시대 인식이 상인이나 일꾼들보다도 뒤떨어져 있는 것을 웃지 않을 수 없다."

듣는 자는 크게 배웠다.

그러나 시대를 본다고 하는 것은, 가르침을 받으면서도 쉽게 터득할 수 없는 데가 있다. 고기에게 강을 보라고 해도 갑자기 고기가 물에 서지 못하듯이.

그것은 어떻든, 노부나가가 돌아온 뒤 호쿠리쿠의 진중에서는 무엇인가 사건이 일어났던 모양이다.

원인은 잘 모르지만, 작전상의 일로 시바타 가쓰이에와 하시바 히데요시가 논쟁을 벌인 모양이었다.

노부나가에게는 재빨리 가쓰이에(勝家)로부터의 소청이 있었다.

'하시바 지쿠젠은 제출도 하지 않고 멋대로 귀진하였사온즉, 언어도단의 처사로서, 반드시 책망해 주시기를 앙망하오며……'

히데요시 편에선 아무 말도 해 오지 않는다.

노부나가는 그에게도 이유가 있을지 모른다고 호쿠리쿠 진중의 제장이 돌아올 것을 기다려서 판정할 생각으로 있었다.

"시바타님의 노여움은 다른 때와는 좀 다르다."

"지쿠젠님도 너무 성급했다. 진중에서 철수하다니. 저렇게 되면 대장된 자의 체면이 서지 않지."

갖가지 풍문이 들려오기에, 사신에게 조사하게 했다.

"정말 지쿠젠은 나가하마에 돌아와 있는가?"

"사실입니다. 거리낌없이 나가하마에 있다는 말이올시다."

노부나가는 격노하여 엄중히 사자를 보냈다.

"불손한 수작! 어떻든 근신하라고 해라."

잠시 후, 돌아온 사자에게 물었다.

"히데요시는 어떤 얼굴을 하고 있든가, 나의 문책을 듣고서."

"하아……라고 하는 것 같은 얼굴 표정이었습니다."

"그뿐인가?"

"당분간 휴양이냐……하고 중얼거리고 있었습니다."

"겁 없는 녀석. 교만하게."

최고의 말로 매도하면서도 노부나가의 미간에는 조금도 히데요시를 미워하는 기색은 보이지 않았다.

그러나 얼마 뒤 가쓰이에 이하, 북벌의 제장이 돌아왔을 때에는 노부나가도 정말 노하고 말았다.

앞서 근신하라고 유폐를 일러두었는데도 그 히데요시는 나가하마 성에서, 근신은 고사하고 밤낮으로 음주 연회를 벌여, 어떤 밤에는 호반으로 향한 큰 방을 열어 젖혀 천촉의 불을 밝히고 시동들에게는 금부채 은부채를 쥐어 춤추게 하며 자기는 장구를 두드리고 있는 모양이——호수 위의 고기잡이 배나 오가는 범선에서도 손에 잡힐 듯이 똑똑히 알 수 있는 호화판이었다고 하는 것이다.

이러니 노하지 않을 수 없었다.

최악의 경우엔 배를 갈라 자결하는 것이고, 잘 되어도 아즈치에 소환되어 군법회의에 회부될 것이다.

누구나 노부나가의 격노를 그렇게 짐작하고 있었다.

그러나 어느 사이인가 노부나가는 잊어버린 것 같이 그 일을 더 이상 입에 올리지 않았다.

다만, 걱정한 것은 마에다 마타자에몬(前田又左衛門)이나 이케다(池田) 등 평소 히데요시와는 마음속으로부터 사귀고 있는 다정한 벗들이다. 하루는 은밀히 나가하마에 가서 히데요시를 만나, 벗을 사랑하는 나머지 울음을 터뜨리며 꾸짖었다.

"어리석은 짓도 적당히 해라."

그러자 히데요시가 말했다.

"아니, 고마워. 걱정을 끼쳐 미안하다. 하지만 만약 내가 시바타와 논쟁을 한 채로 또 주군의 책망을 들은 채로 이 성문을 닫아걸고 혼자 조용히 하고 있었다면, 어찌 되겠어? 히데요시는 폐둔의 영에 원한을 품고 있다. 얼마 안 있다가 반역할 뜻을 품을지도 모른다. 만약 주군께서 그렇게 생각하시지 않더라도 시끄러운 벌레들이 이쪽저쪽의 풀숲에서 떠들어댈 것이다. 나의 음주 연회는 이러한 음성의 책모를 털어 버리는 방법이야. 아하하하. 어때 그럼 누상에 올라가서 한잔 하지 않겠나."

말하고 또 껄껄 웃었다.

가지의 선물

이즈음, 남편 히데요시는 약간 늦잠을 자는 버릇이 생겼다.

아침마다 네네가 남편의 얼굴을 보는 것은 언제나 해가 높이 떠오른 뒤였다.

노모도 가끔, 근심스럽게 네네에게 물었다.

"요즘 그 애는 어찌된 것이냐."

네네는 그럴 때마다 대답에 궁했다.

늦잠의 원인은 매일 밤마다 술을 마시기 때문이었다. 집 안에서 마실 때에는 조그만 잔으로 네댓 잔 마시면 곧 벌겋게 되어서 밥 먹기를 서두르는 남편도, 가신의 맹자들을 모아서 떠들어 대기 시작하면 밤이 새는 것도 잊고 마구 퍼 마신다.

결국 선잠을 자거나 시동들 방에서 시동들과 함께 잠들어버리고 만다. 또 어느 날 밤 같은 때는 무슨 일로 해서 그녀는 큰 복도를 걷고 있다가 별채로 이어진 다리 복도 위를, 한 사람의 남자가 어물어물 건너가려 하고 있는 것을 봤다.

아무래도 남편의 모습과 흡사하기에, 그녀는 다른 사람의 목소리를 흉내

내어 불렀다.

"이봐이봐, 그곳을 건너가는 게 누구냐."

"이건……?"

놀라며 뒤돌아선 남편은, 춤을 추는 모양을 하며 낭패를 감추려고 하면서 말했다.

"이곳은 작은 다리인가 큰 다리인가, 길을 잃은 사람이오."

그리고 비틀거리며 다가와서 아내의 등에 매달렸다.

"아아, 취했다. 네네, 업어다 줘. 걷지 못해. 걷지 못하겠어."

능청스럽게 남편이 부끄러움을 감추려고 하는데, 네네는 그만 웃음을 터뜨렸지만 일부러 심술을 부려 물었다.

"예예, 업어서 모시겠지만, 그래 또 당신의 가실 곳은 어디십니까?"

그러자, 히데요시도 등 뒤에서 킥킥 웃어 대며 말했다.

"그대 있는 곳까지. 그대 주무시는 곳까지."

그러면서 어린애 모양으로 다리를 버둥거렸다.

"호, 호, 호."

"호, 호, 호."

뒤에서 수많은 시녀들이 촛대를 들고서 이 두부의 모양을 보고 있는 것이다.

네네는 무거운 듯이 등을 돌려서, 그 무리에다 농담을 던졌다.

"저, 이처럼 술내 나는 나그네를 주워서 어디에다 두는 게 좋을까."

시녀들은 우스워서 배를 움켜잡기도 하고, 눈물을 흘리기도 하는 등, 언제까지나 웃음이 그치지 않았다.

그리하여, 나가하마 잔치 때의 꽃수레처럼 이 주운 자를 둘러싸고, 그날 밤만은 네네의 방에서 놀며 샜다.

가끔 이러한 일들도 있지만, 흔히 아침에 찡그린 상을 한 남편의 얼굴을 보는 것이 아내의 소임 같았다.

이 사내의 뱃속에는 대체 무엇이 숨어 있는 것인지?

결혼한 지 벌써 16, 7년이 된다. 네네도 30을 넘었고, 남편은 올해 42살.

그녀도 이른바 살림꾼 아내가 되어 있었다. 아침마다 남편이 씁쓸한 표정을 지으면 단순한 불쾌감만으로 여겨지지 않고 안심이 되지 않는 것이었다.

그 불쾌감에도 두려움과 함께 더욱 절실하게 아내로서 바라는 것은, 어떻

게 하든지 남편의 괴로움을 조금씩이라도 나누어 가지고서 그 고뇌를 위로
해 주고 싶다는 것이었다.

그러나 남성의 표현은 아내의 입장에서는 전혀 종잡을 데가 없었다. 어떠
한 불만이 그 속에 있는 것인지, 어떤 고뇌가 뱃속에 가로 누워 있는지를 말
이나 표현으로서 설명해 주지 않는 것이다. 이럴 때에 그러한 남편의 힘이
되거나, 상담 상대가 되지 못하는 것도 아내에게는 남편의 괴로움보다도 더
한 괴로움이었다.

때로는 매우 유쾌할 때도 있지만, 때로는 종기라도 건드리는 것 같은 마음
이 들 때도 있다. 그러한 점은 히데요시도 세상의 다른 남편과 조금도 다르
지 않았다.

"무리한."

네네도 세상의 보통 아내들처럼, 너무 지나친 남편의 방자함과 박정스러
운 행위에 끝내 한스러운 눈물을 보이기도 한다. 그러면 여자의 눈물에 매우
약한 히데요시는 그녀를 잘 타이른다.

"이러한 무리도 방자도, 그대이기 때문에 하는 짓이 아니겠는가. 그대에게
는 어떻게 해도 좋다고 방심하고 있기에 씁쓸한 얼굴을 하고 싶을 때는 씁
쓸한 얼굴을 하는 것이오. 화내고 싶을 때 화낸 얼굴을 감추지 않는 것이
오. 그것이 싫다면 더욱 남처럼 모르는 척할까."

이런 말을 들으면 네네도, 여자는 종잡을 수 없는 것이라고 생각하면서도,
거리낌없이 노해 보이는 것도 아내이기에, 무리를 말하는 것도 자기를 아내
라고 생각하고 있기 때문이라고 오히려 남편의 그러한 행동을 기쁨으로 여
기고 조마조마해 하는 것이었다.

그러나 이번의 불쾌는 좀 길다. 호쿠리쿠(北陸) 진중에서 돌아온 뒤 계속
이다. 시바타 가쓰이에와는 대단한 감정적인 충돌이 있었던 모양이다. 그 때
문에 주군인 노부나가의 노여움을 사 견책처분을 받고 있다고 하는데——그
녀도 노모도 어렴풋이 가슴을 죄고는 있지만, 여자의 힘으로는 어찌할 방도
가 없으며, 또 히데요시에게 물어 보았댔자 "걱정하지 않아도 돼" 하고, 말
할 것이 틀림없다.

그래서 히데요시가 가장 신뢰하고 있는 다케나카 한베(竹中半兵衛)에게
은밀히 사정을 물어 본 적도 있었지만, 그 한베 조차도 그저 한마디 할 뿐이
었다.

"아무 까닭도 없습니다. 절대 걱정하지 마십시오."

그리고 내용에 대해서도 아즈치의 주군 의향에 대해서도 조금도 이야기해 주지 않는 것이다.

이럴 때, 히데요시의 어머니라는 사람은 네네에게 다시 없이 좋은 시어머니였다. 남편을 대신하여 자기가 모든 것을 보살피며 섬기지만 도리어 그녀가 노모의 품에 안겨 평안을 누리는 것 같은 날이 많은 것이다.

오늘 아침에도 노모는 일찌감치, 네네를 불러내어 아직 이슬이 마르지 않은 기타구루와(北曲輪)의 채소밭으로 나가는 것이다.

"네네야. 아직 히데요시가 눈을 뜨려면 시간이 걸릴 거다. 그 동안 밭에 가서 가지라도 따 오자. 가지도 이젠 가을걷이가 끝날 때다. 광주리를 갖고 오너라."

기요스에 살고 있을 때에도 스도마다에 있을 때에도 노모는 손에서 괭이를 놓지 않았다. 이곳에 와서도 마찬가지다. 괭이를 가지고 채소밭에 나가 있을 때가 이 노모에게는 가장 행복한 때인 것처럼 보였다.

정원도 넓고 빈터도 많지만 본래부터 노모와 네네와 두서너 명의 시녀들이 하는 일이기에 그 밭은 얼마 안되는 면적이었다. 그러나 때로는 어머님께서 직접 심어서 가꾸신 채소라며, 네네가 손수 국을 끓여 남편의 상에 올리기도 하고, 때로는 막 딴 가지로 무침을 해서 히데요시로부터 칭찬을 받는 기쁨도 얻는 것이었다.

노모는 그것으로 히데요시의 마음을 움직여보려고는 꿈에도 생각하지 않지만, 히데요시는 가끔 그러한 어머니의 정성을 밥상에서 볼 때, '……황송하다' 하고 느끼는 것처럼, 또 나카무라(中村)의 빈농 시대를 으레 생각해내는 것처럼, 한 가닥의 가지 무침에도 마음을 새로이 하여 음미하는 것이 보통이었다.

"네네야, 올해는 언제까지 늦더위가 계속되려는지 모르겠구나. 아직 가지나무 꽃이 떨어지지 않고 많이 피는 걸 봐라. 조그만 것을 앞으로도 많이 따게 되겠구나."

노모는 가지를 따기 시작했다. 네네는 한 개의 광주리에 가득 채우고, 또 다른 광주리를 쥐었다. 모든 것을 잊어버리고.

그러자 뒤에서, 요즘에는 보기 드물게 일찍 일어난 남편의 목소리가 들렸다.

"아, 어머님. 네네도 여기 있군."

"몰랐습니다. 용서하세요. 일어나신 것도 모르고."

네네가 사과했다.

"아니 뭘. 갑작스레 뛰어 일어났기에 시동들까지 허둥거리고 있어."

히데요시는 근래에 없었던 유쾌한 얼굴로 대답했다.

"망루에서 보초 서는 자가 말하는데, 아즈치 쪽으로부터 사신의 기를 세운 배가 곧장 이쪽으로 급히 오고 있다는군. 지금 다케나카 한베가 그렇게 알려 왔기에 벌떡 일어나서 성 안의 사당에 참배하면서, 요 수십일 동안의 나태를 사과드리고 왔어."

그러자, 그의 어머니는 아들의 얼굴을 지켜보며 미소지었다.

"호, 신령에게 사과를 하고 왔다고."

히데요시는 진지하게 말했다.

"그렇습니다. 이젠 어머님께 사과를 올리고 네네에게도 용서를 빌까 하고 생각해서……"

"일부러 여기까지 행차하셨다고……."

"예. 저의 마음을 알아주신다면 형식을 갖추어서 사과드릴 것까지도 없겠지요."

"이 애의 꾀를 좀 봐."

노모는 몹시 웃으면서 대꾸했다.

"내게는 괜찮지만 네네에게는 흉내 정도라도 미안했다고 말해 주어야 하는 게 아닐까."

"웬걸요."

네네는 당황하면서, 진정으로 거절했다.

"……어떻게 할까요, 그렇게 해 주신다면."

본래부터 가족적인 장난에 지나지 않는다. 그러나 노모는 왜 히데요시가 급히 그러한 말을 꺼냈으며, 다른 때 볼 수 없었던 쾌활한 얼굴을 하고 이곳에 나타났는지를 다분히 의심했지만, 얼마 지나지 않아 그 이유는 곧 드러났다.

시동의 우두머리인 호리오 모스케(堀尾茂助)가 와서, 멀리 무릎을 꿇고서 가지밭의 주군께 알렸다.

"방금 성문에 아즈치로부터의 사신으로, 마에다 마타자에몬(前田又左衛

門)님, 노노무라 산주로(野野村三十郎)님, 두 분께서 건너오시고 있습니다. 오다 주군께서 보내신 사신이기어 곧 히코에몬(彦右衞門)님이 안내로 나서서 객전으로 모셨습니다만.”

“그런가. 접대하라고 일러 두어라.”

히데요시는 그렇게 말하고 모스케(茂助)를 브내자, 어머니와 함께 가지를 따기 시작했다.

“아주 잘 열렸군요. 밭 거름도 어머니께서 손수 주셨습니까.”

“그런 일은 언제라도 괜찮다. 노부나가님께서 보낸 사신이라고 하는데, 빨리 만나야지”

“아니……대충 사신의 뜻은 알고 있기에 당황할 것까지는 없습니다. 아침 이슬도 마르기 전의 빛좋은 가지를 조금 따서 노부나가 공께 보일까 싶어서.”

“이런 물건을 어떻게 사신들의 편에.”

“아닙니다. 오늘 아침만은 제가 지참하기 때문에.”

“뭐, 네가?”

주군의 견책처분을 받고 근신 중에 있는 아들이기에, 오늘 아침 노모는 더욱 히데요시를 의심하고 오히려 지나친 생각을 하여 불안하기까지 했다.

그러자, 잠시 후 또 다케나카 한베가 그를 재촉하러 왔다.

“주군. 자리를 뜨시기를.”

히데요시는 겨우 가지밭을 떠나면서 말했다.

“그럼, 어머님께서도 아무쪼록 매일 오늘 아침과 같이 몸성히 지내십시오. 네네도 내가 없는 동안 부디 잘 지내고.”

뜰로 가서, 홈통의 물에 손을 씻고 븐전의 한 방에 들어가자마자 곧 의복을 고쳐 입고는 시동 2, 3명을 따르게 하고, 서원 쪽으로 활보해 가는 그의 작달막한 모습이 큰 대청 복도를 하나 가득히 비치고 있는 가을의 아침햇살을 가로 지르고 있었다.

주군의 사신은 말할 것도 없이 정사(正使)이다.

의복을 정제하고 예의 바르게 삼가 ㄱ 뜻을 받든 것은 당연할 것이다.

길사일까? 흉사일까?

그것은 채원에 있는 노모와 네네만의 기우에 지나지 않았다.

정사의 내용은 전날 밤에라도 미리 은밀히 알려졌던 모양이다. 왜냐하면 정사로 온 마에다 마타자에몬 도시이에(前田又左衞門利家)와는 옛날부터 문경지교(刎頸之交)의 둘도 없는 벗이며, 2개월 넘는 주군의 견책처분에 대해서도 히데요시를 위해 그가 가장 애를 쓰고 걱정했던 것도 사실인 것이다.

"……그럼."

일을 마치고 사신과 히데요시는 어깨를 나란히 하여 객전에서 나왔다.

주군의 대리라는 정사의 임무를 다 마치더니, 마타자에몬은 평소의 벗으로 돌아가서 물었다.

"좋은가, 지쿠젠."

"뭐가."

"준비는?"

"이대로도 괜찮지만, 잠깐 기다려. 별실에서 차라도 한 잔 하세."

그에게 권하며 함께 앉자, 히코에몬을 불렀다.

"히코에몬, 히코에몬."

하지스카 히코에몬이 달려와서 용무를 물었다.

"갑자기 아즈치로 가게 되었다. 마타에몬을 따라서다. 내가 없는 동안을 부탁한다."

"마음 놓으세요."

"그대만 있다면 안심이다. 형편에 따라서는 좀 길어질지도 모른다. 잘 부탁한다."

"잘 알겠습니다."

"그리고 내가 떠난 다음에 얘기하는 게 좋다. 어머님과 네네에게도 그 뜻을 전해라. 히데요시가 받고 있던 근신도, 오늘로써 모두 용서한다는 노부나가 공의 은명이라고 말해 주어라."

"기쁩니다."

"아니, 아직 기쁜지 아닌지는 정말 모른다. 나는 다투지 않는 주의의 사내다. 적어도 상석의 막료들과는. 그러나 다투는 것이 좋다고 굳게 믿을 만한 이유가 있었기에 가쓰이에(勝家)와 다퉜다. 만약 그것을 알아주지 못하고 주군께서 다만 애매하게 시바타에게 사죄하라는 의의 질책이 있으시거나, 또는 다시 한번 귀성하여 근신을 계속하게 될지도 모른다."

차를 따르는 자들이 작은 명주 헝겊에 찻잔을 올려서 손님에게 권한다. 히데요시의 앞에도 갖다 놓는다. 마타자에몬은 여전히 벌컥벌컥 들이마셨지만 히데요시의 손바닥에 얹힌 찻잔은 히데요시에게 잘 길들여져 있다. 인사를 하고 마시며 놓는다. 다소 범절이 몸에 배어 있다.

'어느새 배웠군. 노부나가 공의 상대쯤은 이저 되겠다.'

마타자에몬은 바라보고 쓸쓸하게 웃었다.

히데요시는 곧 물러가는 히코에몬에게 일렀다.

"한베를 이곳에."

다케나카 한베의 얼굴을 보더니, 무엇인가 일러두며 다짐했다.

"자세한 것은 지난밤 말해 둔 대로다. 신호 즉시, 잘 하도록."

한베는 조용히 인사하고 대답했다.

"제반사, 마음 놓으십시오."

"그럼 가 볼까."

그는 모든 용무는 끝났다는 얼굴로 마에다(前田), 노노무라(野野村) 두 사람을 재촉하여 함께 성문을 나갔다.

매우 홀가분한 차림이다. 가까운 곳어 산책하러 가는 것같이 생각될 정도였다.

"그래, 그래, 잊었다. 아즈치에게 가져 갈 선물을."

히데요시는 급히 발을 멈추고 전송 차 따라온 가신에게 가지 광주리를 가져오라고 시켰다. 잠시 후 뛰어서 돌아온 가신이 넘긴 가지 광주리에는 머위 잎사귀가 덮여 있었다. 그리고 그 밑의 자주빛 가지 송이에는 아직 이슬이 가득히 묻어 있었다.

그것을 가지고 히데요시는 호숫가에서 사신으 배에 올랐다.

신흥 성 아래 도시 아즈치는 아직 1년도 되지 않았는데 구획이 정연하며, 그 3분의 1은 정돈되어 있어 벌써 번창해 있었다.

이곳에 묵는 여객은 모두, 그 발전상에 놀라의했다.

"아즈치 경기군."

가고 오는 상인이나 여객은 싫어도 아즈치에서 하룻밤 묵도록, 모든 운수의 편의와 경제의 이정과 여정을 풀어주는 위안·오락 시설 등을 이곳에만 허가해 준 것이다.

호숫가에는 화물선이나 도선의 발착에 편리한 시설 등을 갖추어 마치 조그만 항구와도 같았다. 마에다 마타자에몬 등과 히데요시는 그곳으로부터 상륙하여 고을의 행정과 사법 등을 관장 지휘하는 호쿠도미 헤이자에몬(福

富平左衞門)의 집에서 쉬다가 해가 떨어지기 전 밝을 때 등성했다.

은빛 모래를 깔아놓은, 대문으로 이르는 언덕길도, 커다란 돌로 쌓은 돌층계도, 칠·쇠붙이의 대문 장식물도 모두가 눈부실 정도로 새로웠다.

더욱 눈을 현란하게 하는 것은 5층의 천수각으로, 호수 위에서 보아도 길에서 쳐다봐도 또 성 안에 들어와 그 아래에 서서 봐도, 그 웅장함과 화려함은 말로 다할 수 없었다. 무조건적으로 눈을 현란케 하고 사람을 굴복시키는 모습을 그것은 외연하게 갖추고 있는 것이다.

"지쿠젠, 왔는가?"

노부나가의 목소리는 가노 에이토쿠(狩野永德)가 그렸다고 하는 원사만종도(遠寺晚鍾圖)의 그림 장지를 둘러놓은 방 상단으로부터 크게 들려왔다. 금벽이나 단청으로 빛나는 방들 사이에서 단 하나 있는 묵화의 방이었다.

"예. 히데요시, 사신을 맞아 여기까지 대령했습니다."

그는 아직 훨씬 멀리에 있었다. 다음 방에서 손을 짚고, 마타자에몬만이 주군 앞으로 나가서 보고했다.

"말씀을 전하고 데리고 왔습니다."

노부나가의 목소리는 매우 잘 울린다. 기분이 좋다는 증거다. 오랜만에 히데요시의 모습을 보고 역시 기뻤던 것이다.

"지쿠젠, 들었겠지, 일단 견책은 용서한다. 들어오너라. 훨씬 앞으로 나오너라."

"감사하옵니다."

히데요시는 가지 광주리를 가지고, 다음 방으로부터 엎드린 채 기어들어갔다.

노부나가는 괴상하게 여겨 물었다.

"그 물건은 무엇인가?"

"황공하옵니다만……"

히데요시는 삼가 그의 앞에 가지를 올리며 말했다.

"저의 노모와 처가 성내의 채소밭에서 딴 가지올시다."

"가지인가. ……허?"

"이상한 선물이라고 웃으시겠지만, 배로 가지고 오면, 이슬이 마르기 전에 보일 수 있을까 하여 일부러 밭에서 따 가지고 왔습니다."

"지쿠젠, 그대가 나에게 보이려고 한 건 가지가 아닐 거다. 마르기 전의 이슬도 아닐 거다. 그럼 무엇을 맛보려고 하는 건가."

"헤아려 살피시기를 바랍니다. 불초 히데요시는 다소의 공은 있다고는 하오나 일개 필부에서 발탁을 받아 나가하마의 땅에 22만 석을 받는 몸이 되었습니다. 더욱이 저의 노모는 지금까지도 늙은 손에 괭이를 쥐고 소채에 물을 주거나, 오이나 가지에 거름 주기를 게을리하지 않습니다. 불초의 자식이 은밀히 그 마음을 짐작건대 이렇다고 생각하는 것입니다. ……필부의 출세만큼 위험한 게 없다. 다른 사람의 질시·아첨, 모두 스스로가 교만하면 생기는 것. 임자는 나카무라의 옛날을 잊지 말아라. 주군의 은혜를 망각 말아라. ……그것을 무언으로 가르치는 것이라고 항상 엎드려 절하고 있는 것입니다."

"……음, 음."

"그러한 어머니와 어머니의 가르침을 부적으로 하는 아들이 어찌 주군에게 해(害)되는 일을 진중에서 계책하겠습니까. 가령 상장에게 이의를 제기하고 논쟁을 벌였다 하더라도 가슴에 두 가지 마음은 없습니다."

그러자 노부나가의 옆에서 무릎을 치면서 말한 손님이 있다.

"참으로 좋은 선물이오. 그 가지 나중에 맛있게 대접받고 싶소."

그곳에 한 사람의 손님이 있었는가고 그 말에 비로소 깨달았을 만큼 지극히 풍채가 없는 조그만 사나이였다.

나이는 33, 4세쯤 되어 보였다.

입이 큰 것은 의지가 강함을 나타내고 있다. 미골(眉骨)은 높고 콧날이 굵다. 야성이라 할까, 장부의 기개라고 할까, 어떻든 왕성한 생명을 안에 감추고 있는 것은 거무튀튀한 피부의 광택과 눈빛으로라도 알 수 있다.

"하하하. 히데요시의 어머니가 손수 기른 가지. 간베(官兵衛)도 마음에 들었는가. 정말 반갑게 생각한다. 요리시켜 나중에 안주로 삼자."

노부나가는 그렇게 말하고서 손님을 히데요시에게 소개했다.

"이 사람은 반슈(播州)의 오데라 마사모토(小寺政職)의 가신 구로다 모토타카(黑田職隆)의 아들이 되는 간베 요시타카(官兵衛孝高)이다. ……임자는 아직 처음일 것이다. 인사를 하라."

히데요시는 저도 모르게 눈을 크게 떴다.

이름은 자주 들어 보았다. 또, 그 서한 등도 가끔 보았던 사람이다.

"오, 당신이 구로다 간베님이었습니까? 그렇다고는……"

"그대가 항상 듣던 지쿠젠님이었소?"

"언제나 편지로써는."

"아니, 그 탓인지 처음 만난 것 같지 않소."

"예, 저도 그런 생각이 드오. 하지만 아직 보지 못했던 벗과의 첫대면 장소가 주군에 대한 견책 사과라니, 면목이 없군. 웃으십시오. 지쿠젠이란 이처럼 자주 주군으로부터 꾸지람을 받는 사나이오."

그렇게 말하면서 무엇이든지 단번에 쓸어버리겠다는 것 같은 소리로 히데요시는 떠들썩하게 웃었다.

"하하하하, 아하하하……"

노부나가도 진심으로 웃었다. 그리 대단치 않은 일이라도 히데요시를 대하면 뱃속으로부터 웃음이 터져나오는 것이다.

가져온 가지는 곧 조리되어, 한참 후 다른 방에서 구로다 간베도 자리를 같이 하여 주연을 벌였다.

간베는 히데요시보다 9년이나 나이가 어리지만 시대의 흐름을 관찰하고 천하를 손안에다 놓고 말하는 지식은 히데요시에게 뒤떨어지지 않는 것이었다.

그는 반슈의 유력한 세력가 밑에 있는 일개 벼슬아치의 아들에 지나지 않지만, 히메지의 소성 하나를 가지고 일찍이 큰 뜻을 품고――시세의 귀추를 내다보고――주고쿠(中國)에 있으면서 단 한 사람 재빨리 노부나가를 향해 주고쿠 정벌의 시급함을 은밀히 헌책하여 오던 인물이었다.

주고쿠에는 오래 전부터 모리(毛利)라고 하는 큰 세력이 있었다. 모리를 둘러 싼 위성국으로는 반슈에 아카마쓰(赤松), 벳쇼(別所)가 있고, 남부 주고쿠에는 우키다(宇喜多), 북부의 하타노(波多野) 등이 있으며, 그 세력권은 아키(安藝) 스오(周防), 나가토(長門), 빙고(備後), 빗추(備中), 미마사카(美作), 이즈모(出雲), 호키(伯耆), 오키(隱岐), 이나바(因幡), 다지마(但馬)――등 약 12개국에 걸쳐 있다.

그 속에 살면서 사대주의에 사로잡히지 않고, 대국적인 견지에서, '천하는 이렇게 된다'고, 일찍이 탁견을 가지고 혼자 노부나가에게 공작해 온 구로다 간베라는 자는, 다만 그것만으로도 보통 인물이 아니었다. 매우 걸출한 구안지사(具眼之士)라고 해도 좋다.

영웅은 영웅을 알아본다고 하는데 단 한 번의 좌담은, 히데요시와 간베를 백년의 지기와도 같이 깊이 맺어 주었다.

또한 노부나가는 그 자리에서 말했다.

"틀림없이 그대의 넓적다리 살도 매우 두터우리라. 즉각, 시기산(信貴山)에 있는 노부다타(信忠)의 원군으로 가게. 이번에는 진중에서 논쟁 같은 걸 하지 말라."

"감사합니다."

히데요시는 용약하여 물러갔다.

시기산 성의 마쓰나가 히사히데(松永久秀)는 얼마 전부터 반기를 들어, 노부나가의 적자 노부다타, 사쿠마(佐久間), 아케치, 니와, 쓰쓰이, 호소카와(細川) 등의 제군은 모두 호쿠리쿠(北陸)로부터 전진하여, 일제히 그를 공략하고 있을 때였다.

이제는 견책도 용서받았다.

아니 단지 노여움을 푼 것만이 아니라 노부나가의 신뢰를 더 깊게 한 것이다. 그렇다고 히데요시가 오늘 한 말이 한 조각의 아첨이나 기지인 것은 절대 아니다. 그는 어디까지나 혼자 가슴 속에 맹세했다.

'이제는 정성껏 일하여, 사실로 그것을 알릴뿐.'

뜸(灸)

시기산 성의 요새는 불과 7일 만에 함락되고 갈았다.

이렇게 맥없이 함락된 것은 마쓰나가 히사히데의 밀사가 오사카의 혼간사에 원군을 청하러 가는 도중 잘못하여 공격군인 사쿠마 노부모리(佐久間信盛)의 진중에 뛰어들어 손쉽게 잡히고 만 것이 하나의 원인이었다.

노부모리는 총대장인 노부다타와 은밀히 계략을 세워 2백 여의 승병 부대를 만들어, "원군으로 뛰어왔다"고 큰스리치며 시기산 성에 교묘히 뛰어들게 한 것이다.

총공격 날이 되자, 그 매복병 2백여 명이 성내에 불을 지르고 마구 날뛰었으니, 함락된 것이 당연했다.

언제든 함락될 것을 알고 있으면서도 그때까지 2, 3일 유예하고 있는 것은 히사히데가 오랫동안 비장하고 있는 '거미의 솥'이 있었기 때문이다. 일찍부터 노부나가가 몹시 탐내던 명작으로 듣고 있었다.

"이제 멸망은 불 보듯 뻔하다. 인명은 재천이라 불가항력인 것. 그러나 명장의 작품은 원상보전이 원칙이다. 아깝게도 함부로 병화의 희생으로 할

것이 아니다. 깨끗이 노부나가 공에게 양도하는 것이 무사로서의 품위라
고 할 수 있지 않겠는가.”

그래서 노부모리로부터 성내에 양도의 교섭을 했던 것이다.

히사히데는 68세나 되었지만 예전부터 축재에 능하여 늙어도 물질에 집착
이 강한 사람이었다. 이해의 타산에서 이롭다면 과거의 이력이 말하듯이 장
군을 죽이고 주인의 아들도 해치며, 또 주군의 집안 미요시(三好)를 멸망시
키고 그 부인을 빼앗거나 대불전을 불사르는 등, ——이것만은 할 수 없다는
양심의 주저 같은 것은 전혀 없는 자였다. 그러기에 그의 영토의 백성들까지
‘극악한 노랭이 주군님’이라고 속닥거릴 정도였다.

이러한 그가 어찌 순순히 ‘거미의 솥’을 적에게 양도하랴.

솥뿐만이 아니라 지금 그는 그 극악과 탐욕으로 평생 모았던 ‘물질’의 전
부와 또 최후의 생명조차 잃으려고 하는데, 완강히 거절했다.

“싫다. 넘기지 않겠다.”

그 거절 방법도 자기다웠다.

“앞서, 노부나가가 차를 넣는 쓰쿠모가미(九十九髮)의 다기를 달라고 졸
라 빼앗겼지만, 히사히데의 목과 ‘거미의 솥’만은 노부나가에게 바치지 않
겠다.”

그렇게 호언장담하며 교섭을 일축하였다. 그리고 그대로 성이 함락당하는
날에 자기의 목도, 거미의 솥도, 화약을 장전했다가 가루처럼 만들어 버리라
고 가신에게 일러두고 배를 갈라 자결했다. 매우 아니꼬웠던 모양이다.

또 배를 가르기 전, 중풍의 뜸을 떴다.

그는 물질에 욕심을 부렸을 뿐만 아니라 오래 살고 싶은 마음이 강했기 때
문에, 평소부터 건강에 신경을 썼던 모양이다. 한번 중풍으로 넘어진 일이
있었지만 다시 건강을 되찾곤 했다.

그는 평소 사람들에게 말하였다.

‘청귀뚜라미나 방울벌레는 1년밖에 못살지만, 나는 시험 삼아 청귀뚜라미
를 3년까지 길러서 살려 본 적이 있다. 그러기에 인간도 건강에 유의를 하
면, 생각하고 있는 것보다 훨씬 더 오래 살 수 있을 것이 틀림없다.’

이러한 신념을 가지고 있는 사나이다. 자결하기 전에 뜸을 떴다는 것은,
‘만약 죽음을 맞아 중풍이 재발하여 꼴사나워지면 안 된다’라고, 측근에 그
이유를 말했다고 하니, 더 오래 살기 위해서 뜸을 뜬 것은 아닌 모양이다.

난세를 이처럼 배짱이 두둑하고 교활하게 잘 살아온 것 같던 마쓰나가 히사히데도 꼭 한 가지 커다란 잘못을 저지르고 말았다.

바로 그가 요 10년 동안 섬겨 오던 노부나가를——옛 주군인 미요시 나가요시나, 전의 아시카가 장군 등 온갖 구시대 인간들처럼 쉽게 다룰 수 있을 것으로 얕보았다는 것이다.

그러나 어찌 알았으랴, 정반대인 것을. 그와 같은 난세의 간악한 인간을 오늘까지 살려둔 것은 노부나가 쪽에서 그를 이용할 필요와 관용이 있었기 때문이었다.

독(毒)도 약이라는 원리를 노부나가는 히사히데에게 적용했다. 막부 붕괴 후, 어중이떠중이들의 책동과 부동분자의 투항 권유 등, 또 탐색이나 억압 등 여러 가지 이면 증상에 대하여, 이 한 가지 독을 가지고 여러 가지의 독소를 제압해 왔던 것이다.

그리고 그 이용 방법도 노부나가 식이었다.

듣기 좋은 말을 하거나 칭찬을 하는 등 교묘하게 농락해 온 것은 아니다.

'이러한 파렴치한 인간은 뱃속 가득히 욕심을 채워 주고 생명의 보증만 해 주면 어떠한 것도 참고 견디며 복종한다'는 것을 충분히 알아차리고 있었던 것이다.

그러기에 심지어 이런 일도 있었다.

어느 날, 도쿠가와 이에야스가 노부나가에게 용건이 있어 그의 방으로 갔다. 그 자리에 한 노장이 있어 계속 몸을 굽히면서 노부나가의 기분을 맞추고 있었다.

그런데, 갑자기 노부나가는 그 노인을 가리키며 소개했다고 한다.

"이 사내는 마쓰나가 단조 히사히데라는 자로, 이젠 나잇살이나 먹었지만 평생 사람으로서 할 수 없는 짓을 세 가지나 했소. 첫째는 아시카가 장군 집안의 고겐인(光源院)공을 시역했소. 둘째는 자기의 주군 미요시 나가요시를 공격하여 멸망시켰고, 셋째는 남도의 다불전을 마구 불살라 없앴소. ……그러한 노인이오. 앞으로 가까이 지내는 것이 좋을 듯하오."

뻔뻔하기 이를 데 없는 단조 히사히데도 이때만은 엷게 빠진 대머리까지 벌겋게 되어 한스럽게 노부나가를 보고 말했다고 한다.

"이건 좀 가혹하신 소개를."

그리고 한참 동안 갈팡질팡 땀만 닦고 있었다는 것이다.

이런 일도 원한을 품게 된 한 가지 원인이 되었는지도 모르지만, 히사히데는 그 경력이 증명하고 있는 것과 같이 천성적으로 야심과 투기심이 강한 사내였다. 노부나가도 그것을 잘 알고 있었기에 살려 두었는지도 모른다.

'이 개는 머지않아 주인의 손을 물 개'라고.

과연 그는 노부나가에게 항복하고서도 눈에 띄는 곳에서는 누구보다도 충성했으며 그늘에서는 언제나 우물우물하고 있었다.

혼간사와 내통하고서는, 혼간사로부터 돈을 받고 긴키의 불평분자를 사주해서는 가끔 노부나가의 뒷등을 치려고 했다. 기미가 좋지 않으면 오히려 이들을 달래 자기의 공으로 삼았다.

최근 그가 건 도박은 주고쿠의 모리씨를 움직이는 것과 에치고의 겐신을 끌어내는 일이었다. 이 2대 세력의 연맹을 만들고, 노부나가의 발밑으로부터는 혼간사 기타의 자매 분자를 끌어 모아 우선 장안 부근부터 교란하여 일거에 아즈치를 전복시킨다. ——착착, 그러한 계획을 세웠던 것이다.

때도 좋았다.

이 여름 호쿠리쿠 출진이 있었다. 그는 주고쿠에 도피해 있는 전 장군 요시아키와 짜고 모리의 출동을 권유하고, 한편으로 우에스기 겐신과도 연락을 취하여 '이제 충분'하다고 보아, 거성 시기산에서 오랫동안의 가면을 벗어 던지고 뚜렷이 반기를 들고 일어섰던 것이다.

그런데 믿었던 것이 모두 어긋나고 말았다. 그는 시기산에서 혼자 피리를 불었지만, 무대에 나와서 춤추는 자는 없었던 것이다.

더욱이 모리는 그의 육·해군을 다소 움직여, 특히 수군은 오사카의 강어귀 가까이까지 와서 한 번 싸웠지만, 때가 이르다고 보고 철수해 버렸다. 또 에치고의 겐신은 아즈치를 중시하여 쉽사리 무모한 상경을 단행하지 않았다.

그렇게 되자 혼간사로서도 서둘러 병력이나 군기의 낭비를 피한 것도 물론이다. 단조 히사히데만이 혼자서 한번 올린 반기를 급히 거두어들일 수도 없는 노릇이었다.

이렇게 되자 그는 고립됐다. 유감없이 자기의 반역(反逆)의 끝을 보았던 것이다.

"뭐, '거미의 솥'과 자기의 목에 화약을 장전하여 가루처럼 부숴버리라고 유언하고 배를 갈랐다고? ……아하하하. 재미있는 악당. 고집쟁이 영감이로군. ……그러나 당대의 야망가 단조 히사히데의 머리도 이미 그의 솥보다도 낡았었군. 낡았어, 낡았어.”

그의 최후의 모양을 나중에 들은 노부나가는 어깨를 흔들면서 웃었다고 한다.

그런데 이 야마토 시기산 공략전에서 소문에 오른 영예의 용사는 뜻밖에도 형은 15세, 동생은 13세라는 어린 형제였다.

아마 첫 출진이었을 것이다. 호소카와 후지다카(細川藤孝)의 아들들이다.

형인 호소카와 요이치로 다타오키(細川與一郞忠興)는 총공격의 명령이 떨어지자 아군의 최선두에 서서 본진으로 들어갔으며, 동생인 도미고로 오키모토(頓五郞興元)도 형에게 지지 않으려고 뛰어 들어가, 형제는 화살과 총알이 나는 속에서 분전하여 마쓰나가 히사히데의 장교 3명까지를 협력하여 넘어뜨렸다.

불타는 건물 안에서 총알과 화살이 날아오는데도 불구하고 마쓰나가의 가신을 몇 사람이나 베었는지 모른다.

노부나가 공기(公記)에도 그 모양이 적혀 있다.

‘형은 15세, 동생은 13세, 아직 어린 나이이면서도 맨 먼저 뛰어들다. 아군도 따라서 진입, 즉시 방비를 부수고 천수에 가까이 가다. ……이곳에도 또 안으로부터 소총·화살을 쏘다가 다 떨어지자 적은 밖으로 나와 싸우다. 형제는 불꽃을 튀기며 여기를 선도로 접전하다. 순식간에 적의 전사, 여기에서만도 150을 넘다

　(중략)

　나이와는 달리 두 형제가 비할 데 없는 전공을 세웠다는 데 감탄한 노부나가 공이 표창하였고, 후세의 본보기, 일가의 영예로서……’

유사이 호소카와 후지다카(幽齋細川藤孝)라고 하면 구 무로마치 출신의 막부 사람으로서는 출중한 인재이다. 그는 시짓는 재능이 뛰어났으며, 학식과 덕행을 두루 갖춘 문화인으로서, 그의 벗인 아케치 미쓰히데와 함께 높이 평가받고 있다.

미쓰히데는 혁신적인 서민 출신의 지식인인데 비하여, 후지다카는 명문 출신의 전통적 문화인이다. 그런데도 불구하고, 이처럼 무용이 늠름한 자제를 시대에 앞장서 내보내고 있는 것은 참다운 둔무 양도의 집안이기 때문에, 또 그러한 아버지이기 때문이라고 아들로 하여 그 아버지되는 사람까지 크게 칭찬을 받았다.

구시대의 사람, 새 시대의 사람, 또 신구 양쪽인 사람 등——이 시기산의 한 노도에도 멸망하고, 흥성하고, 또는 없어지고 나타나고——시대의 격동은 이 지상에 변모를 어느 곳 없이 가져왔다.

그런데 히데요시도 견책을 용서받고, 동시에 출진의 은명을 받았다. 배를 빨리 달려 호수 위에서 신호를 보내자 미리 은밀한 명령을 받고 있던 다케나카 한베는 즉각 나가하마(長濱)로부터 군사를 이끌고 달려왔다. 곧 아즈치(安土) 성에서 대열을 갖추어 시기산으로 향해 우군과 합세했지만, 마쓰나가 히사히데가 어이없이 자멸함에 따라 그 전력을 쓸 만한 격전에도 부딪치지 않고, 얼마 후, 여유롭게 아즈치(安土)에 개선했다.

그러자, 곧 그는 새로 성 안으로 불려 들어가서 노부나가로부터 한 가지 특명을 더 받았다.

노부나가는 말했다.

"사실을 말하면, 이 시점에는 내가 직접 출진하여 전력을 걸고 싶은 곳이지만, 사방의 정세는 아직 그것을 허락하지 않는다. …… 때문에 그대를 뽑아 특별히 맡기는 것이다. 우리 3군을 이끌고 주고쿠로 가서, 모리 일족으로 하여금 노부나가에게 복종하도록 맹세케 하라."

더욱 거듭해서 이렇게 말했다.

"나도 은밀히 이 대임을 그대에게 맡기리라 생각하고 있었는데 전에 소개했던 히메지(姬路)의 구로다 간베도, 주고쿠 공략은 꼭 자네가 맡아서 지휘하기를 열렬히 희망하고 있었다. ……어때 지쿠젠(筑前), 가겠는가?"

히데요시가 감격한 것은 더 말할 것도 없다. 그는 갑자기 대답도 못할 정도로 만신의 의기와 군은의 황공함에 몸이 달아 올랐던 것이다.

"감사하게 맡겠습니다."

그리고 머리를 조아리며 겨우 말했다.

"중대한 어명에 저와 같은 것을 각별히 발탁하시니 황공하게 생각합니다. 저의 재능은 떨어질망정 뼈가 가루가 되도록 끈기를 다하여 이를 처리, 그것으로 보답해 드리려고 합니다."

노부나가가 3군을 주어 그 총수를 신하에게 맡긴 예는 앞서 호쿠리쿠 출진 때 원로 시바타 가쓰이에의 경우가 있을 뿐이며, 이번이 실은 두 번째이다.

더구나, 주고쿠 정벌의 중대성과 그 어려움은 호쿠리쿠와는 비할 수가 없다.

히데요시도 그것을 알고 있기에 천근의 중책을 어깨에 걸머진 것 같았다.

그러나, 다른 때와 달리 히데요시의 신중한 고양을 보자 노부나가는 문득 다른 불안을 느꼈다.

'역시 좀 무리일까?'

하고 걱정하다가,

'확실히 자신이 있는 건지 없는 건지 모르겠군.'

그의 속내를 생각해 보기도 했다.

그래서 시험 삼아 물었다.

"지쿠젠, 한 번 나가하마에 돌아갔다가 출진하겠는가, 아니면 즉각 아즈치에서 떠나겠는가."

"오늘 즉시 이곳으로부터 출진하겠습니다."

"나가하마에 미련은 없는가?"

"없습니다. 어머니도 계시고 처도 있고 훌륭한 양자도 있고, 무슨 걱정이 뒤에 있겠습니까?"

양자라고 하는 것은, 이전에 희망해서 주군으로부터 받은 노부나가의 4남 쓰기마루 히데가쓰를 말한다. 노부나가는 웃으며 또 물었다.

"진중에 오래 머물게 되어서 임자의 영지 모두가 양자의 것이 되면 임자는 어디를 취하겠는가?"

"주고쿠를 정벌하여, 주고쿠를 받겠습니다."

"주고쿠를 허가하지 않는다면?"

"규슈(九州)를 공략하여 규슈에 거성을 삼지요."

"핫하하……"

노부나가는 걱정을 깨끗이 씻어버리면서 크게 웃었다. 어떻든, 이 사내가 가면 안심이라고 느껴졌던 것이다.

"우선 당장 하리마 한 고을을 취했다는 길丘를 알리도록 해라. 해외로의 꿈은 당분간 이것으로 달래는 게 좋겠다."

노부나가는 손에 들고 있던 부채를 던져서, 전별의 선물로 주었다.

금빛 바탕에 해의 동그라미. 그 뒤쪽은 그림 물감과 굵은 선으로 명나라·루손·샴 등에 걸치는 아시아의 연해와 대륙의 지도가 그려져 있었다.

"정말 좋군요."

히데요시는 그것으로 목덜미에 부채질을 했다.

그의 군사는 성 아래에 주둔하고 있다. 의기양양한 히데요시는 숙영으로 돌아가 곧 한베(半兵衛)에게 주군의 명령을 전하고, 한베는 곧 나가하마의 성으로 파발군을 보냈다.

히데요시 부재중의 성을 지키고 있던 하지스카 히코에몬은 밤을 새우며 일개 군단을 이끌고 참가했다. 그 사이에, 아즈치 성으로부터 여러 장수에게도 발표되어 급보는 돌았다.

──하시바 지쿠젠을 총대장으로 하여 주고쿠 진격을 명령함. 적극 협력하여 분쟁이 없도록 할 것.

히코에몬이 도착한 아침, 숙영의 한 방을 들여다보니 히데요시는 혼자서 발목에 뜸을 뜨고 있었다.

"출전을 맞아 빈틈없으신 마음가짐이십니다."

히코에몬이 말했다.

"아직 등에도 여섯 군데나 어렸을 때의 뜸자리가 있다. 떠 주겠는가?"

히데요시는 이렇게 말하고 잠시 후 이를 악물며 뜨거운 것을 참았다.

"뜸질은 뜨거워서 그리 좋아하지 않지만 이것을 하지 않으면 어머니께서 걱정을 하시거든. 그대가 나가하마에 편지를 보낼 때, '히데요시는 매일 자주 뜸을 뜨고 있습니다'고……써라, 내가 말하기보다 더 미더울 것이다."

뜸을 뜨고서, 히데요시는 주고쿠로 출정했다. 그러나 그의 뜸과 마쓰나가 히사히데의 뜸과는, 그 생명관이나 의의에 있어서 매우 다르다.

그날, 아즈치 성을 출발한 히데요시의 진용은 실로 위풍당당한 것이었다. 노부나가는 그것을 천수각에서 사열하고 감개무량함을 말하고, 빛나는 금호리병의 말 기치를 언제까지나 전송하고 있었다.

"아아, 나카무라의 원숭이도 여기까지 왔구나……"

주고쿠 정벌

모리와, 오다와.

용호 사이에 걸려 있는 쟁탈의 구슬. 그것이 반슈 일국이었다.

신흥 세력인 오다 편으로 붙느냐. 강대한 구세력을 가진 모리 권세로 들어갈 것인가.

반슈, 다지마, 호키 등에 걸치는 주고쿠의 영주들은, 지금 그 귀추에 갈피를 잡지 못하고 있었다.

"모리 일족이야말로 흔들리지 않는 사이고쿠(西國)의 중진."

그렇게 보는 자도 있다.

"아니, 오다 일족의 발흥도 무시 못한다."

그리고, 그렇게 보는 기운도 있다.

이런 경우, 사람들은 곧 쌍방의 영트라든가 병사들의 수나 그 동맹국 등 표면에 나타난 숫자로 판단하려고 하지만, 모리의 강대함도 오다의 영유도 그 국력으로서는 거의 필적해 보였다.

어느 쪽이 장래를 장악할 진짜 인물일까——보이지 않는 것이다. 혼돈만 가득할 뿐, 방향을 결정짓지 못하는 것이다.

여기서도 고기에게 강은 보이지 않았다. 다만 고기떼들은 갈피를 못 잡고 헤매다 밀려서 흘러가는 실상이었다.

확실한 것은 하루아침에 모리에 우세한 기미가 보이면 고기떼들은 모조리 모리 쪽의 강가로 몰리고, 오다가에 승리의 빛이 보이면 부르지 않아도 오다 일족으로 온다고 하는 것이었다.

이러한 예측하기 어려운 명암과 거취에 갈피를 못 잡고 있는 주고쿠에 히데요시의 병마는 텐쇼(天正) 5년 10월 23일 이후, 속속 서쪽으로 서쪽으로 내려가고 있었던 것이다.

임무는 중대!

말 위의 금호리병 아래 투구의 앞창에 그늘져 보이는 히데요시의 미간에도 이번에는 다소 난감한 표정이 보였다. 이때 나이 42살이었다.

말도 하지 않는다. 입을 크게 한일자로 다문 채로다. 말(馬)은 착실히 걷고 있다. 모래 먼지는 전군을 덮는다.

'가는 것이다, 주고쿠로.'

새삼 그렇게 생각한다.

히데요시이기에 마음에도 두고 있지 않지만, 이번 아즈치를 출발할 때 마에다 마타자에몬 도시이에라든가, 니와 고로자에몬 나가히데라든가, 호리 히사타로 히데마사, 또는 하세가와 소진과 같은 사람들은 축복해주었다.

'참으로 과단성 있게 등용한 주군이지만, 하시바님도 이로써 누구에게도 뒤지지 않는 대장이 되었다. 노부나가 공의 지우에 보답해야 할 일이다. 근래에 없었던 쾌사, 쾌사.'

그에 반해 원로인 시바타 가쓰이에는 몹시 불만이었던 것이었다.

"뭐, 서쪽 정벌의 대장으로, 그자가 임명됐다고? ……그자가 가는가?"

하시바라고도 지쿠젠이라고도 하지 않고, 그자라고 말하며 옆 사람들이 듣기 거북한 욕지거리를 하며 비웃었다는 것이다.

사실, 그가 그렇게 보는 것도 어쩔 수 없었다. 아직 히데요시가 노부나가의 짚신을 들고 마구간에서 말과 함께 기거하던 때부터 그는 이미 오다가의 중신이었다.

더욱이 지금은——앞서 아사이 나가마사의 정실이었던 노부나가의 동생 오이치를 후실로 맞아들여, 에치젠 기타노쇼를 거성으로 하여 소령 30여만 석이라는 높은 신분이다. 먼젓번 호쿠리쿠 진의 총수로 있었을 때는 자기의 명을 어기고 무단으로 나가하마로 돌아갔던 히데요시이기도 하다. 그로서는 '어찌 정직하게 기뻐할 수 있겠는가' 하고 말하고 싶을 것이다.

더욱이 주고쿠 공략에 대해서는 노장으로서 훨씬 이전부터 암암리에 여러 가지 정치적인 공작을 해 오던 가쓰이어인 것이다.

'나를 놔두고……'

끝내는 노부나가의 조처에 대해서까지 원망스러운 말을 했다는 것이다.

서쪽 정벌의 도중, 말 위에서.

히데요시는 빙그레 웃어보기도 했다. 평탄한 산길에 권태를 느껴 문득 그러한 일들이라도 생각했는지.

그가 빙그레 웃음을 띠자 나란히 말을 타고 가던 다케나카 한베는, 무언가 명하는 말이라도 흘려버리고 듣지 못했는가 하여 염려스러워 물었다.

"무엇인가 말씀하셨습니까?"

"아니, 아무것도 아니다."

히데요시는 고개만 가로저었다.

그날, 행군의 여정은 이미 반슈 경계에 가까워졌다.

"한베."

"예."

"반슈에 들어가면 한 가지 즐거운 일이 기다리고 있지."

"무엇일까요."

"구로다 간베라는 사나이를 임자는 아직 만난 적이 없겠지?"

"없습니다만, 이름은 벌써부터 듣고 있었습니다."

"근대적인 인물이다. 그대와 만나면 반드시 백 년의 지기처럼 될 것이다."

"예에. 소문으로도 듣고 있습니다만."

"반슈의 성주, 오데라의 노신의 아들. 아직 32, 3세쯤이지만."

"이번 주고쿠 정벌도, 모두 구로다님의 정략과 기초 공작이 있었기 때문이라고 들었습니다."

"그대로다. 만나 봐. 이야기가 통할 수 있는 남자다. ……기모(機謀)뿐 아니라, 세상을 보는 눈이 있다."

"주군과의 교분은?"

"문서의 왕래는 이전부터였지만, 상견한 것은 지난번 아즈치에서 처음이었다. 그러나 반나절 동안에 서로의 흉중을 털어놓았다. 히데요시는 마음

든든하다. 왼쪽엔 다케나카 한베, 오른쪽엔 구로다 간베, 휘장은 되어 있
다.”

그때 뒷줄에서 무엇인가 왁자지껄하며, 행군이 어지러워졌다. 시동들 대
열에서 떠들썩하는 웃음소리가 들린다.

하지스카 히코에몬이 뒤를 돌아보고 호리오 모스케를 꾸짖었다. 호리오
모스케는, 또 대열의 시동들에게 고함지르고 있었다.

“조용히 하랏! 행군은 엄숙히.”

“어떻게 된 것이냐?”

히데요시가 묻자, 히코에몬은 난처한 얼굴로 알렸다.

“시동들에게도 모두 기마를 허락했더니, 행군중 떠들어 대면서 마치 관광
이라도 가는 것처럼 장난을 쳐서, 모스케도 단속하기가 어려운 것 같습니
다. 역시 시동들은 걷게 하는 것이 좋지 않을까 생각합니다.”

히데요시는 쓸쓸하게 웃으면서 말했다.

“어렸을 때는 그렇게 철없는 법이다. 기쁨을 누를 수 없어 떠들어 대는 거
지. 그대로 둬라. 그대로 둬.”

또다시 돌아보며 물었다.

“누가 낙마를 한 것이 아니냐.”

“가장 나이 어린 이시다 사키치(石田佐吉)가 말에 익숙하지 못한 것을 재
미있어 하면서 누군가가 일부러 낙마시킨 것 같습니다만.”

“사키치가 떨어졌는가. ……낙마도 훈련의 한 가지. 좋아, 좋아.”

행군은 또 계속된다. 길은 하리마(播磨)에 접어들어 그날 저녁에는 예정
지 가스야에 도착하기로 되어 있다.

음침하여 오로지 규율이나 형식만을 중히 여기는 시바타 가쓰이에의 통솔
하에 있어서도, 냉엄 준열한 노부나가 직속의 진중에 있어서도, 하시바 군만
은 언제나 한 가지 특색이 감돌고 있었다. 한마디로 말하면 ‘명랑한 기운’이
라는 것이다. 어떠한 고생이나 악전고투 속에서도, 이 ‘명랑한 기운’과 전군
이 한 가족인 것처럼 화기애애하게 우러나고 있는 것이다.

그러기에 12, 3세로부터 16, 7세의 소년들만으로 일단을 이루고 있는 시동
들은, 너무 치근덕거려 자칫 군기가 문란하기 쉬웠지만 대개의 경우 이 가장
은 “그대로 둬, 그냥 버려 둬” 하고 관대하게 봐 주었다.

해질 무렵이었다.

선봉은 조용히 반슈 가스야로 접어들고 있었다.

이곳은 적지 중의 동맹국이다. 거취어 갈피를 못 잡아 헤매고 사방의 중압에 허덕이던 동맹국의 토민들은 화톳불을 피우고 환호하며 히데요시의 병마를 맞았다.

주고쿠 진주의 제일보는 내디딘 것이다. 힘차게 저녁의 대지를 울리면서 가스야 다케노리의 저택으로 들어가는 긴 뱀꼬리와 같은 긴 대열을 보니.

1번대 기, 2번대 소총조, 3번대 활, 4번대 긴자루의 창, 5번대 돌격조, ——이렇게 두 줄로 행진하였다.

중군, 히데요시의 전후에는 기마의 장사가 딜집해 갔다. 고수·나졸·마렴·군감, 예비 말, 수송대·척후·시송대 등 무려 7천 5백 기 가량이었다. 보는 자로 하여금 신뢰를 갖게 했다.

진문에는 구로다 간베가 마중 나와 있었다. 히데요시는 그를 보자, 곧 말에서 내려 만면에 웃음을 띠고 가까이 걸어갔다.

"야아."

앞에서도 야아, 하고 팔을 벌려 왔다. 두 사람은 십년지기 같았다.

함께 저택 안으로 들어가, 여기서 주고쿠의 뜻을 같이하는 동지들과 만났다. 구로다 간베는 그 소개자다. 그리그 사심이 없음을 맹세하고 차례로 자기 이름을 댔다.

그러자 잠시 후 보기에도 출중한 사내가 히데요시에게 이렇게 인사했다.

"아마코(尼子)의 유신, 야마나카 시카노스케 유키모리(山中鹿之介幸盛)입니다. 지난번에는 진중에서 어긋나 뵙지 돗하고 지나쳤습니다만 이번의 서방 정벌을 듣고, 마음이 설레어 간베님을 뵙고자 한 발 앞서 이곳에 와 기다리고 있는 것입니다."

손을 붙이고 엎드리고 있는 모습만 보아도, 그 떡 벌어진 어깨와 큰 키로 볼 때 보통 사람 이상으로 뛰어난 것을 곧 알 수 있다.

일어서면 족히 6척이 넘을 것이다. 나이 32, 3세. 피부는 흑동 색에 가깝고, 눈은 크고 빛나는 것이 박력이 있다.

'어쩌면?'

잠시 생각해 내지 못하는 표정으로 히데요시는 한동안 지켜보았다.

간베가 말을 덧붙였다.

"이 사람은 모리 일족에게 멸망당한 아마코 요시하사를 받들어 오랫동안

절개를 지켜온, 요즈음 보기 드물게 신의가 강한 사내입니다. 요 10년래 오키, 이즈모, 돗토리 등 곳곳을 전전하고 방랑하면서 항상 적은 군사로 모리를 괴롭히고 옛 주군인 아마코 요시히사를 다시 한 번 내세우려고 눈물겨운 노력을 하고 있습니다. 아무쪼록 지쿠젠님께서도 각별히 지도해 주시기를."

"……아, 아니."

히데요시는 말을 막으며 의아스레 물었다.

"상인 아마코공의 충신 중에 시카노스케 유키모리가 있다는 것은 오래 전부터 나도 듣고 있었소. ……한데, 지난번 진중에서 어긋나서 만나지 못했다니? ……어디 말인가."

시카노스케는 대답하였다.

"시기산 공략 때, 아케치 미쓰히데님의 군에 합세하여 한쪽의 진중을 빌려 싸웠습니다."

"허. ……시기산의 싸움에 그대도 참가하고 있었던가."

"그런데."

간베가 이야기를 가로채면서 말했다.

"지난 몇 해 동안 지켜온 절개도 허무하게 모리 때문에 상인에 패하여, 그 후 은밀히 시바타님을 통하여 노부나가 공에게 조력을 바라고 있던 관계로 아케치님의 수하에 붙어, 시기산 공격에도 향하였고, 그곳의 싸움에서는 마쓰나가 쪽의 맹장 가와이 히데다케의 목을 베었으며, 노부나가 공의 지극한 은혜에 보답하고 있습니다."

"아, 그 가와이 히데다케를 벤 용사가……시카노스케 그대였소? 아, 그랬었군……."

히데요시는 앞뒤의 의문이 비로소 풀렸다는 표정으로 그를 다시 고쳐 봤다.

진주군 히데요시의 위력은 곧 사실로 나타났다.

사요, 고즈키(上月) 두 성을 함락시키고, 부근의 우키다(宇喜多) 세력을 일소한 것은 그달 안이었다.

히데요시의 좌우에는 항상 다케나카 한베와 구로다 간베가 있었다.

본진은 히메지로 옮겨졌다.

그런데, 이 사이에 비젠(備前)의 우키다 나오이에(宇喜多直家)는 그 맹주인 모리 일족에 번번이 후원군을 재촉하면서, 한편으로는 비젠에서 제일의 용명 높은 마카베 하루쓰구(眞壁治次)에게 수병 8백을 주어서 고즈키 성을 탈환하는 데 성공하여, 재빨리 가미가다 군세를 깔보는 예봉을 나타내고 있었다.

"히데요시 그 자가 다 뭐냐?"

고즈키 성에는 날마다 탄약과 양식이 코급되고 신예의 병사들이 증파되었다.

"그냥 버려 둘 수는 없지 않습니까?"

한베가 말했다.

"그렇지."

히데요시는 느긋한 표정을 지었다.

그의 눈은 히메지에 온 뒤부터 주고쿠 전반을 보고 있었으며, 일개 고즈키에만 집중되지 않았던 것이다. 그래서 이러한 대답이 나온 것 같다.

"누구를 보낼까요? 이번엔 다소 난공이라고 생각됩니다만."

"유키모리를 보내는 게 상책이다."

"시카노스케 말입니까."

"간베는 어떻게 생각하나?"

구로다 간베는 그에 대답하여 당연하다고 찬의를 표했다.

"바랄 수도 없었던 행운입니다."

명을 받은 야마나카 시카노스케(山中巨之介)는 이런 말을 하며 밤 안으로 군사를 갖추어 고즈키 성으로 밀어닥쳤다.

가장 추운 12월 말이었다.

시카노스케의 부하는 시카노스케 유키모리와 뜻을 함께하여, 의로 뭉친 담력을 가진 자들 뿐이었다.

'단연코, 모리를 쳐서 옛 주군 아마코씨의 재흥을 맹세한다.'

그 점에서 이 부대에는 일관된 강렬한 정신이 있다.

일당에는 아마코 스케시로, 데라모도 한시로, 아키야마 진스케, 다치바라 히사쓰나 등 세상에 널리 알려진 아마코 낭인이 7, 8백 기는 있었다.

"뭐, 아마코의 일당이 습격해 온다고?"

"야마나카 시카노스케가 대장으로 이곳을 습격한다는데."

우키다 쪽에서는 척후병의 입을 통해 이러한 말을 듣자 비상한 공포에 휩싸였다.

야마나카 시카노스케의 이름이나 아마코 낭인이라는 소리를 듣기만 해도 그들은 사나운 호랑이 앞의 작은 짐승들처럼 두려움에 허둥거리는 것이다.

히데요시가 직접 공격해 온다고 듣는 것보다도 그것은 더 무서운 것임에 틀림없다. 왜냐하면 주고쿠의 반 노부나가 권내에서도 아직 하시바 히데요시와 같은 자는 그다지 중요시하지 않고 있다.

시카노스케의 진중 일념과 그 무용은 강대국 모리에서까지도 귀신과 같이 다년간 그 화에 떨고 있었기에, 고즈키 성에 유키모리를 보낸 것은 히데요시로서는 매우 효과적이었다.

과연, 그렇게도 호언하던 우키다 유일의 맹장 마카베 하루쓰구도, '병력에 손해를 봐서는' 하고 싸우지도 않고 고즈키 성을 버리고 달아났다. 물론 이것은 일시적 현상이다. 유키모리(幸盛)의 부하가 입성하여, 피 한방울 흘리지 않고 성을 함락한 뒤 히데요시에게 보고하자, 앞서 도망친 마카베 세는 주군 우키다에게 증원을 바라고 마카베의 동생 하루도키의 군사를 합쳐서 총세 약 천 5, 6백기가 말발굽 소리도 요란히 모래 먼지를 일으키며 성의 6리 가까이의 평야까지 역습해 왔다.

시카노스케는 망루에서 바라보고 웃었다.

"반 달째 비가 안 오니, 그들 스스로가 몸을 태우고 있다."

깊이 성채를 닫고서, 견고하게 지키는 것으로 가장하고 그날 밤 자정이 지나서 유키모리는 병사를 두 패로 갈라 광야로 뛰쳐나갔다. 한 패는 바람을 등지고 불을 질러 들판에 가득한 마른 풀을 태웠다.

겨울 들판의 불에 말리어 우키다 세는 허물어지기 시작했다.

야마나카 시카노스케의 기습 부대는 때를 맞추어 섬멸 작전을 벌였다. 당연한 일로 적의 전사자는 수없이 많았다. 그 중에는 주장인 마카베 하루쓰구(眞壁治次)도 있었다. 그 동생 하루도키(治時)도 전사했다.

"이젠 혼났을 거다."

"아니 몇 번이라도 덤벼라."

야마나카(山中) 세는 성으로 돌아가서 개가를 울렸다.

그리하여 더욱 고즈키 성을 견고히 지켜 아마코 일당의 존재를 과시했다.

그런데, 본진의 히메지로부터 사신이 와서 성에 알렸다.

"성을 버리고 곧 히메지로 철수하라."

히데요시의 명으로써 고하는 것이다.

아마코 가쓰히사 이하 모두 당연히 불평을 했다. 모처럼 힘껏 싸워서 뺏은 성을——더구나 작전상의 요지를 어찌하여 스스로 버리고 떠나지 않으면 안 되는 가라고.

"어떻든, 명령이라고 하니……."

할 수 없이, 시카노스케는 주군 가쓰히사를 위로하고 부하 일동을 달래어 히메지로 돌아갔다.

곧 히데요시를 만나서 이유를 따졌다.

"기탄없이 말씀드린다면 수하의 장사 모두가 명령에 대해 회의하고 있습니다. 이처럼 말하는 시카노스케도 그 중의 한 사람입니다만."

히데요시는 웃으며 말했다.

"아니 당연하다. 기밀에 속하기 때문에 사신에게는 이유를 말하지 않았지만 이곳에선 말 할 수 있다. ……고즈키 성은 우키다를 낚는데 가장 좋은 미끼다. 저것을 버리면 반드시 우키다가 병량을 저축하고 무기, 탄약을 운반한다. 더욱이 병마도 한껏 증강할 것이다. ……그러면 말이다!"

히데요시는 속삭이는 것같이 소리를 낮추어 의자에서 몸을 앞으로 기울이며, 예의 노부나가로부터 받은 대명남만 도면이 그려진 부채를 비젠 쪽으로 가리키며 말했다.

"이 히데요시가 거듭 고즈키에 덤빌 것을 예상하고 이번에는 우키다 나오이에 자신이 대군을 이끌고 후군으로 나올 것이 틀림없다. ……그 뒤를 치는 전법이다. 그 때문에 고즈키 성은 미끼로 버린 것이다. 화를 내지 말라, 시카노스케."

물론 이러한 방침은 히데요시 한 사람의 착안이나 독단일 리가 없다. 참모에는 구로다 간베 등이 있다. 시카노스케는 충분히 납득하고 물러났다.

해는 바뀌어 정월에 접어들었다. 척후병의 보고는 생각하던 대로였다. 비젠의 우키다 성은 개미가 물건을 나르듯이 엄청난 군수품을 이미 고즈키 성에 수송했다는 것이다.

과연, 그 수장에는 고즈키 가케도시를 임명하여 병사는 정예를 뽑아 수비하고 있었다.

히데요시는 본군으로 그것을 포위시키고, 한편 아마코 가쓰히사, 야마나카 시카노스케 기타 1만의 군병을 나누어 노미 강가에 숨겨 두었다.

우키다 나오이에는 성 안의 군병들과 미리 짜고, 히데요시의 포위군을 협공할 심산으로 비젠으로부터 출진해 왔다.

"좋은 사냥감, 꼼짝도 말라."

아마코 일당은 회오리바람처럼 그것을 찌르고, 나오이에의 행군을 토막내어 개별적인 섬멸을 기도했다.

우키다 세는 사분오열이 되고, 나오이에는 몸 하나만 간신히 비젠으로 도망쳤다.

이렇게 한 뒤 아마코 세는 우군의 포위군과 합세하고 고즈키 성의 총공격은 비로소 본격적인 행동을 개시했다.

전법은 화공법을 주로 했다.

성병의 태반은 타 죽었다고 한다. 고즈키의 지옥 골짜기라고 후세에까지 지명으로 전해 내려올 만큼 수많은 군병이 성과 함께 죽었다.

"이번에는 버리라고 하지 않겠다. 잘 수비하라."

히데요시는 여기를 아마코 일당에게 맡기고 다지마 하리마(但馬播磨)의 소탕을 끝내자, 일단 아즈치로 개선했다. 그 해가 덴쇼(天正) 6년의 2월, 호남(湖南)의 춘색이 짙었다.

반란군의 모략

"히데요시가 나타나면, 이 물건을 노부나가가 내리는 상이라고 하고 그에게 주어라."

노부나가는 가신에게 이렇게 말하고 이른 봄 미카와 방면에 매사냥을 나섰다는 것이다.

그래서 아즈치에는 없었다.

히데요시는 장병들을 성 아래에 주둔시키고 등성했지만 가신으로부터 그러한 뜻을 전해 듣고, 곧 짐작했다.

'아마, 매사냥이라고 하면서 도쿠가와님과 어디에선가 회견하고 있겠지.'

평소 노부나가가 아끼던 오도고젠(乙御前)의 솥이 보물 창고에서 내어져 있었다. 히데요시는 그것을 받아 나가하마로 돌아갔다.

"이 솥을 걸고 한숨 돌리라는 뜻일 것이다. 네네, 빨리 아궁이에 솥을 걸고 고마운 차를 한 잔 얻어 마실까?"

어머니도 모셔와, 아내와 함께 군은(君恩)의 차 한 잔을 받아 마셨다.

이렇게 있다가 한 달도 안돼서 히데요시는 제반의 군비를 새롭게 하여, 2월 초 다시 하리마로 내려갔다.

이 사이 주고쿠 전토도 어수선한 가운데 전시하의 모습을 더해 가고 있었다.

우키다 나오이에는 급사를 모리 일족에게 보냈다.

"사태는 중대합니다. 단순히 반슈 일국의 변은 아닙니다. 지금 아마코 가쓰히사는 그 신하 야마나카 시카노스키를 데리고 히데요시의 힘을 빌어 고즈키 성을 점거하고 있습니다. 이것은 모리 일족에 있어서도 간과할 수 없는 장차의 대사를 품고 있는 것이라고 하겠습니다. 왜냐하면, 모리 일족에 멸망당한 아마코 일당의 복수심이야말로 치열한 것으로서, 그들이 실지 회복에 나서겠다는 전제가 아니고 무엇이겠습니까? …… 지체할 수 없습니다. 속히 대병을 내어 지금 이것을 섬멸해야만 합니다. 우리 우키다 일족이 앞장서겠으며 지난 몇 해 동안의 은혜에 대한 보답을 사실로써 보이기로 의견이 일치하고 있습니다."

모리 데루모토의 좌우에는 두 사람의 숙부가 되는 명장이 있다. 세상 사람들은 이것을 모리 일족의 2숙이라고도 하며, 주고쿠의 이천(二川)이라고도 한다.

지략 종횡의 고바야가와 다카가게(小早川隆景), 지용 재덕을 갖춘 기쓰가와 모토하루(吉川元春). ──이렇게 두 사람은 망부 모토나리의 위대한 반면을 공평하게 나누어 갖고 있었다. 그리고 모토나리의 적손으로서 현재 모리 일족의 주군의 위치에 있는 데루모토를 유감없이 서로 돕고 있었다.

생전에 모리 모토나리는 그 아들들에게 이렇게 훈계했다고 한다.

"무릇 천하를 경륜할 그릇이 아닌 자가 천하를 도모하려고 하는 일만큼 세상에 백해를 낳는 일이 없다. 또 그러한 자가 시기와 세를 얻어서 일단 천하를 장악하였다고 한들, 도리어 파멸의 원인이 됨은 더 말할 필요가 없다. 너희들은 자기의 분수를 잘 돌아보며 단지 주고쿠를 다스리고 그 권내에서만은 사람에게 뒤떨어지지 않는 마음씨를 가져야한다……."

모리 일족이라는 전통 있는 대 가정에서 볼 수 있는 여러 가지 가풍 중에서도 가장 아름다운 것은, 부자 형제지간이 바르게 유지되고 일치되어 있는 것이었다. 예의와 사랑과 믿음이 피로써 굳게 뭉쳐져 있는 점은 군신의 길을 더욱 공고히 하였다.

그래서 모토나리의 유훈(遺訓)은 오늘날까지 존중되어 왔다. 노부나가, 우에스기, 다케다, 도쿠가와와 같이 적극적이 아니었던 까닭은 이에 있었다.

그러기에 가령 아시카가 요시아키를 감추어 두건, 혼간사와 통하건, 멀리 우에스기 겐신과 어떤 묵계를 맺건 그 모두가 주고쿠를 지키기 위한 때문이었다. 노부나가의 진출에 대하여 그와 같은 타국의 요새를 주고쿠(中國) 방위의 일선으로 이용해 왔을 뿐이다.

그러나 큰 파도는 닥쳐왔다. 이미 방위선의 일각은 허물어져 주고쿠도 시대의 선풍(旋風) 밖일 수는 없었다.

"본군의 데루모토, 다카가게 두 분은 힘을 합쳐 고즈키를 공략하시오. 저는 이나바, 호키, 이즈모, 이와미의 병사를 이끌고 나아가서는 단바, 다지마의 병사도 합세하여 일거에 게이키로 진출, 혼간사와 호응하여 곧 노부나가의 본거 아즈치를 치겠소."

이러한 대담한 계책을 세운 것은 기쓰가와 모토하루였다. 그러나 그것은 너무 기책(奇策)인 듯하여 데루모토 다카가게도 찬성하지 않았다. 그리하여 전군을 가지고 우선 고즈키 성을 공격하기로 했다.

3월.

약 3만 5천의 모리 군은 각각 본국을 출발하여 북상하기 시작했다.

고바야가와 다카가게는 우키다의 병사를 합쳐서 비젠 방면으로부터, 기쓰가와 모토하루는 미마사카로부터, 또 모리 데루모토도 빗추 마쓰야마에 진을 치고, 4월 가까이에는 전군 하리마를 향해서 행군을 서둘렀다.

그보다 앞서, 히데요시는 반슈에 내려가서 가코가와 성을 본영으로 하여 밤낮 군사 회의를 계속하고 있었지만, 그가 이끌고 온 파견군이라는 것이 겨우 7천5백 정도였다.

반슈의 호족이나 지방 무사들을 합쳐도 그 병력은 모리와는 전혀 비교가 되지 않는 수이다.

"때에 따라서 원군은 언제든지 오기로 되어 있다."

히데요시는 태연한 모습이었지만, 강대한 모리 군과 비교하여 파견군이 소수임에 은밀히 불안을 품고, 거취에 갈피를 못 잡고 헤매는 기미가 부근의 여러 장사들 사이에 드러난 것도 무리가 아니었다.

그 공기가 드디어 명확한 모양으로 나타났다. 미키의 성주 벳쇼 나가하루의 배반이 그것이다.

벳쇼 일족은 동부 하리마 8군에 분포하고 있어 덴쇼 시초부터 고데라 일족 등과 함께 노부나가에게 서신을 올려 토착의 우군으로서 중요한 구실을 하는 한 부분이었던 것이다.

"히데요시와 같은 작은 인물을 우리들의 총수르 삼을 수는 없다."

반기를 뚜렷하게 들자, 그들은 우선 히데요시의 선수를 쳐서 악선전에 힘썼다.

그 말은 이런 것이었다.

"때마침 성주 나가하루는 감기 기운으로, 초청장이 있자 곧 숙부인 요시스케 노신인 미야케 하루타다를 대신으로서 가코가와 성에 보내 여러 가지 헌책을 했는데, 히데요시는 우리 토착의 성주 의견 따위는 귀담아 들으려고 하지 않으며…… 경들의 임무는 창끝과 같이 일하는 것이다. 군략은 오로지 히데요시의 마음속에 있을 뿐……이라고 호언장담을 늘어놓았다."

물론 이것은 근거도 없는 거짓이며 자기의 배반을 합리화하기 위해 날조한 데 불과하다. 더욱이 그들은 그 악선전을 보다 확대하여 아즈치의 노부나가에게도 서신을 보냈다.

'지쿠젠님의 제반사 횡포로 우군으로서도 원한을 품는 자 많음. 오다 가에 대해 소의(疎意)를 품는 것은 아니오나, 당가도 미키 성에서 하시바님의 휘하를 떠나 선전독보(善戰獨步)의 각오임을 아룀.'

이런 식의 지극히 악성의 참언과 거짓으로 부심했으며, 그 새에 모리 일족의 군사 고문을 불러들여 성곽의 도랑을 깊게 하고 담을 높였다.

"지독한 사내도 있군."

히데요시는 무엇을 듣든지 일소에 붙였다. 그리고 간베, 한베 두 참모의 권유에 따라서, 2월 초순 그 본영을 가코가와로부터 쇼샤 산 위로 옮겼다.

그 때 뜻밖의 보고가 가미가다로부터 들려왔다.

에치고의 우에스기 겐신이 죽었다는 것이었다.

보통 상식적인 소문이 나돌았다. 어떤 이는 그가 출사를 준비하다가 죽음을 맞이했다고도 하고, 어떤 이는 가스가야마를 출발하여 진중에서 죽었다고도 했다. 또 다른 이들은 그가 평소 대주가였기에 졸도했을 게 분명하다고 떠벌여댔다.

그런가 하면 가쓰가야마 성 안에서 측간으로 가다가 자객의 손에 죽었다는 등 억지로 이상한 소문을 내는 자도 있었다.

그러나 어떻든 겐신의 죽음은 사실이었다. 한없이 세상이 변하는 모양이다. 히데요시는 하룻밤, 쇼샤(書寫) 산에 서서 일대의 영걸 겐신의 생애를 돌이켜보고 깊은 생각에 오랫동안 잠겨 있었다.

뻿쇼(別所) 일당의 미키(三木) 성에는 여러 개의 소성들이 위성(僞城) 역할을 하며 둘러싸고 있었다.

오고의 성, 하타야 성, 노구치 성, 시카다의 성, 간키 성 등——각 처에 반기를 펄럭이며 비웃고 있었다.

"히데요시란 어떤 자냐?"

"저 빈약한 군사들을 이끌고 주고쿠 공략이라니 우습기 짝이 없는 일."

"천하의 광대함을 모르는 패거리들의 교만한 오산에 지나지 않는다."

구로다 간베는 히데요시에게 우선 이렇게 헌책했다.

"저 소성 하나하나를 밟아 없애는 것은 귀찮은 일이지만 간키 성의 간키 나가노리, 다카 구라 성의 가지와라 가게유키 등은 매우 억센 자들입니다. 역시 주위의 잔돌 한 개 씩을 얻고, 미키 성을 뿌리 뽑는 게 가장 무난한 전법이라고 생각합니다만."

히데요시는 그들의 헌책을 잘 이용했다. 특히 좌우의 두 사람에게 항상 이렇게 말하고 있었다.

"지리의 이점에는 간베가 밝고, 병의 진퇴에는 다카나카 한베가 자세하다. 무엇을 걱정하랴. 히데요시는 다만 의자를 앞세울 뿐이다. 이 금 호리병의 말 기치는 두 사람의 안내로 어디라도 간다."

그래서 한베도 간베도 더욱 책임감을 느끼지 않을 수 없었다.

쇼샤 산을 내려온 히데요시의 군병은 우선 제일 먼저 노구치(野口) 성을 공격하여, 적인 나가이 시로오자에몬(長井四郎衞몬)을 항복시키고, 계속해서 간키(神吉) 다카스나(高砂)로 부근의 부락을 불사르며 이 잡듯이 쳐들어 갔다.

그리하여 목표인 고즈키 성에 임박했을 때에,

'모리의 대군 남성을 포위, 사태 급박 원병을 바람.'

이라고 쓴 야마나카 시카노스케의 급보를 휴대한 사자가 사요의 고즈키 성에서 왔다.

사신은 히데요시 앞에 나와서, 얼마나 모리 서가 그 강대한 국력을 기울여 왔는지를 말로써 보충했다.

"고바야가와 다카가게의 병사 2만여, 기쓰가와 모토하루가 이끄는 1만 6천. 게다가 우키다 나오에의 군, 대략 1만 5천이 합세하여, 총세 적게 보아도 5만 이상은 됩니다."

또 이렇게 보충하였다.

"적의 대군은 우선 고즈키 성과 아군과의 통로를 차단하기 위해 다카쿠라 산의 기슭과 마을과 마을의 골짜기 새에 기다란 웅덩이를 파고, 낮은 곳에도 군병을 감추고 고지에도 병력을 잠복시켜 진지마다 목책을 두르고 녹채를 매어 외부로부터 한 걸음도 성에 근접하지 못하게 공사를 하고 있습니다. 더욱이 하리마, 셋쓰의 해상에는 7백여 척의 병선을 띄워 후진의 병사나 식량을 아직도 속속 육상에 올리려고 획책하고 있습니다. 성 안에 있는 자들의 유일한 희망은 지금 당장이라면 어떻게 하든 외부로부터의 원군과 연락이 닿는 방법이 있지 않을까, ……그것뿐입니다."

이 보고는 히데요시의 진로에 커다란 위기가 아닐 수 없었다. 문제는 중대했다. 더욱 급했다.

아닌 밤중에 홍두깨――라고 할 정도로 그어 대해 소홀했던 것은 아니었다. 모리 세의 출동은 미리 계산어 넣고 있었다.

"으흠……그래."

히데요시는 늘상 난처해질때마다 하던 버릇대로 입술을 커다랗게 한일자로 다물어 버렸다. 이미 예상한 일이었다. 그러나 노부나가에게 요청한 증원군은 이제껏 아무런 소식도 없었다.

먼저, 아마코 가쓰히사와 그 부장 시카노스케 등이 수비하고 있는 고즈키 성은 비젠, 하리마, 미마사카의 삼각점에 있으며, 산촌의 소성기라고는 하나 군략상 중요한 곳을 차지하고 있다.

얼마 후, 상인으로 들어가려면 우선 그곳을 누르지 않으면 안될 관문이기도 하고, 모리 세가 그곳을 중시한 것은 당연한 조처라고 히데요시는 적의 착안점에 감탄하였지만, 돌이켜보니 자기의 휘하에서 차출할 만한 병력이 없었다.

휘하에 큰 소임을 맡기고 그 일로 안절부절못하리만큼 노부나가는 좁은 도량이 아니었다.

그런데 그 총괄은 어디까지나 자기의 손이 아니면 안 되는 것이다. 그러한 원칙으로, 만약 그 통어를 범하는 자라도 있으면 단연코 용서할 그가 아니었다.

히데요시는 이러한 오다공의 기질을 잘 알고 있었다. 이번 주고쿠(中國) 정벌의 총지휘로 임명되어도 절대 교만한 독단 따위를 하지 않았다.

곁에서 보고 있으면, 아주 조그마한 일까지 파발군을 시켜 문의하거나, 또 부하를 시켜 묻기도 했다. 그리하여 심복 부하를 몇 번이나 심부름을 보내 전황을 자상하게 알려 멀리 있으면서도 싸움터에 있다는 생각이 들게까지——주군 노부나가로 하여금, 안심할 수 있게 하였다.

따라서 노부나가도 충분히 이번의 대사는 짐작하고 있었다.

"좋다. 이렇게 됐으니 내가 직접 출진해서 지쿠젠을 격려해 주어야겠어."

그는 그다운 결단으로 곧 출진을 명령했다.

그러나 제장은 입을 모아 간청하였다.

"그렇게까지 할 것은 없습니다."

사쿠마, 다키가와, 하치야, 아케치 등은 모두 같은 의견이며, 니와 고로자에몬도 그와 비슷한 생각을 말했다.

"반슈의 전지는 산악이 많아, 이른바 험난한 요충지 싸움입니다. 우선 원군 1만을 보내 잠시 동안은 적의 변화를 보고 계시는 것이 상책인가 합니다."

사람들은 이렇게 말했다.

"또, 만약 우리 주군의 주고쿠의 재진이 의외로 오래 갈 경우, 혼간사의 일당이 뒤를 끊고 해륙으로 아군을 위협할 수도 있습니다."

이렇게도 말하는 것이었다.

아즈치의 경영은 지금 시작했을 뿐이다. 노부나가는 그들의 말을 듣고 자기의 출진을 연기했다.

그러나 그동안의 분위기를 보면 히데요시에 대한 제장의 미묘한 감정이 군사 회의를 거듭할 때마다 움직였다는 것을 간과할 수 없다.

'아무려면, 하시바 지쿠젠의 지휘로써는……'

이런 일이 있기 전부터 히데요시를 경시하기나 질시하고 있던 사람들의 선입감이다.

'짐이 너무 무겁다.'

'노부나가 공이 출진해 그에게 공이 돌아간다견.'

감정을 더 파고 들면 그 밑바닥에는, 이 같은 얕은 꾀에 찬 질시도 섞여 있었다.

질투는 여성에게만 있는 것이 아니었다. 아니 남성의 질투는 여성과 같이 표면에 나타내지 않는 만큼 더 두려워해도 괜찮다. 전국 무사들 사이에까지, 그러한 감정이 역시 갑옷과 대검 아래에 감춰져 있었다.

다키가와 가즈마스, 니와 나가히데, 아케치 미쓰히데——그리고 쓰쓰이 준케이 등의 원군 약 2만이 교토를 출발하여 반슈에 도착한 것은 벌써 5월 초였다.

노부나가는 더구나 아들인 노부다타를 그 후에 가세하도록 보냈다.

한편, 히데요시는 원군의 선발로 온 아라키 무라시게의 부대를 본군에 합세, 고즈키 성의 동쪽 다카쿠라 산으로 본영을 옮겼다.

그러나 여기에 이르러 고즈키 성의 위치를 다시 보니 그 성중과의 연락을 취하는 일은 거의 어렵게 생각됐다.

성의 산기슭에는 이치(市) 강의 본류와 지류가 삼방을 둘러싸고 있다. 게다가 서북도 서남도, 오오카미(狼) 산이나 오으히라 산의 험한 골짜기에 둘러싸여 접근할 수 없는 것이다.

다만 한가닥의 통로는 있다. 그러나 그곳에는 모리의 대군이 운집해 있었다. 그 외에도 강을 끼고, 골짜기를 이용하고 또 산을 업고 도처에 적의 요새와 적의 기(旗)가 없는 곳이 없었다.

천연의 가파른 성이라는 것은 이것을 사수할 경우에는 좋지만, 이렇게 되면 외부에 있는 아군의 후진과 그곳을 연결시키려고 할 때 도리어 방해가 되는 위치에 있었다.

"이건 어떻게도 할 수 없다."

히데요시는 탄성을 질렀다.

마치 무능한 대장이라는 것을 스스로 고백하는 것 같이 두 번이나 말했다.

"손을 쓸 수가 없다!"

대개 싸움이라는 것은 직감인 모양이다. 히데요시는 여기에 서는 것과 동시에 솔직하게 그렇게 느낀 것으로 보였다.

그는 느낀 대로 엄하게 아군의 공격을 견제하였다.

그리고 밤이 되자 졸개들을 격려했다.

"화톳불을 피워라, 마구 피워라."

매일 밤이다.

다카쿠라 산으로부터 미카즈키 산의 부근까지 봉우리와 골짜기에 걸쳐서 요란스럽게 불꽃을 올렸다. 또 낮에는 높은 곳의 나무 숲 사이로부터 무수한 기치를 내걸고, 적에게 과시하였다.

'히데요시의 대군이 여기에 있다.'

한편 고즈키 성에 있는 소수의 우군을 격려했다.

이렇게 하여 5월까지 지탱하고 있는데, 니와 다카가와, 아케치 등의 2만의 원군이 온 것이다.

기세는 올라갔다.

그러나 실적은 오르지 않았다.

왜냐하면 훌륭한 대장들이 너무 많았기 때문이다. 히데요시와 어깨를 나란히 하여 아래에 앉기를 꺼리는 자들뿐이었다. 니와 사쿠마는 히데요시의 선배였으며, 아케치와 다키가와 등도 그 덕망이나 재식(才識)이 히데요시와 백중을 다투었다.

자연히 누가 총지휘관인지 알 수 없는 분위기가 조성되었다. 명령은 두 가닥뿐이 아니다. 여러 군데의 부장으로부터 내려졌다. 그리고 때로는 이리저리 엇갈리고 뒤섞여 혼란이 빚어지기도 했다.

진중의 분위기라고 할까, 이러한 내부의 낌새를 맡고 아는 데 있어서 적은 민감하다.

'오다의 원군, 두렵지 않다.'

모리 세도 그 허를 찌르는 데 재빨랐다.

고바야가와 다카가게(小早川隆景)의 군사들은 다카쿠라 산의 뒤를 우회하여 야습해 왔다.

히데요시 세(勢)는 약간의 손해를 입었다.

또 기쓰가와 모토하루의 병사는 멀리 배후의 평지로부터 시카마 근처까지 행동하여, 오다 군의 수송 부대를 기습하거나 병선을 불사르고 유언비어를 퍼뜨리며 후방의 교란을 노렸다.

──하루아침.

고즈키 성 쪽을 히데요시가 보니 하룻밤 사이에 성의 망루가 파괴되어 있었다.

"어찌된 것인가?"

사태를 알아보니, 모리 군에게는 남만포의 대포가 있기에 그 거탄이 명중하여 분쇄되었을 것이라고 했다.

"……저것으로 무기의 정예, 병사의 훈련을 짐작할 수 있구나."

히데요시는 모리의 강대함에 감탄했다. 그리고 여전히 적극적으로 나가지 않을 뿐 아니라, 제장들에게 뒷일을 맡기고, 은밀히 또 급히 교토로 뛰어 올라갔다.

"교토까지 갔다 오겠소."

고애(苦哀)

노부나가는 니조 성에 와 있었다.

장안에 도착하자 히데요시는 시종들을 위로하며 여관에서 쉬게 했지만, 자신은 전진의 먼지에 찌든 군장과 수염이 자란 때 묻은 얼굴 그대로 곧 니조 성에 올라가서 인사를 올렸다.

"지쿠젠이올시다."

노부나가도 다시 보았다.

"지쿠젠인가?"

그렇게 확인해 묻도록 히데요시의 얼굴은 달라져 있었다.

출진할 때와는 딴 사람 같았다. 눈은 움푹 패였으며 약간 붉고 성글게 난 수염은 수세미처럼 입술 둘레에 자라나 있었다.

'고생을 했군.'

노부나가는 곧 알 수 있었다.

"지쿠젠."

"예."

"무엇 하러 나타났는가. 서두르듯이."

"진중에는, 촌각도 비워 둘 수 없는 몸이기에."

"그래. ……그런 그대가 어찌하여 급히 빠져 나왔는가."

"지시를 받고 싶은 일이 있어서."

"참으로 귀찮게 구는 대장이군. 이미 지휘는 그대에게 일임하고 있는데, 매사마다 노부나가의 의견을 묻고 있다가는 재빠른 용병은 아마 못할 거야. ……왜 이번만은 그렇게 딱딱해졌는가. 그대의 과단을 가지고 행동을 못 하는가?"

"지당하신 말씀입니다만, 명령은 언제나 주군으로부터 나오지 않으면 안 됩니다."

"노부나가가 준 지휘권. 그댄 그것을 우로든 좌로든 마음대로 할 수 있지 않는가. 노부나가의 의지만 그대가 알고 있다면 그대가 하는 지휘는 노부나가의 지휘야. 무엇을 망설이는 건가?"

"황공합니다만, 그것 때문에 약간 고심하고 있습니다. 또한 병사 하나라도 개죽음을 시키고 싶지 않습니다. 이 히데요시, 무례하지만 일신상의 중임을 절실히 느끼고 상경한 것입니다."

"무엇인가, 상담이란?"

"현상대로라면 아군은 적이 불안하다고 생각합니다."

"지는 싸움이라는 것인가."

"불초 히데요시가 군의 지휘를 맡고 있는 이상 비참한 패주는 하지 않을 생각입니다만 패배하는 것은 어쩔 수 없습니다. 모리의 진용에는 그들의 사기, 장비, 지세, 이 모든 것에 대적할 수 없습니다."

"마찬가지 아닌가? ……그래도 지는 싸움은 지는 싸움이다. 첫째, 대장이라고 하는 그대가 그런 예상을 하는 이상 이길 리가 없다."

"이기리라고 오산했다간 대패를 맛보게 됩니다. 지금 주고쿠에서 아군의 정예가 여지없이 패하여 다시 일어설 수 없다면……이에 잠잠하던 긴키, 시고쿠의 적들과, 또 혼간사 일당 등, 모두가 자, 오다님이 좌절할 것 같다, 우대신의 멸망은 지금이다……하고 저주의 종을 울리고 호고쿠 도고쿠도 함께 봉기할 것입니다."

"알고 있다, 그런 것은."

"……그러나 한걸음 걸려서 넘어지면 주고크(中國) 공략의 대사는 오다 일족의 흥망의 안위에까지 미친다는 것을 깊이 생각하고 계시겠지요?"

“당연히 생각하고 있다.”

“그러시다면 어찌 히데요시로부터 진중에서 재삼 건의하였는데도 불구하고 왜 몸소 주고쿠까지 출진하시지 않습니까?”

“……”

“이때야말로 중대합니다. 시기를 놓치는 싸움은 허사입니다. 말하기조차 어리석지만, 주군이야말로 이 시기를 보시는데 고금 제일의 대장이라고 생각합니다. 히데요시가 서면으로 건의와 재촉을 거듭하고 거듭해도 무슨 까닭으로 거동하시지 않는지 히데요시 실로 이해할 수 없습니다.”

“……”

“오늘까지 불러도 쉽사리 나서지 않던 모리 군이, 데루모토를 비롯하여 기쓰가와(吉川), 고바야가와(小早川), 그 밖의 노장까지 대병력을 이끌고 일개 고즈키(上月) 성과 미끼 성의 후진으로 올라온 것은 이것이야말로 하늘이 주신 절대적인 기회가 아니겠습니까. 히데요시는 그들을 끌어들이는 미끼로서 족한 것입니다. 이렇게 되었으니 아무쪼록 주군께서 몸소 출진하셔서 일거에 이 사냥감을 도륙하시기를…… 청원하러 왔습니다.”

노부나가는 생각에 잠기고 있었다.

이런 경우 생각하거나 망설이거나 하는 사람이 아니다.

그런데 주저의 빛이 떠돌고 있는 것을 보자, 히데요시는 이미 마음속으로 짐작하고 있었다.

‘청원을 받아 주지 않으시는군.’

짐작한 대로 노부나가는 말했다.

“아니다. 지금은 경솔하게 움직일 때가 아니다. 우선 모리의 전략을 잘 보아 둘 필요가 있다.”

이번에는 히데요시가 생각에 잠기자 노부나가는 다소 질책하는 것 같은 어조로 말했다.

“아직 전투다운 전투도 벌이기 전부터 패배를 예기하는 등 그대는 약간 모리의 군세에 기가 죽은 것이 아닌가.”

“패배한다고 명확히 알고 있는 싸움을 하는 것은 주군에게 충성하는 것이 아니라고 생각합니다.”

“그렇게 느낄 정도로 주고쿠 세는 강한가. 사기가 왕성한가?”

“왕성합니다. 모토나리 이래 분수를 지켜서 굳게 국내의 강화에 힘써 부유한 에치고의 우에스기나, 고슈의 다케다 일족 등에 비할 바가 아닙니다.”

“부유한 나라가 반드시 강한가, 어리석은 소리.”

“아닙니다. 그 국부(國富) 여하에도 따릅니다. 모리에게 화사·교만의 풍조가 있다면 두려워할 상대도 되지 않고 오히려 승승장구할 것이지만, 기쓰가와, 고바야가와 두 장수는 훌륭하게 데루모토를 보좌하여 선주(先主)의 유풍을 지키며 장사들은 깊이 덕을 따라 무사도도 견고하여 가끔 포로가 된 일개 병졸이라 하더라도 기개가 늠름하여 적개심에 불타 있는 것을 보고서……주고쿠의 공략……이것은 난사 중의 난사라고 통탄하지 않을 수 없습니다.”

“지쿠젠, 지쿠젠.”

노부나가는 언짢은 표정으로 급히 이렇게 말을 막았다.

“미키 성 쪽은 어떤가. ……노부다타를 보내고 있는 미키 성은.”

“적자의 위광으로도 쉽사리 함락되지 않을 것입니다.”

“성주인 벳쇼 나가하루(別所長治)란 어떤 장수인가.”

“그도 인물입니다.”

“그대는 적만을 칭찬하는군.”

“적을 아는 것이 병가의 첫째 마음가짐이라고 생각합니다. 부장 졸개 같은 자까지 칭찬해서는 좋지 않을 것도 같습니다만 주군께 올바른 적의 진가를 전해 드리는 것은 히데요시의 임무라고 생각되기에 정직하게 말씀드리는 것입니다.”

“……그렇기도 할 것이다.”

언짢아하면서도 노부나가도 끝내 적의 강대함을 인정한 표정이다. 그러나 아직도 어딘지 모르게 그의 지지 않으려는 기질은 잠시 후 이런 말로 나타났다.

“그렇기도 하겠지만, 아군이 분발하지 않는 이유는 따로 또 한 가지 더 있을 것이다. ……지쿠젠.”

“옛!”

“총대장이라는 소임은 쉽지 않을 것이다. 다키가와, 니와, 아케치 모두 뛰어나고, 1군 단의 장수로서 손색이 없다. 어떻든 그대의 지휘대로는 움직이지 않는 것이 아닌가?”

“명찰(明察)하셨습니다.”

히데요시는 고개를 떨구고 전진에서 수척해진 얼굴을 붉혔다.

"어떻든 후배인 히데요시, 과분한 대임이라……."

그는 감히 이에 대해서는 장담하지 않았다. 노부나가의 출사의 의지를 저지하고 있는 이면에는 미묘한 노장 노신들의 사사로운 마음이 작용하고 있는 것이 너무나 뻔했기 때문이다. 모리의 대군은 두려워할 것이 못 된다고 하더라도 아군 중의 그러한 잠재된 갈등에 대해서는 그는 깊이 경계하고 있었다.

"이렇게 해라! 지쿠젠."

"예."

"일시 고즈키의 성은 적의 손에 포기한다! 그리고 미키 성에 대치하고 있는 노부다타의 군사에 합류, 일단이 되어 벳쇼 나가하루를 먼저 토벌하라! 그리고 잠시 적의 동태를 보자. 그렇게 해라, 그렇게 해."

주고쿠 전의 아군의 부진은 무어라고 해도 아군의 총병력을 미키 성의 공격과 고즈키 성의 후진으로 양분하고 있는 데에 첫째의 원인이 있다.

그 한쪽을 포기하고 한쪽으로 힘을 합쳐 우선 미키 성의 일족만을 친다——고 하면 이것은 우위로 다시 서게 되는 절대 방침이 될 것이 틀림없는데
——

'과연 장차 유리할까, 불리할까.'

이런 대국적인 견지에서는 이제까지의 군의에서도, 오다측 가운데서도, 자주 이론의 있었던 문제인 것이다.

왜냐하면, 지금 고즈키 성에서 농성하고 있는 아마코 일족의 고립된 군은 오다 일족을 믿고 수년래 그 선구적인 역할을, 모리 세력권의 적지에서 힘써 왔던 것이다. 그것을 하루 아침의 전략적인 방침으로 버리고 돌아보지 않는다면,

'노부나가 공이란, 이러한 분?'

주고쿠의 여당으로 하여금, 매우 불안을 느끼게 하고 나아가서는,

'오다 군은 신뢰할 수 없다.'

이같이 그 신망에 커다란 영향이 미치지 않겠는가.

아마코 가쓰히사와 야마나카 시카노스케의 당을 고즈키 성에 들어가게 한 것은, 히데요시이기 때문에 히데요시로서도 당연히 이런 염려는 품고 있었으며, 또한 정의로서도 견딜 수 없는 정을 마음속에 가지고 있었음에 틀림없

다.

‘그들이 죽음을 당하는 것을 그냥 보고만 있어서야……’

그러나 히데요시는 지금 노부나가로부터 지령을 받자 거절을 하지 못하고 즉각 물러났다.

그리고 혼자 사사로운 감정을 억누르기 위해, 자문자답을 하면서 주고쿠로 돌아갔다.

“이기기 어려운 싸움은 피하고, 이기기 쉬운 싸움에 이긴다. 이것은 병법으로 당연하다. 수단을 위해서는 신의도 아무것도 없는 것 같지만, 본래 우리들은 더욱 위대한 종국의 목표를 향해서 싸우고 있는 것이다. 사사로운 정의에 견디기 어려운 것도 그것을 위해서는 참아야만 될 것이다.”

그리하여 히데요시는 다카쿠라 산에 귀영하자 니와, 다키가와, 아케치 등의 제장을 모아놓고 그대로 노부나가의 방침을 알리고, 즉각 이곳의 진영을 철수시켜 노부다타의 군에 압류할 것을 명령했다.

“주군의 의향은 이러했소.”

니와대, 다키가와대 등을 후진으로 남기고, 우선 히데요시와 아라키 무라시게의 본군부터 후퇴를 개시했다.

“시게노리는 아직 돌아오지 않았는가?”

그는 다키쿠라 산을 떠나기 직전까지, 몇 번이나 그것을 묻고 있었다.

히데요시의 흉중을 잘 알고 있는 다케나카 한베는, 함께 뒷머리를 잡아 끌리듯이 고즈키 성쪽을 도산에서 뒤돌아봤다.

“아직 돌아오지 않았습니다만?”

시게노리란——히데요시의 가신 가메이 시게노리를 말한다. 그제 저녁, 히데요시의 뜻을 받고, 시게노리는 단신 고즈키 성에 사신으로 간 것이다.

‘성공적으로 적의 포위를 뚫고 성중에 들어갔는지, 어떤지?’

그것도 걱정이었지만 또 ‘야마나카 시카노스케등의 아마코 일당이, 어떻게 각오를 하고 있는지?’ 하고 히데요시에게는 자주 마음에 걸렸다.

히데요시는 시게노리를 성중으로 보내 작전의 방침이 달라졌기에 이른 사정을 알린 것이다.

‘죽음에서 살길을 찾을 대결심으로 성중에서 뛰쳐나와 우리들과 합세함이 어떻겠는가? 내일 하루 진영을 그대로 두고 기다리겠다.’

그리고 어제는 하루를 기다리면서 살폈지만 성중의 병사들은 움직이지도 않고, 또 그것을 포위한 모리의 대군에도 아무런 이변이 보이지 않기 때문에, 끝내 체념을 하고 다카쿠라 산을 떠났던 것이다.

초승달의 비운
고즈키 성은 지금 절망의 밑바닥에 있었다.

"수비도 죽음, 출격도 죽음."

불요불굴의 야마나카 시카노스케도 전혀 계책을 몰랐다.

히데요시의 사신 가메이 시게노리로부터 일이 그렇게 된 사정은 자세하게 들었다.

"……누구를 원망하랴. ……오로지 하늘뿐입니다."

시카노스케는 사신에게 말했다.

그리고 주군 가쓰히사 그 외의 여럿이 의논한 뒤에, 가메이 시게노리에게 답장을 전해달라고 부탁했다.

"모처럼의 말씀입니다만, 이 농성에 지쳐 있는 적은 군사로써는 도저히 성 중으로부터 쳐나가서 우군의 진지에 합친다는 것은 생각조차 못합니다. 결국은 달리 안전한 계책을 강구할 수밖에 없습니다. 아무쪼록 우리들의 일은 걱정 마시고 철수하도록 지쿠젠님에게 전해 주시오."

사신을 돌려보내자 시카노스케는 '한때의 치욕은 참아도' 하고, 은밀히 서면을 작성해 공격군의 총대장 모리 데루모토에게 항복장을 보냈다. 따로 기쓰가와, 고바야가와의 두 장수에 대해서도 그 진행 방법을 의뢰했다.

주인 가쓰히사의 구명과 성병 7백의 목숨을 빈 것은 더 말할 것도 없다.

그러나 기쓰가와(吉川), 고바야가와 두 장수는 시카노스케의 거듭된 사과도 받아들이지 않고 끝까지, 성문을 여는 것과 동시에 가쓰히사의 목을 요구했다.

"항복을 빌면서 연민을 바라는 따위는 분에 넘치는 수작이다. 싫다면 7백의 성병과 함께 도륙해 버리면 되는 일."

마지막에는 단호하게 거부하였다.

시카노스케는 눈물을 머금고 가쓰히사의 앞에 엎드렸다.

"이 이상, 신들이 힘으로도 미치지 못합니다. 가련하게도 믿을 바 못되는 부하를 가졌던 것이 불운이었습니다. 이제는 어쩔 수 없다고 각오하실 준비를."

“아니야, 시카노스케.”

가쓰히사는 고개를 흔들었다.

“이런 사태에 이른 것도 절대 그대들이 미력한 탓이 아니다. 그렇다고 오
다님을 원망하려고도 생각하지 않는다. 약속한 일이야. ……오히려 가쓰
히사로서는 그대들의 충성에 격려되어, 오늘 무문의 말단에 대장이라는
이름을 욕되게 했으나, 마음만은 기쁘다. 모리 때문에 한 번 멸망했던 아
마코 일족을 한때라도 일으킨 것은 그대들의 의로운 마음에 의한 것. 이
가쓰히사도 한번은 불문에 들어가 아주 세상에서 매장됐던 것을 그대들
덕에 가문 재흥의 뜻을 세워 적어도 오늘에 이르기까지 몇 십차의 교전으
로 원수 모리 일족을 괴롭혀 왔던 것은 사실이었다. 비록 지금 패한다고
해도 무엇이 아까우리. 남자로서 할만큼 했다그 생각한다. 이제 스스로 눈
을 감을 수가 있다.”

7월 3일의 새벽녘 가쓰히사는 미련 없이 배를 갈라 자결했다.

이때 그는 겨우 26세였다고 한다.

모리씨와 아마코씨와의 숙원은 다이에이(大永) 3년, 아마코 쓰네히사와
모리 모토나리와의 단교 이후부터이기에——그간의 흥망·유혈은 이 해, 덴
쇼(天正) 6년까지 실로 56년에 걸친 비장한 투쟁을 계속해 온 것이다.

그러나, 여기에 한 때 의심을 품게 한 것은 일당의 맹주 야마나카 시카노
스케 유키모리의 진퇴였다.

주군 가쓰히사에게 자결을 권하면서 더욱 그 가쓰히사 이상, 오늘까지 천
신만고 백절불굴로 모리 일족에 다하여 항쟁을 계속해 왔던 그가 뒤따라 자
결이라도 하는가 생각했더니 뜻밖에 그와는 반대되는 행동으로 나온 것이
다.

“주인 가쓰히사가 이렇게 되어버린 이상은 이미 아마코 일족은 단절 우리
들의 초지도 의의 없는 것으로 끝난 바에는…….”

시카노스케는 그날로 성문을 열고 기쓰가와 모토하루의 진영으로 향해 가
서 졸개와 같이 쓸개 없는 패잔병으로서 이름을 밝힌 것이었다.

“사람의 마음은 알 수 없는 것.”

“아니, 아무리 충성을 꾸며도 최후의 각다른 골목에 이르면 위장의 껍데기
를 벗지 않고는 안 되는 모양이다.”

비난은 시카노스케에게 집중되었다.

그 비열한 심사는 타기할 만한 것이라고 그가 뻔뻔스레 살아 목숨을 부지하는 것을 비방하는 소리가 적으로부터도 우군으로부터도 높았다.

항복하여 그가 성을 나왔을 때조차 그렇게 말하며 매도하던 사람들은 수일 후 더욱 뜻밖의 말을 듣고, 어처구니없다는 듯이 얼굴을 마주보았다.

"참말이냐?"

그것은 항복한 장수 시카노스케에 대해 모리 일족이 그에게 '스오우의 땅에서 5천 석을 주겠으니, 이후는 잘 따르며 충성을 다하겠는가?' 하고 말하자 시카노스케는 기뻐하면서 곧 수락했다는 소문이었다.

"비열한 개."

"무사의 말석에도 앉지 못할 놈."

아무리 지독한 말로 매도해도 욕이 모자랄 만큼, 듣는 자는 모두 '야마나카 시카노스케 유키모리'라는 이름을 멸시했다.

그 이름은 20년 동안 적이거나 우군이거나를 막론하고, 마음속에 깊이 새겨져 있었던 만큼 더욱 증오를 느꼈으며, 또 그렇게 믿었던 자신들의 어리석음에도 분노가 치미는 것을 느꼈던 것 같다.

온갖 어려움에도 굴하지 않는 고충의담(孤忠義膽)의 무사다운 무사!

풀 냄새 섞인 열기, 사람들의 입소문, 7월의 더위가 한창일 때였다.

세상의 시시비비, 온갖 조소와 매도에도 마치 귀가 없는 것 같은 사람——야마나카 시카노스케는 그 처자와 일족 낭당이 함께 스오우의 임지로 인도되어 갔다.

물론 모리 일족의 장병이 수백 명 앞뒤에 따라갔다. 안내라고는 하지만 실은 경호였음은 말할 것도 없다. 언제 난폭하게 굴는지 모르는 맹호는 우리에 넣어서 길들일 때까지는 아직 안심할 수 없다고 하는 것 같았다.

며칠이 걸려 빗추 가도에 들어서 마쓰야마의 기슭, 아베의 나루에 이르렀을 때다.

"피곤할 것이오."

모리 일족의 아마노 기이노가미는 말을 내려서 시카노스케(鹿之介)의 옆으로 다가왔다.

시카노스케도 말을 내려서 나루터에 있는 커다란 바위에 걸터앉았다.

"약한 아녀자들을 먼저 나룻배로 강을 건너게 하겠으니 잠시 휴식하시기를."

기이노가미(紀伊守)는 거듭 말했다.

시카노스케는 끄덕인다.

오늘뿐이 아니고, 그는 요즘 의식적으로 '쓸 데 없이 말을 말자' 하고 있는 것 같이 상당히 과묵한 사람이 되어 있었다.

대개의 경우엔, 데리고 있는 낭당(郎党)들에게까지 단지 끄덕거릴 때가 많았다.

기이노가미는 강가로 내려가 북적대는 나룻배를 향해 무엇인가 말을 하고 있었다.

나룻배는 한두 척밖에 없다. 차례로 사람들을 가득 싣고 강 건너로 갔다. 시카노스케와 고락을 함께 해온 30여 명의 낭당들 가운데 그의 처와 어린 자식들이 파묻힐 듯이 배에 실려 있었다.

"……히코구로."

그 배를 보면서 바위에 걸터앉아 땀을 씻고 있던 시카노스케는, 옆에 있던 시종의 고또 히코구로를 불러 수건을 주거 시켰다.

"차가운 강물에 이것을 짜 가지고 오너라."

또 한 명, 시카노스케의 옆을 항상 떠나지 않고 있던 시바바시 다이리키노스케도 시카노스케의 말을 끌고 강가로 내려가 있었다.

말에게 물을 먹이기 위해서.

파란 날개가 달린 벌레가 찍찍거리면서 시카노스케의 주위를 맴돌고 있었다. 하늘에는 낮에 나온 반달이 희미하게 떠 있었으며, 땅에는 메꽃이 피어 있었다.

"신자, 히코에몬. 좋은 기회다. 지금이야."

기이노가미의 적자 아마노 모도아키는 여남은 필 가량 말을 매놓은 나무 숲 그늘에서 작은 소리로——그러나 급하고 매서운 소리로——누군가를 재촉했다.

시카노스케는 아무것도 눈치채지 못했다.

처자 일족을 실은 나룻배는 지금 강 한복판까지 저어나가고 있다.

시카노스케는 가슴에 강바람을 넣으면서 눈으로 그것만을 넋 나간 듯이 보고 있었다.

그의 눈동자에는 눈물이 괴어 있었다.

"……불쌍한 것들."

문득 떠돌아다니는 가족의 내일을 알 수 없는 그들의 운명에 어버이로서, 남편으로서, 주인으로서, 단장의 슬픔을 느끼고 있었던 것은 아니었을까.

벌레가 계속 울었다.

희미한 반달도 메꽃도 뜨거운 햇볕 아래 어딘지 모르게 측은한 느낌을 자아낸다.

강자는 정에 약하다고 한다.

다정다감은 남보다 갑절로 시카노스케에게는 짙은 것이 있다. 타고난 의협심은 아직도 더 눈동자의 밑바닥에 한 여름의 태양보다도 강렬하게 불타고 있다.

노부나가에게는 버림을 받았다.

히데요시와는 손을 끊었다. 그리고 고즈키 성은 적에게 맡기고 남은 유일한 것——즉 주군 아마코 가쓰히사의 수급까지 적에게 바치고 말았다.

그런 지금, 그는 더욱 완연하게 이곳에 살아남아서 눈동자의 빛을 잃지 않고 있었다.

'무엇을 희망으로 삼아?'

'무슨 면목이 있어서.'

자기를 싸고도는 세상의 조소와 매도를 그는 모르는 것이 아니었다. 몸 주위를 찍찍하며 나는 벌레 소리처럼 그저 듣고 있었다. 그러나 시원한 바람을 옷소매 사이로 쐬면서 듣고 있으면 그것도 마음에 걸리지 않는다. 한 가지의 운치라고 볼 수도 있다.

번고의 어려움이
쌓이고 또 쌓이어라
한 많은 몸의
힘을 증험하리

자작의 시다. 수년 전에 그가 읊은 시다. 지금 그것을 입속으로 외워 본다.

'혼자만 하는 충성 반드시 관철하겠습니다.'

어릴 적부터 자기를 격려해 준 어머니에게 맹세하고, 옛 주군에게 맹세하였으며, 또 하늘에 맹세하여 고전의 진두에 서게 될 때, 중천의 초승달에 합장하여 이렇게 맹세의 말을 했던 젊은 시절을 그는 새롭게 마음속으로 되새기고 있었다.

——저에게 온갖 고초를 주시옵소서.

견뎌내고 극복하여 그 어려움들을 여기까지 이겨 냈던 것이다. 한 가지 난관을 극복하고는 그 난관을 돌이켜 볼 때의 생명의 커다란 호흡, 저 유쾌하기 그지없는 인생의 쾌미를 시카노스케는 스스로 이름지었다.

'남자의 숙원'

'온갖 고초여, 스스로 걱정 없다!'

이러한 인생으로부터 더욱 나아가서 시카노스케는 온갖 고초를 겪는 동안 커다란 환희마저 맛보았다. 그러한 마음이 있었기에 노부나가의 방침이 바뀌었다고 히데요시의 사신으로부터 들었을 때도, 망연한 때는 낙담을 했지만 사람을 원망하지는 않았다. 또한 슬퍼하지도 않았다.

'이젠 그만이다.'

그런 절망은 지금도 절대 가지지 않는 그였다

'나는 아직 살아 있다. 살 수 있는 한은 살아서!'

이 희망에 불타고 있었다.

한 올의 그 희망이란 기쓰가와 모토하루에게 접근하여 모토하루를 찌르고 죽는 것이었다. 아마코씨의 지난 몇 년 동안의 숙적, 그 한 목숨을 움켜잡고 적어도 저승에서는 옛 주군 쓰네히사, 요시히사를 만나보리라는 일념을 아직도 몰래 마음속 깊이 감추고 있는 시카노스케인 것이다.

그러나, 적도 만만치 않은 자라고 할까.

항장이 되어 진문에 엎드려도 모토하루는 경계하여 쉽사리 그의 눈앞에 그 모습을 나타내지 않았던 것이다.

그리고 정중히 녹을 주어 그의 영지어 그를 유인해 온 것인데, 시카노스케의 본의가 아니었음은 말할 것도 없다. 번민하여 이 앞의 기회를 언제 기다릴 것인가 하는 마음은 그것에 사로잡히기 쉬웠던 것이다.

그의 처자와 낭당을 태운 배는 지금 강 건너의 나룻터에 닿은 것이다.

"……."

멀리 그의 눈동자가 많은 사람들 속에서 내리는 처자의 모습에 깜박 정신을 잃고 있던 찰라였다. 말도 없이 뒤에서 내려쳐진 시퍼런 칼날은 시카노스케의 어깨를 베고, 딱하고 칼끝이 바위에 부딪쳐서 불꽃이 튀었다.

시카노스케와 같은 인물도 봉변을 당할 틈이 있었다. 골육의 정에 그만 마음의 전부를 빼앗기고 있었던 것으로 보인다.

불의에 받은 어깨 끝의 첫 칼날은 몹시 깊이 들어갔던 모양이지만, 몸을 일으키자마자 뒤에 있는 자의 상투를 잡고 있었다.

"앗! 비겁한!"

몸에 받은 칼은 큰 칼이었지만, 그의 배후에 와 있던 자객은 두 사람이었다. 아마노 모도아키의 부하로 한 사람은 가와무라 신자에몬, 또 한 명은 후쿠마 히코에몬이라는 억센 무사다.

"이놈!"

말하자마자 시카노스케에게 상투를 잡힌 것은 신자에몬 쪽이었다.

히코에몬은 그것을 보고 소리 지르면서 칼을 쳐들고 옆으로 다가왔다.

"시카노스케, 각오하라. 웃어른의 뜻이닷."

시카노스케는 이를 듣자 더욱 격노해서, 눈을 치켜뜨고 소리 질렀다.

"당치도 않은 소릿!"

그리고 신자에몬의 몸을 옆으로 휘둘러 히코에몬의 허리에 쳐 박았다.

히코에몬은 비틀거리고 신자에몬은 땅 위에 내동댕이쳐졌다.

동시에 텀벙하고 곧 앞에 있는 강에서 높은 물보라가 올라갔다.

시카노스케의 모습은 그 하얀 포말 속에 숨겨져 있었다.

"놓치지 마랏."

미카이 아아지노가미라는 역시 모리 일족의 장수가 뛰어와서 강가에서 창을 던졌다. 큰 고래를 찌른 작살과 같은 창은 시뻘건 물속에 섰다.

히코에몬이 뛰어 들어가서 시카노스케에게 달려들었다. 신자에몬도 이어서 뛰어 들어갔다. 비틀어 눌러 끝내 그 목을 긁어 끊었다. 수없이 쏟아져 나온 피는 강변의 조약들 사이를 가로 세로 달려서 아베의 강 물결은 불타는 듯이 흔들리고 있었다.

"앗! 우리 주군!"

"시카노스케님!"

동시에 곡하는 것 같은, 짖는 것 같은 소리가 강가에서 들렸다. 시종인 시바바시 다이리키노스케와 고토 히코구로였다.

두 사람이 함께 주인이 큰일을 당한다고 보고 곧 뛰어왔지만 본래부터 모리(毛利)쪽에서는 계획적으로 한 일이기에 덤비라고 일제히 말을 주고받자,

두 사람을 철통같이 시퍼런 칼날로써 포위하여 가까이 못 가게 했던 것이다.

"이제는 그만!"

주인의 최후를 알자 두 사람의 시종도 저마다 힘이 자라는 대로 칼을 휘둘러 시카노스케의 뒤를 따랐다.

다이리키노스케의 목은 모리 쪽의 와타나베 마타자에몬, 우타다 사에몬노조 둘이서 자르고, 고토 히코구토는 무수한 적에게 베이고 찔려서 절명했다.

이리하여 시카노스케 유키모리의 생애도, 그 장한 포부도 여기서 끝났다.

결국, 인간의 육체는 영원할 수 없다. 그러나 그의 충렬과 그 의로운 마음은 길이길이 무문에 살아 있다.

짙은 쪽빛의 저녁 하늘에 문득 초승달의 빛을 쳐다볼 때, 야마나카 시카노스케 유키모리의 불요불굴을 생각하여 자연히 경건한 마음이 된다고 후세에까지 무문의 사람들이 모두 말했던 것이다.

그 사람들의 마음을 통해서 시카노스케는 영원히 살았다고 할 수 있다.

그 최후를 맞는 때, 목에 걸고 있던 차를 넣는 그릇과 허리에 찬 아라미구니유키의 칼은 그의 수급과 함께 얼마 후 기쓰가와 모토하루의 앞에 보내졌다.

"만약, 그대를 치지 않았더라면 언젠가 반드시 이 모토하루의 목이 그대의 손에 의해 끊어졌을 것이다. 무문의 관습이다. 이렇게 됐으니 그대도 눈을 감을 수밖에 없을 것이다."

모토하루는 목을 향하여 합장하며 말했다.

시카노스케의 처는 그의 영하(領下) 이즈도의 사람이기에 모토하루는 따뜻하게 그 처자를 고향으로 보냈다고 한다.

흔들리는 충치

히데요시의 수하 약 7천 5백.

고즈키를 떠나서 일단 그 방향을 다지마(但馬)로 향해 진격하는 것 같더니 급히 반슈(播川)의 가고가와(加古川)로 우회하여, 이곳에서 오다 노부나가의 군 3만과 합쳤다.

7월에 접어들고 있었다.

이 대군에 걸린 간키시의 성도 시가다 성도 한 주먹에 박살이 났다.

남은 것은——벳쇼(別部) 일족의 본거——미키 성뿐이었다.

이렇게 말하면, 미키 성에 이르기까지의 싸움이 간단하게 된 것 같지만, 전위의 거점 하나하나를 함락시키는 데도 수많은 희생과 맹렬한 공격으로 겨우 뺄 수가 있었던 것이다.

오다 쪽의 총병력 3만 8천이 7월부터 공격을 시작하여 8월 중순에 이른 것을 보아도 적 또한 얼마나 잘 항전했는지 알 수 있다.

무기의 진보에 따라서 시시각각으로 바꾸어져야 하는 전법의 변혁도, 이렇게 미키 성에 이르기까지의 몇 개의 성채를 뽑는 데 시간을 걸리게 하는 한 가지 원인이기도 했다.

총체적으로 주고쿠 군의 병기는 에치젠이나 호쿠리쿠 고슈의 적과는 비교도 못할 만큼 우수했다. 강력한 화약과 아직 보지도 못 했던 큰 총포에 오다 군은 처음으로 대면한 것이다. 히데요시로서는 이 적에게 배우는 바가 많았다. 적에게 배우면서 적을 공격했다.

아마도 구로다 간베가 뛰어 다니면서 사들였을 것이다. 구식 대포나 대통을 버리고 진지 앞의 우물 정자로 쌓아올린 느대에 남만제의 대포를 성으로 향해 장치해 놓은 것도 히데요시가 가장 빨랐다.

그것을 보고, 니와 고로자에곤(丹羽五郎左衛門)의 진영에서도 다키가와 사콘(瀧川左近)의 진영에서도 신예의 거포를 앞 다투어 장치했다.

소문에 의하면 이번의 주고쿠 전을 듣고 멀리 규슈(九州)의 히라도(平戶)나 하카다(博多) 부근으로부터 많은 무기 상인이 들어왔다는 것이다. 그들 상인은 적국인 모리 영의 초계 해상을 목숨을 걸고 뚫고 와서 하리마나다의 무로노쓰(室津) 기타의 항구에 들어와 있다. 히데요시는 그것을 여러 장수에게 알선하여 금액의 다소에도 불구하고 사들이게 한 것이다.

이러한 신무기의 위력은 우선 간키시 성에서 시험되었다.

성의 공격할 곳을 향해서 조그만 언덕을 쌓거나 또는 재목으로 우물 정(井)자의 누대를 짜 올려 그 꼭대기에 대포를 장치하고 성 안으로 쏘아대는 것이다.

성의 토벽이나 문 따위를 파괴하기는 쉬웠다. 가장 중요한 목표는 망루와 본전 건물인 것이다.

그러나 적에게도 포가 있다. 또 신예의 소총이나 화약도 있다. 정자 누대는 여러 번 분쇄되고 또는 불타고 그러면 또 짜고, 또 분쇄당하고 하기를 거듭한다.

이러한 악전고투 속에, 한편에서는 공격의 공병이 도랑을 메워 석축 밑으로 다가가고, 또 '금광을 터는 자'들이라고 일컫는 두더지 대를 써서 지하도를 굴착해 간다.

그것을 밤낮없이 취침반과 기상반을 교대시켜 쉴새없이 계속하여 성 안에서 방비할 겨를이 없게 한다. 이같은 전법으로 겨우 함락시킨 것이다.

시가타나 간키의 작은 성조차 이만한 노력이 들었다. 하물며 미키의 본성이 더 이상 난공임은 말할 것도 없다.

성의 동쪽 약 5리 떨어진 곳에 고지 하나가 있다. 히라이 산이라고 부른다.

히데요시는 이곳에 진을 치고 병사 8천을 주위에 배치했다.

하루, 노부다타가와 둘이서 적정을 자세하게 살펴봤다.

적의 남쪽은 구릉·산, 또 산, 반슈 서부의 산악에 의지하고 있다.

북은 미키 강의 흐름. 동은 일대가 대나무 밭이나 경작지 그리고 황무지. 3방향으로 높은 성벽을 두른 본전 별전 등, 세 개의 건물을 중심으로 부근의 언덕에는 군데군데 여러 개의 방책을 갖추고 있는 개관이었다.

"지쿠젠, 빨리 떨어지지는 않겠소."

노부다타는 시선을 성으로 돌리면서 옆에서 독백처럼 말했다.

"……결국, 빨리 빠지지는 않겠지요. 주위는 썩어 있는 것 같지만 아직 뿌리가 깊은 충치 같은 것이오."

"뭐, 충치?"

히데요시의 기발한 비유에 노부다타는 저도 모르게 쓴웃음을 지었다.

노부다타는 4, 5일 전부터 안쪽 어금니를 앓고 있다.

그 때문에 얼굴이 약간 이지러지게 부어 있다. 그것을 보고 히데요시가 미키 성의 요해 견고한 것을 자기의 충치에 비유하여 말 하였기에, 우습기도 하고 아프기도 하여 뺨을 쥐고 쓴웃음을 짓지 않을 수 없었던 것이다.

"과연, 충치란 재미있군. 뽑으려면 끈기가 있어야지요."

"5체 중의 1체이면서 5처에 배반하여 아군을 괴롭히는 벳쇼 나가하루. ……충치와 같은 존재라고 해도 과언이 아닙니다. ……하지만, 화나는 대로 성급하게 퇴치하려 하면 이 뿌리는 고사하고 잘못하면 5체의 목숨까지 빼앗길지 모릅니다."

"그럼, 어떻게 해야 하는 것이오. 계책은?"

"운명은 빤한 것입니다. 자연 뿌리가 느슨해질 것입니다. 양도(糧道)를 끊고, 때때로 이 뿌리를 흔들면……."

"급히 공격할 예상이 없으면 일단 기후로 철수하라고 부친 노부나가로부터 지시가 왔소. 지구책으로 결정된 이상, 그대에게 맡기고 나는 일시 기후로 돌아가기로 하겠소."

"뒷일은 걱정 말고."

"그럼, 내일 아침부터 여러 군데의 포위는 그대의 지휘로 빈틈없이 하기를 부탁하오."

노부다타는 그렇게 말하고, 히라이 산을 내려갔다.

다음날, 기후 중장 노부다타는 제장을 이끌고 전장에서 철수했다. 남은 것은 히데요시 휘하의 8천뿐이다.

그 8천의 병사를 미키 성의 사방에 배치하여 곳곳에 대대 사령부를 두고 반 항구적인 진영을 설치, 진영과 진영 사이에는 목책을 매고, 초병을 두어 성중과 외부와의 통로를 차단했다.

특히 성 남쪽의 통로에 감시대를 중점 배치했다. 이 길을 50리쯤 서쪽으로 내려가면 우오즈미(魚住)의 해변에 이른다. 이곳은 가끔 모리의 수군이 그 풍부한 병선을 가지고 호송선단을 조직하여 무기·식량 등을 미키 성에 여러 차례 운반했기 때문이다.

"중추 8월. ……좋은 달이다. 이치마쓰, 이치마쓰."

히데요시는 밖에 나와서 초저녁달을 쳐다보고 있다가 진영 안으로 이렇게 불렀다.

"옛."

"예."

"옛, 무슨 일이라도?"

앞을 다투며 나온 것은 모두 어린 시동들이었다. 후쿠시마 이치마쓰는 그 가운데 없다. 지금 허가를 얻어 시동 몇몇과 함께 알몸이 되어 골짜기에 멱 감으러 갔다고 한다.

가토, 도라노스케, 이사다 사키치, 가다리기 스케사쿠(片桐助作)등 모두들 뒤떨어지지 않는 얼굴을 둘러보면서 히데요시는 지시했다.

"누구라도 좋다. 이 히라이 산의 경치 좋은 장소에 멍석자리라도 만들어라. 달구경을 하는 거다. 그렇게 앞을 다투지를 말아라. 전쟁은 아니다. 달구경을 하는 거다."

"알겠습니다."

사키치 스케사쿠 등이 뛰어간다. 도라노스케는 아무 말 없이 히데요시의 뒤에 대령하고 있었다.

"오도라."

"네."

"한베를 불러 오너라. 기분이 내키거든 히데요시와 달구경이나 하지 않겠느냐고."

“다녀오겠습니다.”

오도라는 허리를 굽히고 나갔다.

그때 사키치와 스케사쿠가 자리 마련이 다 되었다고 알려 왔다. 진영이 있는 곳에서 좀더 올라간 히라이 산의 산정에 가까운 평지였다.

히데요시는 그곳으로 가서 우선 지리를 칭찬했다.

“과연, 절경이군. 절경이야.”

“구로다 간베도 불러 오너라. 이 달을 보여주지 못하다니 너무 아깝다.”

그리고 또 동자에게 말하며 그의 처소로 심부름꾼을 달려 보냈다.

병든 군사(軍師)

큰 소나무 밑이었다. 달구경하는 자리로는 안성맞춤인 곳이다.

쟁반에는 마른안주, 목이 긴 술병에는 찬 술. 이것저것 갖춘 것이 없어도 진중의 한 때를 즐기기에는 충분하다. 게다가 교교한 달은 머리위에 둥실 떠 있다.

히데요시를 가운데 두고 다케나카 한베, 구로다 간베 이들 세 사람은 왕골 자리 위에 정좌하고 마주앉아 있었다.

지그시 달을 쳐다보며, 히데요시는 오와리 나카무라의 감자밭을 회상하고 있었다. 한베는 처음으로 세상의 불가사의를 느꼈던 보다이 산(菩提山)의 달을 생각하고 있었다.

또 간베는 반대로 이 달도 당장 몰려오는 구름에 휩싸이면 먹과 같이 되기도 할 내일을 혼자 생각하고 있었다.

달은 하나인데 보는 사람의 마음에 따라 저마다 달리 보였다.

“한베님, 추우신 게 아니오?”

문득, 구로다 간베가 그렇게 말하며 염려하니, 히데요시도 갑자기 걱정이 되는지 한베의 얼굴로 시선을 옮겼다.

“……아니, 별로…….”

조용히 웃음 지으며 고개를 저어 보였으나, 그 순간 그럴싸해서 그런지 그의 얼굴은 달보다도 희게 보였다.

“재자다병(才子多病)이라!”

히데요시는 탄식했다. 가식의 탄성이 아니다. 히데요시가 그의 다병을 걱정하는 것은 한베 자신보다도 더욱 컸다.

나가하마에서는 말 위에서 피를 토한 일도 있다. 북녘의 전쟁 길에서도 자주 앓았다. 주고쿠 싸움의 두 번째 출발 때에는, "무리일 것이다"라고 만류했으나, "무슨 소리" 하며 한베 시게하루는 예사롭게 진중에 끼여 들었다.

그가 곁에 있다는 것은 히데요시로서는 마음 든든한 일이다. 유형무형의 힘이라고 말할 수 있다. 가령, 유비 현덕이 제갈량을 얻어 사사한 것처럼, 의(義)는 군신일지라도 마음속으로는 스승으로 섬기고 있는 것이다. 더욱이 지금 주고쿠 공략의 어려움에 부딪쳐 싸움은 이제 장기전으로 접어들고 또한 진중에서도 그를 질시하는 무리들이 적지 않다. 이른바 인생의 험로에 맞닥뜨린 그로서는 다케나카 한베에게 바라는 바 자못 절실했다.

그러나 그 한베가 주고쿠에 와서는 두 번이나 병으로 쓰러졌었다. 히데요시는 걱정한 나머지 교토에 양의가 있다는 것을 구실 삼아 강제로 진중을 떠나게 했으나, 곧 돌아와서는 여전히 매진한다.

"이 몸의 허약은 출생할 때부터인 모양입니다. 그런즉 앓는다는 것은 평상의 일인 만큼 특별히 요양할 필요도 없습니다. 무사는 진중 생활이 일상사이니까요."

그러나 병중임은 엄연한 사실이다. 비록 그의 정신력을 갖추고서라도 어느 한도 이상은 그것을 극복할 수 없다.

다지마에서 이곳까지 오는 동안 행군 중에 큰비가 줄기차게 계속 퍼부었다. 그 무리가 겹쳤음인지 히라이 산의 진지를 치고 난 뒤, 감기 기운으로 히데요시 앞에 나타나지 않았던 날이 이틀이나 되었다.

병이 더한 날은 히데요시에게 얼굴을 보이지 않는 것이 한베의 버릇이다. 걱정을 끼치지 않으려는 것이겠지. 히데요시는 알고 있다.

그러나 요즘 며칠은 낮에 웃는 얼굴마저 보였으므로, 히데요시는 오랜만에 달빛 아래에 무릎을 맞대고 담소하고 싶었으나, 비단 달빛 때문만이 아니라 역시 아직도 어딘지 모르게 시원찮은 빛이 그에게서 엿보였다.

주군인 히데요시도, 친구인 구로다 간베도, 이처럼 한자리에서 달을 관상하면서도 다 함께 자기 병을 걱정해 주고 있는 것을 느끼자, 한베 시게하루는 일부러 갑자기 생각난 듯이 화제를 돌려 말했다.

"오오 참, 잊고 있었군……. 간베님, 어제 고향의 가신에게서 들은 소식에 의하면 자제 쇼주마루님은 더욱 건강한 듯하며, 서먹서먹한 사이이던 주위 사람들과도 잘 어울려 탈 없이 지낸다니, 안심하십시오."

간베는 웃는 얼굴로 대꾸했다.

"아무럼요. 시게하루님의 고향에 있는 한, 쇼주마루에 대한 걱정은 조금도 없습니다. 거의 생각조차 한 일이 없을 정도입니다."

"그렇지만……이따금 커 가는 자제의 모습을 보고 싶으실 때도 있으실 터인데?"

"어버이의 마음, 그것만은 아무리 전진 속에 있는 몸이라도 때때로 생각이 나더군요."

그리고 그들은 잠시 동안 아이들 이야기를 나눴다. 아직 자식을 갖지 못한 히데요시는 남의 자식의 어버이들이 주고받는 이야기를 다만 부럽게 듣고 있을 뿐이었다.

쇼주마루——후의 구로다 나가마사——는 간베 요시다카의 적자이다. 어려서부터 간베가 내다보고 진심을 노부나가에게 통했을 때부터 그 아들을 볼모로 노부나가에게 내어 놓았던 것이다.

노부나가는 볼모를 다케나카 한베에게 맡겼다. 한베는 그의 고향이기도 하고 영지이기도 한 후와군의 이와테 성으로 보내, 친자식처럼 기르고 있었다.

히데요시를 중심으로 간베와 한베는 이런 정의로도 묶여 있었다. 그렇기에 그 지모의 차이란 점에서는 매우 닮은 데가 있으면서도 이 두 사람이 공명이나 지위를 다투거나 시기하는 일은 조금도 없었다. 양웅(兩雄)이 병립되지 못한다는 말도, 히데요시의 참모부에서는 실증되지 않는 것이었다.

달을 보고, 술잔을 기울이고, 고금의 영웅과 흥망을 이야기하는 동안, 한베도 어느덧 병고를 잊어버리고 있었다.

그러나 어느새 이야기는 또 결론으로 되돌아왔다.

"아침에 3군을 지휘하다가도, 저녁때에는 죽을지도 모르고, 오늘 밤은 이렇게 달을 보고 있어도 내일 일을 알 수 없는 피차이긴 하나……역시 큰 뜻을 품고, 그것을 완수하려면 어떠한 영웅일지라도 장수하지 않으면 완성될 수 없다. ……예를 들어 단명했더라도 후세에 이름을 남긴 화려한 영웅이나 충신도 세상에 적지 않으나 게다가 더욱 장수했더라면, 하는 한은 누구에게나 남는다. ……또한 묵은 것을 배제하고 악폐를 치는 등, 파괴만이 영웅의 사업이 아니라 그 뒤에 세울 다음 대의 문화까지 완성시키고 나서야 비로소 영웅의 사업을 완수했다고 할 수 있는 것이다. 그것이야말로 거인의 책임이 아닐까?"

간베가 말을 꺼낸 데 대해 히데요시는 몇 번이나 끄덕였다.

"그렇지, 그래야만 하지."

그런 다음, 침묵하고 있는 한베 시게하르를 향하여 말했다.

"그러기 위해서는 내일을 알 수 없는 목숨을 아껴서 평소 몸을 잘 돌보고 장수하지 않으면 안 될걸. 한베도 그런 생각으르 제발 몸을 돌보아 주었으면 해."

"동감입니다."

간베도 맞장구를 치며 말했다.

"부디 무리하지 마시고, 이번 가을에는 교토의 사원에라도 틀어 박혀서 명의를 구하여 보양을 하십시오. 친구로서도 부탁드리고, 또 주군께 안심을 시켜 드린다는 의미로도, 그것도 하나의 충의라고 말할 수 있다고 생각하오."

히데요시와 함께 간절히 그의 정양을 권했다. 이야기는 그것으로 결론지었다.

친구의 정, 주군의 사랑, 한베는 감사히 듣고 있었다. 마음속으로부터 고맙다고 생각하였다.

"말씀을 좇아 잠시 교토에 가서 요양에 힘쓰겠습니다. 그러나 한 가지 그 전에 계획 중인 대사가 있사오니, 그 성공을 본 연후에 그리 하겠습니다."

히데요시는 고개를 끄덕였다.

일찍이 한베 시게하루의 헌책으로 전국의 이면공작에 몰두한 한 가지 계책이 있다. 그러나 그것은 아직 성공으로 볼 단계에까지 이르지 못했다.

"마음에 걸린다는 것은 아카시 가게지카 말인가?"

히데요시의 말에 한베도 고개를 끄덕이더니, 자세를 가다듬고 말을 잇는다.

"그렇습니다. 요양의 휴가를 받기 전에, 5, 6일의 이진을 허락해 주시오면, 저 자신은 은밀히 비젠 야하다 산성에 가서 아카시 가게지카를 만나……아직 그와는 만나 본 적이 없는 사이입니다만……대의를 타이르고, 이해시키고, 성심성의를 갖고 반드시 그를 우리 편으로 끌어 오겠습니다. 허용해 주시겠습니까?"

"그야 그렇게 된다면야 큰 공로지만 말이야. 십중팔구는 어렵다고 봐야 하겠는데……그때에는?"

"죽음이 있을 뿐입니다."

한베는 눈썹도 까딱하지 않고 대답했다. 그것은 마음에 없는 자가 허풍을 떠는 것과 달라 정말로 시원스레 들렸다.

아카시 가게지카는 우키다가의 직속 무사로서 야하다 산에 성을 굳게 지키고 있어, 설령 미키성을 함락시킬 수 있어도, 다음의 대적임은 두말 할 나위 없다.

히데요시는 지금 미키 성 하나도 함락시키지 못하는 곤경에 빠져 있는 것이다. 그러나 그는 결코 눈앞의 공성(攻城)에만 초조해 하거나, 사로잡혀 있지 않았다.

이곳은 전쟁의 한 부분에 지나지 않는다. 히데요시가 의도하는 것은 주고쿠 전체의 공략에 있었다. 한베의 계략을 채택하여 은밀히 야하다 산의 아카시 가게지카 일족에게 서신을 보내기도 하고, 사신으로 갈 사람을 구하기도 하고, 모든 외교 절충을 시도하고 있는 것도 그것을 위한 것이다.

"가 주겠는가?"

"가겠습니다."

히데요시는 그의 시원스런 결의를 보고서도 아직 약간 주저하고 있었다.

지금 혼자서 말을 타고 비젠에 들어간다는 것은 많은 위험을 예상해야 하기 때문이다.

도중의 위험을 넘을 수 있다손 쳐도, 만약 아카시 가게지카와 만나 교섭이 무위로 끝난다면 적이 한베를 살려서 돌려보낼까도 모를 일이고, 또 한베 자신도 살아 빈손으로 돌아올지 어떨지 히데요시에게는 염려스러웠다.

필연코 한베의 진의는 이렇게 혼자 마음먹고 있는 것이 아닐까. 히데요시에게는 그렇게 생각이 드는 것이었다.

'병으로 쓰러지거나, 적중에서 쓰러지거나 죽기는 마찬가지, 같은 죽음일 바에야……'

그러자 구로다 간베가 곁에서 또 한 계책을 진언한다.

우키다 나오이에의 가중에는 구면인 자가 적지 않다. 이 기회에 한베님이 아카이 시가에 교섭을 하면, 자기는 그 주군이 되는 우카다를 상대로 전력을 다해 화의를 권해 보겠다.

——이런 뜻이었다.

문득 그 말에 히데요시는 즉각적으로 이런 확신을 갖게 되었다.

'이건 되겠는걸. ……아니, 된다!'

주고쿠에 쳐들어온 이후, 비젠의 우키다란 작자를 보고 있으면, 그 행동에는 꽤 미온적인 데가 있다.

'위급한 때이니 만큼 모리의 원조를 요청은 했으나, 뭐 전폭적으로 모리와 동맹을 한 것은 아니다. 노부나가에 장래가 있다면 노부나가를 의지해도 좋으나 다만 노부나가의 편이 되더라도 얻는 바가 없다면 아무 소용이 없다. 뿐만 아니라 우키다의 파멸이다……'

이런 식으로 눈치를 살피고 있는 품이 충분히 엿보인다.

특히 고즈키 성도 함락되고, 요시가와, 고하야카와의 대군이 본국으로 후퇴한 후부터 우키다가에는 그것이 더욱 두드러지게 드러났다.

"옳거니, 우키다가 타협하면 그 직속 무사인 아카시 가게다카도 틀림없이 굴복해 올 것이고, 가게지카가 우리에게 항복하게 되면 우키다도 당장 화의를 청해 올 것이다. 이것은 동시에 은영하는 것이 상책이다. 당장 한베도 가라. 또 간베도 손을 써서 적극 우키다가에게 교섭을 펴라!"

"병이 나서 잠시 동안 휴가를 얻어 교토로 요양 차 떠난다."

다음 날 다케나카 한베 시게하루는 이렇게 말하며, 겨우 가신 두서넛만을 데리고 히라이 산의 진지를 떠났다.

또 며칠 지난 후, 구로다 간베의 모습도 보이지 않게 되었다.

비책을 품고 그는 비젠의 우키다가에 서객으로 간 것이고, 병중인 한베 또한, 야하다 산성의 아카시 히다노카미 가게지카를 설득하기 위해 떠났음은 더 말할 나위도 없다.

한베는 우선 히다노카미의 아우인 아카시 간지로를 찾았다.

간지로와 오랜 벗이라고 할 것까지는 못되어드 교토의 난젠사(南禪寺)에서 참선 중 두어 번 만난 일이 있었기 때문이다.

'그는 선에도 마음을 두고 있는 무사다. 정도를 타이르면 곧 깨달을 것이고, 자진해서 형 히다노카미 가게지카를 설득시킬 것이다.'

그것만이 유일한 실마리에 불과했으나, 한베의 열의와 그 병든 몸을 불구하고 적국에 사신으로 와 품었던 큰 뜻을 펼쳐 보여 드디어 상대방의 마음을 움직이게 하고야 말았다.

그를 만나 볼 때까지도 아카시 간지로나 그의 형인 히가노가미 가게지카도, '히데요시의 군사요, 또 세상에 알려진 신산귀모의 선비니, 어떤 계책을 갖고 어떤 웅변을 휘둘러 우리들을 설복하러 들 것인가?' 하고 기다리고 있었던 모양이나, 회담하고 본 즉 뜻밖에도 평범담담하여 아무런 가식도 수단도 없는 인물임을 알았다.

사신으로 떠날 때, 한베의 신념은 그의 이익을 생각해 줄 것과 결코 궤변을 쓰지 않겠다는 것이었다.

요는 '성의'라는 지극히 평범한 것을 끝까지 다했다는 그것뿐이었다.

궤책·귀모는 병가 사이에, 실로 눈부실 만큼 오가고 있었다. 그런 중에서 정직한 태도를 취하고 상대방의 이익을 성실히 생각해 준다는 것은 오히려 놀랄 만한 기책(奇策)의 효를 갖는 것인지도 몰랐다.

어쨌든 간에, 아카시 일족은 우키다가를 떠나 은밀히 히데요시에게 진심을 통하게 되었다.

한베 시게하루는 그 중간에서 상호간의 장래 계획에도 참여하여 협정 체결까지 끝맺고는, 비로소 이번에는 정말로 병의 요양을 위해 군무를 떠나 교토로 갔다.

"그러면 잠시 동안 말미를 받자와……."

그때 히데요시로부터,

'우대신가(노부나가)를 가서 뵙고, 히데요시를 대신하여 아카시 가게지카의 투항이 이루어져 비젠 야하다 산의 성은 이후로는 아군의 한 세력이 되었다는 뜻을 소상히 그대가 전해 드리는 것이 좋으리라.'

이런 전갈이 왔으므로 그는 즉시 니조 성에 들어가 노부나가를 뵙고, 히데요시의 글을 드린 후, 있는 그대로를 보고했다.

"무엇? 피 한 방울 안 흘리고 야하다 산이 입수되었다고? 장하도다!"

노부나가의 희열은 대단했다. 반슈 일원에 그쳤던 자기의 세력권이었으나, 이제야 비로소 비젠으로 발을 들여 놓게 된 최초의 일보로서 그것은 대단히 큰 의의가 있다.

"무척 쇠약해졌구나. 요양에 힘쓰라."

노부나가는 한베의 병을 위로하고, 그 공으로 그에게 은전 20매를 약값으로 주었다.

또 히데요시에게는 황금 백 매를 보냈다.

"이번 일은 분별력이 뛰어났다. 상세한 얘기는 만난 뒤로 미루고, 당장의 기쁨의 표적으로."

한베는 면목을 세우고 성 밖의 숙소로 돌아왔다. 그곳은 교토 난젠사의 말원(末院)인 듯한 한 방이었다.

서약서

기뻐할 때는 마냥 기뻐한다. 노부나가의 심정의 특질이다.

히라이 산의 장진은 여전히 난공의 미키 성을 포위한 채 교착상태였으나, 이리하여 이면의 외교 공작은 착착 주효하였다.

그러나 과연 대번(大藩)인 만큼 우키다가와의 교섭은 구로다 간베의 놀라운 솜씨로 필사적 교섭을 벌여도 쉽사리 성공을 거둘 수 없었다.

비젠, 미마사카의 두 주를 거느리고 노부나가 세력과 모리 권내와의 꼭 중간에 있는 상요의 우키다가이니 어느 의미로는 주고쿠의 장래는 그 향배에 의해 정해진다고 해도 과언이 아니었다.

그 우키다가에는 본디, 이즈미노가미 나오이에를 보좌하고 있는 네 가로라 하는 가중(家中)이 있다——나가부네 기이노가미, 도가와 비고노가미, 오카 에치젠노가미, 하나부사 스케베에 등 네 가로이다.

이 중 하나부사 스케베는 구로다 간베와 일맥상통하는 점을 갖고 있었다.

간베는 세력가로서 우선 그의 문을 두드리고는 밤새도록 천하를 논하고, 풍운의 장래를 점치고, 또 무사의 심금을 터놓고 이야기했다.

"무릇, 앞이 내다보이지는 않고, 이길 것인지 질 것인지 확신도 없으며 단지 함부로 무명(武名) 무명, 하고 버티며 멸망의 싸움을 하는 것처럼 어리석은 짓은 없소. 주가(主家)의 백성을 위한 것도 아니고, 크게는 태평성세의 초래를 더디게 할 뿐이므로, 궁시(弓矢)의 본의란 결코 그런 것이 아니지 않소?"

이처럼 간베 일류의 견해를 피력하고 우선 상대방의 거친 마음을 달랜 후, 차근차근 이야기를 펼쳐 나간다.

'……결국 다음 세상은 여차여차한 것이다.'

노부나가의 포부를 이야기하고, 히데요시의 사람 됨됨을 은연중에 이야기하여 어느덧 하나부사 스케베의 마음을 전부 쥐어 버렸다.

그 하나부사 스케베를 써서 도가와 비고노가기를 설복시키고, 네 가로 중 두 사람까지는 대충 히데요시 가담에 기울어지도록 하였을 때, 간베는 직접 우키다 나오이에를 만났다.

"귀가는 어느 때까지나 형세만 살피고 있을 입장이 아닙니다. 바야흐로 모리님 편을 드느냐, 하시바님과 맹약하느냐, 둘 중 하나를 선택할 시기가 다가온 것입니다."

단도직입적으로, "확실한 대답을" 하고 히데요시의 사신으로서 태도의 표명을 요구한 것이다.

물론 중대사다.

가로 이하, 중신을 불러서 평의회를 가졌다.

하나부사, 도가와 두 사람은 당연히 간베의 달투를 대표하고 있었다.

"하시바 지쿠젠을 통하여 오다 편에 가담함이 장래의 대계라고 믿소."

이렇게 주장하는 것이었다.

그에 대해 가로의 한 사람, 나가부네 기이노가미가 구조약을 지키고 현상 유지를 하는 것이 옳다는 의견이다.

"글쎄, 히데요시란 자는 노부나가의 졸병으로부터 출세하여, 지금은 하리마 일원을 영유하고, 장차는 상잉 상요의 2십여 개국을 병탄할 듯한 기개 있는 자로 아마도 범인은 아닐 것입니다. ……그러나 당가로서는 이미 자제 중 세 분이나 모리가의 볼모로 보낸 것을 이제 와서 어찌 할 도리 없는 입장이 아니겠습니까?"

그 말을 듣자 우키다 나오이에의 마음은 당장 결정된 모양으로 눈을 들어 일동에게 말했다.

"만약 천하의 대세가 동쪽이라고 한다면 노부나가와 히데요시의 예봉에 당가(當家)는 모리가의 방패가 되어 패망하는 데 불과하다. 일단 망하게 되면, 부모 형제, 그 밖의 일족 등 몇 백 명이 희생될지 모른다. 지금 눈을 감고, 세 자식을 버리고, 수만의 장병을 구하고, 나아가서는 천하에 이바지할 수 있다면, 나오이에의 자식들은 기꺼이 적국의 땅에서 눈을 감을 것이다. 이 나오이에도 아비의 정을 초월하고 더 큰 의의를 생각할 땐 히데요시와 손을 잡는 것도 결코 무가의 수치는 아닐 것이다."

일대 결심이 아닐 수 없다.

이런 때에 만약 대장된 자가, 망설이고 있다면 끝없이 내정과 대립을 낳아 모든 사람들이 국토를 염려하면서도 결과는 반대로 멸망의 구렁텅이를 달려 갔을 것이다.

'세 자식을 적국의 인질로 버리는 것도 국토를 지키고, 수만의 장병을 건질 수 있다면 내가 바라는 바다.'

이런 우키다 나오이에의 한 마디에는 대립도 가중의 의의도 모두 침묵할 수밖에 없었다.

그 대승적인 관점 아래 가중은 하나로 뭉쳤다.

'그렇다, 국토가 있은 후의 백성.'

'백성 있는 뒤의 무가.'

즉시 결정되어 그날 중으로 구로다 간베에게 타협의 뜻을 밝혔다.

간베를 통해 반슈 히라이 산에 파발꾼을 부탁했다.

간베의 서면을 보고 히데요시는 만족했다.

"대성공!"

더욱 그를 감탄시킨 것은 간베의 용의주도함이었다.

서면 중에,

'일껏 조정된 이상, 조인 서약서를 교환하기 위해 적당한 분을 빨리 보내 주시옵기를……'

공을 뽐내지도 않고, 지나치지도 않고, 자기는 이면의 책사인 임무에 그치고, 맹약의 정사를 보내 달라는 것이었다.

사자로는 하지스카 히코에몬이 선출되었다.

히코에몬은 우키다 나오이에를 만나서 이렇게 전했다.

"당가(當家)는 물론 자손까지 소홀함이 없을 것이라는 주군 지쿠젠노가미의 말씀이었습니다."

나오이에는 은혜에 감사하고, 구마노 우왕보인 (熊野 牛王寶印 : 구마노 신사에서 발행하는 액을 피하기 위한 부적으로 기청문의 용지로 이용됨. 뒷면에 자신의 맹세를 적은 뒤 태워서 먹는데, 만약 거짓이라면 피를 토하고 죽는다고 믿어짐)의 간지에 서약을 적어 내 놓았다.

이리하여 아직 미키 성이 함락되기 전에 보다 큰 것을 히데요시는 화살 한 대도 쓰지 않고, 그 막후에서 획득하고 있었다.

비젠, 미마사카 두 주는 피를 보이지 않고 이 편에 가담한 것이다. 그는 이 기쁨을 당연히 주군인 노부나가에게 일각을 다투어 알리고 싶었다.

"서면으로는 위태롭다."

이렇게 생각했다. 아직 극비의 일이었기 때문이다. 모리가에게 어느 시기가 올때까지 극력 비밀로 해 둘 필요가 있다.

"간베, 겹친 수고가 되겠으나 노부나가 공에게 이 일을 보고 드리고 오지 않겠는가?"

"저로서 만족하신다면."

그는 곧 교토를 향해 출발했다. 그리고, 아쓰치 성 안에서 노부나가를 뵈었다.

상세한 말을 듣고 있는 노부나가의 기색은 섬히 달갑잖은 것으로 변해 갔다.

앞서 다케나카 한베가 니조에 와서 아카시 일족의 투항을 보고하던 때의 기쁨이나——그 공을 칭찬하던 때의 표정과는——너무나 다른 불쾌한 표정이다.

'……이상하다?'

간베도 무언지 알아차리고 말수를 좀 줄이는데, 과연 이야기 중간에 노부나가는 중단시키더니 물었다.

"도대체, 그것은 누구의 지시에 따라 했느냐. 지쿠젠의 명령이라면 지쿠젠을 힐문하리라. 적어도 비젠, 미마사카 두 주의 처분을 독단으로 결정짓다니 외람되기 짝이 없다. 즉각 돌아가서 지쿠젠에게 그렇게 달하라!"

노부나가는 쌀쌀하게 꾸짖고 그래도 고자란 듯 이렇게 덧붙인다.

"지쿠젠의 서면에 의하면, 근일 우키다 나오이에를 데리고 아즈치로 오겠다고 하였는데, 설령 나오이에가 오더라도 닫나지 않을 것이다. 아니, 나오이에는 물론이고, 지쿠젠과도 만나지 않을 것이라고 전하라!"

어찌됐건 당치도 않다는 듯한 표정이었으므르 구로다 간베로서도 다른 도리가 없었다. 헛되이 근심을 안은 채, 그는 하리마로 돌아왔다.

'이처럼의 대성공을 보고서도, 왜 노부나가 공께서는 언짢아하실 뿐만 아니라 당치도 않다는 꾸중을 하실까?'

간베는 도무지 알 수 없었다.

노부나가의 소위 괴팍스런 성질은 잘 알고 있으나, 그렇다 해도 마음을 알 수 없는 우대신님이라고, 간베는 낙담하고 돌아왔다.

사실대로 히데요시에게 이야기하기에는 히데요시의 신고에 대하여 마음 아팠으나 감출 수도 없는 일이라서, 히라이 산의 진소에 닿자마자, 아즈치의 실패를 소상히 전했다.

"뜻밖에 여차여차했습니다."

그리고 구로다 간베는 살며시 히데요시의 얼굴빛을 살피니 전장의 피로에 지쳐 약간 여윈 그의 뺨에 주름살 같은 씁쓸한 웃음이 일그러졌다.

"아아 옳거니. 잘 알았소. 쓸데없는 일을 독단으로 결정지었다고 역정이시더란 말이지."

자기의 공적을 무시한 주군의 폭언에도 조금도 꺼려하는 기색이 없고, 또 간베처럼 낙담도 하지 않는다.

"그렇다면 노부나가 공의 심산으로서는 앞으로 비젠, 다지마도 쳐부수고 우키다가도 까뭉갠 후, 그 영토를 자신의 막하에게 나누어 주실 의향이셨던 것 같다. 글쎄, 그렇게 쉽사리 되면 좋으련만."

가볍게 웃어넘긴다.

"예정대로 되지 않는 것이 싸움이니까. 하루의 생활조차 간밤의 생각도 오늘 아침엔 변하고, 오늘 아침의 계획이 낮에는 바뀌어야 한다. 특히, 주고쿠 평정의 대업은 전도 아직 요원……."

히데요시는 혼자 읊조리듯 말하더니 갑자기 간베의 기분과 마음의 피로를 위로해 주는 것이었다.

"오오 참으로 수고했구려. 조금도 걱정 마오. 걱정 마오."

간베는 문득 자기의 몸뚱이 생명까지도 이 사람의 손에 빼앗기고 마는 것 같은 기분이 들었다. 이 사람을 위해서라면 죽음도 마다할 수 없겠다고 생각되는 것이 자기로서도 무서우리만큼 절실히 가슴을 치밀었다.

그것과 노부나가의 마음을 읽는 명석함이다. 받들고 있는 주군이라면 그처럼 주군의 마음속을 알지 못하고는 충분한 봉사를 할 수 없겠으나, 그렇다

해도 과연 하고 감탄했다.

히데요시가 노부나가의 신발을 맡다가, 20년 안팎에 오늘날의 신망과 위치를 획득한 것이 결코 우연이 아닌 것을 이제 눈앞에서 안 것 같은 기분이었다.

"그러면 지쿠젠님께서는 처음부터 노부나가 공의 본의가 아님을 아시고서도 우키다의 일을 진전시키셨습니까?"

"평상시의 포부로 보아, 결국은 그러하시리라고 짐작하고 있었으나……역정을 내셨다면 그게 틀림없다. 전번 다케나카 한베를 시켜 아카시 가케지카의 항복을 알려 드렸을 때에는 매우 기뻐하시고, 한베도 히데요시도 과분한 칭찬을 받았으나……아카시 일즉의 항복은 우키다의 공략을 쉽게 하였고, 또 소령의 분배에도 지장이 없으시다는 말씀이셨다. 그러나 우키다를 귀순시켜 놓으면 도저히 전부를 몰수할 수는 없지 않겠는가? 그것이 화를 내시게 한 것이리라. 히데요시가 쓸 데 없는 독단을 했다고."

"그 말씀을 듣자오니 공의 심중을 알아 모시겠습니다. 그러하오나 대단한 노여움, 쉽사리 풀리실 것 같지도 않습니다. 설령, 우키다 나오이에가 찾아오거나, 지쿠젠이 빌러 오시거라도 만나지 않으시겠다고 말씀하시던걸입쇼."

"아니야, 노하셨다면 죄송할지라도 더욱 가 뵈어야 한다. 부부 골육간의 노여움은 피해 있는 것도 한 방편이겠으나, 주군의 노여움은 그것을 피하고 있으면 안된다. 매도 맞겠고, 실컷 꾸지람도 듣겠습니다 고 체면을 무릅쓰고 무엇보다도 주군님의 마음을 편하게 해드려야 한다. 하여간 이번에는 내가 다녀올 테다. 즉시 아즈치로 출발하자."

우키다 나오이에로부터 받은 서약서는 히데요시 수중에 남아 있으나, 본디 그는 파견군의 총사령관이다. 조약문은 노부나가의 승인을 거치지 않으면 당연히 그 효력을 발생치 못한다. 또 예의로도 나오이에는 자진 아즈치에 가서 한 번은 노부나가에게 배례하고, 이후의 지시를 바라는 것이 순서이기도 하다.

그래서 히데요시는 근일 중 그를 동반해 호화롭게 상경하려는 준비를 했었기에, 그대로 나오이에와 함께 출발했고 아즈치에 도착했다.

그러나 노부나가의 노여움은 아직도 풀리지 않고 있었다.

"만나지 않겠다."

서신을 통해 단 한 마디만 전해왔다.

히데요시는 당혹했다.

'……상당히 심하시구나.'

성내의 대기실에서 고개를 모로 꼬고 생각에 잠겼다.

이 대목의 상황을 후의 '노부나가 공기(公記)'의 필자는 다음과 같이 기록하고 있다.

> 하시바 지쿠젠, 반슈로부터 상경, 우키다 사면을 상주하고 재가해 주시도록 진언하였으나 대단한 불만이시며, 의향도 묻지 않고 타결한 것은 그릇된 처사라고 당장 쫓아 보내었음.

"오늘은 약간 주군님의 기분이 좋지 못하십니다. 객사로 가서서 잠시 기다려 주시겠습니까?"

객전에서 기다리고 있는 나오이에 곁에 와서 히데요시는 딱한 듯이 말한다.

"몸이 불편하신가?"

나오이에는 불쾌한 표정이다.

항복은 해도 결코 노부나가에게 동정을 구하는 것은 아니다. 비젠, 다지마 두 주(州)의 자병과 일족 장병들은 아직도 건재한 것이다. 다만 히데요시의 열정과 간베 요시다카가 설파하는 이치를 따라 내키지 않는 싸움을 피하려는 것에 불과하다.

'무슨 짓인가, 이 냉대는.'

비록 입 밖에 내지는 않으나 분연히 그렇게 생각했다.

이 이상의 굴욕은 참을 수 없다. 급거 고향으로 돌아가 전진(戰陣)에서 인사를 고쳐 해야겠다. 그의 양미간은 분명히 그런 것을 나타내며 말했다.

"……아, 지장이 있으시다면 다음 기회로 하지요. 우선 성하로 물러가서."

객사는 히데요시의 배려로, 소지쓰(桑實寺)의 별실이 마련되었다.

나오이에는 그곳에 와서 예복을 벗자 곧 이런 말을 꺼낸다.

"밤이 되기 전에 이곳을 떠나 오늘 밤은 성내에서 하룻밤 묵겠소. 그리고 내일 아침은 미안하나 나오이에 혼자 한발 앞서 귀국하겠으니 언짢게 생각지 마시고……."

"아, 왜 그러십니까? 아직 우대신과 대면도 하지 않으시고……."

"이제 만나고 싶지 않소."

나오이에는 비로소 표정이나 말에 감정을 드러냈다.

"노부나가 공도 나오이에와 만날 의사가 없는 듯싶소. 그런 이상 이곳은 인연 없는 타국. 속히 돌아가는 것이 쌍방에 좋을 거요."

"그러시면 히데요시의 입장은 무어가 됩니까?"

"하시바님의 처사에는 훗날 인사하겠소. 또한 후의는 잊지 않겠소."

"아니, 하루만 더 묵으시고 천천히 결심을 하시기 바랍니다. 모처럼 예까지 진행된 양가의 화의를 생각하여 당장 언짢게 헤어질 수는 없습니다."

히데요시는 강력히 만류하면서 말했다.

"오늘 대면을 피하신 것은, 노부나가 공의 흉중에 좀 이유가 있습니다. 밤에 다시 찾아 뵙고, 그 이유를 말씀드리지요…… 저도 일단 숙소로 나가 의관을 고쳐 다시 나오겠으니, 저녁을 드시지 말고 기다려 주십시오."

히데요시는 그를 혼자 두고 돌아가 버렸다.

하는 수 없이 나오이에는 저녁을 먹지 않고 기다렸다.

히데요시는 의관을 고쳐 입고 찾아왔다. 그리고 저녁 식사를 같이하며 담소한 끝에, 그는 생각난 듯이 말을 꺼냈다.

"아 참! 이번 일로 노부나가 공이 왜 이 히데요시에게 쌀쌀히 대하시는지 ……그것을 상세하게 털어 놓을 약속이었지요."

우키다 나오이에도 그것이 궁금해 치미는 가슴을 쓸어내리며 출발을 연기한 정도라, 물론 열심히 그의 입술만 지켜보고 있다.

"실은 이렇습니다."

히데요시는 자기가 독단으로 처리한 길이 주군의 비위를 거스르게 된 원인이라고 우선 숨김없이 털어 놓는다.

"저의 계획을 쓸데없는 독단이라고 역정을 내신 공(公)의 흉중에는 결국 이런 생각이 가로놓여 있소. ……실례지만 다지마, 비젠 두 나라는 조만간에 오다가(家)의 것. 그것을 지금 우키다가와 화의를 맺다니, 쓸데없는 짓이다. 첫째 우키다가 그것을 멸망시키지 않으면, 그의 분국(分國)을 제장의 공로에 따라 나누어 줄 수도 없다. 한편 아즈치의 명령도 기다리지 않고 언어도단으로……그저 이런 데어 노여움이 풀리지 않는 이유가 있는 것이오. 하하하."

웃으면서 이야기하고는 있어도, 본디 히데요시의 말에는 추호도 거짓이 없기에, 켕길 데가 없는 진실의 힘이 미소 속에서도 충분히 상대방을 위압해 온다.

나오이에의 얼굴에서는 취기도 혈색도 모두 사라져 버렸다.

위압도 이렇게 지독한 위압은 없다. 그러나 노부나가가 그렇게 생각하고 있으리라는 것은 의심할 나위도 없다.

"그래서 기분이 언짢으신 것이오. 제게도 대면을 안 하시고 귀하와도 만나지 않는 것입니다. 아무리 생각해도 관철할 의사인 것 같소. 그렇게 굳게 결정만 하고 나면, 결코 뜻을 굽히지 않으시기 때문에 난처합니다. 그래서 참으로……귀하에게는 미안하기 짝이 없으나 내가 맡고 있는 서약서는 아직 가조약(假條約), 재가를 받지 않는 한 어찌할 도리가 없소. 반환해 드리게 되면 모쪼록 이것으로 끝장이라고 체념하시고, 내일 아침이라도 귀국하시도록."

히데요시는 전에 맡아 두었던 서약서를 꺼내 나오이에에게 반환했다.

그러나 나오이에는 멍하니 동측의 불빛만 바라볼 뿐 그것을 받아 넣는 것도 잊고 있다.

"……."

히데요시도 딱한 듯이 말이 없다. 나오이에는 한참이나 생각에 잠겨 있었다.

"아니오."

갑자기 나오이에는 침묵을 깨고 말을 꺼낸다. 더욱이 정중히 양손을 짚고

──

"다시 부탁드립니다. 다시 한 번 힘써 주시기를 바라오. 부디 노부나가 공에게 중재해 주시기를……."

이번에는 마음속으로부터 항복하는 태도였다. 그때까지는 구로다 간베가 억지로 설복해서 초항(招降)을 하게 되었는데, 히데요시는 고개를 끄덕이며 쾌히 응낙했다.

"좋습니다. 그렇게까지 오다가를 신뢰하신다면."

거의 10여 일을 나오이에는 소지쓰사에 묵으며 하회를 기다렸다.

히데요시는 급거 기후로 사신을 보냈다. 기후 중장 노부다타의 중재를 빌어 노부나가의 마음을 달래려고 한 것이다.

상경할 용무도 있고 해서, 그 후 노부다타는 얼마 후 교토로 나왔다. 지쿠젠 히데요시는 나오이에를 동반하고 그를 배알하고, 드디어 노부다타의 중재로 겨우 마음을 누그러뜨렸다.

"그렇다면 대면하겠다."

그리고 서약서에 재가를 한 날로부터 우키다가는 완전히 모리를 떠나, 오다 편에 속하게 되었다.

우연이랄까, 병기(兵機)의 일순이랄까 그로부터 겨우 7일도 되기 전에 오다 편의 용장 아라키 무라시게가 노부나가를 배반하고 모리와 호응, 돌연 오다의 발굽 밑에서 반기를 들고 일어섰다.

예기치 못한 일

"거짓말이다, 거짓말이지?"

노부나가는 처음에는 믿지 못하겠다는 표정이었다.

아라키 셋쓰노가미 무라시게 모반이라는 정보가 들어와 아즈치 안팎을 경악으로 몰아넣던 때의——그의 놀라움에서 온 순간의 감정으로 그렇게 부정했다.

이윽고 그 보고는 사태의 중대성——그 윤곽이 드러났다.

"무라시게를 따라, 다카쓰키의 다카야마 우콘도, 이바라기의 나카가와 기요히데도 의를 부르짖고 함께 반기를 들었다."

그러자 노부나가도 뜻밖에 당황한 나머지 양미간을 찌푸렸다.

"그렇구나."

이상한 것은, 이런 뜻밖의 사실에 당면하여 그는 분노하지를 않고 평상시처럼 격하게 성을 내지도 않았다.

노부나가의 성격을 '불'이라고 보는 것은 잘못이다. 또 그의 냉정을 보고 '물' 같은 사람이라고 하는 것도 잘못이다.

불인가 생각하면 물. 물인가 생각하면 불. 염염냉랭, 이상일신. 어느 것이기도 하고, 어느 것도 아니다. 그는 다만, 어디까지나 노부나가라고 칭하는, 인간 속에서 드문 형의 한 인간에 불과하다.

"지쿠젠을 불러라."

생각에 잠겨 있던 노부나가가 돌연 좌중에 있는 자들에게 말했다.

"하시바님께서는 이미 오늘 아침 하리마로 떠난 듯하온데……"

당황히 대답한 자가 있다. 이 급변을 지금 노부나가에게 알려온 채 말없이 앉아 있던 다키가와 가즈마스다.

"벌써 갔느냐?"

어젯밤 향장 우키다 나오이에와 함께 축배를 들고 나서 바로 오늘 아침 떠난 것이다. 노부나가의 안색엔 서서히 초조의 빛이 짙어 간다.

"아직 별로 멀리는 가지 못했을 것입니다. 분부가 계시면 소인이 한달음으로 하시바님을 불러 오겠사옵니다."

상쾌한 재치다.

알맞게 노부나가의 초조를 구해 주게 된다. 그게 누군가 하고 사람들이 보니 항상 노부나가의 곁에 있는 모리 란마루다.

"오오, 란마루냐?"

노부나가는 그를 격려한다.

"곧 갔다 오너라."

노부나가는 턱을 치켜든다.

"잠시 기다리십시오."

란마루는 절하고 달려 나간다.

점심때가 되고, 점심때가 지났다.

란마루는 쉽사리 돌아오지 않는다. 이러는 동안에도 이다미(伊丹)방면과 다가쓰기 성 부근에서 척후병의 보고는 빈번히 들어온다.

"……오늘 아침 모리의 수군이 효고의 해변에 무수히 몰려와서 아라키 무라시게의 속성 하나구마 성 안에 군사를 들여 놓았다."

그중에서도 가장 그의 간담을 서늘하게 한 보고로 새로운 사실이었다.

하나구마 성하, 니시노미야에서 효고의 해변은 교토, 오사카에서 반슈로 통하는 유일한 교통로이다.

"지쿠젠도 그곳을 통과하지 못 했으렸다……."

노부나가는 이를 알자 파견꾼과 아즈치와의 연락이 차단될 위기에 놓인 것을 알아채고 자신의 목덜미에 적의 손이 다가오는 것 같은 초조함을 느꼈다.

"란마루는 아직 안 왔느냐?"

"아직 돌아오지 않았습니다."

노부나가는 다시 생각에 잠겼다.

주고쿠의 모리와 오사카의 이시야마 혼간사, 이처럼 2대 적국을 둘러싸고, 여기에 연결하는 상잉(山陰)의 하타노(波多野) 일족과 하리마의 벳쇼와 이다미의 아라키 무라시게 등의 무리들이 홀연히 그 적성과 일환의 연계를 명백히 과시해 오고 있다는 것 등등――몸이 움츠러지는 것 같은 느낌이다.

게다가 동방을 돌아보면,

소슈의 호조가와 가이의 다케다 가쓰요리와는 근래 겨우 화해하고, 혼인을 하고, 조약을 맺어 노부나가의 힘이 주고쿠 경략에 소모되어 버려, 끝내는 진퇴양난의 궁지에 빠지는 날을 은근히 기다리고 있는 듯했다.

란마루는 말을 타고 세다 촌을 지나 오오즈를 넘고, 미이 마을 아래서 겨우 히데요시 일행을 만났다.

히데요시는 그곳에서 쉬고 있었다. 그것보다는 예까지 와서 아라키 무라시게의 변을 들었다.

"좀 더 실상을 확인하고 오라."

호리오 모스케, 기타 2, 3명을 놓아 상세한 것을 탐지시키러 보낸 것이다.

란마루는 그를 만났다.

"다시 한번 만나 뵙고 싶으시다고 주군님께서 제게 명령하시므로, 뒤를 쫓아 왔습니다. 급히 아즈치로 돌아가 주시겠습니까?"

히데요시는 즉석에서 대답했다.

"말씀이 안 계셔도 말머리를 돌려 모든 일의 지시 명령을 바라야겠기에 부하들을 장안으로 탐색하러 보냈소. 즉시 함께 가리다."

수행원을 미이사에 묵게 하고, 란마루와 단 둘이 말을 달렸다.

도중에 히데요시는 예상하고 있었다. 무라시게의 모반에 대하여 노부나가가 얼마나 진노하고 있을까를.

아라키 무라시게가 처음 노부나가를 따르게 된 것은 니조(二條)의 성을 공격하고 구 장군 요시아키를 몰아낸 그때부터였다. 조금 마음에 들면 총애로 기울어지는 경향은 누구에게나 보이는 노부나가이나, 그 중에서도 무라시게의 무용은 각별히 노부나가의 인정을 받았다. 오늘날까지도 노부나가는 유달리 무라시게를 사랑했다고 말할 수 있다.

본디 무라시게는 아무 세력도 없는 한낱 무사에 불과했다. 그런 그릇을 발탁, 참모의 일원에 두고 마치 자신의 수족처럼, 노부나가로서는 최대의 대우를 해왔다.

더욱이 히데요시의 부장으로서 주고쿠 경략의 대사에도 참석시키고 있는데, 그 신뢰를 배반당한 노부나가의 마음은 어떠할까——히데요시는 알고도 남음이 있었다.

"아니, 내게도 반은 책임이 있다."

히데요시는 아즈치로 가는 길을 재촉하면서 자책하고 있었다.

자기의 부장이며 또 평소 사교도 두터운 무라시게가 이런 바보짓을 하기까지 그것을 몰랐다니……몰랐다는 것만으로는 해결되지 않는다고 자책하는 것이다.

"오란님."

"네."

"당신은 무슨 말 못 들었소?"

"아라키님의 변심에 대해서 말입니까?"

"음……무엇이 불만이라 노부나가 공에게 활을 당길 생각이 들었는지. 그 원인을……."

먼 길이라 단숨에 말을 달리면 말이 기진맥진해 버린다. 히데요시는 보통 속도로 말을 몰면서 같은 보조로 따라오는 말 위의 란마루를 돌아보고 말했다.

"이런 소문은 전부터 있었습니다만……."

란마루는 대답한다.

"아라키님의 가신 중에서 이시야마의 혼간사 편에 군량미를 판 자가 있는 모양입니다. 아무튼 오사카 편은 지금 군량미가 없어 곤경에 빠져있습니다. 육로는 대부분 차단되어 있고, 해상은 오다가의 수군 구기님에게 봉쇄되어 있으니, 모리의 병선으로 수송해 올 승산도 없어졌습니다. ……그래서 쌀값은 다락같이 뛰고, 오사카성의 군량미는 말할 수 없이 부족하므로 여기에 쌀을 밀매하면 막대한 이득을 얻을 수 있을 것이 뻔한데, 그것을 무라시게 자신이 한 것이 드러나게 되었으므로, 노부나가가 공으로부터 문책당할 것이 두려워 선수를 쳐서 반기를 들게 된 것이라고 지껄이는 자들이 있습니다만……."

"그것은 적이 뿌린 이간책이다. 근거 없는 거짓말임이 뻔하다."

"저도 거짓말이라고 생각합니다. 제 생각으로는 평소 아라키님의 공로를 시기하는 어느 인간의 참언이 해를 끼쳤으리라고 생각합니다."

"어느 인간이란?"

"아케치님입니다. 언제든지 무라시게님의 말이 나오면 아케치님은 주군께 좋은 말을 한 적이 없습니다. 언제든 곁에서 들으면서 내심 오늘이 올 것을 저 같은 자도 걱정한 한 사람입니다만……결국……."

문득, 란마루는 입을 다문다. 좀 지나쳤다고 생각하고 후회하는 모양이다. 미쓰히데에게 품고 있는 감정을 감추는 데는, 마치 처녀 같은 태도를 취하는 란마루였다.

이런 때 히데요시는 결코 민감한 표정을 띠지 않는다. 지극히 신경이 둔한 것 같이 하면서, 상대방의 신경은 아랑곳없이 손가락질을 하자 말을 재촉한다.

"어이 벌써 보인다, 아즈치의 성이. 저기 속히 갑시다, 오란님."

성문의 정문은 북적댔다. 변을 알고 달려온 등성자의 종자와 가까운 곳에서 쇄도한 심부름꾼들이다.

히데요시와 란마루는 그 속을 거의 헤치다시피 하면서 본전에 들어섰다.

"죽실에서 기다리시라는 분부옵니다."

히데요시를 본전 3층루로 안내한다.

죽실 오동실 등이 있는 3층은 노부나가의 거실로 쓴다. 히데요시는 혼자 앉아서 호수를 바라보고 있었다.

이윽고 노부나가가 와서 야아, 하면서 아무렇게나 상좌에 앉았다. 히데요시는 예의를 지킨 채, 말없이 앉아 있다. 무언과 무언은 오래 계속되었으나 쓸데없는 말을 주고받을 여유는 서로 없었다.

"어떻게 했으면 좋을까? 지쿠젠, 그대의 의견은."

이것이 노부나가가 처음 한 말이다. 이것을 보아도 평의 석상에서는 여러 의견들이 분분했으나 아무 결정도 못 보았음을 알 수 있다.

히데요시는 이렇게 말한다.

"아라키 무라시게란 사나이는 지극히 정직한 자로 말하자면 무용에만 뛰어난 바봅니다만, 그런데 이처럼 큰 바보라고는 생각조차 못했습니다."

자기 부장이요, 사적으로는 친구인 무라시게의 폭거를 애석해 하는 진정이——그처럼 욕하는 가운데 오히려 깊은 것이 있는 듯이 들린다.

"천만에, 천만에."

노부나가는 고개를 저으며 말했다.

"바보란 당찮은 말. 꾀에 빠져 노부나가의 전도를 위태로이 보고, 이익에 눈이 어두워 모리와 내통한 그 자식……얕은 꾀를 가진 자가 할 만한 짓이다. 무라시게는 작은 꾀에 넘어간 자이다."

"그러기에 바보라고 할 수밖에 없습니다. 과분한 은혜를 받잡고 무엇이 부족해서."

"모반하는 자는 아무리 대우를 해주어도 모반하게 되어 있다. 예를 들면 마쓰나가 단조 같은 자도."

감정이 노출되려 한다. 상대방을 지칭할 때, '그 자식'이라는 말을 쓴 것을 히데요시도 처음 듣는다.

노부나가의 감정으로는 이미 모반한 무라시게를 신하로나 사람으로 인정하고 싶지 않은 것이다.

그러면서도 터놓고 증오와 노여움을 폭발시키지 못하는 것이 노부나가에겐 큰 괴로움이었다. 회의가 결정되지 못하는 원인도 여기에 있다. 히데요시로서도 질문을 하면 당연히 망설이게 된다.

이다미 성을 칠 것인가.

무라시게를 달래어 모반을 단념시킬 것인가.

문제는 이 둘을 어떻게 선택하느냐에 있다.

——이다미 성 하나를 함락시키는 것은 과히 어렵지 않다. 그러나 주고쿠 경략은 이제 겨우 서전에 불과하다. 지금 이 작은 일을 그르치면 근본 방침에 대수정을 가해야 할 것이다.

"우선 제가 사자로 가겠습니다. 무라시게를 만나 차근차근 이야기하겠습니다."

히데요시는 자진 위무사가 되기를 희망했다.

"그러면 그대도 병력을 쓰지 않는 것이 좋다고 생각하는가?"

"될 수 있는 한."

"고레토 미쓰히데를 비롯하여, 무기를 사용해서 안 된다고 말하는 자도 두셋 있다. 그대와 같은 의견이나 사자로는 다른 사람을 보내도 좋다."

"아닙니다. 지쿠젠에게도 반의 책임은 있습니다. 부장으로서 자기 부하였던 무라시게가 저지른 바보짓이오니."

"아니야."

노부나가는 갑자기 고개를 세게 젓는다.

“너무 친한 자를 보내서는 위엄이 안 선다. 마쓰이 유칸, 고레토 휴가노카미, 마미센치요. 세 사람을 보내라. 달랜다기보다는 소문의 사실 여부를 캐는 사명으로.”

“그것도 좋겠습니다.”

히데요시는 거역하는 일이 없이 다만 벗을 위해, 또 주가(主家)를 위해 이렇게 한 마디를 덧붙였다.

“속담에도……불자의 거짓말을 방편이라 하고 무문의 변(變)을 전략이라 한다든가 합니다. 변에는 변으로 응하고 곧바로 들이대는 건 어디까지나 금물입니다. 모리 편으로 하여금 좋아 날뛰게 하는 방책을 부디 피하시도록.”

“알고 있다.”

“평의회의 결과도 궁금하오나, 하리마의 동요도 미덥지 못하오니……지쿠젠은 곧 떠나고자…….”

“그런가?”

좀 섭섭한 듯한 눈치다.

“……귀로는 어찌 하겠나? 효고 길은 이미 다음 놓고 통행을 못 할 터인데.”

“걱정 마십시오. 뱃길도 있사옵니다.”

“음. ……그럼 결과를 때때로 파발로 알려라. 그대도 소식 전함을 게을리 하지 말라.”

“여부가 있겠사옵니까?”

히데요시는 아즈치 성을 하직했다.

몸도 피로하고 해서 그는 범선을 내게 했다.

그날 밤을 마이사 절 방에서 묵고, 다음 날 교토로 떠났다.

호리오 모스케와 후쿠시마 이치마쓰를 선발대로 보내면서 준비를 일러두고 자신은 길을 돌아 난젠사에 들렀다.

“사카이 앞바다에 배 준비를 해 두도록.”

“……휴식 차.”

이 말을 퍼뜨렸으나 단순히 점심을 먹기 위해서 만이 아니다.

이 절에 꼭 만나고 싶은 자가 있다. 히데요시는 서울 가는 길에는 그와 만나는 것을 애인을 보는 것 같이 낙으로 삼고 있었다.

그것은 절간의 한 암자에서 조용히 요양을 하고 있는 자기 부하——다케나카 한베를 문병 가는 것이다.

중들은 돌연한 귀빈을 객사에 맞아 향응할 일에 당황했다.

히데요시는 한 중을 붙들고 꾸밈없이 말했다.

"가신들은 모두 식사의 행리를 갖고 있으니 찻물 외엔 마음 쓸 필요 없다. 또 나는 당사에 요양 중인 한베 시게하루를 잠깐 문병차 들렀을 뿐이니, 술과 차의 향응 같은 건 필요 없다. 한베와 함께 더운 물과 밥을 먹게해 주면 고맙겠는데."

평상시와 다른 대우를 거절한 후, 또 이렇게 묻는다.

"그런데 이곳에 온 후 병자의 병세는 어떠한가?"

중은 걱정스럽게 대답한다.

"별로 악화된 것 같지도 않사오나, 그렇다고 유달리 쾌차하신 것 같지도 않습니다."

"약은?"

"조석으로……."

"의사도 오렷다?"

"네. 교토의 명의도, 또 노부나가님께서 보내신 의사도 가끔 오십니다."

"일어나 있겠지?"

"아니죠, 요 2, 3일은 또……."

"누운 그대로인가?"

"네."

"병실은 어디지?"

"저쪽 병실이 조용하기도 하고 좋아하시는 것 같기도 해서."

"그럼 그곳으로 가자. 신발은 없는가?"

히데요시가 뜰로 내려오려 할 때, 한베의 시중을 들고 있는 자가 달려와서 말했다.

"지금 곧 의관을 정제하고 주인이 뵈오러 오겠사온즉 잠시 객원에서 휴식하시옵소서."

말을 듣고 히데요시는 무슨 바보짓이냐는 듯, 야단을 치면서 앞으로 걸어간다.

"일어나게 해서는 안 된다. 일어나게 해선 절대 안돼."

히데요시가 왔다는 말을 듣자 한베는 곧 병상을 치우게 하고 있었다.

하인에게 방 소제를 시키고, 자기는 그 사이에 의복을 갈아입었다. 그리고 신발을 신고 뜰에 내려서서 울타리 밑 국화 뿌리 사이로 흘러오는 도랑물에 몸을 굽히고 양치질과 세수를 했다.

"왜 그런 경망된 짓을 하는 거야? 병자가."

뒤에 와서 가볍게 어깨를 두드리는 사람을 돌아보았다.

"오오, 어느새?"

한베는 땅에 무릎이 맞닿도록 몸을 굽히며, 청소된 실내로 주군 지쿠젠 히데요시를 영접했다.

"어서, 어서……저리로."

허름한 벽에 선가(禪家)의 묵적(墨蹟)이 걸려 있는 외에는 아무것도 없는 마루를 등대고 히데요시는 편안히 책상다리를 했다.

아즈치의 성곽에서는 그곳의 색채에 지워져 버리는 히데요시의 몸차림도, 이 간소한 암자 안에서는 그 갑옷이나 무구(武具)들이 스스로 찬연히 빛나 유달리 위엄이 있어 보였다.

한베는 몸을 굽힌 채 마루를 올라온다. 대나무 한 마디를 끊은 대통에 한 송이 국화를 꽂아 들고 온다. 조용히 히데요시 곁에 앉아 국화 모양이 상하지 않게 가만히 마루에 놓는다.

'뜰에 있으면 대수롭지 않은 국화도 여기 두니, 의외로 훈훈한 향기가 높다.'

히데요시는 내심 이렇게 생각했다. 병상은 치워도 약 냄새와 잠옷 냄새 등이 풍기는 것이 황송해서, 향불을 피우기에 앞서 우선 이 한 송이로 그것을 깨끗이 하는 것이리라고.

"걱정 말라, 염려 말라."

히데요시는 이렇게 위로하고 걱정스리 바라논다.

"한베……그렇게 일어나도 괜찮을까?"

한베는 훨씬 물러앉아 새로 절을 했다. 그러나 정중한 중에도 주군의 내방을 기뻐하는 기색이 넘쳐흐른다.

"심려 마십시오. 며칠 전부터 늦가을 같은 추위가 계속되므로 미리 조심하여 이불을 쓰고 누워 있었사오나, 오늘쯤은 날씨도 따뜻하여 일어나려던 참이었습니다."

"교토는 겨울이 빨리 온다. 더욱이 아침 저녁으로는 쌀쌀하다. 겨울 동안은 어디 따뜻한 곳으로 옮겨 보는 것이 어떨까?"

"천만에요. 병도 날로 좋아지니, 겨울까지는 꼭 완쾌해서⋯⋯."

"어림도 없는 소리⋯⋯."

히데요시는 짐짓 말문을 막으면서 말했다.

"좋아진다면 더구나 올 겨울은 결코 병실에서 나와서는 안 되오. 이번은 꼭 완쾌될 때까지 충분히 요양하라. 그대의 몸은 그대 혼자의 것이 아니야."

"황공한 말씀이옵니다."

한베는 고개를 떨어뜨렸다.

그대로 한참 동안 말이 없다.

'많이 수척해졌구나!'

히데요시는 마음속으로 탄식을 했다.

다다미를 짚고 있는 한베의 가는 손목. 관자놀이 근처의 불그러진 뼈.

'도저히 그의 숙환은 낫지 못할 것인가.'

히데요시는 그렇게 생각하니 가슴이 아팠다.

본디 병약한 그를 무리하게 난세에 끌어 낸 것은 누군가. 즐풍목우(櫛風沐雨) 사이의 여러 싸움터. 또 평상시에도 내부의 경제에, 외교에 거의 평안한 날이라는 것을 주지 않고 오늘날까지 그를 계속 괴롭혀 왔던 것은 누구인가.

게다가, 본래는 선생으로 모셔야 할 처지인데 가신 같이 대접하고, 그리고 그것을 보충할 만한 즐거움도 맛보지 못했는데⋯⋯하고 히데요시는 혼자 사과하고 혼자 자책하고 어느새 자기도 고개를 옆으로 돌리고 눈물을 뚝뚝 떨어뜨리고 있는 것이었다.

그 눈앞에 대나무 대롱에 꽂힌 흰 국화는 더욱 향기롭게 물을 빨아올리고 있었다.

국창한화(菊窓閑話)

어쩌다가 눈물지어 지금 근무의 시달림도 이만저만이 아닌 주군께 잠깐이라도 마음을 상하게 한 것은 신하로서 불충, 무사로서 불찰, 황송한 일이라고 한베는 곧 자기를 꾸짖었다.

"국화가 좋습니다."

"음. 참으로, 참으로……."

암연히——다만 입을 다물고 있던 히데요시는 그 말에 구원된 듯이 몇 번이나 꽃을 보고 끄덕인다.

"좋은 향기!"

히데요시는 그렇게 말하고 다시 말을 잇는다.

"히라이 산의 진지에도 들국화는 피었으련마는 이런 향기는 몰랐다. 이런 빛깔도 안중에 없었다. ……피 묻은 짚신만 신고 있어서야. 하하하."

"피 비린내 나는 오랜 전쟁터에서 오죽 피로하시랴 싶어, 문득 뜰 앞의 국화 한 송이, 대롱에 옮겨 놓았습니다만 눈요기를 해 주셔서 행복합니다……꽃도, 한베도."

아까부터 히데요시도 얼굴을 돌리고, 뜨거운 눈길을 마루의 꽃에 보내고 있는 듯하여 심각한 화제를 돌리려고, 한베는 일부러 그렇게 말했다.

히데요시는 겨우 한베를 똑바로 쳐다봤다. 억지로 병자에게 명랑한 기분을 갖게 하기 위해서이리라. 병자인 한베가 주군을 아끼려고 마음 쓰는 것과 마찬가지로 히데요시도 똑같이 신하인 그에게 애쓰고 있는 것이다.

"……문득 여기 앉아 절실히 느끼는 것은 심신이 둘이면서 하나란 것이며, 항상 명징한 몸을 갖고 살기 힘든다는 것이야. 도시 싸움이란 바쁜 것, 또한 사람을 조잡하게 만든다. 그런 의미에서도 오늘은 마음이 차분히 가라앉아서 좋군. 무언지 시원한 마음속에 좋은 각오를 할 것 같은 기분이다."

"한(閑)의 신경(身境), 적(寂)의 심경(心境), 역시 인간에겐 귀중한 건가 봅니다. 완전한 한인(閑人)이어선 소용없습니다. 공적(空寂)이라고나 해야겠죠. 주군께선 심신이 다 함께 지금 생사 속에 있으면서 망(忙), 또 망의 촌가(寸暇)도 없는 몸이시오니 간혹 이런 소한(小閑)의 한 순간이 매우 영약이 되는가 봅니다. 그것에 비하오면 한베는……."

자기의 병약을 자책하여 황송해 하는 한베의 말문을 막으면서 히데요시는 말했다.

"그런데 소문을 들었나? 세쓰노가미의 폭거를. 저 아라키 무라시게가 바보짓을 한 소문을."

"네, 어젯밤 사람이 와서 상세히 들었습니다."

그리고 큰 사건도 아닌 듯, 한베는 대답하며 눈썹도 까닥 않는다.

"글쎄, 그 일인데……."

히데요시는 다가앉으며 물었다.

"아즈치의 평의회에서는 일단 무라시게의 불평을 들어 본 후에, 극력 타이르자고 결론이 났는데, 그 조치는 잘된 일인가, 잘못된 일인가. 또 만약 무라시게가 끝까지 반역을 명백히 할 경우는 어찌할 것인가. 기탄없이 그대의 의견을 들려주오. 실은 그것도 있고 해서 들른 거야. 한베 그대는 이 일에 대해 어떻게 생각하지? 전반적인 대책을 묻는다."

시게하루는 두말 할 나위 없이 대답했다.

"좋습니다. 묘를 얻은 조처이십니다."

"그러면 아즈치에서 위무사가 가면 이다미 성은 탈 없이 진정될까?"

"……아닙니다, 끝내는."

시게하루는 조용히 고개를 저으며 확신을 갖고 부정했다.

"진정되지 않습니다. 한 번 든 반기를 그대로 말아 가지고 아즈치로 귀순하는 일은 절대로 없을 것입니다."

"그렇다면 아즈치에 사자를 보내도 헛 수고겠군."

"헛 수고를 하는 것이긴 하지만, 전연 허사는 아닙니다. 신하의 그릇됨을 타이르고 너그럽게 대하면 주군 노부나가님의 덕을 세상에 알리는 것이 됩니다. 또 그러면 아라키님도 은근히 고민할 것입니다. 망설이기도 할 것입니다. 정의의 신념도 없이 무리해서 당기는 활은 날이 갈수록 둔해지는 법입니다."

"그 결과 부득이 그를 치게 될 때의 대책은? 또 주고쿠(中國)의 정세는 어떻게 변할 것으로 예측하는가?"

"아마 모리 편도 또 혼간사도 그리 급격하게는 안 움직일 것입니다. 무엇보다도 이미 반기를 든 무라시게에게 피투성이의 항전을 시켜 그 때문에 하리마에 있는 우리 편이나, 아즈치의 본영이 이제 지쳤을 것이라고 판단하면…… 당장 허를 틈타 팔방에서 일어설 계획이 아닌가 생각합니다."

"바로 그거야……무라시게의 고지식함은…… 그가 어떤 불평이 있고, 어떤 미끼로 꾐을 당했는지 모르겠으나, 요는 모리와 혼간사의 방패로 이용당하고 있는 것이다. 방패의 구실만 끝나면 애석하게도 자멸의 길밖에 없다. 무용은 남보다 뛰어났지만 가엾기 그지없다. 역시 어떻게라도 살릴 수만 있다면 살려야겠는데."

"그렇습니다. 끝까지 그를 죽이지 않고, 살려서 우리 편으로 만드는 것이 최선책입니다. 그 이상 더 감싸 줄 것은 없습니다."

"그러나, 아즈치로부터의 사자로는 안 된다면, 누가 가면 무라시게가 복종할까?"

"우선 간베님을 보내 보십시오. 구르다 간베의 입술이라면, 혹 잘 타일러 세쓰노가미 모리시게의 악몽을 깨워 줄 수가 있을지도 모릅니다."

"만일 간베가 가도 받아들이지 않을 경우에는?"

"최후의 분이 가시는 도리밖에 없습니다."

"최후의 사자란?"

"주군님 말입니다."

"나?……글쎄."

히데요시는 생각에 잠기더니 말했다.

"글쎄, 내가 가도 그렇게 된 다음에는 어떨지?"

"의로 가르치고, 우정으로 타이르고, 그래도 역시 듣지 않을 때에는 단호히 반역의 죄로 몰아칠 수밖에 없습니다. 그때 단번에 이다미를 공격하는 것은 어리석은 짓입니다. 아라키님의 용기를 북돋워 주고 있는 것은 결코 이다미의 쳐부수기 어려운 보루가 아니라, 그가 두 팔처럼 믿고 있는 두 사람의 협력자입니다."

"이바라기의 나카가와 요리베와……다카쓰키의 다카야마 우콘 말인가?"

"그 두 사람만 떼어 놓으면 그는 양팔이 없는 몸뚱이와 마찬가지입니다. 게다가, 다카야마 우콘이나 나카가와 요리베나 이들을 따로 설복시켜 무라시게님에게서 떼어 놓는 것은 그리 어려운 일이 아닙니다."

시게하루는 어느덧 병도 잊은 듯이 얼굴을 붉히면서 히데요시를 위해 설명하기를 그치지 않았다.

"그 다카야마를 설득, 항복시키려면?"

히데요시는 더욱 열심히 그에게 비책을 말하라고 재촉했다.

한베는 명확하게 대답했다.

"우콘은 독실한 예수교도입니다. 예수교의 포교를 허락하겠다는 조건으로 설득하면 반드시 아라키 무라시게로부터 떨어질 것입니다."

"음, 그것 묘안이군!"

히데요시는 탄복했다. 그 우콘을 시켜, 또 나카가와 요리베를 설득시키면, 이른바 1석 2조라 할 것이다.

더 이상 물어볼 것은 없다. 한베는 피로한 듯이 보인다.

히데요시는 일어나 나가려 했다.

"잠깐만……."

한베는 급히 만류한다.

그리고 옆 방을 지나 손을 씻으러 가는 듯 했는데 좀처럼 돌아오지 않았다.

"배가 고픈데……."

종자들은 벌써 도시락을 마쳤을 시각이다. 자기도 절의 객전에 들어가 더운 물에라도 말아서 식사를 좀……하고 생각하고 있는데, 한베의 가신인 듯한 젊은이가 간단한 안주와 다른 쟁반에 술을 받쳐 들고 왔다.

“오래 기다리셨습니다.”

그리고 무릎을 꿇고 술병을 들더니 술을 권한다.

“손수 만든 솜씨의 맛, 채소, 감자 등도 이 밭의 것, 구미에 맞지 않으시더라도 한 잔 드십사고. 주인도 잠시 후 대작하여 모시겠사온즉.”

히데요시는 찬 술을 한입 머금으며 약간 불만인 듯한 표정으로 물었다.

“한베는 어찌 되었느냐. 너무 오래 이야기해서 피로한 게 아니냐?”

“아니올습니다. 아까부터 부엌에 가서 찬을 만드시고, 지금 밥을 짓고 있사오니 끝나는 대로 곧 오셔서 시중드실 것입니다.”

“무엇, 나를 위해 밥을 짓는다고?”

“네.”

“이 찌게와 토란조림도 한베가 손수 만든 것이냐?”

“그러하옵니다.”

“……허어, 이것을.”

아직도 따뜻한 토란 하나를 입에 넣으며 히데요시는 또 눈시울이 붉어졌다.

토란 맛은 입 안에서뿐 아니라 몸속까지 스며드는 듯하다. 과분하다는 느낌의 맛이다.

자기가 거느리고 있는 부하라고는 하나, 병법에 있어서는 육도(六韜)의 비결에서부터 삼략(三略)의 요체(要諦)에 이르기까지 다 한베에게서 배웠다 해도 과언이 아니다.

평상시의 민치·경제·인간적인 수양의 요체 등 평소 그에게서 배운 것이 수다하다. 말하자면, 그는 표면은 가신이지만, 속으로는 자기 스승이었다.

“그건 안 된다. 몸에 해롭다.”

갑자기 히데요시는 술잔을 내려놓고 부엌으로 달려갔다.

한베는 그곳에 있었다. 밥그릇과 찻잔 등을 손수 챙기고 있었다.

한베는 깜짝 놀라 히데요시를 바라보았다. 히데요시는 한베의 손을 붙들고 말했다.

“한베, 너무 걱정 말라. 그보다도 잠시라도 자리에 앉아 함께 이야기를 하자꾸나.”

히데요시는 그를 방으로 데리고 와서 술잔을 주었으나, 한베는 입술만 대고 만다.

그러나 밥은 둘이서 함께 먹었다. 오랜만에 이처럼 주종이 함께 먹는 밥 맛, 그 즐거움은 이루 말할 수 없다.

"문병을 왔다가 도리어 보살핌을 받고 가는 격이로군. 그러나 나도 기운이 난다. 이것으로 싸울 수 있다. 한베, 그대도 몸조심하고 요양에 힘쓰라. 부디, 부디 요양을."

이윽고 히데요시는 종자들을 거느리고 난젠사의 산문에서 전송을 받고 떠났다.

해는 이미 서산에 기울고, 성 안의 하늘은 저녁놀에 발갛게 물들고 있었다.

지자와 무지자

총탄 소리 하나 없는 끝없는 정적이 감돌고 있다. 이곳이 싸움터인가 하고 의심되리만큼 고요하기만 했다. 사마귀 한 마리가 마른 잎에 미끄러져 떨어지는 바스락 소리마저 귀에 들리는 듯하다.

주고쿠(中國)의 가을은 깊었다. 단풍도 이 사나흘 무렵이 한창 고비일 것 같다. 히데요시의 눈동자 속에까지 그 붉은 빛깔은 타고 있는 것 같았다.

이곳 히라이 산(平井山)의 진지.

마주앉아 있는 것은 간베 요시다카(官兵衞孝高)였다. 언젠가 한베와 함께 말마중을 하던 그 초소의 소나무 밑에 앉아서 서너 마디 지껄이는 동안에 두 사나이는 이미 큰일을 결정하고 있었다.

"……그럼 가 주겠나?"

"기꺼이 맡겠습니다. 성패는 하늘에 맡기고."

"부탁일세."

"인간으로서의 도리를 다하고 하늘의 뜻을 기다린다 하였습니다. 간베가 가는 것이 최후가 되겠지요. 이 몸이 살아서 돌아오지 못하면, 그때는 오로지……."

"음. 무력뿐이지."

히데요시는 고개를 끄덕이며 나무뿌리 위에서 일어섰다. 간베도 일어났다.

바로 곁의 니시노다니(西谷) 계곡을 제주직박구리(鵯)가 소리 높이 울며 날아간다. 그곳의 단풍도 아름다웠다.

두 사람은 묵묵히 막사 쪽으로 내려갔다. 죽음이라는 것, 서로 아는 인간 끼리의 헤어짐이라는 것 등……이 고요 속의 한낮 대기에 싸인 머릿속에 찡하게 생각하는 대상이 된다.

"이보게, 간베."

먼저 벼랑길을 내려가면서 히데요시는 뒤를 돌아본다. 두 번 다시 이 산으로 돌아오지 않을 그일지도 모른다. 그런 진지한 느낌이 들었기에 유언이라도 들어 두자고 생각한 것이다.

"그 밖에 뭐 임자한테서 들어 두어야할 일이라도 없는지 모르겠구먼."

"없습니다."

"히메지 성 쪽에는…… ?"

"별로 뭐…….

"임자의 가신 소엔(宗圓)님에게도 뭐 전할 말은…….

"그저 이번 사건에 간베가 갔다는 사연만을 기회 있으신 대로 전해 주시는 것으로 족합니다."

"알았네."

가느다란 벼랑길은 또 이어진다.

대기는 드맑아서 적진 미키 성(三木城)도 멀리 또렷하게 바라보인다. 그곳으로 통하는 수송로는 지난여름 이래르 모두 차단해 버렸으니, 성 안의 굶주림과 목마름은 상상이 되고도 남는다. 그런데도, 과연 반슈(播州 : 하리마) 제일의 뼈대 있는 무장과 용졸들이 농성한 만큼 사기는 지금껏 늠름하기가 추상같음을 보이고 있다.

적진도 공격군의 장위책(長圍策)과 양식의 그갈 때문에 초조해져서 가끔은 싸움을 걸어 왔으나, 히데요시는 엄명을 내렸다.

"적의 유도 전술에 넘어가지 말지어다."

그는 굳게 부하들의 망동을 경고하며 봉쇄의 손을 늦추지 않았다.

또한, 외부의 정보가 성내에 전해지지 않게 하기 위하여서도 세밀한 주의를 기울였다. 아라키 무라시게를 비롯한 기내의 무장들이 노부나가를 이탈, 배반하고, 이 하리마에서도 그와 아울러 동요하고 있다는 것 등등 이 성 안에 알려지면, 불가불 농성·항전의 소신을 강화할 염려가 있기 때문이다.

그 중에서도 특히 무라시게의 이반은 아즈치(安土) 땅을 당황케 했을 뿐만 아니라, 주고쿠를 경략하려는 전도마·처도 밑바닥에서부터 위태롭게 했다고 할 수 있었다. 실지로 이 곳 하리마에 있어서도, 고차쿠(御著)의 성주인 오데라 마사모토(小寺政職)가 아라키 무라시게의 반기를 보자마자 성명을 말하고는, 노부나가를 떠나 하룻밤 사이에 적의 진영으로 사라져 버리지 않았던가.

"주고쿠는 침략자의 손에 내맡길 것이 아니로다. 우리는 모리가(毛利家)를 중심으로 해서, 재조직하여 외공의 적을 쳐야 하느니라."

그 오데라 마사모토는 간베의 부친인 구로다 소엥(黑田宗圓)의 주군이다. 으레 간베에게도 또한 주군뻘 되는 사람이라고 하지 않을 수 없다.

간베는 둘 사이에 끼여서 이럴 수도 저럴 수도 없는 곤경에 처했다. 노부나가와 히데요시에 대해——또한 가친과 주군뻘 되는 이에 대해서.

이 고충을 간직한 채, 그는 지금 어디를 향해 스스로 사절로 떠나려 하는 것인가. 다만 그로서는 히데요시야말로 자신의 가슴속을 알아줄 사람이라고 믿으며 아직도 한 가닥 밝은 빛을 마음속에 잃지는 않고 있었던 것이다.

평소에 담력이 강하기로 이름 높았던 사내이다. 호담하기를 스스로 자부하고 있었다. 세쓰의 태수인 아라키 무라시게는 그러한 인물이었다. 섬세한 신경이나 예민한 시대감각 따위, 그런 것은 지극히 그와는 인연이 먼 것이었다.

나이는 불혹. 겨우 인간의 성숙에 가까운 마흔 줄이지만 10년 전이나 지금이나 그는 의지가 굳세고 강직하여 굽히지 않는 것에 관해선 여전히 아무런 변화가 없다. 꼭 그와 같이, 인간에게 자연스럽게 갖추어지게 마련인 사려라든가 교양이라든가 하는 인간적인 일면은, 도무지 키워지지도 않고 윤기가 더해지지도 않는 것이다.

요컨대, 아무리 성주가 되었다 한들, 비록 권족이나 가신이 늘었을지언정, 그는 여전히 맹장의 영역에서 한 걸음도 벗어나질 못한 면이 있었던 것이다.

노부나가가 주고쿠를 다스리기 위하여 그를 탐제(探題) 벼슬의 부장으로 임명하여 히데요시에게 붙인 것은, 히데요시에게 결여된 것을 보충해서 부여해 준 것이라고도 할 수 있다. 그러나 그 자신은 결코 스스로 생각해 본 적은 없었던 것이다.

——이렇게 해야 한다.

——그렇게 해서는 전쟁이 안 되지. 등등, 부장의 자격으로서 크게 모의

(謀議)를 거론했음은 두말 할 것도 없다. 그러나 자기 의견이 용병·작전에 있어서 히데요시나 노부다타(信忠)에게 채용된 일은 일찍이 없었던 것이다.

'재미없는 놈이다.'

히데요시에 대해서 그가 이런 느낌을 품은 것은, 한두 번의 일이 아니다. 그렇건만, 그 자신이 스스로를 기개 없는 놈이라고 생각하게 되는 것은 막상 히데요시의 얼굴을 보자 그런 반감을 나타낼 수 없게 되는 점에 있었던 것이다.

'저놈은 나를 속여먹는 데 묘수를 터득하고 있단 말이야. 저놈은 만만찮은 놈이다.'

때로 울분을 토하며 자기 가신들에게도 곧장 흥소를 터뜨려 보일 때가 있었다. 아무리 밉상스러워도 도무지 성을 낼 수 없는 상대자가 세상엔 때때로 있게 마련이다. 무라시게에게 있어서 지쿠젠(築前)이라는 사내는 꼭 그렇게만 생각되는 것이었다.

고즈키성(上月城)을 공격했을 때도 꼭 그랬다. 무라시게는 전선에 몸 두고 있으면서도 한쪽 산에 진을 치고는 전기가 무르익어 오건, 히데요시의 명령이 내리건, 팔짱을 낀 채 싸우지 않은 일까지 있었다.

'왜 그때 출격하지 않았나?'

뒤에 히데요시가 따져도, 타고난 호탕한 태도로 내뱉으며 겁먹은 체도 하지 않았다는 것이다.

"마음이 내키지 않는 싸움엔 나설 수 없소이다."

그때는 히데요시가 입을 크게 벌리고 웃어젖히는 바람에, 그도 체면 차리듯 쓴웃음을 지음으로써 일을 일단락 짓고 말았지만, 진중의 여러 장군들에겐 물론 평판이 좋을 리 없었다.

미쓰히데(光秀) 등은 특히 그의 소행을 비난했다는 것이다.

'아케치(明智) 주제에 뭘……'

무라시게도 그늘에서 미쓰히데를 사납게 매도했다. 대체, 예전부터 그는 아케치 미쓰히데니 호소카와 후지다카(細川藤孝)니 하는 문화인적 체취를 풍기는 무장을 몹시 멸시하고 있었다.

'문약자 주제에……'

툭하면 이렇게 입버릇처럼 뇌까리곤 했다. 그들의 진중에서도 흔히 연가의 모임이나 다회(茶會)를 베푸는 풍습을 남모르게 혐오하는 감정에서 비롯

된 것 같았다.

하지만 그리한 무라시게도 오로지 마음속으로 감탄하고 있는 것은, 지쿠젠노가미(築前守) 히데요시가 아직껏 단 한 번도 자신에 관해서 주군인 노부나가나 노부다타에게 고자질을 한 것 같은 흔적조차 보이지 않는 일이었다.

히데요시가 무장으로서는 자신보다 훨씬 기개 없는 위인이라고 마음속으로는 얕추보면서, 그러면서도 또한 그를 만만찮은 놈이라고 여기는 것은 그러한 면에 한편 본의 아니게나마 경복하고 있기 때문인 것이다.

그런데 그의 진중에 있어서의 이러한 태도를 똑똑히 관찰하고 있는 것은, 아군측보다도 적측인 모리였다.

'세쓰노가미 무라시게에겐 무언가 불평이 있는 모양이다. 저놈을 설득하면 이쪽으로 배반해버릴 가능성이 틀림없이 있으렷다.'

모리의 밀사와 오사카(大坂) 혼간사의 밀책이 온갖 적의 눈을 용케 피해가며 그의 진중에 또는 그의 본토인 이다미성(伊丹城)에 끊임없이 오가기 시작했는데, 결코 그들은 초청되지 않은 손은 아니었던 것이다. 그의 마음이 적군에 반영되어, 그 행동이 말 없는 가운데 그들을 초청한 것이 사실이었던 것이다.

지혜로운 사람은 제 꾀에 잘 넘어간다고 한다. 그러나 지모를 타고나지 못한 자가 지(智)를 농할 경우엔 더 한층 위험스러운 불장난이 되리라는 것은 다시 말할 것도 없다.

이다미성의 늙은 중신들은 주군인 아라키 무라시게에게, "그런 모계에 끼어드시다니!" 하고 성패조차 예측할 수 없어하며 몇 차례나 그 무모한 모계를 간했는지 모른다.

하지만, 무라시게는 전혀 들어먹질 않았다.

"어리석은 소리 작작해라. 모리가에서도 이렇게 서약문마저 보내어 오지 않았는가."

한 조각의 조약문을 그토록이나 절대적으로 믿고서, 그는 홀연히 주군 노부나가를 향해 반의(叛意)를 명백히 한 것이었다.

군신간의 맹약마저 헌신짝 같이 버리고 마는 자가 있는 난세에 어제까지 적이던 모리의 한낱 서약문이——과연 어느 만큼이나 문자 그대로 약속을 이행할까? ——거기까지는 미처 생각해 보지도 않고 또한 그와 같은 커다란 모순마저 모순으로도 느끼지 않고 있는 무라시게였다.

"그는 사랑스러운 바보올시다. 노여워하실 바도 못되는 정직한 놈이지요."

히데요시가 노부나가에게 이렇게 말한 것은, 필경 그때로서는 노부나가를 달래기 위해서는 최선의 말이었는지도 모른다.

그러나 노부나가로서 결코 그렇게 경시하고 있을 수만은 없는 까닭이 있었으니, 그것은, ──어쨌든 그는 세다!

그는 대담하고 용감한데다, 중요한 위치에 있었던 것이다.

그에 더하여, 이것이 휘하의 여러 무장들에게 어떠한 영향을 미칠 것인가 하는 심리적 영향도 중대시되었다.

그러기 때문에 노부나가로서는 아케치 미쓰히데나, 마쓰이 유칸(松井有閑)을 보내어 위무해 보는 등, 그 밖에 백방으로 손을 써 보았으나 결국 무라시게로서는 더욱더 시의심을 깊이 할 뿐이며 그러는 동안에 도리어 전비를 증강해 가고 있었던 것이다.

"일단 적대하기로 태도를 보인 이상, 섣불리 감언이설을 타고 아즈치의 초청에 응하기라도 했다간, 그 자리에서 찔려 죽거나 투옥되게 마련이지."

'별 수 없다! 이제는……'

끝내 아라키를 퇴치할 것을 선언하고, 노부나가 자신이 군병을 이끌고 야마사키(山崎)까지 출진한 것이 11월 9일쯤이었다.

아즈치의 대군은 셋으로 갈라졌다. 한 패는 다키가와 가즈마스(瀧川一益)와 아케치 미쓰히데, 니와 고로오자에몬 등등의 여러 부대로 편성되었는데, 이들은 이바라기 성의 나카가와 세베 기요히데(中川瀨兵衞淸秀)를 포위한다.

또 한 패는 후와(不破), 마에다(前田), 삿사(佐佐), 가나모리(金森) 등등의 제 부대가 결합되어 다카쓰키(高槻)의 다카야마 우콘(高山右近)을 포위했다.

그리고 노부나가의 본루는 아마노 산(天野山)에 구축되었다.

이렇게 장관을 이룬 포진을 전개하면서, 그는 아직도 피 흘리지 않고 반군을 항복케 하는 데 한 가닥 희망을 걸고 있었다. 그 희망이란 하리마로 돌아간 히데요시 위에 이어져 있었다. 히데요시로부터 진중에 전해 온 말이 있었던 것이다.

'아직 한 가지 계책이 있소이다.'

그 말의 뒤에는, 히데요시가 무라시게의 무용을 아끼며, 또한 평소의 우정에 비추어서도, '그래도 조금만 더 기다려 주소서' 하며 노부나가에게 간청하는 심정도 충분히 포함되어 있었다.

그가 오른팔로 믿는 막료인 구로다 간베 요시다카가 히데요시의 밀지를 받고 어느 날 밤, 히라이 산의 진지로부터 돌연히 어디론지 사라진 것은, 실로 이와 같은 기운이 절박했을 때의 일이었던 것이다.

그 다음날, 간베 요시다카는 아버지 소엔의 주군뻘 되는 고차쿠 성(御著城)의 성주 오데라 마사모토에게로 급행하여, 이윽고 마사모토를 알현했다.

"세쓰의 아라키측에 편들어서 당성(當城)도 오다문을 배반하여 모리 쪽으로 몸을 맡긴다는 소문이 나 있사옵니다. 이것이 사실인지, 한갓 뜬소문에 불과한지요."

간베는 단도직입적으로 말하며, 우선 그의 뱃속을 두드려 보았다. 엷은 미소를 띠면서 마사도모는 듣고 있었다. 나이로 치면 자기 아들 같은 간베였고, 지체로 말하더라도 한갓 가로의 자식밖에 되지 않는 것이 아닌가. 그에 답하는 그의 말투 또한 지극히 거만하며 또한 노골적인 것이었다.

"이봐, 간베. 그대는 제풀에 들떠 있는 것 같은데, 도대체 우리가 노부나가의 여당이 된 후일 어떤 이득을 보고 있는지 생각해 봐라. 아무것도 얻는 것은 없느니라."

"잠깐만. 이 판국은 단지 이익과 손해를 따질 문제는 아닌 줄로 아뢰오."

"그럼 무엇이냐?"

"신의의 문제로소이다. 이 하리마에서 오다측의 여당으로 일찍부터 잘 알려진 이 가문이 아라키 무라시게의 모반에 끼여 들어 하루아침에 오다가를 배반했대서야, 무문(武門)의 신의는 어디에 가서 찾아올 수 있겠소이까."

"무슨 소리냐!"

애송이 주제에 하는 듯, 그가 열을 올리면 올릴수록 마사토모는 가볍게 받아넘기고는 말했다.

"본디 내가 노부나가에 기댄 것은 결코 신의에 의거한 게 아니니라. 너와 너의 가친 소엔이 장차의 천하는 아무래도 노부나가의 손아귀에 쥐어질 것 같다. 중앙에 진출한 노부나가에 이제금 맥을 통해 놓으면 귀가를 위해 이롭다, 이렇게 권고했기에, 나도 그럴 생각이 되었을 뿐이니라. 그런데 말이다. 그 후의 노부나가는 참말이지 위태로운 데가 많으이…… 예컨대, 바다를 달리는 큰 배를 뭍에서 볼 때는 매우 믿음직하여, 저것을 타고 시세의 파도를 헤쳐 나아가면 지극히 듬직하게 보이는 법일세만, 막상 그 배를 타고 운명을 더불어 기약하며 한 몸을 내맡겨 보니, 평화롭기는커녕 좀체 마음조차 놓을 수 없다, 이것이니라. ……파도가 한 차례 두 차례 부딪쳐 올 적마다 마음이 불안하고 나아가서는 배의 힘을 의심하게 되는 것은 인지상정이니라."

"그러기에 말씀입니다……."

간베는 저도 모르게 무릎을 내밀며 열성껏 진언했다.

"……그러니, 일단 탄 이상, 그 배를 중도에서 내려서야 어디 쓰겠습니까?"

"왜 못 써? 도저히 이 격랑을 넘어설 것 같지 않다고 보면, 난파하기 전에, 설령 일시적으로는 눈을 딱 감고서라도 미연에 배를 버리고 뭍으로 헤엄쳐 되돌아가지 않으면, 목숨을 건질 길은 없으렷다."

"너무나 얕은 생각이십니다. 한때의 황천풍랑을 겁내어, 이미 몸을 위탁한 배를 의심하고, 같은 배를 탄 사람들을 배신하여, 홀로 덤비어 바다 속으로 뛰어 들어 피난하려는 자들이야말로 어김없이 풍랑에 빠져 익사하게 마련이외다. 나중에 날이 개어 그토록 위태로웠던 배가 돛을 만개하여 목적지인 피안에 무사히 도착했을 때, 어리석은 자여, 하고 뒷손가락질을 당하며 좋은 웃음거리가 되리라."

"허허허. 입으로는 네게 못 당하겠구던. 하지만 사실이란 너의 웅변 이상의 웅변임을 어쩌랴. 애초 너의 말로는 이 주고쿠 땅쯤 노부나가가 손대기만 하면 단박에 석권해 버릴 듯이 말했겠다. 그런데, 주고쿠 탐제로 온 히데요시의 군사라야 겨우 5, 6천밖에 더 되나. 어찌어찌 노부다타나 그 밖의 무장들이 원군으로 온다고 한들, 기내나 도경 땅의 등 뒤가 불안스러워서 오래 있을 수도 없는 꼴이 아니겠나. 그리고 이 오데라 마사모토 따위 한갓 노부나가와 히데요시의 수족으로 부림당하고, 병마와 양미를 징발당하고, 적국에 대한 방벽 구실로 줄곧 고전만 당하고 있는 데 불과하단 말이야. 그토록 노부나가에게 중용되면 아라키 무라시게가 한번 몸을 뒤채 모리 문과 내통하여 기내의 정세를 뒤집어엎어 놓은 일로 미루어 보아서

도 오다 문의 전도는 점칠 수 있는 게야. 무라시게와 더불어 내가 오다 문
을 떠난 것도 그러한 명백한 이유가 있기 때문이지.”
“참으로 섭섭하신 뜻을 경청하였습니다. 이제 후회하시리다.”
“너는 아직 젊다. 싸움에는 세겠지만, 세상사에는……..”
“주군.”
“무엇이냐.”
“부디 뜻을 바꾸소서. 부디 생각을 고치셔……..”
“그럴 순 없느니라. 무라시게와 맹약을 나누고 기치(旗幟)를 분명히 하
여, 앞으로는 모리문에 가담하기로 했다고 문중에도 방향을 밝힌 것을.”
“하오나, 부디 다시 한 번만 깊이 생각하시기를.”
“나를 설득하기 전에 아라키 무라시게를 설득하고 오게. 세쓰의 태수 무라
시게가 이반(離反)은 않겠다고 말하거든, 나도 생각을 고침세.”
어른과 어린애.
이 차이는 이치에 관한 문제가 아니었다. 주고쿠의 신인이니, 당대의 지략
가니 일컬어지는 간베도 오데라 마사모토라는 인물 앞에서는 잘잘못은 일단
젖혀 놓고, 당초부터 머리를 쳐들 수 없는 상대자였다고 할 수 있었다. 요컨
대, 농락당하고 있을 수밖에 없었다.
거듭해서 마사모토는 말했다.
“아무튼 이것을 가지고서 이다미로 가거라. 곧 해답을 들려다오. 세쓰노가
미의 소신을 거듭 다짐한 뒤에, 나 또한 다시 명답하리라.”
서장 하나를 써 주며 하는 대답이었다. 그것은 마사모토가 아라키 무라시
게에게 보내는 편지였다.

간베는 그의 편지를 품에 넣고 이다미로 서둘러 갔다. 사태는 절박하다.
그 한 몸의 행동은 당연히 커다란 의미를 지니고 있다. 자신의 움직임이 그
대로 크게 세상의 움직임이 되는 것이다. 그러한 느낌을 가질 때엔 간베의
왕성한 혈기는 일신의 위험쯤 돌아볼 겨를도 없었던 것이다.
이다미의 성에 다가가자, 여기저기 들판의 우묵한 곳이나, 물가에서 참호
를 파고 목책을 짜는 병졸들과 마주쳤다. 그런데도, 그는 단신으로 어떠한
창의 숲 속도 큰 손짓으로, 큰 소리를 치며 통과했다.
“나는 히메지의 구로다 간베다. 세쓰노가미를 만나 뵈러가는 길일세. 오다

문의 편도 아니요, 아라키문의 편으로서도 아니다. 화급히 내담할 일이 있
어서, 한낱 간베 개인의 신분으로 지나네.”

몇 개의 진문을 지나 이윽고 반도들의 본거지인 성문도 그런 식으로 통과
했다.

무라시게는 곧 만나 주었다. 만났을 때, 간베가 간파한 상대방의 인상은
이런 것이었다.

‘……별반 대단한 기세도 아닌 것 같그먼 그래.’

아닌 게 아니라, 무라시게의 얼굴빛은 그리 환하지 못했다. 이런 기세로,
또한 자신 없이 어떻게 오다 노부나가쯤 되는 시대의 주역과 스스로 원해서
맞서려고 일을 벌였을까. 억지로 그 사람으로부터 떨어져 나왔을 뿐인가, 또
는 적대해서 싸울 생각이 든 것인가. 간베로서는 우선 의심이 드는 것이었
다.

“야아, 오래간만이구먼.”

막연히 무라시게가 먼저 말을 건넸다. 그것마저 어쩐지 알랑거리는 말로
들릴 만큼, 어딘지 아양을 떠는 태도가 있어 보인다. 명장으로 이름을 떨치
는 무라시게의 이러한 태도에서 그는 더욱더 뚜렷이 미루어 생각할 수가 있
었다. 무라시게의 심중에 적지 않은 망설임과 당혹이 있다는 것을.

“잘 있었나, 그 후에도?”

간베도 우선은 무난한 말로 답해 놓고는 싱그레 웃으며 그의 표정을 응시
하고 있었다. 무라시게는 천성적으로 정직한 성품을 숨기지 못하고 있었다.
간베의 눈이 핥아보고 있는 동안, 매우 수줍음을 타며 흡사 낯이라도 벌게지
고 싶은 듯 들먹들먹하고 있었다.

“그래, 무슨 일로 왔나?”

“아니, 그저 소문을 들었길래…….”

“흐흠, 내가 거사한다는 것 말인가?”

“엄청난 일을 벌였구먼.”

“세상에선 뭐라던가?”

“시시비비인 듯…….”

“구구하겠지. 좋건 나쁘건 싸운 뒤의 일일세. 아니, 사람에 대한 평가는
사후가 아니고선 확정되지 않는 법이지.”

“죽은 뒤의 일도 생각하는 일이 있을까.”

“그야 있지.”

“있다면……이번 결심은 자네로서 돌이킬 수 없는 짓을 한 셈일세.”

“왜?”

“은혜 깊은 주군을 향해 활시위를 당겼다는 악명은 백세(百世)후에까지도 지워지지 않으리라.”

“…….”

무라시게는 말문을 닫고 말았다. 관자놀이가 굵어지리만큼, 그에 대한 감정은 품고 있지만, 이치를 가지고 반박할 만한 재변은 갖추지 못했다. 역시 정직한 사람 축에 드는 위인임에 틀림없었다.

“주안상이 마련되었습니다…….”

때마침 가신이 고했다. 무라시게는 구조된 듯이 말했다.

“응, 그래.”

그리고 손님보다도 먼저 일어서더니 권유한다.

“요시다카, 안으로 들어가세. 어쨌든 오래간만일세. 한잔 드세.”

무라시게로서는 여유 있는 체해 보인 것이리라. 대청의 안쪽에서 주연을 베풀고 크게 간베를 대접했다.

술자리가 되니, 절로 이치는 봉쇄되게 마련이다. 무라시게의 얼굴빛도 제법 풀렸다.

……그런데 또 간베는 차츰 문제에 접근해 갔다.

“어떤가, 세쓰. 이쯤에서 그만해 두는 게.”

“그만해 두다니?”

“부질없이 억센 체하진 말라구.”

“나는 억센 체 해 보이려고 이런 큰일을 벌이기로 각오한 건 아닐세.”

“그야 그렇겠지, 하지만, 사정이야 어떻든 간에 세상은 자네가 벌이는 전쟁에 대한 명분 같은 것은 인정치 않네. 반역이라고 할 테지. 그래도 좋은가?”

“자, 어서 들게.”

“나는 나를 속일 수 없네. 오늘의 술맛은 쓰디쓰이. 벗을 위해서 나는 진심으로 아쉬워하는 걸세.”

“하시바 지쿠젠의 부탁을 받고 왔구먼.”

“물론이지. 하시바님의 고통도 보통이 아닐세. 한 팔을 잃은 듯 한탄하신다네. 더군다나 그분은, 누가 자네를 뭐라고 하든 자네를 절대로 옹호하고 계시지. 아까운 사람이다. 한결같이 무용에 투철함이란 그를 두고 일컫는 말이다. 그를 잘못되게 해선 안 된다, 이렇게 밤낮 없이 우정을 잊지 못하고 계시다네. 이 간베로서도 그냥 모른 체 방관하고 있을 수만은 없잖은가."

"고마우이."

무라시게는 적이 취기에서 깨어나며 속마음을 조금 토로했다.

"사실은 말일세. 지쿠젠도 서장(書狀)을 보내어 나를 간해 왔다네. 그의 우의에는 감동되지 않을 수 없으며……하지만, 전에 노부나가 공의 사절로서 아케치 미쓰히데와 니와 나가히데(丹羽長秀), 마쓰이 유칸 등이 번갈아 와서 나를 설득하려 했지만, 모두 딱 잘라 거절했다. 그러니 이제 와서 지쿠젠의 말을 따를 순 없네 그려."

"아니, 그럴 리는 없네. 지쿠젠님께 맡기기만 하면, 노부나가 공에 대한 진언은 어떻게든지 선처할 수 있을 걸세. 자신의 공훈 대신으로 해서라도 ……하는 말씀이시니……."

"그렇지 않네."

무라시게는 얼굴을 찡그리더니 말했다.

"아케치나 사쿠마 등 도당들은, 무라시게가 모반했다는 소식을 듣고는 손뼉을 치고 기뻐했다더군. 더군다나 주베에 미쓰히데는 위무의 사절로 이곳에 와서 내게는 좋은 말로 위무했지만, 주근 앞에 가서는 뭐라고 복명했는지 모를 일일세. 섣불리 성문을 열그 노부나가 공의 슬하로 돌아갔다간, 이 목덜미를 잡힌 끝에 목을 치라고 좌우에 엄명을 내려지는 게 고작일 뿐 아닌가. 우리 문중의 노신, 젊은 가신 할 것 없이 모두 복귀엔 찬동하지 않네. 이쯤 된 마당엔 한사코 싸우리라. ……하는 판국에 이르러 있는 실정이지. 인제는 무라시게의 마음 하나만으로는 어떻게도 할 수 없는 처지라네. 하리마에 돌아가거든 부디 지쿠젠에게 나쁘게 생각 마시라고 전해 주게나."

아무래도 갑자기는 설득할 수 있을 것 같지 않았다. 간베는 우선 끈기와 끈덕진 집념을 갖기로 했다. 그리고는 서너 번 술잔이 오간 뒤에, "아, 참……" 하며 잊어 버리고 있었다는 듯이 오데라 마사토모의 편지를 꺼내어 무라시게에게 건네 주었다.

서면의 내용은 이미 간베도 일독한 뒤였다. 비밀편지는 아니었던 것이다. 간단한 글월이지만 무라시게의 거사에 대하여 마사토모의 입장에서 간곡히 충고한 문면이었다.

"……."

무라시게는 등불을 끌어 당겨서 편지를 펼쳐 보고 있었으나, 다 읽자마자 "잠깐 들어갔다 옴세" 하고 양해를 구한 뒤에 안으로 숨어 버렸다.

그의 모습이 사라지자마자 때를 같이하여 문과 창과 복도로 한꺼번에 들이닥쳐 들어온 것은 10여 명이나 되는 완강한 병졸들이었다. 간베의 주위를 빙 둘러싸서 투구와 칼과 창으로 벽을 치더니만, 일제히 말하는 것이 아닌가.

"일어서시오."

간베는 술잔을 놓고는, 그들의 어마어마한 얼굴들을 둘러보며 물었다.

"일어서서 어쩌자는 건가?"

한 부장이 침통한 음성으로 말을 건네었다.

"주인 세쓰노가미의 명이오. 성 안의 감옥으로 인도하리다."

"감옥에?"

간베는 이렇게 입에 올리면서 소리 높이 홍소를 터뜨리고 싶어졌다. 아차! 하는 생각과 더불어, 너무나 만만하게 무라시게의 함정에 빠져 있었던 자신의 모습이 스스로 생각하기에도 우스웠던 모양이다.

"어, 그래."

그는 자문자답하며, 그래도 웃음 띤 얼굴을 거두지 않고 자리에서 일어섰다. 그리고는 이번엔 딱딱한 표정이 되어 있는 주위의 무사들을 그가 재촉했다.

"가세. ……아니, 순순히 갈 수밖에 없으렷다. 세쓰노가미의 호의시니……."

"……."

무사들은 말없이 간베를 둘러싸고 큰 복도로 흘러 나갔다.

갑옷과 투구차림의 잘그랑 소리와 10여 명의 발걸음 소리가 하나가 되었다.

어두운 복도와 계단을 몇이나 오르고 또 내리고 하였다. 눈이 가려진 듯한 어둠 속도 걸어야 했다.

'이러다가 해치울 셈인가……?'

다소 몸을 사리기도 했으나, 그런 기색이라곤 없다. 아무튼, 불빛 없는 곳은 기괴하다고 하리만큼 성곽의 건축이 복잡한 길이었다.

그러다가 바퀴 달린 무거운 문이 열린 듯 땅그랑 소리가 요란하게 울린 것 같은 느낌이 들었다.

"걸어라."

명령대로 약 열 걸음쯤 곧바로 걷고 보니 그곳은 이미 울 속이었다. 달그락 하고 뒤가 닫힌다.

"으하하하……."

간베는 이번엔 홍연한 큰 웃음을 어둠 속에 대고 터뜨렸다. 그리고는, 마치 시라도 읊듯이 자조감을 홀로 벽에 대고 중얼거리고 있었다.

"내로라하는 내가 세쓰노가미 무라시게의 모계에 빠지다니. ……그것 참 세도인심(世道人心)은 복잡해졌군그려. 아무래도 지켜야 될 도리로는 안 되나 보군."

아마도 무기고 밑으로 상상된다. 발바닥에도 느껴지리만큼 마디마디가 있는 두꺼운 널빤지가 바닥에 깔려 있다.

간베는 사면의 벽을 따라 유유히 걷고 있었다. 얼추 방안의 넓이는 스무 평쯤이나 됨직했다.

'……아니다. 가련한 인간 같으니라고. 무라시게여, 나를 감옥에 가두고 어쩌겠다는 거냐. 무슨 효과가 있다고 믿는 것일까. ……그의 지모가 어느 정도냐 하는 것은 이것으로 알 수 있지. 우습다, 우스워!'

한복판쯤 된다고 짐작되는 곳에 그는 도사려 앉았다. 엉덩이가 차갑다. 그러나 이곳엔 깔개 하나도 없는 모양이다.

'……소도는 뺏기지 않았구나.'

와기사시(脇差 : 護身用小刀)만이나마 몸에 차고 있는 것이 고맙다. 이것만 있으면 언제 어느 때라도——하는 생각이 든다.

궁둥이는 얼어붙어도 정신만은 얼어붙지 않겠다고 무언중에 스스로 타이른다. 이런 때는 청년 시절에 기를 쓰며 수도하던 선 같은 것도 다소나마 쓸모가 있을지 모르겠다. 그런 일도 차츰 생각하게 된다.

'아무튼, 내가 왔기 망정이지.'

다음에 생각난 것은 이것이었다. 만약 히데요시가 직접 왔다면 하고 대단이 소난으로 그치게 된 것을 고맙게 여긴다.

"……."

어느덧 눈도 반쯤 감고, 그는 마음을 달래고 있었다. 침착성을 잃지 않은 줄 알고 있었으나 흥분되었던 뒤라 가벼운 피로가 몰려온다. 인간의 의지와 상태란 한결같은 이치대로는 되지 않는 모양이구나……하는 등, 제법 깨달음 같은 사색에 잠긴다.

그러자, 어느 결에 얼굴 옆에 엷은 불빛의 무늬가 비추어졌다. 불빛이 비쳐오는 곳으로 간베는 조용히 눈길을 돌렸다. 창이 열리는 곳이었다. 완강한 쇠창살 저쪽에 사람의 얼굴이 불빛을 받고 흔들거리고 있었다. 아라키 무라시게가 무사 하나를 거느리고 온 것이었다.

"간베, 춥나?"

무라시게의 목소리였다.

간베는 눈동자를 맑게 하고 있었으나, 이윽고 대답한 말은 조금도 평정을 잃진 않고 있었다.

"뭐, 아직 술기운이 있는 걸. 하지만 한밤중쯤 되면 못 견딜 걸. 만약에 구로다 간베가 얼어 죽었다는 소문이라도 들리면 하시바님은 하리마로부터 하룻밤 사이에 이리 달려와서, 아마도 자네의 목을 감옥문에 매달아 서리에 맞혀 놓고야 말테지. ……세쓰, 여보게, 참 변변치 못한 슬기주머니를 갖춘 사내군 그래. 나를 이렇게 묶어 두어 무슨 소용이 있을 건가."

"……."

무라시게는 말조차 없었다. 스스로 부끄러워 할 줄도 아는 그였다. 그러나 이윽고 그 정직한 자신을 억누르곤 조소를 퍼붓는 것이었다.

"간베, 부질없는 불평은 그만두게. 나를 슬기 없는 놈이라 했지만, 그 지혜롭지 못한 내 모계에 떨어진 자네는 뭔가. 그래가지고도 주고쿠의 장량(張良)이랄 수 있단 말인가."

"악담은 그만두세. 우리, 좋도록 얘기하세 그려. 응, 세쓰 여보게."

"……."

"자넨 나를 툭하면 책사니 귀모가니 하고 경계하는 눈치 같네만, 구로다 간베는 대책은 구사하지만 소책을 농하진 않네. 하물며, 벗을 모함해서 자신의 공을 세울 생각은 꿈에도 없네. 오직 자네를 생각하고, 지쿠젠님의 고충을 통찰하고, 또한 노부나가 공을 중심으로 이제 우리가 모두 하나 되어 어서 빨리 통업을 성취함이 천하를 구하는 대계임에 틀림없다고 믿기 망정일세. 그래서 알몸이나 다름없이 몸 하나 덜렁 이렇게 오기도 한 것일세. 그래도 모르겠나, 지쿠젠님의 우정을, 우리의 신의를."

무라시게는 대꾸할 말도 몰랐다. 한동안을 잠자코 있었으나, 이윽고 굳이 항변했다.

"우정이니 도의니 하는 것도 그것은 평화로운 날에나 빛이 나는 말이 아니겠나. 지금은 아닐세, 전국이야, 난서야. 책모하지 않으면 내가 모함당하고, 해치지 않으면 내가 해침을 당한다. 젓가락을 들고 있는 동안에도 벨지, 베임을 당할는지 모르는 험악한 세상일서. 어제의 편도 오늘은 적. 적이건 벗이건 누구건 옥에 가두는 것도 별 수 없는 일이지. 전략이거든. 아직 죽이지 않는 것만도 자비라고 할 수 있지."

"알 만하이. 그래서 자네의 세상 보는 눈도, 전장에 대한 평소의 생각도, 그리고 도의 관념도 잘 알았네. ……시기(時期)에 눈이 먼 가련한 장님, 이젠 더 말도 나누고 싶지 않네, 마음대로 빠져 죽게! 망해 버려라!"

"뭐, 날 장님이라고?"

"그렇다! 아니, 이렇게 되고도 그래도 네 녀석에 대해서 나는 가냘프나마 한 가닥 우정의 다사로움을 가슴속에서 버리지 못하네. 마지막에 또 한 마디만 가르쳐 주지."

"뭐, 오다문에 비밀의 책략이라도 있나?"

"그런 이해의 문제가 아냐. 자네는 아까운 사내일세. 어디 내놓아도 당당한 무용이 천하에 알려져 있건만, 이 전국시대에 잘 사는 법을 모르지. 이런 난세일지라도 그래도 어떻게 해서든 정화하여 보려는 정열을 인간으로서 갖지 못하는 비인간이지……그래 가지고야 무장으로서는커녕 한갓 장사치나 농부보다도 못하지."

"뭐, 비인간이라고!"

"그렇다! 짐승이라고 해도 좋지."

"음, 이놈!"

"성내라, 성을 내, 너 자신에 대해서…… 들어 보아라, 세쓰노가미여! 만약 인간 세상이 도덕의 미와 신의를 잃으면, 지상은 짐승의 지상이 아니고 무엇이겠나. 싸움, 또 싸움이지. 업화와 인간의 상극은 아직 그치지 않는다 할지라도, 어지러우면 어지러울수록 인간 서로서로는 이 지상을 짐승의 것으로 화해버리게 해서는 안 되는 거야. 어디까지나 인간의 것이게끔 인심 속의 진실을 지켜 나가야 하지. 전장의 흥정, 외교의 술책, 그로 인한 여러 정치의 표리 등을 보고 단박에 개개의 도의나 인정마저를 그냥 그 상태로 좋다는 생각을 품는다면, 그것이야말로 오다님의 적에 그치지 않고 전 인간의 적이요, 전 지상의 해물(害物)인 거다. 이 간베 요시다케도 네놈이 정 그런 인물일진대, 이제 두고 봐라, 반드시 그 목을 비틀어 베어 줄 테니……."

그것만을 말해 버리고는 입을 다물어 버렸다.

간베의 귀엔 그제야 밖에서 왁자지껄 거리는 소리가 들려 왔다. 옥창 밖에 있는 아라키 무라시게를 둘러싸고, 그 하타모토(旗本)와 측신들 사이에 또는——성주 무라시게를 사이에 두고서일는지——아무튼, 저마다 서로서로 제멋대로 떠들어 대고 있는 것이었다.

베어 버리라는 소리.

아니, 죽이면 안 된다는 소리.

미운 놈이라고 성내는 말도 있고, 달래는 목소리도 있다.

요컨대, 간베를 끌어내다가 피를 보자는 측과, 죽이면 도리어 해롭다는 주장 사이에 무라시게는 끼여서, 그 어느 한쪽으로도 결단을 내리지 못하고 있는 모양이었다.

그러나, 필경, 죽일 때 죽이더라도 서두를 것은 없다는 정도로 낙착이 된 듯, 무라시게 이하 모두들 떠들썩거리며 발걸음 소리도 요란스레 멀리 사라져 갔다.

"……갈려 있구면."

그 한 가지로 관망해서, 간베는 곧 전 성 안의 공기를 통찰할 수가 있었다. 성두(城頭)의 기에, 반 노부나가의 뜻을 명백히 하고 있으면서도, 아직도 그 지붕 밑에서는 싸우자고 콧김 세게 들먹거리는 자와 타협하고자 주장하는 파가 사사건건이 갈등하고 상극하고 있었다. 그 실정이 빤히 눈에 보이리만큼 읽을 수 있었던 것이다.

자신을 죽이자고 으르던 자들은 주전파(主戰派)이고, 죽이면 안 된다고 다투던 자들은 타협파이리라. 그 두 파를 한가슴에 안고 줄곧 조바심을 일으키고 있는 것이 아라키 무라시게랄 수 있으리라.

이러한 항쟁에 질질 끌리며, 그는 노부나가의 정식 사절도 쫓아 보냈고,

시시각각으로 군비도 갖춘 끝에, 이제는 또한 자신을 투옥한 것이라고 판정
되는 것이다.

"운명이란 지금의 그가 보이는 모습이로다. 아아……그럴 줄이야!"

자신의 운명을 슬퍼하는 것도 잊고, 간베는 그의 어리석음을 통탄하고 있
는 것이었다.

그들이 사라진 뒤, 옥창은 전처럼 닫혀 있었으나, 문득 보니 무엇인지 종
이 조각 같은 것이 떨어져 있었다. 간베는 그것을 주워 두었으나 그날 밤엔
읽을 수가 없었다. 자신의 손가락 끝조차 보이지 않는 캄캄한 어둠이었기 때
문이다.

다음날 아침의 엷은 햇살이 비치자, 그는 단박에 생각이 나서 그 종이조각
을 읽어 보았다. 그것은 하리마 고차쿠 성의 오데라 마사모토가 아라키 무라
시게에게 보낸 서면이었다. 내용을 읽어 보았다.

'문제의 귀찮은 녀석이 와서 자꾸 마음을 고쳐먹으라고 간언해 마지않았
소. 그래서 세쓰노가미님의 뜻을 먼저 다짐해 보고 오라고 속여서 쫓아 보
냈소. 조만간에 이 편지가 닿을 무렵엔 귀성을 찾아가리다. 아무튼 재략
종횡의 인물인즉슨, 그 존재가 아무래도 귀찮을 것 같소이다. 이다미에 가
거든, 그 기회를 포착하여 다시 세상에 기어 나오지 못하게 처분해 주시도
록.'

간베는 소스라치듯 놀랐다. 서면의 날짜를 보니, 자신이 마사모토에게 간
언을 진정하고, 고차쿠 성을 떠난 그날이 아닌가.

"……그러고 보니 그 뒤에 바로 이 편지를……."

어이없는 듯이 중얼거리고는, 그것 참 세상엔 꾀 많은 지자(智者)도 많구
나 하고 감탄해 본다. 그런데, 애써 소지(小智)와 소책(小策)을 삼가는 자
신을 일컬어 세상에선 도리어 재략가라고 한다.

"세상이란 참말이지 재미있구나."

천정을 쳐다보며 저도 몰래 소리를 내어 보니 그 목소리는 허언(虛言)으
로 변해서 쩡하니 울렸다.

재미있는 세상.

그것도, 나날이 이렇게 캄캄하대서야. 내로라하는 그로서도 어떻게 감흥
을 느낄 수 있을 것인가. 역시, 허(虛)가 있고, 실(實)이 있고, 색상이 있

고, 공상이 있으며, 분노가 있고, 환희가 있고, 신(信)이 있으며, 미(迷)가 있는 곳이 아니고선 인간 세상이랄 수가 없다.

　그렇건만 그는 그로부터 몇 십일 동안이나 그곳으로부터 격리되어 있었다.

우익을 꺾다

공격진용은 완비되어 있다.

이타미, 다카, 이바라기 3성을 대상으로 한 포위진은 만반의 준비를 갖추었다.

그런데도 불구하고, 덴노 산의 본진으로부터는 도무지 "개시!"의 명령이 내리지 않는다. 모두 진력이 날 정도로 무사한 괘일이었다.

"아무 소식이 없구나, 지금까지."

이것은 노부나가가 오늘도 두 번이나 되뇌인 말이다. 그가 고대하고 있는 것은 장병들이 고대하고 있는 것과 전혀 반대의 것이다.

오다가의 입장은 지금 주고쿠나 간토 방면이나 호쿠에쓰를 제외하고도 이 기내에서 이미 매우 위험한 복잡성을 띠고 있다. 가능한 대로 이 시기에 이 지역에서 일을 벌이고 싶지 않다. 불꽃을 내고 싶지 않다. 노부나가의 본심은 날이 갈수록, '어떻게든 이곳은 싸우지 않고'라는 해결책에 부심하고 있다.

그에게 고민이 있을 때는 반드시 그의 마음속에 히데요시가 있었다. 가끔 생각이 나는 정도가 아니라, 줄곧 히데요시 생각이 간절하다.

'그가 곁에 있었다면' 하고 그처럼 의지하고 있는 히데요시로부터 앞서 이런 통보가 와 있다.

──간베 요시다카 구주 오데라 마사모토를 설파. 즉시 또 이다미로 입성. 세쓰노가미 무라시게와 대면 후, 어의 필연코 담판 짓고 오겠노라 결사 출발했사온즉, 결전 연기하시옵고 기다려 주시옵기를──운운.

"그 사람이 이처럼 자신을 갖고 말했는데 태만할 리 없으련만……."

노부나가가 끈기있게 기다리고 있는 중에도 참모부의 공기는 심상치가 않다.

히데요시에게 무슨 조그만 과오라도 생기면 이런 공기는 묻어 놓은 불씨처럼 언제든지 잿더미 속에서 살아나는 것이다.

"간베를 보내다니 히데요시의 속셈을 알 수 없군. 간베란 자가 도대체 무엇이냐. 따지고 보면 오데라 마사모토의 가신이 아니냐. 현재 아비 소엥은 아직도 마사모토의 가토다. ……그 마사모토는 아라키 무라시게와 배가 맞아서 모리가에 내통하고, 당가를 배반, 분명히 이다미와 호응하여 주고쿠에서 반기를 들고 있는 건데……그자들과 한통속의 너구리와 같은 간베 요시다카를 중요한 사신으로 보내다니."

노부나가는 히데요시의 불찰을 비난한다. 더욱 심한 자는 히데요시도 반슈에서 모리가와 무슨 암중 교섭을 벌이고 있는 것이 아닐까 하는 등의 의혹을 입 밖에 내는 자들도 더러 있다.

그러한 제장에게는 또 저마다 다른 정보가 무수히 들어온다. 한결같이 들어오는 정보는 이러했다.

"오데라 마사모토는 간베의 말을 듣기는커녕 오히려 터놓고 노부나가가 공을 욕하고 오다가에 대한 악평을 주고쿠에 퍼뜨려, 주고쿠 내의 오다 세력을 무너뜨리려 든다. 또한, 모리가와의 왕래도 더욱 빈번해졌다."

이것은 거의 와전이 아니다. 노부나가도 이 사실을 인정하지 않을 수 없을 만큼 누구나 다 알고 있는 일이다.

그리고, 이런 간언을 몇 사람에게 들었는지 모른다.

"간베의 행동이야말로 의심스럽습니다. 그런 믿을 수 없는 결과를 기다리는 동안에 더욱 연락을 굳히고 방비를 충실히 하여 나중에는 아군의 맹공도 쓸모없이 되고 말 것입니다."

그러는 중 히데요시에게서 겨우 소식이 왔다. 그러나 좋은 소식이 아니었다.

'간베 요시다카 아직껏 귀환치 않사오며, 소식 전혀 불명. 그러하오니……'

이런 절망의 탄식이 들리는 듯한 문면이다.

혀를 차는 소리가 들린다. 그 순간 뒤에 있는 우필(문서를 담당한 사람) 앞에다 그 서신을 내던진다.

"……이제 와서!"

화가 치미는 듯 입 속에서 중얼거리더니 당장 성나서 소리친다.

"우필, 히데요시에게 답을 써라. 직접 올라오라고. 당장 덴노 산으로 오라고!"

"넷."

또 곧 사쿠마 노부모리 보고 묻는다.

"다케나카 시게하루는 지금 교토의 난젠사에 틀어박혀 요양 중이라고 들었는데, 아직도 그곳에 있느냐?"

"있는 줄로 압니다."

노부모리의 대답에 대해 노부나가의 잔 말은 쏜살같이 날아 온다.

"그러면 그곳에 가서 한베 시게하루에게 꼭 일러라. ……일찍이 히데요시로부터 시게하루의 본국에 맡겨 놓은 구로다 간베의 볼모 쇼주마루를 당장 목을 쳐서, 아비 간베가 있는 이다미 성으로 보내라고."

"넷."

노부모리는 고개를 숙였다.

그러나 노부나가가 좌우 사람들이 모두 노부나가의 노여움에 꿇어엎드려 한순간 물을 끼얹은 듯 소리도 없으므로, 그도 잠시 동안 일어설 수가 없었다.

실로 노부나가의 기색은 빨리 변한다. 그의 노여움은 간단히 폭발하는 것이다. 청천벽력이란 말은 노부나가를 두고 이르는 말 같다.

그러나 노부나가는 그게 본바탕이다. 그 때까지의 은인(隱忍) 묵상은 천성의 장점이 아니다. 노력에 노력을 하고 있는 이성이다.

그렇기에 일단 감정이 앞서 고함을 지르고 얼굴이 빨개지면 그의 면목은 아연 그 아니면 가질 수 없는 풍모를 띠게 된다.

"……잠깐만 주군, 참으십시오."

"누구냐, 다키가와 가즈마스구나."

"네, 가즈마스올습니다."

"왜 말리느냐? 좀더 가까이 오너라. 노부나가에게 무슨 간언이라도 하려느냐?"

"간언이라 말씀 하시면 가즈마스 따위가 외람되이 들리오나 무엇 때문에 구로다 간베의 볼모를 갑자기 죽이라고 하시옵니까. 일단 숙고하신 뒤에."

"간베의 죄를 다스리는 데 무슨 숙고가 필요하냐. 오데라 마사모토를 설득시킨다고 속이고 노부나가로 하여금 십수일 동안 손을 묶어 놓게 한 것은 오로지 간베 요시다카의 책략이었다. ……히데요시가 지금에 와서야 그렇게 알려 왔다. 그 자도 좀 돌았다. 간베 따위에게 넘어가다니."

"그러하오나 지쿠젠님을 불러서 사정을 들으실 양이시면 간베의 볼모 처분도 그와 상의한 뒤로 미루시면."

"이런 때 평상시와 같은 처단은 할 수 없다. 히데요시를 부르는 것은 그의 의견을 듣기 위해서가 아니라, 이런 실수를 저지른 지쿠젠의 책임을 물으려는 것이다. 노부모리 빨리 가거라."

"네. ……그러면 말씀대로 전하오리까?"

"다짐할 필요도 없다!"

더욱 기분이 나쁘다.

"우필, 다 썼느냐?"

"썼습니다. 보시옵소서."

"어디…….."

노부나가는 그것을 가까이 가져오게 하여 바로 사송감 안도 쇼고로에게 넘겨주고, 즉각 하리마에 파발을 놓으라고 분부한다. 그 파발이 채 나가기 전이었다. 산기슭에서 하치야 요리다카가 올라온다. 그리고 노부나가 앞에 나와 이렇게 고한다.

"방금 지쿠젠님이 진내에 도착하였습니다. 곧 이곳으로 올 것입니다."

"무엇이 지쿠젠이?"

순간 격해 있기는 했어도 노여움은 어느 정도 가셨는지 문득 눈썹 근처가 좀 펴진 듯하다.

잠시 뒤 히데요시의 목소리가 들린다.

평소와 같은 쾌활한 목소리다. 노부나가는 방 안에서, 지금까지의 성난 얼굴을 굳이 유지하려고 애쓴다.

──왔구나,

이상한 심리라고 할 수밖에 없다. 그처럼 격노해 있었는데 봄눈 녹듯이 가슴속의 노여움이 가셔지는 것을 그 자신도 어찌 할 수 없었다. 히데요시가 왔다는 말만 듣고도 그렇게 변하는 것이다.

"아아."

그렇게 말하는 듯한 모습으로 히데요시는 들어온다. 모여 있는 제장에 대한 인사이다. 그리고는 다시 허리를 구부린다. 사람들 사이를 지나 노부나가의 정면까지 오자 공손히 절하고 비로소 주군의 얼굴을 쳐다본다.

"……."

지쿠젠 왔느냐고 안 한다.

──나의 노여움을 보라.

이런 표정이다.

노부나가의 이런 얼굴과 침묵을 만나면 두려워서 꿇어엎드리지 않는 장군은 몇 사람 없다. 아니 노부나가의 일족을 첨가하더라도 아무도 없다고 말할 수 있다.

원로 장군격인 시바타 가쓰이에든 사쿠마 노부모리는 노부나가가 눈으로 이렇게 노려보면 반드시 질리고 만다.

단바, 다키가와 등의 세정에 밝은 노신들도 강황한다. 변명한다. 그리고 어찌 할 바를 모른다.

아케치 미쓰히데의 총명으로도 중재를 할 수 없으리라. 모리 란마루의 총애를 갖고서도 쩔쩔 매리라.

하지만 히데요시만은 이런 경우 받아들이는 품이 다르다. 노부나가의 노여움에 직면하여 아무리 노려보아도, 표정을 과시해도, 수동적인 그는 절박한 반응을 나타내지 않는 것이다.

그것도 결코 주군을 가벼이 여겨서가 아니라 오히려 남달리 황송하여 조심조심하면서, 하하하, 또 조금 성이 나셨구나 하고, 찌푸린 날씨라도 보는 듯이 극히 대담한 얼굴을 하고 평범하게 입을 다물고 있을 뿐이다.

이것은 다른 사람은 흉내도 낼 수 없는 그의 천성이었다. 만약 가쓰이에나, 미쓰히데가 흉내낸다면 불에 기름을 부은 듯 노부나가는 당장 울화통을 터뜨려 버리고 말았을 것이다.

"……지쿠젠, 무엇하러 왔느냐?"

겨루기에 진 꼴이다. 할 수 없이 노부나가가 먼저 입을 뗀다.

그러자, 히데요시는 비로소 이마를 방바닥에 비비듯 하며 황공해서 대답한다.

"꾸중을 들으러 왔사옵니다."

'……그럴싸한 대답을 하는군.'

노부나가는 얄밉게 생각했다. 이런 대답에 대해서는 더욱 화를 낼 수 없기 때문이다.

일부러 씹어 뱉듯 말했다.

"무엇, 꾸중을 들으러 왔다고? 사죄를 하면 그만인 줄 알고 왔느냐. 이 노부나가에게 아니 전군에게 이런 대사를 그르치게 해 놓고서!"

"제가 파발로 보낸 글이 벌써……."

"보았다!"

"간베 요시다카를 세객으로 보낸 것은 확실히 실패로 끝났습니다. 그러하와……."

"변명이냐?"

"아니옵니다. 전화위복으로 하기 위해 사죄를 겸해 다음의 한 계책을 말씀드리려고, 효고 가토의 적진 속을 단숨에 달려 왔습니다. 바라옵건대 사람을 물리쳐 주시거나, 자리를 옮기시고 히데요시의 말을 한 번만 더 들어주시옵기 바랍니다. 히데요시의 죄 처단하신다면 그 후에 어떠한 벌이라도 달게 받겠사옵니다."

"……으음."

노부나가는 잠시 생각하더니 그의 청대로 일동을 물리쳤다.

제장은 히데요시의 배짱에 놀라 서로 얼굴을 쳐다보며 물러났다.

벌을 받을 몸으로 얼굴도 두꺼운 어리석은 놈이라고 비방하는 자도 있었다. 뻔뻔스런 작자라고 혀를 차는 자도 있었다.

히데요시는 개의치 않는 얼굴로 혼자 남았다. 주종 단둘 만이니 노부나가의 표정도 조금 풀렸다.

"무엇이냐? 그 말을 하러 일부러 하리마에서 달려 왔다는 그 헌책은?"

"이다미를 공격할 수단 말입니다. 일이 이쯤 되면 단호히 아라키 무라시게를 치는 도리밖에 없습니다."

"물론이다. 그러나 이다미는 요새라고 할 정도는 아니나 오사카를 가까이 두고 모리와 호응하니, 매우 귀찮게 될 걸.”

“별로 대수로울 것도 없다고 생각합니다. 서두르면 아군을 상하게 하기 쉽고, 아군 측에 만약 사소한 파탄이라도 생긴다면 오늘날까지 애써 쌓아 올린 둑이 한꺼번에 무너질 염려가 있사옵니다.”

“그대 같으면 어찌 하겠느냐?”

“저 자신의 생각은 아니오나, 앞서서 교토에서 요양 중인 다케나카 한베 시게하루가 오늘이 있을 것을 내다보고 이런 말을 했습니다.”

히데요시는 그때 한베 시게하루로부러 들은 책략을 그대로 노부나가에게 들려주었다. 그것을 자기의 지혜인 양 뽐내고 싶은 생각은 털끝만큼도 없다.

타인의 지혜를 자기의 공으로 삼을 만큼 그의 지혜의 주머니가 빈곤하진 않았다. 또한 그런 냄새를 용케 알아내는 노브나가였다. 또 주군의 성질을 혀끝으로 얼버무리려고 하면 큰크다치는 원인기 된다는 것도 그는 잘 분별하고 있다.

요점은 대(對) 이다미 성 공격책은 되도록 병력을 소모시키지 않는 것을 전제로 하고, 시일을 요하더라도 우선 그의 날개를 꺾는 데 전력을 기울여, 아라키 무라시게를 고립화시킨다——그런 방침이었다.

“매우 적절하다.”

노부나가는 그 계책을 받아들이는 데 조금도 망설이지 않았다. 그가 생각하고 있던 것도 대략 그와 비슷했다. 방침은 결정되었다. 히데요시를 벌줄 것도 잊은 노부나가다. 차후의 작전 운행에 대해 아직도 히데요시에게 물어볼 일이 많았다.

“급한 용무도 끝났사온즉 오늘 바로 돌아가그 싶습니다만.”

히데요시는 놀이 지는 저녁 하늘을 바라보며 하직하려 했다. 그러나 노부나가는 육로는 위험하니 밤새 배로 가라고 한다. 그리고 호위는 수군의 구기 일족(수군으로는 천하제일)에게 명령하리니, 배로 가면 아직 여유가 있을 터, 한잔 하고 가라고 놓아 주지 않는다.

“그러면.”

히데요시는 자세를 고치고 바로 앉더니, 갑자기 생각난 듯이 물었다.

“제 죄는 벌써 용서해 주신 것이옵니까?”

노부나가는 쓴웃음을 지으며, 크게 웃는다.

“글쎄, 어떨까.”

"용서한다고 말씀하시기 전에는 아무리 술을 주셔도 목을 넘어가지 않습
니다."
거듭 말하니 비로소 노부나가도 쾌연히 웃으면서 말했다.
"하하하. 그래그래."
"그러하오면."
히데요시는 그 때를 기다렸다는 듯이 말했다.
"간베 요시다카도 용서해 주지 않으시겠습니까? 그의 볼모로 간 자식을
목 자르라고 이미 사송을 보내셨다 하옵던데."
"아니, 구로다 간베의 마음은 그대로서도 보증할 수 없을걸. 무엇으로 무
죄라고 할 것인가, 볼모의 목을 이다미 엣주로 보내는 것은 중지 않는다.
군율상으로도. ……중재에 나서지 말라."
고압적으로 노부나가는 그의 입을 봉하고 말았다.

난반사 (南蠻寺)

히데요시는 그날 밤 반슈로 돌아갔다. 돌아가면서 교토의 난젠사에 있는
다케나카 시게하루에게 내밀히 사자를 시켜 한 장의 글을 보냈다. 서중의 용
건이 무엇인지는 나중에 자연히 알게 되었으나, 중요한 것은 그가 둘도 없는
막우로 치는 구로다 간베의 볼모에 대해 남몰래 애태우고 있었던 것이다.

그와는 별도로 노부나가의 사자도 또한 교토를 향해 달려가고 있었다. 사
자는 시조호몽의 난반사를 찾아 에이로쿠(永祿) 이래 일본에 와 있는 선교
사 오르간티노를 데리고 노부나가의 진지로 돌아왔다.

오르간티노는 이탈리아 태생의 파드레(기독교 선교사 중의 사제를 일컫는
말)였다. 히라도 나가사키 부근은 물론이고 사카이, 아즈치, 교토, 기나이의
곳곳에 수많은 선교사가 일본에 와 있었다. 그 중에서도 오르간티노는 노부
나가가 좋아하는 이국인의 한 사람이었다.

노부나가는 기리시단(기독교)를 미워하지 않았다. 불도와 싸우면서 법성
(法城)을 불사르기는 해도 반드시 불도가 싫지는 않은 것과 같은 의미로 종
교 그것의 본래의 가치는 인정하고 있었다.

그러나 그는 기리시단에 귀명하여 세례를 받을 생각은 꿈에도 없었다.

오르간티노뿐 아니라 때로는 아즈치에도 초대를 받는 일이 있는 파드레들
은 어떻게 해서라도 이 사람을 자기 종문에 넣으려고 애써 보아도, 노부나가

의 마음을 잡는 것은 꼭 물 속의 달을 뜨려는 것과 흡사했다.

어떤 파드레는 자기가 해외에서 데리고 온 검둥이를 노부나가에게 바쳤다. 노부나가가 그것을 몹시 신기한 듯이 바라브기 때문이었다.

노부나가는 성 밖에 나갈 때도 수행원 중에 이 검둥이를 데리고 다녔다. 교토에도 데리고 갔다.

난반사의 파드레들은 약간 시기도 나서 어느 때 노부나가에게 물었다.

"공께서는 무척 검둥이가 맘에 드신 모양입니다. 도대체 어디가 좋아서 그처럼 사랑하십니까?"

그러자 노부나가는 즉석에서 말했다.

"너희들을 모두 똑같이 사랑해 주고 있지 않느냐?"

이것으로 노부나가가 선교사들에 대한 심정은 명백해졌다.

그것으로 생각나는 것은, 일찍이 오르간티노가 처음으로 노부나가를 알현했을 때 선물을 진상했다.

그 목록은,

총 10정

만리경·확대경 8개

취향 100근

호피 50장

모기장.

그 밖에 시계종·지구의·직물·도자기 등, 모두 진기한 것들뿐이었다.

노부나가는 어린애처럼 그것을 늘어놓고 바라보았다. 특히 지구의와 총은 그의 마음을 무척 사로잡았다. 그 지구의를 앞에 놓고 오르간티노에게 그의 고향 이탈리아 이야기, 해상의 노정(路程) 북구 남구의 풍물담, 그 밖에 인도·안남·루손·남지나 등의 여행 이야기를 며칠 밤이나 시키고 얼마나 열심히 들었는지 모른다. 그 자리에는, 또 반드시 그 이상 열심히 귀를 기울이고 곧잘 질문을 하는 한 사내가 있었다. 지금 생각하면 그 때는 아직 도키치로라고 불리었으나, 지금의 하시바 지쿠젠노가미 히데요시였다.

"여어, 어서 오시오."

노부나가는 기분 좋게 오르간티노를 진중에서 맞았다. 오르간티노는 일본말을 조금 알았다. 예의도 일본식으로 따라서 한다.

"무슨 용무입니까? 매우 급히 부르시오니."

"우선 앉으오."

노부나가는 그곳에 놓여 있는 곡록을 가리킨다. 승려들이 쓰는 그것은 알맞은 의자가 된다.

"앉겠습니다."

오르간티노는 앉았다.

손에 쥐고 있는 장기판의 말은 언젠가 쓰게 마련이다.

노부나가는 지금 이 파드레를 더욱 적절한 국면에 쓰려 하고 있기 때문에 불러들인 것이다.

"사부, 일찍이 당신은 일본에 있는 선교사를 대표하여 이 노부나가에게 탄원서를 내고 있었겠다. ……교토 긴키에 있어서 종문의 가대를 마련할 수 있게 하고, 또 야소교(기독교)를 포교하는 자유를 허가해 달라는 것을."

"수리될 날을 우리들은 얼마나 갈망하고 있는지 모르겠습니다."

"어떻게 허락해 줄 날이 가까워진 것 같다."

"옛, 윤허해 줄 수 있겠습니까?"

"조건 없인 안되겠다. 무릇 아무런 공도 없는 자에게 다만 은전만을 베푼다고 하는 것은 우리들 무문에는 없는 일이로다. 하나의 공을 세워 주기 바란다."

"……그것은 어떤 뜻입니까?"

"다카쓰키(高槻)의 다카야마 히다노카미의 아들……그는 40세쯤 해서 천주교에 귀의한 열성가였다고 하는데……사부와는 특별히 친하겠지?"

"다카야마 우콘에 관한 일을 묻고 있는 것입니까?"

"그렇다, 그 우콘에 관한 일인데……아는 바와 같이 그는 아라키 무라시게 모반에 가담하여 두 아들을 이다미 성에 볼모로 보내고 함께 이 노부나가에 이유 없는 화살을 당기려 하고 있다."

"개탄할 일입니다. 우리들 종문의 친구들은 그 때문에 얼마나 가슴 아파하며 천주의 가호를 기도하고 있는지 모릅니다."

"그런가. 그렇지만 오르간티노, 이런 때 다만 난반사의 예배당에서 기도만을 한다고 해서 무슨 효험이 나타나는 것도 아닐 것이다. 그만큼 우콘의 신상을 생각한다면, 지금 노부나가가 분부하는 명령을 받들어 다카쓰키 성으로 가는 것이 좋다. 그리고 다키야마 우콘에게 못된 생각을 잘 타일러 훈계함이 어떤가."

"그것이 될 수 있는 성질의 것이라면 언제든지 다녀오겠습니다만, 벌써 그 곳의 성도 노부다타 경이나 후와, 마게다, 삿사 공 등의 군세에 포위되어 있다는 소식이므로 우리들의 통행은 추측건대 허용되지 않겠지요."

"아니, 노부나가가 병사를 붙여 주겠다. 또 통행증도 발급해 주겠다. 그리고 좋도록 다카야마 부자를 설득하여 노부나가의 군도에 항복게 하면 그 것은 사부의 큰 공이다. 포교의 자유와 교회를 갖는 것은 노부나가의 이름으로써 허락해 주겠다."

"……오오, 그렇다면."

"……그렇지만 잠깐."

노부나가는 오르간티노의 기뻐 빛나는 눈을, 눈으로써 억압하는 양 덧붙였다.

"그 반대로 만일 다카야마 부자가 그것을 거절하고, 언제까지 노부나가에 대항할 때는 바데렌(伴天連) 일문의 무리를 모두 그들과 같은 뜻으로 간주하여 난반사의 파각은 물론 종문소멸, 신도·선교사의 모든 무리들을 목벨 터인즉 그리 알아두는 것이 좋다. 이런 각오로 나가 주는 것이 좋겠다. 어떤가 사부, 다녀오겠소?"

"……."

오르간티노는 핏기 잃은 얼굴을 하고서 잠시 엎드려 있었다. 한 범선을 타고 멀리 유럽에서 이 동양에 올 만한 그들의 둥지 간에는 소심한 자나 마음이 유약한 자가 없을 터이지만, 막상 노부나가의 면전에서 이런 선언을 받자 몸도 오그라지고 마음도 떨리는 것 같은 공포에 사로잡혔다.

별달리 이 주군의 모습이 천마귀신으로 보이는 것도 아닐 것이고, 그 용모나 말은 오히려 우아할 정도였지만, 그들이 분별하여 알고 있는 것은, '이 사람이 입으로 말한 것은 반드시 실행한다'고 하는 선례를 히에이 산의 소토에서 보고, 나가시마의 토벌에서 보고, 모든 정책상으로도 늘 보았기 때문이다.

"……다녀오겠습니다. 기필코 사자의 본지를 받들어 우콘씨를 만나보고 돌아오겠습니다."

오르간티노는 마침내 약속했다. 얼마 가지 않아서 십수 기의 기마병에게 호위되어 그는 다카쓰키 성으로의 도정에 올랐다.

오르간티노를 떠나게 한 후, 노부나가는 생각한 대로 되어간다고 생각하고 있었다. 그렇지만 노부나가에게 부림을 받아 다카쓰키 성으로 향한 오르간티노도 마음속으로, 자기를 축복하고 있었다.

"일은 잘되어 가는구나."

노부나가가 생각하고 있는 만큼 이국인인 그는 만만하지 않은 것이다. 아니 바데렌만큼 먹지 못할 것도 없다고 하는 것은 교토의 서민들이 잘 알고 말하는 것이다.

노부나가로부터 호출되기 전에 이미 다카야마 우콘과 오르간티노는 자주 편지를 주고받고 있었다. 우콘의 아버지 히다노카미도, '어떻게 하는 게 천주의 뜻에 맞는 걸까?'를, 종문의 사부인 그에게 때때로 묻곤 했던 것이다.

오르간티노는 그때마다 회답을 보내고 있다.

'주군을 배반하는 것은 도리가 아니다. 노부나가 공은 아라키의 주군이기도 하고, 또 그대의 주인이 아닌가?'

그 회신으로서 이렇게 우콘으로부터 본심을 토로한 서면까지 받고 있는 처지였다.

'아라키에게 두 아들을 볼모로 잡혀 있기 때문에 처와 노모만이 노부나가 공에게 굴복하는 것을 강경히 반대하고 있다. 그것만 아니라면, 반역의 누명은 쓰고 싶지 않은데.'

그러므로 오르간티노로서는 이 사명이 성공될 경우 그 교환 조건으로써 약속한 것만은 거저 받은 것과 같은 일이었다.

우콘도 히다노카미도 자기의 권고에 동의한다는 확신은 벌써 갖고 있는 것이다.

다만 거기에 반대하는 우콘의 노모와 처가 있을 뿐이다.

'여자 노인은 종문의 입장에 서서 눈물과, 끈기로 설득하면……'

거기에는 다년간의 경험으로 충분히 납득시킬 수 있는 것 같았다. 거의 개의치 않는 모습이었다.

결국 다카야마가의 가정인의 마음이나 내정에 깊이 개입하고 있는 오르간티노의 사명이 성공하지 못할 리는 없다.

그렇지만 그는 "……성공하지 못했다. 모처럼 우대신가의 자비 있는 권고도 나의 간함도 다카야마 부자는 완고하게 듣지 않았던 것이다" 하고, 말하며 다카쓰키 성에서 되돌아오자 그 길로 교토로 가 버렸다.

그 후 다카야마 우콘은 "처자에게 원한을 사더라도 종문의 멸망을 방관할 수는 없다. 성이나 일족은 버리더라도 사람의 도는 버릴 수 없다"라고 고하여 어느 날 밤 몰래 성을 나와 난반사르 바삐 떠났다.

"괘씸한 자식, 배반을……."

반대로 우콘의 아버지 히다노카미는 이렇게 말하고, 즉각 이다미의 아라키 무라시게한테 뛰어가 저간의 사정을 하소연했다.

무라시게의 진중에는 다카야마가에 연이 있는 친족이라든가 친한 자가 많다. 가혹한 처치를 한다거나, 수하에 있는 볼모에게 학대를 한다든지 하면 자연히 내부의 이변은 면하기 어려운 것이다. 그래서, 비교적 신경이 둔한 편인 무라시게였지만, 약간 전후의 경위가 이상하다고는 얼마간 느끼면서도 두 어린이를 귀찮다는 듯 히라노가미에게 되돌려 보냈다.

"할 수 없는 일이로다. 우콘이 성을 탈출해 버렸다면 쓸모없는 볼모다."

이런 말이 들리자, 오르간티노는 우콘을 데리고 난반사를 나와 아마노 산의 진중으로 가서 노부나가를 찾아갔다.

"잘했소."

노부나가의 기쁨은 이에 그치지 않았다. 우콘에게는 반슈 아쿠다가와(播州芥川)의 한 군을 줄 것이라 말했다. 또 통소매라든가 말이라든가 하는 것도 당장 필요한 것이라 하여 주었다.

"저는 삭발하여 여생을 신에게 바치고자 합니다."

"어리석은 말을 하지 마시오. 그 젊음으로."

우콘은 호소했지만 노부나가는 허락하지 않았다.

결과는 노부나가의 희망대로 이루어졌는데, 또 오르간티노가 예상한 바와도 같았다. 우콘의 진퇴, 볼모를 찾아오는 방법, 모두가 이 바데렌의 뛰어난 계략이었던 것이다.

유정무정

어제의 정세는 오늘의 정세로서 생각할 수 없다.

때는 시시각각 변모되어 가고 있었다. 거취에 헷갈리는 것도 무리가 아니다. 지나친 야망 때문에 몸을 망치는 자가 속출하였다.

11월도 벌써 그믐이다. 아라키 무라시게의 왼팔이라 믿어온 나카가와 기요히데는 돌연 성을 나와 노부나가에게 돌아가고 말았다. 이바라기 성은 열렸던 것이다.

"천하 대사의 가을, 조그만 잘못은 허물하지 않는다."

노부나가는 죄를 묻지 않을 뿐만 아니라 항장 기요히데에게 황금 30근을, 수종해 온 가신 3명에게도 황금이나 의복 등을 주었다.

다카야마 우콘이 항복을 권한 것이었다.

우콘도 그 공으로 칼·말 등을 배령하였다.

보기 드문 관대로다.

어찌하여 그들을 그렇게까지 우대하는 것인가. 막장 이하의 하급 장사일수록 노부나가의 처리를 의아하게 생각했다.

"필연코 부하 가운데는 불평도 있을 것이다"

그러나 노부나가는 전쟁 목적의 완수를 위해서 이렇게 하는 수밖에 없었던 것이다.

본래, 회유, 외교, 은인 등은 그의 성미에 맞는 것이 아니다. 그러므로 한쪽으로는 여전히 맹렬한 공격을 적에게 쏟고 있는 터였다.

예를 들면, 아라키와 모리의 양 군이 연합하여 농성하고 있는 효고의 하나구마 성에는 끊임없는 공격을 계속하고 스마, 이치노다니, 록코 주변의 사원에서도 촌락이라도 가차 없이 소각해 버렸다. 아무리 작은 적성 행위라도 남녀노소를 불문하고 용서하지 않았다.

그렇지만 지금의 그는 일면 책략 일면 위협에 성공했다. 아라키 무라시게의 항전력은 양 날개를 비틀려 빼앗긴, 이다미 한 성만의 것으로 되어 버렸다. 오른쪽에 다카야마 우콘이 없고, 왼쪽에 나카가와 기요히데가 없는 무라시게의 진형(陣形)은, '찌르면 거꾸러지는 허수아비'라고, 노부나가는 벌써 언제든지 뜻대로 탈취할 수 있다고 그것을 간파하고 있었다.

총공격은 이렇게 개시되었던 것이다. 11월부터겄다.

첫날은 8일의 해지기 전부터 밤 10시경까지 계속 공격하였다.

그런데 뜻밖에도 완강하여 미동도 하지 않았다. 공격군의 1대장 만미 센치요(萬見仙千代)는 전사했다. 병졸의 사상도 상당했다.

2일째, 3일째도 사상(死傷)은 더해 갔지만 성벽은 한 귀퉁이도 깨뜨리지 못했다. 무용으로써 이름이 난 아라키 무라시게의 사졸에도 용감한 자가 많다. 여기에 그 일족이며 부장은 한 번 무라시게가 노부나가의 위무에 따라 기치를 거두려고 한 것을, "지금에 이르러 항복하는 것은 스스로 목을 바치는 것과 같은 것이다"라고 하여 제지한 책임감도 있는 것 같아서 결사 방어 태세를 보이고 있었다.

복잡한 지금의 정세에 있어서는 이곳의 싸움은 즉시 반슈에도 반향 되어 오사카에도 동요를 일으킬 뿐만 아니라 니와, 산인 지방에까지 일파만파로 파생하는 양상을 나타내고 있었다.

먼저 주고쿠에는.

히데요시는 때를 놓치지 않고 포위 중인 미끼성에 행동을 개시, 원군인 사쿠마 세력이나 쓰쓰이 세력으로 모리의 준동을 비젠의 경계에서 제압하게 하였다.

세쓰 지방의 아비규환을 귀에 듣자 모리의 대군이 대거 상경을 도모할 기세가 보였기 때문이다.

니와에는 하다노히데의 일족이 역시 지금이라고 하여 빈번하게 소요를 일으키고 있다. 이 방면에는 아케치 미쓰히데와 호소카와 후지다카가 그 영내에도 접하고 있는 관계로 적이 놀라서 그 방비에 나섰다.

오사카의 이시야마의 혼간사 세력과 강대한 모리 세력과의 연락도 뱃길을 통해 빈번하다고 한다. 노부나가, 히데요시, 미쓰히데 등이 당면하고 있는 적은 모두 이 양대 세력의 손아귀에서 움직이고 있다. 기특한 대전자(代戰者)이었다.

"이제 여기도 끝장났구나."

해치웠다고 하는 뜻일 것이다. 노부나가는 이다미 성을 바라보면서 말했다.

그 이다미 성은 완전히 고립되고 말았지만, 아직 함락되지는 않았다.

그러나 노부나가의 눈에는 벌써 함락된 거나 다름없이 보였다.

우군의 포위진을 남겨 놓고, 그는 갑자기 아즈치로 돌아가 버렸다. 11월 25일, 한 해가 끝나갈 무렵이다.

"정월은 아즈치에서."

이런 마음인 것 같다.

이러한 뜻하지 않은 전란이나 원정에 쫓겨 저문 한 해였지만 장안을 굽어본즉 실로 농후한 새 문화의 냄새가 피어 오르고 있었다. 정연한 구획정리 아래 대소의 점포는 즐비하고, 노부나가의 경제 정책이 주효하여 여관과 주막에는 손님이 넘치고, 호반에는 배들의 돛대가 숲을 이뤘으며 오솔길의 주택 지역도, 여러 대장들의 굉장한 저택도 지금은 대략 완성되어 가고 있었다.

사원도 증축되고 있고 또 앞서 허가를 얻은 오르간티노 일파의 바데렌도 땅을 골라 난반사 건립에 나서고 있었다.

문화라는 것은 불가사의한 안개이다. 본디 그것을 파괴하는 일만을 해 왔다고 말해도 과언이 아닌 노부나가의 슬하에 바야흐로 획기적인 새 문화가 발흥하고 있는 것이다.

음악·연무·회화·문학·종교·다도·의식주의 모든 부문을 거느리고 더욱이 기꺼이 구취 구태를 벗어 버리고, 신선하디 신선한 것으로 예컨대, 여자들이 입는 작은 소맷자락의 무늬 하나에도 새로운 창의를 낳게 하는 것을 아즈치의 문화는 겨루고 있었다.

그 해 정월.

노부나가는 그것을 눈으로 보고, 귀로 듣고, 혀로 알며, 장안 전체의 색채를 보고서 만족했다.

"이것이 내가 기다리고 있던 정월이다. 천하의 새 봄이다."

파괴보다는 건설이 즐겁다는 것은 두말 할 것도 없다. 그의 파괴는 그 기초였다.

장래엔 지금 아즈치에서 발효하고 있는 생기발랄한 새 문화가 도고쿠까지도, 미치노쿠니의 끝까지도, 또 호쿠리쿠(北陸)나 주고쿠, 규슈까지도 만조의 밀물이 밀어닥쳐 개펄을 적시듯이 남김없이 넘칠 것이다. 그리고 방방곡곡의 사민까지도 모두 이곳 사민과 동등한 생활을 누리게 될 것이다.

"그때다. ……나는 무엇을 하고 이 세상을 즐길 것인가?"

그때까지의 사업이 자기의 사명이라고 생각될 때 그는 오히려 오늘까지의 고난의 길이 만족스럽게 느껴지지 않았다.

그렇다고는 하지만 그는 아즈치 성의 높은 누각에서 성 아래의 번화하고 풍성함을 볼 때마다 문화라고 하는 것의 정체를 언제나 미심쩍게 생각하지 않을 수 없었다.

파괴에 대해서는 무(武)를 써 왔지만 새문화의 발육에는 대체적인 방향을 제시해 두는 외에 무나 권력을 써서는 안 된다.

또 여러 가지 문화의 새 양상도, 결코 노부나가의 창의에서 우러나온 것도 아니다. 그럼에도 불구하고 생생하게 모조리 새롭고, 모조리 탈피되어 있다. 뒤떨어진 예전의 모습은 땅에 발붙이지 못하게 하는 것뿐이다. 더욱이 전통의 본질을 잃지 않고——.

대체 어떤 위대한 자가 그 위에 있는 것일까, 작자는 없다. 확실히 존재하고 있는 것은 그러한 문화성이라고 하는 것뿐이다.

굳이 문화의 작자를 구한다면, 그것은 시대(時代)라고 말하는 수밖에 없다.

이 해 덴쇼 7년, 그 '시대'라는 것이야말로 각자라 말할 수 있을 것이다.

"초봄의 하늘은 맑기도 하구나."

노부나가가 상념에 잠겨 있을 때 따스한 햇살을 등지고 사쿠마 노부모리가 이 높은 누각으로 즐거움을 말하러 올라왔다.

문득 그는 생각이 떠올랐다.

지금 노부모리의 모습을 보면서부터의 일이다.

"그래그래, 그 일은 그 후 어찌되었는가. 그 일은."

노부나가는 손에 든 잔을 시동을 통해 노부모리에게 주면서 불쑥 이렇게 말하는 것이었다.

잔을 받은 노부모리는 주군의 눈썹을 살폈다.

"그 일이라 함은?"

노부나가가 아직 무엇인가 생각해 내고자 하는 것처럼 손을 그곳에 대고 있었기 때문이다.

"그렇다. 쇼주마루(松壽丸)라고 했던가. 다케나카 한베의 집에 볼모로 있는……간베 요시다카의 아들 말일세."

"아, 그 볼모 건에 관한 것입니까?"

"그를 사자로 교토에서 요양 중인 한베 시게하루에게, 목을 쳐 이다미에 보내라고 말해 두었는데…… 그 후 목을 베었는지, 보냈는지 아무런 소식이 없다. 그대는 회신을 들은 바 있는가?"

"아니오. 저도 아직."

노부모리도 머리를 저으면서——그렇게 말씀하면——하고 지난해의 사행을 비로소 상기하는 투의 얼굴빛이었다.

사자로서의 임무는 확실히 완수했지만, 본시 쇼주마루의 신병은 다케나카 한베의 영지 미노의 후와 군에 맡겨져 있기 때문에 즉시라고 해도 무리이다.

그때 한베로부터 당연한 인사가 있었다.

"우대신가의 명령이라면 거역이란 있을 수 없는데 며칠간의 유예를."

그래서 사쿠마 노부모리도 승낙하여, 이런 다짐은 했지만 그대로 돌아가 노부나가에게 보고해 두었다.

"그것은 단단히 말씀 전해 드렸습니다."

직무가 다망한 데다 머지않아 자신이 철수하는 것 등으로 인하여 노부나가도 잊고 있었던 모양인데, 실은 노부모리도 그 결과를 전혀 염두에 두고 있지 않았다. 대개 노부나가한테는 한베로부터 근간 처치의 보고가 있을 것이다. ——하는 정도로만 생각하고 있었다.

"이상하다? ……그러면 그 후 지쿠젠이나 한베한테서 아무런 보고도 없었습니까?"

"없었다. 아무 말도 없었다, 그 일에 곤해서는."

"의아스러운 일입니다."

"그대는 틀림없이 한베에게 전했겠지?"

"물론입니다. 요사이 게으름이 너무하근요."

노부모리는 의외인 듯이 말하면서 덧붙였다.

"고작 배반자의 볼모 한 명의 처분이라고 하지만, 경솔하게도 중한 군명에 대하여 지금까지 아무런 조치를 취하지 않고 있다고 하면 위버의 죄, 묻지 않을 수 없습니다. ……제가 귀진하는 도중 교토에 들러 한베에게 엄중 질책을 가해 보겠습니다. 어떻겠습니까?"

"……그러기에 말이다."

노부나가로서는 너무나 어이없는 대답이다. 생각은 했지만, 그 엄명을 내렸을 때와 지금과는 심경에 얼마간의 차이가 있었다.

그렇지만 노부모리를 보내어 일단 하명을 해버린 것을, 이유 없이 "내버려 두어라"라고도 말하지 못했다. 또 그렇게 해서는 사자로 선자의 체면이 서지 않기도 하고——.

아무튼 지극히 모호한 것이어서 "음음, 그렇기는 하다" 하고 수긍해 두었다.

그것을 노부모리가 어떻게 들었던가. 자기의 사행이 잘못 되었다고, 다만 그렇게 주군에게 생각되는 정만을 의외로 생각했던지——이내 연두의 하례를 끝마치고 퇴성하자, 그로부터 이다치의 포위진지까지 돌아가는 도중 일부러 군마를 난젠사의 문 밖에 매어 놓고, 심히 엄하게, 쉽게 물러서지 않을 말로써 면회를 신청했다.

"한베님을 만나고자 한다. 이 추위에 병중이거나 혹은 틀어 박혀 있을 것으로 생각되는데, 노부나가 공으로부터 물어 온 일에 관하여 알아보고자 왔다. 만나도록 해 주시오."

전하는 절의 중은 곧 되돌아왔다.

"병실이 돼서 복잡하지만, 용서해 주신다면 만나겠다는 한베님의 말씀이 었습니다."

"개의치 않겠다……."

사쿠마 노부모리는 끄덕이면서 절의 증을 따라 들어갔다.

건너방의 창문은 닫혀 있다. 연신 기침 소리가 나는 것은 볏욕에 있는 한베가 부득이한 손님 때문에 몸을 일으키고 있기 때문일 것이다.

노부모리는 잠시 바깥에 서 있었다. 눈이라도 내릴 듯한 하늘빛이다. 낮이지만, 난젠사의 산그늘은 차가웠다.

"어서 오십시오."

안에서 작은 서원의 창문을 연 자는 시중드는 가신이었다. 보아하니 병중의 주인도 그 여윈 몸을 다다미 가까이로 옮기고 아랫자리에 앉으면서 맞이했다.

"잘 오셨습니다."

노부모리는 다가가서 인사를 끝내자마자 곧 말을 꺼냈다.

"작년, 군령으로서 제가 전달한 쇼주마루(松壽丸)를 목 베는 일은 처리되셨을 것으로 생각되는데, 그 뒤 확실한 회답이 없었기 때문에 노부나가 공도 궁금히 여기고 있소. 오늘은 두 번째의 사자로서 그 사실 여부를 확인하기 위해 온 것이오. 시게하루님, 대답을 듣고자 합니다."

"그것은, 그것은."

한베는 판자쪽 같은 엷은 등을 보이고 양 손을 짚으면서 말했다.

"나의 게으름으로 인하여 그러한 심려를 끼치게 되었습니까? ……다소 병이 가벼워지는 대로 서둘러 뜻에 맞도록 노력하겠습니다."

"뭐, 무엇이오? ……뭐라고 말씀하셨지요?"

노부모리는 당황했다. 그 안색에 나타난 대로 너무한 대답에 노여워 격한 나머지 할 말을 잃고 어찌하지 못하는 형상이었다.

가슴을 일으키고, 한베는 병자 특유의 눈으로 손님의 격한 빛을 냉랭히 지켜보고 있다.

"그러면……그러면, 무엇인가?"

성난 눈동자와 조용한 눈동자의 입에서 토하는 소리는 밖으로 얽힌 채 풀어지지 않는다.

노부모리는 급히 말했다.

"귀공은 아직 그 불모를 치지 않고 있었는가, 그 목을 아다미 성에 있는 구로다 간베에게도 아직 보내지 않았던가. 그렇단 말인가?"

"뜻과 같습니다."

"뜻과 같다고? 참 이상한 대답을 듣는군. 아시고서 감히 군명에 위배하고 있는 것인가."

“할 말이 없습니다. ……분부는 받들고 있습니다.”

“그렇다면 왜 참수하지 않는가?”

“볼모의 몸은 나의 영지에 확실히 맡기고 있습니다. 그렇게 서두르지 않더라도 언제든지 할 수 있다고 생각했었기 때문에.”

“쓸데없이 관대하군. 느린 것도 정도가 있다. 느부모리로서는 그러한 미지근한 사자의 말을 전한 기억은 없다.”

“물론 사자의 잘못은 아닙니다. 한베가 사사로운 생각 아래 일부러 늦추고 있는 것이 틀림없습니다.”

“일부러.”

“소중한 일이라고 생각하면서도, 병든 몸이 마음대로 되지 않아서 그만……”

“보발꾼 편에 한 통 띄우면 그것으로 일은 될 것인데도.”

“아니오. 타가의 볼모라고는 하나 수 년 동안 맡고 있기 때문에 자연히 인정도 들고 가련하게도 생각되어 평소 좌우에 있는 자로서는 쉽사리 목벨 수 있는 일이 아닙니다. 만의 하나, 부하의 못된 생각으로 가짜 목이라도 바치는 날에는 노부나가 공에게 변명할 여지가 없기 때문에 생각 끝에 제 자신이 직접 가서 목을 베고자 생각하고 있었습니다. ……그 동안에 병도 언젠가…….”

한베는 말하면서 추위를 타는 듯 기침을 하기 시작했다.

한베는 품에서 종이를 끄집어내어 자기의 입에다 댔다. 기침을 하기 시작하면 쉽게 그치지 않는 모양이다. 옆에 있던 가신은 뒤로 다가가 그 고통스러운 등을 연신 쓸고 있었다.

“…….”

노부모리도 할 수 없이 입을 다문 채 그가 가라앉는 것을 기다리고 있었다. 그러나 격렬한 기침 소리를 누르고 병든 몸을 비비고 문지르고 있는 한베를 앞에 놓고서는 차마 보고 있는 자도 괴로운 듯, 처음으로 위로하는 말을 했지만, 조금도 동정하는 얼굴빛은 아니었다.

“누우면 어떻소. 병실로 가서…….”

“어찌 되었든 군공이 명령한 일, 금명간에 반드시 수행하도록. 구공의 태만에는 실망했지만, 그렇다 해도 여기서 말해 보았자 할 수 없는 일. 아즈치에는 내가 서면으로 사실대로 회답을 적어 보내겠소. 아무리 병중이라고 하나, 이 이상의 지체는 결국 돌이킬 수 없는 노여움을 군공으로부터 자초하는 것과 다름없는 것. 여러 번 말해 두지만 확실히 일러 두겠소.”

노부모리는 아직 기침이 끝나지 않은, 그 괴로운 모습을 무시하면서 굳이 자기가 말하고자 하는 것만을 말해 버리자 곧 자리를 떴다. 그리고 마루에 서자 마침 약탕의 짙은 냄새를 그릇에 풍기면서 들고 온 여성과 마주쳤다.

“오…….”

“이것은.”

그녀는 당황하여 약그릇을 아래에 놓으면서 객의 발밑에 몸을 웅크렸다. 마룻장에 짚은 하얀 손가락 끝에서 그 옷깃까지를 노부모리는 두루 보면서 말했다.

“야아, 그대는 언젠가 본 적이 있는 것 같군. 그래, 그래, 지쿠젠의 부르심을 받고서 나가하마에 다녀왔을 때이다. 그 무렵 지쿠젠님에게 시중들고 있었던 것으로 기억되는데.”

“예, 오빠의 간호를 하라고 주군으로부터 여가를 받아서 잠시 여기에 머물러 있습니다.”

“그러면 한베님의 여동생인가?”

“유라 부릅니다.”

“유님이라고, 흠…….”

어울리지 않는 신음을, 입속에서 말하면서 댓돌에 발을 내렸다.

“과연 아름답다.”

유는 다만 목례를 보내고 있었다.

창문 속에서는 오빠의 기침 소리가 그치지 않고 들린다. 객의 감정 여하보다도 약이 식어버리는 것에 신경을 쓰는 모양이었다.

밖으로 나갔는가 싶은데 노부모리는 곧 되돌아보면서 물었다.

“하리마에 있는 지쿠젠님한테서 요사이 무슨 소식이 있었던가?”

“아니오……여기에는 별로.”

“노부나가 공의 명령을 일부러 태만히 하고 있는 것은 설마하니 지쿠젠님의 지시는 아니겠지, 그렇게 의심 받을 염려도 있다. 노여움을 사면 지쿠젠님이라 해도 어떤 누를 끼칠지 모르겠다. 거듭 말하거니와 구로다 간베의 볼모는 급속히 처치하는 것이 좋다. ……오오, 눈이 내리는구나.”

하늘을 우러러보면서, 노부모리는 급히 떠나갔다. 그 뒷모습과, 난젠사의 큰 지붕을 빗겨서 비스듬히 내리는 눈의 반점이 하얗게 시야에 들어왔다.

"유님, 유님."

문득 기침도 멈춘 창문 안에서 황급히 부하의 목소리가 들려 왔다. 깜짝 놀라 가슴을 두근거리며 그곳을 열어본즉 한베는 붉은 종이로 입을 누른 채 돗자리에 엎드려 있었다.

"앗! 피를, 오빗."

소복소복 봄 눈은 어느새 초암의 주위를 하얗게 뒤덮고 있었다.

간베 구출

히데요시가 출진하고 있는 주고쿠 진.

미쓰히데가 활약하고 있는 단바 방면의 전선.

또 포위하고 장기 공세를 취한 채 해를 넘긴 이타미(伊丹) 진.

노부나가는 군세를 지금 이 세 방면으로 전개하고 있다. 주고쿠나 이타미 나 여전히 교착 상태로 변하고 있다. 어느 정도 활발히 움직이고 있는 것도 단바 방면뿐이었다.

그런 세 방면으로부터 날마다 이곳에 모이는 문서나 보고 따위도 굉장하다. 물론 참모기록원 등의 방을 거쳐 일단은 정리되어 긴요한 것만을 노부나가의 눈앞에 가져오게 된다.

그중에서 사쿠마 노부모리로부터 온 것이 한 통 발견되었다. 매우 못마땅한 빛으로 그것을 읽고 내던졌다.

읽고 난 휴지는 란마루가 처리한다.

'……무엇에 언짢으셨을까.'

그는 괴이쩍게 생각되었으므로 뒤에 그것을 몰래 펼쳐 보았다. 별로 노부나가의 기색에 거슬릴 만한 것은 씌어 있지 않았다. 다만 거기에는 이타미 진으로 돌아가는 도중 다케나카 한베를 방문하고 전부터 이르신 것을 재촉해 두었다는 보고밖에 딴 것은 읽을 것이 없었다.

하지만 자세히 그 어귀의 숨은 뜻을 읽는다건 노부모리가 말하고자 하는 뜻을 짐작해 낼 수 없을 것도 아니다.

'뜻밖에도 한베는 아직 분부하신 일는 실행하지 않고 있사옵니다. 사자인 소신의 불찰인 줄로 아옵고 엄히 독촉해 두었습니다. 큰일의 명령을 행여 실수할세라 조심스럽게 자신이 손을 쓸 것처럼 보였습니다. 근일 명령을

시행하겠습니다. 소신에 있어서도 재삼 낭패인바 엎드려 너그러우심을 바라겠습니다.'

이러한 것이었다. 이 어귀의 이면에는 노부모리가 자기의 죄만을 급급히 두려워하며 변명하고 있는 기분이 나타나 있다. 그 외에는 아무것도 없다고 해도 좋다.

'그것이 마음을 언짢게 한 것일 테지.'

란마루에게도 그 정도밖에 생각되지 않았다. 그러나 노부나가가 이 서신을 미워하여 노부모리라는 인간에 대한 인식을 확 바꾸어 버렸다는 것은, 이윽고 뒤에 사실로서 나타날 때까지 노부나가 이외엔 누구도 그의 뱃속을 들여다보기란 어려운 일이었다.

다만 그 일단으로써 짐작해 낼 수 있었던 한 가지는 노부모리로부터 이와 같은 통고를 받고서도 노부나가는 그때 한베의 위명(違命)과 태만에 대해서는 별로 격노하는 일도 없었고, 그 뒤에도 불문에 붙인 채 굳이 직접 독촉하고 있지 않은 일이었다.

그러나 또 노부나가가의 그러한 복잡한 마음의 변화를 다케나카 한베조차도 알 리가 없었다.

"무언가 하셔야 할 텐데……."

한베는 어떻든, 모시고 간호하고 있는 오유나 가신들은, 서로 걱정하며 며칠이 지나도 그 문제를 처리할 기미도 없는 한베의 마음을 알 수 없었다.

"어떻게 하실 작정인가."

그렇게 말없이, 여간 걱정하고 있었던 것이 아니다.

그러던 중 1월은 지나고 2월 중순이 되었다.

매화가 피었다. 난젠사의 산문 근처에도 암자의 처마 근처에도 나날이 햇볕이 따사로워졌다. 그러나 한베의 병은 역시 가벼운 것이 아니었다. 그는 답답한 것을 싫어하여서 아침마다 병실을 청소시키고, 자신은 맑은 아침 햇볕을 쬐기 위해 마루 가까운 남쪽 끝에 말없이 앉아 있었다. 이렇게 피로할 때까지 앉아 있는 것이 그의 아침마다의 습관이었다.

그녀는 그곳에 차를 나른다. 병중에서 한 낡은 차종지로부터 모락모락 오르는 김의 무지개를 아침 햇살 속에 눈부시게 보는 것이었다.

"오늘 아침엔 얼굴색이 매우 좋은 것 같이 보이시는군요."

"그렇겠지."

차종지를 받고 있던 가는 손 하나로 자기 볼을 만지면서, 한베는 웃어 보였다.

"나에게도 봄이 온 것 같군. 기분이 매우 좋다. 2, 3일은 특히 좋단 말이야."

얼굴색도 좋으시고 기분도 요 2, 3일은 특히 좋으시다고 한다.

그러한 오늘 아침, 오빠를 바라보며 오유는 무한히 기뻤다. 그러나 또 갑자기 쓸쓸하기도 했다.

왜냐하면, "반드시 완치된다고까지는 장담 못하겠습니다"라던 의사가 몰래 일러준 말이 무슨 일에나 얼른 가슴을 스치기 때문이었다.

그러나 그녀는 혼자서 이렇게 정하고 있다. ——불치의 병이라고 의사가 말해도 낫는 사람들의 예는 얼마든지 있어. 신의 진심과 부단한 간호로써 꼭 오라버니께서 다시 한 번 건강을 되찾으시게 하 놓고야 말겠다.

'지금 당신이 하실 일은 오직 그것뿐인 줄 알고 정성을 다혜 주기 바랍니다.'

어제도 하리마(播磨)의 진으로부터 그녀에게 온 소식에 적혀 있던 히데요시의 말이었다.

"오라버니, 이렇게 매일매일 좋아지시면 벚꽃이 필때면 자리를 털고 일어나시게 되겠습니다."

"오유……."

"네."

"심려를 끼쳤구나, 너에게도."

"뭘요……또 새삼스럽게, 오라버니께서 뭐라고 하시는가 했더니."

"허허허."

병자의 웃음에는 힘이 없다. 한베는 사랑스런 듯한 웃음으로 오유를 바라보며 말했다.

"남매라서 오히려 보통 때는 고맙다는 말조차 해 본 적이 없으나 무언가 제대로 오늘 아침엔 치사를 하고 싶어졌어……이것도 기분이 좋아진 때문이겠지……."

"그렇다면 좋겠습니다만."

"돌이켜 보면 벌써 10여 년이 지났구나, 보다이 산(菩提山)의 성을 떠나서 고향 구리하라 산(栗原山)의 산속에 숨었을 때부터."

"세월이란 빠르군요. 돌이켜보면 모든 것이 꿈만 같사옵니다."

"이미 그때부터 산속 사람인 내 곁에 있어 아침저녁으로 밥해 대기하고, 신변의 시중으로부터 약시중에 이르기까지 모두 네가 해 주었어. 생각하면 오랫동안의 수고였어."

"아녜요. 그것도 얼마간의 일이었습니다. 오라버님은 그때부터 스스로 자신의 병은 낫지 않을 거라고 말씀하시곤 했지만, 그것이 곧 쾌유의 방향으로 향하자 히데요시님의 진중에 나아가서서 아네 강의 싸움, 나가시노의 싸움, 그런가 하면 에치젠으로, 오사카로, 또 이세로(伊勢路)에도 싸움이 그칠 새 없는 여러 해를 그렇게도 원기 있게 보내시지 않으셨습니까?"

"그랬구나. 이 몸으로 용케도 견디었다고 생각할 때도 있었다."

"……그러니까 이번에도 보양만 하시면 꼭 낫습니다. 먼저처럼 회복할 것이 틀림없으십니다."

"죽기는 싫다."

"그런 일은 없을 것입니다."

"……살아 있고 싶다. 살아서 이 격동하는 세상이 안정되는 것을 끝까지 보고 싶다. 또한 때도 아닌 주종의 인연을 맺은 히데요시님의 장래도…… 아아, 몸만 튼튼하다면 미력이나마 다할 때까지 도와드리고 싶다."

"제발 그렇게 해 주십시오."

"……그러나."

한베는 갑자기 목소리를 낮추고 억울한 듯 중얼거렸다.

"뜻대로 되지 않는 것이 인간의 목숨이다. 이것만은 어찌할 도리가 없다."

그 눈동자를 보고 오유는 가슴이 꽉 막혔다. 무언가 오라버니는 혼자서 몰래 예기하고 있는 것이 아닌가 하고.

난젠사의 종이 은은히 정오를 알렸다. 전국시대라고는 하나 매화가 피면 지팡이를 짚고 매화에 얼씬거리는 사람의 그림자도 보이고, 매화가 지면 지저귀는 꾀꼬리 소리도 들린다.

병이 낫는 편이라고는 하지만 봄이라야 아직 2월이라 밤이 되면, 암자의 등불은 한베가 기침하는 소리에 차갑게 흔들렸다.

때문에 오유는 몇 번이나 밤중에 일어나서 오라버니의 등을 쓰다듬으며 밤을 지새웠다. 부하도 있긴 하지만, 한베는 부하들에게는 막무가내로 그런 일을 시키지 않았다.

“그들은 내가 만일 싸움터에 나가면 내 말 앞을 달릴 사람들이다. 병골의 등 따위를 문지르게 해서야 될 것인가.”

그날 밤도 그녀는 일어나서 아직도 오라버니의 등을 문지르거나 부엌에 나가 약을 달이거나 하고 있었다.

——퍼식

이때 갑자기 문 밖에서 울타리의 낡은 참대를 밟아 부러뜨리는 듯한 소리에 이어 무언가 소곤거리는 소리가 들렸으므로 깜짝 놀라 귀를 기울였다.

“……어, 등잔불이 비치고 있습니다. 가만히 계십시오. 누가 깨어 있을 것입니다.”

밖의 말소리는 이윽고 처마 밑으로 다가왔다. 그리고 가벼이 덧문을 두드리는 것이었다.

“누구요?”

“오유님이십니까? 구마타로입니다. 디타미에 갔던 구리하라 구마타로(栗原態太郎) 지금 돌아왔습니다.”

“오오, 돌아왔어요. ……오라버님, 구마타로가 돌아왔습니다.”

벅찬 목소리로 그녀는 이렇게 안의 오라버니에게 알리고, 부엌의 문을 들어올렸다.

혼자인 줄 알았더니 세 사람의 그림자가 별빛을 가리고 있었다. 구마타로는 손을 내밀어 오유로부터 물통을 받아 들고 다른 두 사람을 데리고 우물가로 갔다.

“……누구일까?”

그녀는 그곳에 서 있었다. 구마타로는 한베가 구리하라 산에 한거해 있었을 때부터 심부름하던 동자로서 죽 곁에서 키워 오던 부하였다. 그때는 고쿠마(작은 곰)로 불렸었는데, 지금은 벌써 30대의 훌륭한 무사가 되어 있다.

그 구마타로가 두레박질을 해서 물통에 부으면 다른 두 사람은 손발에 묻은 흙이나 소매의 피 따위를 씻어내고 있는 모양이었다.

오라버니 한베가 시켜 한밤중이지만 서둘러서 오유는 서원에 등불을 켰고, 화로에 불을 지피고 손님의 잗자리를 마련하기 시작했다.

“구마타로가 데리고 온 손님 중 한 사람은 반드시 구로다(黑田) 간베님이실 거다.”

오라버니의 말을 듣고 그녀는 적지 않게 놀랐다. 작년부터 디타미 성 안에 감금되어 있다거니 아라키(荒木)의 한 패가 되어 농성한다거니 여러 가지로 소문이 나 있는 문제의 인물이었기 때문이다.

공적인 일에 대해서는 더욱이 기밀인 군사에 관한 문제 따위는 평소부터 집 사람들에게는 일체 말하지 않고 있는 한베였으므로, 오유로선 구리하라 구마타로가 작년부터 대체 어디에 무엇 하러 갔으며 오랫동안 여기로 돌아오지 않고 있었는지 그 목적 따위도 전혀 알지 못했던 것이다.

"오유, 내 옷을."

병실에서는 한베가 일어나서 옷을 갈아입고 있었다.

걱정이 되지만——오유는 오라버니의 성격으로 아무리 병이 무거울 때라도 한번 자리를 나와 손님을 접하는 데에는 언제나 그러한 습관임을 알고 있으므로, "네" 하고 하오리를 뒤에서 입혀 주었다.

병발(病髮)을 어루만지고 입가심을 하고 나서 한베가 서원으로 나가자, 부하인 구마타로와 다른 손님 두 사람은 이미 좌정하여 조용히 주인을 기다리고 있었다.

"오오."

한 손님이 말하자 한베는 정감어린 목소리로 대답했다.

"아아, 무사하셨군."

그리고 털썩 주저앉아 서로 손이라도 잡을 듯이 기뻐했다.

"걱정했습니다만."

"보시다시피, 이렇소."

"……어쨌든 잘 오셨소."

"당신께도 걱정을 끼쳤던 것 같은데, 죄송하오."

"하지만 다시 만날 수 있게 되다니 참으로 하늘이 도우셨구료. 반갑습니다. 나로서도 근래의 기쁨이오."

"아니 우리 나리와 귀공의 덕택이지요. 잊지 않겠소."

두 사람이 기뻐하는 모습을 옆에서 지켜보는 사람의 눈마저 뜨거워졌다. 이제 새삼스레 말할 필요도 없이 한 사람은 오늘 밤 이타미 성으로부터 탈출하여 온 구로다 간베 요시다카였던 것이다.

한데 아까부터 침묵을 지키고 있는 또 한 사람의 나이 많은 무사는 두 사람의 감격을 방해하지 않으려고 짐짓 물러서 있는 것 같았는데, 이윽고 간베 요시다카에게 소개되어 이렇게 자기소개를 하였다.

"처음으로 뵙는 것 같지 않습니다. 저도 하시바가의 한 사람으로 언제나 진중에서는 모습을 멀리서 보아 왔습니다. 하지만 평상시는 아군 속에 있는 일이 드문 은밀조에 적을 두고 있으므로 혹시 그 쪽에서는 모르실지도 모르겠습니다. 하지스카 히코에몬(蜂須賀彦右衛門)의 조카되는 몸으로 와타나베 덴조(渡邊天藏)라고 합니다. 앞으로 잘 봐주십시오."

한베는 무릎을 치며 말했다.

"야아, 와타나베 덴조님이란 댁이셨군. 전부터 소문은 익히 듣고 있었습니다. ……그러고 보니 어디선가 한두 번 뵙기도 한 것 같은데."

그 사이에 부하인 구마타로가 말석에서 이렇게 말을 이었다.

"실은 뜻밖에도 이타미의 성 안에서 같은 목적 하에 들어오셨던 덴조님과 성 안 망대 밑의 감옥 앞에서 만났던 것입니다."

그러자 덴조도 말했다.

"아니 정말 우연이라고 할까, 신의 가호라고 할까, 뜻밖에도 이 구마타로님과 만났으므로 그 삼엄한 경계 속에서 간베님의 몸을 구출할 수가 있었습니다. 만일 저 혼자였거나 구마타르님 혼자였었다면 혹은 중도에서 잡혀 죽었을지도 모릅니다."

서로 마주보며 싱긋 웃었다.

이제 사정은 명확해졌는데, 더욱 덧붙어 말한다면 구로다 간베의 구출에 대해서는 히데요시 쪽에서도 오늘까지 여러 가지로 고심을 해 왔던 것이다.

어떤 때는 사람을 보내어 아라키 무라시게에게 그의 신병 인도를 요청하였고, 어떤 때는 무라시게가 신임하는 승려를 들여보내어 넌지시 설득해 보기도 하는 등, 수단을 다하였으나 완강하게 간베만은 돌려주지 않았다.

그러다가 최후 수단을 명령받은 것이 와타나베 덴조였다. "천변·병변·화변 무언가 성 안에 허점이 드러날 기회를 기다려 옥중의 간베를 구출해 내어라" 하고 명령을 받은 것이다.

덴조는 성내에 잠입하여 그 기회를 기다렸다. 그러자 바로 2, 3일 전 무슨 축하할 일이라도 있는지 아라키 무라시게의 일족과 장사들은 대청에 앉아 술을 마시고 또 사졸들에게까지도 다 술이 나누어졌다. 때마침 그날 밤은 달도 없고 바람도 없는 캄캄한 밤이었으므로, '오늘밤이야 말로' 하고 결행을 꾀하여 미리 봐 두었던 망루 밑 감옥의 밖으로 기어가자 그곳에는 간수 같지도 않은 사내가 역시 자기처럼 기어와서 열심히 감옥 속을 엿보고 있는 것이다.

수상히 여겨 처음에는 물론 마음을 놓지 않고 떠보고 있었으나, 아무래도 성 안 사람은 아닌 듯하므로 서로 이름을 밝혔다.

"나는 다케나카 한베의 부하 구리하라 구마타로요."

그러자 저 쪽도 자신의 이름을 대었다. 놀랍게도 여기에 온 목적이 똑 같았다.

"하시바 지쿠젠노가미님의 가신으로 침입해 들어온 자."

그들은 서로 협력하기 시작하여 감옥 문을 부수고 속에 있는 간베를 구출해 내자 어둠을 틈타 성벽을 넘어 돌담을 미끄러 내려가 수문의 작은 배를 잡아타고 수로를 건너 도망해 온 것이었다.

그 경로와 고심담을 자세히 들은 한베는 말했다.

"구마타로에게 무리한 명령은 하였다만, 성취할지 못할지 십중팔구는 어려운 기대라고 생각하고 있었는데, 이렇게 성취한 것은 오직 신명의 가호 때문이고 다만 고맙기만 할 뿐이다. 그래서 그 이후 며칠간은 어떻게 지냈으며 어떻게 예까지 당도하였는지 궁금하군."

한베는 계속 구마타로에게 물었다.

"그런데 말입니다……."

구마타로는 공로를 자랑하는 듯한 기색도 없이 황송해 하면서 말을 이었다.

"비교적 성 밖까지는 어려움 없이 탈출하였습니다만, 그 다음부터가 어려웠습니다. 곳곳의 관소에는 아라키의 군사가 야영하고 있었습니다. 때문에 몇 번이나 포위당하여 때로는 적의 칼과 창속에서 서로 뿔뿔이 흩어질 뻔하였습니다만 간신히 뚫고 나오고, 뚫고 나오고는 하였습니다. 그 사이에 간베님께서는 왼쪽 무릎에 칼을 맞으셔서 절뚝거리며 달려야 하였으므로 멀리 달릴 수는 없었습니다. 하는 수 없이 농가의 사람을 깨워서 곳간에서 자거나 밤엔 기어 나와 길가의 사당에서 쉬거나 하여 겨우 교토까지 왔습니다."

말을 마치자 곧 이어서 간베가 덧붙였다.

"뭐 그렇게까지 하지 않아도 성을 멀리 에워싸고 있는 오다 군 속으로 도망치면 훨씬 쉽게 구출되었을 텐데……성내에서 아라키 무라시게로부터 자주 들은 바로는……노부나가 공께서는 이 간베를 매우 의심하고 계시다고. ……무라시게는 그것을 자주 말하여 내게 가담토록 해라, 노부나가란 그러한 위인이야……라고 여러 번 설득하여 저로서는 그들의 궤변이라고 일소에 붙여 버려도 솔직히 말씀드려 저간의 사정도 모르시고 의심하다니 좀 의외롭지 않은 것도 아니었습니다. ……그래서 일부러 가까운 우군에 구출을 바라기를 피하고 이 교토까지 왔습니다. 무엇보다도 귀공의 얼굴이 보고 싶기도 하여."

그는 쓸쓸한 듯이 미소 지었다. 한베도 말없이 고개를 끄덕였다.

묻고 싶은 것, 이야기하고 싶은 것, 서로 이야기 하노라니 날이 새어가고 있었다. 오유는 벌써 조반을 위해 부엌에서 불을 지피고 있었다.

사후(死後) 꽃구경

이야기하느라 밤을 새운 그들은 모두 피로해 있었다. 아침을 마치자 사람들은 잠시 잠을 청했다. 그리고 다시 눈을 뜨고서 이야기가 계속된 것이다.

"그런데."

다케나카 한베는 요시다카(孝高)에게 의논했다.

"좀 갑작스럽기는 합니다만, 이 몸은 오늘 이곳을 떠나서 미노의 고향에 내려갔다가 그길로 곧 아즈치를 찾아가 노부나가 공의 처분을 받으려고 합니다. 귀공의 일에 대해서는 제 자신이 말씀드린다면, 이제부터 곧 하리마로 내려가심이 어떠하실는지?"

"물론 이 사람도 하루라도 한가하게 있을 생각은 없습니다만…… 그러나……."

간베 요시다카는 미심쩍은 듯이 한베의 얼굴을 바라보았다.

"아직 병중인 몸으로 갑자기 여행길에 나선다니 좀 어쩔는지요. 고향에 라면 가는 곳에 걱정은 없겠으나."

"아니오, 오늘로 이불을 거두고 일어날 참입니다. 병에 지고 있노라면 끝이 없으며, 기분도 요 며칠 퍽 좋습니다."

"그러나 병은 마무리가 중요하다고 흔히들 말하는데 무슨 급한 볼일이 있으신지 모르지만 좀 더, 여기서 요양하고 계시는 게 어떨까요."

"마음속으로는 봄이 오자마자 병실을 나가고 싶었는데 실은 귀공의 안부를 알 때까지 기다리면서 한편으로 몸의 보양을 오늘까지 끌어 온 것입니다. 이렇게 무사함을 본 이상은 그것에 걸릴 것도 없고 동시에 아즈치 성에 나아가 처분을 기다려야 할 허물도 있고 하니, 오늘이야말로 자리를 거두고 일어나기 좋은 날, 여기서 헤어지기로 하겠습니다."

"아즈치의 처분을 기다려야 할 허물이란? ……그것은 대체 무슨 일입니까."

"아직 말씀드리지 않았습니다만, 실은……."

한베는 처음으로 작년부터 노부나가의 죄를 범하고 온 사정을 그에게 말하였다.

간베 요시다카는 놀랬다. 무엇이나 다 처음 듣는 일이었다.

자신의 행동이 그토록 노부나가에게 의심받았던 것도, 또 그 혐의 때문에 아들 쇼주마루에게 참수의 엄명이 내려져 있었던 것도——전혀 꿈에도 생각지 않은 듯하였다.

"그랬던가."

요시타카는 그렇게 중얼거리는 속에 갑자기 노부나가에 대하여 차가운 감정의 공허를 느꼈다. 홑몸으로 이타미 성에 들어가서 구사일생으로 돌아온 이 고심도……결국 누구를 위해서인가. 그렇게 생각되는 것은 어쩔 수 없었다.

또 그 반동으로 히데요시의 깊은 정이나 한베의 우정에 눈시울이 뜨거워지지 않을 수 없었다.

"……그럼, 아즈치에 가신다고 말씀하시는 것은 노부나가가 공을 배알하고 그 죄를 자수할 생각이십니까."

"그렇소. 전부터 생각하고 있었던 일이오. 아울러 귀공의 결백도 말씀드릴 작정입니다."

"고맙습니다만 단지 이 간베를 위해 귀공을 죄의 자리에 앉힐 수 있겠습니까? 그런 뜻이라면 구로다 간베가 아즈치에 올라가서 모두 털어 놓겠소. 당신은 이곳에 계십시오."

"아니오. 명령을 어기고 오늘에 이른 죄는 이 사람에게 있소. 당신이 알

바가 아니오. 다만 귀공에게 부탁하고 싶은 것은 하리마의 진중에 계신 히데요시님의 곁에서 다시없는 좋은 보필이 되어 달라는 것밖에 없소. 벌을 받든 면하든, 이 병든 몸, 오래 살 한베 같지도 않으니 부디 당신에게 부탁해 둡니다. 한시라도 빨리 하리마로 내려가 주십시오."

애원하듯이 한베는 친구를 향하여 두 손으로 방바닥을 짚었다.

병든 몸이라고는 하지만 그 병든 자의 결심인 만큼 더 굳었다. 하물며 숙려에 빈틈이 없는 한베 시게하루이기도 하다. 한 번 말을 꺼내면 결코 물러서지 않는다.

끝내 간베 요시다카도, 그의 뜻을 따르지 않을 수 없었다.

"그렇게까지 말씀하신다면……."

그날, 벗은 동서로 헤어졌다.

즉 간베 요시다카는 와타나베 덴조를 데리고 하리마의 진으로 가고, 다케나카 한베는 병든 몸을 무릅쓰고 고향인 미노 후와(美濃不破) 고을로 갔다.

한베는 시종으로 구리하라 구마타로 한 명을 데리고 갈 뿐, 누이동생 오유마저 초암에 두고 떠나 버렸다.

그 오라버니를 오유는 문 앞에서 울며 보냈다. 이젠 다시 돌아오지 못할 오라버니라고 생각하며 울었다.

함께 배웅하던 승려들이 '허무한 슬픔'이라며 끝내는 쓰러지려는 그녀를 껴안듯이 하면서 산문 안으로 사라졌다.

한베로서도 아마 같은 생각을, 아니 그 이상으로 비통함을 안고 있었음에 틀림없다.

갑자기 꾸린 검은 사슴털의 안장도 낡아서 쓸쓸한 등에 흔들리면서 하마처까지 이르자 갑자기 생각난 듯이 말고삐를 늦추었다.

"구마타로."

"한가지 잊은 게 있어, 한 자 여기서 적을 테니 잠깐 달려가서 오유에게 전해 다오."

주머니에서 종이를 꺼내어 말 위에 앉은 채 무언가 휘갈겨 썼다. 그것을 접고서는 구마타로에게 재촉했다.

"나는 슬슬 먼저 갈 테니 뒤따라오너라."

구마타로는 그것을 받고 곧 되돌아 달려갔다. 한베는 다시 한 번 난젠사 절의 경내를 내려다보더니, 말이 가는 대로 몸을 맡기며 이렇게 숙연히 입속으로 중얼거리는 것이었다.

"……아아, 잘못했어. 내가 걸어온 길엔 털끝만큼도 후회가 없으나 동생에게는 여자의 길을 가게 했어야 했는데……."

무사의 길은 외길이다. 일찍이 구리하라 산을 내려온 이래 목표해 온 이 길에 빗나감은 없었다. 비록 오늘 인생을 마친다 해도.

그러나 오빠로서 항상 마음 괴롭게 여겨 왔던 것은 동생 유가 히데요시의 소실로 있는 것이었다. 그것은 자연이라면 극히 자연스러운 가운데 그렇게 된 운명이라고 할 수 있겠으나, 그의 결벽이 용서하지 않는 것이다. 또 오빠로서의 책임감에도 항상 시달려 왔다. 여자의 길을 걸어야 할 귀중한 때를 자기 곁에 붙들어 두면서……하고.

그러나 그것도 벌써 10년이나 거슬러 올라가는 옛날의 후회이다. 잘못은 자기에게 있지 동생에게는 없다. 그러면서도 자기가 없는 뒤에는 어떻게 될까 하는 동생의 반생을 아직도 염려하는 것이다.

결국은 한평생의 영화도 없는 여자의 불행으로 정해져 있다. 특히 마음 괴로운 것은 죽음을 걸고 있는 사도(士道)의 순백과도 무언가 한 점의 얼룩이 남는 것 같은 생각이 드는 것이다.

몇 번이나 이 일에 대해서는 주군에게 사과드리고 말미를 얻을까, 동생에게 고충을 털어 놓고 어딘가로 자취를 감추어 버릴까 하고 망설였던 일도 있을지 모르나 어쩌다 보니 적당한 기회도 없이 지나가버린 것이다.

"……그러나 지금은."

그도 오늘의 출발을 돌아오지 못할 나그넷길로 여기고 있으므로 그것은 동생에게 말할 수 있을 것 같았다. 그 애처로운 모습을 보고는 역시 말을 하지 못하고 한 자 적어서 보내는 것이라면.

아마도 동생은 시가의 뜻을 짐작한 것이다. 그리고 자기가 없는 뒤에는 오빠의 뒤를 조문하는 구실로 담장이 울타리와도 같은 규문의 꽃들 속으로부터 빠져나오겠지.

"지금은 아무 미련도 없다."

이날의 거짓 없는 한베의 심정은 그러했다. 느린 봄날의 해는 아직도 야마시나 근처에서 꼼짝도 하지 않고 있었다.

자기의 영지인 후와에 돌아오자, 한베 시게하루는 그 하루를 조상들의 묘소에서 보내고 또 한참을 보다이 산에 서서 그리운 듯이 고향의 자연과 이야기하고 있었다.

"저 산도, 이 강도."

오랜만의 귀향이지만 오래 머물 생각은 없었다.

——오늘 아침엔 일어나자 곧 머리를 매고 또 병 때문에 전혀 하지 못했던 목욕도 하고, "이토 한에몬을 불러라" 하고 명령했다.

보다이 산의 비탈에도, 성 안의 나무들 사이에도 꾀꼬리 소리가 요란하게 들려 왔다. 또 어디선가 작은 북소리도 들린다.

"한에몬입니다."

흰 미닫이를 등지고, 이윽고 단단한 체격의 노무사가 손을 짚고 있었다. 볼모의 감시역으로 쇼주마루에게 붙여 두고 있는 사람이었다.

"한에몬인가, 가까이 오너라."

눈으로 불러들이고는 말했다.

"전부터 그대에게는 자세히 일러두었다지만 볼모인 오마쓰(쇼주마루를 이름)님을 아즈치에 모셔야 할 날이 왔다. 오늘이라도 떠날 생각이다. 갑작스럽기는 하나 그대가 돌보고 있는 무리에게도 일러 곧 준비하도록 전하라."

주인의 고충이나 사정을 잘 분별하고 있는 한에몬이기는 하였으나, 그조차 얼굴빛이 변하면서 상투가 떨렸다.

"옛? ……그럼 아무래도 오마쓰님의 생명은."

한베는 웃어 보였다. 안심시키도록 극히 평정하게 말했다.

"아냐, 목이 달아나게는 하지 않아."

그리고 계속했다.

"이 한베, 몸을 바꾸어서라도 노부나가 공의 노여움은 풀게 해 보겠어. 오마쓰님의 부친 간베는 벌써 이타미를 탈출하여 하리마의 진에 참가하고 계셔. 무언의 결백은 보여줬단 말이야……다만 이제 남은 것은 군명을 어긴 나의 죄가 있을 뿐."

한에몬은 말없이 그곳에서 물러 나와 어린이 방쪽으로 걸음을 옮겼다. 가까이 다가가자 그곳에서는 손북 치는 소리와 시시덕거리며 떠드는 소년의 목소리가 시끄럽게 들렸다.

쇼주마루를 중심으로 춤 잘 추는 고도쿠(幸德)라는 불목하니와 또 일가

중의 소년들이 손북을 두드리며 놀고 있는 것이었다.

다케나카가(家)에서는 수 년 동안 맡고 있는 쇼주마루를 볼모라고는 생각할 수 없을 만큼 우대하여 왔다. 일상의 교육·건강, 기타 내 자식 이상으로 애육에 보다 큰 책임을 갖고 키워왔던 것이다.

구로다가 쪽에서는 이구치 헤이스케(｝口兵助), 오노 구로사에몬(大野九郎左衞門) 두 사람이 모시고 따라왔지만, 더욱 다케나카가에서도 가신 이토 한에몬(伊東半右衞門)을 딸려서 성심으로 이 아이 하나를 잘 돌봐주고 있었던 것이다.

그와 같은 다케나카 한베의 호의하에 오늘날까지 자세한 내막도 모르고 있었던 시중꾼들도 지금 한에몬의 입에서, "곧 길 떠날 채비를" 하라는 재촉을 받자 아연 실색하였다. ——숨기기는 했어도 대강의 사정은 눈치채고 있었기 때문이었다.

"그럼 아즈치로?"

시중 역인 이구치 헤이스케와 오노 구로자에돈이 절망적인 얼굴을 마주보며 탄식하는 것을 보고 한에몬은 연신 위로하고 있었다.

"걱정하실 것은 없습니다. 아무리 아즈치에 모시고 간다 해도 주인어른 시게하루님의 의협심을 굳게 믿으셔서 무어든 맡기시는 것이 좋을 것입니다."

아무것도 모르는 쇼주마루는 불목하니인 고도쿠나 많은 소년들과 손북을 치거나 춤을 추면서 시시덕거리며 놀기에 여념이 없었다.

뒤의 구로다 나가마사는 이 소년이었다. 비록 타가의 볼모가 되었지만 부친 요시다카의 굳은 의지와 강인함을 이어 받아 전쟁통에 성품이 일그러진 아이로는 되지 않았다.

"헤이스케 뭐야, 한에몬이 뭐라고 했어?"

손북을 놓고 오마쓰는 이구치 헤이스키 곁으로 달려 왔다. 또 하나의 시중 역인 오노 구로자에몬과 그가 얼굴을 마주 대한 채 탄식하고 있음을 보고 어린 마음에도 무슨 일이 일어났는가 하고 걱정이 되어서 하는 말 같았다.

"아니 별로 걱정할 일은 아닙니다."

두 가신은 묻지도 않은 말에 우선 어루만져 놓고,

"곧 길 떠날 채비를 하시고, 한베 시게하루님과 함께 아즈치에 가셔야 합니다."

“누가?”

“도련님이.”

“나도 가는 거라고, ……저 아즈치로?”

“네.”

줄줄 눈물을 흘리며 얼굴을 돌리는 시중역의 두 사람을 오마쓰는 보지도 않고 있었다. 듣자마자 춤이라도 출 듯이 손뼉을 치며 대청 쪽으로 달려서 되돌아갔다.

“아이 좋아라, 정말인가.”

그리고는 상대하던 소년이나 불목하니인 오오도쿠 등을 향해서 말했다.

“아즈치로 가는 거야. 여기의 나리와 함께 길을 떠나는 모양이야. ……이젠 춤도 그만, 손북도 그만이야. 치워라, 치워.”

그리고 큰 소리로 또 옷 채비를 재촉하였다.

“헤이스께, 구로자, 이 옷을 입으면 좋을까?”

거기에 이토 한에몬이 와서 말하였다.

“목욕을 하고 머리도 깨끗이 빗어드리도록 하라는 나리의 분부이십니다.”

두 신하는 오마쓰 도련님을 욕탕으로 데려 갔다. 그리고 목욕을 시키고는 머리도 깨끗이 다시 매고, 길 떠날 나들이옷으로 다케나카가(家)에서 보내온 옷을 입혀 보니 속옷이나 안에 받쳐 입는 옷이나 모두가 새하얀 수의였다.

“그럼 역시 한에몬님의 이야기는 우리를 미치게 하지 않으려고 한 일시의 위로이고 진실은 노부나가 공의 면전에서 목을 베실 작정인가 보구나.”

두 사람은 그렇게 풀이하고 비탄에 젖었으나, 오마쓰는 조금도 개의치 않고 흰 옷을 입고, 그 위에 그것만은 화려한 붉은 비단의 진중 하오리(진중에서 입는 겉옷)에 당직(唐織)의 하카마를 입었다.

흰 속옷 위에 겹친 붉은 비단이 한결 아름답게 보였다. 또 그 홍안의 단장이 다시 두 신하의 눈물을 자아내게 하였다. 몸을 깨끗이 단장하고는 두 신하에 이끌려 오마쓰는 다케나카 한베의 방으로 갔다. 한베는 바로 떠날 수 있도록 채비하고 그를 기다리고 있었다.

유별(留別)이라고 하여 극히 집안사람끼리만 모여 약간의 주안상이 놓였다.

“밥을 많이 먹고 가야 해요. 말을 타고 간다고 해도 여행은 배가 고픈

것.”

한베가 말했다.

“네 그럼 한 공기 더.”

오마쓰는 씩씩하게 식사를 마치고 어디까지나 기분이 좋아서 가신들의 우는 얼굴 따위엔 전혀 한 눈도 팔지 않고, 두 번기나 한베를 재촉하였다.

“자, 가십시다.”

“갔다올께.”

한베는 겨우 일어났다. 서서 좌중의 일족과 구신들을 죽 둘러보면서 말했다.

“뒷일을 부탁한다.”

돌이켜 보면, 짧은 이 말속에는 그의 술한 감회와 사후의 위촉이 모두 함축되어 있었던 것이었다.

아네 강의 싸움에서도, 또 그 이후에도 수훈을 세웠을 때마다 다케나카 한베는 노부나가로부터 몇 번이나 은상(恩賞)도 받았고 배알도 했었다.

“히데요시로부터 들으니 그대는 히데요시의 신하일 뿐만 아니라, 스승으로 존경받는 모양인데 노부나가도 소홀히는 생각지 않는다.”

이것은 일찍이 아네 강의 싸움에서 한베의 수훈이 들렸을 때, 직접 노부나가가 그에게 한 말이었다.

그래서 기후 이후엔 등성도 배알도 즈신 격으로 대접받고 있었다. 지금 아즈치의 성에 올라온 한베 시게하루는 곁에 간케 요시다카의 적자 오마쓰를 데리고 병후, 아니 병중이라 피로한 기색이 얼굴에 드러나 있으나 평소에 없는 성장을 하고, 한 발짝 천천히 대청이 있는 누각 위로 가고 있었다.

전날 밤 전갈이 있었으므로 노부나가는 기다리고 있었다.

한베를 보자 곧 기분이 좋아서 말했다.

“반갑구먼. 잘 왔어. 더 가까이 오너라. 허락하니 방석을 깔라. 누군가 한베에게 깔개를 올려라.”

파격적인 위로로써 아직 멀리 엎드린 채 황공해 있는 한베의 등에대고 물었다.

“병은 이제 나았는가. 하리마의 진중에서는 심신이 함께 피곤해 있을 것이다. 노부나가로부터 진찰하러 보낸 의사의 말로는 싸움터는 무리이며 적어도 아직 1, 2년은 정양을 요한다고 했었는데……."

그토록 신하에 대해서 부드러운 말을 건넨 예는 이 2, 3년 이래 드문 일이었다. 한베 시게하루는 무언가 기쁘다고도 슬프다고도 할 수 없는 당혹을 마음에 느꼈다.

"황공한 위로의 말씀이십니다. 싸움에 나가서는 앓는 몸, 진후로 돌아와서는 은혜를 입고만 있을 뿐, 무엇하나 섬기지도 못하는 이 병골에."

"아니야, 아니야. 몸조리해 주어야 해. 우선은 지쿠젠의 낙심이 안쓰러워."

"그렇게 말씀하시면 한베 몸 둘 바를 모르겠습니다. 본래 이곳에 감히 나오기조차 할 수 없는 얼굴로 감히 오늘 배알을 부탁한 것은 이미 지난 해……사쿠마님으로 하여금 저에게 분부를 내리신 쇼주마루님의 참수의 건을 소인 혼자의 생각으로 오늘까지."

그렇게 말을 꺼냈다.

"가만, 가만."

노부나가는 말을 막고 한베의 말 따위는 귀에 담지도 않고, 그 곁에 한베와 함께 엎드려 있는 소년에게 물었다.

"그댄가, 오마쓰란?"

"……그러하옵니다."

"으음 과연 간베 요시다카를 닮아서 어린 형상이지만, 어딘가 다른 데가 보이는구나. 믿음직스런 소년……한베, 이후에도 사랑해 주도록 하라."

"그럼, ……오마쓰님의 목은."

한베는 가슴을 들어 노부나가를 응시했다. 만일 지금에도 이 소년을 참수하라고 노부나가가 고집했을 경우엔 죽음을 무릅쓰고 그 어리석음을 간하고, 그 옳지 않음을 설파할 각오로 여기 온 그였다.

한데 노부나가는 티끌만큼도 그런 기색이 없을 뿐만 아니라, 지금 한베로부터 직시를 받자 돌연히 껄껄 웃으면서 스스로 자기의 어리석음을 감추지도 않고 이렇게 말하였다.

"그 일은 이제 잊어버려 줘. 실은 노부나가 자신도 뒤에는 곧 후회하고 있었던 거다. 얼마나 나는 의심 많은 사나이였던가. 지쿠젠에 대해서도 간베 요시다카에 대해서도 겸연쩍은 일이었어……그러나 과연 예지 있는 한베 시게하루, 잘도 나의 명을 거역하고 오마쓰를 베지 않고 있었다. 잘했다고 실은 그대의 처리를 듣고 안도의 숨을 내쉰 것이다. 무엇 때문에 그대에게 죄가 있다고 나무랄 것인가. 죄는 노부나가에게 있어. 용서해 다오. 노부나가의 불찰을."

머리야 숙이지는 못할망정, 손이야 바닥에 짚지 못할망정, 노부나가는 솔직히 말해서 빨리 그 문제로부터 이야기를 돌리고 싶은 듯한 얼굴이었다.

그러나 한베 시게하루는 노부나가의 용서를 유유히 달게 받는 모습은 없었다.

'잊어라. 물로 씻어 버려.'

노부나가는 말하였으나 한베는 도리어 기뻐하지 않는 모습을 나타내며 말했다.

"일단 내리신 본부를 이대로 흐지부지 흘려버리시면 뒷날까지 위령에 손색이 될 것입니다. 부친 요시다카의 결백과 공을 참작하여 쇼주마루의 참수는 면해 주지만, 그러한 만큼 자식으로서 증험을 세워라. 또 이 한베가 어명을 어긴 죄도 마찬가지로 스스로 공을 세워서 보상하도록 하라고 이렇게 하명하신다면 이에서 더 큰 은혜가 없겠습니다."

한베는 마음속의 것을 토로하는 듯이 다시 엎드려 노부나가의 공명한 용서를 바랐다.

물론 노부나가도 그렇게 하고 싶었던 것이 사실이다. 한베는 새로이 노부나가로부터 그 관대함을 얻자, 옆의 오마쓰에게 속삭이며 신례를 가르쳤다.

"자, 감사의 말씀을 드리시오."

그리고 노부나가에 향해서, 말했다.

"두 사람 모두 혹시 이것이 이승의 마지막이 될지도 모르겠습니다. 더욱더 번영할 무운을 빌겠습니다. 오늘은 갈 길도 바쁘고 하니 이것으로 하직을."

노부나가는 납득이 되지 않는다는 얼굴을 하고 추궁하였다.

"이승에서의 작별이란 당치도 않은 갈을 하는군. 그럼 다시 나의 뜻을 어긴다는 것이 아닌가."

"결코……."

한베는 머리를 젓고 곁의 오마쓰의 복장에 눈을 돌리며, 말했다.

"보십시오. 이 오마쓰의 옷차림을. 이제 곧 부친 요시다카가 있는 하리마의 진으로 가서 부친에 뒤지지 않은 공훈을 세우고 장렬하게 생사의 관두에 장래의 운명을 맡길 각오입니다."

"무어? 그럼 싸움터로 갈 작정이냐?"

"요시다카도 이름 있는 무사. 오마쯔도 그 사람의 자식. 다만 관용을 입고 만 있는 것도 본의가 아닐 것입니다. 이렇게 짐작하고 한베가 주선한 것입 니다. 바라옵기는 이 소년의 첫 출진을 위해 한 말씀 용감히 싸우라고 격 려의 말씀을 내려 주신다면 얼마나 고마울지 모르겠습니다."

"으음……그래서 그대는."

"병든 몸, 아무런 힘도 아군의 도움이 되지 않으리라고 생각됩니다만 마침 좋은 계재인지라 오마쯔를 데리고 함께 진으로 돌아갈까 하옵니다."

"괜찮겠는가, 몸은."

"무사의 집안에 태어나서 죽느냐 사느냐의 절박한 때에 다다미 위에서 죽 기란 아무래도 억울합니다. 약탕관을 끼고 있어도 죽을 때는 죽어야 합니 다."

"그렇게까지는 몰랐다. 그러한 각오까지 되어 있다면. ……그렇다, 오마 쯔에게도 첫 출진을 축복해 주자."

노부나가는 소년을 불러서 손수 비젠(備前·도공이 많기로 유명함)의 허리 칼을 주었다. 또 가신에게 시켜서 가치구리 (밤을 말려 찧은 것으로 출진이나 승리의 축하에 씀)를 가져오게 하 고 잔을 나누며 전별하였다.

"기특하다, 잘 가거라."

소년의 나이 열 넷, 빠르지는 않은 첫 출진이었다. 오마쯔는 오늘 여기에 오기 전날 밤 한베로부터 예절을 잘 들었으므로 별로 놀라지도 않고, 또 기 뻐 날뛰지도 않았다.

오마쯔는 조용히 인사를 하고 한베와 함께 그 앞을 물러나왔다. 노부나가 는 누상의 난간에 나가 그 자그마한 모습과 한베의 그림자가 성문을 나가도 록 바래주었다.

이튿날 아침 하리마로 가기 위해 아즈치를 일찍 떠나 교토를 지났다. 난젠 사의 지붕은 하마처에서 그 숲을 내려다보았을 뿐 끝내 들르지 않았다.

한베의 마음에는 이제 누이동생의 일도 고향의 일도 없었다. 있는 것이란 오직 전진의 일뿐이었다. 즐거움이란 무엇이든——사후의 꽃구경——이라 고 기약하는 백 년 뒤의 일에 불과했다.

아리마(有馬)의 온천

아리마의 온천 거리는 저물어 가고 있었다. 이케노보 기쓰에몬(池之坊桶右衛門)의 온천 여인숙에 방금 두 무사가 가만히 들어갔다.

한 사람은 보통 나그네 모습, 한 사람은 대단한 절름발이였다. 옷도 남루하고, 때가 끼여 있을 뿐 아니라 곁에 가면 냄새가 날 정도였다.

"곧 이부자리를 깔아 주게."

방에 앉자 여인숙 사람에게 한 사람이 곧 말하였다. 발을 저는 사내는 곧 몸을 뉘었다.

"아프십니까."

"……아마도 열이 나는 듯 무릎의 상처가 불이라도 대는 것 같이 느껴져 억울하군."

절름발이 사내는 수일 전 난젠사의 한 암자에서 다케나카 한베와 헤어지고 온 간베 요시다카이다. 그때까지는 헝겊을 감았을 뿐으로 고통도 상처의 크기도 별로 개의치 않고 있었는데, 아리마로 마음먹고 수십 리를 걷고 보니 전혀 걷기조차 심한 통증에 휩싸였다.

이타미 성으로부터 탈출한 밤, 어둠속에서 누군지도 모를 적의 칼에 맞은 왼쪽 다리의 관절부위였다. 가만히 헝겊을 들고 보니 피고름이 괸 상처는 크게 입을 벌리고 있었다.

석류 씨처럼 흰 뼈가 보일 정도로 깊기도 했다. 이대로 진중으로 간다 해도 손댈 방법이 없을 테니, 차라리 날짜가 걸리더라도 아리마의 온천에 몸을 담고 잠시 보양이나 하고 가자고, 동행하는 와타나베 덴조가 자꾸 권했던 것이다. 생각해 보면 움직일 수도 없는 몸을 이끌고 가다가, 도중에 감시가 엄중한 효고가도 근처에서 다시 아라키 군졸에게 잡히거나 한다면 어리석기 짝이 없는 노릇이다. 이런 어리석음을 용기라고 할 수는 없을 것이다.

"그렇게 하지."

간베는 동행의 권유를 받아들여 여정을 바꾸었다. 그렇긴 하지만 이 아리마의 온천거리로 오는 데에는 세심한 경계를 요했다. 곳곳에 아라키 쪽의 순라군들이 있거나 검문소가 있었기 때문이었다.

도착한 이튿날이었다.

이케노보 여인숙 집 문 앞에서 한 상인이 서서 여인숙집 여자를 붙들고 무언가 잡담을 나누고 있었다.

밖에서 돌아온 와타나베 덴조의 귀에, 언뜻 좋지 않은 소리가 들렸다. 여자에게 그 사람이 묻고 있는 것이다.

"아냐 분명히 있지, 거리에서 사람들의 풍문을 들으니 어제 황혼 무렵에 발을 저는 누추한 손님이 들었다고 하던데."

스치고 지나는 덴조의 모습을 여인은 보지 않는 척했다. 여인숙에 들자마자 집 주인에게 덴조는 입막이를 해 놓았으므로, 여인은 답변하기가 거북했던 모양이다.

방에 들어온 덴조는 이불 속 얼굴을 들여다보였다.

"어떻습니까? 엊저녁과 오늘 아침 두 번의 목욕으론 효과도 없겠습니다만, 좀 편해지기는 하셨습니까?"

"으흠."

간베는 베개 위에서 돌아보며 말했다.

"매우 편해졌어. 온천은 효험이 있군."

"겨우 좀 편해진 것을, 야박한 것 같습니다만 오늘밤은 이곳을 떠나야 할 것 같습니다."

"뭣……아아, 그렇군. 냄새를 맡고 온 모양이군."

"아무래도 그런 모양…….."

"할 수 없지. 언제라도 뜨지. 결코 귀찮게는 생각 말아 주게. 유사시에는 한쪽 발 따위는 없어도 달릴 수 있지. 허허허허."

창루에 인기척이 났다. 덴조는 곧 돌아섰다. 간베는 손을 내밀어 검을 이불 밑으로 끌어넣었다.

"실례합니다. 퍽 지루하시지요?"

하숙집 사환이다. 찻잔을 들고 들어와 차를 따르며 잡담을 꺼내는 것이었다. 그러나 두 사람 다 무언가 심상찮은 것을 창 그늘에 느끼고 있었다.

"누구야…… 아직 밖에 누군가 있는 것 같은데."

간베는 갑자기 나무라며, 여인숙 집 하인의 얼굴빛을 살폈다.

"네 실은…….."

그는 말하기 거북한 듯이 우물거렸다.

"아무래도 어르신네들을 만나게 해 달라면서 물러서지 않으므로…….."

그리고는 창밖으로 얼굴을 내밀고 말했다.

"신시치(新七)씨 들어오시오. 뭘 예까지 와서 우물쭈물하는 거요."

방금 와타나베 덴조가 문가에서 본 상인이다. 비윗살 좋게 왔구나 하고 덴조는 눈을 반짝였다. 그러나 막상 그런 것 같지는 않다고 생각하게 된 것은, 주춤주춤 들어온 것을 새삼스레 응시하노라니 반드시 아라키의 부하가 변장을 하고 온 것 같은 예리함은 보이지 않았기 때문이다.

"네……실례되게 공연히 쉬고 계신 데에 방해를 하여서."

그 방면에 대해선 덴조 자신이 다년간 본직이었으므로, 지금 한눈으로 느끼고, 곧 의심을 풀었다.

'이건 나의 잘못된 짐작이었다.'

그래서 그것을 간베에게도 눈치 채도록 하기 위해 극히 다정하게 말했다.

"아, 들어오게. 그대도 이 여인숙에서 탕에 들고 있는가."

"아니, 이타미의 성 밑에 있는 시로가네야 신시치(銀屋新七)라는 놈입니다."

"뭣, 이타미의 사람?"

"네, 비녀나 작은 쇠붙이 기구 등 금은의 세공물을 하고 있으므로."

"흠…… 그래 이분들에게 세공물이라도 맞추라는 것인가."

"그것도 있습니다만."

신시치는 가볍게 웃으며 하숙집 하인에게 넌지시 꾸러미 같은 것을 주고 있었다. 그리고 귓가로 입을 가까이 대면서 속삭였다.

"부탁합니다. 알겠어요?"

하인은 끄덕이고 곧 자리를 떴다. 더욱이 수상한 상인이라고 간베는 노리고 있었으나, 시로가네야 신시치라는 그 사내는 조금도 수상한 빛이 보이지 않았다.

"자, 이제 되었습니다. 제발 두 분께서도 마음을 놓으십시오. 이젠 사람 눈도 없으니까."

"대체 그대는 누구인가?"

"아까도 말씀드렸지만……이타미의 신시치라고 합니다."

"거짓말이겠지."

"왜 그렇습니까?"

"그대와 같은 상민에겐 아무런 연고도 없어."

"아니 크게 있습니다. 장소가 장소니만큼 사람 눈도 있으므로 아까부터 버릇없는 짓만 하고 있습니다만, 그쪽에 계신 분은 하리마의 고데라 마사모토(小寺政職)님의 가신 간베 요시다카님이시죠.”

“뭣?”

덴조가 검을 당기고 눈에서 와락 살기를 뿜자, 신시치는 처음으로 튀어날 듯이 놀라 간베의 침구 구석 쪽으로 피하면서 엎드린 채 떨고 있었다.

“요, 용서해 주세요. 아 안 된다면 더는 아무것도 말하지 않겠습니다.”

“아니, 베지는 않아.”

덴조는 무의식중에 드러난 자기의 자세를 스스로 웃어 버리면서 부드럽게 말했다.

“어떻게 그것을 알았는가.”

신시치는 한 동안 입이 말라 말도 못하는 것 같더니, 이윽고 옆을 향하고 주머니를 열어 겨우 끄집어내었다.

봉을 뜯어 읽어 내려가던 간베의 놀란 얼굴에는 눈물이 범벅되고 있었다.

구로다가의 신하 모리 다헤(母里太兵衞), 구리야마 센스케(栗山善助), 이노우에 구로(井上九郎) 세 명이 연서로 쓴 서신이었던 것이다.

서면에는 이렇게 씌어 있었다.

주군님, 이타미의 성중에 유패 되신 이래로, 우리 세 사람 어떻게 해서라도 구출해 드리려고 벌써부터 성 밑의 한 상인의 방에 틀어박혀 이 기회를 엿보기 반년, 드디어 목적을 이루어 성 안의 어떤 자에게 뇌물을 주고, 무라시게 생일 축하의 밤 성 안에 방화를 하고 몸 가까이까지 잠입해 들어갔던 바, 이 어인 일이오니까, 옥사는 이미 파괴되고 사방은 불뿐이고 주군님 모습은 보이지 않았습니다.

그래서, 벌써 무라시게가 대감을 딴 곳으로 옮기신 건가 하고 한때는 비탄 절망이 지나쳐 세 사람 서로 찔러 죽어 버리려 하였습니다만 그 뒤 성내에서도 행방을 엄중히 탐문 중이라는 말을 듣고, 그러면 무사히 피하신 줄 알고 우리들 고심도 헛되지 않았구나……하고 실은 무문의 행복을 축하했던 터였습니다.

때도 때인 엊저녁, 모습을 바꾸시고 아리마의 온천으로 잠복하셨다는 신시치로부터의 정보에 미칠 듯이 기뻐하며, 당장에라도 여인숙을 찾아들어 뵈올까 하고 생각했습니다만 아직 그곳은 적지가 멀지 않은 곳, 사람 눈도 있고 게다가 갑자기 놀라시게 할까 저어하여 일부러 우선 이렇게 서면으로 올립니다.

자세한 것은 신시치로부터 직접 들으시기를 바랍니다.

"신시치라고……이 서신에 의하면 모리, 구리야마, 이노우에 세 사람은 내가 이다미의 성중에 사로잡혔을 때부터 그 집 속에 숨어서 고심을 해 온 모양인데……지금도 세 사람은 그 집 속에 숨어 있는가."

"네, 분명히 성 밖으로 무사히 달아나신 것을 알게 되었지만 아직도 확실히 생사를 구명하기 전에는……하고."

"그래, 그대와 세 사람과는 무슨 연고에서?"

"모리 다헤님에게는 소인의 누이동생이 섬길 때부터 시집갈 때까지 보통 아닌 신세를 졌으므로."

"아아……몰랐었다. 부하 세 사람이 내 몸을 구출하기 위해 와 있을 줄은."

"여기에 머물러 계심을 듣고 세 분은 뛸 듯이 기뻐하며 곧 뵈오러 가겠다고 하셨습니다만, 웬걸요 이 아리마도 마음 놓을 수 없습니다. 굳이 소인이 만류하고, 실은 탐색 차 온 것입니다."

"그런가……잘도 신경을 써 주었군. 여기도 꽤 사람 눈이 많아, 내가 이곳을 떠날 때까지는 가까이 오지 말라고 전하여 주게. 다리의 상처가 다 낫기까진 시일이 걸릴 것이나, 우선 일시의 아픔만 멎으면 하리마로 떠날 작정이야. 한 대 엿새만 탕에 잠그고……."

"그럼 돌아가서 그렇게 전하겠습니다. 그러나 타국이지만 신변을 꼭 지키고 있으므로, 우선 여기에 계신 동안은 큰일 없을 것으로 안심하시고 천천히 요양하십시오."

신시치는 그렇게 말하고, 오래 있지 않고 곧 돌아갔다.

그러나 이튿날 이케노보 여인숙 집 반대편 온천숙에 세 사람의 보부상이 머물렀다.

밖으로 문이 난 이층방에서 한 사람은 반드시 밖을 망보고 있었다.

7, 8일쯤 되는 때였다. 구로다 간베는 와타나베 덴조를 데리고 이케노보 문 앞을 나섰다. 아픈 발도 꽤 나은 듯 그다지 다리를 절지는 않았다.

거리 끝까지 와서 말을 얻어, 간베만이 말 등에 흔들리며 록코(六甲)의 기슭을 오른쪽으로 보면서 효고 가도를 향해 달려갔다.

소나무 가지 끝에 산등(山藤)꽃이 드리고 있었다. 길고 험한 비탈을 돌아간다. 갑자기 간베는 말을 멈추고 말했다.

"덴조, 이 근처에서 쉴까. 뒤에 오는 자들이 쫓아 온 것 같아."

벌써 안장에서 내리고 있었다.

어어이, 어어이 하고 멀리서 부르는 소리가 들렸다. 와타나베 덴조에게도 들렸다. 또 그 목소리의 임자가 누구인가도 알고 있었다.

부드러운 봄볕을 정면으로 받으며, 아지랑이라도 일 듯한 비탈의 잔디를 등지고 간베는 나무 등걸에 앉아 있었다.

우르르, 그곳에 헐떡거리며 쫓아온 세 나그네가 있었다. 어느 누구나 이름을 대지 않으면 몰라보도록 얼굴도 모습도 달라졌다.

모두를 구로다가의 부하로서, 모두가 젊었을 때부터 간베를 곁에서 모시고 있던 자들이었다.

"오오."

"주군!"

간베는 일어나 곧추 섰다. 동시에 그 발밑으로 세 명의 부하는 납작 엎드렸다.

"무사한 모습을 뵈오니……."

모리 다헤, 이노우에 구로, 구라야마 센스께였다. 그렇게 누군가가 말하였으나 오열을 삼키고 겨우 짜낸 목소리이므로, 그것은 낮게 떨리어 거의 알아들을 수 없을 정도였다.

숙연히 세 사람은 그저 울고만 있었다. 즐거운 울음이다. 사나이의 울음이다. 싸움터에서면 귀신도 물러서고, 가정에서는 평소에도 우는 것을 모른다던 사람들이 거의 목을 놓고 통곡하고 있었다.

"……."

당연히 간베 요시다카도 할 말을 잊었다. 기쁘기도 하고, 또 부끄럽기도 하였다. 자식을 가진 이들이 오늘까지 그늘에서 이토록 자신을 구출하기 위해 고심해 주었다는 것을, 지금은 바로 눈앞에 보는 세 사람의 변한 모습에서 보았기 때문이었다.

세 사람은 저마다 보부상으로 변장하고 있으나 그 용모마저 바꾸기 위해 모리 다헤는 한 쪽의 귀밑머리를 인두로 지져서 큰 흠을 내었고, 구리야마 센스케는 앞니를 몇 대 없애고 이노우에 구로오는 본디 한 눈을 싸움터에서 잃은 용사인데, 그 위에 얼굴에 화상을 입어 두 번 다시 볼 수 없는 얼굴이 되고 말았다.

거침없이 두 줄기 눈물이 간베의 볼에도 흘러나렸을 때, 좀 떨어져서 가도를 보고 있던 와타나베 덴조는 이렇게 말하고 먼저 떠났다.

"소인은 먼저 가겠습니다. 이미 신변도 안심할 수 있으니, 뒤에서 천천히 ……."

간베는 앉아서 세 사람을 향하여 손이라도 잡을 듯이 말하였다.

"기뻐해 다오. 이처럼 이 몸은 다시 햇빛을 우러러보게 되었다. 하늘 또한 간베를 버리지 않았고, 이 간베도 아직 세상에서 할 일이 있다는 것인 줄 안다. 이타미의 감옥에 있을 땐, 설마 그대들이 성 밑에서 그처럼 이 몸을 위해 고심하고 있으리라고는 꿈에도 생각지 못했는데, 다행히도 히데요시 주군께서 보내 온 와타나베 덴조와 다케나카님께서 보내 온 구리하라 구마타로 두 사람의 손으로 구출되었다. 이것도 저것도 뒤에 생각해 보니 뒤에서 온갖 어려운 방법을 강구해 준 덕분이었다. 엎드려 사례라도 하고 싶구나. 어떻게 감사해야 할지, 할 말을 찾지 못하겠다. 다만 이 변변찮은 주인에 대한 그대들의 충절을 고맙다고 할밖에 없다. 다만 이제부터는 천명으로 보전한 이 여생을 어떻게 쓸 것이며, 어떻게 그대들에게 되갚을 것인지. 그것밖에는 지금 생각이 없다. 궁서해 다오. 나도 울지 않을 수 없다."

간베는 팔을 구부려 얼굴에 대고는 한동안 어깨를 흐느적거리며 함께 울었다.

그 강인함 속에 유약한 자보다 오히려 많은 눈물을 간직하고 있는 듯했다. 하리마 큰 길거리의 한나절, 오가는 사람의 그림자도 그치고 오직 산등(山藤)꽃 향기만이 짙게 풍겼다.

시산혈하(屍山血河)

　미키(三木) 성은 아직도 완강하게 버티어, 좀처럼 함락되지 않고 있다.

　이 작은 한 산성에 벳쇼 나가하루(別所長治), 나가사다(長定) 형제와 그 일족이 농성을 해 이토록 장기간을 지켜 내리라곤 아무도 예측 못했던 일이었다.

　장기 공격의 포위를 당하고 햇수로 3년. 히데요시의 군사에게 성 밖을 차단당하고, 양도(糧道)를 끊기어 완전한 봉쇄 속에 고립된 지도 벌써 반 년 이상 지났다.

　어떻게 하고 살고 있는 것일까.

　성의 군사들의 움직이는 모습을 보고 힘찬 목소리를 들을 때마다 히데요시의 공격수들은 기적이라며 놀랄 수밖에 없었다. 아니, 때로는 무언가 기분 나쁜 느낌조차 드는 것이었다.

　때려도, 두드려도, 차도, 아무리 목을 졸라도 움직임을 멈추지 않는 생물과 싸우고 있는 듯한 그런 느낌이 자칫 공격군에게 일어나, 그것은 현저히 사기를 저하시키고 있었다.

"우리가 초조한 모습을 보여서는 안돼. 절대 지쳐서는 안돼."

전군 위에 있는 히데요시로서는 자칫 권태로워지기 쉬워진 분위기에 세심한 주의를 하면서, 그러면서도 그 세심함을 겉으로 나타내지는 않았다.

그러나 오랜 진중생활과 고심으로 초췌해지고 핼쑥해진 것은 입술가의 수염이나 퀭한 눈에서도 엿볼 수 있었다.

"분명히 오산을 했어. 아무리 지탱한다 해도 이토록 오래 떨어지지 않을 줄은 몰랐는 걸."

그는 솔직하게 그것을 인정하고 있었다. 그리그 전쟁이라는 것이 반드시 병수·병리(兵理)만으로 낙착되지 않는다는 것을 지금 뼈아프게 배웠다.

양식 길도 끊기고 물길도 막히고 외부와도 완전히 단절되어 있는, 성 군사 약 천5백이 굶어 죽게 되는 시점을 우선 이 1월 증순으로 보았던 것이다. 그것이 월말이 되어도 함락되지 않는다.

2월로 접어들어도 끄떡도 하지 않고 있다.

아니 3월에 접어들고, 지금 4월이라고 하는데 어찌된 일인지 성내의 사기가 약해진 기미는 조금도 없지 않은가.

물론 식량은 없을 것이다. 군사는 마소의 고기를 먹고, 나무뿌리도 풀뿌리도 다 먹어 버렸을 것이 틀림없다. 그런데도 불굴의 왕성한 사기로 돌담 하나 적에게 넘기지 않는 것은, 그렇게 되던 될 수록 더욱더 치열함을 더하는 일심일체의 투지가 있기 때문임에 틀림없다.

요컨대 현재의 미키 성은 생명력의 응결이다.

이에 대하여 양식 길을 막고 물길을 끊어도 그것이 곧 함락의 요체라고는 할 수 없다. 아니 도리어 성 안 군사의 단결 과정을 밖에서 굳게 해주는 느낌조차 주고 있는 것이다.

지난 2월 21일 밤에는 그런 성 안의 결사대가 2천여 명이나 죽음을 무릅쓰고 시소메강(志染)을 건너서 히티요시의 각 진지를 야습했을 정도였다.

사기가 장렬함은 그것으로 짐작하고도 남음이 있다.

그날 밤의 야간 전투에는 히데요시도 상당히 뼈아픈 손실을 입었다. 적은 장사 35명, 사졸 7백80명의 전사체를 거두고 의기양양하게 물러갔으나 이쪽은 그 배나 되는 사상자를 내었다.

아침 해가 봉우리 위에 떠올랐을 때, 시소메 장 기슭에도 여기저기의 비탈이나 골짜기에도 말 그대로 시체가 산을 이루고 피가 바다같이 흐르는 참상을 여지없이 드러내고 있었다.

또 3월에 들어서서는 이런 일도 있었다.

벳쇼 나가하루의 가로 고도쇼겐(後藤將監)의 부하 약 70명쯤이 뼈와 가죽만 앙상한 몸으로 힘없이 항복해 왔다.

죽 따위를 먹이고 진중에 포로로 두었는데, 이 포로들은 이윽고 한밤이 되자 갑자기 행동을 일으켜 삽시간에 공격군의 한 성채를 점령하고 무기를 빼앗아 불을 지르고 게다가 군세를 더하여 위태롭게도 히라이 산의 히데요시 본진 가까이까지 맹공을 해왔던 것이다.

물론 이는 곧 몇 배되는 병력으로 포위 섬멸하였으나, 그 전투 정신의 강인함과 절개 높은 마음에는 공격군의 장사들도 혀를 내두르고 탄복하였다. 시체들은 하나하나 매장을 하여 그곳 들꽃을 무덤 앞에 바쳤다.

결사적인 성 안 군사의 저항은 이 정도로 그치지 않았다.

나카무라 고로 다타시게(中村五郎忠玆)는, 벳쇼가의 무사였으나 공격군의 한 장수 다니 다이젠(谷大膳)하고는 전부터 다소의 연고가 있어서 진중에서도 때때로 가사 등을 적어서 보내왔었다.

"하하, 그러면?"

다이젠은 그가 두 마음을 품은 것으로 간주하였다. 그래서 몰래 밀자를 보내어 제의를 해 보았다.

"성 안에서 배반하고 이쪽의 인원을 인도해 주면 낙성 후 하시바님에게 청하여 소령 가명의 안전은 물론, 장차 모든 것이 잘 되도록 배려할 터인데."

과연 나카무라는 동의해 왔다. 그러나 만일을 염려하여 다니 다이젠은 볼모를 요구하였다.

그랬더니 어느날 밤 어둠을 틈타, 묘령의 17세 되는 이목구비가 수려한 처녀를 몰래 성 안에서 보내 왔다.

"이애는 우리 집의 장녀니 아무쪼록 대사가 끝날 때까지 그 곁에 두시오."

"좋아."

다니 다이젠은 시기와 공격점 등 만반의 준비를 유감없이 짜 놓고는 어느 날 밤 정예 군사 1천여 명을 나카무라 고로의 인도 밑에 미키 강 대안의 벼랑으로 기어 올라가게 하여 순조롭게 성벽안으로 들여보냈다.

"불길이 일어나는가?"

그런데 봉화나 안으로부터의 배신은커녕 도리어 성문 각처가 굳게 지켜지고 있어, 결국 날이 새도록 공격군은 한 발짝도 다가가지 못하고 말았다.

게다가 나카무라 다타시게의 인도로 먼저 성 안으로 들어간 1천여의 장사는 끝내 한 명도 살아 돌아오지 못하였다. 안으로 들어가자마자 완전히 섬멸되어, 피투성이의 큰 무덤을 그곳에 만들어 버렸던 것이다.

"괘씸하도다!"

다니 다이젠은 발을 동동 굴렀다. 히데요시 앞에 나타나 참괴, 사죄의 말조차 못했다.

"귀중한 아군을 천이나 없앤 죄, 아뢰올 말씀조차 없습니다. 바라옵건대 이 다이젠의 목을 날리어 이후의 사기를 분발시키시옵소서."

울면서 말하였다.

"바보 같은 소리!"

히데요시는 나무랐다. 그대 같은 장수를 한 사람 더 죽여서 어찌하겠느냐는 것이다. 그렇기는 하나 입이 쓸 수밖에 없어 굴었다.

"인질인 계집애는 어찌 했어?"

다이젠이 대답했다.

"오늘 미키 강에 끌어내어 아비 나카무라 다타시게 성병들이 멀리 보는 앞에서 척살해 버릴 작정입니다."

"척살."

"그래도……아직 족하지 못합니다……."

"아니야, 틀렸어."

히데요시는 급히 분부하여 나카무라의 장녀를 본진으로 불러 오게 했다.

부친이 일러서 여기까지 온 정도의 처녀이다. 죽는다는 것을 깨끗이 각오하고 있는 듯했다. 히데요시는 차마 죽이지는 못했다.

그러나 뚫어지게 노려보면서 가까이 섬기는 자에게 분부했다.

"아비 다타시게와 공모하여 우리 군사를 속인 가증한 계집애. 목을 잘라 시체는 뒷골짜기에 버려라."

군사들은 히라이 산의 골짜기 위로 데리고 갔다.

"성병들에겐 가련한 여아, 그 가련한 것을 미키에서 척살을 한대서야 한층 성병의 결속과 결사의 마음을 북돋우는 것이 된다. 남몰래 처치하는 것이 득책이리라."

히데요시는 뒤에 다이젠이나 아군의 장수에게 의중을 말하였으나 실은 그 사이에 측신인 호리오 모스케(掘尾茂助)를 뒷골짜기로 쫓아가게 하여 그 장녀를 멀리 싸움터 밖으로 놓아 주었던 것이었다.

이 일은 아무도 몰랐는데, 미키 낙성 후에 단바에서 사로잡힌 나카무라 고로 다타시게 앞에 그 맏딸을 불러 말했다.

"그대에게 주노라."

히데요시가 만나게 해 줌으로써 사람들이 비로소 그의 어진 마음을 알게 된 것이다.

나카무라 다타시게가 이후 히데요시에게 몸을 바쳐 충성할 것을 맹세했음은 두말 할 나위도 없다.

성 안의 결속이 얼마나 견고한지는 이 나카무라의 맏딸 때에도 톡톡히 맛보았지만 그 뒤의 작은 접전에서도 이런 예가 있었다.

아직 14, 5세의 소년이었다.

언제나 적으로부터 공격군의 방책으로 기습해올 때는 그 선두에 서서 어린 나이엔 어울리지 않는 민첩한 활약을 보여 주어 아군의 희생이 날 때마다 혀를 찬 것이었다.

"또 저 꼬마 놈에게 한 대 먹었어."

언젠가 그것이 진중의 화젯거리가 되었다.

"저건 뱃쇼 나가하루를 섬기는 자로, 이름은 이시이 히코시치(石井彦七). 올해 겨우 열다섯이래."

히데요시의 시동 중에도 나이 어린 패가 많이 있었다. 소문을 듣고 그들은 절치부심하였다. 이시다 사키치(石田佐吉), 가토 마고로쿠(加藤孫六), 동명의 도라노스케(虎之助), 가라기리 스케사쿠(片桐助作) 등이 기다리고 있었다.

"이번에 오기만 해 봐라."

물론 히데요시의 허가에 의해서다. 그런 가운데 미키 강의 남쪽 방책으로 어느 날 아침 적의 결사대가 쳐들어왔다. 그 무리 속에 꼬마 무사의 분전하는 모습이 보였다.

스케사쿠, 도라노스케, 사키치 등이 서로 다투어 나갔다.

"오늘이야말로."

히데요시는 위태로워 힘이 센 자들에게 일러 놓았으므로, 앞뒤는 어른들이 겹겹이 에워쌌다. 그러자 역전하고 있던 꼬마 무사, 이시이 히코시치에게 누군가 멀리서 활을 쏜 자가 있었다. 혹은 빗나간 화살일지도 모른다.

"아이들을 치지 못하게 하여라."

그런데 화살은 가련하게도 히코시치의 코 밑에 박혀 있었다. 물론 쾅 나자 빠져 버렸다. 거기에 달려간 시동들은 미웠던 터인지라 겹쳐서 사로잡아 버렸다.

"요 애송이가."

차거나 끌거나 하여 가까스로 히데요시의 앞에 끌려온 것을 보니 무참히도 코 밑에 깊이 박힌 화살은 아직 빠지지 않고 있었다.

너무나 어린 데다 그 애처로움에 히데요시는 갈했다.

"기다려, 그 코 밑 화살부터 먼저 빼 주어라."

"알겠습니다."

한두 명이 화살에 손을 댔으나 화살촉이 뼈에 걸쳐 있는지 히코시치의 몸을 발로 밟고 잡아당겨도 빠지지 않는다.

히코시치는 온통 얼굴이 피투성이가 되면서도 묵묵히 하는 대로 내맡기고 있더니, 과연 고통을 견딜 수 없었던지 히데요시에게 소청했다.

"가옥의 기둥을 빌려 주십시오. 그렇지 않으면 빠지지 않습니다."

어찌할 참인가 하고 그가 하는 대로 내버려 두었더니 그는 서서 가옥의 기둥에 자기의 머리와 가슴을 바로 묶게 하는 것이었다. 그리고 말하는 것이었다.

"대장간 가위가 없습니까. 대장간 가위로 화살을 곧게 집어 단번에 빼 주십시오."

하는 것이었다.

이 말을 듣자 모두들 얼굴빛이 변할 지경이었는데, 히코시치는 현기증조차 일으키지 않는 것이다.

이 굳세고 꿋꿋한 기상을 보고 있던 아사노 나가마사는 히데요시에게 살려줄 것을 간청하여 뒤에 자기의 가신으로 삼았다.

"부디."

나이 어린 여성에게도, 아직 어버이 슬하를 벗어날까말까 한 소년에게도 이만한 기백이 있다면 미키 성은 보잘것없는 작은 성이라 해도 쉽사리 떨어질 까닭이 없었다.

히데요시는 모든 일에 경탄했다. 일치한 강한 정신력이라 해도 설마 이토록 강할 줄은 오늘까지 미처 생각하지 못했던 것이다.

이렇게 성병 쪽 의기만을 말하면 과연 공격측은 다만 수동적으로 그 허만 찔린 것 같지만, 히데요시의 휘하에도 그들 못지않는 젊은이들이 운집하여 있었다. 어찌 미키 성에게만 기염을 토하게 하고 있을까.

시동 무리에 있는 와키자카 하야토(脇坂隼人)는 당년 16세. 이곳 진중에서 언젠가 히데요시가 방시 윗옷 한 벌을 보이며 둘러보았다.

"누가 이 방시 윗옷을 원하는 자 없는가. 원한다면 줄 테다."

금실로 무늬를 수놓았고 붉은 바탕에 흰 고리 무늬가 물들어 있다.

"훌륭한 방시 윗옷."

모두들 그렇게 생각했으나 장수들은 선뜻 손이 나가질 않았다. 왜냐하면 화려한 방시 윗옷을 가지는 것은 마찬가지로 그에 부끄럽지 않을 만한 무훈을 공약하는 것이기 때문이다.

"저에게 주십시오."

이렇게 말하고 나선 것은 아직 16세의 와키사키 하야토였다. 히데요시는 돌아보자 물었다.

"갖고 싶으냐?"

그리고는 하야토에게 던져 주었다.

그 후 서쪽 언덕의 싸움에서 하야토는 몸에 방시게 윗옷을 걸치고 사투 분전하였다. 작은 체구의 허리띠엔 적 무사의 목 등을 매어달고 돌아왔다.

"좋아, 좋아. 그 휘문도 그대에게 주지."

얽힌 고리의 가문도 히데요시로부터 받은 것이었다. 그에 감복하여 또 수일 후 성벽 밑까지 싸우며 나아갔으나 이번엔 적으로부터 쏘아 온 일탄을 맞고 벌렁 나자빠져 버렸다.

"저거 안됐군."

바로 아군인 우노 덴주로가 껴안고 물러서려 하였다.

"싫어, 후퇴하는 건 싫어. 아무것도 아니야."

갑자기 하야토는 몸을 비틀어 덴주로의 손에서 벗어났다.

탄환은 투구에 정통으로 맞았으므로 넘어진 것도 잠깐, 일시 눈이 아찔했던 데 불과했던 것이다.

그리하여, 하야토는 덴주로의 손을 뿌리치더니, 한쪽 바위에 걸터앉아 유유히 투구 끈을 다시 매고 떨어뜨렸던 창을 집어 들고는 다시 진홍의 방시옷을 나부끼면서 적진으로 달려 들어갔다고 한다. 과연 보기에도 시원한 모습이었다.

이런 자도 있고, 또 후쿠시마 이치마쓰(福鳥市松) 등도 미키 성 공격에는 벳쇼에서 유일하게 용맹하기로 이름난 스에이시 야타로(末石彌太郎)를 쳐서 히데요시의 상을 받은 바 있다.

그렇긴 했으나 이치마쓰도 아직 약관, 통상적으로는 칠 수 있는 상대가 아니다. 그날 스에이시가 부상을 당하여 기키 강의 수풀에서 물을 마시고 쉬고 있는 것을, 느닷없이 다가가서 이름을 대며 불시에 찌른 것이다.

"이치마쓰다. ……하시바의 부하 후쿠시마 이치마쓰!"

이름을 댄다고 한 마디로 말하나(무사들이 싸움터에서 적을 만나면 크게 / 자기 성명을 대는 관례가 있었음), 한두 번의 싸움을 겪은 것쯤으로는, 게다가 상대가 상당한 적임을 알면 마음대로 이름을 댈 수 있는 것이 아니다.

순간 입도 마르고 혀뿌리도 말려들어 무얼 소리질렀는지 뒤에는 자기도 모른다는 것이 훗날 일기당천(一騎當千 : 한 사람의 기병이 천 사람을 당한다는 뜻으로, / 싸우는 능력이 아주 뛰어남을 이르는 말)의 용사라고 일컬어지는 사람들도 솔직히 슬회하는 것이다.

이때 이치마쓰는 한번 적의 스에이시에게 덜미를 잡혀 목이 날아갈 찰나, 그의 부하 호시노(屋野) 아무개라는 자가 그 뒤에 냅다 베고 들어갔으므로 주종 둘이서 겨우 야타로의 목을 얻었던 것이다.

이 외에도 일일이 군공(軍功)을 들자면 끝이 없을 정도의 활약은 공격군 측에도 있었다. 그런데도 여전히 끄떡없이 함락되지 않는 것이 벳쇼 일족이 농성하고 있는 미키 성이었다. 이러한 곳에, 잠시 진지에서 몸을 빼고 있던 병든 군사(軍師) 다케나카 시게하루는 첫 출진의 소년 구로다 쇼주마루를 데리고 온 것이었다.

추풍 히라이산(平井山)

이에 앞서 히데요시는 와타나베 덴조의 보고를 듣고 구로다 간베가 무사히 이타미의 옥중으로부터 구출된 사실을 알았다.

그러나 병중인 다케나카 한베가 돌아온 것은 정말 뜻밖이었다.

게다가 간베는 아직 돌아오고 있지 않은 것이다.

"오오……."

뜻밖에도 그의 모습을 대한 히데요시는 의외의 표정을 짓지 않을 수 없었다.

"어찌 여기에는?"

오랜 진중의 가옥은 거의 평상시의 주거처럼 되어 있었다. 오래간만에 이 주종이 대면한 것은 그 한 부분의 장막 안에서였다. 특히 한베에게도 쇼주마루에게도 진중 의자가 주어지고 히데요시도 진중 의자에 기대고 있었다.

한베는 머리를 숙이고 말했다.

"오랜 진중의 고생 어떠하실까 하고 걱정하였습니다만, 생각 밖으로 건강한 모습을 뵈오니 먼저 기쁘기 그지없습니다. 한베도 인자하신 염려 덕분에 보시다시피 병도 치유되고, 이젠 어떠한 진무에도 견딜 수 있으리라는 자신이 생겨서 승낙도 받지 않고 다시 귀진하였습니다. 심상치 않게 고전을 할 때에 잠시나마 근무를 벗어나서 여러 가지로 직무에 태만하였습니다. 다만 이후로는 안심해 주시기를 바랍니다."

언제나처럼 조용하고 침착한 거동이다. 언뜻 모습을 보았을 때는 곧 병이 걱정되더니 이렇게 이야기하는 중에 '완전히 쾌유된 모양이군' 하고 히데요시도 마음속으로 좀 안도하게 되었다.

한편 구로다 간베가 여기에 온 것은 그로부터 사흘째 되는 날이었다. 간베는 히데요시를 만나자 사내의 울음을 터뜨리며 말했다.

"이번의 어려움을 당하여 처음으로 주군의 진정을 알았습니다. 이 은혜는 죽을 때까지 잊지 않겠습니다."

또 다케나카 한베에게 새삼 감사하였다.

"우정은 골수에 사무치게 감사합니다. 사례할 말조차 없습니다. 다만 이제는 다행히 삶을 얻은 터, 끝까지 잘 활용하여 보답하는 길밖에 없습니다."

쇼주마루를 불러 한베가 말했다.

"오래도록 볼모로 소인의 손에 맡겨져 있었습니다만, 이젠 그럴 필요가 없습니다. 노부나가 공께서 귀가를 허락하셨으니 아드님과 오래간만에 대면을 하십시오."

아버지에게로 쇼주마루를 보냈다.

간베 요시다카는 아들이 자란 모습을 한 번 쳐다보고 이 한 마디를 했을 뿐이다.

"왔느냐."

그리고는 그 차림새를 보고 일렀다.

"이곳은 싸움터, 너에게는 한 사람의 무사가 되는가 안 되는가의 첫 출진의 장소다. 아비의 곁에 돌아왔다는 생각 따위는 하지도 말라."

히데요시로서는 양팔처럼 의지되는 두 사람이 돌아와서 오래도록 얼음 속에 잠긴 듯했던 장막도 갑자기 활기를 띠었다.

그의 주위, 그의 장막의 그런 분위기는 곧 전군의 사기에 미묘한 영향을 미쳤다.

성을 공격하기로 한 작전은 갑자기 활기를 띠었다. 성의 남쪽 한 보루 한 보루를 향해서 공격군은 틈을 봐서 공격하였다.

5월이 되었다.

장마로 접어든다.

이곳은 주고쿠의 산지이므로 길은 여울로 변하고, 빈 해자는 탁수로 넘치는 등 히라이 산 본진을 오르내리다가 곧잘 진흙탕에 미끄러지곤 한다. 이에 약간 가속되는가 싶던 성의 공격도 다시 자연력에 막혀 완전히 교착 상태가 되어 버렸다.

히라이 산의 본영으로부터 전선 40리에 걸친 공격군의 진영을 구로다 간베는 끊임없이 가마를 타고 돌아보았다.

한쪽 다리의 상처는 끝내 아리마의 탕에서도 낫지를 않았다. 평생 절름발이가 될 모양이라고 그 자신도 씁쓸하게 웃고 있다. 그래서 군졸들에게 가마를 메게 하고, 이에 타고 전투 중의 지휘도 하고 있었다.

"저걸 보고는……."

다케나카 한베도 격무를 극복하고 있었다.

이상도 해라, 이 진영은——하고 누군가가 중얼거렸다. 히데요시의 쌍벽으로 신임 받는 모장 용장 두 사람 다 완전한 몸이 아니었다. 한쪽은 지병이 무거운 병군사(病軍師)이며, 한쪽은 절름발이 몸을 가마에 의탁하여 지휘 분전에 임해 있는 맹장이다.

그러나 이 두 사람이 히데요시를 도운 일이 적지 않음은 다만 그 지모만에 의한 것이 아니었다. 양자의 비장한 모습을 볼 때마다 히데요시는 숭고한 감격과 눈물을 금할 수 없었다. 이에 이르러 그의 진영은 완전히 한 마음 한 뜻이 되어 있었다.

이리하여 공격군의 사기는 떨어지지 않았다. 그리고 또 반 년이 걸렸으나 미키 성의 굳은 수비를 깨고 함락시킬 수 있었다고 생각된다.

만일 공격군의 진영에 불과할 뿐 일체의 중심이 없었다면 아마도 미키 성은 함락되지 않았을지도 모른다. 그리고 모리의 수군이 포위의 일각을 돌파하고 여기에 군량미를 넣거나 혹은 빗추우로부터 산과 들을 건너 원병이 와 성병과 협력함으로써 공격진의 철환을 분쇄하였다면, 하시바 지쿠젠노가미 히데요시라는 이름은 여기서 영원한 마침표를 찍고 일은 끝났을지도 모른다.

그러므로 히데요시도 때로는 너무나 머리가 좋고 날렵한 간베의 활동이나 기지가 자신을 앞지르기라도 하면 "또 저 절름발이라" 하고 농담으로 그 경탄을 험구로 나타낸 적도 있으나 내심 깊이 존경하고 신뢰했던 것은 확실하며, 그가 문서직에 기록하게 해 둔 것을 보더라도 그를 한베 시게하루와 대조하여 이렇게 기리었다.

'다케나카는 군을 관장함을 그 임무로 하여 굳이 작은 일에 통하지 않고 자연에 맡김. 그가 앞서고 뒤에 서고 할 때엔 군중은 어딘지 모르게 마음을 놓았음.'

또 간베에 관해서는 이렇게 말하고 있다.

'우리가 하리마에 입국한 초부터 간베를 곁에 두고 그 재치를 보건대 아무도 미치지 못하는 데가 있다. 일을 결론짓지 못하고 숨 막히도록 머리를 짜내느라 애쓸 때에도 간베에게 말하여 어찌할까 하고 물으면, 그는 굳이 분별에 망설이는 모양도 없이 저것은 저렇게 하는 것이 좋고, 이것은 이렇게 하는 것이 옳겠습니다, 라고 즉석에서 말하여 우리가 3일 밤낮을 걸려서도 판단 짓기 어려웠던 일을 물 흐르듯이 쉽게 결정하니, 우리에게 미치지 못하는 임기응변의 성격의 기질을 띤 것일까. ……'

이를 보아도 히데요시가 얼마나 간베, 한베 두 사람에게 탄복하고 또 그 도움을 덕으로 삼고 있었는지를 짐작할 수 있다.

그런데 그 덕을 크게 여기고 있었던 만큼 여기 히데요시의 마음에 큰 상처를 낸 일이 있었다.

──그해의 장마도 지나고, 무더위의 여름도 지나 겨우 시원한 8월이 되던 때 한베 시게하루의 병이 갑자기 무거워져서, 이번엔 두 번 다시 그 병골에 갑옷도 입을 수 없으리라 생각되는 중태에 빠진 것이다.

"아아, 하늘도 끝내 히데요시를 버리시는가."

아직도 젊은 영재 한베에게 여생을 더 주시지 않으시는가, 하고 탄식하며 가옥의 한 귀퉁이에서 히데요시도 함께 들어 앉아 밤낮으로 병간호를 게을리 하지 않았건만, 한베의 병세는 그날 저녁 시시각각으로 위험이 다가오는 것 같았다.

다카노오(魔之尾), 야하다 산 등의 즈의 지루도 저녁노을에 싸여 있었다.

어둠이 다가왔다.

흰 안개 속에서 총성이 메아리치고 있었다. 히데요시는 히라이 산 한 귀퉁이에 서서 적을 향해 나간 채 아직 돌아오지 않는 간베 요시다카를 걱정하고 있었다.

"또 저 절름발이가 너무 깊숙이 들어가지 말아야 할 텐데."

그때 황급한 발소리가 그의 옆에 와서 멈추었다. 보니까 와락 엎드리며 울고 있는 자가 있었다.

"오마쓰가 아니냐."

"네."

간베 요시다카의 아들 쇼주마루는 한베 시게하루에게 이끌리어 히라이 산에 첫 출진으로 온 이래 벌써 여러 번 싸움터를 돌아다녀, 총과 창 속을 걸어 왔으므로 얼마 안 되는 동안에 몰라보도록 담도 세어지고 고삐도 굵어져 어른 티가 나 있었다.

한 1주일 전부터 한베의 병세가 급변하였으그로 히데요시는 오마쓰를 향하여 자기를 대신한 정성을 그에게 부탁했던 것이다.

"다른 누가 베갯머리에 있느니보다 그대가 있는 것이 환자에게도 기쁘리라. 내가 간호해 주고 싶지만, 마음을 쓰면 드리어 병에는 좋지 않을 것이다."

오마쓰에게도 한베는 수년 동안 가르침을 받아온 은인, 또 생명의 은인이기도 하다. 여기 며칠째 그의 베갯머리에 서서 잠시도 쉬지 않고 온갖 정성을 다하여 간호에 심혈을 기울여 왔던 것이다.

──그 구로다 쇼주마루가 지금 이곳에 오자마자 땅에 엎드러 울고 있는

것이다. 직감적으로 히데요시는 가슴이 뭉클했다.

"울기만 하면 무슨 일인지 아느냐. 오마쓰 무슨 일이냐."

"용서하십시오."

오마쓰는 손을 들어 눈시울을 닦으며 말했다.

"시게하루 나리는 이제 말할 기력조차 없어져서 목숨은 오늘 밤을 넘기기가 어려우리라는 말……부디 전투의 여가를 타서 들러주시기를 바랍니다."

"……위독하다고?"

"네."

"의원의 말인가."

"그렇습니다. ……그러나 한베 나리 자신은 저에게 자신의 병세를 대감께나 진중의 어느 누구에게도 알리지 말라고 굳이 분부를 내리고 계십니다만, 이승에서의 이별은 벌써 얼마 남지 않은 일이니 한 말씀 나으리의 귀에 전해 두는 것이 좋으리라는 의원과 집안 무사들의 말이기에 급히 달려와서 아뢰옵니다."

"그러냐!"

히데요시도 이젠 단념의 눈을 마음속으로 감고 있었다.

"오마쓰, 그대는 나를 대신해서 잠시 예서 있어라. 조금 후 다카노오 싸움터로부터 그대의 부친 간베가 물러나올 테니까."

"부친은 다카노오에 나가 싸우고 있습니까?"

"그래, 전례대로 가마를 타고 지휘에 임하고 있어."

"그럼 제가 다카노오로 가서 부친을 대신하여 군졸을 지휘하고 부친을 한베 나리 곁으로 불러 드리면 안 되겠습니까?"

"말 잘했다. ……그대에게 그러한 용기가 있으면."

쇼주마루는 곧 일어나서 말했다.

"한베 나리의 목숨이 붙어 있는 동안, 부친도 꼭 뵙고 싶을 것입니다. 말씀은 안하시지만 한베 나리도 부친 요시다카를 만나고 싶을 것입니다."

쇼주마루는 대견스레 그렇게 말하더니 몸집에 비해서는 커 보이는 창을 옆에 끼고는 산기슭으로 달려 내려갔다.

히데요시는 반대쪽으로 발을 돌려, 도중에서 점점 걸음을 빨리하여 나아갔다. 영내 여러 동으로 나뉘어 있는 가옥의 하나에 등불의 그림자가 새어

나오고 있었다. 그곳이 다케나카 한베가 누워 있는 병동이고, 마침 그 지붕 너머로 초승달이 떠오르기 시작하고 있었다.

머리맡에는 히데요시가 보낸 의원도 있었다. 다케나카의 신하도 있었다. 거의 판자를 둘러친 것에 불과한 가옥의 멍석자리 위이기는 하나, 흰 침구가 두텁게 포개어 있고 한쪽 구석에는 직인도(職人圖)를 그린 병풍이 한 벌 세워져 있었다.

"한베…… 알겠는가.　히데요시다, 지쿠젠이−. 어떠냐 기분은."

가만히 옆에 앉아 베개 위의 얼굴을 들여다보았다.

저녁 어둠의 탓인지 한베의 얼굴은 구슬처럼 아름다웠다.

이렇게까지 사람은 마르는 것일까, 하고 생각하니 눈물을 금할 수가 없었다.

히데요시는 괴로웠다. 보고 있자니 아무래도 애처로웠다.

"의원."

"네."

"……어떤가."

히데요시로서는 어떻게 안 되겠느냐고 말하고 싶은 것이다.

"……."

의원은 아무 대답도 못한다. 물론 시간문제라고 그는 무언증에 대답하고 있는 것이다.

혼미에 있던 환자는 그때 희미하게 손을 움직였다. 히데요시의 목소리가 귀에 들리는 듯, 눈시울을 적시고 무언가 시중드는 이에게 뜻을 알리려고 하는 듯하였다.

"주군께서 문병 오셨습니다…… 주군께서 머리맡에."

"……."

끄덕이고, 그리고 무언가 뜻을 전하려 한다. 자기의 몸을 안아 일으키라고 명하는 듯하였다.

"어떻겠습니까?"

의원을 돌아보며 시중드는 이가 물으니, 글쎄 하고 의원도 대답하지 못하는 난처한 표정을 짓고 있다.

히데요시는 한베의 뜻을 알아차리고 아이를 달래듯이 달래었다.

"왜 일어나려고, 괜찮아. 그대로 있게."

한베는 겨우 머리를 저어 다시 시중꾼을 꾸짖는 것이었다. 그렇다고 큰 소리가 나오는 것도 아니고 순간 퀭한 눈 속에 경련이 비쳤으므로, 두말 없이 시중꾼은 명령대로 둘이서 널빤지 같은 환자의 반신을 가만히 안아 일으켰다.

침구로 몸 언저리를 지탱하려고 하자 한베는 필요 없다고 물리치고는 입술을 깨물며 침상으로부터 천천히 몸을 내렸다.

그것은 지금 숨이 막 넘어가려는 환자로서는 필사적인 노력임에 틀림없었다. 응시한 채로 히데요시도 의원도 함께 앉은 가신들도 숨을 죽이고 바라보고 있을 수밖에 없다.

겨우 침상에서 두 자쯤 떨어져 멍석 위에 한베 시게하루는 똑바로 앉았다. 앙상한 어깨며, 야윈 무릎, 또 가냘픈 두 손, 여자에게서나 볼 모습이었다.

지그시 입술을 다물고 숨을 고르고 있는 듯했다. 이윽고 꺾어지듯 훌쩍 두 손을 짚었다. 그리고는 말했다.

"벌써 작별도 오늘 저녁으로 다가왔습니다. 다년간의 깊으신 은혜 다시 한 번 감사를 드립니다."

잠시 뜸을 들이고 말했다.

"지는 것도, 피는 것도, 죽는 것도, 사는 것도, 깊이 관조한다면 우주 일원 속의 춘추의 색상일 뿐…… 재미있는 세상인가도 생각됩니다. 주군께는 연분이 있어 그토록 후한 대우를 받았습니다만, 돌이켜보건대 아무런 섬김도 하지 못하여 다만 그것만이 마지막 마음에 걸립니다."

실낱같은 목소리이나마 이상하게도 줄줄 흘러나온다. 어떤 엄숙한 기적에 대하는 심정으로 일동은 숙연히 자세를 바로 했다. 그중에도 히데요시는 옷깃을 여미고 고개를 숙여 손을 무릎 위에 얹은 채, 그의 말을 한마디도 흘려보내지 않으려고 귀를 기울였다.

바야흐로 꺼지려는 불은 꺼지기 전에 밝은 빛을 한번 발하는 것이다.

지금 한베의 모습은, 그 생명은 마치 그와 같은 숭고한 순간과도 같았다.

그는 필사적으로 아직 이 세상에서의 마지막 말을 히데요시에게 아뢰려고 말하였다.

"다사, 이제부터의 다사다난 세태의 변천은 실로 걱정이 됩니다……대변혁기의 경계선에 처해 있는 오늘의 일본. 살아남을 수 있는 자라면 한베 따위도 살아서 끝까지 보고 싶군요. 실로 그렇게 생각되지만 천명을 어찌

할 수 없습니다."

점차 말도 또렷해진다. 생명력만 가지고 말을 하는 것 같았다. 육체 그 자체는 과연 때때로 크게 헐떡이며 어깨를 내리고는 다음 말까지의 호흡을 멈추고 있었다.

"그러나 주군. 주군이야말로 그와 같은 시대에 태어나시고 또 선택된 자라고 생각지 않으십니까. 간혹 한베가 뫼온 바로는, 주군은 꿈에도 천하인이 되려는 야망은 갖지 않으셨습니다……."

여기에서 잠시 사이를 두었다가 다시 말을 이었다.

"그것이 오늘까지는 주군의 장점이고 특징이었습니다. 실례입니다만 주군이 신발지기였을 때는 신발 간수직의 직분에 전념을 다하였고, 또한 사병의 몸이었을 때는 한 사병의 직분을 다하면서 결코 위만 보고 발이 떠 있는 망상가는 아니었습니다. 지금에도 아마 그 마음임에 틀림이 없으며, 어찌하면 주고쿠 탐제(探題 : ^{지역구
사령관격})의 직분을 완수할 수 있을까, 어찌하면 노부나가 공의 위촉에 최선의 만족을 드릴 수 있을까, 또 어찌하면 눈앞의 미키 성을 함락시킬 수 있을까, 그것에 전념하는 외에는 다른 일이나 일신의 영달 따위는 생각지도 않고 계십니다."

"……."

방안은 조용하여 딴 사람이 있는 것 같지도 않았다. 히데요시는 깊이 숙인 머리를 올리는 것도, 몸을 움직이는 것도 전혀 잊은 듯이 가만히 듣고만 있었다.

"그러나 말입니다. 이러한 시대를 수습하는 큰 그릇은 반드시 하늘이 가려내어 어딘가에 준비하고 있는 것입니다. 군웅이 천하에 차서 저마다 이 난세의 여명을 짊어질 자, 만민을 도탄에서 구할 자 나이며, 나 외에는 사람이 없다고 자부하고 자존하여 여기 중원의 피업을 다투고 있습니다만, 이미 위대한 인재 겐신(謙信)은 갔고, 고산(曱山)의 신겐(信玄)은 죽었으며, 서쪽의 웅(雄) 모토나리(元就)는 자신을 알고 자손이 지킬 유훈을 남기고 세상을 하직했으며, 그 밖에 아사이 아사쿠라(淺井朝倉)는 당연한 자멸을 했고, 누군가가 이 큰 대국을 잘 매듭지어 다음 세대의 국토와 문화에 만민으로 하여금 단사호장(^{간소한 음식으로
군대를 환영})할 큰 인물이 있겠습니까. 남아 있습니다……손을 꼽아 볼 것조차 없지 않습니까."

"……."

히데요시는 그때 번쩍 얼굴을 들었다. 그러자 한베의 우묵한 눈으로부터도 날카로운 빛이 그의 얼굴을 쏘았다. 지금 임종에 처한 자의 눈과, 아직 언제까지 살지 모르는 히데요시의 눈이 순간 맞부딪쳤다. 무언 속에 서로 쏘아 댄 것이다.

"노부나가 공……우대신(右大臣)가를 두고 무엇을 말하는가고 주군께선 마음속으로 한베의 말에 당혹을 느끼시겠지요…… 그렇습니다. 그 마음은 알겠습니다. ……그러나 노부나가 공에게는 노부나가 공이 아니고서는 할 수 없는 사명을 주어 하늘은 충분히 공에게 시키고 있습니다. 현재 상태를 타개하는 그 위세, 오늘까지의 온갖 고난을 무릅쓰고 온 그 신념, 그것은 도쿠가와님도 또 주군께서도 능히 할 수 있는 일이 아닙니다. 노부나가 공을 제하고 누가 이 시대의 혼란을 예까지 통솔하여 올 수 있었겠습니까……그렇기는 하나, 그것을 가지고 국내의 모든 것이 혁신된다고는 할 수 없을 겁니다. 주고쿠를 정벌하고, 시고쿠(四國)를 다스리고, 미치노쿠(陸奧)를 쳐도, 그것뿐이고, 위로 조정을 편안케 해 드리고 아래로 모든 계층을 화합시키고, 더구나 다음의 문화 건설 세세토록 융창할 반석이 놓여진다고는 말할 수 없습니다……말할 수 없습니다."

시대가 영웅을 낳고 영웅이 시대를 만든다.
또 파괴의 영웅이 있고, 건설의 영웅도 있다.
천수(天數)인명 우주의 신비스런 배치를 천의라고 한다면 천의(天意)는 그 시대에 따라서 영웅을 만들며, 그 기량에 따라서 맡기는 사명을 국한하고 있는 것 같다.
춘추 3국의 역사를 비춰 보고, 또 지난 일본의 치난 흥망을 돌아보아, 한베는 뚜렷이 그렇게 보고 있는 것 같았다. 현재의 변을 통찰하고 또 시국의 저류를 고찰하여 다년간 몸은 히데요시 한 사람의 막하에 있었으나, 마음은 높이 구리하라 산의 꼭대기에서 전 일본의 움직임과 시대의 귀추를 대관하여——내린 결론을 '이렇다, 이렇게 된다' 라고 깊이 가슴속에 간직해 온 것과 같다.
그는 믿고 있다.
인연이 있어 다년간 자기가 보좌해 온 이 주인이야말로 이른바 파괴의 시대를 넘어서 필연적으로 나타나야 할 다음의 인물이 아니겠는가고.

항상 너무 측근에 있어서 때로는 부인 네네(寧子)와 부부 싸움을 하거나, 때로는 어리석게 보이는 일을 기뻐하거나, 침울해 있거나, 어리석은 말을 하거나, 풍채에 이르러는 또 다른 가문의 어느 주인과 비교해도 나은 점이 있다고는 생각되지 않는 주인이므로, 흔히 그러한 위대한 재목으로서의 천질을 발견하는 자는 하시바가 안에서도 십중 한 사람도 없는 듯한데, 다케나카 한베는 이분 곁에 있어 이분을 위해 반생을 지내 온 것을 지금까지도 결코 후회하지 않을 뿐 아니라, 하늘이 맺어 준 인연에 대해서 큰 기쁨과 그리고 임종하는 순간까지도 확고한 생의 보람을 느끼고 있는 것이다.

"이 주군이 전부터 내가 믿고 있었던 역할을 갖고 장차 그것을 완수해 준다면, 시게하루 그 자체의 앙상한 몸체는 여기에서 대사의 중도에 죽는다 하더라도 결코 헛된 일생을 마친 것은 아니다. 이분의 정신을 통하여 이 주군의 장래를 통하여 나의 이상(理想)은 어떤 형태로든 세상에 행해질 것이다. 자신은 이 교목을 크게 하는 뿌리의 밑거름으로서 족한 것이다. 다만 이 교목이 무럭무럭 한껏 뻗어 꽃을 피워 이 세상을 군주의 봄날로 평안케 하는 날이 있다면——내 소원은 달성됐다고 할 것이다. 사람들은 요절이라고 할지도 모르나 이것으로써 한베 시게하루는 안심하고 눈을 감을 수 있다는 것이다."

"……이상 말씀드린 것 외에 더……더 할 말은 아무것도 없습니다. 제발……주군님, 몸을 아끼십시오. 귀하신 몸임을 알고 시게하루 없는 뒤에도 한층 분발하시어……."

——라고 말했을 때 한베의 가슴은 썩은 나무 부러지듯 앞으로 굽어졌다. 그것을 바치려고 가는 손을 자리 위에 떨어뜨렸으나, 손에도 이미 힘이 없어 펄썩 멍석 위로 얼굴을 엎어 버리고 말았다.

얼굴과 멍석 사이에서, 순간 확 하고 밝은 모란꽃이 핀 듯이 핏줄기가 번졌다. 피를 토한 것이다.

히데요시는 달려들 듯 한베의 머리를 안았다. 아직도 콸콸 흐르는 것이 자신의 무릎과 가슴에 번지어 묻는 것도 의식하지 못하고, 넋두리를 하며 히데요시는 큰 소리로 울었다.

"시게하룻, 시게하룻, 나를 두고, 나, 나를 남겨 놓고…… 그대 혼자 간단 말인가. 그대와 헤어지고 이제 뒤의 싸움을 히데요시는 어떻게 하란 말인가. 시게하루……."

추태라면 추태라고 할 만큼 체면 불구하고 엉엉 울어 대는 것이었다.

털썩 그 무릎에 목을 떨어뜨리고 있는 창백한 얼굴은 지금은 주군의 가슴에 응석을 부리며, 미소 지으며 히데요시의 넋두리를 부정하고 있는 듯 했다.

"아니에요. 이제부터의 당신에겐 그런 시름은 없습니다."

지하에서 봉사

아침에 본 사람도 저녁에는 없고 저녁에 본 사람도 아침에는 죽어 있다.

그런 일이 별로 무상감을 자아내지도 않고, 날마다 우듬지로부터 져가는 단풍 보듯 보아온 싸움터에서 어찌하여 한베의 죽음만이 이토록 히데요시를 슬픔에 몰아넣고 마는 것일까. 너무나도 슬퍼하는 그의 모습에는 함께 울고 있던 사람들조차 의아했을 정도였는데, 이윽고 겨우 아이들의 경기가 멎은 것처럼 이성을 회복하자 히데요시는 차가워진 한베의 몸을 자신의 무릎에서 고이 자기의 손으로 자리 위에 누이면서 아직 산 사람에게 하듯이 중얼거렸다.

"사람들이 두 배, 세 배 장수하여도 이룰 수 없는 큰 이상을 품고 있었는데, 아직 그 소망의 반은 고사하고 시작에 불과한 때에……죽고 싶지 않았을 게다. 나 역시 지금 마중 온다 해도 죽고 싶지는 않아……아, 시게하루, 얼마나 미련이 많았었겠나. 슬프게도 그대 같은 재능을 이 세상에 갖고 태어났으면서, 그 백분의 일도 세상에서 이루지 못하고서야 죽고 싶지 않은 것도 당연하지."

얼마나 애틋함이 많은 사람인가. 다시 또 시체를 향하여 넋두리다. 합장하고 염불 하나 외우지 않으면서 끊어지지 않고 이어지는 넋두리를 그치지 않는 히데요시였다.

"겨우 촉나라가 서자, 유현덕은 유아를 공명에게 의탁하고 갔다. 공명의 슬픔은 식음도 잊을 정도였다고 한다. 그러나 너와 나는 거꾸로구나. 공명을 앞서 보낸 유비와 같구나. 아아 공명을 앞서 보내고 홀로 남은 유비. 생각만 해도 막막한 일이 아니냐. 나의 낙심 나의 쓸쓸함 비유할 것도 없구나."

그때 막사 밖에서 소란스런 소리가 들려왔다. 소주마루의 소식을 듣고 싸움터에서 가마를 타고 다급히 달려온 간베다.

"뭐야, 벌써 틀렸나. ……늦었구나."

그리도 애석한 듯 콧소리로 주변 사람들에게 응답하고 간베는 절룩거리며 들어왔다.

그리고 눈이 충혈되어 머리맡에 앉아 있는 히데요시의 모습과, 지금은 싸늘한 하나의 시체가 된 지기 한베 시게하루의 모습을 보고 무겁게 신음을 한다.

"음……."

그러고는 몸도 마음도 부서지듯 주저앉아 버리고 말았다.

그것뿐이었다. 간베도 히데요시도 단정히 서로 한 곳에 눈을 돌린 채 말도 없이 앉아 있었다. 어느덧 방안은 어둠이 몰려와서 동굴처럼 컴컴해졌으나 등불을 켜는 자는 없었다. 사자의 흰 침구만이 골짜기 속의 눈처럼 보이고 있었다.

"간베."

온몸으로부터 탄식을 토하듯 히데요시 쪽에서 이윽고 한 마디 하였다.

"아깝구나. 벌써부터 어렵다고 생각은 했었지만……."

간베도 그에 대해서 더 말할 수가 없었다. 함께 망연한 얼굴로 말했다.

"아아, 모를 일입니다. 이타미의 성에 사로잡혀 반드시 죽을 목숨이라고 체념해 왔던 소인은 살아남고, 매우 좋다고 하던 시게하루님께서는 그로부터 아직 반 년도 되기 전에 이렇게 되다니."

그때 그는 생각난 듯이 말했다.

"이봐 옆에 있는 분들, 언제까지나 함께 비탄에 젖어 있어 본들 어찌되겠나. ……불을 켜지 않겠는가. 그리고 시게하루님의 유해를 씻고 방을 치워서 안치해야 하지 않겠나. 어쨌든 진중의 장사이니 모든 게 충분하지는 못해도……."

그가 지시를 내리기 시작하니 히데요시는 어느새 벌써 그곳에 없었다.

한들거리는 촛불 속에서 사람들은 부시시 일어나기 시작했다. 그러자 시게하루의 베게 밑에서 한통의 유서가 나타났다. 구로다 간베에게 죽기 이틀 전에 쓴 것이었다.

——히라이 산 한쪽에 시게하루의 유해를 후히 가매장하고 조기(弔旗)에 부는 가을바람도 쓸쓸하고, 낙심한 뒤의 피곤도 겹쳐 진중은 자칫 적막감에 사로잡히기 쉬운 한나절이었다.

고요한 막사 안을 찾아와서 구로다 간베는 한 통의 편지를 히데요시에게 보이고 있었다.

"뭐 한베의 유서가 베개 밑에 있었다고……그대에게 보낸 건가."

히데요시는 권하는 대로 곧 펼쳐 읽어 내려가고 있었는데 그동안 몇 번이고 눈을 밝히며 눈썹을 손으로 닦고, 끝내 얼굴을 돌리고 단번에 읽어 낼 수가 없었다.

죽기 이틀 전에 마음의 벗 간베 요시다카에게 보낸 것이기는 하나, 그 글 속에 있는 말은 한 마디도 자신의 바람이나 교우의 일에 대해 말하지를 않았다.

서두부터 끝까지 모두가 주군 히데요시에 곤한 것이거나 장차 이룰 경륜에 대해 걱정을 말하고 선처를 부탁하며, 또 종전부터 가슴에 품어 오던 경책을 자세히 써 놓은 것이었다.

그 일절에는 이런 것이 있었다.

——비록 이몸은 변하여 흙 속의 백골이 된들 주군님께서 저의 미력한 충고를 잊지 않으시고 마음속에 항시라도 상기해주신다면, 시게하루의 혼백은 언제 어느 때라도 주군님의 현신 속에 음으로 드리는 봉사도 결코 불가능하다고는 생각지 않으며……

살아 있을 동안의 충성으로도 족하다 하지 않고, 젊어서 떠나는 이 세상에 한도 없으며 백골이 되어도 섬길 길이 있음을 믿어 죽음을 기다렸구나, 하고 시게하루의 심금을 생각해 보면 히데요시는 울지 않을 수가 없었다. 아무리 마음을 다부지게 먹어도 눈물이 나서 견딜 수가 없었다.

"주군, 그렇게 언제까지 슬퍼만 하고 계실 때가 아닙니다. 부디 문장 속의 다른 곳에 눈을 돌리시어 깊이 생각해 주시기 바랍니다. 거기에 한베님이 미키 성 공략의 결정책으로서 써 놓은 일책이 있을 것입니다만."

이윽고 간베가 간곡히 말하였다. 전부터 매우 히데요시에게 곧게 대해 오던 간베이긴 하지만 이번 일에 대해서는 좀 히데요시의 사사로운 정에 흔들리는 어리석은 일면이 드러나 보인 데 대해서 좀 실망한 듯한 표정이었다.

시게하루는 그 유서 속에서 이렇게 예언하고 있었다.

——미키 낙성도, 이제 백일을 지나 매듭이야 나겠지만.

그러나 다만 무리한 공격으로 군사를 손해 봄이 불가함을 설명하고 아군을 위해 최후의 일책을 적어 놓고 간 것이었다.

——적 미키 성 안에서 분별을 잘 하는 사람은 역시 벳쇼의 가로, 고토 쇼겐 모토구니에 견줄 사람은 없다. 자신이 보는 바로는 그는 일이 되어 나가는 형편을 모르고 맹목적으로 싸우는 것만 고집하는 어리석은 장수는 아니다. 싸움 전에 히메지 성에서 같이 앉아 몇 번이나 서로 이야기한 적도 있으니, 자신과는 얕긴 하여도 교우도 있었던 사람이라고 할 수 있을 것이다.

별도로 그에게 보내는 글 한 통을 적어 놓았으니 이를 휴대하고 한번 성 안으로 그를 찾아가서 고토 모토구니로 하여금 그 주군 벳쇼 나가하루에게 잘 설명케 하여 대세가 기우는 것을 설득하면, 나가하루라도 설마 귀신은 아닐 테니 반드시 각오를 일전시켜 성을 열고 화목을 청하여 오리라고 생각한다. 다만 이를 행할 때는 시기를 헤아리는 것이 긴요하다.

늦가을 땅에는 마른 잎이 깔리고, 하늘에는 초승달이 차갑고, 슬그머니 병사들의 마음도 부모형제에 대한 사모와 향수로 다감한 때를 고르는 것이 가장 적당하다고 본다. 겨울이 임박했음을 생각할수록 기아에 직면한 성병은 더욱더 비장한 애상을 안고, 죽음이 다가왔음을 각오하고 있음에 틀림이 없다. 여기에 헛되이 역공격을 가하는 것은 도리어 그들에게 좋은 죽을 장소와 죽음으로 가는 길동무를 제공해 주는 데 불과할 것이다.

그러나 당분간 싸움도 중지하고 그들에게 조용히 생각할 수 있는 시간을 준 뒤, 나의 서한을 보내 간절하게, 그리고 진정을 갖고 적의 성주와 일족의 장로(長老)를 설득한다면 늦어도 연내로는 끝장을 볼 것임에 틀림이 없다.

이렇게 계속 써 내려가다가, '될까 안 될까 하며 일에 앞서 자신부터 의심한대서야 성사될 리도 없다'고 하며 그 실행에 신념을 갖도록 하는 것까지 잊지 않았다.

그럼에도 불구하고 약간 성패를 의식하고 있는 듯한 히데요시의 태도를 보고 간베 요시다카는 유서에 보이지 않는 점을 첨부하여 말했다.

"실은 그 방략에 대해서 한베님 생전에도 한두 마디 말씀하신 일이 있었습니다만……시기가 아니다 하며 기회를 보아온 중입니다. 주군님의 허락만 있으면 언제라도 소인이 사자가 되어 성내의 고토쇼겐과 만나고 오겠습니다."

그러자 히데요시는 고개를 저었다.

"……금년 봄이었던가, 아사노 야헤의 친척이라는 연고로 성의 한 장수에게 그 책략을 써 본 일이 있었다. 그런데 아무리 기다려도 대답이 없었다. 뒤에 탐지해 보니 그 자가 주인 벳쇼 나가하루에게 항복을 권한 것을 군병이 노하여 즉석에서 베어 죽였다는 것이었다. 한베의 유책, 그것과 비슷한 유책이 아니겠느냐. 잘못하면 공격군의 약점만 알리는 것뿐이며, 얻는 바는 아무것도 없다."

"아닙니다, 한베님이 행함에 있어서 기회를 엿보는 것이 중요하다고 말한 것은 그것일 것입니다. 지금이라면……하고 생각됩니다."

"호기인가."

"확신합니다."

"……."

그때 진막 밖에서 사람 소리가 들렸다. 익히 듣던 장사들의 목소리 외에 아무래도 여자 목소리가 언뜻 들렸다

뜻밖에도 이 진중으로 히데요시를 찾아온 여성은 돌아간 한베의 누이동생 오유였다.

오빠의 위독함을 듣자마자 그녀는 곧 몇 명의 종자를 데리고 위험도 생각지 않고 교토를 떠난 것이다.

——비록 한 번만이라도 이 세상에서의 얼굴을.

그런 생각에 열심히 서둘러 온 것이거늘 여자의 걸음이기도 하고 어수선한 싸움터가 가까워지자 발걸음조차 떨어지지 않아, 끝내 오빠의 임종에는 닿지 못한 것이었다.

"……오유였나."

히데요시는 진중 의자 앞에 선 그녀의 여장과 그 헬쑥한 얼굴을 바라보며

많이 변했다고 생각했다. 이렇게 말을 건네고 있을 때 간베 요시다카도 다른 근신들도 일부러 자리를 피해 막사 밖으로 나가고 있었다.

"……."

오유는 눈물이 앞서서, 언제까지나 히데요시를 우러러볼 수가 없었다. 나그넷길의 잠 속에서도 길고긴 전진의 사이에서도 꿈속에서조차 그리워하던 사람인데, 여기에 와서는 곁에도 다가갈 수 없는 심정이었다.

"들었는가……한베의 죽음을."

"……들었습니다."

"잊어 버려라. 할 수 없는 일이다."

그것이 히데요시로서는 최대한의 위로였다.

그러나 히데요시가 그렇게 부드럽게 위로하자, 오유의 슬픈 마음도 눈 녹듯이 풀어져 한꺼번에 치솟아 오르는 눈물과 함께 참을 수 없는 오열의 소리를 지르며 땅에 주저앉아 버렸다.

"쯧쯧……보기 싫다."

급히 히데요시는 진중 의자를 떠나서 저도 모르게 서 버렸다. 사람의 눈은 없다 해도 바로 막사 밖에는 근신들이 있으므로 부하들이 듣는 것을 꺼리는 것 같았다.

"둘이서 한베의 무덤을 찾아가자. 오유, 따라 오너라."

히데요시는 앞장서서 막사 뒤로 나가, 산길을 더듬어 한층 높은 언덕 위를 올라갔다.

한 그루의 소나무 사이를 울어대는 늦가을 소슬바람이 더욱 쓸쓸했다. 그 밑에 흙빛도 아직 새로운 봉분이 쌓여 있었고, 돌 하나가 묘비 대신으로 세워져 있었다.

한때는 오랜 진중의 틈틈에 이 소나무 기둥 밑에 멍석을 깔고 달을 구경하면서 간베, 한베, 히데요시 등이 둘러 앉아 고금을 논하던 때도 있었다.

"……."

오유는 수풀 속을 헤치며 헌화할 꽃을 찾고 있었다.

그리고 히데요시를 따라 봉분 앞에 머리를 수그렸다.

눈물은 이제 더 이상 흐르지 않았다. 사람의 운명을 울어 슬퍼하기에는 산 위의 자연은 우주의 당연한 이치를 늦가을의 초목으로 가르치고 있다. 가을이 지나면 겨울, 겨울이 지나면 봄, 자연 속에는 아무런 비탄이나 눈물의 씨

앗도 없는 것이다.

"주군님……."

"뭐냐."

"소원이 있습니다. 오라버니 무덤 앞에서 간곡히……."

"그러냐, 음……그러냐."

"아시겠지요…… 아무도 주군님 가슴에는."

"알고 있어."

"저에게 말미를 주시와요. ……들어 주신다면 오라버니도 지하에서 한시를 더실 줄 믿습니다."

"몸은 지하에 묻혀도 혼백은 계속 섬기겠다, 하고 죽을 정도의 시게하루야. 그 시게하루가 생전부터 걱정하고 있었다고 하는 일인데, 어찌 이 히데요신들 거스를 수 있겠는가. 마음 내키는 대로 하여라."

"고맙습니다. 허락하신 이상에는 오라버니의 유명대로 오라버니의 유물을 안고……."

"어디로 갈 것인가."

"어딘가 풋나무 우거진 마을의 암자에라도."

또 다시 눈물에 젖었다. 히데요시는 한쪽을 향해 서 있었다.

같은 자연 속에 살고 있으면서도 역시 인간은 어디까지나 번뇌를 벗어날 수 없는 존재인가 보다.

지는 단풍이나 지저귀는 새, 그 청정함은 히데요시도 다 배우지 못하였다.

단풍을 먹다

히데요시로부터 말미를 얻었다. 오라버니의 머리카락과 속옷도 받았다. 진중에 여자가 오래 머무를 필요는 없다. 오유는 곧 다음날 히데요시에게 하직 인사를 했다.

"작별하겠습니다. 부디 몸조심을."

그렇게 여행 채비까지 하고 마지막 작별을 하려 했으나 만류당했다.

"더 기다려. 2, 3일 진중에 머물러 있어라."

떨어진 가옥에서 오유는 며칠이고 우두커니 오빠의 머리털을 조상하고 있었다.

나흘 닷새 지나가는데도 히데요시로브터는 아무런 분부가 없다.

산에는 서리가 내리고 있었다. 비가 올 때마다 사방 산의 나뭇잎은 떨어져 간다. 그러던 어느날 밤, 초저녁 달빛은 드물게도 밝게 비추었다.

"오유님, 부르십니다."

시동 하나가 히데요시의 심부름으로 가옥을 들여다보며 말했다.

"오늘 밤 떠나실 준비를 하시어 한베 나리의 무덤이 있는 산 위까지 납시라는 분부이십니다…… 네, 곧 말입니다."

전하고는 심부름하는 시동은 먼저 가 버렸다.

채비라고 했자 전부터 꾸려 놓은 짐 외에는 아무것도 없다. 오라버니의 유신 구리하라 구마타로 외에 두 사람 정도를 데리고 오유는 이윽고 무덤이 있는 산으로 올라갔다.

풀도 나무도 모두 말라 버려서 산길의 전망은 쓸쓸하기 그지없었으나, 그날 밤은 서리라도 내린 듯 달빛이 희었다.

검은 사람 그림자가 몇 사람 히데요시의 주위에 서 있었다. 근신인 듯한 이가 오유가 온 것을 아뢰었다. 그 중에는 간베 요시다카 같은 그림자도 보였으나 오유가 그곳에 도착하였을 때는 벌써 주위에 보이지 않았다.

"오, 오유냐, 그 후 그만 군무에 바빠서 아침저녁으로 찾아보지도 못하였는데, 산도 눈에 띄게 추워졌고 쓸쓸했었지?"

히데요시는 상냥했다. 대체로 누구에게나 여자에게는 상냥한 히데요시이기는 하나, 이때 오유로서는 부드러운 목소리를 듣는 것은 오히려 정만이 아닌 생각이 들었다.

"이제부터는 일생 홀로 깊은 시골 묻혀 살려고 마음에 맹세한 때문인지 어디에 있어도 쓸쓸하다는 생각 따위는 들지 않습니다."

그녀의 말을 들으면서 히데요시는 끄덕이고, 또 끄덕였다.

"부탁한다. 한베의 명복을 잘 빌어 주어라. 목숨을 부지하는 한 어디서든 또 만나게 되겠지."

그리고는 고인의 무덤이 있는 소나무 밑을 돌아다보며 다시 말했다.

"오유, 저기에 준비해 놓았다. 이것으로 다시는 그대의 오묘한 거문고 소리도 들을 날이 없을 것이다. 훨씬 오래 전에 그대는 오라버니 한베를 따라 당시 오다 주군에 항거하여 일족이 농성하고 있던 미노의 조데이켄(長亭幹) 성에 와서 거문고를 타 주어, 농성의 귀신이 되어 있는 장사들의 마음을 달래게 하여 끝내 성문을 열고 항복케 한 일도 있었다. 한베의 영혼에 바치는 곡이 되겠지. 히데요시도 추억으로 듣고 싶구나……만일에 또한 그 거문고 소리가 바람을 타고 여기에서 가까운 적의 미키 성에까지 미치게 해 그들의 거친 마음에 유정을 일게 하고, 무의미한 죽음을 깨닫게 한다면 이것은 큰 공로가 된다. 지하의 한베도 얼마나 기뻐할지 모르지.”

그녀도 눈치채지 못하였으나, 언뜻 브니 소나무 밑에 멍석을 깔고 그 위에 거문고 하나가 놓여 있었다.

햇수로 3년에 걸친 농성에 그토록 굽힐 줄 모르는 기개와 절조를 갖고 위쪽 무사들은 경박한 놈들이라고 한몫으로 깔보던 주고쿠의 장졸들도 이젠 볼품없는 모습들이 되어, 다만 죽음만을 기다리는 궁지로 내몰리고 있었다.

“마지막으로 나가 치고 죽는 것도 오늘인가 내일인가. 부디 굶어 죽는 것만은 면하고 싶어.”

“비참하다.”

사람인 자신도 죽은 말의 뼈를 핥고, 들쥐를 먹었고, 나무껍질 풀뿌리까지 모두 샅샅이 뒤져 먹었다.

“이번 겨울엔 이제 다다미를 끓이고 벽의 흙을 먹을까, 먹을 것도 없어.”

움푹 페인 눈과 눈이 서로를 불쌍히 여기면서 아직도 이런 말을 하고 있었다. 벽의 흙을 먹고라도 이 겨울을 넘길 작정으로 기백만은 아직 잃지 않고 있다.

작은 전투라도 적이 다가만 오면 갑자기 굶주림도 피로도 잊어버리고 나가 싸운다. 그런데 이즈음 한 반 달 가량은 통 공격군이 쳐들어 오지 않는다. 이것이 어떠한 호된 일을 만나는 것보다 성병들에게는 견디기 어려웠다.

해안 근처 성 안 일대가 한꺼번에 늪 속에라도 빠진 듯이 캄캄해진다. 등불 따위는 하나도 켜지 않는다. 생선 기름도, 식물 기름도, 다 식량으로 핥아 버리고 만 것이다.

아침저녁엔 성 안의 나무숲에 제 지어 오는 참새 등 작은 새들이 무엇보다도 좋은 먹잇감으로서 군사들에게 잡혔으므로 요 얼마동안은 새들도 알았는지 통 성내의 나무에는 오지 않는다. 까치마저 손에 넣기가 귀해졌을 정도로 그동안 엄청난 수의 까치를 잡아먹었다.

퍼석 하고 어둠 속에서 족제비 달리는 소리가 나서 보초병은 눈을 번뜩였다. 본능적으로 위에서 위액이 분비되므로 그 뒤엔 반드시 서로 얼굴을 찡그리며 말하는 것이었다.

"배가 죄듯이 아파."

그날 밤은 달이 좋았다. 그러나 성의 군사들은 투덜댔다.

"아아, 달은 먹을 수 없어."

망보고 있는 성채나 성내의 지붕에 우수수 낙엽이 굴러 떨어진다. 한 병사는 우적우적 단풍을 먹고 있었다.

"맛있나?"

한 보초병이 물었다.

"짚보다는 나아."

한 움큼 더 주워서 먹는다.

그러나 곧 목이 칼칼해 오는지 기침을 한참 동안 하고 나서 먹은 단풍을 토해 버렸다.

"앗, 가로(家老)께서."

누군가가 속삭이니 모두 긴장하여 너도 나도 확고한 의지를 다시 나타내고 있었다.

조용히 오직 혼자서 불기 없는 본영으로부터 걸어오는 사람의 그림자가 있었다. 벳교가의 가로 고토 쇼겐 모토구니였다.

"야 대견들하군. 고생들이 많지. 무슨 변동은 없는가?"

"별 이상은 없습니다."

"그러나……."

쇼겐은 한 손에 쥐고 있던 화살을 가리키며 말했다.

"저녁때 히라이 산의 적진으로부터 이 화살을 쏘아 왔다. 편지를 꽂아서. 그에 의하면 하시바의 객장 구로다 간베 요시다카가 오늘 밤 나와 면담하고 싶다는 이유로 여기로 찾아오기로 되어 있어."

"무어 간베가 온다구요……옛 주인을 배신하고 오다의 진영으로 넘어가 주고쿠 무사의 얼굴을 깎은 놈, 오기만 하면 박살을 내겠습니다. 그대로 둘 수는 없습니다."

"아니야, 히데요시의 사자로서 미리 화살 편지로서 통고하고 오는 것을 베어서는 안돼. 사자를 죽이지 말라. 이것은 병가 사이의 약속이야."

"적장이라도 딴 놈이라면 몰라도 간베라면 고기를 씹어 먹어도 시원치 않겠습니다."

"적에게 뱃속을 보여서는 안돼. 도리어 웃으며 맞이해라. 웃으며……."

쇼겐이 성병의 마음을 달래고 있을 때, 갑자기 매우 멀리에서 또 간헐적이긴 한데 거문고인가 싶은 소리가 사람들의 귀에 들려왔다.

그때 미키 성은 이상한 정적에 휩싸여 있었다. 칠흑 같은 한밤의 그 밑바닥에는 숨쉬는 사람 기척도 없고 하늘에는 훨훨 나는 그림자도 형체도 없이 낙엽 소리가 음산히 들려오고 있었다.

"어? 거문고다."

한 병사가 갑자기 눈을 하늘에 보내며 신음했다.

가만히 서 있던 다른 병사도 그 소리에 따라, 마치 그리운 그 무엇이나 만난 듯이 눈을 게슴츠레 뜨고 귀를 기울이며 황홀하게 듣고 있었다.

"음 거문고 소리가 들리누나……."

"거문고 소리야……."

이곳뿐만 아니라 누상에서도, 침소에서도, 성 안 여기저기에서도 순간 같은 생각에 사로잡혀 있는 것 같다.

화살 바람, 총소리, 고함 소리에 하루하루를 보내 온 2, 3년이란, 정말 집도 없고 몸도 없고 골육도 없이——다만 이 한 성을 중심으로 하여 굶어도 상처 입어도 굴하지 않고, 물러나지 않고 도깨비처럼 농성해 온 오직 한 마음인 이들에게 갑자기 들려 온 거문고 소리는, 슥연히 이들 장졸들의 마음속에 여러 가지 감회를 불러일으키는 것이었다.

오늘 밤 다할 몸이건만
옛 고향에서는 모르는가
이 몸을 기다리고 있는 것을

겐코(元弘)의 충신 기쿠치 다케도키(菊池武時)가 족장 쇼니 오토모(小 弐大友)의 군에 포위되어 마지막 고루에서 고향의 아내를 그리며 가사를 지어 아들 다케시게(武重)편에 제 어미 곁으로 토냈다는 이 마지막 노래를——지금의 자신에게 해당시켜 저절로 읊은 자도 있을 것이다.

떨어져 있는 노모를 생각하고, 소식이 끊어진 자식이나 동생들을 생각한 병사도 있을 것이다. 아니 아무리 뒤에 남길 것 없는 자신 한 몸뿐인 병사라 해도 목석이 아닌 유정의 심금을 뒤흔들어 놓고서야 공연한 눈물이 저절로 눈가를 적셔 흐르는 것을 어찌할 도리가 없었다.

"……."

가로인 고토 쇼겐도 바로 그러한 사람의 하나였으나 주위의 병사들의 얼굴을 보고는 갑자기 꿈에서 깨어난 듯이 우선 자신의 마음부터 고쳐먹고, 그리곤 성문의 병졸들에게 짐짓 쾌활한 듯이 말했다.

"뭐, 공격군의 진지에서 거문고 소리가 들려. 쓸데없는 소리……거문고 소리가 뭐야. 보나마나 약해빠진 위쪽 놈들의 일이야. 오랜 진중에 질려서 고향 노래하는 년들이나 데려다 흥청거리는 거겠지. 그런 것에 마음이 흔들리다니 어이가 없다. 대장부의 철석같은 마음이 그렇게 호락호락한 것이 아니야. 그렇지, 그렇게 무르지는 않겠지."

그는 그런 말로 장졸들을 격려하고 용기를 주며, 각기 제 정신으로 돌아온 얼굴을 향해 곧 말을 이었다.

"그보다는 저마다 맡은 곳의 수비를 게을리하지 말라. 성은 마치 홍수의 탁류를 막고 있는 둑과 같은 것이다. 제방은 꾸불꾸불 길어도 초토가 한 치라도 무너지면 그만 전부가 파멸이야…… 각자의 가슴과 가슴을 이어서, 죽는 한이 있어도 움직이지 말라. 미키의 성은 누가 맡은 곳에서 무너져 결국은 성이 무너졌다고 한다면……그대들의 조상은 지하에서 울 것이다. 그대들의 자손들은 이 나라가 존속되는 한 웃음거리의 오명을 입게 되는 것이다. 알았나, 잘 부탁한다."

다시 이렇게 쇼겐이 격려하고 있을 때였다. 성 밑 언덕으로부터 두세 명의 군졸이 달려 올라오는 것이 보였다. 미리 화살 편지로 예고가 있었던 적의 객장 구로다 간베 요시다카가 지금 가마를 타고 산 밑의 책문까지 왔다는 보고였다.

간베 요시다카는 가마 위에서 기다리고 있었다.

가마는 짚과 나무와 참대로 만든 가벼운 것이었다. 지붕도 없고 양쪽 높이도 낮으며 가죽끈을 열십자로 걸고 간신히 몸을 지탱하는 정도로 하고 가마 위에서 대검을 휘두르며 적과 싸우는데 편리하게 해 놓았다.

이러한 구조이므로 메는 막대기는 끼어서 걸친 것이 아니라 좌우 따로따로 붙어 있다. 그것을 사졸 네 명이 앞뒤로 나누어 메고 천군만마 속도로 달리며 돌아다니는 것이었다.

그러나 오늘 밤의 그는 평화의 사자이다. 간베는 정장을 하고 가마 위에

다리를 꼬고 앉아 있다. 매우 다행스러운 것은 그의 키는 다섯 자 한두 치로 작아 사졸들의 어깨도 편했고 그 자신도 별로 갑갑함을 느끼지 않았다.

성채의 문 안에서 이윽고 터덜터덜 발소리가 들려왔다. 몇몇 군졸들이 언덕 위로부터 돌아온 모양이었다.

"사자는 지나가시오."

퉁명스러운 목소리와 함께 눈앞의 책문이 크게 입을 열었다. 캄캄한 속에 움지럭거리는 군사의 그림자는 얼추 백 명 이상은 되는 것 같이 보였다. 그 파도가 흔들릴 때마다 번쩍번쩍 창의 숲이 눈을 찌른다.

"수고하는구나."

그들에게 인사한 간베는 말했다.

"나는 절름발이므로 가마채 지나간다. 무례함을 용서하여라."

그러더니 수행으로 함께 데리고 온 아들 마쓰지요(松代) 나가마사(소주마루)의 모습을 뒤로 돌아보며 명하였다.

"마쓰지요, 앞에 서거라."

"넷."

마쓰지요는 부친의 가마 앞으로 돌아와, 적병의 창 속을 꼿꼿이 걸어갔다. 가마는 네 사람의 사졸들에게 메이어 그 뒤를 따라 책문으로 들어갔다.

14세의 한 소년과 절름발이 무사가 끝내는 도양도 없이 사자로서 자기들의 진영 속으로 들어온 것을 보고 살기등등했던 성병들도 아무리 적이라지만 이 부자를 미워할 마음이 일지 않았다. 자기들이 와신상담하고 있는 전투의 괴로움을 똑같이 적도 겪고 있는 것이라고 서로 입장을 생각하고 오히려 일종의 동정심조차 품었다.

방책도 지나고 성문을 들어서 이윽고 중문에 오니, 그곳에 가로인 고토 쇼겐과 성내의 정예군이 엄숙하게 오는 자를 기다리고 있었다.

"과연 이러니 양식이 떨어졌다 하는 것쯤으로는 함락이 되지 않을 것이다. 돌에 매달리면서라도 이 성은 이 사람들에 의해 지켜질 것이다."

간베는 예까지 오는 동안 아직 조금도 떨어지지 않고 있는 성병의 사기를 보고 더욱더 자신의 임무가 무거움을 느끼었다. 그것은 곧 주군 히데요시가 직면하고 있는 쉽지 않은 입장을 이해하는 깊은 우려였다.

'아무래도 내가 맡은 사명을 무사히 완수하여 죽은 한베 공의 영혼을 위로하고 또 주군께서 직면하고 있는 장기간 포위전의 어려움도 이제 타개해

버려야 한다.'

그는 홀로 마음에 다짐하였다.

지금 그러한 그의 모습을 눈앞에 맞이하는 고토 쇼겐 이하 성의 사람들도 "……이건" 하고 뜻밖인 듯한 표정들이었다.

작년부터 승리에 의기양양한 공격군의 장수, 필시 위엄을 갖추고 오만스레 이곳에 임할 줄 알았더니 생각 밖으로 데리고 온 군사란 가련한 한 소년밖에 보이지 않는다. 그리고 당사자인 간베는 쇼겐의 모습을 보자 급히 가마를 땅에 내리게 하고 불편한 다리로 서서 말했다.

"아니 벳쇼 주군님의 가로 고토 모토구니님이란 당신이었습니까. 구로다 간베올시다. 사자로 왔습니다. 지쿠젠노가미 히데요시의 대리인으로서 말입니다. ……여러분들 다 모여서 맞이해 주시니 죄송합니다."

그의 상냥하게 인사하는 모습은 과연 대범하면서도 조금도 거만한 데가 없었다.

아버지와 아버지

적진에 사자로 간 간베의 인상은 뜻밖에도 적군에게 호감을 주었다.

상대는 무사, 나도 무사, 말하지 않아드 아는 일인데 하고, 승패의 입장을 가리지 않고 진심으로 대하였기 때문이다.

그러나 이것만으로 그의 사명인 성문을 열고 항복하라는 권고를 적군이 받아들일 리는 없었다.

등불도 없는 성 안 한 방에서 고토 쇼겐과 회견한 지 반 시간 정도 지난 뒤, 간베가 먼저 말을 건넸다.

"그럼 결과를 기다리겠소."

그는 자리에서 일어섰다.

"어쨌든 우리 주군 나가하루님이나 제장들과 의논한 뒤에 회답하겠소."

이어서 쇼겐도 일어섰다.

이렇게 해서 회견하던 그날 밤의 상황으로는 이 교섭이 성립될 것 같았으나, 그 뒤 5일이 지나고, 7일이 지나고, 10일이 지나쳐 버렸다.

이제 12월로 접어들고, 기어코 서로 대진한 채 세 해째의 정월을 맞이하고야 말았다.

그래도 히라이 산의 진영에서는 떡을 찌기도 하고, 장졸들은 얼마만큼이나마 술잔을 나누었다. 하지만 성안에서는……

아무리 적이기는 하지만 이 정월을 도대체 어떻게 해서 이슬과 같은 덧없는 목숨을 이어 가고 있는지, 무엇을 먹고 살고 있는지, 은근히 염려가 되지 않을 수 없었다.

간베가 산으로 간 11월 말에서 12월까지, 미키 성은 실로 적막하기 짝이 없이 고요만이 감돌고 있었다. 이제는 공격군에게 쏘아댈 총알도 다 떨어졌다는 것을 짐작할 수 있었다.

히데요시는 그렇게 내다보면서도 쓸데없는 공격은 하지 않았다.

"아마도, 성의 명맥은 길지 못할 것이다."

히데요시의 지금의 입장은 결코 곤란하지도 않고 또 역경에 빠졌다고도 말할 수 없었다. 그러나 이 전쟁은 결코 히데요시 자신만의 독립된 싸움이 아니었다. 요컨대 노부나가의 제패에 대항하는 서·남·동·북의 적성 인물들, 그 연쇄고리의 일각에 부딪쳐 포위권을 격파하고 구멍을 뚫어 보려는 노부나가의 손발의 하나인 히데요시에 지나지 않았다. 따라서 그 주체인 노부나가가 '뭘 꾸물거리고 있느냐?'고, 일선의 지구전을 좀이 쑤시게 생각하고 있는지도 모른 채 시간은 지나갔다. 또 평상시 히데요시를 좋지 않게 생각하고 있는 주위의 인물들도 한두 마디씩 거들었다.

'히데요시에게는, 처음부터 짐이 무거운 소임……'

'이대로 그에게 그냥 맡겨 두신다면……'

그러면서 여러 가지로 비방을 하고 있는 것도 틀림없는 사실이었다.

토착민의 인기를 얻는데만 급급해 불필요한 군용금을 낭비하고 있다느니, 진중에 있는 장병들의 반감을 겁내 음주의 금지령도 엄격하게 다스리지를 못했다느니 하고, 노부나가의 귀에 들어갈 정도의 문제도 되지 않는 자질구레한 사건까지 빠짐없이 중앙으로 전해졌다. 또한 그것이 미묘한 중상모략의 재료가 되고 있는 것을 보아도 능히 짐작할 수가 있었다.

그러나 히데요시는 결코 탓하지 않았다. 그도 인간으로서 보통 감정을 지니고 있는 이상 안중에 두지 않을 수 없는 일이지만,

'사소한 일은 어디까지나 사소한 일, 따지고 보면 명백해지는 것.'

다만 이같이 생각할 뿐이었다.

오직 그가 걱정하고 있는 것은, 무어라 해도 서쪽에서 강대한 세력을 기르

고 있는 모리란 자가 이러고 있는 틈을 노려 착착 자기 세력을 정돈한 다음, 다시 오사카 혼간사의 강고한 세력과 긴밀한 작전을 짜고 동쪽으로는 호조, 다케다를 꾀고, 북쪽으로는 단바에 있는 히다노 일족 등 뒤쪽 일본에 있는 영주들을 유도해서 전 일본에 걸쳐 철통같은 반 노부나가 진의 연합을 튼튼 하게 꾀하고 있는 점이었다.

그 힘이 눈에 보이지는 않으나 얼마나 강대한가는, 현재 중앙군이 직면하고 있는 아라키 무라시게 일족의 한낱 이타미 성 조차 아직 함락되지 않은 것을 보아도 알 수 있다. 무라시게 일족이 믿고 있는 것도, 이곳 벳쇼 일족이 완강히 버티고 있는 것도, 전부 자력과 그 성벽이 아니라, '머지않아 모리의 군사가 대거 구원하러 올 것이다. 노부나가를 친다!'

바로 이것이었다.

즉, 처치 곤란한 것은 정면의 적이 아니라 뒤에 숨어 있는——보이지 않는 적인 것이다.

이시야마 혼간사, 서쪽의 모리, 이 양면의 크고 오래된 세력이야말로 틀림없는 노부나가의 적이었으나, 직접 죽자 살자 하고 노부나가의 이상을 덮치고 나온 것은 이타미의 아라키 무라시게이고, 여기서는 미키 성의 벳쇼 나가하루 등이었다.

"아깝게도 가슴과 가슴을 터놓고 이야기하면 알 수 있는 것을……적 아닌 적과 이렇게 사투를 벌이고, 이렇게 오랜 세월을 이곳에서 허비하다니."

오늘 저녁에도 히데요시는 개탄하며 화톳불을 지르게 하고 한밤의 추위를 참고 있다가 무심코 뒤를 돌아본즉, 그곳에는 아무런 거리낌도 없이 시동들 중에서도 나이 어린 조무래기들만이 화톳불에 모여 정월말 추위도 잊은 듯 서로 반나체가 되어 무엇인지 왁자지껄 떠들고만 있었다.

"사기치, 마쓰지요, 너희들은 아까부터 대체 뭣 때문에 떠들고 있는 것이냐?"

히데요시가 묻자, 얼마 전에 시동들 틈에 끼이게 된 구로다 마쓰지요가 당황하며, 자세를 단정하게 고치고 말했다.

"아무것도 아닙니다."

그러자 이시다 시기치가 말했다.

"주군님, 마쓰지요는 더러운 일이라고 이야기하기를 꺼려 대답을 피했습니다만 여쭙지 않으면 이상하게 여기실지 몰라, 제가 대답하겠습니다."

"그래, 뭐냐. 더럽다는 것은……."

"모두들 이를 잡고 있었습니다."

"이를…… ?"

"네. 맨 먼저 수게사쿠가 제 옷깃에 붙어 있는 것을 발견하고, 다음에는 도라노스케가 센고쿠의 소매에서 발견하고 나서 모두들 옮는다 옮는다 하고 놀려 대고 있다가 이렇게 화톳불을 쬐고 있자니 누구를 보아도 잠옷 위로 슬슬 기어 나왔습니다. 그때부터 갑자기 가려워져서…… 적의 대군을 몰살시키는 것이다, 히에이 산에 불을 질러 공격하는 거다, 하면서 속옷의 이 잡이를 하고 있었던 참이었습니다."

"하하하. 그런가, 이런 지구전이 되자 이도 농성에 지친 모양이구나."

"그러나, 미키 성과 달리 이곳에는 양식이 풍부하니까 불을 지르지 않으면 함락되지 않을 겁니다."

"이젠 그만둬라. 너희들이 그러니까 나도 가려워진다."

"주군께서도 벌써 몇 십일째 목욕을 못하셨습니다. 틀림없이 주군님의 옷에도 개미떼 같이 적이 농성을 하고 있는지도 모릅니다."

"사기치, 그만 두라니까."

히데요시는 그들에게 몸을 흔들어 보였다. 시동들은 자기들만이 이투성이가 아니라는 것이 증명되자 죄다 기뻐서 깡충깡충 뛸 지경으로 맴을 돌았다.

"하하하하……."

그때 진영 밖에서 명랑한 웃음소리와 따뜻한 연기가 자욱한 이곳을 기웃거리며 한 병사가 물었다.

"시동부대의 구로다 마쓰지요 씨는 어디 있습니까?"

"네, 여기 있소."

일어나서 가 보니 그 사람은 아버지의 부하였다.

"바쁘지 않으시거든 잠시 와 보시라고 저쪽 막사에서 아버님께서 부르시고 계십니다."

마쓰지요는 히데요시의 앞으로 나아가 허락을 청했다.

"가 봐도 좋겠습니까?"

웬일인가? 하고 히데요시는 그리로 눈길을 쏟고 있었다. 보통 때는 그리 없던 일이었기 때문이다. 그러나 곧 고개를 끄덕이며 말했다.

"갔다 오너라."

마쓰지요는 아버지의 부하를 따라 달려갔다. 각 막사에서는 어디서나 불을 피우고 있었다. 또 어떤 막사이건 다 명랑했다. 이젠 떡도 술도 다 떨어졌지만 설날 기분은 아직도 다소 남아 있다.

오늘 밤은 1월 15일.

아버지는 막사 안에 없었다. 이 추위에 막사에서 훨씬 떨어져 있는 산언덕 끝에 의자를 내놓고 걸터앉아 있었다.

맞바람이 불어 닥치는 곳이었다. 앞을 내다보기에는 아무런 방해물이 없으니 만큼, 찬바람은 제멋대로 살을 얼어붙게 하고 피를 얼게 할 뿐이다. 그러나 간베 요시다카는 마치 목각해 놓은 무사스님 양 너른 어둠을 향해 꼼짝도 않고 있었다.

"아버님, 마쓰지요입니다."

곁으로 와서 무릎을 꿇고 있는 아들의 모습에 그는 비로소 약간 몸을 움직였다.

"주군님의 승낙은 받고 왔느냐?"

"네. 말씀드리고 왔습니다."

"그렇다면 잠시 동안 내 대신 이 의자에 앉아 있거라."

"네."

"눈을 똑바로 뜨고, 여기서 바로 정면에 있는 미키 성을 노려보고 있거라. 그러나 별도 없는 캄캄한 밤이고 성쪽에도 불 한 점 없다. 아마 아무 것도 안 보이겠지만, 차분히 눈에 힘을 주어 바라고고 있으면, 자연 큰 허공 속이지만 희미하게 보일 거다. 성의 그림자와, 적이 움직이는 기색이……."

"볼일이란 그것뿐입니까?"

"그래."

아버지는 의자를 내어 주며 말했다.

"지난 2, 3일부터다. 이 애비가 보는 바로는 어쩐지 성 안의 움직임이 느껴진다. 지난 반 년 이상이나 끊어져서 보이지 않던 연기도 올라왔다. 성을 감추는 유일한 엄폐물인 나무들도 아낌없이 잘라내서 장작으로 쓰고 있는 흔적이 있다. 한밤중에 심이(心耳)를 닭게 하고 여기서 들으면 우는 듯한, 웃는 듯한 형언하기 힘든 사람의 목소리도 들리는 것 같다. 하여간 이 정월 15일 지나 그 가운데서 하나의 별다른 움직임이 일어나고 있는 것은 사실이다."

"……네, 그렇습니까?"

"하지만, 그것은 형상으로 나타나 있는 것은 아니다. 섣불리 큰 소리를 쳤다가 아군에게 헛된 긴장을 일으켜 잘못하여 아비의 실태로 다시 적에게 틈을 주는 허점을 만들게 되는 것이다. 그저 아비는 그것을 느끼고 있기 때문에 이렇게 그저께 밤도 어젯밤도 의자를 놓고 성을 보고 있었던 것이다. 눈으로 보는 것이 아니고, 심안(心眼)으로 말이다."

"대단히 어려운 망이군요."

"그렇다, 어렵지. 그러나 또 쉽다고도 할 수 있다. 마음만 맑게 가지고 있으면 되거든. 아무런 망상도 가지지 말고. 그래서 다른 병졸에게는 시킬 수가 없는 거야. 잠시지만 네게 대신 시키는 거다."

"알겠습니다."

"졸면 안돼. 살을 저며내는 찬바람 속이지만 길들면 이상하게도 졸음이 온다."

"염려 마십시오."

"그리고 만약……성에서 한 번이라도 반짝하는 불이 보이거든, 곧 여러 장병에게 알려라. 또 확실히 성 안의 군사가 어느 한쪽에서 성밖으로 나간다고 느끼거든……저것 저기 있는 봉화통에 곧 화승을 던져 넣고 나서 주군님께로 달려가라."

"네……."

마쓰지요는 눈앞 대지에 묻어 놓고 있는 봉화통으로 슬며시 눈길을 돌리면서 고개를 끄덕였다.

전진(戰陣)이므로 당연하기는 하지만, 그의 아버지는 그에게 단 한 번도 괴로우냐, 아프냐, 하고 위로하는 말을 해 본 적이 없는——그러나 기회만 있으면 이렇게 끊임없이 병법의 상식을 가르쳐 주시는 것이라고 마쓰지요는 잘 알고 있었다. 그리고 엄한 중에도 남모를 온정을 느끼고 있는 자기를 다시없는 행복한 자라고 생각하고 있었다.

간베는 지팡이를 짚고 거기서 막사 쪽으로 걷기 시작했다. 묵묵히 혼자서 산을 내려가는 모양이었으므로 종졸이 당황해서 물었다.

"어디로 가십니까?"

간베는 간단히 대답했다.

"……산 밑까지."

그리고는 손을 흔들면서 말했다.

"탈것은 필요 없어, 탈것은 필요 없다."

절름발이이기는 하였지만, 간베는 재치 있게 지팡이를 의지하면서 껑충껑충 가볍게 뛰듯 산길을 내려가기 시작하고 있었다.

미리 같이 따라갈 사람에게는 명령해 두었던 모양으로, 모리 다헤, 구리야마 젠스케 두 사람이 그것을 보고 그의 뒤를 쫓아 내려갔다.

"나리, 나리."

"기다려 주십쇼."

간베는 발을 멈추고 산중턱에서 돌아다보았다.

"오, 두 사람이로구나."

"정말 빠르신 데는 놀랐습니다. 성치도 않은 다리로 다치기나 하시면 큰일입니다."

"하하, 절름발이도 이제는 상당히 익숙해졌다. 정신을 차려서 걸으면 도리어 넘어지거든. 요새는 육감으로 뛴다네. 요령으로 걷고 있는 거지, 체면은 필요 없으니까."

"접전을 하실 때는 어떻습니까?"

"전장에서는 가마를 타는 것이 제일이지, 난군이 되면 두 손으로 칼을 쓸 수도 있고, 적의 창도 빼앗아 되찌를 때에도 자유롭거든. 단, 진퇴가 걱정일 뿐이지."

"정말 그럴 것입니다."

"그러나, 역시 가마가 제일이야. 벌떼같이 덤벼드는 적군을 바로보고 있으면 뭉게뭉게 전신에서 기운이 북돋아 오르거든. 질타하는 자기 목소리에 적도 놀라 도망치는 것 같거든."

"아, 위험합니다. 이 근처는 절벽길 산그늘에 눈이 있어서, 그것이 녹아 미끄럽습니다."

"밑은 계류지?"

"업어 드릴까요?"

모리 다헤가 등을 돌렸다. 간베는 업혀서 계류를 건넜다.

그런데, 어디로 가는 것일까?

그것을 아직 이 두 부하는 모르고 있다.

조금 전 산 밑 방책에서 무사 한 사람이 올라와 간베의 손에 무엇인가 한

통의 편지를 내주고 가는 것은 보았으나, 그래도 무슨 일이 생겼는지 상상도
가지 않는다.

오직 마쓰지요를 부르러 보냈을 때 동시에 다른 부서에서 일을 보고 있던
다헤와 젠스케는 산 밑으로 내려갈 때 동행하라는 명령을 받고 있었으나, 내
용은 아직 못 듣고 있는 터였다.

"나리……."

한참 동안 걷다가, 구리야마 젠스케는 그 점에 대해서 물어 보았다.

"오늘 밤에는 어떤 산 밑 진지에 있는 어느 부장의 초대를 받아 가시는 겁
니까?"

간베는 껄껄 웃으며 말했다.

"뭐 한턱 얻어먹으러 가는 줄 아나? 아니 히데요시님의 연회도 끝났는데
……."

"그럼 어디로요?"

"목적지 말인가?"

"그렇습니다."

"미키 강의 방책이다."

"네에……강벌에 있는 방책요? 거기는 위험합니다."

"물론 위험하지. 하나, 적으로서도 위험한 곳이야. 상호의 진지와 진지가
상접하고 있는 곳이니까."

"그럼, 좀더 많은 인원을……."

"아냐, 아냐, 적도 대부대를 데리고 오지는 않는다. 종자 한 사람에 어린
애 한 명쯤일 거야."

"어린애를?"

"그래."

"알 수 없는 일이군요."

"그저 잠자코 따라와. 알려져도 상관은 없는 일이지만, 비밀에 붙여 두는
것이 아직은 좋다. 히데요시님께도 낙성이 된 다음에는 알려 드리려고 생
각하고 있어."

"성은 함락됩니까?"

"안 되면 어떻게 하게?"

"실언을 했습니다. 조만간에란 말을 붙이는 것을 잊었습니다."

“모르긴 몰라도 아마 2, 3일을 넘기지 않겠지. 잘만하면 내일이라도.”

“옛, 내일이라도?”

두 사람은 주인의 얼굴을 응시했다. 그 얼굴에서 이미 희미한 물빛이 움직이고 있었다. 죽은 듯 고요하고 흔들리는 마른 갈대, 여울의 물소리만이 귓전을 울이고 있다.

모리 다헤와 구리야마 젠스케 두 사람은 그때 움찔 발걸음을 멈추었다.

강벌 갈대 속에 적인 듯한 사람의 그림자가 보였기 때문이었다.

“얏……누구냐?”

다음의 놀람은 찰나의 그것과는 달랐다. 적측의 대장 비슷한 자임에 틀림은 없으나, 한 사람의 종자에게 어린애를 업힌 외에는 다른 부하도 거느리고 있지 않고, 적대해 오는 기색도 보이지 않는다.

이쪽에서 다가가는 것을 물끄러미 기다리고 있는 것같이 서 있을 뿐이었다.

“그대들은 여기서 잠시 기다리고 있게나.”

간베의 말이다. 두 사람은 모든 것은 주인의 속셈에 있다고 보았다.

“조심하십시오.”

그들은 대답만 하고는 앞서 걸어가는 주인의 모습을 지켜보고 있었다.

간베가 다가가자 갈대 속에 서 있었던 적도 약간 앞으로 걸어 나왔다. 그리고 서로 보자마자 십년지기와도 같이 아주 친한 듯 인사를 나누고 있었다.

이런 장소에서 이런 적과 아군 사이에서 이렇게 밀회를 하고 있는 것을 들키면, 곧 적에게 기맥을 통하는 것이라고 의심 받을 것이다.

그런데 두 사람은 거의 무관심한 듯 서상사를 주고받았다.

“서신으로 뻔뻔스럽게도 부탁드린 저의 자식이란 여기 업혀 온 이 어린애입니다. 이 전쟁 중에서 내일이라도 성과 함꼐 전사해야 할 입장에 있으면서 그래도 번뇌하는 어버이의 마음이라고 흉보시지는 않을 것입니다. ……너무 어려서 아직 아무 것도 모르는 철없는 것입니다.”

그렇게 말하고 있는 것은 적측의 장수였다. 그것은 미키 성의 가로인 고토 모토구니임에 틀림없다. 간베와 친한 사이라 하면 작년 늦가을 무렵 히데요시의 사신으로서 항복하라는 권고를 하러 갔을 때, 친히 성중에서 회견한 일이 있다. 그 고토 이외에 알고 있는 자는 없을 터이다.

“아니, 데리고 오셨습니까? 어디 만나봐야지……여보게 아기를 등에서 내려 이리 가까이 데려 오게."

간베는 상냥스럽게 손짓을 하였다. 고토의 하인은 주인의 뒤에서 슬금슬금 나와 등에 끈을 열십자로 매어서 업고 온 어린애를 풀어내려 놓았다.

"몇 살이지?"

"여덟 살 이십니다."

언제나 업어 주는 소임을 맡고 시중드는 하인인 것 같다. 풀어 낸 끈으로 눈물을 씻으며 대답하자, 절을 하고 뒤로 물러섰다.

"이름은?"

이번에는 아버지인 고토가 대답했다.

"이와노스케라고 합니다. 어미도 이미 죽고 없는……아비도 잠시 후에……간베님, 부디 끝까지 양육해 주시기를."

"염려마시기를. 저도 또 자식이 있는 아비로 당신의 아버지로서의 애타는 심중을 충분히 이해합니다. 반드시 제 손으로 길러 성인이 된 뒤에는 고토의 집안을 잇게 하겠습니다."

"그 말씀을 듣고……내일 새벽에는……거리낌없이 전사할 수 있습니다……이와노스케야."

고토는 그 자리에 무릎을 꺾고 앉아 갑옷 품 안에 어린 자기 아들을 안고 타일렀다.

"지금 아버지가 하는 말을 잘 들어요. 너도 이젠 여덟 살, 무사의 아들이란 어떤 일이 있어도 울어선 못써요. 또 관례도 먼 앞날이고, 평화로운 시절이라면 어머니도 그립고 아버지 곁에 있고 싶은 나이지만……세상은 지금 이와같이 전쟁 중이구나. 아버지하고 떨어지는 것도 할 수 없는 일. 또, 주군과 같이 죽는 것도 당연하구. 너 혼자만이 불운한 것은 아니다. 아직도 그대는 오늘 밤까지 아버지 곁에 있었던 것만큼 다행스러운 자……천지 신명에게 그 다행함을 고맙습니다 하고 인사드려라, 알겠니……그리고 오늘 밤부터는 저기 계신 분……구로다 간베님을 곁에서 주인처럼, 길러 주시는 어버이처럼 모시고 지내야 한다. ……알겠니, 알았지?"

아버지가 머리를 쓰다듬으며 이렇게 타이르자 이와노스케는 잠자코 몇 번이고 고개를 끄덕였다. 줄줄 눈물은 흘리고 있었지만.

미키 성의 운명도 이제는 바람 앞의 등불이다. 성 안의 수천 명은 처음부터 성주 벳쇼 나가하루와 굳게 죽음을 맹세하고 꽃답게 죽기 위해 돌격해 나갈 각오를 하고 있다.

가로인 고토도 물론 철석 같은 마음이 지금이라고 해서 조금이라도 흔들릴 리는 없다. 하나, 그에게는 하나밖에 없는 어린 아들 이와노스케가 있었다. 이 철없는 것을 죽이기는 너무나도 애처로웠다. 또 무문(武門)의 의의(意義)를 지우기에는 너무나도 나이가 어렸다.

한 번밖에 본 적이 없지만 믿음직하다고 본 인물, 간베에게 그는 서신을 띄웠다.

'부모없는 한 고아를 양육해 주시겠는가?'

이렇게 그 생각을 털어 놓아 보았다.

'아버지와 아버지, 무사와 무사, 서로 같은 사정……승낙하겠다. 내일 밤 미카자카까지 데리고 오시라.'

그 회답을 오늘 고토는 받았던 것이다.

그래서 이리로 자기 아들을 하인에게 업혀 가지고 데리고 온 것인데, 역시 내일은 죽음을 기하고 있는 몸인 만큼, 이것이 마지막이라고 생각하니 그만 아들을 훈계하면서도 그도 또 흐르는 눈물을 어찌 할 바를 몰랐다.

그는 내뱉듯 말했다.

"이와노스케, 너도 부탁을 드려라."

그러면서 일어서자, 그 가련한 어린 것을 간베 쪽으로 일부러 힘 있게 좇아 보냈다.

간베는 어린애의 손을 잡고 말했다.

"절대로 염려 마시기를!"

그는 단단히 약속하고 잠시 후 모리 다헤를 쿨러 명령했다.

"진지까지 업고 가게."

다헤, 젠스케도 비로소 주인의 마음과, 오늘 밤의 일들을 이해했다. 다헤는 이와노스케를 업었다. 젠스케는 곁어서 따라 갔다.

"……그럼."

"그럼, 그만……."

하면서도, 발이 떨어지지가 않는 모양이었다. 간베도 마음을 독하게 먹고 빨리 떠나는 것이 정이라고 생각하면서도 그만 머뭇거리며 떠나지를 못하고 같은 말만 반복하고 있었다.

그러자, 고토가 말했다.

"간베님 내일은 싸움터에서 대면합시다. 그럼 이만. ……그때 서로 오늘 밤 사사로운 정에 얽매여 창끝에 사정을 두어서는 치욕일게요. 자칫하면, 그대의 목을 자를는지도 모릅니다. 부디 실수가 없으시도록."

그리고 웃으며 다시, "그럼……" 하고 내던지듯 말하자마자 발걸음을 재촉하며 부리나케 성 쪽으로 달려갔다.

간베는 바로 히라이 산으로 돌아오자, 히데요시의 앞으로 나가 적장에게 부탁받은 그 어린애를 보였다.

"길러 주게, 좋은 일이다…… 그런데 아주 좋은 애가 아닌가?"

좋은 애를 얻었다는 듯 어린애를 좋아하는 히데요시는 눈을 크게 뜨고 이와노스케의 얼굴을 들여다보기도 하고, 곁으로 끌어안기도 하고 머리를 쓰다듬기도 했다.

아마도 아직 아무 것도 모르고 있을 것이다. 이번 정월에 겨우 여덟 살이 된 이와노스케다. 낯모르는 아저씨들만이 있는 이 진중에서, 그저 도토리 같은 눈을 굴리고만 있을 뿐이었다.

나중에 구로다 영주의 수많은 무사 중에서도 그야말로 진짜 구로다 무사라고 세상에서 떠들어댔던 고토 모도쓰구란, 이때 나무에서 떨어진 원숭이 같았던, 고아 이와노스케였다.

여기 미키 성도 드디어 함락을 고하는 날이 왔다. 텐쇼 8년 정월 17일이었다. 성주 벳쇼 나가하루는 동생 도모유키, 일족인 하루다타와 함께 할복자살하고, 성문을 열고 가신 우노에몬을 항복사절로 히데요시에게 서신을 보냈다.

'항전(抗戰) 2년, 무문으로서 할 일은 다했다. 오직 충성스럽고 용맹한 부하 수천과 일족의 불쌍한 자들을 전부 죽이는 것은 정으로 차마 못할 일이다. 원컨대, 귀하에게 부탁하고 귀하의 관대를 바라고 싶은데, 뜻은 어떠하신지.'

이렇게 씌어 있었다.

물론 히데요시는 흔쾌히 그 소원을 받아들이고 아울러 미키 성도 접수했다.

군기제

항복 사절 우노에몬이 나가하루 이하 세 명의 목을 바치고, 미키 성내에 있는 수천 명의 목숨을 구해 주기를 바라던 날, 히데요시측에서는 아사노가 그 응접에 나섰다.

세 개의 목에 대한 검사도 끝나고, 개성의 수속도 지체 없이 끝났다.

히데요시는 전군에 명령하여 주의시켰다.

"성내에서 나오는 항복인들에게 특히 친절히 대해 줘라. ……우선 큰 솥에 죽을 쑤어 주린 자에게는 따뜻한 죽을, 병자에게는 약을 주고, 상처 입은 자에게는 치료를 해 주어라."

성문이 열린 날은 거의 그런 굶주린 자의 구지와 시약 등으로 날이 저물고 말았다.

돕는 자나 그것을 받는 자나, 다 이제는 서로 뜨거운 눈길을 주고 받고 있었다.

"……히데나가."

히데요시는 의붓 동생 하시바 히데나가를 불러 이렇게 말했다.

"미키의 성은 앞으로 그대가 지키도록 하라. 이렇게 애를 써서 함락시킨 소중한 성이다. 정신 차려 잘 지켜라."

"네."

히데나가는 중책을 느낀 듯 고개를 숙였다. 말할 나위도 없이, 그는 뒤의 야마토 다이나곤 히데나가다. 아버지만은 다르지만 히데요시와 같은 오와리 나카무라의 오두막집에서 태어나, 같은 어머니의 무릎에서 같은 가난과 추위와 굶주림 속에서 자란 골육이다. 그러나, 지금은 형의 힘으로 그도 일개 부장으로서 스노마타 나가하마 전쟁 이래 언제나 히데요시가 출진할 때는 종군하고 있었다.

이때 히데요시가 미키 성을 의붓동생에게 맡기고는 이곳에서 회군한 것은 그의 의사가 아니고, 오로지 간베의 진언에 따른 점이 많았다.

히데요시로서는 자신이 미키 성으로 입성할 예정이었다.

"득책이 못 됩니다. 하리마 일대를 누르려면 모름지기 히메지에 근거를 둬야 합니다."

이러면서 간베가 역설한 것이었다.

요해의 강성이라는 점에서는 미키 성의 지형은 좋다. 그러나 교통의 편리는 단연 히메지가 우세하다. 또 서쪽 지방을 공략하거나 시고쿠 지방의 정벌 등 장래의 대계를 생각한다면 히메지 성에 거존을 두는 것이 이롭다는 것은 논의할 여지도 없다.

"그러나……."

히데요시는 사양하는 듯 말했다.

"히메지 성은 전부터 그대들 부자 일족의 주거가 아닌가. 내가 입성을 해서는……."

"뭘요, 저희들에게는 따로 한 성을 지적해 주시면 그만입니다."

"그래? 그럼 그렇게 할까?"

"자랑은 아닙니다만, 히메지 성은 남쪽으론 시카마의 나루가 있어 주행의 편리는 말할 것도 없고, 다카사고, 야시마 등지로 가는 교통도 좋고 이치 강, 가고 강, 시로 강 등의 하천이며 쇼샤 산, 마스이 산, 등의 험지를 등지고 중부지방 요소에 자리 잡아 중앙으로 나가는 데도 편리하므로 대사를 꾀하는 데는 그곳만한 곳이 없습니다."

그래서 히데요시는 부리나케 히메지 성으로 들어간 것이다.

구로다 부자의 주인격이 되는 자로, 일단 오다 쪽을 편들면서 도중에 배반을 한 수장(守將) 고데라 마사모토는 미키 성 함락의 소식을 듣자 싸움도 하지 않고 고자쿠 성을 버리고 빙고 방면으로 도망쳐 버렸다.

세상에서는 웃음거리로 삼았다.

"아깝다, 아까워!"

그러나 간베는 통탄해 마지않으며, 이 딱한 옛 주인의 말로를 통곡했다.

나중의 일이지만……그가 얼마나 주인의 말로(末路)를 위해 슬퍼했느냐 하는 것은, 그 후 덴쇼 10년 뒤, 세상을 떠돌아다니다 빙고 지방, 도모라는 곳에서 마사모토가 죽었을 때, 그 아들 우지모토가 거지 신세가 되어 있는 것을 찾았다. 그는 노부나가에게 빌고 히데요시에게 매달려 옛 주인의 아들을 위해 그 목숨을 구하는 데 진력했을 뿐 아니라, 자기 집 손님으로 모셔 옛주인의 은혜에 보답하는 것을 잊지 않았던 사실을 보아서도 잘 알 수 있다.

주군이 주군 노릇을 못하더라도 신하는 신하다워야 한다. 지혜가 있어도 그 지혜에 빠지지 않고, 그는 참으로 착실한 사내였다.

서쪽 지방을 감독하는 거성으로서 사실 히메지 성은 안성맞춤의 거점이었다. 히데요시는 그리로 곧 옮겼다.

"이 성곽도 좋기는 하지만, 모든 양식이 구식이다. 이 성을 쌓을 때는 한 지방의 방루로서 축조되었겠지만, 이제는 시대가 다르다. 목적도 다르다. 노부나가 공의 도남서패(圖南西霸), 즉 남쪽을 다스리고 서쪽을 정복하는 기점으로서 히데요시가 그 선도를 맡아 가지고 있는 곳. 좀 더 웅대해야겠다. 중진(重鎮)으로서의 풍모를 보이지 않으면 안 된다."

일족인 아사노 야헤에게 이렇게 명하고, 아주 새롭게 규모를 다시 짠 그 공사를 착수시켰던 것이다.

그의 건축을 좋아하는 성질은, 말하자면 사생활 중심의 성질과는 다르다. 건설을 좋아하는 것이다. 노부나가가 구태를 파괴해 가는 곁에서 그는 새로운 것을 세워 간다. 노부나가의 성격은 파괴어서 잘 나타나그, 히데요시의 특성은 그 건설을 좋아하는 데 잘 나타난다.

"이런 대공사를 일으켜 노부나가 공에게 의심을 사지 않겠습니까?"

간베는 걱정했다. 노부나가의 일면을 알고 있고, 또 골탕을 먹은 일도 있었기 때문이다.

그러나 히데요시는 웃으며 말했다.

"문제없어, 이 성에 내 처자나 가족을 넣지간 않으면 되겠지. 내 가족과 처는 나가하마에 있지 않나?"

"참 그렇군요."

간베도 이해가 가는 것 같았다.

"그런데 간베……그대는 고자쿠 성으로 가서 살게. 다행히 고데라 마사모토가 내버리고 도망쳤으니, 그 뒤를 이어서."

"과분합니다."

"아냐, 사례를 하면 도리어 이쪽이 과분한 느낌이 든다. 그 고자쿠 성에서 지내려면 여간 힘이 들지 않을 텐데. 아직도 모리 편인 히데가 성에는 미키 미치아키가, 야마사키 성에는 우노 스케기요가, 아사미즈 산성에는 우노 마사요리 등…… 이곳저곳에 귀찮은 패들이 버티고 있다."

"걱정하실 건 없습니다. 그 정도의 작은 성 등은 하나하나 기회를 보아 없애 버리고 말 테니까요."

"……그럴 줄 알고, 성의 책임을 맡고 가 주기를 부탁하는 거야. 잘 부탁하네. 그리고 오카야마의 우키다 나오이에에게 연락해 고지마 지방에 보루를 굳혀, 우선은 모리의 대군을 그곳에서 저지시켜 놔라. 난 다지마, 하리마 지방의 모든 곳에 걸쳐 일대 청소를 감행한 후에 곧 제2단계의 계책으로 합세하면……."

그 약속은 6월에서 7월에 걸쳐 달성했다. 점령지의 내정, 성곽의 대개축, 군의 재정비 등이 끝나자──7월 20일 고자쿠 성의 간베와 함께 총군이 인바, 호키로 들어갔다.

이 두 지역에 있던 지방의 소군웅도 서쪽의 모리와 동쪽의 오다를 저울질해가며 오늘날까지 결정적 태도를 취하지 않고, 아침에는 붙었다가 저녁에는 배반해 떨어지는 처치 곤란한 존재였으나 히데요시의 기치를 지금 눈앞에 보자, 하나 빠짐없이 다 진전(陣前)으로 와서 무릎을 꿇었다.

여기서 서쪽 지방으로 진출하려는 패업은 현저하게 서광을 보았다. 일시는 암담한 전도를 생각게 했으나, 미키 성 하나가 함락되자 그 후로는 급속하게 히데요시가 군세를 떨쳐, 다지마, 하리마, 인바, 호키의 네 영주는 이제야 완전히 새로운 세력 밑으로 들어가게 된 것이다.

"아, 하다못해 반 년 동안만이라도 다케나카 한베가 살아 있었더라면."

히데요시는 땅속에 묻힌 사람에게 이것을 보여 주고 싶은 생각이 들자, "간베의 한결같은 신의야말로 오늘을 있게 한 제1의 공이다" 하고, 서신으로 노부나가에게 청해 그를 위해 하리마에서 1만 석의 영토와 감사장을 얻어 주었다.

간베는 비로소 이제 대영주의 서열에 가세하게 된 것이다.

또 그때까지는 옛 주인 고데라에게서 받은 고헤라 성을 쓰고 있었으나, 이때부터 옛 성을 아주 버리고 구로다라는 성으로 바꾸었다.

후의 구로다 조스이──간베도 이렇게 해서 이제는 자타가 공인하는 일개 무장이 되었다. 한쪽 다리는 불구였으나, 사나이로서의 흠은 되지 않았다.

그 후에도 간베에게는 가증(승급)의 은명으로 고자쿠 성에서 야마사키 성으로 옮겼다.

넘쳐 오는 기쁨을 집안 여러 부하들과 나누고 여러 해 동안 모진 풍상을 겪으면서 오늘까지 목숨을 아끼지 않는다는 표적으로 휘날리고 온 군기를 제사지내기 위해, 하루를 골라 큰 잔치를 벌였다.

가난한 백성에게 음식을 나누어 주고 모든 상점도 문을 닫고, 성 안의 여러 군사는 자유를 얻어 마치 설날같이 대낮부터 뺨을 벌겋게 물들이고 있었다.

"저것 보게. 오늘부터 받들어야 할·우리들의 군기를."

"우리들의 가문(家紋)도 정해졌군."

신기한 듯 사람들은 성위를 우러러보는 것이었다.

그때까지의 군기는 구로다 영주로서 정해진 것이 아니고, 불호, 별의 이름, 간지 등의 그때그때 쓴 것을 쓰고 있었으나 그런 미신적인 것은 안 되겠다고, 간베가 그곳 신사에 7일 간의 기도를 드리고 신전에 새로운 기치를 세워 신주를 바치고 신명 앞에 맹세를 해, 모든 병사가 일제히 목욕제계한 뒤 선서식을 거행하고 그 깃발을 성위 높이 게양한 것이다.

"우리들 정신에는 언제나 신이 깃들고, 신이 깃드는 곳에는 언제나 이 깃발이 있다. 절대로 신의 뜻에 벗어나는 일이 없기를 맹세한다."

그것은 또 아주 엄청나게 큰 기치였다. 폭은 명주로 세 폭이고, 길이는 13척. 상하로 1척 5촌 정도는 검게 물들이고 상투 중앙에는 영락전이란 돈의 무늬를 물들이고, 그 깃봉에는 '마네키'라 부르는 폭 3척 정도의 5색 천을 무지개 같이 늘어뜨렸다.

마인(馬印 : 대장의 말 곁에 꽂는 기)도 그에 따라 웅대한 것이었다. 너무나도 내로라하는 느낌이 진한 것 같다고 가신 중 한 사람이 간베에게 말하자, 그는 대답했다.

"아냐, 히데요시님은 하여튼 호기스럽고 웅대한 것을 좋아하시니까."

또 종래의 영락전의 무늬 외에, 등나무 꽃을 둘레로 한 정식 무늬도 더했다. 이것도 간베의 고안이라고 하므로 가신들이 어째서 그런 것을 골랐는지 그의 심중을 이해하지 못하고 있었는데, 오늘 군기제의 신주를 일동이 마시고 있는 석상에서 간베는 이런 이야기를 했다.

"……일찍이 내가 이타미 성 옥중에 잡혀 있을 때 옥사 들창에 등나무 꽃이 피어 있었다. 그 등나무 꽃이 만발할 무렵까지 내 생명은 도저히 계속되지 못할 것이라 생각하고 아침에 보고 저녁에 보면서 은근한 각오를 하고 있었다. 그런데 뜻밖에도 그대들의 충의와 또 히데요시님과 다케나카 한베의 정의에 의해 다시 세상의 햇빛을 보게 되었다. 그래서 혼자 은근히 걱정하는 것은, 이처럼 다리병신이 되었지만 세월이 지나면 자연 지난날의 고생도 은혜도 잊고, 거만한 욕심이 생겨 곧잘 불평불만을 생각하게 되는 법. 그렇게 되면 큰일이다. 그대들의 충의에 대하여서나 죽은 친구의 은혜에 대해서나……하고, 일부러 우리 가문의 정식 표지로 등나무 꽃을 택해, 이것을 보면 곧 이타미의 옥중 고생을 생각나도록 한 것이다. 내 일생뿐만이 아니다. 자자손손 잊지 않도록 하기 위해서."

군기제를 축하하기 위해 히데요시도 그날 일부러 야마사키까지 나와 기쁨을 같이 하였다. 그는 기치와 인마를 보고 아주 기뻐하며 말했다.

"엄청나구나, 엄청나. 역시 간베답군."

간베는 그날 한 통의 옛 편지를 꺼내 말했다.

"이걸 주군 앞에서 태워 버리려 합니다."

"뭔데?"

이상히 여기며 보니 그것은 히데요시가 간베에게 보낸 자필 편지였다. 서부 지방으로 떠날 때, 써 보낸 것이다.

——그대를 친형제 같이 생각한다. 끝까지 서운하게 대접하지는 않겠다.

"이런 것이 있으면 도리어 좋지 않습니다. 군신의 구분은 엄해야 합니다."

그는 그것을 히데요시의 눈앞에서 태워 버리고 말았다.

건달패들

여기서 시야를 한 바퀴 돌려 보자.

약삭빠르게 시대의 방향을 정확히 판단한 양, 서부 지방을 경략하는 도중, 돌연 주장 히데요시를 배반하고 또 맹주 노부나가에게 반항을 선언하고, 이타미 성에 웅거한 아라키 무라시계의 고립화야갈로 구경거리이고 웃음거리가 되었다.

'미키 성은 함락되지 않는다.'

그는 이렇게 보았으므로 호응한 것이었다.

또 이렇게 굳게 믿고 있었다.

'이제 바로 모리의 수군이 해로 군선을 줄세워 올라올 것이다. 또 육지에서는 기쓰가와 고바야가와의 정예가 하리마 지방을 석권, 히데요시를 격파하고 모든 영주를 휘하에 모아 성난 파도와도 같이 중앙으로 진공해 온다.'

그리고 또 이렇게 생각했다.

'동시에 혼간사도 궐기한다.'

또 이렇게도 공상하고 있었던 것이다.

'동북부에서는 니와 지방의 하타노를 비롯, 에치젠의 잔당들도 합세해서 일어나, 교만한 노부나가를 중앙에 몰아넣고 두드려 팬다.'

아니 그것은 결코 그의 공상만은 아니었다. 사전에 모리에게서, '반드시 수륙에서 공격해 올라가겠다'는 서약문도 와 있었고 다시 세목에 걸친 공수 동맹의 약정서도 교환되어 있었던 것이다.

그런데 재작년 6월 반기를 들고 농성한 이래, 그 해 가을이 되어도 모리는 진출해 오지 않고, 겨울이 되어도 해가 바뀌어도 형세는 변하지 않는다.

다시 1년을 농성, 그 해에는 과연 모리 데루모토 자신도, 기쓰가와 고바야가와도, 니시노미야 부근에 상륙, 대거 노부나가를 밀고 오는 것 같이 보였으나, 여전히 그 포위는 시위 공갈에 그치고 말았다.

그럭저럭 하는 동안, 미키 성도 위태로워졌다는 소식이다.

'미키 성 하나 구원 못하는 모리군이라면.'

무라시게도 당황하였으나 때는 이미 너무나도 늦었다.

"아뿔싸! 나는 믿지 못할 것을 믿고 있었구나!"

이제 발버둥을 치며 헛되이 자기의 망설임과 우매함을 부끄럽게 여기는 수밖에 없었다.

돌이켜보건대 좌우의 팔이라고까지 믿고 있던 나카가와, 다카야마도 이미 적에게 고개를 숙여 이타미의 운명은 버림을 받고 말았다.

고립, 그것밖에는 자기를 처리할 도리가 없게 되었다.

여러 번 모든 수단 방법을 통해 모리에게 구원을 재촉했다. 그러나

'8월달에 진격하겠다.'

'9월에는 사고가 있으므로 10월에 원군을 보내겠다.'

답장이 올 때마다 고양이 눈같이 변하므로 결국 무라시게도 단념해 버렸다.

'안 되겠다.'

주인을 쏘려는
아라키의 활은 뒤틀려 버려
쏘려야 쏠 수 없는
이타미의 성——

공격부대에서 일반 백성에 이르기까지 이런 노래를 부르고 있었다. 당연히 무라시게를 따라 여기에 이른 장병의 사기는 말이 아니다. 시월 중순경, 보졸 대장 나카니시 신하치로, 와타나베 간다이유, 그 밖에 많은 사람이 그를 버리고 탈주해 나갔다.

성을 버리고 도망쳐 온 장졸은 노부나가에게 항복을 청해 왔다. 그러나 노부나가는 단 한 사람도 용서하지 않았다.

"무사도를 더럽힌 비겁한 놈들을 써 보았자 아무런 소용도 없는 것이다. 처치해 버려라."

불의의 모반자 무라시게도 역시 매일 무더기로 탈군하는 부하를 원망할 수는 없었다.

신념을 잃은 집단은 아무런 힘도 없을 뿐 아니라, 서로 그 부패를 재촉해서 자가분해를 앞당길 뿐이었다.

계속 부하의 탈주가 끊이지 않는 9월 중순 어느날 밤, 주장 아라키 무라시게 자신이 일족들에게도 말없이 극히 가까운 가신 5, 6명만 데리고 돌연 성을 탈출, 아마가사키 방면으로 도망쳐 버리고 말았다.

"이게 무슨 짓이지!"

남아 있는 사람들의 분개는 대단했다. 저마다 발을 구르며 무라시게의 비열을 욕했다.

모리에게 속은 아라키 무라시게는 지금 다시 그 일족과 부하를 속인 것이다. 모리의 원조를 믿고, 주장의 말을 믿고 함께 이 성에 농성하였던 수많은 사람들은 이제 바야흐로 사지에서 버림을 당하고 말았다.

"이렇게 된 이상은⋯⋯."

노신 아라키 히사자에몬과 기타 다른 간부들은 성문을 열고 처녀들을 인질로 바치고 공격군 오다 노부스미에게 항복을 청원했다.

그 청원 내용도 또한 비열했다.

"우리들은 일제히 무라시게를 만나 아마가사키, 하나구마 두 성을 내놓겠으니, 부디 인자하신 용서를 내리셔서 목숨만은 건져 주십시오. 만약 무라시게가 듣지 않을 경우에는 저희들이 한패가 되어 무라시게를 토벌, 그 두 성도 저희들이 앞장서서 함락시킨 다음 전부 노부나가 공어게 바치겠습니다."

그러나 한편 무라시게는 아직도 아마가사키 거성에 숨어 완강하게 버티며 무조건 항복에는 동의하지 않았다. 자기 생명에만 집착하고 있었기 때문이었다.

히사자에몬 일족은 도리가 없었던지, 또는 당황해서인지 이타미 성을 돌아보지 않고, 또 아마가사키 성을 함락시키지도 않고 '목숨이 제일이다' 하고, 드디어 그 더럽고 비열한 심보를 나타내 저마다 그곳에서 도망치고 말았다.

오다 노부나가의 공격군은 기회를 놓치지 않고, 이타미 성으로 들어가 이를 점령했다.

적 붕괴는 당연히 아군의 대승리를 가져왔는데, 그것을 기뻐하기 전에 아무리 적이라고는 하지만 그 추태와 비열함에 무문인도(武門人道)상, 노부나가는 타고난 그 과격한 감정을 폭발시켜 준열한 명령을 내렸다.

"적어도 몸을 무문에 두면서, 말기에 임해 처가 형제들을 인질로 몰아넣고 저마다 일신의 목숨만 보전하려고 하는 것은 무인으로서는 전대미문의 수치가 아닐 수 없다. 그 더러운 놈들을 한 놈도 살려 두어서는 안 된다. 또 그 처자 권속도 본보기 삼아 전부 극형에 처하라!"

그는 일본 무사도의 절개를 위해 분개를 억제할 수가 없었다. 사사로운 분노보다 대중의 본노가 더 컸기 때문이다. 그러나 그 처분의 가혹함이 더러운 적에만 그치지 않고 아무 죄도 없고 또 약하기 짝이 없는 처자 권속에까지 미치게 했으므로, 세인은 그 참혹함에 다들 낯을 가렸다. 인간에게 깃든 아름다움과 추악함, 피할 수 없는 세상의 일면이라고는 하지만 지금 그 참상은 붓으로 그리기에도 애처로운 생각이 든다. 그 줄거리만 적어도 그때 노부나가의 손에 잡혀 있던 적측의 처자 1백20여 명과 그 시녀들 3백80명은 전부 한 곳에 집결되어 창·칼·총으로 살해되었다. 그 슬픈 비명은 천지에 메아리치고, 눈으로 보고 귀로 들은 사람은 10일, 12일씩 그 기억을 잊을 수가 없었다고 한다.

여러 상류층 부인들이 아름다운 옷과 장신구로 치장한 채, 피할 수 없는 길이라 깨닫고 모여 있는 것을, 보기에도 억센 무사들이 나와 찌르고 베고 ——당시의 견문기에 이렇게 씌어 있다.

처형은 가혹하고 격렬하기가 이를 데 없었다.

그들 부인이 부리던 시녀 등 1백 수십 명도 둘레에 마른 풀을 쌓아올린 네 채의 빈집으로 몰아넣고 순식간에 다 태워 죽이고 말았다.

또 어린애들과 그 유모 등을 한 수레에 7, 8경씩 싣고, 그것을 몇 채씩 줄세워 교토의 거리를 조리 돌렸다.

로쿠조오 벌판에서는 얼마 후, 그들 불쌍한 어린애들과 유모들의 목을 베는 형이 거행되었다.

모두들 이름 있는 부인들이라 몸에는 화려한 비단옷을 걸치고, 조금도 당황해 하는 빛이 없고 침착했었다. 그중에서도 '다시 여인'이라 불리는 것은 소문 높은 미인, 전에는 좀처럼 남과 대면도 하지 않던 사람이 무리한 잡색들에게 팔뚝을 잡혀 수레에 실렸다. 마지막 순간도 그녀들은 옷매무시를 고치고 머리를 높이 들고 소맷자락을 젖히고 태연히 죽어 갔다. 모두들 그 마지막은 훌륭했다.

'노부나가 공기(公記)'의 필자는 그대의 실황을 이렇게 쓰고 있다. '다시 여인'이란 무라시게의 처였다는 소문도 있었다. 이타미 성의 사내들이 이제껏 들은 적이 없는 추태를 펼쳐 놓는, 하여간 더러운 잡초 속에서도 꽃은 꽃답게 한 점 맑은 향기를 피운 것이라고 하겠다.

동시에 당시 세상 사람들의 칭찬을 받아 은근히 눈물 짓게 한 것은, 아라이의 아들인 14세 되는 소년과 이타미의 아들인 겨우 여덟 살밖에 안 되는 어린애였다.

둘 다 죽음의 자리로 끌려 나와도 조금도 겁먹지 않았다.

"최후의 장소는 여긴가?"

그렇게 묻고 강벌 거적때기에 앉아 합장을 하고 목에 칼을 받았다고 한다.

"어쩌면 저렇듯 고결할까?"

"가련한 어린애들."

"아비의 얼굴이 보구 싶구나."

이 모두가 다 아라키 한 사람의 반역심 때문에 초래된 일이었다. 세인들은 귀가 따갑게 그의 죄를 책망하고 또 이들 인질을 버리고 도망친 아버지 등을 원망하고 욕했다.

그러나 그 아라키 무라시게와 그 아버지들을 미워함과 동시에 노부나가의 처형이 너무나도 지나침에 대해서도 결코 좋은 느낌을 품지 않았었다.

"아무 죄도 없는 어린애와 여자들을 이렇게까지 가혹하게 처치하지 않아도."

"지독한 분이로구나."

세인들은 두려움만이 앞서 노부나가가 무문의 결의를 바로 잡기 위해 감히 단행한 대승적 분노까지는 이해하지를 못했다.

"그분을 배반한 자는 전부 저런 꼴을 당한다. 일부러 이런 꼴을 보인 것은 우대신님으로선 본보기를 보인 셈이지."

애써 선의로 해석하며 사람들은 우선 이런 선에서 입을 다물고 말았다. 그리고 그 희유의 사건을 일생을 통해서 보지 말아야 할 것을 본 것 중의 가장 큰 것으로 여기고, 모두들 하루 빨리 기억에서 지워 버리려고 애쓰는 것 같았다.

한편, 이타미 성을 비롯해서 하나구마, 아마가사키의 거성을 버리고 어디론가 도망쳐 숨어 버린 사내답지 않은 사내들은 당연히 발견되는 대로 처형당했다. 그 중에는 세상을 등지고 절로 뛰어들어 하룻밤 새에 머리를 깎고 어제의 무기 갑옷을 염주, 법의로 바꾸어 입고, 어디까지나 생명을 보존해 보려는 추악한 부류도 있었다. 그러나 '용서 없이'라는 노부나가의 명령에 오다군의 병사들은 그런 자들도 전부 산문에서 끌어내다 베었다.

그런데 여기서 가장 세상 사람들의 이를 갈게 한 것은, 이 처참한 지옥을 펼쳐놓은 장본인 아라키 무라시게가 끝까지 그물에 걸리지 않고 재빠르게 빠져 나가 버린 점이다.

소문에는 하나구마에서 효고의 해변으로 나와 배를 타고 빙고의 오노미치로 도망쳤으나 한 동안은 도무지 그 소재를 알 수가 없었다.

그도 그럴 것이 그 무라시게는 이제는 사람 중의 사람이 아닌 완전히 죽은 사람이었다. 아니 아직도 어디서 숨어 살고 있다 해도 그는 질식의 고뇌를 맛보면서, 썩어빠진 고깃덩어리를 안고 있는 것과 다름없는 삶을 보냈을 것이다.

니혼마루 (日本丸)

이번의 아라키 무라시게를 퇴치하는 싸움에서 오다 쪽에 이채로운 부대가 있었다. 구키 요시다카가 이끄는 수군이었다.

셋쓰의 하나구마 성이 함락되는 날, 이 선박부대는 뜻하지 않는 해상에서 안개를 헤치고 나타나 선박 수십 척을 물가에 줄 세우고 나룻배를 내려 곧 강어귀를 거슬러 올라가, 각 처에 육전대를 상륙시켜 하나구마에서 도망쳐 오는 적을 모조리 잡아 그 목을 노부나가에게 바쳤던 것이다.

“수군은 해상의 수비만 하는 줄 알았더니, 임기응변의 육상에서의 활동 또한 기특하다.”

노부나가는 구키의 본봉 3만 5천 석에 다시 7천 석을 올려 주며 격려했다.

“더욱더 수군에 충실을 기하도록.”

오다의 수군은 그 부대가 생긴 후 아직 겨우 3년밖에 되지 않았다. 따라서 유치하기 짝이 없었다.

그러나 그 짧은 시간 동안에 육성해 온 폼으로 보아서는 눈부신 발전이라 아니할 수 없다.

하여간 극히 최근까지는 노부나가 자신도 병사라 하면, 공성야전(攻城野戰)이라 생각하고 해상의 군비까지는 생각할 틈이 없었다.

그 통념을 깨고 그에게 ‘수군 없이는……’ 하고 절실하게 그 필요성을 깨닫게 해 준 것은 적이었다. 서국(西國)의 강자 모리인 것이다.

오사카에 있는 이시야마 혼간사의 완강한 교전력은 노부나가가 아무리 육상에서 포위하고 그 교통로를 차단해도 조금도 약해지는 기색이 없었다. 그 지구력과 반항은 오히려 날이 갈수록 강렬해지기만 했다. 그래서 그 원인을 찾아보니, 어찌 알았으랴, 무기며 탄약, 또 수많은 식량도 해상에서, 상선으로 위장한 모리 쪽 병선이 얼마든지 가득 싣고, 아지 강어귀에서 오사카 시가로 그것을 수송하고 있었던 것이다.

‘그것을 차단하지 않으면……’

그는 육상의 장비와 훈련이 없는, 극히 빈약한 어선 등을 모아 오사카 강어귀에서 모리의 수군을 저지했다. 그것이 3년 전인 덴쇼 4년 무렵의 일이다.

그렇듯 강대한 오다 군도 여기서는 참패를 닷보았다.

“수상전에서 나는 아직 모리의 적수가 못된다.”

그 후에 그는 그런 결점을 절실하게 깨달았다. 그리고 비밀리에 수군 건설을 고려하고 있었으나 아무런 소질도 없는 장병을 기본으로 해서는 여간 곤란한 것이 아니었다.

적벽강 대전에서 위나라의 정예 부대를 이끈 조조가 완패를 당한 것도, 당초 그의 군대 군사의 대부분은 북쪽 산턱에서 비약하던 것이고, 이에 반해 강남의 나라 오의 병사는 대개가 물에 익숙하고 남해의 조수에서 단련된 자가 많았던 것이 커다란 패인이었다고 한다.

지금 아즈치의 호벽(豪壁)을 지상에 구축한 노부나가다. 그 세력과 재물을 가지고 그보다 월등한 병선을 만드는 것은 어려운 일이 아니었다. 현재 비와호(琵琶湖)의 왕래를 위해서도 상당히 큰 선박을 가지고 있다.

그러나 그가 애를 태운 것은 배의 크기와 수가 아니었다. 그 기동의 생명이 되는 사람이다.

시바타, 사쿠마, 다카가와, 기타 히데요시 등을 생각해 보아도 적임자가 없다. 서해 대적 모리하고는 그 본질이 다르다.

이 무렵 그에게 접근해 온 한 인물이 있다. 구키 요시다카라는 몸이 호리호리하지만 뼈대가 튼튼하고 피부가 검은 사내다. 이른바 바닷바람으로 단련된 듯한 피부와 싱싱한 물고기 같은 눈을 가졌다.

"제게 명령하신다면 모리에 지지 않는 수군을 조직해서 반드시 수년 안에 당신의 휘하에 가담시켜 보이겠습니다."

어느 때 노부나가의 앞에서 신념이 없으면 절대로 할 수 없는 장담을 한 것이다.

요시다카는 이세(伊勢) 출신이라고 하며, 그의 아들은 도바의 성주 하라 겐모쓰의 사위이기도 하므로, 노부나가도 상당한 대접을 하고 그 말에 귀를 기울였다.

얼굴도 잘 생기고 해양의 지식도 풍부하다. 노부나가는 첫눈에 이 사내에게 반하고 말았다. 쓸모가 있다고 생각했던 것이다.

구키 요시다카는 노부나가에게서 수군 건설을 명령받자 도바, 구마노 등의 배목수와 다년간 해상에서 동작이 익숙해진 수부 등을 규합하고, 잠시 후 7척의 큰 배를 만들어 그것을 사카이 해변으로 몰고 왔다.

그의 사명은 서국에서 수송되는 군수선을 오사카 포구에서 봉쇄하는 것이다.

모리 쪽에서는 사카이 해안에 돌연 나타난 한 선단(船団)을 당연히 탐지하고 있었으나, '하룻밤 새에 만든 오다의 수군은 문제도 되지 않는다'고 얕잡아 보며, 여전히 구키 선대의 눈앞을 유유히 병량과 무기를 가득 싣고 항해하고 있었다.

'내버려 둬, 내버려 둬.'

구키 요시다카는 때를 노리고 있었다. 그러다가 그해 7월 열풍이 부는 날 밤, 모리의 대선단이 오사카항에 돌아가 있는 것을 확인하자, 비밀리에 습격을 감행했다.

'오늘 밤이다.'

구키는 9척의 큰 배에 수많은 작은 배를 데리고 산과 같이 꾸민 다음 적선 가까이 갖다대고 갑자기 대포를 한꺼번에 쏘아댔다.

이것은 당시의 기록이다. 산과 같이 꾸몄다는 것은 선두나 선미에 기치, 창, 갈쿠리를 나란히 싣고 진격한 것을 말하는 것이라 생각된다.

이날 밤 풍랑이 높았으므로 정박 중이던 모리의 선대는 각각 배와 배 사이에 줄을 쳐 서로 잡아매고 또 물속 깊이 닻을 내리고 있었다.

돌연 한 척이 불타기 시작했다. 큰일이다, 하고 항전을 개시했을 때는 다른 배에도 여기저기로 튀어 불똥이 옮아가고 있었다. 적에게만 마음이 쏠리고 있어, 우선 줄을 끊고 불타는 우군의 배에서 한시 바삐 피해야 한다는 것은 잊어버리고 있었다.

'됐다, 회군이다.'

활활 불타고 있는 수척의 큰 불꽃을 향해 다시 우박 같은 총알과 화살을 퍼붓고 구키 선대를 재빠르게 후퇴시켜 버렸다. 모리의 수군은 분해하며 남은 배들을 정돈시킨 다음 당당한 선진을 짜가지고 뒤쫓아 갔다.

"기껏해야 이세나 구마노의 뱃놈들 대국모리의 수군의 체면을 위해서라도 쳐부수어라."

그러나 정탐선을 보내 이곳저곳 적선을 찾고 있는 동안에 동이 트고 말았다. 아침 안개 속에 쌍방의 화살과 총탄이 교차되기 시작했다. 그러자 뜻밖에 여러 방향에서 안개를 뚫고 또 다른 함선대가 모리 쪽으로 추격해 왔다. 그 기함 같은 한 척에는 틀림없이 다케가와의 기치가 보였다. 어찌 알았으랴, 복병이 있었던 것이다.

구키 요시다카가 타고 있는 큰 배에는 붉고 둥근 태양이 그려진 일장기가 꽂혀 있었다. 이름 지어 니혼마루(日本丸)라 쿠르는 그것은 폭이 7간, 길이가 십수 간이나 되는 큰 배였다.

마치 고래와도 같이 거친 물결 속을 헤치고 맹활동을 한다. 가까운 거리로 접근해 와서는 적선에다 횃불을 던지고 물러나서는 대포를 쏘아대는 것이었다.

7월의 태양이 해면을 불태우듯 높아졌을 때, 그 해상은 검은 연기로 뒤덮여 있었다. 모리의 군선은 거의라고 해도 좋을 만큼 불타 침몰해 버렸다. 풍랑이 센 날이었으므로 불길은 높이 치솟아 아주 장관을 이루었다.

이 사건은 사카이, 오사카를 크게 놀라게 해서 이목을 집중시켰다. 노부나가의 세력을 알고 있어도 모리의 부력과 강대함을 보다 높이 평가하고 있던 일반인도 그때까지의 상식과 관념을 정정하는데 헷갈렸다.

빈틈이 없는 노부나가는 자기의 수군을 갖게 되자, 그 큰 배들을 늘어놓고 호화찬란하게 꾸민 다음, 하루는 군중의 근위공과 기타 공경들을 사카이로 초대해서 배 구경을 시켰다. 물론 그는 민중을 잊지 않는다. 귀천승속, 남녀노소 모든 자에게 배 구경을 허락, 사카이는 수일 동안 배 구경으로 들끓었다.

하늘의 뜻에 맡기고

산요(山陽) 지방의 북부에는 산인(山陰)이 있다.

이 두 지방을 합쳐서 주고쿠 지방이라고 한다. 이 주고쿠 지방을 공략함에는 당연히 양면작전이 되지 않을 수 없다.

히데요시가 산요에서 활동하고 있는 등안 산인 방면의 사령관으로서는 아케치 미쓰히데가 임명되어 있었다.

산인은 미쓰히데의 활동 무대였다.

지난 수난에 미쓰히데는 그 임무를 잘 수행해서 공을 세웠다.

호소카와를 부장으로 삼아 단바, 단고의 적성을 하나하나 공략·함락시켜 간 것이었다.

이 지방의 강적은 누가 무어라해도 하타노 히케하루의 일족이었다.

토벌을 시작하기 전에 그 대적의 본거 야가미 성을 중심으로 역시 노부나가에게 반의를 표명하고 있는, 대소 지방 부족의 기(旗)는 각처 요해지에 산재하는 40여개소의 성과 30여개의 방어벽에 흩어져서 펄럭이고 있었다.

그것은 지난 수년 동안에 줄기차게 곤격하고 부지런히 항복 받아 약 3분의 1을 토벌해 버린 것은 산요 지방의 히데요시의 무훈과 견주어 결코 손색이 없는 미쓰히데의 공로라고 해도 좋을 것이다.

물론 노부나가가 미쓰히데를 신뢰하는 것도 그 공로를 칭찬하는 것도, 결코 히데요시에 대한 것에 못지 않았다.

"히데요시와 미쓰히데는 우리 군대의 쌍벽일 거야. 둘 다 쟁쟁하고 또 둘 다 젊다. 두 사람의 활동을 견주어 보면 당대의 장관이라고 할 수 있다. 그들도 좋은 세상에 태어났지만, 나도 좋은 장수들을 좌우에 거느리게 되었다."

노부나가는 노신들에게 이렇게 솔직하게 말한 적도 있다고 하는데, 감격하면 남보다 한층 더 격찬을 해 마지 않는 노부나가로서는, 그것은 결코 정치적인 말이 아니었다.

그 증거로는 특히 미쓰히데에게 고레토라는 성을 주고 단바 가메야마 성에 60만 석을 주어 일문 권속도 다 은혜를 받아, 지금의 아케치 미쓰히데는 이젠 옛날에 방황하던 영락 시대의 주베에 미쓰히데가 아니었다.

"이 후은을 잊어서는 안 된다."

미쓰히데 자신이 언제나 6명의 자기 아들과 조카들 일족에게도 이르고 있는 말이었다.

그 마음씨는 필연적으로 영지의 내치나 법령에 잘 나타나 있었다. 그는 노부나가의 이름을 욕되게 하지 않는 신흥세력 아래의 일대 영주로서 계속 영민을 잘 다스리고 있었다.

그대 보았는가,
성 안 앞뜰에
오늘도 도라지꽃이 핀다.

영민들은 이렇게 노래 불러 새로운 영주의 온정과 그 가문을 축복했다.

미쓰히데의 명석한 두뇌로 하는 문화 진흥의 새로운 맛이 깃든 정치는 도저히 전에 살고 있던 지방 호족의 시정과는 비교가 되지 않는 것이었던 만큼 토착민은 기꺼이 따라갔다. 또 바람을 따라 싸움 없이 그의 성문으로 투항해 오는 지방 호족들도 적지 않았다.

사카이 마고사에몬, 가지미 이와미, 여모다 다지마노가미, 하기노 히코베, 나미카와 가몬노스케 등이 모두 자기 산채를 버린 부하를 이끌고 지난 봄에 그의 가신이 된 사람들이다.

하지만 가장 중요한 단바 제일의 적의 요새 야가미 성만은 아직도 완강히 버티어 함락되지 않고 있었다.

호소카와 후지다카, 오다 노부스미, 다키가와 가즈마사, 니와 고로자에몬 등 제장이 미쓰히데를 도와 연래 공격을 가하고 있으나 때로는 귀순하고 때로는 방황하고 또 홀연 세력이 왕성해지기도 하고 해서, 아무리 해도 그 방책과 적성을 뿌리 뽑을 수가 없었다.

덴쇼(天正) 7년 5월이었다.

"야가미를 칠 때는 바로 지금입니다."

이것은 히데요시의 헌책이라고 한다. 양면 작전이기는 하지만 그 동기는 언제나 하나에 합류하고 있다. 하리마 방면의 손(手)은 지금 같으면 이동시킬 수 있다는 히데요시의 보증에 의해서, 노부나가의 총공격 명령이 내려진 것이다.

"단번에 야가미 성을 함락시키라!"

즉 미쓰히데의 주력은 야마시로 방면에서 히데요시의 동생 히데나가의 군대는 다지마 방면에서, 또 니와 고로의 별동대는 셋쯔 방면에서 서로 다투듯 하타노의 아성 야가미로 밀고 들어갔다.

하시바 히데나가, 니와 고로자에몬, 두 장수에게 인솔된 각 2대대는 착착 그 담당 지역에서 전과를 올려 적성의 산채와 성지를 석권해 갔다.

──미쓰히데의 전면은 어느 정도에서 정체되고 말았다. 그러나 그것은 주력 부대로서 그가 이곳에서 분쇄해 보이지 않으면 안될──적의 아성 야가미와의 대치였다.

"아케치 군의 면목을 걸고 함락시키라!"

미쓰히데의 지휘는 여느 때와 달라 실로 준엄하기 짝이 없었다.

"……모든 희생을 다 치르더라도."

미쓰히데는 부하 장졸에게 밤에는 야전을, 아침에는 아침대로, 적에게 숨 쉴 틈을 주지 않을 정도로 맹렬히 돌진했다.

그래도 야가미는 함락되지 않는다. 그 동안에는 하시바 군과 니와 군의 혁혁한 전공이 두 방면에서 들려오는 것이다. 미쓰히데는 교착 상태에 있는 자기 부대를 바라보고 생각했다.

"아, 부끄럽다!"

노부나가로부터 남달리 두텁게 사랑을 받고 있는 자신을 그곳에서 돌아보는 듯한 세상에 대해서도, "이래서는 창피하다"고 마음이 조여서, 안절부절 못할 지경이었다.

그는 유유히 정치 군사의 경책에 이념을 궁리하고 있는 사람일 때는 세상에 드문 인재였다. 말하자면 인재 중의 인재였다. 그러나 감정에 충격을 받아서 사물을 사고할 때는 아주 딴 사람같이 흐트러지기 쉬운 면이 있었다. 극히 사소한 일에도 정도 이상으로 구애돼 명석한 두뇌도 그것에 지배당하고 마는 것이다.

그의 총명과 문화인적인 겸손함은 일상의 언어행동에 있어서 그의 내면에 그런 취약한 결함이 있다는 것을 전혀 남에게 내보이지 않았다. 일족 근신에게도 보이지 않았다. 오직 그 자신이 혼자서, '……이래서는……' 하면서 경계하고 있을 따름이었으므로, 그 가슴 속의 고민은 남보다 더한 것이었다.

"안 되겠습니다. 어떤 작전도 성중의 적에게는 거의 아무런 타격도 입히지 못하는 것 같습니다. ……이쯤 되면 단 하나 호를 깊이 하고 방책을 둘러쳐 장기전을 기해서 적을 말라 죽게 하는 수밖에는."

부하 참모들이나 일선 부장들도 이제는 한결같이 그 의견을 고집했다.

미쓰히데의 병사 군학의 권위도 여기에 이르러서는 이미 다 써 버린 뒤였다. 더구나 그는 오늘 내일이라도 적을 무찔러야겠다고 조바심치고 있었다.

'틀림없이 병신 같은 놈이라고 노부나가가 공도 생각할 것이다. 니와, 하시바의 우군도 저것 보라, 미쓰히데는 쩔쩔매고 있구나 하고 은근히 비웃을 것이다.'

이런 급한 처지에 있으면서도 아군의 상하에 대한 걱정까지 혼자 고려하는 미쓰히데였다.

더욱이 이곳은 자기의 활동 무대——단바의 책임이라는 느낌도 있다. 자기 이름에 대한 체면도 있다. 단연코 유유히 이곳에 교착상태로 있을 수는 없다.

"뭐, 장기전을 할 수밖에 없다고? 아냐, 아냐, 미쓰히데에게는 벌써부터 생각하고 있는 것이 있다. 무위무책한 장기전을 펴고 우군의 눈부신 전공을 곁에서 바라만 보고 있을 수가 있겠는가? 사쿠자, 사쿠자."

그는 한편에 있는 부장들 중 한 사람을 불러 명령했다.

"언젠가 그대가 본진으로 데리고 왔던 다이젠인(大善院)의 스님을 다시

한 번 불러 오게. 밤이 되어도 좋다. 곧 불러 으게."

근위 부대의 신시 사쿠자에몬은 명을 받아 곧 말을 달려 다기군에 있는 다이젠인으로 달려갔다.

성을 공격한 지 수개월, 이미 계절은 여름으로 접어들고 있었다. 함락되지 않는 성을 눈앞에 두고 미쓰히데는 독충, 모기를 쫓기 위해 모깃불을 피우고 그날 저녁 퍼져 흩어지는 연기 속을 묵묵히 왔다 갔다 하면서 돌고 있었다.

다이젠인의 주지가 신시 사쿠자를 따라 미쓰히데의 진소로 온 것은 그 뒤 얼마 되지 않아서였다.

"밤중에 수고했네."

미쓰히데는 그를 장막 안으로 맞으면서 좌우의 사람을 물리치고 심복 2, 3명과 주지만이 무엇인가 밀의를 거듭하고 있었다.

야가미 성의 하타노 일족과 다이젠인과는 교섭이 적지 않다.

"귀승의 수고 하나로 영하의 백성들을 도탄에서 구하고 성중 기천의 생명도 무사할 것이다. 이 임무야말로 승려인 그대에게 부과된 당연한 사명이라고 할 것이다."

미쓰히데는 구구절절이 그를 설득하는 것이다.

성중으로 가서 하타노 히데하루 형제를 설득하라는 투항을 권고하는 사신으로 명한 것이다.

그것도 이치를 따져 거절하지 못하도록 미쓰히데는 명석한 이론을 세워서 설득했다. 다이젠인측으로 볼 때는 공평하게 보다도 아직 이 야가미 성을 끼고 싸우고 있는 공방 양군의 승부는 누가 이기고 누가 진다고도 볼 수 없다. 도리어 공격군은 다소 공격에 지친 것 같고 수성측의 사기는 훨씬 떨치고 있는 것이 아닌가 하는 생각이 드는 것이었다.

하지만 거절할 수 없어서 다이젠인의 주지는 약속했다.

"되고 안 되는 것은 하늘의 뜻에 맡기고, 하여간 최선의 노력을 다하죠."

미쓰히데는 염려가 되었다. 그의 말투에서 이미 일의 실패가 예감되었기 때문이었다. 무조건적으로는 하고 이 교섭에 열의를 띠지 않는 태도가 주지의 얼굴에 드러났다.

속마음으로 공을 서두르는데 급급했던 미쓰히데는 스스로 하나의 구체적인 조건을 제출했다.

다이젠인의 주지는 그가 아주 초조해 하는 것을 딱하게 여기면서 다분히 그 가능성이 있다는 것을 알리고, 잠시 뒤 심야에 자리에서 일어났다.

"그렇다면, 성중으로 심부름을 가는 것도 그저 항복을 권유하는 것이 아니므로 수장의 면목도 서고 일도 잘 되리라 생각합니다."

주지는 다음날 본목에 있는 사이조인(西藏院)과 협의를 하고 회의를 알선하도록 만반의 준비를 갖추고 있었다.

얼마 뒤 미쓰히데의 본영에서 사이조인측으로 한 사람의 노파가 송치되어 왔다. 그는 미쓰히데의 어머니라고 말하고 있었으나, 사실은 그가 모시고 있는 숙모인 것을 옛 신하들은 다 알고 있었다. 또 사이조인이나 다이젠인측에서도 어렴풋하게 알고 있었으나, 어디까지나 미쓰히데의 어머니로서 정중하게 대접하여 성중과의 절충이 진행됨에 따라 이들을 인질로 수장 하타노 히데하루에게 보냈다.

그를 따라 다이젠인의 주지도 사신으로 성으로 갔다. 히데하루와 만나 그가 전한 것은 이런 내용이었다.

"본디 노부나가 공의 본의는 각 지방의 난맥을 통일화하는 데 있지, 결코 각지의 구가 구령의 제도를 무작정 파괴하고 또 덮어놓고 토벌하는 것이 본래의 취지는 아니다. 미쓰히데가 가장 강하게 주장하고 있는 중점은 그것으로, 가령 성문을 열 경우라도 맹세코 본령 안도와 가명의 존속은 보증하겠다는 굳은 약정을 보이고 있다. 이렇게 어머니를 보내서까지 성의를 표하니, 그 성의에 대해서라도 부디 그 점은 높이 살펴 주기를 바란다."

그에 대해, 하타노 히데하루는 답했다.

"항복은 싫다, 그러나 대등한 협의라면."

또 충분히 마음이 움직인 증거로는 이렇게 응하는 빛을 보였다.

"하여간 미쓰히데하고 회견을 해 본 다음에."

그 결과, 미쓰히데와 하타노 히데하루는 아주 백지 상태에서 서로 만나 보기로 하고, 어느 날 혼모쿠의 사이조인에서 회견할 약속이 성립되었다.

두 개의 문

"만나보시는 것이 어떻겠습니까. 거절하려면 지금부터라도 상관없겠죠."

일부 장성은 하타노 히데하루의 출성을 위태롭게 생각하는 듯 간절히 말렸다.

히데하루는 오늘 성을 떠나 미쓰히데와 회견하기 위해 이미 모든 준비를 다 끝내고 있었다. 어째서 새삼스럽게 생각하느냐는 듯, 웃으며 떠났다.

"아무리 미쓰히데라고 하지만 자신의 노모를 인질로 이 성내에 맡겨 놓고 히데하루에게 위험을 가할 리는 없겠지. 안심하라."

말할 나위도 없이 화목을 위한 회견이다. 복장도 가급적이면 평화적으로 차리는 것이 예의다. 그러나 만일을 생각해서 동행자들은 강직한 자만을 골라 데리고 갔다. 기마, 도보, 총 80여 명이라는 인원수로 상당히 엄숙했다.

행렬은 혼모쿠의 사이조인에 도착했다.

주지 이하가 마중 나왔다.

히데하루는 산문에 말을 매어두고 원나로 들어갔다.

시각에 어김없이 아케치 미쓰히데 쪽도 이미 와 있다. 다이젠인 두 칸을 트고, 서쪽 칸에는 하다노의 주종, 동쪽 칸에는 공격측의 미쓰히데의 부하 장병들이 엄숙하게 줄지어 있었다.

어제까지 성벽과 호를 사이에 두고 총탄과 화살을 날려 온 적과 적이 지금 문턱 하나를 사이에 두고 이렇게 대좌하고 있는 것이다.

"……"

불타는 듯한 눈은, 어느 쪽이고 상냥함이 없어 서로의 얼굴과 모습을 노려보고 있다. 순간은 역시 어떻게도 할 수 없었다. 적이라는 의식에 눌려 얼굴의 근육도, 어깨의 뼈도, 굳어져 버린 차였다.

그러나 사이조인과 다이젠인의 주지가 나와 오늘의 기쁨을 말하고, 이 기나긴 농성과 계속되는 맹공이 평화롭게 해결되어, 하타노님의 구영에도 평화를 되찾으면, 영민이 얼마나 고맙게 생각할 것인가 등 교묘하게 떠들자, 겨우 쌍방의 마음의 긴장도 풀려 거기 무엇인지 모를 인간적인 친밀감까지 피차 느끼게 되었다.

"변변치 못합니다만."

중들이 대접하는 상이 들어왔다.

미쓰히데는 상을 보자 말했다.

"이렇게 문턱이 가로 막고 있어서야 언제까지나 대좌하고 있는 것 같아서 재미없다. 어디 마음 놓고 서로 한 사람씩 걸커 앉는 것이 어떻겠소?"

그러면서 자신이 친밀감을 나타내 보였다.

하타노 히데하루는 그보다도 더 맘이 넓었다. 진정으로 사귀면 살이라도 베어 줄만한 인물이다. 미쓰히데의 말어, "사실……" 하고 바로 동의를 나타내 자진해서 정면에 미쓰히데와 나란히 착석했다.

미쓰히데는 잔을 권했다. 또 농성 백일에 가까운 동안의 방어전을 극구 찬양했다.

히데하루는 크게 웃으며 말했다.

"그랬던가요. 그처럼 공격군은 힘이 들었었나요. 이건 아주 자랑스럽군요. 미쓰히데님의 군대가 쩔쩔 맸다니……."

술을 잘 마시는 편인지 곧 잔을 비워 미쓰히데에게 돌리면서 히데하루는 계속 말하였다.

"공격의 성패는 순식간에 떨어지면 되고, 어느 기간이 지나도 못 떨어뜨리면 좀체 떨어지지 않는 법이죠. 성중의 인간은 얼마든지 기아와 위험에 길들어 가니까 말이죠. 이미 제 야가미 성도 그렇게 되어 가고 있는 중이기는 해도 큰 소리는 아니지만 앞으로 1년이나 1년 반은 더 버틸 자신이 있죠, 하하하."

무심코, 미쓰히데가 좌중을 바라보니 성중의 사람들은 의논이나 한 듯, 젓가락도 잘 들지 않고 술도 마시지 않고 있었다.

——아아, 역시 예의 바르구나.

미쓰히데는 그것을 보면서 은근히 탄복했다.

'모두들 다 군침을 흘릴 법한데, 평시의 주림을 얌전하게 참고 있구나.'

그렇게 느낀 것이다.

성 안에는 이미 20일 전부터 군량이 아주 떨어져 있었을 것이다. 여기 있는 그들도 충분히 배를 불리고 있었다고는 생각되지 않는다.

또 먹고 있다고 해도, 겨우 목숨을 잇는데 족한 정도였을 것이다.

그런데 저렇게도, '이런 것쯤은 너무 먹어서 아주 물렸다'하는 듯한 표정으로 산해진미를 앞에 놓고 태연한 체하는 것은 괴로운 일이다. 냉수를 마시고 이를 쑤신다는 말도 있고 이것 역시 오늘 화목 교섭의 우위를 차지하려는 하나의 병법이라고는 보지만 대단하군.

미쓰히데는 히데하루에게 말했다.

"여러 부하들은 주군인 당신에게 체면을 차리고 있는 것 같으니, 어서 당신이 직접 먹으라고 말을 해주시오. 우리편 사람들은 저렇게 마음 놓고 먹고 있으니."

"참 고마우신 말씀."

부하를 소중하게 아는 히데하루는 자기가 권유를 받는 이상으로 기뻐서 일동을 향해 말했다.

"마시게 마셔. 일부러 저렇게 권해주시는데 너무 사양을 하면 도리어 실례가 될 거야. 못 마시는 자는 먹기라도 하게."

말없이 성에서 나온 인사들은 몸을 약간 앞으로 굽혔다. 그리고 나서 천천히 젓가락을 들고 잔을 손에 들기 시작했다. 어써 허겁지겁 먹지 않도록 주의하는 기색이었다.

회견의 최초부터의 약속은 오늘의 회견은 소위 엄숙한 담판이 아니고, 승패 우열의 생각을 버리고 술잔을 나누면서 담소하는 동안에 화평을 원하며 합치기 싫다고 생각들 때는 헤어지자——그런 조건 밑에서 적과 적이 한자리에 모인 것이므로 미쓰히데와 히데하루는 이 쯤에서 차츰 그 이야기로 화제를 돌리고 있는 양 싶었다.

지극히 무인답고 또 쾌활한 하타노 히데하루는 미쓰히데의 부드러움과, 교만한 점이 없고 진심으로 대해주는 태도에 아주 감격해 버린 듯 무혈 개성의 대사를 한 마디 말로써 미쓰히데에게 대답하고 있었다.

"이후의 모든 처사를 귀하에게 일임하오. 단지 성내에 있는 자의 생명과 그 후의 생활만 보증해 줄 수 있다면.'

"아니오. 귀하가 그처럼 이 미쓰히데를 믿어 준다면 노부나가 공에 대해서는 미쓰히데가 반드시 목숨을 걸고서 야가미 성의 구령 안도의 건과 여러 부하들의 영속은 다짐하겠소. 맹세코 댁의 명성을 손상시키지는 않겠소."

미쓰히데도 그 말에 대해 힘주어 말했다.

연회가 끝났다.

끝나고 또 다시 회의로 들어갔다.

회의는 쉽게 성립되었다.

배짱이 센 하타노 히데하루는 이렇게 말하고 끝을 맺었다.

"일임한다고 결정을 한 이상, 모든 것은 귀하에게 맡기겠소."

"그럼 이대로의 휴전 상태를 오래 끌고 나간다면 병사와 병사들 사이에서 불의의 사태가 일어날는지 모르므로, 여기서 바로 동반할 테니 아즈치 성까지 가서 노부나가 공과 직접 만나서는 것이 어떨까요?"

미쓰히데의 권유에 히데하루는 한 차의 의심도 없이 깨끗하게 믿고 있었다.

"이의 없소이다."

성중으로 사자가 달렸다.

공격군에서도 이런 뜻을 미쓰히데로부터 전령을 보내 각처 공격 부대에게 전하게 했다.

'화의 성립, 수일 휴식!'

이렇게 해서 오전 중부터 시작한 회담은 반나절도 안가서 성립되고 말았다. 다시 저녁때가 되었으므로, 야식은 미쓰히데가 내는 것으로 하고 진중에서 술과 안주 기타 요리들도 가져다가 이번에는 불가의 정진요리가 아닌 만찬회가 열렸다.

히데하루와 가신 일동도 아주 안심을 한 탓인지 낮보다는 잘 지냈다. 그리고 불을 켤 때 쯤해서 여기서 재정비를 하고 바로 아즈치 성으로 출발하기로 했다.

"타실 말은 작은 문 밖에 준비해 놓았습니다. 수행하시는 분들도 그곳에서 기다리고 있습니다."

히데하루는 맨 나중에 자리에서 일어났다. 3, 4명의 측신의 부축을 받으며 절의 현관에서 나왔으나, 그곳에서 안내자로서 기다리고 있던 아케치 편의 사람들이 그렇게 말했다.

"수고하네."

히데하루는 고개 숙여 경의를 표하고 저녁 어둠이 깔린 경내를 누비며 서문 쪽으로 따라갔다.

그런데 그보다 앞서 우루루 몰려나온 하타노의 수행원에게는 밖에서 함께 기다리고 있던 아케치 편의 무사들이, "주군님의 말은 동문 밖에 매어 놓았습니다만, 그리로" 하고 가리켰으므로 그들은 주인 히데하루가 간 방향과는 정반대인 동문 쪽으로 끌려간 것이다.

그들은 자기들의 주인은 곧 뒤따라 올 것이라고 믿고 있었다. 그러나 동문 밖으로 나와서 본 순간 갑자기 의심이 든 것은 그곳에서 기다리고 있어야 할 승마도, 하인들의 모습도 보이지 않는 점이었다. 그곳에는 그저 적적한 저녁 어둠만이 있을 뿐이었다.

"말과 하인들은 어디 있나요?"

한군데 모여 서서 하타노의 수행원들이 아케치의 사람에게 묻자, 그 말이 미처 끝나기도 전에 사방 어둠 속에서 일제히 총성이 이어지고 화약 연기가 퍼져 나갔다.

타, 다, 다, 다, 탕

어찌 견디랴, 그곳에 있던 약 4, 50의 인명은 그냥 겹쳐 쓰러지고, 혹은 뒤로 자빠지고, 혹은 튀어 올랐다.

저마다 이상한 목소리로 말하는 듯한 부르짖음이 소용돌이쳤으나 그것도 순간뿐이었다.

"앗!"

"계략이구나."

"비, 비겁한 것들!"

가까스로 총알을 피한 3분의 1쯤 되는 사람들은 아케치 편의 무사를 향해 대도를 빼들어 눈을 부릅뜨고 돌진해 왔다.

"에이 경칠!"

"이놈!"

그러나 그것에 대비한 제2단의 준비를 해 놓은 아케치 편에서는 돌연 나무 그늘에서 일대의 장창 부대가 달려 나와 포위해 버렸다.

"한 놈도 놓치지 말라."

저녁 달 아래 푸르게 빛나는 것은 선혈뿐이었다. 살아서 성까지 달려 돌아간 자는 열 명도 되지 않았을 것이다. 그 밖에 하인들은 아직 날이 어둡기 전에 다 포로가 되어 있었던 것이다.

동문의 총성은 당연히 저녁 어둠을 뚫고 서문 쪽까지 들렸다.

히데하루의 근신 3, 4명은 마침 바로 서문 밖으로 한 걸음 내디딘 순간이었다.

역시 휴전 중의 총성이라, 아무리 담이 큰 그도 깜짝 놀란 듯 낮은 돌층계를 내려가다 그 걸음을 멈춘 채, 바로 앞뒤를 휘둘러보았다.

"미쓰히데님……미쓰히데님."

그 순간까지도 그는 아직 미쓰히데가 오늘의 향연에서 보인 호의나 그 온화한 태도, 더구나 굳게 맹세한 화의에 대해 의심을 품어 보려고 하지 않았다.

"아니, 보이지 않습니다만."

"아냐, 바로 지금까지 나하고 같이 있었는데?"

히데하루는 내려가려던 돌층계를 뒤로 물러섰다. 그리고 자기가 먼저 지나치게 앞서 왔나 하고, 서문을 들어서 경내 쪽을 들여다보았다. 캄캄한 문그늘에서 번쩍하고 물고기 비슷한 빛이 달렸다. 커다란 댓잎 창이었다. 무의식중에 히데하루는 악을 썼다.

"이놈!"

엄청나게 큰 소리였다. 산문의 대들보가 쩌렁하고 울린 것 같았다. 그와 동시에 그가 차고 있던 칼은 번개 같은 섬광을 그리고 창의 날목 근처를 잘라 떨어뜨렸다.

그러나 그의 눈에 띈 것은 단 한 개의 창 뿐이었으나 사실은 뒤쪽에서도 다른 한 개의 창이 한꺼번에 그의 몸을 찔렀던 것이다. 군도가 한번 번쩍이며 그의 앞에 있던 창을 잘라 떨어뜨리고 있을 때 그의 몸은 그대로 옆으로 헤엄치듯 기어가고 있었다. 그러나 두 군데의 창상에 견디지 못해서 히데하루는 미쓰히데의 간계를 욕했다.

"으음, 소인배 놈!"

그렇게 신음소리를 내면서 산문 벽에 몸을 부딪치자 그대로 쓰러져 숨이 끊어졌다.

이 돌발사로 당연히 그의 근신 3, 4명도 무사하지는 못했다. 그러나 그 사람들은 그물 안의 물고기밖에는 안 된다. 근처에 숨어 있던 많은 철갑 무사가 즉시 포위하고 결박을 지었는데 칼로 베어 죽였는지, 그 결과조차 구별할 수 없을 정도로 재빠르고 가차 없이 처치해 버리고 말았다.

지루하게 공방전이 계속되던 야가미 성은 이렇게 해서 낙성이 되고 말았다.

수장(守將)도 없고, 중요한 부장도 다 성밖으로 나가 암살을 당하고 말았으니, 아무리 완강한 성병이라도 버틸 수는 없었으리라.

한가지 어려움을 해결한 미쓰히데 군은 계속해서 아카이 일족의 우쓰 성을 공략하고 나아가 후쿠지 산의 귀성을 함락시켜 비로소 단바 전역의 평정을 끝내고 원군 니와, 오다, 노부스미 등 아군에게도 우선 면목을 잃지 않고, 노부나가에게 승전 보고를 할 수 있었으나 그는 과연 이 승리를 진심으로 기뻐할 수가 있었는지 의문이다.

그 뒤 야가미 성의 남은 병사들은 성을 나와서도 전부 미쓰히데에게 심복하는 것 같은 기색을 보이고 있었다. 그러나 세평은 그를 둘러싸고 여러모로 말이 많았다.

"아무리 공을 세우는 게 급급했어도 자기 어머니를 인질로 보내는 법은 없다. 더구나 성 안의 장수를 죽이기 위한 방편이라면 위험한 것이 빤한 일인데."

적어도 '어머니'라는 이름이 있는 사람을 아구리 미쓰히데라도 그런 도구로서는 쓰지 않았다. 인질로 보낸 것은 실은 숙모였던 것이다. 그로써 미쓰히데는 스스로 위안을 하려고 했었는지는 모르나, 역시 위안이 되지 않는 것이 마음속에 엉겨 붙고 있었을 것이다.

그는 아라키 무라시게와 같이 거친 신경의 소유자는 아니다. 아니, 남달리 섬세하기도 하고 또 정사를 알고 선악의 비평에 투철한 지능도 있었다.

그러니만큼 뒷맛의 씁쓸함은 언제까지나 없어지지 않을 것이다.

가메야마 영내의 민치에는 명주나, 인군이다, 하고 떠받들어지고 있으면서도 그 정치적 수완과는 딴판으로 군사면에서는 초조해하는 기미가 있고 서투름이 눈에 띈다. 특히 그것은 미키 성 공략을 수행한 히데요시의 방법과 비교하면 더욱 서투름을 생각게 한다.

매를 쫓다

노부나가도 매우 바빴다.

특히 지난 약 3년 동안의 생활은 더 했다.

그가 있는 곳은 정무(政務)의 중추가 되고 그가 가는 곳은 군의 본영이 된다.

그동안 좋아하는 씨름 구경도 하고 산요, 산인 지방 기타 전장에서 돌아와 간혹 문안드리는 부장을 위로하는 주연을 베풀면서 "……인생 50년 꿈과 같고 죽는 것은 일정하고……"이라는 노래를 불러 보이기도 하고, 또 상호간 결혼 중매까지 주선하고 있었다.

호소카와 후지다카는 단고의 잇시키 요시나오를 멸망시키고 그 다베 성을 노부나가에게 바치고 노부나가로부터, "그대는 그곳에 살라"라는 분부를 받고 지금 단고 일대의 땅을 소유하고 있다.

그 호소카와에 가까운 단바의 미쓰히데는 친척 이상으로 친목을 계속하고 있다.

두 사람은 노부나가를 만나기 전부터 알고 있는 사이였다.

아직 미쓰히데가 세월도 잘 못 만나고 주인도 잘 못 만나 에치젠 아사쿠라의 집 식객이 되어 찾는 사람도 없는 낭인의 주거에서 지낼 때, 처음으로 문을 두드리고 장래의 희망을 주고받던 사람이 이 호소카와였다.

그 장래의 인물은 '노부나가 밖에는 없다'고 보고, 에치젠에서 나와 장래의 계교를 기후 성에서 설파하고, 직각력을 통하여 오늘까지 그 뜻을 노부나가에게 맡기고 성사를 시켜 온 두 사람이었다.

그래서 두 사람은 만나기만 하면 반드시 지난 일을 생각한다.

"그때도, 지금도."

그러면서 고생하던 일을 서로 주고받는 것이 남의 눈에도 부러울 정도로 친한 두 사람이었다.

노부나가도 이 두 사람의 공은 충분히 인정하고 있었다. 말하자면 대대로 내려오는 신하 이상의 것이 있었다. 특히 호소카와에게는 그 가문에 대해 각별한 존경심을 보이고 있었다.

"유사이의 아들 요이치로 다타오키, 그는 지금 몇 살이지?"

노신 하야시 사토는 노부나가로부터 돌연 이런 질문을 받고 얼떨떨해졌다.

유사이란 호소카와의 호다. 노래나 다도에서는 유사이가 더 잘 통한다. 노부나가도 친밀감을 보이기 위함인지, 보통 그쪽 이름을 더 잘 부른다.

"글쎄요……."

사토는 이마에 손을 대고 일어서려고 했다.

"기록처에 가서 조사해 올까요?"

"그럴 것까지는 없구."

노부나가는 제지했다. 정말 사토가 약간 노망기가 드는구나, 하고 혀를 차듯 말했다.

"20세가 넘었을 것이다."

"호소카와님의 아드님은 처음 출전한 후 계속 많은 공을 세우셨으므로 이제 그 정도가 아니지 않겠습니까?"

"미쓰히데에게는 딸이 많단 말을 들었는데."

"7명 중 위로부터 5명까지 따님이라고 언젠가 말씀하시더군요."

이런 좌담이 나온지 얼마 되지 않아서다. 노부나가는 어느 틈엔가, 호소카와와 아케치 두 집의 가정 사정을 아주 자세하게 알게 되었다. 연고 있는 신하들에게 여러모로 들은 것을 기억하고 있기 때문에 누구보다도 정통하게 알고 있었다.

그 해 9월, 두 집 사이에는 화려한 결혼식이 거행되고, 중매를 선 노부나가가 스스로 나서서 그것을 더욱 성대하게 했다.

혼례 후 신랑신부는 아즈치 성으로 인사를 왔다. 지극히 잘 어울리는 부부였다. 신랑 다타오키는 훗날의 호소카와 산사이이다.

신부는 미쓰히데의 셋째 딸로 그때 나이 꽃봉오리 같은 16세였다. 나중에 호소카와 집안의 가라시야 부인 하면 일찍이 본 일이 없는 미인이라던데——하고 수군댈 정도였다.

노부나가는 안으로는 신하와 신하와의 이런 가정적인 사소한 일에까지 마음을 쓰면서, 밖으로는 또 착착 대륙을 향해 커다란 손을 뻗치는 것도 잊지 않았다.

지금 그가 기획한 것 중 최대의 숙제로써 은밀히 손을 대고 있는 것은, 대혼간사와의 정치적 해결, 바로 그것이었다.

그것을 성취하기에, "기회는 지금이다"하고 그는 내다보는 참이었다.

대체로 보아서 노부나가가 여기까지 오는 백전고투 중에 자나깨나 근심을 하고 있는 것은 혼간사 문도의 활약이었다. 표면적으로는 교단이라는 극히 소극적인 존재이면서도 그 집요한 반항과 뽑을 수 없는 잠재 세력에는 정말 애를 먹어온 것이었다.

그 혼간사에 대해 이런 기세로 오사카 출병을 단행하고 강어귀에 당당히 진을 쳤으나, 아무런 효과도 얻지 못하고 도리어 그들의 결속과 항전을 굳게 했을 따름으로 회군한 겡끼(元龜) 원년에서——돌아보면 올해 덴쇼 8년까지——꼭 11년이 된다.

"일격에 말살해 버리겠다!"

혼간사 군과 오다 군과의 사이에는 선전이 포고된 후 실로 11년간이 지났다. 이 긴 시간동안 노부나가가 이 괴적 때문에 고생을 하고, 방해당하고, 또 언제나 일부 병력을 그 때문에 못 박아 두어야 할, 유형무형의 손해는 이루 다 말할 수 없을 정도라고 해도 좋다.

그러나 마음속으로 참고 견디며 몸가짐을 조심한 끝에, 이제 겨우 뿌리째 그 환부를 제거할 수가 있었다. 이제야말로 그가 은밀히 크게 벼르던 적과 맞붙게 된 것이다.

8년 2월, 대거해서 교토로 나간 노부나가는 그 많은 인원과 행장의 위엄

을 과시하면서 야마사키, 고리야마, 이타미 등 오사카 근교를 순유하고 있었
다.

"매를 쫓는 것이다."

겉보기엔 매사냥 같았지만 얼른 사냥 옷을 벗어 버리고 그 몰이꾼인 장졸
들에게 총격을 명령하는 것이었다.

"죽여라!"

이 한마디의 명령만 떨어지면 이시야마 혼간사를 중심으로 한 전 오사카
의 교단가는 한순간에 잿더미로 만들어 버릴 만한 포진과 병력, 그리고 명료
한 의지를 그들에게 보이고 있었다.

그런 태세를 갖추어 놓고 노부나가는 서서히 그들의 사려를 바라보고만
있었던 것이다.

"어떻게 하겠는가?"

그러면서 발 밑을 들여다보고 있는 것이다. 그처럼 전토에 걸쳐 교문의 세
력을 모아 이 나니와의 한 언덕에 버젓이 특이한 법성을 차리고 있던 이시야
마 혼간사도 이젠 전과 같은 실력은 상실하고 있었다.

지난 11년 동안의 추이가 확실히 그 소퇴를 실증하고 있다.

먼저, 쇼군 요시아키의 몰락이 그 첫째였다. 덜리 연휴해서 앞뒤로 끊임없
이 노부나가를 괴롭히고 있던 반 노부나가파의 일환, 다케다 신겐이 홀연 죽
어 버린 것도 혼간사로서는 한쪽 날개를 잃은 것과 같았다. 계속해서 에치젠
의 아사쿠라, 고슈의 아사이, 이세의 나카지마 문파가 멸망을 당한 것 등—
—만신창이의 상처라고 해도 좋았다.

겨우 믿고 있던 우에스기 겐신도 죽었다. 기슈지방의 사이가 일족도 노부
나가에게 항복하고 말았다. 마쓰나가 히사히데 역시 토벌당하고 하지마의
미끼 성, 이타미의 아라키 무라시게, 단바의 하다노 일족까지 계속해서 정벌
되어 혼간사에서 바라보고 있는 희미한 희망까지 지상에서 말끔히 씻어 버
린 격이다.

그래도 굳이 믿는다면, 동쪽에는 다케다 가쓰요리가 있고 서쪽에는 오오
쿠니 모리가 있다는 것이었다.

그러나 다케다도 나가시노의 일패에서 망하고, 서쪽의 모리도 지금은 일
전 일퇴만을 계속, 거기다 모토나리 이래의 보수주의도 있어 과연 이 이상
적극적인 동상(상경)의 의사가 있는지 없는지, 극히 불안하다고 봐야 한다.

아무리 낙관적으로 보아도 이제 이시야마 혼간사는 모든 외부 세력과 절연된 고립 무원의 성이었다.

병략과 정략, 이 둘은 언제나 노부나가의 가슴 속에선 둘이면서 하나였다. 이제야 쇠해지는 징조를 나타내기 시작한 고립된 혼간사에 대해서도,

"함락시키려 들면 함락시킬 수 있다."

이러한 확신을 가지고 바라보면서 노부나가는 아직 단숨에 그것을 역공하려는 생각을 가지지 않았다.

"될 수 있으면 한 명의 군사도 축내지 말고 함락시켜야 한다."

생각을 거듭하고 있기 때문이다.

"이시야마의 법성을 중심으로 그 문전 거리, 그 밖에 나니와 30리 이내의 거리, 항구, 다리 들을 전화에 걸어 잿더미로 만드는 것도 아깝다."

그의 병마가 겉으론 매사냥이라 칭하고 오사카 근교의 땅을 시위적으로 순유하고 있는 동안, 그의 명령에 의해 교토에 더불어 있던 사쿠마 구나이교 등 외교가들은 전력을 다해 관백 근위를 움직여 이치를 캐 혼간사 일당의 오사카 퇴거를 종용하고 있었다.

"혼간사를 위해, 아니 법등의 멸각과 수십만의 불교도를 구하는 의미에서……"

고노에 마에하사 노부나가하고도 친했으나 특히 혼간사의 새 법주인 교뇨와 그 아버지 겐뇨 스님하고는 아주 가까운 사이였다.

그런 관계로 자진해서, 그 교섭을 맡고 나섰다.

"목숨과 바꾸더라도."

그리고 칙령을 주청해서 먼저 혼간사측을 타일렀다.

"아무 사고가 없도록."

그러나 11년 동안 전 문도의 피와 신앙으로써 노부나가에 항거하고 여기은거해 온 혼간사로서는, 이제 아무리 믿을 만한 자기편을 여러 곳에서 잃었다고는 하지만, "그렇다면?" 하고 곧 오사카에서 지방으로 후퇴할 수도 없었다.

새 법주의 교뇨는 강경파 중에서도 으뜸가는 사람이다.

아버지 겐뇨가, "……이렇게 된 이상은?" 하고 오사카 퇴거의 뜻을 발표했다. 그러나 그는 그대로 명령을 내려 더욱 방루를 쌓고 동심들을 설득하고

통문을 돌렸다.

"우리들은 한 치라도 이 이시야마 불당에서 물러날 수는 없다. 아무리 아버님 이하 문도 전원이 이 땅을 떠나는 경우에라도."

그리고 그 기세를 한껏 높였다.

"노부나가하고 최후의 일전을!"

그러나 오사카에서 물러날 것이라는 통달은 이제는 한낱 고노에 마에히사의 조정이 아니고 이미 조정에서 내린 칙명이었다.

몇 차례나 회의를 거듭해 내린 결론은 당연 디런 것이었다.

첫째, 칙명에 위배하지 말 것.

둘째, 어차피 노부나가에 항거해 보아야 그를 이길 수는 없다.

셋째, 문도 일반의 실정을 보아도 이미 그 잘못을 깨닫고 있다. 이 이상 무고한 인명을 희생 시킨다는 것은 불교도가 택할 길이 아니다.

넷째, 법등(法燈)의 보존.

그 밖에 이곳에서 물러나야 한다는 이유는 더 많이 열거되었다.

그에 반해 강경파인 옥쇄주의는, 요컨대 무문과 사문의 입장을 혼동하고 있는 경향이 있었다.

결국 5월에는 오사카 퇴거가 선언되었다. 그 뒤에도 갈등은 있었으나 드디어 7월 하순에서 8월 초에 걸쳐 최후까지 버티고 있던 강경파인 교뇨의 한패도 다 오사카에서 물러났다.

그 마지막 날이야말로 나니와에 이 거리가 생긴 이후 처음 보는 구경거리였다.

법성을 인수하는 핵심자는 노부나가의 가신 야베 젠시치로였다.

오사카시 내외의 혼간사의 지성과 기도의 방루 등 51개소는 전부 파괴되었다.

이제는 빈 성의 이시야마 본당에 야베 젠시치로 이하 많은 노부나가의 군병이 진격해 간 그날까지 교뇨 스님과 6, 7명의 수행은 그래도 떠나지를 못하고 남아 있었다.

젠시치로가 그들에게 따졌다.

"항복할 생각인가?"

"아냐, 아냐."

교뇨 스님 이하 하릴없이 포우망의 한쪽을 헤치며 쓸쓸히 이시야마에서 떠났다.

예로부터 전해 내려온 보물도, 불구(佛具)도, 비품인 7진 8보도, 다 불당 안에 남겨 놓은 채였다.

"나중에 노부나가가 와서 검사를 할 때 지저분하구나……하고 흉이라도 보면 우리들의 치욕이다."

혼간사측에서도 그 이전에 모은 집기 보물을 진열하고 하나하나 목록을 붙여 먼지를 털고 난간까지도 깨끗하게 청소를 해서 떠나는 새 물을 더럽히지 않는다는 속담 그대로 깨끗하게 해 놓고 떠났다.

최후의 최후까지 머물러 있던 교뇨 스님은 떠날 때, 법의 소매에 찻종지 하나만 넣고 갔을 뿐이었다. 그리고 그날 안으로 센슈 사노 강변까지 물러갔다고 한다.

──여기 오사카를 세운 이래 49년의 세월을 돌이켜 보면 어젯밤 꿈만 같다. 세상의 모습, 인간의 모습을 볼 때 그 생사의 거래(去來), 유위전변(有爲轉變 : 세상사가 변하기 쉬워 덧없음을 이르는 말)의 법칙은 일순간의 아침 이슬과 같다. 오직 일성청념(一聲稱念)의 날카로운 칼이 공덕으로써 무위열반에 이르는 것만 같지 못하다──.

당시의 사람 오오다의 수기에 의하면 오사카 개시 이래 번영과 겐뇨, 교뇨 등의 심중을 얼마나 안타깝고 섭섭하게 생각했는가를 이렇게 기술하고 있다.

그러나 지금 고향에서 뿔뿔이 헤어질 생각에 위 아래를 막론하고 눈물에 잠기고, 잠시 후 퇴성하고는 노부나가가 공의 입성이 있어 샅샅이 검사가 있을 것이다. 그 뜻을 짐작하고 퇴거 전에 구석구석을 수리하고 청소를 명령하고, 밖에는 활·총 등 병구를 진열해 놓고, 안에는 재산 잡구를 고쳐 놓아 그 배치며 위치를 보기 좋게 꾸미고, 칙사 관리들에게 인도했다. 8월 2일 미시 사이가의 나루 아와지 섬에서 수백 척의 배를 모아 지성의 주민을 비롯 우왕좌왕하는 연고자들을 싣고 육로와 해로로 개미떼를 풀어 놓은 듯 흩어져 갔다. 마침내 시각이 되어 횃불에 서풍이 불어 가람 한 채 한 구석 남김없이 밤낮으로 3일 동안 먹구름이 되어 다 타버렸다.

이렇게 해서 극히 합법적으로 이시야마 혼간사의 인도는 끝났으나, 그 뒤

횃불 하나가 온 산의 당탑가람(堂塔伽藍)과 다년간의 축성과 문루는 3일 밤낮에 걸쳐 훨훨 오사카의 하늘에 역사의 광연(光煙)을 이끌며 모두 재로 변해 버렸다.

불이란 모든 것을 결재하고 청소할 때에 쓰는 단골신이다. 그리고 남는 흰 재는 다음 토양에게, 이미 문화의 새로운 싹이 틀 것을 재촉하면서 희분(灰分)적인 비료의 역할을 다하고 있다.

이때, 누가 생각이나 했으랴.

나중에 이 언덕 대머리 위에 대경륜을 품은 주인이 거성을 구축 할 것을. 더더구나 그것이 아즈치 성보다 수배나 큰 구상을 가진, 저 오사카 성이 출현하리라고는.

아니다. 그보다 더 전혀 예상하지 못했던 일은, 그 오사카 성에 군림하는 자가 지금 주고쿠 지방 한 구석에 있는 히데요시라는 것을——이를테면 그때 위대한 예언을 했어도 만인 그 모두가 이를 믿지 않았을 것이다.

문책

바람을 쏘일 겸——. 마치 그렇게도 브인다.

노부나가는 배를 타고 우지 다리를 보며 그대로 곧장 오사카로 내려 왔다.

혼간사 개성의 직후다. 8월 12일.

한풀 꺾인 늦여름의 햇살은 강 물결에 반사되어 뱃전을 강하게 비치고 있다.

"오란."

"네."

"뭘 생각하고 있지?"

"……별로, 아무 것도."

란마루는 웃었다.

자주색 장막이 노부나가와 란마루가 있는 한 칸을 둘러막고 있었다. 기타 시동들은 뱃머리에서 뜨겁게 내려쪼이는 햇살을 몸에 받고 있었다. 강에서 오가는 배였으므로 지붕이 작았다.

그 대신 이 배 하나를 중심으로 해서 수백 척의 배가 나뭇잎을 뿌려 놓은 듯 청류를 내려가고 있다.

"시원해서 졸았나."

노부나가도 쓴웃음을 지었다.

바람을 받아 자줏빛 장막이 펄럭이고 있다.

란마루의 얼굴에 그 빛과 파도의 그림자가 연방 비치고, 연방 흔들린다.

"종이와 붓, 먹이 있나?"

"준비되어 있습니다."

"이리로 가져오지."

노부나가는 아까부터 실은 무엇인가 생각에 잠겨 있었던 모양이다. 그래서 란마루는 방해가 되지 않도록 침묵을 지키고 있었으므로, 그의 얼굴처럼 생각에 잠겨 있는 얼굴로 보인 모양이었는지도 모른다.

란마루는 연적의 물을 벼루에 따르고 조용히 먹을 갈았다. 성미가 급한 노부나가는 종이와 붓을 들고 벌써 기다리고 있다. 요사이 보기 드물게 그 눈썹에 험악한 기운이 숨어 있었다.

"여기 있습니다."

"으음……"

대답뿐이었다.

란마루는 뒤로 물러났다. 옷자락 소리도 나지 않게 조심하면서, 노부나가는 무엇인지 상을 찌푸렸다가는 쓰고 쓰고나서는 또 눈살을 찌푸린다. 정말 긴장된 무서운 얼굴이다. 민감한 란마루는 은근히 마음이 떨리기 시작했다.

'이건 예사로운 일이 아니다.'

남에게 절대로 말할 수 없는 일이지만 란마루 자신에게도 지금 마음이 아파 견딜 수 없는 일이 있었다. 그것과 노부나가의 눈썹에 나타나는 험악한 표정을 비교하고 점차 두려움을 느끼는 것이다.

'……무엇인가 이 몸에.'

어릴 때부터 노부나가의 시동으로서 그를 모시고 있었으므로 노부나가의 감정을 그 눈썹이나 입술에서 보는 것은 누구보다 민감한 란마루였던 만큼 예측되는 것이 있었다.

'오늘의 편지는 보통 일이 아닌데……'

그의 직감을 틀리지 않았다. 그러나 다행히도 그것이 자기에 관한 것이 아닌가 하고 겁을 먹었던 걱정만은 덜게 되었다.

그날, 노부나가가 배 안에서 쓰고 있던 것은 봉서지 3장에 걸치는 장문의 처벌장이었던 것이다. 어떤 한 신하의 태만에 대해 평상시의 격분을 나타내고 준열한 어구를 나열, 그 죄상을 따지는 것이었다.

"이제 오사카도 손아귀에 들어와 오래 쌓였던 화근은 제거되고, 이렇게 우지 강의 청류를 상쾌한 기분으로 그곳을 향해 입성 중인 오늘 어째서 그런 험한 감정을 일으키시고 계실까?"

란마루는 혼자 중얼거리고 있었다. 그리고 이런 기묘한 심리가 되면 아무리 노부나가의 가슴 속에서 살고 있는 것 같은 란마루라도 고개를 갸웃거릴 수밖에 없다.

약 1킬로 사방이라는 이시야마 불당의 건물은 3일 낮밤을 불질러도, 아직 일부 건물은 남아 있었다.

노부나가는 그리로 입성하자, 곧 써 놓은 문책장을 나카노 마다베, 구스노기 나가야스, 구나이교 호인 세 사람에게 맡기고 사신의 소임을 명령했다.

"사쿠마 노부모리 부자에게 이걸 전하라."

노부나가가 오사카에 들어와 그 점령지를 검사한 뒤, 맨 먼저 낸 것은 태만했던 자기의 신하들에 대한 이 문책장인 것이었다.

대철퇴는 사쿠마 우에몬 노부모리 부자에게 떨어졌다.

아니, 그것을 머리에 받지 않은 자까지도 매우 엄하고 무서움에 달한 노부나가의 문책이 시작되었을 때에는, 남의 일같이 생각하지 않고 몸서리를 치면서 결과를 지켜보고 있었다.

"도대체 무슨 죄상으로?"

사신의 손은 사정없이 차가웁게도 노부나가의 자필의 문책장을 사쿠마 부자의 손에 넘겼다고 전해졌다.

사쿠마 부자는 지난 5년 동안 이시야가 혼간사에 대한 공격 부대의 대장으로서 오사카에 주둔하고 있었던 것이다. 즉 이시야마 불당의 낙성은 본래 그의 손에 의해 성공시켜야 할 책임이 있었다.

그럭저럭 5년 동안, 이 공격 부대는 아무런 일도 하지 않고 지내고 있었다.

이른바 하는 일 없이 세월만 보내고 있었던 것이다. 노부나가가 얼마나 그 동안 초조하게 생각하고 있었는가.

지금 이 문책장이 내려지자, 모두들 비로소 고개를 끄덕이며 말하는 것이었다.

"사실이지."

상대는 11년 동안이나 노부나가 자신이 애를 먹어 오던 불교도들의 본거지다. 이것을 사쿠마 부대의 손으로 함락시키지 못했다고 하는, 오직 그것만으로 문책하는 것은 아니다.

노부나가가 화를 낸 것은 다음과 같은 사항에 의한 것이었다.

1. 재임 5년 동안 거의 전쟁다운 전쟁을 개시하지 않았다. 이것은 세상이 다 알고 있는 사실이다.

2. 역공이 어려웠으면 책략 외교도 있다. 그런데 5년 동안 아직 한 번도 내게 헌책을 해 온 일이 없다.

3. 병력 부족을 언제나 한탄하고 있었다는데, 나로서는 미카와, 오미, 이즈미, 기이 기타 네고로 군사 등 7개 지방의 영주에게 인력, 병권, 어떤 일이든 오사카 공격 부대를 도우라는 명령을 내리고 있다. 대장으로서 그대 부자도 그것을 잘 알고 있으면서, 조금도 그들 인적 자원도 물자도 활용해 보려고 하지 않았다. 이 무능, 무책, 미련, 전의(戰意) 상실이 원인이 아니고 무엇인가.

4. 그 동안 군비를 낭비하면서 오사카의 관리들은 도와주지 않고 오로지 자가 비용으로써 중심이 다 군에서 떠나고, 사기 또한 떨치지 못해 세상에 오다 군으로서의 면목을 더럽히자, 이 전국(戰國) 속에서 혼자 유유히 하는 일 없이 오늘에 이르렀다. 실로 전대미문의 태만자란 너희들을 두고 말하는 것, 무슨 염치로 이제 노부나가와 만나겠는가.

──간략하게 줄인 이상의 죄상을 열거한 것이나, 그 어귀가 통렬해서 보기와 같이 약한 것이 아니다.

그 밖의 조건에도 자신 멋대로 욕하는 것 같은 격한 단어가 많이 보인다.

"너는 노부나가의 대가 되어서도 30년 동안 녹을 먹고 있었는데, 그동안 사쿠마는 비할 데 없는 공을 세웠다고 세상 사람들이 칭찬할 만한 일을 한 번이라도 한 적이 있는가?"

"단바 지방에 있는 미쓰히데의 활동을 보라. 천하에 면목을 세우고 있지 않는가. 다음에는 산요 지방에서 활동하고 있는 히데요시에게 부끄럽지 않은가. 신분은 낮지만, 이케다는 하나구마 성을 공격해서 함락시켰다. 또 그대와 같은 노인이면서도 시바타 슈리는 자진해서 북국 공격을 맡고 나서 어려운 땅에서 고생을 하고 있는 것을 어떻게 보나?"

이렇게 몹시 꾸짖고 다시, 심한 말을 하고 있다.

"너 같은 자, 노부나가의 통업 아래에 있다는 것은 세상에서 의심할 것이고 웃음거리가 될 뿐이다. 그건 일본에만 국한하지 않고 멀리 명나라, 조선, 천축, 남만에까지 수치를 보이는 것이다."

이 글을 받은 사쿠마 부자가 얼마나 떨며 두려워했는가는 말할 나위도 없다.

노부나가의 사신이 구두로 언도를 했다.

"오늘 곧 먼나라로 퇴거하라."

사쿠마 부자는 빈 손으로 부리나케 다카노 산으로 도망쳐 들어갔다.

"사과는 나중에……."

그런데 노부나가의 명령은 그곳까지 추궁해서 말로 기별하여 알렸다.

"다카노는 안된다. 다른 곳으로 가라."

사쿠마 부자는 다시 부랴부랴 기이 구마노의 산골로 들어갔다.

길러내다시피 한 하인, 부하들에게도 따돌림을 당하고, 발길 닿는 대로의 도망이었다. 당시의 기록을 보아도 세인들은 아무런 동정도 보이지 않았던 것 같다. 도리어 노부나가의 엄벌은 당연하다고, 이 사건을 냉소로써 바라보고 있었던 것 같다.

모리 란마루도 그 중의 한 사람이었다.

그는 현명하므로 이런 소문에 대해서도 자신이 먼저 입 밖에 내서, 시체를 두드리는 것 같은 말은 결코 하지 않았으나, 같은 동료들이 이러니저러니 하고 사쿠마 부자의 이야기를 하고 흥을 볼 때에는 이런 생각을 했다.

"지나치게 주군님의 총애를 믿고 있었기 때문이지, 5년이 넘도록 덴오사(天王寺)에 재직하고 있는 동안에도 쟈노유(차를 다려서 마시는 파티)에만 정신이 팔려 군무는 도무지 돌보지 않았다고 한다. 노부나가 공도 차를 좋아 하는 한 예로 쟈노유를 잘 개회하시지간, 사쿠마 부자와는 그 정신 상태가 다르지. ……무슨 일이고 그것을 하는 사람의 마음가짐 하나로 사도도 되고, 수양도 된다. 하여간 5년이란 긴 세월 동안, 그 꼴을 말없이 참아 오신 노부나가 공도 공이지만, 그걸 눈치채지 못한 사쿠마도 사쿠마, 우리들도 그것을 거울삼아 늘 조심해야할 테지."

이런 정도로 모질지 않은 비평을 하고 있다. 그러나 사실을 말하면 란마루는 마음속으로 남몰래 안도의 한숨을 내쉬었으나, 그래도 안심 못하는 것을 가슴속에 지니고 늘 마음을 죄고 있었던 것이다.

"그 문책장이 사쿠마 부자에게로 가서 살았다……아아 혼났다."

그것은 그 자신의 문제는 아니었으나 자기 이상의 사람의 목숨에 관한 일이었다.

——그것은 란마루의 노모——모리 요시나리의 과부 묘코 스님과 혼간사의 모장 스즈키 시게유키는 전부터 노부나가에는 극히 비밀로, 서로 편지왕래를 하고 있었다.

11년 동안 노부나가에 항전한 혼간사 진영에는 실로 스즈키 시게유키라는 세상에 보기 드문 모장이 버티고 있었던 것이다. 그는 란마루의 어머니 묘코 스님이 과부가 된 다음은 외곬으로 불교를 믿고 신앙이라면 물불을 가리지 않는 여성이라는 것을 알고는 법화나 불연을 핑계 삼아, 그 사람과 어느 틈엔가 아주 친밀해지고 있었다.

그리고 란마루의 어머니로부터 아즈치 성의 동정을 탐지해 가지고는 혼간사쪽 작전에 이용하고 있었던 것이다.

그 스즈키는 이제 혼간사의 일동과 함께 11년 동안 지내던 절을 뒤로 어디론지 떠나 버리고 말았다. 따라서 복잡한 이국이나 세정에 어두운 란마루의 어머니 자신은 자기의 행위가, 오늘까지 주가에 얼마만큼 방해를 끼치고 있었다는 것을 조금도 모르고, 그저 망연히 앉아 있겠지만, 란마루의 걱정은 여간한 것이 아니었다.

"만약 탄로가 나면?"

벌써부터 어머니에게 잘못을 고치도록 말한 일도 있었으나 어머니는 절대로 그런 일이 없다고 한다. 일찍이 남편과 헤어진 어머니로서는 단 하나의 신앙이었고, 자식으로서 매정한 의견도 말할 수 없어서 그저, "……야단이구나" 하고 란마루는 오늘까지 그 일에 대해서는 세심한 경계를, 어머니의 주위에 펴고만 왔던 것이다.

사쿠마 부자의 처분이 끝난 후에도 란마루는 안심할 수가 없었다.

란마루뿐 아니라, 노부나가의 중신은 누구나 과거의 행위나 자신을 돌아보고 무언중에 동요하고 있었다.

"남의 일 같지 않다."

오사카에 머무르기 겨우 5일, 그 달 17일에 노부나가는 이미 떠나 교토로 옮겨가 있었다. 니조 성으로 들어가자마자, 그는 또다시 숙노(宿老) 하야시 모리가쓰와 안도 부자에게 문책장을 낸 것이었다.

――먼나라로 추방하라.

"무슨 일이고 시작하면 철저히 하시는 분은 틀림없이 또 있다."
모두들 소곤대고 있었으나 전대부터 내버려오던 신하 하야시가 그 꼴을 당할 줄은 아무도 예측을 하지 못했고, 당사자들도 아닌 밤중의 홍두깨 격으로 문책사가 가도 처음엔 곧이듣지 않았을 정도였다.

"장난이시겠지."
그것도 그럴 것이, 오늘 노부나가가 그를 처벌한 이유는 지금부터 25년 전 노부나가가 아직 기요스 성에서 '암울하고 난폭한 작은 서방님'이라고 주위에서 무시를 당하고 있을 때의 오랜 문제인 것이다.

그 무렵 하야시가 그에게 정이 떨어져 노부나가의 동생 노부유키를 받들어, 오다 집안의 후계자로 세우려고 꾀한 적이 있다.

"아직까지도 그런 옛날 일을 마음속에 깊이 간직하고 계셨구나."
듣는 사람은 누구 하나 기가 막히고 몸서리치지 않는 사람은 없었다. 25년이란 긴 과거를 털어낸다면, 누구나 다소의 과실이나 태만은 각자 다 반드시 생각날 것이다.

또 동시에 추방된 안도오 부자의 죄상도 14년 전의 옛 일이었다.

노부나가가 이세로 출마했을 때 그 빈틈을 타서 고슈의 군대를 끌어 들이려던 행적이 있었던 것이다. 그러나 이것을 미리 노부나가가 알게 되자 다시 안도오 일족은 사과장을 써 놓고 일단 문제의 해결은 보았던 것이다.

"……그것을 14년 후인 오늘에 와서?"
모두들 노부나가의 너무나도 강한 집념에 새삼 놀람과 전율을 느끼지 않을 수 없었다. 끝내 용서할 수 없는 일기라면 그때 벌을 주었으면 좋지 않느냐고 생각했다. 이제 겨우 천하의 태반이 그의 손아귀로 들어오고 가장 강했던 오사카의 아성도 손에 들어온 때, 하필이던 신하의 머나먼 옛날의 죄와 과실을 벌주지 않아도 좋을 텐데 하고 공포에서 벗어나 모두들 다소 그 가혹한 추구에 대해 원망스런 느낌조차 품었다.

특히 란마루의 걱정은 보통이 아니다. 아침저녁으로 노부나가의 곁에 있어 노부나가의 눈치를 보고 있으니만큼 도무지 살아 있는 것 같은 기분이 들지 않았다.

"만약 어머니와 스즈키의 일이 조금이라도 귀에 들어가는 날이면?"
그는 재빠르게 어머니가 있는 아즈치로 동생 보마루를 보내고, 또 모리 덴베에게는 말을 전해서 과거 수년 동안 스즈키와 오가던 편지를 남김없이 태워 버리도록 일러두었다.

그 보마루가 돌아왔다. 인기척이 없는 곳에서 란마루는 보마루에게 물었다.

"틀림없이 처리하고 왔느냐. 또 어머니에게도 과거의 일, 또 앞으로의 일도 잘 부탁드리고 왔느냐?"

"네, 어머님도 이번에는 잘 알아들으시는 것 같았습니다. 그러나 형 덴베는 아직도 걱정이 없어졌다고는 할 수 없는 일이라고 하시며 탄식하고 계셨습니다."

"아직도 무엇인가 후환이 있다고 하시던가?"

"그래요, 아무리 편지를 태워 버려도 장본인 스즈키란 자가 이 세상에 살아있는 동안은 아무 소용도 없다고 하셨습니다."

"……그렇지. 그 스즈키는 혼간사 일행과 떠나서……지금 어디쯤 있는 걸까?"

란마루도 눈살을 찌푸렸다.

명장과 명장

그즈음 주고쿠(中國) 지역을 석권하고 있던 영주 모리는 전전긍긍했다.

모리 군대의 거점인 오사카가 적의 손에 떨어지고 혼간사 일문의 승려 세력까지도 히데요시 군대의 말발굽 아래 유린당했다는 놀라운 패보가 잇따라 들어왔다.

말 그대로 승승장구한 모리 군대를 짓밟고 히데요시는 모리 영토의 외곽지 하리마로부터 다지마를 공략한 뒤, 호키까지 성난 포도처럼 휩쓸어 오는 것이었다.

모리는 순식간에 대망의 꿈이 산산조각이 나버리는 자신의 비장한 종말을 눈앞에 그려봤다.

그는 하늘을 나는 날짐승마저 자기를 비웃는 것 같아 가슴이 쓰렸다.

이어서 긴키, 니와, 그리고 니고에 프진했던 부대들도 역시 패주해 온다는 소식이 날아들었다. 모리의 등골에는 식은땀이 배어났다.

이제 오다와의 결전의 시기는 다가온 것이다.

운명을 판가름해야 할 오다와의 대결전.

모리는 비장한 각오로 막료들을 소집했다.

명장 모리가 어찌 공손히 물러서랴.

모리 일족에는 모토나리(元就)의 유언으로 전래되어 온 하나의 규칙, 이를테면 무서운 철칙이 있었다.

그것은 바로 이런 것이다.

'누구나 자기의 본분을 다하여 주고쿠 지방을 공고히 하고 조상이 백전백승의 빛나는 전공으로 물려준 영토를 귀중하게 지켜서 한 치라도 양보해서는 안 된다.'

아무튼 시대적 조류는 모토나리의 유언만이 절대적인 것은 아니었던 모양이다.

보수의 보루에도, 대세에 밀려 줄기찬 혁신에의 재촉이 들이닥치고 있었다.

시대의 역행 속에, 쟁쟁하고 불운한 혈전장군들이었던 기쓰가와 모토하루, 고바야가와 다카가게, 모두가 명실 공히 지혜와 용맹을 고루 갖춘 대장들이었다.

오직 주고쿠에 태어나 모리 가문에서 성장하여 그 유훈을 받들어, "주고쿠의 한 치의 땅, 한 줌의 흙조차 맡길 수 있을소냐" 하고 선전분투하여 후퇴를 모르던 역전장군들의 전공도, 지향하고 있는 입장이 시대조류에 역행하는 마당에는 헛된 악몽의 연속일 뿐이었다.

다시 말해서, 항거할 수 없이 밀려드는 성난 파도에 대해서 오로지 그 보수적인 가훈의 깃발을 피로 물들일 따름이었다.

모리도 명예로운 무사 가문의 출신으로 지략이 풍부하고 오묘한 귀재를 세상에 증명해 준 비범한 장군이다.

이때까지의 전적을 보더라도, 멀리는 에치고(越後)의 겐신(玄信), 가이(甲斐)의 다케다(武田)까지 외교적 지략에 이용하는가 하면, 한편으로 더욱 명분을 크게 내세우기 위해서 전 무로마치(室町)의 장군 요시아키를 자국 영토 내에 데려다 키웠고, 중앙에서는 혼간사 법문세력의 광대한 조직과 세력을 이용하고 실력을 유감없이 발휘했다. 수·륙 양면에서 갖은 분열정략, 정면공세 등 두드러지게 대규모적인 원대한 권모술수로 끈질기게 선전분투한 전과를 천하가 인정하는 터였다.

이들 두 장군, 즉 기쓰가와 모토하루와 고바야가와 다카가게 등 명장들이 아니었다면 모리 데루모토란 이름을 도도하게 세상에 내세울 일조차 없었을 것이고, 주고쿠 전 국토가 노부나가의 치하에 들어간 지도 벌써 옛일이었을 것이다.

현재, 그 모든 외곽 진영이 그토록 폐망했음에도 불구하고 그때까지도 여전히 주고쿠에 모리가 있다는 엄연한 우세를 잃지 않고 있으니, 진실로 지용 쌍벽의 두 장군이 지휘하고 있는 덕이라고 해도 과언은 아니다.

그런데, 해마다 그 진용이 퇴보하여 가고 있는 것도 또한 숨길 수 없는 사실이었다.

다카가게는 전적으로 산요 방면의 방어 임두를, 그리고 기쓰가와 모토하루는 산인 방면의 수비를 맡아 보고 있었다.

이때쯤에 히데요시는 공략을 서두르고 있었다.

"뭐니뭐니해도 돗토리(鳥取) 성을 먼저……'

이렇게 해서 계획해 온 작전을 행동에 옮기기까지 꽤 오랜 세월이 흘렀는데, 그 사이가 이른바 히데요시의 싸움이라는 것이다.

일이 이쯤에 이른 히데요시 군대로 봐서는 돗토리 성에 대한 공격적인 전개가 마지막 정비임무를 수행하는 것과도 흡사한 하나의 안이한 공략전의 종반전이기도 했다.

몇 달 앞서, 히데요시의 명령을 받은 구로다 간베가 와카사 방면에 몰래 침입하여 그 곳에서 배를 사들인 다음, 돗토리 지방에 산재하여 있는 식량이란 식량은 모조리 갖은 수단을 다해서 다른 지방으로 운송해 버렸다.

한편, 모리측의 기쓰가와 모토하루는 우군에 대한 식량 공급을 위해 해상으로부터 군량미를 수송할 수 있는 길이 있음을 알고, 그 연해에 수송선대를 배치했는데 그것마저 완전히 봉쇄당하고 말았다.

간베는 기회를 놓치지 않고 보고했다.

"바로 때가 왔습니다."

시급한 정보를 히데요시에게 전하자. 기다렸다는 듯이 웅장한 포진은 마치 웅크리고 앉았던 독수리가 뒤돌아 볼 겨를도 없이 날개를 박차고 내밀 듯이 무시무시한 기세로 진격활동을 개시하여, 적의 성 밑까지 바싹 쳐들어갔던 것이다.

물론, 히데요시의 군대가 이 공략전을 전개하기까지는 그 전년부터 하나하나씩 잠식작전으로 이나바, 호오키 등지에 산재하고 있는 모든 적의 보루를 차례차례로 무찔러 왔던 것이다.

처음에 이 돗토리 성은 야마나 도요구니가 농성하고 있던 곳이다.

그 유래를 따지고 보면 앞서 히데요시가 시나노 성을 함락시킬 때에 많은 투항자 중에서 야마나 도요구니의 딸을 발견하여 진중에 붙잡아 두었었다.

도요구니 정도는 변절자로 정평이 나있는 무사다. 처음에 모토나리의 위세에 굴복하여 모리 군대에 붙었고, 그 후엔 산속에 있던 승려 부대 세력에 위협을 받아서 그 조직에 휩쓸렸고, 근년에는 다시 기쓰가와, 고바야가와와 내통하여 이 외동딸을 인질로 내놓았던 것이다.

"이 같은 무사쯤은 싸우지 않고도 억누를 수 있다."

히데요시의 호언장담이 적중하여 첫 번째 공격시에는 거의 통째로 집어삼키듯 야마나 도요구니로 하여금 싸우지 않고도 투항하도록 성공시켰었다.

진중에 붙잡아 두었던 도요구니의 딸을 예쁘게 단장시켜 성에서 내다보기 쉬운 산록 언덕 위에다 세워 놓고, 이렇게 성중에 대고 외쳤던 것이다.

"자, 실컷 보라."

도요구니가 성으로부터 소란스러운 밖을 내다보니 놀랍게도 아름답게 단장한 자기의 딸이 서 있는가 하면, 그 옆엔 새로 잘라 세운 목을 매달 처형대가 우뚝 서 있었다.

히데요시측은 성 밖에서 다시 외쳤다.

"딸도 불쌍하고 이나바의 영토도 아깝다면, 깊이 생각할 시간이 필요할 것이니 대답은 내일 아침까지 미루고 기다릴 테다."

아니나 다르랴, 야마나 도요구니는 그 밤중으로 사신을 내세워 항복을 맹세해 왔다.

그러나 반면 그의 신하 중에는 어지간히 끈질긴 자들도 있었다.

"저토록 의지가 박약하다니."

그렇게 슬쩍 동정으로 얼버무리는 척하면서도 이면에서는 절치부심 단결하여 도요구니를 타지방으로 추방하고 말았다.

그 다음에 사신을 급파하여 모리측의 기쓰가와 부대에 긴급 요청을 했던 것이다.

"긴급. 구원 부탁!"

기쓰가와 모토하루는 지체 없이 그 부하 용장 우시오 모토사다를 파견했는데 모토사다가 불행하게도 화살을 맞아 몸져누워 버렸기 때문에, 그 대신으로 이치카와 우타노스케 군을 파견하였다.

다시 돗토리로부터 증원요청이 있어 기쓰가와 쓰네이에가 새로이 용사 8백여 명을 인솔하고 입성, 합세했다.

종전의 성병을 합쳐 약 2천 명이 한데 뭉쳐서 농성하고 있는 셈이었다.

그 밖에 성밑에 살고 있던 가족들이나 민간인 등 비전투원까지 모두 성곽 안으로 피난했기 때문에 재고미가 바닥날 운명에 빠졌다.

돗토리 성의 서쪽을 흐르는 가로 강은 북쪽으로 흘러 내려 동해로 빠지고 있는 까닭에 양곡을 실은 배는 이곳을 거슬러 탕행하면서 성 안의 병사들을 위한 식량을 운반해 오곤 했다.

그것도 종전에 있었던 순서였을 뿐, 두 달이 넘도록 그 군수물자 수송선마저 완전히 두절되고 말았다.

와카사와, 그 밖의 지역에 있으면서 양곡매수책과 해상봉쇄에 눈부신 분투를 계속해 오던 히데요시의 부하 구로다 간베의 활동 성과는 그제서야 두드러지게 나타나, 성 안의 적군을 직접 기아의 곤경에 몰아넣었다.

"이제 성 안의 식량으로는, 그들은 앞으로 반 달을 지탱하기 어렵다."

이런 긴급 통보가 자주 기쓰가와 모토하루 앞으로 날아들었다.

때문에, 모토하루는 자기의 영토 내에서 양곡 수백 석을 긁어모아서는 수송 선단으로 하여금 해상으로 보내게 하 봤으나 들어오는 소식은 그에게 실망만을 안겨 주었다.

때는 이미 늦어 목적지란 목적지는 모두 봉쇄되고 육상에서는 히데요시의 대군 2만여 명이 온통 주위를 둘러싸고 있었던 것이다.

딴은 용감무쌍한 성병들이 어두운 야음을 틈타 빈번히 후쿠로 강을 헤엄쳐 게이슈의 우군과 연결을 도모하려 했으나, 단 한 명조차 히데요시 군대의 철통같은 포위망을 뚫고 빠져나갈 수 없었다.

빠짐없이 모두 포로로 잡히거나 아니면 현장에서 베어지고 말았다.

이렇게 해서, 산인(山陰) 제일의 요새라고 천하에 과시했던 돗토리 성도 독안에 든 쥐 꼴이어서 스스로 불을 질러 자멸 아니면 성문을 활짝 열어젖히고 무릎을 꿇어야 할 쓰라린 길밖에는 다른 도리가 없었다.

또 한 가지, 성 안에 농성중인 용사들에게 비통하고 치명적인 사연이 있었다.

빈사상태에 놓인 병사들에게 식량을 공급하기 위하여, 모리측에서는 수송선 5척을 군용선 10척으로 호위하게 하여 해상으로부터 결사적인 각오로 가로 강을 거슬러 항행하던 길이었다.

"나타났다……."

강변의 히데요시측 경비대는 긴급 사태를 횃불로 연안 부대에 연락했다.

한 치 앞도 분간할 수 없는 캄캄한 밤중이었으나 봉쇄진에서는 물고기 한 마리조차 놓칠세라 철두철미한 포위망을 펼치고 있어 명실 공히 철통을 방불케 했다.

하시바 히데나가, 도도 다카도라, 호소카와 후지다카 등 증원군이 한 전투단이 되어 강속의 적선단을 둘러싸고 소주정에서 도막나무에 불을 붙인 불방망이를 던져 적의 주력선을 불질러 침몰케 하고, 승무원 3백여 명이나 되는 모리 군의 병사들을 섬멸시킨 다음, 선단의 주장 시카노 모도다타의 목을 잘라 성 안에 보내고는 위협했다.

"모두가 학수고대하고 기다리던 것도 이렇게 되었다."

7월 중에 벌써 돗토리 성 안에서는 양곡이 고갈되어 사병들 가운데, 혹은 피난민 가운데서도 굶어 죽는 자와 병사자가 속출하여 필시 최후 발악이 있지 않을까 했으나, 기진맥진한 독안에 든 쥐처럼 다시는 더 반항하는 기세조차 내보이지 않았다.

이때에 하시바 히데나가와 도도 다카도라는 서로 기고만장하여 이미 결정적인 개선을 눈앞에 두고, 주거니 받거니 의논했다.

"이젠 제아무리 지독한 적군들도 지쳤겠지. 다카도라."

"그야, 마치 놈들의 임종 같은 느낌이야."

"그럼 우리 사신을 보내 볼까."

"아하하하…… 투항 권고, 통쾌하지 뭔가."

마침내 사신을 내세워 적의 한 거점인 마루야마 진중의 적군을 항복의 길로 몰아세웠다.

"어서 항복하라!"

그러나 뜻밖에도 보낸 사신은 다시 돌아오지 않았으니, 조사해 본 결과 사신은 그들의 앞에 다가서기가 무섭게 목이 잘렸다는 것이다.

"흥, 괘씸한 놈들 같으니……."

히데나가와 다카도라는 한결같이 이를 부드득 갈면서 노발대발, 그 분노의 기세로 단숨에 휩쓸어 버릴 작정으로 서두르는 순간, 히데요시의 본진으로부터 엄명이 내려졌다.

"함부로 행동하지 말라."

폭염의 8월의 구름이 자욱하게 들러싼 산봉우리 아래로 다이샤쿠 산 산정에 높이 올린 깃발은 고요히, 아무런 일도 없다는 듯이 펄럭이고만 있었다.

히데요시는 일이 있을 때마다 일일이 사전에 아즈치(安土)의 노부나가에게 사신을 파견하곤 했다.

"……이러저러한 계획을 도모하려고 하온데 고견은 어떠하오신지."

"……한 까닭에 ……한 방법으로 처리하였사옵니다."

때로는 쓸데없는 일까지 그저 긴급 사신을 왕래시키곤 했다.

그달 중순경, 노부나가의 대리로 다카야마 나가후사가 진중을 시찰하러 왔었다.

9월 한 달은 그런 대로 지내고, 이윽고 10에 접어들면서 히데요시는 갑작스럽게 호리오 모스케 요시하루(堀尾茂助吉晴)를 불러 말했다.

"적성까지 사명을 띠고 다녀오라."

처음 내린 명령이었다.

그는 다시 말을 이었다.

"이와 같은 사명은 그대로서는 처음 맡는 임므일 것이니 조심해서 다녀오라."

모스케는 마음가짐에 대해 단단히 일러 받았으나 자신이 그와 같은 중대 임무를 맡을 만한 어엿한 무사가 되었는가 싶어 감개무량한 감회 속에 히데요시의 모습을 더욱 지켜보는 것이었다.

돌이켜보면, 벌써 십수 년 전의 일이었다.

노부나가가 사이토 요시타쓰의 영토 기후지방에 맹공격을 감행할 때 긴카(金華)산의 첩첩이 솟은 연봉을 그 뒷산으로부터 기어 올라가서 기습할 때에 산속에서 길 안내역을 맡아 봤던 한 산골의 초부—— 그 당시엔 겨우 16, 17세밖에 안 되는 두메산골의 오막살이집 츨신의 젊은이야말로 바로 오늘의 빛나는 역전의 장군, 백전 불굴의 무사다운 기질을 유감없이 발휘해준 이 호리오 모스케였다.

가끔 히데요시는 새삼스레 놀라곤 했다.

"무척 자랐군."

자신의 아들이라도 되는 듯이 빤히 들여다보며 흐뭇해하는 눈치였다.

"뜻을 경건히 받들어 모시고 다녀오겠사옵니다."

경악과 공포의 표정은 티끌만큼도 없이, 모스케는 책임이 큰 일을 맡게 되어 오히려 감사마저 느끼는 듯 흥분으로 얼굴이 붉어지기 시작했다.

그가 막 나서려고 하자 히데요시는 모스케를 다시 불러서 주저앉혔다.

"기다리게, 좀 기다려 봐."

"사명을 다해 낼 수 있겠느냐? 너 자신의 양심에 물어 봐라."

그는 주의를 환기시켰다.

"네, 기필코 해내겠사옵니다."

"앞서 도도 일가의 한 신하는 즉석에서 목이 잘렸는데 그만한 각오가 섰느냐?"

"본래, 일이 여의치 않을 때는 살아서 돌아오리라고는 꿈에도 생각할 수 없는 일……."

모스케가 하는 말을 듣고 있던 히데요시는 이를 데 없이 불쾌하다는 듯한 표정으로 변하면서 말의 억양이 거칠어졌다.

"앉아, 다시 한 번 거기에 앉아 봐."

호리오 모스케는 단정하게 자세를 가다듬고 앉으며, 무엇 때문에 말 한 마디에 금시 히데요시로부터 꾸짖음을 받아야 하는지 알 수 없었다.

"사신의 임무는 사신으로서의 책임을 완전하게 수행하는 것이야말로 본분인 것이고, 그 밖의 각오 따위는 필요 없다. 죽음을 무릅쓴다는 건 누구나 하는 간단한 일이야. 적어도 적을 설득시킬 사신이라면 그렇게 만만한 배짱으로선 어려워. 죽지도 않고 물론 살아서 돌아설 수 없는 막다른 고비에서 배짱으로 설득시키지 않으면 안 돼. 기쓰가와 쓰네이에도 주고쿠에서는 명성 높은 무장으로서, 히데요시의 대군에 포위되면서도 오늘에 이르기까지 오랜 세월을 이와 같이 버텨나가는 용맹도 이만저만이 아닌 위인이다. 그와 같은 인물을 설득시키려면 그야말로 싸움보다 어려운 일도 무릅써야 할 거야."

히데요시가 하는 말을 모스케는 두 손을 모아 무릎 위에 올려놓은 채, 귀담아 듣고 있었다.

"거룩하신 뜻을 충분히 알아 모셨습니다. 단연코 목숨만은 건져 가며, 그저 성심성의를 다해서 사명을 마치고 기필코 성공해 돌아오겠사옵니다."

"좋아, 어서 조심해 다녀오너라."

모스케는 일단 자기의 진중에 들러서 조용히 채비를 마치고 용감하게 단신으로 적의 성 안으로 들어갔다.

상대편의 사신이 왔다는 전갈을 받은 기쓰가와 쓰네이에는 성 안의 어느한 방에 그를 받아들였다.

"어떻든 만나기로 하지."

이와 같은 사명에 모스케는 전혀 익숙하지 못했을 뿐더러, 특히 언변이 변변치 못하다.

그러나 저러나 이미 적이 더 오래 지탱할 수 없다는 것은 뻔했으므로, 히데요시가 타일러 준 말을 명심하여, 모스케는 예절 바르게 끝까지 적의 선전을 존경하며 마음과 머리를 가다듬고 친절을 다해서 입을 열었다.

"우리 주군 지쿠젠노가미께옵서는 이 돗토리 성주가 지금까지 줄기차게 잘 지켜나가신다고 우리들 부하에게까지 극구 찬양하고 계시옵니다. 그러나 벌써 양식도 떨어지고, 그만하셔도 명분만큼은 충분히 세워졌을 것으로 사려 되오며, 더 이상 현상을 끌어가 봐야 일을 더욱 꼬이게 할 뿐만 아니라 굶어 죽는 길만이 가로놓여 있는 것이옵니다. 무사들에겐 칼을 휘둘러 생사판단을 하는 선택의 자유가 있사옵거늘, 부상자나 병자 그리고 3천여 영민을 함께 굶어 죽는 함정에 골아넣으신다면 너무나 가혹한 처사로 보여지옵니다. 소의가 대의로 될 순 없사옵니다. 아무튼 주군 지쿠젠노가미께서는 두 사람의 생명만으로 모든 다른 사람들의 생명과 바꿀 것을 절대 보장하는 동시에 귀하의 명예 문제마저 충분히 고려할 것을 빈번히 아즈치에 대해 상의해 왔사옵니다."

"아하하하……."

잠자코 듣고만 있던 쓰네이에는 갑자기 까닭 모를 웃음을 터뜨렸다.

그러나 결코 비아냥거림은 아니었다.

사신 모스케의 꾸밈없는 태도를 그는 오히려 정답게 보고 있던 터였다.

"이것 보시오, 사신."

그는 정중하게 불러 말을 이었다.

"언제 누가 항복한다고 했소. 지쿠젠이 혼자서 망상하는 것이겠지. 지쿠젠이 바라는 것은 성중의 난민이나 나의 부하 사병들의 생명이 아니고 바로 돗토리 성임을 잘 알고 있소. 그러나 그렇게 뜻대로 손쉽게 떨어지지 않는단 말이오. 여기에는 엄연히 쓰네이에가 살고 있다는 사실을 알아야 하오."

"아니옵니다. 사실 말씀이오나 돗토리 성의 함락쯤은 문제가 되지 않음을 아셔야 할 것으로 사려하옵니다."

"그럼 어서 함락시켜 보시오."

쓰네이에가 가볍게 내뱉듯이 잘라 하는 말에 모스케는 당황하여 말했다.

"피차간 무사의 화살이란 불공대천지 원수와 같은 사연 없이는 사용할 것이 못되옵니다."

"히데요시가 그같이 말하던가요?"

모스케는 얼굴을 붉히면서 그 다음에 이을 말을 잊었으나, 끝까지 성의를 다해서 말했다.

"네, 주군의 말씀이기도 하옵고, 오다 상부의 신조이기도 하옵니다. 처음부터 증오의 대상은 먼저 이곳의 성주였던 야마나 도요구니를 부하의 주제에 추방한 나카무라 하루쓰구와 모리시다 도요의 두 사람이옵니다. 그들 두 사람의 목을 자르고 성중의 수천 생명과 바꾼다면 하는 하시바님으로부터의 권고이옵니다."

"필요 없는 말을 하는구려. 나카무라와 모리시다 두 사람은 상대방에서 볼 때 증오의 대상 일는지는 알 수 없으나, 우리들 모리 군에 있어서는 다시 없는 충신으로 도저히 그 목을 넘겨 줄 수는 없소. 그런 것을 가리켜 안 될 논의라 하는 거요."

쓰네이에는 내심 항복의 조건을 부분적이나마 받아들일 듯이 뜻밖에 함축성 있는 뜻을 비치기 시작했다.

이 일이 있기 오래 전부터 기쓰가와 쓰네이에로서는 묵묵히 한 가닥 비장한 결심을 품고 있었던 것이다.

도저히 지탱해 낼 수 없는 돗토리 성의 성주로서 그의 결심은 자신의 자결로써 대중을 구출하려는 바로 그것이었다.

그런 참에 찾아든 히데요시의 사신을 만나 그 뜻을 들어본즉, 쓰네이에가 품고 있던 의중과는 반대되는 전갈이었다.

어쨌든 쓰네이에는 히데요시가 그 우월한 입장에 도취됨이 없이 비록 정략이라고 한다손 치더라도 적장에게 베풀어 주는 그 관대한 태도와 호의를 충분히 이해할 수 있었다.

그리고 보내 준 사신을 본다 하더라도 별다른 지혜와 언변을 택한 것도 아니고, 특히 호리오 모스케 당신을 간단히 보내준 점 등 적지않이 패자의 심정을 고려하여 이쪽의 의지를 상하지 않도록 세심히 배려한 점을 이해할 수 있었다.

사신 호리오 모스케는 지극히 말이 없는 사내여서, 쓰네이에는 침묵이 계속되고 있는 동안 가슴 속 깊이 이것저것 스쳐 가는 생각을 더듬고 있었다.

히데요시와 같은 세상사에도 능하고, 또한 인간의 심리에까지 깊이 파고 드는 인물 앞에 쓸데없이 의지를 세우거나 고집을 부리는 일 따위는 소용없는 노릇으로 생각되었다.

쓰네이에는 사신을 받아들인 이 기회를 놓쳐서는 안 된다고 스스로에게 물어 봤으며, 마침 모스케를 향해서 말을 던졌다.

"그럼 성문을 여는데 동의하겠소. 돌아가서 지쿠젠노가미 주군께 취지를 잘 전달해 주오."

"네, 그럼 안녕히 계십시오."

모스케는 멍할 정도로 기쁨에 가득 차 있었다. 아니, 너무나 흥분해 들떠 있었다.

이같이 간단히 그가 성지의 명도를 승낙하리라곤 전혀 예기치 못했기 때문이었다.

"……그런데 덧붙일 말이 있소. 두 명의 야마나의 신하를 목 잘라서는 결코 안 될 말이오. 이것만큼은 지쿠젠노가미님께 다짐을 받아야겠소. 이 성의 성주는 기쓰가와 쓰네이에인 만큼 성주의 책임이란 모든 것을 지는 법, 쓰네이에 한 사람이 할복하는 것으로. 성중의 장병을 비롯하여 난민들까지 빠짐없이 보호하여 받아 주기를 바라오. 그렇지 않을 경우에는 피없이 내주는 일은 있을 수 없다는 것을 단단히 전해 주시오."

"돌아가서 말씀하신 뜻을 주군께 충분히 전해 올리겠사옵니다."

"지쿠젠 님의 부하, 아나소 나가요시님과는 예부터 면식이 있었던 사이라오. 사신을 맞이한 이 기회에 몇 글자 적어 보내고자 하는데, 사신의 뜻은 어떠하온지?"

"어김없이 전해 올릴 것을 약속하옵니다."

"그럼 잠깐 쉬고 계시오."

쓰네이에는 방구석에 깊이 들어서서 무엇인가 적더니 그것을 모스케에게 전하자, 그는 받아들고 곧 성을 나섰다.

모스케는 도착하자마자 즉시 히데요시에게 보고했다.

히데요시는 아사노 나가요시를 불러 서면을 넘겨주면서 내용을 물었다.

"……역시 자신의 자결로써 모든 것을 용서받을 수 있다면……하는 취지 밖에 밝히지 않사옵니다."

나가요시는 자기 앞으로 보내온 서면을 히데요시의 눈앞에 내밀었다.

히데요시는 진정 안타까운 듯한 표정을 지으며 명령하는 것이었다.

"나가요시, 한 번만 더 그대와 모스케 두 사람이 다녀오게. 쓰네이에를 잘 타일러서 야마나의 두 신하의 목을 내놓고 자신은 게이슈로 돌아가도록 부디 권고해 보게."

아사노 나가요시는 다급히 모스케 요시하루와 함께 다시 적성을 향해 들어섰으나, 한 번 먹은 쓰네이에의 큰 결심 앞에선 갖은 노력도 수포로 돌아가고 말았다.

그 결과를 보고받은 히데요시, 하는 수 없다고 생각했다.

"안타깝지만, 도리가 없어."

그리고 마침내 자신의 운명을 걸고 승부를 거는 쓰네이에의 요구를 받아들였다.

쓰네이에는 요구조건이 성립되자 10월 25일 낮, 성 밖에 있는 진교사로 옮겨가서 할복자살했으니 참으로 무사다운 종말이었다. 아직 젊디젊은 몸을 수천 생명과 바꾼 가을 찬서리 같은 결의를 인생의 끝으로, 지극히 조용히 처절하게 배를 가른 용장의 결단이라 하겠다.

같은 날 기쓰가와 쓰네이에의 심복인 나사니혼노스케, 사사키 사부로사에몬, 엔야 다카기요 등 세 명도 주군의 뒤를 따라 자결하고 말았다.

"처참하기 이를 데 없구나."

히데요시는 하늘을 우러러보면서 충심으로 조의를 표했다.

머리는 함 속에 넣어 보내면서, 이것을 아즈치의 노부나가에게 바치고 각종 유물은 아키의 기쓰가와 모토하루 앞으로 보냈다.

"뭐니뭐니해도 쌀 공급이 급선무다."

히데요시는 돗토리 성을 점령하자, 성중의 굶주린 백성들과 성 밖에서 빈곤에 허덕이는 백성들의 구제를 위해 그의 첫 구호를 외쳤다.

그날로 풀어헤친 3백 석의 쌀은 그들의 굶주림을 없애 주기에 충분했다.

다음은 교통의 복구였다.

후쿠로 강의 다리에서도 그날로 복구 공사가 착수 되었다.

“이제부터 돗토리는 하시바 지쿠젠노가미 주군의 치하에 놓인다.”

이런 소식이 널리 천하에 퍼지자 산인 지방의 난민까지 흡수한 성하의 양
상은 놀랄 정도로 일변했다.

전쟁 때문에 임시로 이곳에 피난 왔던 원주민뿐만 아니라 서로 나누는 말
로 미루어 도회지 출신 소시민들도 있었다.

“나는 니고에서 옮겨 왔어.”

“나는 니와에서…….”

뿐만 아니라 장사꾼·직업인 할 것 없이 닥치는 대로 몰려들었다.

연예인들도 어디선가 흘러 들어오는가 하면, 승려·의사 할 것 없이 하나
의 사회 구성에 필요한 각양 각색의 사람들이 무엇을 바라서인지 무조건 모
여들었다.

그들이 한결같이 내세우는 말을 엿들어 보면 이런 것이었다.

“……지쿠젠노가미님의 치하에 있노라면, 어쩐지 마음이 안정되고, 같은
생활 조건이라 해도 활발해지고 경쟁 의식이 생겨 어쩐지 부지런해진다.
니와, 니고, 그 밖의 긴키 지방 가운데서도 이젠 더 말할 나위 없이 살기
좋고 그늘에서 햇볕에 뛰어든 듯 명랑한 사회를 이루었다.”

민중의 비판태도 역시 배운 것이 없는 그들이 무의미하게 주고받는 소리
라곤 하지만, 각국 각 지방의 전쟁실화 같은 것도 입에서 오르내리는 피상적
인 말로만 여겨 왔었는데, 뜻밖에도 민간에서 알 까닭이 없는 사실들까지 속
속들이 그것도 매우 정확하게 알고 있었다.

고레토 미쓰히데 나리는 여차여차하게 싸워서 빛나는 승리를 거두어 여차
여차한 법령으로 다스려 왔는데, 실은 어떠하다느니 하는 말까지 하고 있었
다.

노부나가가 출동하여 직접 작전을 지휘하면서 점령 치하의 뒷수습을 하는
경우에는 그의 위압적인 준엄성에 그저 민중은 송구할 따름이었다.

한 가지 예를 보면 노부나가가 공의 출등이라고 전해지면, 그 지방의 민중은
“이제 싸움은 곧 끝난다” 하고 그 위력으로 말기암아 제아무리 완강한 성도
순식간에 굴복한다고들 믿고 있는 것이었다.

반면에, “그분이 정벌 전쟁을 벌여 온다면 초목까지도 말라 죽는다”고 하
면서 다가올 평화에 대한 기쁨보다 이제부터 엄동설한을 향하는 듯한 공포
에 가까운 겁을 미리 집어먹는 민중들도 있었다.

그야 어떻든 돗토리 성의 함락으로 말미암아 모리측에서 받은 충격이 이만저만 큰 것이 아니었다.

기쓰가와 모토하루는 아키 지방을 떠났고, 이 무렵에 히데요시는 점령지를 미야베 젠쇼보, 기노시타 시게카타 등 두 부장에게 맡겨 놓고 히메지로 퇴진했다.

위급을 구출하려고 뒤늦게 도착했던 기쓰가와 군대와, 영광의 전공을 안고 개선하는 히데요시 군대는 중도에 호오키에 있는 우마노라는 산에서 마주쳐 서로 필살을 기하고 대진했었다.

그러나 대군과 대군의 싸움은 서로 대치한 채 좀처럼 물러날 줄 모르고, 한 달 남짓하게 병사들의 교전이 없이 그대로 헤어지고 말았던 것이다.

히데요시는 헤어져 돌아서면서 한 마디 명언을 던졌다는 것이다.

"싸우지 않는 것도 또한 전법의 하나다. 모토하루의 기량도 잘 알았다"

기쓰가와 모토하루도 역시 아키로 향해 귀로에서 혼잣말로 중얼거렸다는 것이다.

"주고쿠의 장래는 더욱더 복잡다단할 것이다. 저 같은 인물이 등장한 시대인 만큼 이제 바야흐로 세상은 평범한 전란만으로 조용히 끝날 것 같지 않다."

아버지 노부나가

세상에 불평이라곤 모르는 영걸, 아무리 분주하더라도 거의 어떠한 경우에서든 히데요시는 거의 "……못 견디겠다"라고 불평을 털어 놓은 적이 없었다.

돗토리 지방의 뒷수습 후에 우마노 산에서 대진한 후, 히메지 성에 돌아오자 선박 담당자에 대한 히데요시의 질문이 있었다.

"배는 어찌되었나. 충분히 준비되었느냐."

다름 아니라, 시고쿠로 건너갈 생각을 가지고 있었던 터였다.

때마침 돗토리 성의 함락 전에 구로다 간베의 군사는 적진 멀리 후퇴하는 척하면서, 긴급히 아와지로 넘어가 시고쿠에 흩어져 있는 적군의 잡세력에 대해 섬멸 작전을 전개하고 있기 때문이었다.

시고쿠에서 세력을 가지고 완강하게 노부나가에게 대항해 온 적은 본래 조소카베 모토치카였는데 노부나가는 그 적에 대해서 미요시 일족을 멀리서부터 원호해 협력하게 했고, 그때까지 수단껏 적군의 세력 확장을 견제해 왔다.

그러나 그 미요시의 세력 정도를 갖고 더 오래도록 조소카베 세력의 방화벽으로서 역할을 하기엔 너무 힘이 미약했다.

간베로부터 긴급 통보가 히데요시에게 전해지자, 히데요시는 돗토리 공성 중인 병력을 쪼개 구로다 간베에게 센세키 곤베를 증원케 하는 명령을 내려 대치시켰다.

"시고쿠로 긴급 출진."

그러나 사실 히데요시에게 있어서는 어디까지나 주고쿠의 공략만이 근본 목적이며, 시고쿠는 그 방계에 지나지 않았다.

"조소카베 모토치카 같은 놈도 바람곁에 내버려 두면 무서운 불길로 번질 위험이 있다."

속으로는 사소한 우려를 할지언정 지금은 작은 불 위에 잿불 정도로 해두면 된다는 히데요시의 전략이었다.

아와지를 점령하고 오사카와 주고쿠 사이의 해상을 평온케 하여, 그 스노모토 성에는 센세키 곤베를 입성케 해 늦고 시고쿠를 제압할 것을 명령한 다음, 다시 간베를 데리고 히메지에 돌아왔다.

그것이 11월 중순경이었다.

히데요시는 히메지에 돌아오자마자 이번에는 비젠의 가지마를 향해 출진 명령을 내렸다.

그곳 무기메시야마 성에 들어 있는 우에키 이즈모노가미가 선명하게 적의를 띠기 시작한 때문이었다.

가지마 탈취의 계략은 오래 전부터 간베가 "바로 이때에……."하면서 가끔 히데요시에게 진언해 왔었다.

그때마다 히데요시는 아무렇지도 않은 듯이 흘려버렸던 것이다.

"뭐…… 그저. 거기에 대해선 좀 생각이 있어."

이제 보면 그 생각이란 무엇이었던가를 알 수 있게 되었다.

출진 순간에 임해, 히데요시는 무엇을 생각했는지 간베를 물끄러미 보면서 내심 깊은 생각에 잠긴 듯 고개를 끄덕이는 것이었다.

일찍이 히데요시는 나가하마의 자택에 주군 노부나가의 4남인 오쓰기마루를 양자로 맞아들여, 자기가 없을 때 쓸쓸해 할 처 네네와 노모에게 맡겨 두고 주고쿠에 와 있었다.

그 오쓰기마루도 어느새 의젓한 젊은이가 되어 있었다.

그 탓이었는지 히데요시는 이 봄에 접어들면서부터 나가하마에 사람을 시켜 데리러 보내서 새삼스레 아들을 싸움터로 불러 들였다.

"무장의 자식이란 진중의 막중한 고생도 몸에 익혀야 한다."

때로는 전선에 데리고 나가서 모진 비바람의 세례를 맛보게 하고, 때로는 굶주림에 시달리게 하기도 했고, 공포에 쌓인 험난한 전지를 홀로 왕복케 하곤 했다.

'저렇게까지 엄하게 하지 않더라도.'

오쓰기마루를 불쌍히 여기는 사병들의 표정을 히데요시는 모르는 체할 뿐이었다.

무기메시야마에 대한 출정에 있어서는 1만 5천 명의 병력이 출진할 것을 명령받았다.

물론 히데요시는 그 출정 진용의 편성에 있어서 공로가 많은 신하와 용감한 젊은 층의 장군을 각 부대마다 배치했는데, 총대장으로서 "오쓰기에게 이를 명함"이라고 갑작스레 발표했던 것이다.

그리고 생전 처음으로 군의 고위에 서서 싸움터로 향하는 자기의 아들을 불러 들여 어버이로서의 교훈을 한 마디로 들려 줄 뿐이었다.

"잘 배워 가지고 돌아오너라."

이겨서 돌아오라든가 죽을 각오로 싸움에 임해야 한다는 것 등에 대해서는 일체 언급하지 않았다.

그 당시에 오쓰기마루는 겨우 14세의 약관에 불과했다.

이윽고 12월 중순 경에 오쓰기마루의 군대는 공을 세우고 개선했다.

양부이며 주고쿠(中國) 총독이기도 한 히데요시는 개선 장군을 환영하는 예절을 갖추어서 아들을 기다렸다.

도착한 아들을 좌중에 불러 놓고 어깨를 툭툭 치면서 한 입으로 다 말 못할 칭찬을 아끼지 않았다.

"참 잘했다. 전쟁에서 배운 것도 물론 많겠지. 끝내는 승전의 기쁨마저 배웠을 거고."

그는 또 이 기쁨에 홀로 도취하려고는 하지 않았다. 또 한 사람 더 자기 이상으로 기뻐해 주어야 할 인물이 있지 않았던가.

아니 자신의 만족감은 옆에 돌려놓고라도 그 사람 때문에 이 경사가 마련
된 것 같은 느낌마저 들었다.

그는 약간 상기된 채 이렇게 말하고, 그날 바로 아사노 아베에게 친서를
가지고 아즈치로 향하게 했던 것이다.

"오쓰기의 첫 출진의 공훈을 들으신다면 우대신께서도 얼마나 기뻐하실
까. 한시 바삐 아즈치에 사신을 보내서 알려야지."

물론 우대신 노부나가 앞으로 보낸 것이다.

서한 내용은 히데요시가 항시 말해 온 바로 그 단순한 말귀였다.

'참, 세월은 빠른가 봅니다. 오쓰기도 14세가 되었사옵니다. 노모와 우처
네네가 평소에는 눈 안에 집어 넣기라도 할 듯이 사랑하여 나가하마의 집
구석에 들어앉힌 채 외출도 시키지 않고 있는 형편이오나, 그렇게 해서는
맹목적인 사랑 때문에 장차 큰 인물이 될 바탕을 부모가 박탈해 버릴까 우
려되어, 금번 주고쿠의 중책을 기회로 진중에 불러들여 상세하게 전진의
공포·고난, 기타 가지가지 참경을 실제로 보고 터득케 할 목적으로 약 1
년을 진중에서 지내게 했사옵니다. 때문에 어엿하게 대담한 장부가 되어
실례되는 말씀이오나 행동거지도 주군님의 모습을 방불케 하옵니다. 이번
에 빗추 무기메시야마에 포진하고 있는 우에키 이즈모노가미를 정벌토록
1만 5천 대군의 대장으로 명하여 영광의 첫 출진으로 대진시켰던 바, 공략
개시 이후 불과 한 달도 못되어 개선했사옵기에, 불초 양부로서 그 출중한
통솔방법과 훌륭한 전공을 다시 찬양하면서 주군께 아뢰옵니다. 이제 춘
추도 만로에 접어든 차제에 부디 오래도록 옥체의 건승만이 있기를 기원
하오며, 다가오는 세모에는 일차 상경하여 배알의 영광을 누려 볼까 하옵
니다. 그때에 상세한 말씀을 올리옵고, 우신 오쓰기도 벌써 제법 구실을
하는 의젓한 사내이므로 이 기회에 관례를 마치고 하시바 소장 히데가쓰
로 이름을 붙이고자 하옵니다. 히데요시란 이름은 주군께서 지어 주신 것,
그 중의 히데(秀)의 한 자는 조상으로부터 굴려받은 것, 고견을 듣고 싶
사옵니다.'

대체로 이 같은 내용으로 되어 있는 어버이의 솔직한 심정을 진술한 단순
결백한 서한이었다.

노부나가의 기쁨은 대단했다.

히데요시가 보내온 간단한 내용의 편지를 몇 번이고 눈길을 가늘게 하여

되풀이해서 읽어 가는 것이었다.

자신의 피를 이어받은 아들, 4남인 오쓰기마루. 비록 신하의 집이라곤 하나 역시 타가의 양자로 보냈던 터이라, 어버이의 심정이란 당연히 본능적으로 염려해 왔음엔 틀림없다.

"노부나가도 충심으로 만족하고 있다고 잘 여쭈어 주게. 그리고 지쿠젠 본인이 연말에 돌아오리라는 소식, 진정 고대한다고 전하게."

사신 아사노 야베는 성찬과 더불어 노부나가의 마음속으로부터 우러나는 융숭한 접대를 받고 히메지로 돌아왔다.

이때를 전후하여 노부나가는 이중의 경사를 앞에 둔 가운데 기쁨과 흥분으로 들떠 있었다.

그것은 여러 해 전에 고슈에 인질로 가 있던 막내아들인 5남 고보마루가 고슈측에서 보낸 사신과 동반하여 아즈치로 송환되어 온 사실이었다.

수비호

　　노부나가의 5남 고보마루 하면, 퍽 오래 전에 미노에 있는 이와무라 성의 성주인 도야마 가게토에게 양자로 보냈던 아들이었다.

　　겐키(元龜) 3년 무렵 그 성주가 몰락하자 성과 더불어 고보마루의 몸은 적측인 가이의 다케다 일가에 넘겨져서, 그 이후 노부나가의 혈통이란 연유로 다케다 가쓰요리는 그를 훌륭한 인질로서 수하에 두고 키워 왔다.

　　바로 그 고보마루가 멀리 고슈로부터 송환되어 왔으니 노부나가의 기쁨은 이루 다 말할 수가 없었다. 더욱이 히데요시로부터 오쓰기마루의 관례 소식까지 전해 들었던 터라 기쁨은 배가 되었다.

　　"많이 컸구나."

　　그러나 이 한 마디의 말만 던질 뿐, 그 다음부터는 신하들과 함께 고슈측의 사신을 환영하는 잔치에 나타나 묵묵히 술잔을 권할 뿐이었다.

　　'웬일일까, 고보마루의 귀가에 대해서는 별다른 희색도 나타내 보이시지 않는데.'

　　도리어 신하들은 서로 몰려 앉아 경사를 축하하면서도 어쩐지 석연찮은 노부나가 표정의 이면에서 불만마저 느낄 정도였다.

진수성찬에 술향연까지 받았던 고슈의 사신들은 기쁨과 만족한 표정이 역력한 가운데 감사의 인사를 되풀이하면서 귀로에 올랐는데, 그들의 모습이 멀리 사라지자 노부나가는 무슨 생각에 잠겼었는지 심복 부하들에게 속마음을 털어 놓았다.

"때는 왔구나. 드디어 기다리던 날이 다가왔어."

그는 다시 이어서 말했다.

"고슈의 세력은 이미 사양길에 들어섰단 말일세. 내가 요구하지도 않았던 인질 자식을 송환해 왔으니, 나한테 베풀어 주는 고슈 측의 호의는 아부나 다름없는 것일세. 이 한 가지 예를 보더라도 고슈의 옛 모습을 찾아 볼 수 없을 만큼 악화되어 있는 것만은 분명해."

과연 그렇다.

그는 아들의 무사귀환을 즐기기보다 그 한 순간에 고슈 군의 쇠락을 직감하고, 어버이로서 본능적인 내심의 기쁨과 아울러 다른 점에서 더욱 그 환희를 찾아낸 듯했다.

적의 사신을 대접하면서 자진해서 앞에 나섰던 노부나가의 무엇인가 흉금을 털어놓고 담화를 교환하는 듯한 거동의 이면은, 사신의 언동으로부터 자기의 직감에 따라 그 확신을 포착하기 위한 수단이었던 것을, 그제서야 심복들은 깨달았다.

"아하하하…… 그와 같은 원대한 계략이었군 그래."

노부나가는 평소에 수중에 수집해 두었던 고슈의 근황이나 이번에 사신들의 언동을 종합하여 볼 때, 또 한 가지 노부나가로 하여금 고슈의 망조를 확신할 수 있게 한 점은 다케다 가쓰요리가 이 여름 7월 이래, 조상 대대로 물려준 주거인 쓰쓰지카사키의 거관 외에 어신부라고 부르는 새로운 성을 고슈 니라사키 주변에 세워서 벌써 그곳에 옮겨 살고 있다는 사실이었다.

노부나가는 그 점을 지적하여 말했던 것이다.

"신겐은 과연 신겐다웠다. 그는 살아생전에 세상에 대고 다음과 같이 말했다. 나 1대 동안은 고슈 4군 내에 결코 성곽을 세우지 않을 것이며, 수비호 하나로 주위를 둘러싼 거관이면 충분하다……고 말했지. 이제 가쓰요리 대에 와서 그 곳을 떠나 새로운 성에 거점을 확보했다는 사실은 벌써 그 부친 신겐이 지녔던 자신을 잃은 것이 아니고 무엇인가."

노부나가는 서고에서 일면의 성곽 도면을 꺼내어 부하에게 명령했다.

“그것을 펴 봐.”

첩자가 고생 끝에 베껴 온 고슈 쓰쓰지카시키의 도면이었다.

세상에서는 이것을 고칸이라고 부르는가 하면 거관 또는 쓰쓰지카시키 성이라고도 불러 왔는데 결코 성곽구조는 아니고 그저 평탄한 땅에 한 겹의 수비호로 둘러친 커다란 저택에 지나지 않은 것이었다.

동서 백5십5간, 남북 백6간이나 되는 넓이라고는 하나 한 마장 정도의 흙방축과 사방으로 문이 있고 수비호가 그 위용을 살려 줄 뿐이었다.

“이것 봐, 신겐은 하나의 성 안에서 가히 일국을 뒤흔들었다. 그 의기란 대단했어. 그러나, 이미 그 아들인 가쓰요리 대에 와서 고슈 니라사키에 한해 그의 성만이 우뚝 서 있을 뿐이다.”

노부나가는 벌써 고슈 일원을 자기의 수중에 넣은 듯이 성곽도면을 깊이 들여다보면서 말했다.

신년 축하 선물

다사다난했던 덴쇼 9년, 그 해도 얼마 남지 않은 어느 날이었다.

주고쿠 총독 하시바 지쿠젠노가미 히데요시 아즈치에 상경이라고 공공연히 공표한 그는, 그 임지인 반슈 히메지로부터 장엄한 대열로 위풍당당하게 아즈치를 향해 출발했다.

‘세모에 일차 상경하여 배알의 영광을 누려볼가 하옵니다.’

앞서 양자인 오쓰기마루의 관례를 서면으로 보고할 때에 한 말이었다.

물론 노부나가도 기다리고 있었던 일이다.

오쓰기마루의 관례를 마치고 하시바 히데가쓰가 된 양자도 동반하여 아즈치에 도착한 히데요시는 ‘히데요시, 방금 성도에 도착’ 하여 우선 도착 통지만을 전달케 한 다음, 일단 숙소에 여장을 풀었다.

그 통지는 바로 노부나가에게 상신되었다. 노부나가는 희색이 만면하여 즉시 심복 부하 호리 히사타로와 스가야 구에몬을 불러 말했다.

“오랜만에 전지로부터 히데요시가 상경했으니 반갑기 그지 없구나. 여러 해를 두고 전란의 긴장 속에 한 번 제대로 몸을 풀지 못했을진대 이 기회에 즐겁게 해 줘야지. 내일 아침 등성시에 마음껏 그를 위로할 터인즉 향연에 관한 것은 그대들이 잘 알아서 지혜와 재주를 다하여 훌륭히 베풀도록 하게.”

"네, 분부대로 하겠습니다."

"그는 이제 옛날의 도오키치로가 아니야. 지금은 여러 영토를 뒤흔드는 호걸이다. 그와 같은 마음가짐을 갖고 대하지 않으면 향연도 아무런 의미가 없어."

"네, 손색이 없도록 오늘 저녁부터 만반의 준비를 서두르고자 하옵니다."

두 사람은 물러 나와서 식사와 요리 담당 재원들을 모아놓고 향연계획에 관한 의논과 용구 등 각종 사항을 명령하고 나서 성 밖으로 나왔다.

미리 내일 아침 히데요시가 등성할 때, 동반할 인원 등을 알아두고, 또한 노부나가의 기쁘고도 간곡한 후의를 전해 주기 위해서였다.

히데요시 일행이 숙박한 소지쓰사(桑實寺) 숙소는 아직 혼잡하였다.

"호리, 스가야 두 명이 찾아 왔소이다."

막으로 앞을 가린 현관에 들어서니, 시중을 들고 있는 후쿠지마 이치마쓰와 가토 도라노스케 두 사람이 나서면서 말했다.

"어서 들어오십시오. 나리께서는 여로의 때를 씻으려고 방금 욕탕에 들어 가셨습니다."

그렇게 대답한 후에 두 사신을 절간 안의 대서원으로 안내했다.

두 사람은 욕탕에서 나오는 히데요시를 기다리는 동안, 바쁘게 오가는 장병들의 출입을 내다보면서 말을 주거니 받거니 하였다.

"하시바 나리의 가풍이랄까, 이곳에 와 보니, 가중의 누구든 경쾌하면서 우쭐대는 기미도 안 보이고, 말투도 공손하여 모두 지극히 명랑한 얼굴들이야. 일가의 분위기가 이렇게 되기엔 세상에 드문 모범일걸."

그 동안에 검은빛으로 잘 다듬어진 튼튼한 대청마루 쪽으로부터 드디어 히데요시의 모습이 나타났다.

뒤따르는 신하들이 따르지 못할 정도로 그의 발걸음은 잽쌌다.

"허어…… 귀하신 두 손님."

히데요시는 자리에 앉기도 전에 두 사람의 등 뒤에서 먼저 불쑥 인사말을 하는 것이다.

"그동안 모두 안녕한가요?"

서로 악수를 청하는 아주 간단하고 형식적인 인사였다.

호리 히사타로와 스가야 두 사람은 여기에서 불현듯 노부나가의 말을 되새겨 본다.

‘옛날의 도키치로가 아니야.’

이렇게 주의를 받은 바 있다.

그러므로 이 마당의 인사에도 마음속 깊이 주의를 가다듬고 있었는데, 히데요시 자신부터 전혀 옛날의 도오키치로와 다름없는 인사를 하기에 제대로 장단이 맞지 않는 두 사람은 얼떨결에, ‘허어…… 이거 참……” 하며 말을 더듬다가 갈피를 잡을 수 없이 정중한 예절을 갖추기도 하였다.

“그동안 승승장구, 백전백승의 영광을 축하합니다.”

“자, 어서 편히 앉아서.”

히데요시는 먼저 싸움 얘기부터 시작했다.

또 몇 해 동안 보지 못하는 새에 아즈치 시가와 문화가 일대 발전을 이루어 온 데에는 놀랐다면서 좌담으로 자못 흥겨운 듯했다.

“아니, 사실은 그…….”

스가야와 호리 두 사람은 간신히 사이사이에 말을 비쳤다.

“오늘은 우대신님의 고귀하신 뜻을 전하려고 인사차 찾아뵈었는데…….”

“아니 그럼 주군의 사신으로 찾아 왔구려. 이것 참 결례되었소.”

그는 당황하는 표정으로 일어나 조금 내려앉으며 말했다.

“아직 도착 소식만 주군께 알려 올린 정도로 그치고 스스로 인사하러 들어가려던 참에, 이렇게 주군께서 먼저 사신까지 보내 주시니 태만도 이만저만이 아닌 죄를 범했소. 그럼, 고귀하신 뜻이라면…….”

“아닙니다. 그렇게 송구스럽게 생각하실 필요는 없습니다. 우대신님께서도 고대하셨던 터이므로, 지쿠젠과의 대면을 대단한 즐거움으로 기대하시고 내일 아침 등성 시에는 이러이러하게 잔치를 베풀라는 등, 또 흥겨운 접대로 마음껏 즐길 수 있도록 여러 가지를 몸소 지시하고 계십니다. 내일의 예정도 미리 알아오라는 분부가 있었기에…….”

“아니, 변함없으신 군은에 그저 황송할 따름입니다.”

히데요시는 가볍게 엎드려 내일 아침의 등성 시간을 답해 올리고 두 통의 목록을 꺼내면서 부탁했다.

“배알의 영광된 시간을 마치면 즉시 주고쿠 오지로 떠나야 하기 때문에 세모 인사를 겸해서 간단하나마 새해를 축하하는 신년 선물로 새로운 점령 지역에서 생산된 각종 생산품을 가지고 왔소. 단순히 지쿠젠의 성의를 담은 소품에 지나지 않음을 아뢰옵고, 주군께 받들어 올리시기를…….”

한 통은 주군에게 보내는 것이고 다른 한 통의 목록은 성내의 제후들과 부녀 역관들에게 보내는 것이었다.

"전해 올리겠습니다."

그것을 받아 쥔 호리 히사타로는 품안에 넣고 말했다.

"그러면 피곤하실 테고, 우리들은 내일 준비에 바쁘니 그만 인사를 여쭙고 이젠 돌아가는 것이 좋겠습니다."

호리 히사타로가 동반한 스가야 구에몬을 재촉하여 나서려고 하였다.

"조금 기다려 주시오."

히데요시도 함께 따라 일어서서 그대로 안쪽으로 훌쩍 들어가 버렸다.

두 사신은 우두커니 서서 무엇 때문에 기다리게 하는지 의아해했다. 그들은 기다리는 동안 넓은 복도 쪽에 나가, 바야흐로 겨울철 절간의 뜰 안에 핀 연분홍빛 모란꽃을 바라다보았다.

여전히 특징 있는 빠른 발걸음 소리가 나는가 하는 순간에 벌써 히데요시는 안쪽으로부터 나오면서 넌지시 두 사람을 재촉했다.

"어서 같이 갑시다. 오래 기다리게 해서 미안하오."

뒤돌아보니 히데요시는 어느새 말쑥하게 옷을 갈아입고, 그것도 예복으로 단장하여 말을 채 끝맺기 전에 앞장서서 성급히 걸음을 재촉한다.

시종들은 히데요시의 말과 두 가신의 말을 문 앞에 대령시켜 놓고 있었다. 예복차림이고 보면 물어볼 필요도 없이 성 안에 들어가려는 것이 분명했다.

히데요시의 등성시간이 내일 아침으로 예정되었던 터이므로, 성에서는 갑작스러운 일에 모두들 진행 순서에 차질을 빚게 될 것은 물론, 노부나가도 예기치 않는 일일 텐데, 어찌할 셈인지 수긍이 가지 않는다.

호리와 스가야 두 사람은 어쩐지 석연찮게 여기면서도 묵묵히 뒤따라 섰다.

히데요시는 뒤돌아보며 말했다.

"두 분께서 안내해 주기를 바라오. 주군 편에서 먼저 사신을 보내 주시기까지 했는데 내일 아침 예정이라고는 하나 성하에 머무르면서 어찌 가만히 있을 수 있겠소. 주군과의 대면만은 내일로 미루고 안뜰까지 찾아 들어가 그늘에서라도 인사를 올리고 돌아오겠소. 어서 앞장서 주오."

히데요시는 길을 열어 주었다.

여기저기에 희미한 촛불이 켜지기 시작하면서 부녀 제관들의 말소리가 새어 나온다. 멀리 혹은 가까이에서 여인들 웃음소리도 새 나온다.

매일 밤 아즈치의 내전 깊은 안쪽에서는 다가오는 새 봄을 맞이할 준비에
바쁜 눈치였다.

그 내전으로 말하면, 명화가 가노 산라쿠의 그림과 모모 명인들의 조각 작
품 등 당시 거장들의 명작이 총집결된 예술의 전당이기도 하다.

말이 옛날이라지만 그다지 먼 옛적도 아닌 불과 20년을 넘지 않는 세이슈
의 작은 성과 비교하면 이곳 성주인 우대신 노부나가도 감개무량함에는 틀
림없으리라.

내전과 중전 사이를 연결한 구름다리의 난간에 서서 앞을 바라다보면 무
수한 무용 부채를 겹쳐 놓은 듯한 천수각의 5층 난간과 누각 대문, 그리고
전각의 대들보가 공중에 곡선을 교차시켜 주듯 참으로 장관을 이루고 있다.

산상으로부터 산록에 이르기까지 웅장한 건물들의 울타리와 지붕들이 우
거진 수풀 사이에 조화를 이루고 있어, 그곳으로부터 평면으로 펼쳐진 아즈
치 성하의 전 시가는 마치 짙은 남색의 저녁놀 아래 잔별로 수놓은 듯한 불
바다를 이루고 있었다.

노부나가는 막 저녁 식사를 들려고 하던 때였다.

"뭐, 지쿠젠이 왔다고?"

그는 자못 놀란 표정으로 이 방 저 방에 왔다 갔다 하면서 시종들에게 재
빨리 찾아줄 것을 재촉한다.

"아랫도리는 어디 있어, 아랫도리?"

보통 저녁 식사 때마다 그러했듯이 어처구니없는 표정을 지으며 우두커니
서 있는 시녀들을 향해 일러 준다.

"이따가 밤참이나 할 작정이야. 저녁 밥상을 일단 치우도록 해."

노부나가는 시종들이 급하게 내미는 아랫도리의 띠를 졸라매면서 물었다.

"히사타로, 그리고 구에몬…… 지쿠젠이 지금 어디쯤에 있지?"

노부나가는 어느 한 모퉁이를 두리번거리면서 내다본다.

호리 히사타로와 스가야 구에몬은 졸지에 노부나가를 당황하게 한 일을
몹시 죄송스럽게 생각하면서 말했다.

"큰방 저쪽에 혼자 앉아 있사옵니다. 오늘은 그저 뒤에서 인사 말씀이나
올리고 숙소에 돌아갔다가 내일 아침 예정대로 등성하여 배알하시겠다는
뜻이옵고, 오늘 밤에는 그만 돌아가겠다고 하시옵니다."

그런 대답이 있자, 노부나가는 말했다.

"그래 과연 지쿠젠이로다. 인물 그대로 경쾌하군. 그래도 모처럼 들어왔던 마당이니 만나지 않고 돌려보낼 수야 없지 않겠는가. 그저 간단한 대면으로 오늘 밤은 그치자고 전하게."

잠깐 들러 봤다……하고 혼잣말로 중얼대며 노부나가는 손뼉을 탁 치면서 아랫도리를 다시 벗어 젖혔다는 것이다.

노부나가는 소탈한 성품을 좋아한다.

상냥함 가운데 느껴지는 진심을 모래 속의 금보다도 귀중하게 여긴다.

무심코 괜찮으려니 하고 허물없이 굴다가는 기어코 화를 면치 못한다.

사대주의를 배격하며 인사 왕래의 엄숙한 절도와 군신간의 예의 범절에 있어서는 흠잡을 점이 없이 지켜 주어야만 참아 주는 성미다.

자칫 부주의로 이 같은 예의 범절을 함부로 등한히 하는 날에는 지위의 높고 낮음을 막론하고 즉결로 혹독한 처벌을 받게 마련이다.

그런 까닭에 시종들이건 모든 장군들이건 또는 각 분야의 문화인들까지 노부나가와 접견하게 될 경우에는, 말 그대로 엄격한 규제 하의 제자가 스승 앞에 선 기분으로 대한다.

일언 일구, 일거 일동을 함부로 등한히 한다는 것은 당치도 않는 말이다.

그러므로 노부나가도 역시 때로는 지긋지긋한 느낌을 받을 때도 없지 않을 것이다.

인간미나 본심에서 우러나는 빛이란 찾아볼 수 없는 거짓 속에 살고 있는 자신을 발견할 때는 짜증도 나는 모양이다.

때로는 손님을 앞에 두고 갑작스레 요란한 하품을 불사하여 손발을 옆으로 길게 뻗기도 하면서 중얼거리기도 한다.

"아아, 자나깨나 부처 같은 인물과 마주 앉아 대화하기란 적이 싫증이 난다. 그것은 이 목석 같은 나 자신도 힘에 겨운 거야. 사모관대의 정장을 벗으려야 벗을 수도 없고……."

무언가 언짢은 일이 생기면 그쪽에 대고 목석이라고 야단이다.

아즈치의 성루에는 많은 신하들이 웅성거리는데, 그는 자주 그들 속에 찾아들어 진실한 생활감과 인간다운 인간미를 발견하려고 애써 본다.

오늘 밤에야말로 그가 마음속 깊은 곳에서부터 찾던 사내가 찾아 들었다.

노부나가의 말과 같이 내일 아침의 등성 약속을 불구하고 소탈하기 짝이 없이 뜻밖에도 밤사이 찾아온 참말로 솔직 담백한 사나이인 것이다.

다시 말해서 의례와 형식에 얽매이지 않는 소탈한 태도에 더욱 매력을 느끼는 노부나가였다.

"지쿠젠, 참 오랜만이군."

첫 마디를 하는 노부나가는 아랫도리의 띠조차 제대로 졸라맬 겨를도 없이 히데요시가 혼자 앉아 있는 큰방에 불쑥 나타나서 말을 이었다.

"이것 참, 그립던 자네가 찾아오다니…… 내일 만날 줄로만 알고 있었는데 미리 참 잘 와 주었네. 이 추운 큰방에 앉아 있다니, 어서 이쪽으로 들어오게."

그러면서 히데요시를 안으로 끌어 들인다.

놀랄 수밖에 없다고나 할까. 너무나도 예외적인 사실, 우대신 자신이 앞질러, 그것도 더욱이 자신의 내실까지 직접 안내하는 것은 전무후무한 일이다.

히데요시 역시 주군의 지극한 환대에 어찌 잠자코 따를 수만 있으랴.

"아, 이건 너무나도…… 주군."

그는 무엇인가 당황한 어조로 말을 꺼내려고 한다.

그러나 급히 서둘러 앞서가는 노부나가의 앞으로 히데요시는 굽힌 몸을 무릎걸음으로 달리듯 바싹 붙어서 말했다.

"분에 넘치는 대우에 황송하기 짝이 없사옵니다. 주군께서는 안에 들어가 계시고 가까운 시중을 시켜서 시중을 들게 해 주시기를 바라옵니다."

"뭐, 괜찮네, 이 사람아. 어서 잔말 말고 들어오게."

벌써 한 발짝이면 안에 들어설 만한 곳까지 들어선 노부나가는 오늘 밤 따라 너무나도 소탈한 듯했다.

"그 무거운 윗도리는 벗어 놓게. 추운테 화톳불을 빨리 가져오렴. 차를 마시기보다 술이 더 좋겠지. 저녁 식사는 어찌 되었나?"

그는 세심하게 배려하여 주위의 시종들에게 시키는가 하면 히데요시에게 묻기도 하면서 자못 친 아우라도 만난 듯한 분위기를 감돌게 했다.

"네네, ……네네."

히데요시는 엎드린 채, 연거푸 얼빠진 듯한 대답을 할 뿐 아무런 대답도 할 수 없었고 무슨 말을 꺼내려 하다가도 그만 감격에 겨워 눈물만이 앞선다.

감사하는 마음 때문일까, 아니면 반가움 때문일까. 당장이라도 울음이 왈

각 터질 것만 같은 뜨거운 열정이 복받쳐 올라서 히데요시는 참을 수가 없었다.

지켜보고 있던 노부나가도 역시 뜨거운 눈물을 글썽거리며 눈언저리는 충혈 되어 있었고, 울보 사내들끼리 서로 마주 앉은 듯, 가끔 얼굴을 돌려서는 시종들이 보는 앞에서 눈물을 감추느라고 애쓰는 듯 했다.

마침내 노부나가는 격정이 가라앉은 듯 입을 열기 시작했다.

"찌는 듯하던 무더위가 엊그제인 듯싶더니 이제 살을 에이는 듯한 강추위가 찾아왔네. 이나바, 호키 등 산간 벽지에서 말 못할 고생을 하다가 덜컥 병이라도 얻을까 염려되었네. 뿐만 아니라 연륜을 가산해 가는 신체적인 모든 조건도 걱정이 되었는데, 이렇게 만나본즉 도리어 젊어 보이니 웬일인가. 지쿠젠, 참말로 더 젊어졌어."

만난 기쁨과 칭찬이 얽히고설킨 노부나가의 말에 히데요시는 가만 있을 수 없었다.

"아니 참말 주군님께서도 해가 지나갈수록 더 정정하신가 하옵니다."

그는 맞장구를 치면서 이곳을 떠나기 전에 깎아 버렸던 턱수염 자리를 쓰다듬자 비로소 첫웃음을 터뜨렸다.

밥상과 다과 쟁반이 오가며 주군과 심복 장군은 매우 온화한 분위기 속에 술잔을 자주 주고 받았다.

사실 노부나가 일가에서는 이같이 탁 터놓은 잔치란 일족간에서도 전례가 없던 일이다.

"오쓰기가 첫 출진을 했다는 소식을 듣고 갑옷을 입는 나이가 되었는가 생각하니 새삼스레 빠른 세월에 놀랄 뿐이네."

"네, 상봉을 원하실 줄로 예측하였사오며, 내일 아침엔 동반하여 등성하려 하옵니다. 나가하마의 네네와 노모님한테도 들러서 만나 뵙게 할 작정이옵니다."

"좋은 생각일세. 여기까지 왔던 길이니 그대도 하룻밤쯤은 나가하마에 머물면서 문안을 여쭙고 돌아가는 편이 좋을 것으로 생각하네."

"아니, 아니옵니다. 그럴 겨를이 없사옵니다. 더구나 반슈 임지에는 2, 3년 동안이나 처자의 얼굴조차 보지 못한 부하들이 많사온데, 유독 저만이 어찌 처와 노모님과 그립던 정을 나눌 수 있겠사옵니까."

"참, 사양하는 그대의 말이 옳은 말이야. 그리고 한 가지 전해 둘 말은 오

랫동안 고슈에 인질로 잡혀 있던 5남인 고보마루가 다케다 일가로부터 송
환되어 온 사실을 들었던가."

"네, 소문에 듣고 알았습니다."

"그 일을 그대는 어떻게 보는가."

"매우 경사라고 생각하옵니다."

"고보마루의 무사함을 뜻하는 건가?"

"그것도 그렇지만, 또 한 가지는 오다 일가의 장구한 무운을 위해서도……
…."

"응……그래."

이처럼 많지 않은 말이 오가는 가운데 이심견심 깊은 마음속에서 생각에
잠겼다가 말했다.

"내년 봄에 접어들기 전에 산길에 쌓인 눈이 녹을 때를 기다려 고슈에 쳐
들어간다면 어떻겠는가."

"마땅히 해야 할 일로 짐작하옵니다. 구르익은 과일을 흔들어 떨어뜨릴 만
큼 쉬운 일이 아니겠습니까."

"아니야, 그토록 쉽지는 않을걸."

"도쿠가와님께도 말씀을 올려서 미카와 세력도 충분히 활용할 수 있게 한
다면 좋을 줄로 생각합니다."

"이에야스로부터도 지금까지 고슈에 쳐들어갈 권고를 자주 받았었지. 하
지만 오사카 혼간사 일대의 뒷수습을 마치지 않고서는 할 수 없다고 일러
두었는데, 대사를 외곬로 몰아온 사실이 이제 보면 도리어 잘된 일이야."

"주군께서 고슈에 들어가실 무렵이면 히데요시의 군마도 빗추에 들어서게
되고, 게이슈의 모리는 저희 중군에 밀리게 될 때일 것이라 생각됩니다."

"고슈와 주고쿠 두 나라 중에서 어느 쪽의 공략이 더 빨리 이루어질 수 있
겠는가?"

"물론 고슈가 빨리 끝날 것입니다."

"지쿠젠."

"네?"

"무엇 때문에 말에 힘이 없나? 노부나가에게 질소냐 하고 그대가 굳세야
할 판인데."

"모리와 다케다는 본래 서로 바탕이 다른 감정을 지니고 있습니다. 고산

교스이는 험준하다고는 하지만 그 험준한 곳을 돌파하는 날에는 적진의 분쇄가 눈앞에 있다는 사실입니다. 다케다 후다이의 기마정예 부대가 아직 수만 기나 있다고 한들 이미 신겐 같은 기둥을 잃고 난 그들은 안으로 인화가 없고 저마다 고집불통인 데다가 문화에 어둡고, 무기와 전법마저 이미 시대에 뒤떨어졌다고 해도 지나친 말이 아닙니다."

"그대는 주고쿠에 있으면서 어찌 고슈 내의 정세까지 그렇게도 잘 알고 있는가."

"적을 견주어 보기 위해서는 자신을 알고 상대방을 뚫어지게 노려볼 줄 알아야 합니다. 다케다에 비하면 주고쿠의 모리만은 아주 자취를 없애리만큼 때려 부수기엔 좀 어렵다고 생각됩니다."

"그토록 질기단 말인가."

"해운 교통이 편하여 해외로부터 훌륭한 문화를 흡수했고 특히 물자의 혜택을 입고 있는 데 아울러 사람들은 매우 민감하고 이지적입니다. 안으로 풍족한 생활을 누리고 고 모리 모토나리의 유훈이 그 일족에 엄연히 살아 있어 전통으로 전래되고 있는 까닭에, 무턱대고 무력 일변도로 전멸시키기엔 상상을 불허하옵니다. 싸우며 공격하면서 아군도 또한 그들에 뒤떨어지지 않는 문화와 정략을 펴서 영내의 원주민들을 자진해서 항복게 하지 않는 한 그저 성 하나하나씩 탈취하여 끝내는 최후의 승리──진실한 전과는 거두어들일 수가 없사옵니다. 모쪼록 히데요시의 싸움이 지지부진하여 눈에 뜨이는 성과가 나타나지 않더라도 앞으로 수년간을 망망한 대양을 항해하는 것과도 흡사하게 바람과 파도에 맡겨 두시도록 너그러우신 양해가 있을 것을 충심으로 바라옵니다."

이같이 친밀한 주종 사이가 또 어디 있단 말인가.

부부 사이라고 하기에도 미치지 못할 표현이며 서로 목을 내건 친구 사이에 있어서도 이토록 지극할 순 없으리라.

노부나가도 히데요시도 밤이 새는 줄 모르는 모양이었다.

이대로 나간다면 밤새껏 말이 그칠 수 없을 것이다.

다른 옆방에서 대기하고 있던 측근 신하들이 서로 얼굴을 맞대고 걱정할 정도로 밤은 깊어 갔다.

"내일 아침을 생각해서라도 지쿠젠 나리께 여쭈어 두는 것이 좋지 않을까?"

역시 함께 대기하던 스가야 구에몬이 호리 히사타로에게 귓속말로 의논하자, 히사타로도 그에 동의했다.

말없이 고개를 끄덕이다가 얼른 일어서서 툇마루를 돌아 두간쯤 지나서 경건하게 노부나가와 히데요시가 대화하는 가운데에 양해를 구하고 들어섰다.

그리하여 히데요시의 뒤에 바싹 다가가서 그저 슬쩍 시간을 알려주니 그제서야 히데요시는 눈치를 채고 촛불을 바라다보면서 말했다.

"아이구, 이것참 너무 깊은 밤중까지 그만 까맣게 잊고 뜻밖에도 한자리에 너무 머물러 앉아서……."

히데요시가 자리를 물러서려고 하자, 노부나가는 못마땅한 표정으로 내뱉는다.

"히사타로, 뭐냐?"

"아니옵니다. 내일 아침에 일찍 등성하셔야겠기에 밤도 너무 깊어가고 해서……."

"응, 그래 지쿠젠도 겨우 여장만 풀었던 터이니, 꽤 피곤할 텐데……."

"천만의 말씀이옵니다. 주무실 시간도 분간치 못하고 도리어 제가 너무나 기쁨을 금치 못해서 그만……."

히데요시는 호리 히사타로의 호의에 사의를 표하면서 히사타로에게 살짝 물어 보았다.

"아까 저녁 때 숙소에서 맡겼던 목록을 보여 올렸겠지?"

히사타로는 미안스런 표정을 지으며 말했다.

"아니, 그것조차 아직 주군님께 보여 올릴 기회가 없었습니다. 아시다시피 오시자마자 주군님과 회포를 나누시게 되어서 아직까지 보여드릴 틈이 없었던 것입니다."

"그래 그래. 참, 내가 깜박 잊고 물었군. 그래, 그럼 다음에라도……."

히데요시는 말을 남겨 놓고 곧 그곳을 물러나왔다.

그 다음에 호리 히사타로와 스가야 구에몬 두 사람은 히데요시가 전해 달라고 부탁했던 상납품 목록을 노부나가의 앞에 내밀었다.

'어전에'라는 한 통 외에도 '내전 시녀 일동에게'라는 다른 한 통을 펴들고 각종 품목을 읽어 내려가던 노부나가는 몇 번이고 거듭 들여다보곤 했다.

"허어……."

좀처럼 놀랄 줄 모르는 노부나가도 어쩐지 그것에는 어지간히 놀랐던 모양이다.

틀림없이 예사롭지 않은 상납품이란 증거로는 노부나가가 두 사람에게 환기시켜서 말을 하고 나서 잠자리에 든 것으로 미루어 알 수 있다.

"지쿠젠이 성의를 다해서 보내준 상납품, 후의를 다해서 봐 주지 않으면 그의 성의에 보답하는 길이 못된다. 내일 아침 그가 산으로 그것을 운반할 때에는 어김없이 노부나가한테 알려 줘. 노부나가가 천수각의 높은 곳으로부터 일견할 터이다."

향연 준비의 책임을 지고 있는 호리와 스가야 두 사람은, 대체 무엇일까 하며 서로 얼굴을 마주보았다.

여느 상납품은 아닌 듯하다.

그것을 천수각으로부터 바라다보겠다는 노부나가의 말도 있고 해서, 호리와 스가야는 한밤중인데도 보병들과 젊은 시종들로 하여금 산상 문으로부터 산하 문에 이르는 길바닥은 말할 것도 없거니와 현관 앞의 넓은 뜰, 그리고 또 산록의 수로를 가로지른 육교 주변까지 눈에 보이는 곳은 모조리 새벽녘까지 빠짐없이 쓸게 하고, 다시 비와호의 모래를 일대에 뿌리게 하는 등 끝까지 빗자루를 대지 않은 곳은 없다.

"어머어마한 영접 행사야. 대체 내일 어떤 어른이 등성하신단 말이냐?"

아직 자세한 내막을 모르는 사람들은 눈이 휘둥그레졌다.

상당히 높으신 분이 오시는 줄로 누구든지 상상하는 모양이었다.

지난밤에 몹시 늦게 잠자리에 들었는데도 불구하고 오늘 아침에 노부나가는 새벽 일찍부터 일어났던 모양이다.

그의 오른쪽 자리에는 눈에 익은 사람을 옆에 불러 놓았던 것이다.

사카이의 센노소에키였다.

다도에 조예가 깊은 한 사람으로서 차 대접을 해야 할 일이 생겼을 때는 항상 그를 불러들였고, 평소에는 노부나가의 옆에 잘 따라 다녔던 처지였는데 요사이에 와서는 그런 일이 없다가 오늘 갑자기 나타난 것이다.

그 까닭을 캐 보면 오사카 혼간사를 함락시킨 직후에 추방된 사쿠마우에몬 부자에 대한 훈계 속에——진중(陣中)에서, 다과에 심취해 풍월 속에 정신이 빠지는 일 따위는 언어 도단——이란 한 항목이 있어 그 힐문적인 어구로 미루어 노부나가는 불교에 대해서 냉혹하게 파괴를 불러일으킨 것처럼, 이 근년의 다도 유행이란 폐풍에 대해서도 극단적인 탄압책을 쓰지 않을까 하고 사회의 다도 기호자들은 모두 벌벌 떨고 있었던 터였다.

동산전(東山殿)으로부터 차라는 것이 무사들가에 일반적으로 전해진 이래, 그것이 공식적인 향연 뒤에 또한 각 가정이나 진중의 교우 관계와 정신 수양 면에 있어서까지 이용되기에 이른 경향은 근년의 일이라고도 할 수 없고, 또 유행이라고도 할 수 없을 만큼 일상 생활의 일부를 차지하고 있었는데 여기에 수반되는 취미의 여러 가지 관계라든가 사치스러운 도구 준비, 또는 자칫 음란한 길에 말려들기까지 할 우려가 있는 다도의 세계는 이 방면에 종사하는 인사들도 서로 염려하는 바가 없지 않았다.

그와 같은 우려가 드디어는 사쿠마 추방을 둘러싼 죄상의 하나로 널리 세상에 떠들썩하게 되었기 때문에 서로 앞을 다투어 다도와 멀어지려고 하였던 것이다.

'다시 꾸지람을 받기 전에……'

그러한 까닭에 자연히 다도 행사를 위한 왕래가 뜸해지고 사카이나 교토를 중심으로 하여 이른바 '찻집'이라 부르는 차도락가들의 집들은 슬며시 문을 닫고, 지나가던 길손마저 쓸쓸하게 하던 무렵에 센노소에키의 모습이 이곳에 다시 나타났으니 기이한 사건이란 느낌은 물론이고 주변에 더욱 밝은 분위기를 감돌게 해 주었다.

오늘 아침 일찍부터 소에키는 아즈치의 원내 다실에 들어가 조수의 도움을 받으면서 바쁘게 실내를 들락날락하며 걸레로 바닥을 닦는가 하면 눈앞에 보이는 곳은 모조리 돌아가며 청소에 힘쓰고 화로의 불까지 살펴보고 도구 정돈까지 마친 다음에, 노부나가의 거실로 들어가서 모든 준비가 되었음을 알려 주었다.

"한 차례 잘 정돈되었는지, 살펴봐 주시기를 바라옵니다."

노부나가는 고개를 끄덕이면서 곧 함께 일어섰다.

차석은 6조로 되어 있었고, 찻속의 장식은 비장해 두었던 꽃으로 하였다. 꽃병은 눈에 잘 뜨이지만, 아직 꽃은 끚혀 있기 않았다.

손님을 영접하기 직전에 꽃을 꽂아 넣도록 우물 옆에 있는 작은 통의 물속에 담가두고 있었다.

노부나가는 한차례 살펴보고 난 다음에 괜찮겠다고 대답해 주고 건물 밖으로 나왔는데, 누군가 나무 그늘 뒤로 후딱 믈러서면서 갑자기 자빠지듯 옆

드리는 사람을 보고 노부나가가 물었다.

"누구냐."

그러자 뒤에 있던 소에키가 대답했다.

"소인의 제자 중 한 사람이옵니다."

노부나가는 아무 말도 없이 그곳을 지나쳐서 넓은 뜰 안을 거닐다가 말했다.

"소에키, 아직 서리가 낀 채로 있어. 오늘 아침엔 너무 일렀던가 봐."

그러면서 되돌아보며 웃었다.

그 다음엔 동산에 있는 정자에 잠시 들렀는데 그때에 근간의 다도가 피폐해진 소문 등을 소에키가 슬며시 꺼내자 노부나가는 크게 웃으며 말했다.

"그래, 모두 그렇게 보고 있단 말인가. 어찌 잘못된 생각인지는 알 수 없으나 노부나가는 아직까지 다도를 금지시킨 기억이 나지 않아. 그렇기는 하나 사쿠마와 같은 무능한 놈은 다도에 빠져서 모든 폐해를 낳았다고 할 수가 있어. 온 세상은 싸우며 묵묵히 줄기차게 일하고 있는데 어찌 유독 사쿠마만이 안일하게 늘어 자빠져서 다도를 즐길 수 있겠는가. 노부나가는 그와 같은 놈팡이 짓을 찬성하지 않아. 그러나 히데요시와 같은 분주한 사내대장부한테는 권고하고 싶어. 오늘 아침의 화롯불, 솥에 끓인 물도 그와 같은 사내라야만 비로소 마실 자격이 있어."

측근 신하들이 마중 나왔다.

곧 지쿠젠 나리가 등성할 시간이 되어 간다는 전갈이었다.

노부나가는 소에키를 뒤에 남겨두고 천수각으로 향했다.

태양은 높이 솟아올라 겨울날 아침을 포근하게 감싸 주었다. 나뭇가지에 돋은 여름 꽃들은 이슬로 변하여 반짝이며, 한눈에 아즈치의 전 시가는 서리로 젖은 모습으로 드러났다.

"영차, 영차, 영차, 영차."

요란한 소리가 산록의 성문 쪽으로부터 들려온다. 노부나가는 눈을 한 곳에 모았다.

그의 곁에는 내전의 시녀들도 있고, 자식들도 있었다.

물론 측근 시동들도 나란히 정렬해 서서 아침 해에 눈이 부신 듯한 모습들이다.

"아아, 저거야!"

노부나가의 탄성이다.

지금의 노부나가로 하여금 지켜보게 할 정도의 물자라면, 틀림없이 보통 물건이 아니다.

그 노부나가가 손가락으로 가리키며 곁에 있는 사람들을 둘레둘레 둘러보면서 말했다.

"……저것, 바로 저것……."

"저런, 저토록 상납대의 수가 많구나. 저것들이 모두 지쿠젠의 선물이라고 그가 전해왔어. 주고쿠에의 입공 기념으로 갖고온 상납품이라니 과연 히데요시. 정말로 대단하구나……."

참으로 유쾌한 듯이 노부나가는 계속 지켜보며 웃음을 그치지 않았다.

그렇지만 노부나가 이외의 사람들은 정신없이 바라다보고 있을 뿐, 마치 얼이 빠진 듯했다.

대체로 아즈치 성이 개성된 이래로 볼 만한 대행사임엔 틀림없다.

산록으로부터 바로 눈앞까지 머나먼 고갯길의 문과 문 사이는 잇따라 어깨에 메고 들어오는 상납대의 행렬에 파묻힌 채 아무리 다시 봐도 행렬의 끝이 보이지 않을 정도였다.

그 사이를 하시바 지쿠젠노가미가 위풍당당하게 중앙에 들어서 있고, 그 주변으로 맵시 있는 젊은이들이 성장을 하고 상납품 봉행자로서 정렬되어 있거나 혹은 경호와 보병 대장으로서 한결 같은 대열은 산중턱으로 올라오고 있다.

"아직 더 있나, 또 대열이 계속되느냐?"

노부나가가도 질린 표정으로 말했다.

"이만큼의 상납품이란 아마도 세상에서 전례 없는 일이야. 노부나가가도 처음 보는 대사야. 이 아즈치 성문조차 지쿠젠은 좁다고 할 판인걸. 대단해."

그 목록은 어젯밤에 훑어보았지만 설마 이같이 끔찍할 정도로 생각되지 않았던 것 같다.

노부나가가는 온 주변이 울릴 정도의 큰 소리로 대단하다는 감탄사를 연발하고 있었다.

상납대의 총 수는 2백 몇 십이란 숫자였다. 다문, 중문을 넘어서서 대현관 앞의 광장에 선두가 차례차례로 짐들을 내려놓고 있는데, 아직 상납 대열의 후미는 성문 안에 들어서지도 못한 형편이었다.

뜨락에서 광장에 이르기까지 온통 성내는 이들 상납대로 꽉 들어찼다.

덮어씌운 헝겊을 치워버리고 모습을 드러낸 각종 품목은 그 일부를 들어 보더라도 피륙 2백여 통, 반슈 산 지류 2백 속, 안장용 열 필, 건도미 천 상자, 낙지 3천 두름, 수많은 도검, 주조물 등 그 밖에도 입에 담을 수 없을 정도로 수효가 어마어마했다.

다시 말해서 당시의 사람들의 관례나 상식에 없는 일이었다.

"허어…… 드디어 나타났군."

마침내 접견 장소인 회의실에 자리를 잡고 히데요시를 기다리고 있던 노부나가는 지난밤과는 달리 일상의 공식 석상에서 제후들을 만나는 형식을 갖추어 위엄 있게 앉아 있었다.

히데요시 역시 몸과 마음을 가다듬고 사죄의 인사를 했다.

"오랫동안 진무 때문에 진배하옵지 못한 죄를 용서하십시오. 변함없이 건승하신 옥체를 뵈옵고 기쁘기 한량없습니다."

그리고 형식에 따라서 인사를 올리고, 오늘 아침 등성에는 양자 히데가쓰를 데리고 들어온지라, 성인식 차림의 히데가쓰를 노부나가 앞에 대면시켜 주었다.

"이렇게 성장했습니다."

그리고 주군이 만면에 기쁜 미소와 만족의 표정을 짓는 것을 보고 나서 히데요시도 전례 없이 마음속 깊이 만족을 느꼈다.

대인물

향연에는 히데가쓰도 동석했는데, 그 후의 차를 마시는 좌석에는 히데요시만이 초대되었다.

수행원으로 니와 고로자에몬, 하세가와 니와노모리, 주치의인 도산이 옆에 자리를 같이 하고 있었다.

주인인 노부나가는 어느새 옷을 갈아입고 간스한 십덕(十德)의 예복을 걸치고 있었다.

뒷전의 우물가에서는 소에키가 분주하게 일손을 펴고 있다.

"지쿠젠께서는 다지마, 이나바 등지의 진중어서 때로는 찻잔이라도 들어본 적이 있었던가."

노부나가의 질문이었다.

그는 마치 대들보와 같이 조금도 동요를 모르는 위용으로, 엄숙하게 화로 앞에 앉아 있었다.

말투에 있어서도 어느 정도는 주인이라는 기분이 합쳐져서 정중한 가운데서도 친밀감이 감돌고 있었다.

주군과 신하 사이의 대화라기보다 차동무를 맞이한 듯 친숙한 분위기를 자아내고 있다.

"그렇지가 못합니다."

히데요시도 이젠 활짝 마음이 누그러지면서 말했다.

"불현듯 마셔보려고 하다가도 그만 저도 모르게 잊어버리게 되었습니다. 저는 차와 도무지 인연이 없는가 봅니다. 어쩌다가 한 잔 마시는 척해 보기도 하지만, 어지러운 주변에 머리와 마음을 쓰게 되어 제대로 다실에 편히 앉아 차를 들어 본 적이 없습니다."

수행원인 고로자에몬 나가히데가 웃음을 터뜨리며 말했다.

"아니, 지쿠젠 나리께서는 상당히 다기에 조예가 깊으십니다. 이러한 다도가 나리를 말해 주는 무법 중의 법이며, 무규격 중의 대규격이옵니다. 이제 보니 석연찮고, 제대로 들어맞지 않는 절차인 것 같으면서도 나중에 따지고 보면 그대로 들어맞는 나리의 일상 생활 태도를 모두 부러워하옵니다."

"이건 너무나 칭찬을 받고 보니 어리둥절할 뿐이옵니다. 어느 모로 미루어서 받게 된 칭찬인지 모처럼의 칭찬도 저로서는 갈피를 잡을 수 없사옵니다."

"그 망망한 대해 같은 면, 이를테면 봄아지랑이가 아른거리는 천지와 같은 관대함, 깊은 마음속은 바다도 들어앉고, 높은 산이 솟아 있고, 들도 하염없이 넓디넓은 것같이 또 때로는 없는 것 같은 막막한 나리의 인격은……."

"이것 참, 가만히 앉아서 듣기만 하란 말이지요."

"그렇게 생각하옵니다."

"그러면 다도란 멍청하게 앉아 있을수록 좋다는 얘기로군……."

"아니 그게 아니옵니다. 지쿠젠 나리에 대한 말씀이옵기에……."

이렇게 주거니 받거니 인격에 대한 시비, 일상 생활의 실례, 다도에 대한 사뭇 재미있는 일 등 온화하고 탁 트인 분위기 속의 대화가 오갔다.

뒷전에서 일하고 있던 소에키는 주인과 손님 사이에 오가는 대화를 들어 볼 양으로 바싹 귀를 기울이고 있었다.

갑자기 쥐죽은 듯 조용해졌다.

차 국자로 찻잔에 붓는 소리가 조용하게 들렸다. 양으로 보아서는 겨우 작은 국자 하나 정도의 찻물이었으나 다실의 정적을 깨뜨리는 유일한 소리일

따름이었다. 듣기에 따라서는 도도하게 폭포수가 떨어지는 7척 높이의 폭포
와도 흡사하게 웅장한 소리로 들렸다.

한 숟가락의 소리, 주인은 권하고 손님은 받아 마시며 말과 웃음과 찻잔이
교환되는 주객간의 화목한 예의와 공손이 다시 없이 부드럽게만 느껴지는
소에키는 바닥에 얼어붙은 사람마냥 골똘히 엿보며 듣고만 있었다.

한 잔 또 한 잔, 귀빈을 비롯해서 수행원들에 이르기까지 한 차례 돌고 나
면 주인 노부나가 자신도 한 모금 마시고 나서 손님들과 더불어 각 지방 애
기를 주고 받았다.

방 안에 귀중하게 간직한 꽃송이의 애기, 고려 찻잔의 고풍스런 아담한 정
취, 들판의 풍경, 또는 혹독한 겨울 날씨 등 화제는 일상의 전진(戰陣), 인
간의 갈등과는 전혀 동떨어져서 서로 생명의 봉양에 즐겨 보려고 했다. 일단
유사시에는 그 생명을 최대 가치로 높여서 버릴 수도 있고, 작용할 수도 있
는 바와 같이 진실한 인간미에 대한 화제를 교환했다.

마침내 다도 행사는 끝나고 주인 노부나가는 다실 쪽으로 물러섰다.

손님들은 인접한 넓은 방에 옮겨 앉아서 잡담으로 마음을 풀었다.

노부나가도 다시 그곳에 나타나서 손님 일동과 일일이 인사를 나누면서
예의의 말을 잊지 않는다.

"너무나 조촐한 대접에 아무런 흥미도 없었겠지만 이제 몸과 마음을 쭉 풀
고 재미나는 이야기들이나 하게."

손님이 신하이고 주인은 주군인데 여기서는 어쩐지 주객이 전도된 느낌이
긴 하지만, 비록 주군이라도 일단 주인인 이상 손님에 대해서 정중하고 온화
한 태도를 잊지 않는 것이 다도의 예의인 것이다.

항상 군신을 아래로 흘겨보며 왕실에 문안을 드리는 것 이외에는 머리를
수그릴 줄 모르는 노부나가로선 이 자리가 훌륭한 수양소라고도 할 수 있으
리라.

손님들에게 시중을 들며 자신을 삼가 누르면서 머리를 수그리고 허리를
굽히며 조금도 소홀함이 없도록 처음부터 끝까지 자신의 마음을 상대방의
만족과 기쁨을 위해서 아낌없이 제공하는 노부나가의 행동과 성품으로 봐서
는 좀처럼 알맞지 않는 일로 생각되지만 그것이 이 다실에서 지극히 자연스
럽게 이루어진 것이다.

주군이 봉사자가 되고 봉사자가 일시 주좌를 잡은 오늘의 일은 비록 순간

의 여가를 즐긴다고는 하나 서로 어지간히 훌륭한 반성의 기회가 되었다.

"주인님께서는 어느새 예의범절이 너무나도 훌륭하십니다. 오늘의 엄숙하게 변하신 모습에 그만 어리둥절할 뿐이옵니다."

이 말은 객인 히데요시가 말끝에 농으로 한 말이었다.

그러자 다객인 니와 고로자에몬 나가히데가,

"그건 까닭이 있습니다. 실례되는 말씀이오나 오늘의 주인님께서는 어떠한 일에 대해서도 불가능이란 있을 수 없사옵니다. 저한테는 안 된다고 말씀하신 전례가 없사옵니다. 그러므로 다도의 수양에 있어서도 오케하자마나 나가시노 전장에서 분전한 그 결심으로 한다고 언젠가 말씀하신 적이 있었다고 하며, 교토의 다이고쿠안도 놀라움을 금치 못했사옵니다."

주인 노부나가는 웃으면서 잠자코 듣고만 있었다. 손님과 손님 사이에 흥을 돋우고, 있는 대로 맡겨두었다.

히데요시가 묻는다.

"다이고쿠안이란 누구입니까?"

"교토 로쿠가쿠도(六角堂)의 이웃에 사는 다케다 쇼오를 두고 하는 말이옵니다."

"아아, 쇼오 말입니까?"

"이곳 주인님을 처음에는 그 쇼오가 모셔왔으나 요사이에 와서는 사카이의 센노소에키가 모든 것을 깨끗이 처리해 나가고 있사옵니다. 그러니 숙달은 당연한 말씀이 아닙니까?"

"소에키, 그 사람이면 사범으로 더 이를 데 없겠지요."

"오다의 군대가 처음으로 사카이에 쳐들어간 순간, 어떤 집에서 차를 들게 되었는데 그때에 자리를 같이한 지쿠젠 나리가 인사차 나타났던 센노 소에키를 첫눈에 보고……참 훌륭한 명인이라고 말씀하셨다구요."

"그런 말을 했지요, 아하하."

"후일에 그것이 떠올랐던지 아즈치에 불러 들여 근래에 와서는 이곳 주인님께서 흔히 말씀하시기를 지쿠젠은 큰 인물, 소에키는 명기, 이리하여 쌍벽이라고 칭찬이 대단하옵니다."

주인 노부나가는 비로소 입을 열고 말했다.

"지쿠젠은 그 후에 소에키와 오랫동안 만나지 못했지."

"네, 두세 번 대면한 일이 있사오나, 주고쿠에 들어간 이후론……."

"다행이군, 나중에 이곳으로 불러들이도록 하지."
"아, 여기에 와 있사옵니까?"
"차를 다루고 있어."
"그러면 부디……."
기다리고 있던 차, 툇마루를 돌아오는 조용한 발걸음 소리가 들렸다.
"소에키가?"
"네!"
"어서 들어오게."
아래쪽의 미닫이가 조금 열려 있는데, 따뜻한 겨울 햇볕 속에 소에키의 모습이 보였다.

소에키까지 가세하여 좌중의 좌담은 더욱 활기를 띠었다. 좌담의 대부분은 허물없는 세상사에 대한 얘기였다. 또한 다기 명물에 관한 얘기도 나왔다.

찻그릇 얘기가 나오자 소에키가 가라모노 찻그릇에 대해 꽤 상세한 설명을 했다. 그러자 그때까지 모르는 척하던 히데요시가 갑자기 입을 열어, 그들 꽃그릇이나 찻그릇이 도래한 명나라의 그 풍속·기후·산천·지역의 넓이 등을, 마치 보고 온 것처럼 슬슬 쉽게 설명해 주었다.

"나라 안의 모든 일이 한 차례 정리되면 이곳 주인님께서도 한 번 명나라로 건너가셔서, 장강 천리라는 강을 거슬러 올라가 경치 좋은 곳에 다실을 세우신다면 어떠하옵니까."

노부나가는 객담으로 간주하고 일일이 끄덕이면서, 적이 느낀 바 있는 듯이 듣고 있다가 한쪽 입가에 웃음을 띠었다.

"허어……그래."

소에키도 역시 웃음을 참지 못하면서도 듣고 있다가 히데요시의 말이 끝나기를 기다려서 말했다.

"말씀으로 기억이 되살아났는데, 저의 다도계 제자 중에 기회가 있으면 지쿠젠노가미 나리를 뵈옵고 인사 말씀을 드리고 싶어 하는 자가 있사옵니다."

"그런데 과연 누구일까. 당신의 제자라는 사람이……."

"네, 잊으시진 않았으리라고 짐작되옵니다. 유년시절에는 오와리의 나카무라에서 함께 놀았던 때가 있다고 하옵니다. 성인이 되면서부터 나가하

마의 성내에 빈번히 호출되어 만나 뵈옵고 많은 폐를 끼친 사실이 있다고
하옵니다.”

“아하하하, 지금 생각이 떠오르는군.”

히데요시는 무릎을 치면서 말했다.

“그러면 혹시 오후쿠가 아닙니까. 본디 기요스 다기집 스데지로의 아들로
서, 후일 유랑하고 있는 것을 얼마 동안 나가하마에 데려다가 돌봐준 일이
있는데.”

“바로 말씀대로 그 후쿠타로입니다.”

“오후쿠가 소에키님의 제자였다니 전혀 알지 못했습니다. 어찌된 인연이
었던가요?”

“사카이의 미나미쇼라는 네거리에 누지 소유라는 자가 있사옵니다. 소유
라면 잘 모르시겠지만 본명은 스기모노 신자에몬이라고 하여 그가 칠하는
칼집을 소로리 칼집이라고 부르는 연유로 소로리 신자에몬으로 세상에 더
잘 알려져 있다고 하옵니다.”

“아하하하, 소로리 말씀입니까.”

니와 히데나가가 옆에서 고개를 끄덕였다. 의사인 도산도 알고 있다는 얼
굴 표정을 지으며 미소를 지었다.

소에키는 말을 이었다.

“불초 본인이 오후쿠를 제자로 받아들인 것은 그 소로리 일가가 인연이옵
니다. 찻잔 등을 칠하기 위해서 때때로 들르던 중 평소 잘 못 보던 사내가
칠 찌꺼기를 걸러 내거나 목판의 밑칠을 하고 있었사옵니다. 일솜씨가 매
우 훌륭하고 눈치도 빠르고 사람을 잘 따르는 성품의 사내였사옵니다. 잔
뜩 눈여겨보고 있는 때에 저에게 달라붙어서 다도를 배우고 싶다고 말을
걸어 왔사옵니다. 직공이 배워서는 뭘 하겠느냐고 반문했더니, 다도에 대
한 정신이 올바르지 않으면 훌륭한 찻그릇을 만들 수 없다고 대답하는 것
이었습니다. 스승인 소로리와 더불어 이 사내한테도 어딘지 모르게 재미
있는 점이 있었습니다. 좀 두고 정원 청소든 걸레질이든 시켜달라고 몹시
졸라대기에 그럭저럭 3년쯤 곁에 두고 살펴보고 있사옵니다만, 지극히 마
음씨가 좋고 머지않은 장래에 제 구실을 할 만한 명인이 되리라고 한 가닥
기대를 걸고 있사옵니다.”

“그렇습니까. 그 말씀을 듣고 나니 어쩐지 이 지쿠젠도 홀가분하게 안심이

됩니다. 나카무라에 있을 때부터 소꿉동무였었죠. 언제나 생각날 때마다 그가 행복하기를 기원해 왔던 터입니다."

"그러면 정원까지라도 불러들여 만나 주시렵니까?"

"이곳에 와 있단 말인가요?"

"함께 데리고 와서 이것저것 청소 따위를 시켜 왔사옵니다."

주인 노부나가는 아까부터 손님들의 말끝을 흐리지 않으려고 잠자코 있었는데 갑자기 웃음을 터뜨리며 히데요시에게 넌지시 말을 꺼냈다.

"지금 생각났네. 그 오후쿠라니 기억나는 일이 있어. 지쿠젠이 얼마 전에 자랑스럽게 설명한 대 명나라에 대한 지식은 오후쿠가 유년시절에 다기 전문가인 그의 아버지 스데니로로부터 들은 말을 다시 전해들은 것 아닌가. 아무래도 내가 언젠가 오후쿠로부터 들었던 말과 그다지 많이 다르지 않은 듯한데."

"아하하하."

히데요시는 놀랍고 황송하다는 듯이 손을 머리에 올리면서 말했다.

"……그러면 언제 주인님께서는 그 오후쿠를 불러서 친히 명나라의 국정에 대해서 들으신 적이 있사옵니까?"

"상당히 오래 전에 소에키의 입으로부터 이번에 차 문하생으로 받아들인 사내 가운데 희귀한 재간꾼이 있다고 들었었지. 십수 년이란 오랜 세월 동안 도자기 기술을 습득하기 위해서 명나라 정덕진에 건너가서 그곳에 머물러 있는 동안 한 이국 여성을 아내로 삼아 아들까지 낳았다는 것이다. 그리하여 마침내 일본으로 귀국길에 돋났을 떠 그 아들을 데리고 와서 그냥 집에서 이 나라의 다른 아이들과 조금도 다름없이 키워 왔다는 것이다. 그 다기 전문가 스데지로의 아들이란 아이가 바로 지금 소에키의 슬하에 있는 오후쿠인 모양이야."

"이거 참 히데요시보다도 더욱 자세하시옵니다. 주인님께서나 소에키님도 그 마음을 찬성할 수 없사옵니다. 미리 이러저러하다고 말씀해 주셨더라면 명나라에 대한 얘기도 다소 장단이 맞추어졌을 것이 아니옵니까."

"아하하하, 아니 결코 손님들에게 창피를 주려고 한 것은 아니었는데, 그저 지쿠젠도 해외에 그만치 관심을 갖고 있구나, 하고 마음속으로 귀를 기울여 귀하의 명나라에 대한 지식을 엿보려고 했을 뿐이야."

"그렇다면 더욱 나쁩니다. 얕은 지식 완전히 주인님께 드러낸 것밖에 안

되옵니다."

"아직 일본에는 귀족들은 말할 것도 없거니와, 제후나 식자라고 자처하는 사람들 가운데도 명나라의 형편이 어떤지 또 샴, 루손, 천축 등이 어떠한 나라인지 물어보면 모두 까맣게 모르고 있는 것이 십중팔구일세. 그럼에도 지쿠젠은 이국의 찻잔 하나도 그냥 지나치지 않으니, 해외 사정과 문물을 살펴보려는 집념이 엿보이네."

"황송하옵니다. 실은 유년시절에 오후쿠가 부친의 다기 공장에서 일하고 있을 때부터, 스데지로가 그 고장에 오랫동안 있었던 까닭에 그와 같은 얘기를 듣는 것이 하나의 즐거움이었사옵니다. 그러나, 그 이후로 그런 사정에 대해서 자세한 분을 만날 기회도 없었고 지극히 부끄러운 말씀이오나 그 정도의 지식밖에 얻어 들은 일이 없사옵니다."

"내일 밤 다시 한 번 등성하게. 이 아즈치에 수집해 둔 각종 외래품을 모두 전시해 줄 테니."

"네, 부디 부탁드리겠습니다."

"귀하도 노부나가가 인정하는 큰 인물이지만 더욱 큰 인물들이 몇 분 더 계시니 그들도 소개하기로 하지. 루손, 샴, 홀랜드, 천축 등 남양 제주의 자세한 얘기들도 들어 두는 편이 좋을듯해."

"먼 이국땅에 관해서 그렇게 자세한 분들도 있사옵니까."

"있어!"

"하아, 선교사인 모양이옵니다."

"아니야, 틀려."

노부나가는 손을 저으면서 웃는다.

"오늘은 차 대접으로 그치고 다른 의식은 내일 밤의 행사로 미루지. 내일 밤에 등성하게."

이윽고 히데요시 일행은 주인 노부나가와 소에키의 배웅을 받으며 다실 쪽 뜰에 있는 문을 나섰다.

소나무의 낙엽이 수북이 쌓인 길가에는 상록수의 가지끝 사이로 햇빛이 새어든다. 방금 다석의 사립문을 나서서 아즈치의 정원으로 되돌아오는 히데요시의 뒤를 따라서, 헐떡거리며 쫓아오는 한 인물이 있었다.

"보십시오, 전하."

히데요시는 걸음을 멈추고, 그 사내가 다가오기를 기다렸다. 싸구려 천으로 아무렇게나 박아서 만든 하카마에 면직 홑옷을 위에 걸치고 있었다. 히데요시 앞으로 다가서기 바쁘게 바닥에 엎드려 두 손을 앞에 모으고 공손히 인사하며 자신을 밝혔다.

"참으로 오랜만이옵니다. 다기집의 후쿠타로 올시다. 그전에 나가하마에서 작별 인사를 하고 떠났던……."

"호오, 오후쿠인가."

히데요시는 허리를 굽히며 함께 거기어 움츠리면서 마치 친척이라도 만난 듯이 말했다.

"그래 잘 있었나. 어딘지 모르게 말씨나 태도가 많이 변했어. 그 후에 소에키의 문하생으로 다도 수업에 몰두허 오고 있다지. 히데요시도 듣고 반가웠네. 일심전력으로 노력하게."

히데요시는 그의 어깨에 손을 올려놓고 다정하게 격려한다. 그 옛날의 친구 시절을 추억하는 것 같은 온정이 넘쳐흘렀다.

그런데 그 무렵의 추억을 더듬는다는 것은 오후쿠로서는 가슴이 쓰라렸다. 또한 지금은 신분상 하늘과 땅 같은 차이가 있다. 그는 히데요시의 손이 얹힌 어깨를 굽히고 말했다.

"아니, 그와 같은 하찮은 소식을 들으시고 기뻐하셨다는 말씀이옵니까. 지금의 신분으로 무턱대고 인사를 올리려다가 무례한 느낌이 앞서서 다시 발길을 돌렸던 터인데 그만……."

"물론, 아무러면 어때, 소식을 듣고 참 기뻤네. 마치 내 일처럼 히데요시는 반갑게 듣고만 있었어. 주고쿠의 정벌군 수령 하시바 지쿠젠노가미와 시골의 보잘것없는 다도계의 문하생 오후쿠 사이는 그 종사하는 길은 엄청나게 다르겠지만, 세상에 낙원을 건설하여 백성에게 이익을 주며 아울러 자신의 한 개인도 인간다운 과업을 달성허 가는 의지에는 다를 바 없어. 아직도 싸움으로 소란한 세상이지만 그 다음 세대에서는 그대들의 봉사가 마침내 중요한 세상이 돌아올 것이다. 그때까지 착실하게 공부해 두게. 자신을 잘 닦아 두게."

"고맙기 한량없사옵니다."

"다시 만나도록 하세."

"부디 옥체 건승하시기를 기원하옵니다."

오후쿠는 히데요시의 곁을 물러섰다. 그리고 자기는 여전히 바닥에 수북이 떨어져 있는 솔잎 위에 무릎을 꿇은 채 히데요시의 그림자가 문 밖으로 사라질 때까지 배웅하고 있었다.

히데요시는 후련한 가슴을 안고 숙소로 돌아왔다. 오늘 차 대접을 받들 동안에도 유쾌했었고, 오후쿠가 적당한 길을 찾아서 그것으로 올바른 생활을 하고 있는 사실까지 기쁨 가운데의 하나였다.

히데요시는 자기의 주변에 누구 한 사람이라도 불행한 자가 있기만 하면 마음을 놓지 않는 것이다. 일가 친척으로부터 고향의 구면 인사들에 이르기까지 자기를 의지하는 사람이 있으면 잊지 않고 뒷바라지를 하는 것이다. 그와 같은 일은 그에게 있어 보살펴 주는 상대방의 행복만을 위한 일이 아니었다. 그는 자신의 행복도 아울러 그 속에서 찾으려 했다. 주변에 불행한 자를 보고 있으면서 자기만을 행복의 길로 이끌고, 자기만족에만 도취하는 성품을 그에게선 찾아볼 수 없었다.

숙소로 돌아가서 그날로 그는 편지를 썼다.

이곳으로부터 그다지 멀지 않는 나가하마를 마음속에 더듬어 가면서 오랫동안 자기가 없는 쓸쓸한 고향 집을 지키고 있는 노모와 아내인 네네에게 쓴 것이다.

'——세모에 아울러, 새해 축하 차 바쁜 진중으로부터 상경, 우대신을 배알하옵고 하루 이틀의 체류라고 하나 곧장 다시 주고쿠 진중으로 돌아가지 않을 수 없는 몸인고로.'

그렇게 첫머리에 사과한 뒤, 자기의 부재중의 근황을 묻고 자신의 건강에 관한 것도 알리는 편지를 가토 도라노스케와 후쿠지마 이치마쓰 두 사람을 통해서 전했다.

다음 날엔 하루만이라도 오랫동안의 진중 생활과 여행의 피곤에서 벗어나 몸과 마음을 탁 풀어 놓고 숙소에 틀어박혀서 지내려고 했는데 그것도 주위가 용서하지 않았다.

"지쿠젠 나리께서는 안에 계시냐, 이케다야."

이른 아침부터 벌써 방문객으로 붐볐다.

이케다 노부테루가 나타나고, 다키가와 이치에키가 왔다.

방문객이 돌아간 뒤 삿사 나리마사가 찾아왔고, 하치야 요리다카가 내방하는가 하면, 이치바시 구로에몬과 후와 가와지노가미 등도 왔다. 즉, 교토의 고위 인사들로부터 급사 아니면 근방의 중들까지 각양각색의 물건을 갖고 찾아와서, "위안 차 들렀사옵니다" 하고 선사품을 올리는 것이었다. 정오가 지난 무렵에는 숱한 방문객들로 문전 성시를 이루었다.

때마침 세모인 까닭에 세모 축하 인사차 아즈치에 참배했던 제후들이 약속도 없이 들이닥쳤다. 내일은 북방의 시바타 가쓰이에도 입경한다는 소식이 들려오는가 하면, 마에다 도시이에의 숙소어도 수많은 말과 짐짝이 방금 도착했다는 소문도 들려왔다.

소문이라지만 손님 접대에 일각의 여유는커녕 정신없이 돌아가는 판에 누가 말을 꺼냈는지 히데요시는 알려고도 하지 않았으나 고레토 미쓰히데에 대해서 중얼대는 사람들이 많았다.

"아케치 나리에게 무슨 불쾌한 일이라도 생겼나."

"세모의 축하 선물로 몇 마리의 말을 끌고 와서 보여 드렸는데, 주군께서는 좀처럼 좋은 기분이 아닐 뿐더러 심하게도 그것들을 되돌려 버렸다는 얘기를 들었는데……."

"아니야, 어젯밤에 호소카와 나리와 많은 인사들께서 축배를 받고 있는 좌석에서 아케치 나리만이 여느 때나 다름없는 쌀쌀한 표정으로 흥에 겨운 취객들을 들여다보고만 있었는데, 우대신가의 관습상 못마땅하게 여겼음인지 미쓰히데 술 들어…… 하고 큰 잔을 강요하면서…… 안 마시겠느냐 억지로 마셔 보라…… 하는 등 일순간의 일이기는 하나 험악한 분위기였다는 둥 여러 가지 얘기가 떠돌고 있지 않느냐 말야."

"결코 입 밖에 내지는 않으나 그 손님들은 어쩐지 딴마음이 있다는 소문을 종종 들었어. 그 출처는 잘 알 수 없지만…… ."

이런 등등의 수상쩍은 일들을 결코 입 밖에 낼 말이 아니라고 미리 양해를 구하면서 대중 속에서 까발리는 인물도 있었다.

사람이란 한 성의 성주나 아니면 이름을 떨치는 장군이 되면 중책을 느끼고 자중할 것을 게을리하지 말아야 한다. 저마다 그럴 듯한 인격을 지니고 있기는 하지만, 술좌석에 모이면 앉은 자리에서 일어설 줄 모르고 흥겨워 잡담에 빠지기라도 하는 날엔, 뜻밖의 부주의를 드러내서 모르는 새에 중대한 파문을 일으키는 경우가 많기 때문이다.

남자란 나이가 들어도 동심의 세계를 잃지 않는다. 특히 전시의 제장들은 모두가 그와 같은 우매한 기색이 짙다. 한 자리에 모이기만 하면, 어린 아이들처럼 아무렇게나 설치는 일면이 있는 것이다. 그러므로 이같이 입 밖에 내지 않을 말 따위도 함부로 내뱉는 자가 있게 마련인데, 노부나가를 비롯해서 아즈치를 중심으로 하는 제후들 가운데서 계급 여하를 막론하고 그와 같은 어리석은 동심의 기운이 털끝만큼도 없는 자가 있다면, 그것은 누구나 한결 같이 고레토 휴가노카미 미쓰히데라고 말할 것이 분명하다.

그 지성과 냉정한 풍채야말로 아케치 나리라는 평을 듣기만 해도 곧 눈 속에 그릴 정도로 어느 누구의 뇌리에도 두드러지고 선명하게, 또한 쌀쌀하게 반영되었다.

히데요시에 비해서 조금도 뒤떨어지지 않는 공훈이나 또한 오다 유일의 머리라고 할 수 있을 만큼 훌륭한 두뇌에다, 군사와 정치 양면에 걸친 남모르게 정통한 지식에 있어서도 교양이 표면에 두드러져, 그 인품에는 누구든지 잘 친해질 수 없었다. 오히려 멀리 떨어져서 보고 싶어 하는 분위기가 감도는 것이다.

모처럼 오늘 하루 숙소에서 푹 쉬고 싶다고 생각했던 만큼 이와 같이 이른 아침부터 저녁때까지 방문객이 밀려들고 그들 방문객들이 빚어내는 잡담으로 정신을 못 차린대서야 히데요시 같은 인물이라 하더라도 질릴 것이 분명하고, '타인에 대한 험담은 귀찮다' 는 표정을 때때로 나타냈을 것이 분명했으리라.

그런 생각이 들만도 하지만, 주군은 아주 딴 판이었다.

——아케치 나리에겐 어딘지 모반의 징조가 보인다—— 하는 따위의 중대한 말을 함부로 입밖에 내돌려도 그리 머리를 돌리는 일도 없었다.

"허어, 그래 음, ……그것은 참 훌륭하겠군. 나도 전진으로부터 돌아오면 그것을 꼭 먹어보도록 하지."

노부나가는 콧소리로 다른 손님과의 대화에만 열중하면서 아랑곳없다는 태도였다.

무슨 애긴가 하니 겨울철에 진중에서 먹을 것에 곤란을 겪을 때 철모를 냄비로 하여 산돼지나 산새를 잡아서 먹었다는 얘기를 몹시도 흥미롭게 듣고 있는 터였다.

아직도 역시 한쪽에서는 손님들이 사람의 험담에 흥을 북돋우어 미쓰히데에 관한 시시비비의 사연을 되풀이하고 있는데 히데요시가 말했다.

"제공들 너무 그릇이 얕아. 그 따위 풍설은 이를테면 모함이란 계책으로써 타국으로부터 적국내에 와 있는 자가 살짝 불씨를 파묻고 떠나는 경우가 흔히 있는 법이야. 고레토 나리의 평판도 출처는 어쩌면 전번에 귀국했다는 고후 쪽의 인물이 아닐까. 흔히 다른 사람에게 불이 붙었을 때는 구경거리가 되겠지만, 어느새 자신이 불씨가 되는지도 알 수 없어. 주의할 일이야.”

이렇게 해서 말을 끝내고 말았다. 히데요시가 껄껄 웃어 대니 모두가 덩달아서 함께 웃어버리고서는 그만 잊어버리고 말았다.

좋은 기회라고 생각한 히데요시는 말했다.

“자, 이제는 일몰이 촉박했네. 실은 으늘밤에 인사차 한 번 다시 등성하고 내일 아침에는 또 다시 주고쿠를 향해서 본진에 돌아갈 예정이니 실례가 되지만 이만…….”

히데요시는 손님들에게 돌아가 줄 것을 재촉하고 자기는 얼른 욕탕 속으로 들어갔다.

시간이 없다는 것은 핑계가 아니었다.

신하들은 사실상 벌써 내일 새벽 출발을 기해서 이것저것 포장에 바쁜데 방문객이 끊일 새 없으니 정돈이 되지 않아서 단달이었다.

히데요시는 그것을 알고 이것저것 모두 필요 없고, 오늘 밤에는 그저 간단한 작별 인사차로 복장도 약식으로 할 셈치고, 손님도 거절이라는 식으로 욕탕에서 나오자 옷을 차려 입으면서 말했다.

“이젠 모든 방문객을 불가피하게 사절한다.”

이와 같은 방문 사절이란 전달이 현관까지 미치지 못했던 탓인지 다시 연락이 왔다.

“고레토 휴가노카미 나리가 내방하셨습니다. 마침 같은 날의 등성을 기회로 오랜만에 만나 뵙고 돌아가시겠다고 간곤하신 부탁의 말씀이시기에…….”

“뭐, 휴가 나리가 왔다구?”

히데요시는 어쩐지 우연한 것 같은 기분이었다. 그리고 등성 시간이 임박했기에 때늦은 기분도 느꼈다.

그러나 연락에 대해선 즉시 다음과 같이 대답했다.

“서원 안으로 안내하라. 그리고 잠깐 편히 쉬고 계시라고 여쭈어라.”

기다리라고 한 것은 그 때부터 머리를 다시 빗어 땋을 작정이기 때문이었다.

원래의 머리 모양을 바꾸지는 않았으나 빗으로 혼자서 머리를 고치고 있었다.

"말에 안장을 올려놓고 밖에 끌고 나가 매어 두어라. 곧 등성해야 되겠다."

밖에서 대기하고 있던 측근 신하들에게 명령하고 히데요시는 그 발로 손님이 있는 서원쪽으로 돌아갔다.

보통의 거관하고는 달라서 서원이기 때문에 황혼이 깃들면 어쩐지 사물의 색채들이 어둠침침하게 보였다.

그가 별안간 그곳을 여니 아직 불이 켜져 있지 않는 넓디넓은 방 안에 미쓰히데가 적적하게 홀로 앉아 있었다. 다다미에서 내뿜는 듯한 냉랭한 공기 속에서 마치 옆에 청자 향로라도 있는 것같이 말쑥하게 주저앉아 있었다.

"이거 참말로 반갑습니다."

언제나 마찬가지지만 히데요시의 음성은 커다란 절간의 적막을 종이라도 울리는 것같이 깨뜨렸다.

주인측이 명랑하면, 손님도 어떻게든지 유쾌하지 않을 수 없었다.

"아, 이거 지쿠젠 나리께서는 언제나 변함없이 명쾌하신 기품으로."

미쓰히데로서는 최대의 표현을 아끼지 않았다. 힘써 쾌활해지려고 애썼다. 그러나, 조금씩 말을 주고받는 새에 그와 같은 노력도 곧 사라지고 그의 모습은 여전히 지성의 결정체로 돌아 섰다.

높은 콧대로부터 얼굴에 이르기까지 흘러나오듯 총명으로 빛나고 있었다.

이 세모에 만 54세를 넘어서려는 미쓰히데였다.

평범한 재능의 소유자들도 쉰넷이란 연륜에 접어들면 저절로 무게가 갖추어진다. 하물며 난리를 겪는 중에 심지와 담력을 연마하며 역경으로부터 입신출세의 과정에 끊임없이 교양을 쌓아 왔던 인물에게는 말할 수 없는 깊이가 있고, 어쩐지 마음이 끌리는 냄새가 풍겼다.

'그야말로 훌륭한 무사야.'

히데요시도 마음 깊이 느꼈다. 노부나가가 지극히 총애를 아끼지 않은 것도 당연하다고 생각했다.

단바 가메야마 성에서 54만 석을 영유하는 제후로서 조금도 부족이 없는 인품이었다.

"지쿠젠님, 왜 그렇게 웃고 계십니까?"

문득 얘기 중도에 미쓰히데의 이와 같은 물음에 히데요시는 비로소 손님을 유심히 들여다보고 황홀감에 빠져있던 자신을 깨닫고 말했다.

"아하하하, 뭐 아무것도 아니오."

그는 비굴함이 없이 말을 받아 넘기고 아무렇지도 않은 듯이 그냥 흘려버리고 말려다가 혹시 미쓰히데가 오해라도 하면 안 되겠다고 생각했음인지 의외의 말을 꺼냈다.

"당신도 이마 사이의 주름살을 보니 꽤 초췌해 보이는데요?"

다시 이어서 말했다.

"입버릇이 고약하신 노부나가 공은 저를 원숭이라고 말씀하시듯이, 당신을 가리켜 대머리라고 늘 말씀하시지요. 단바의 대머리한테 지지 말고 잘하고 있어, 라고 늘상 말씀하고 계세요. 아하하하, 지금 당신의 머리를 보고 있는 새에 문득 주군의 농이 떠올랐지요. 피차간 어느덧 많이 늙었습니다."

그렇게 말하며 히데요시는 자기의 수염을 어루만졌다.

그의 머리는 아직 검고 성성하며 분명히 미쓰히데보다는 아홉 살이나 아래임을 잘 나타내 주고 있었다.

"아니, 나리께서는 아직도……."

미쓰히데는 부러운 듯한 눈초리로 상대편을 바라보았다.

아무런 부족이 없는 영달을 누리면서도 나이간은 십 년도 더 젊어 보이니 부럽지 않을 수 없었다.

대머리란 말이 나오자 오히려 손님으로서는 마음이 매우 편해졌다. 미쓰히데는 무엇이든지 말하고 싶은 말을 할 수 있는 히데요시의 성격에도 또한 부러움을 느끼지 않을 수 없었다.

오늘 저녁에 단바로 귀국하기 때문에 잠깐 얼굴이나 뵙고자 문전까지 들렀다고 처음부터 말했던 터인데, 무엇인지 진지하게 가슴속에 품고 있는 생각을 실컷 듣고 싶어 하는 모습이 미쓰히데에게는 보였다.

그럼에도 불구하고 미쓰히데로서는 쉽게 말을 꺼낼 수 없었다.

히데요시는 막 출발하려던 참이고, 손님에게도 그렇게 느껴졌기 때문이었다.

"……다행히도 이번 기회에 고레토님을 만났는데, 사람의 평판이란 별 것은 아니지만, 그렇다고 불씨가 보이지 않는 연기를 그냥 두어 두면 쇳덩어리라도 녹여 버릴 불꽃으로 살아날 우려가 있습니다."

"내게 대한 무슨 평판이라도 들으신 것이 있사온지……."

"바로 그 점입니다만, 그렇잖아도 귀하에게 서면으로 반드시 알려 드리려던 참이었소. 귀하께서 혹 누구에게 전한 시 속에서 가메야마 북쪽에 있는 아타고야마를 슈산에 비유해, 자신을 주나라의 무왕으로 비유하고, 노부나가 공을 은나라의 주왕으로 비유한 적이 있었습니까?"

"천만의 말씀을……."

미쓰히데는 손을 내저으면서 약간 창백해진 표정을 짓고 다시 말을 이었다.

"정말로 쓸데없는 소리를……도대체 누가 그런 악의에 찬 소문을 만들어 냈을까요?"

미쓰히데의 모습은 그야말로 침통한 표정이었고, 말이라고 하기보다 긴 탄식과도 흡사한 것이었다.

그러나, 히데요시는 상대가 그토록 심각한 표정을 짓고 있는 것을 보면서도 마치 공을 성큼 받아 쥐듯 그의 내뱉은 말을 흉내라도 내 듯이 말했다.

"아닌게아니라, 쓸데없는 소리를 지껄인 걸. 아하하하……."

그 웃음소리는 또 지붕을 진동시킬 정도였다. 옆방에 대기하고 있던 신하들이 놀라 무슨 일이라도 있나하고 미닫이를 살짝 열고 볼 정도였다.

"이봐."

인기척에 히데요시는 날카로운 눈초리를 돌리면서 물었다.

"말을 끌어냈나."

신하들은 그 자리에서 전했다.

"다 준비되었습니다."

미쓰히데는 급히 얼굴을 치켜들고 말했다.

"이것 참, 바쁘신데, 필요 없는 말로 출타하실 시간을 방해하여 뜻하지 않은 실례를 범했습니다."

그는 방석을 내밀면서도 일어서려는 눈치는 보이지 않았다.

"말하자면 세상의 평판이란 그런 따위의 일은 누구에게나 피할 수 없는 것으로 두말 할 여지도 없습니다만, 귀하께서 먼저 말씀하시다시피 쇠붙이라도 녹인다는 비유도 있었거니와 조심하지 않으면 안 됩니다. 모쪼록 이후라도 쓸데없는 소리를 들으셨을 경우, 그저 지금같이 웃어넘기시기를…

…."

"네, 명심하겠습니다."

그 다음에 진지한 표정으로 자상하게 상대편에 동정의 눈을 집중시켜서 말했다.

"귀하께서도 너무 마음 속에 담아 두지 않는 편이 좋습니다. 이 지쿠젠과 같이 모든 일에 조금도 신경을 쓰지 않기를 말씀드리고 싶습니다."

"언제나 그런 점을 부럽게 생각합니다.'

"그럼……."

히데요시는 재촉하듯이 말했다.

"오늘밤에는 지금부터 인사차 등성하려고 합니다마는……."

"너무 오래 앉아서 실례했습니다."

주객 모두 함께 일어서서 서원을 나와 현관 쪽으로 걸어갔다.

짚신을 신고서도 산문 밖의 말을 매어두는 곳까지 어깨를 나란히 하고 걸어갔다. 미쓰히데는 더 일찌감치 이 사람을 방문하지 못했던 것을 후회하는 눈치였다.

"어서 일을 보십시요."

히데요시는 말을 앞세우고 멈춰 섰다.

아직까지 이곳에서도 주객간의 예의를 차리고 있는 것이다. 한없는 애깃거리를 남겨 두고 작별하기를 못내 서운히 여기면서 미쓰히데는 실례했습니다, 하고 먼저 말에 올랐다.

히데요시도 안장 위에 올라앉았다.

그리하여 그곳에 있는 쌍방 수행 신하들의 행렬은 각각 주인을 앞세우고 좌우로 갈라졌다.

아즈치의 밤왕래는 횃불이나 초롱불이 필요 없었다. 세모 탓인지 거리의 등불은 길가를 붉게 물들이고 있으며, 봄을 기다리는 사람의 마음을 한층 더 흥겹게 하는 듯했다. 겨울 하늘에 피어 있는 자욱한 안개 속에는 별들이 드문드문 반짝이고 있다.

"요새는 들어 보지 못했던 노래나 기악이 유행하는데……."

히데요시가 신하에게 말을 건넸다.

수행 신하 중 한 사람이 그 말에 대답하였다.

"이 거리에 난반사(南蠻寺)가 서 있는 까닭이라고 합니다. 이국의 피리나

포금(抱琴)이 들어왔을 뿐 아니라, 그 음계의 영향으로 지금까지 있었던 가요의 곡조까지 모두 달라졌다 합니다."

"하지만 낙중의 육조방문에도 난반사는 있었으나, 이와 같은 풍조는 없었던 것 같은데."

"아직 그 시절에는 2, 3개 국의 선교사밖에 없었습니다. 그러나 요사이 이 아즈치 시가에 살고 있는 외국인의 종류는 대단합니다. 모두가 선교사는 아닙니다만 그들이 데리고 온 가족들이나 하인들을 합치면……."

과연 십자로에 나서기만 하면 혼잡한 군중 속에는 반드시 이국인의 모습이 보였다. 소나무와 대나무, 그리고 떡을 팔고 있는 일본의 세모의 시가를 진기한 듯이 구경하며 돌아다녔다.

노부나가는 그날 밤에도 그가 귀국 인사차 온다고 하기에 내심 기다리고 있었던 것 같다.

전 성 안의 구석구석마다 횃불을 밝혀 히데요시를 영접했다.

주종 간에 야식을 함께 했고, 또 호리 히사타로로부터 선사품 내용의 설명이 있었다.

"각종 물품을 내일 아침 출발시까지는 숙소에 전달하겠습니다."

그 내용만을 들었는데 구니쓰구 대검과 유명한 쟈노유라는 다기 12종이었다.

"거듭되는 큰 은혜, 눈에 보이지 않는 은혜에 그저 황송하기 그지 없습니다."

히데요시는 너무나 감사한 나머지 눈물이 글썽해졌다. 그리고 작별 인사를 하자 노부나가는 그를 재촉하여 성루 위로 동반했다.

"아니 좀 기다려, 아직도 어제 교환된 약속이 남아 있어."

이 위에는 어지간히 귀빈이 아니고는 결코 안내받는 일이 없고, 비록 중책에 있는 신하들이라 해도 불과 2, 3명밖에 알지 못한다는 것이다.

"어제 다석에서 약속한 대로 그대 이상의 큰 인물들을 소개하기로 하지. 들어오게."

노부나가는 한 방문을 열었다.

문이 열리자마자 몸이 오싹할 만큼 놀라게 할 인물이 눈앞에 나타났다. 경사포지로 지은 옷을 걸친 검은 피부에 구슬과 금반지로 장식하고 있는 두 명의 검둥이였다.

그러나 이 검둥이에 대해서 히데요시는 눈 하나 까딱하지 않았다.

아즈치 성내에서 빈번히 마주쳤던 일이 있고, 조 선교사의 추천을 받고 있다는 사실도 잘 알고 있었기 때문이다.

그러나 노부나가의 뒤를 따라서 한 걸음 더 방안으로 걸음을 옮기자 무의식중에 아! 하는 소리가 흘러 나왔다.

여기가 아즈치 성 안인지 의심할 정도르 놀라웠다. 큰방과 작은방 두 개가 한 방으로 되어 있는데, 합쳐서 모두 약 백 평 남짓한 넓이일 것이다. 그 방의 벽이나 천정 장식, 방바닥, 돗자리에 이르기까지 모조리 이국의 색채와 생활 기구로 채색되어 있었다.

"그 의자에 기대 앉아 쉬게."

노부나가는 의자를 가리키며 기대앉는 의자라고 했다. 아름다운 비로드와 미쓰다칠 같은 도료로 칠이 되어 있다.

히데요시는 하나하나 샅샅이 구경하기에 바빴다.

다음 방과 넓은 방 사이에는 길이가 긴 장막이 한 쪽으로 묶여 있고, 그것은 천축의 직조인지 유럽의 코푸랑 직조라고 하는 것인지 히데요시 조차 처음으로 보는 것이었다.

루손, 고치, 안남 등지의 외래품인 듯한 도자기·무기·가구류로부터 인도라든가 페르샤 등지로부터 도입된 물건 같은 광석 덩어리와 불상·그림띠·세인트 마리아 무늬, 그리고 남방 선박의 모형이나 금은 세공품·자명종——헤아리자면 한이 없을 정도였다. 그뿐 아니라 ㅅ종 코를 찌르는 것은 아직까지 일본에서는 냄새조차 맡아 보지 못한 집요하게 풍기는 향료의 냄새였다.

그와 같은 시각·후각, 모든 육체 기관으로부터 색다른 자극을 받고 히데요시는 다소 지친 듯한 표정이었다.

너무나 갑자기 진기한 세계에 데리고 들어가면 아이들은 옆에 있는 어버이조차 잊고 멍해지듯이 히데요시도 그런 형상이었다.

노부나가는 그것을 보고 몰래 혼자서 흐뭇해했다. 말은 없지만——어떠냐 하는 식이었다.

그런데 히데요시가 문득 저쪽 편의 벽을 향해 뚜벅뚜벅 걸어가고 있었다.

거기에는 일본적인 6곡병풍(六曲屛風)이 뒤쪽만 보이게 세워져 있었다. 그는 손을 뻗쳐서 그 육곡 전면을 방안에 폈다. 그리고 팔짱을 끼고 그 앞에 앉고 말았다.

"응……."

감탄의 소리를 지르는 듯이 보였다. 금색 칠의 포지에 두툼한 안료를 써서 지도를 그린 것이다.

"…… ?"

히데요시는 마침내 얼굴을 바싹 들이대듯 하면서 열심히 무엇인가 찾고 있었다.

그 뒤에서 미소를 지으면서 노부나가가 멀리서부터 물어 왔다.

"지쿠젠 무엇을 찾고 있어?"

그러자 히데요시는 돌아볼 겨를도 없이 여전히 병풍 쪽에 얼굴을 대고 두리번거리면서 대답했다.

"일본입니다. 일본은 어디 있습니까?"

노부나가는 슬슬 걸어와서 그의 뒤에 서서 껄껄 웃으며 마침내 가르쳐 준다.

"지쿠젠, 지쿠젠, 그와 같은 곳은 아무리 들여다 봤자 일본은 없어. 그 지대는 로마, 스페인, 또는 이집트 등의 나라들이 들어 있는 내해야."

노부나가는 그 병풍의 왼쪽 반쯤의 끝에서부터 오른쪽 반쪽으로 히데요시 보고 찾아보라고 했다.

그리고 히데요시와 나란히 병풍에 그려진 세계 지도 앞에 앉았다.

포르투갈의 한 선교사가 헌상한 것을 원도로 해서 가리노 파의 전문 화공이 그것을 미술화하여 6곡 전체에 농채로써 그린 것이다. 본디 지도라 할 정도로 정밀하지는 못하고, 또 원도 자체가 아직 지구의 전모를 그린 그림으로서는 너무나 유치한 것이었음은 두말 할 것도 없다.

그러나 대체로 세계의 넓이는 그려져 있었다. 지중해도 있고, 인도양도 있고, 대서양도 있었다. 태평양도 감색에 청이 얽힌 두터운 안료로 칠해졌으나 약간 손상되어 있었다.

"지쿠젠 보게나."

"네……."

"일본은 여기다. 이 가늘고 긴 섬나라. 우리는 이 위에 태어났어."

"이것이 일본입니까. 이것이……."

히데요시는 시선을 집중시켰다.

숨도 쉬지 않고 뚫어지게 들여다보고만 있다.

그리고 얼굴을 떼었다가 다시 6곡 한 쌍의 병풍 넓이를—— 아니, 세계 넓이를 다시 보고 또 눈앞의 가늘고 긴, 작은 한 섬을 전도와 비교하면서 들여다보았다.

"지나, 남방 제도, 서구 내의 각국 어느 나라와 비교해 보더라도 왜 일본은 이렇게 작을까? 아주 작지."

노부나가가 말하니 히데요시는 잠시 잠자코 있다가 대답했다.

"반드시 그렇게만 생각하지는 않습니다."

그리고 아까부터 전혀 엉뚱한 곳을 둘러보며 일본을 찾았던 해외적인 지식의 천박함을 여기에서 만회해 보려는 면목으로 말했다.

"황송한 말씀이오나 주군님의 옥체도 다섯 자 두세 치, 살결은 검고 결코 대남은 아니옵니다. 그런데 세상에는 여섯 자도 능히 넘는 대남(大男)이 얼마든지 있으나, 반드시 그것으로써 큰 인물이라고는 생각되지 않습니다. 그러므로, 그림에 나타난 나라의 넓이나 흡소함에는 결코 놀라지 않지만 그저 이것을 보고 있으니 몹시도 한탄스러운 무엇이 치밀어 올라옵니다. 무의식중에 탄식의 함성이라도 울리고 싶습니다."

"아까부터 몹시도 무엇인가 통렬한 느낌을 받고 있는 모양인데 그대 답지 않은데? 왜 그렇게 슬퍼하는 건가."

"오케하자마의 결전 당시…… 또 그 이후로도 주군께서 흔히 잘 부르신 짤막한 노래의 일절이 생각나서……."

"옳거니 이런 게재에 묘한 말을 꺼내는군. 인생 50년…… 그 노래를 말하는 것이지."

"네, 그렇사옵니다. 이 광대한 세계를 살아있는 동안 모두 보려면 50년으로 충분할 수 없사옵니다. 적어도 백 년은 살아야 하겠다고 생각되옵니다. 아아, 살고 싶습니다. 살고 싶습니다. 모처럼 이 몸이 일본에 태어나서 주고쿠, 시고쿠, 규슈 정도 구경하고, 그것으로 생애를 만족할 수 있겠사옵니까. 주군께서는 어떻게 생각하시는지요."

"이것 봐라!"

노부나가는 불쑥 오른손으로 히데요시의 어깨를 세게 두드렸다.

그것은 무엇인가 회심의 웃음과 힘을 넣어서 생각 없이 두드린 강함이었다.

"그렇게도 내 가슴 속을 깊이 뚫고 있어. 오래 살기로 하세. 백 살까지라도······."

이 시대의 사람들은 큰 눈으로 사리를 판단했다.

일본을 당시의 판도 그대로밖에 볼 수가 없었던 협소한 안목은 도카가와 시대가 되어서 후진적으로 고질화되었던 관념이다. 노부나가는 후일의 쇄국주의란 생각할 수조차 없었다.

히데요시는 일본이 협소한 것조차 알지 못했다. 그의 세계관은 그의 관념과 상식상으로 일본을 최대의 것으로 생각했었다. 일본과 비교할 만한 다른 나라가 지구상에 다시없다고만 홀로 고집해 왔던 것이다.

그런 까닭에 그는 오늘 밤에 노부나가로부터 6곡 한 쌍에 걸친 전 세계의 지도를 관찰하게 되어 일본의 존재를 그 방대한 육지면으로부터 찾아내는 데 당황했다손 치더라도 서구, 남양, 북이, 여러 곳에 있는 각국의 크기에 그다지 놀라지도 않았다. 그저 "생각했던 것보다 일본이 작다고 느낀 것에 지나지 않았다."

그리고 세계는 광대하다는 것을 탄식했을 뿐이었다. 사람의 목숨이란 그것에 비해서 너무나도 짧다고 생각했다.

히데요시뿐만 아니라 통틀어 도카가와 쇄국주의 이전의 겐키·덴쇼 시대의 사람들 사이에서는 희미하나마 만 리 파도의 저편에도 다른 인종과 여러 나라가 무수하게 있다는 것에 대해서 자세하게 알고 있었다. 그 해외 지식은 종교를 통해, 미술을 통해, 혹은 총포를 통하든가 직물이나 도자기, 그리고 자명종을 통해서 날이면 날마다, 달이면 달마다 도도하게 그칠 줄 모르고 동점(東漸)해 온 시대이기도 했었다.

"나라도 많고 바다도 넓은데 몇 천 몇 만 리 이역까지 노를 저어 돌아 봤자 일본만큼 작은 나라라곤 없어."

이와 같은 말은 히데요시로서는 어릴 때부터 흔히 들어온 소리였다.

오와리의 나카무라 부근에도 그와 같은 사실을 잘 얘기하는 노인이 2, 3명이나 있었다.

마을 사람들의 말에 의하면 이랬다.

"그 무리들은 모두가 젊은 시절에는 바한생이란 배를 타고 명나라로부터 남방에까지 건너갔다 온 모양이야."

히데요시가 아직 어릴 때였던 덴몬 시대에는 일본 해적들의 세력이 매우 약했었다. 그러나 옛 얘기를 하는 노인은 아직 많이 시골에 살고 있다는 것이다.

"더욱 많은 얘기를 그들로부터 들어 두었더라면 좋았을 것을."

성장한 뒤에 히데요시는 옛애기를 되사기면서 아쉽게 생각했는데, 여하간 그와 같은 민간에 전래된 해외 지식도 곧코 무시 못할 근거를 갖고 있는 것이다.

하물며 사카이, 히라도 그 밖의 항구와 루손, 안남, 샴, 마라카, 남지나 일대의 모든 항구와의 왕래는 해마다 더욱 빈번해지고, 그로 말미암아 국민 일반의 종교에, 군사에, 또 직접 생활에 농후하게 영향을 미쳐 온 오늘에 있어서는 그 정치적 중요성으로 보더라도 노부나가가 많은 관심을 갖고 있다는 것은 알 수 있다.

"……."

"……."

이날 밤에 노부나가와 히데요시는 세계지도의 육곡병풍을 앞에 놓은 채 상당히 오래도록 묵묵히 앉아서 묵상에 잠겼다.

무슨 얘기를 주고받았을까.

이들의 얘기는 병풍만이 들었을 것이다. 그러나 결국 두 사람의 이상이 일치하고 있었던 것만은 분명했다.

마침내 깊은 밤이 되어 다시 작별 인사를 나누고 헤어지면서 주종간의 안색은 이제까지 볼 수 없었으리만큼, 그야말로 눈아 사이의 흉금의 교환이 명백하게 두 사람의 미간에 각인되어 있었기 때문이다.

란마루(蘭丸)

이른 아침의 출발이었다.

정원에도, 지붕에도 서리가 하얗게 덮였다. 소지쓰사(桑實寺)의 방마다 아직 등불이 켜져 있다.

식사를 빨리 마치는 것은 히데요시의 습관이었다. 수저를 놓자 바로 모든 준비도 마쳐 버렸다.

그에 뒤지지 않으려고, 장지문 밖 회랑의 저쪽을 바쁘게 가신들의 발자국 소리가 오가고 있다. 묶은 짐을 밖으로 옮기고 있었다.

"간밤에 돌아왔습니다만, 심야에 퇴석하시자 바로 침소로 드셨길래 보고를 올리지 않았습니다."

　후쿠시마 이치마쓰와 가토 도라노스케는 출발 직전의 틈을 보아, 히데요시 앞에 보고하러 나와 있었다.

　두 사람은 히데요시의 뜻을 받들어 나가하마의 성에 있는 모친과 부인을 방문하여 부재중의 근황을 소상히 알리고, 노모와 네네 부인으로부터 전갈을 받고 온 터였다.

　"오, 간밤에 돌아왔다. 그런데 어떻더냐. 나가하마의 사정은."

　"네에."

　이치마쓰가 대답했다.

　"모두 별고 없으시고, 특히 자당께서는 기분이 좋아 보이셨습니다."

　"그런가, 이 겨울에 감기 드시지 않고 일어나 계셨느냐."

　"주고쿠로부터의 나리의 서신에서는 언제나 건강을 염려하시기 때문에 추울 때에는 밖에 나가서 농사일도 하지 않는다. 그리고 지쿠젠이 권하길래 방을 따뜻하게 하고, 가끔 작은 장구에는 오쿠라(大倉), 춤에는 고와카(幸若) 등을 불러서 마님도 다른 가족들에 둘러 싸여 지극히 마음 편히 지내고 있으니 이제 조금도 가정에 대해서는 걱정하시지 마시라……고 몇 번이나 말씀하셨습니다."

　"그래. 아니, 그것을 듣고 안심했다. 바로 가까운 아즈치까지 오면서, 잠시라도 틈을 내서 얼굴이라도 보여 주었으면 좋을 것을……하시면서 불평하진 않으시더냐."

　이번에는 도라노스케를 향해서 물었다. 본디 두 사람은 먼 친척관계였기 때문에 이러한 가정의 내부적인 일에 대해서 히데요시도 가벼운 마음으로 들을 수가 있었으며, 대답하는 쪽도 마음 놓고 이야기할 수가 있었던 것이다.

　"불평은 커녕, 자당께서는 저희들이 뵙고 있을 때, 마침 우대신님한테서도 모시러 사신이 오셔서, 오래간만이다, 지쿠젠도 아즈치에 와 있으니, 마님과 함께 좀 우리 성으로 와서 대면하면 어떠냐……고, 고마운 말씀이 계셨는데도 불구하고 자당께서 대답하시기를 주고쿠에서의 소임도 아직 끝나지 않았다고 듣고 있소. 아즈치에 온 것도 공적인 용무, 여기서 늙은이와 아내 등이 만나러 가도, 그 애는 결코 좋아하지 않을 것입니다. 모처럼 우대신님께서 고마우신 분부를 내리셨지만, 사양하겠습니다……고 화려한 영접의 배까지도 그대로 돌려 보내셨습니다."

도라노스케는 이치마쓰만큼 말주변이 좋지 않았다. 특히 주군의 앞이라서 긴장된 나머지 말을 더듬더듬해서 이것을 전하는 데에도 애를 많이 먹었다.

그것을 답답하게 생각했는지, 히데요시는 듣다가 몸을 구부리고 옆의 책상과 서랍에서 주변의 물건을 찾아서 허리에 차기도 하고, 휴지를 호주머니에 넣어 보기도 하고, 마치 건성으로 듣고 있는 듯이 보였다.

그리고 도라노스케가 말을 다 마치자, 바로 쫓아내듯이 물러가게 해 버렸다.

"좋아, 좋아. 보고는 잘 들었다. 이제, 오늘 아침에 이곳을 떠난다. 빨리 밖으로 나가서 너희들도 출발 준비를 서둘러라."

두 사람은 황망히 그곳에서 나갔다. 그리고 ㅂ-로, 호리오 모스케가 무언가를 말하려고 장지문을 열자 히데요시는 혼자서 울고 있었다. 휴지를 얼굴에 대고 눈물을 닦고 있는 중이었다.

"……."

웬일일까?

이런 표정으로 그대로 모스케가 장지문 옆에 쭈그리고 있자, 히데요시는 몹시 당황해서 물었다.

"요시하루(吉晴 : 모스케), 무슨 일이냐?'

마치 나무라는 듯한 어조로 말했다.

"네, 네에……."

모스케도 이유 없이 당황해서, 빠른 말로 알렸다.

"우대신님의 심부름으로 모리 나가사다(森長定)님이 오셨습니다."

"무엇, 란마루님이?"

히데요시는 무언가 당돌하다는 느낌을 받은 듯이 중얼거렸으나, 바로 생각이 난 듯 말했다.

"……아아, 그런가. 모시고 저쪽의 응접서원으로 가라. 여기는 몹시 흐트러져 있으니까."

자신도 일어섰다.

간밤에 아즈치에 고별인사차 등성했을 때, 노부나가로부터 하사품의 목록을 받았다. 그 물건을 오늘 아침에 란마루를 시켜서 보내셨을 것이다. 히데요시는 그렇게 짐작하면서 접객 서원으로 걸어가고 있었다.

생각한 대로 란마루는 구니쓰구의 칼, 열두 가지 다기 등, 노부나가로부터의 전별품을 가지고 상좌에 앉아서 기다리고 있었다.

변함없이 아름답고 화사한 차림을 하고 있었다. 벌써 금년쯤 23, 4세가 되었을 터인데 아직도 세상에서 미동이라고 말하고 있는 것도 무리가 아니었다.

주군의 사자였으므로 히데요시는 아래쪽에 앉고, 격식대로 인사가 있은 후 비로소 이야기 투로 평소와 같이 친숙해졌다.

"이제 출발하셔야지요."

"아니, 바쁘게 가실 것 없소이다. 아무래도 하룻밤을 교토에서 지낼 생각이니까요."

"모처럼 출부하셨는데, 휴양하실 틈도 없으셨겠지요. 그러나, 나리의 기분이 그렇게 좋으신 것도 근래에 드문 일이었습니다."

"방문객이 많은 데는 애먹었습니다. 시바타님도 호쿠리쿠에서 오늘쯤 도착하신다는데."

그 말에는 대답할 흥미도 없다는 듯이 란마루 나가사다는 가볍게 물었다.

"아케치님께서도 들르셨다지요."

"오셨습니다. 여행에 지쳐서인지, 좀 원기가 없어 보였소."

"무슨 말씀 안 하셨습니까."

"무슨 말이라니!"

"주군님으로부터 힐책을 당하신 일이라든지, 저에 대한 말씀 같은 것 말입니다."

"아니, 별로."

"정말 안 되었습니다. 이번에는 대단히 좋지 않게 돌아가셨습니다. 아마 그 답답한 심정을 지쿠젠님께 털어놓으려고 생각했을 것이 분명합니다."

"그러면 아케치님이 노부나가 공으로부터 몹시 힐책을 당했다는 이야기는 단순한 풍문이 아니었는가."

"도대체 아케치님의 답답한 태도가 주군의 감정을 은연중 자극하는 겁니다. 그런 평소의 감정이 우연히 주연의 좌석에서 노골적으로 폭발한 데 지나지 않습니다. 그런데 아케치님께서는 여자처럼 곡해하시는 일면에 무언가 이 란마루 나가사다가 측근에서 그것을 부채질한 것처럼 생각하고 계시는 것 같습니다…… 그것은 나로서 유감천만의 일입니다."

"하하하, 그렇소. 그도 고레토 미쓰히데, 가메야마의 성주 당대의 인물이 아니오. 나로서는 말할 수 없지만 말씀 같은 감정이 있다 하면 무언가 거기에는 다른 원인이 있는 것이 아닐까. 당신 쪽에서 그렇게 의심하게 되는 다른 이유가 말이오.”

“생각나는 것은 제가 스즈키 시게유키(鈴木重行)의 일에 대해서 주군님께 충고 드린 일이 있을 뿐입니다. 그 혼간사의 모장(謀將) 스즈키 시게유키의 처치에 대해서…….”

“그 시게유키가 혼간사가 망해서 흩어진 후 어떻게 되었다는 거요?”

“당신께서도 아시지 않습니까. 오사카, 이시야마의 몰락과 함께, 모습을 감추고 있던 스즈키 시게유키는 어느 새 이름을 바꾸어서 단바 가메야마의 성중에 객신이 되어 있었던 겁니다. ……12년이란 세월동안 오다가를 괴롭혔던 혼간사 흑막의 모장을 허락도 받지 않고 감춘다는 행위는 명백한 반의라고 해도 변명할 수가 없잖습니까. 가령 당신께서 노부나가 공인 경우, 그것을 알고도 더 이상 미쓰히데님을 중신으로서 아무 말 없이 맞이하고 계시겠습니까.”

이럴 때 히데요시의 얼굴에는 몹시 미묘한 빛이 드러났다.

열심히 귀를 기울이는 기색도 나타내지 않고, 그렇다고 상대방의 호소를 외면한 채 못들은 척하는 표정도 아니었다.

“흐음, 흐음. 과연.”

무엇이라고 분별할 수 없는 수긍을 보이고는 있으나 그 자신의 의지는 그 사이에 망연히 딴 곳에 있는지도 몰랐다.

정직하게 말해서 그다지 이러한 화제에는 관여하지 않으려고 하는 것 같았다.

남에 대한 험구나 중상·모략 등등——이에 관심을 두고 있어서는 한이 없었기 때문이다. 장지문의 먼지를 불면 자기 눈도 비벼야 한다. 히데요시의 성미에는 맞지 않는 일이다.

그뿐 아니라 그로서는 벌써 전날 이러한 스식에 대해서 미쓰히데로부터 듣고 있었다. 아무래도 50여 세가 넘은 미쓰히데는 어린 청년 란마루와는 달라서 노골적으로 말로 나타내지는 않았었다. 그러나, 히데요시로서는 충분히 그 의중과 갈등의 뿌리도 짐작할 수가 있었다.

란마루의 어머니인 묘코 여승이 귀의하는 느머지 전부터 혼간사군의 모장 스즈키 시게유키 때문에 표면 신앙, 이면 밀모(裏面密謀) 두 가지 가면으로

조종되고 있었던 것을—— 그 위험성을——군사에 종사하는 히데요시로서
는 당연히 방첩감시의 눈으로 벌써부터 눈치채고 있었기 때문이다.

란마루는 효자다. 또 재주가 뛰어난 청년이기도 하다.

어머니 묘코가 노후의 행복을 누리는 것도, 많은 형제들이 출세한 덕이다.
그야말로 모두 란마루에 대한 노부나가의 총애가 짙었기 때문이라고 말해도
좋다.

그들의 망부인 모리 산자에몬 요시나리의 충절이 노부나가의 가슴에 깊이
새겨져 있던 것도 틀림없다고는 하나, 노부나가가 란마루에 기울이고 있는
믿음과 총애에는 사실 각별한 바가 있었다.

이것저것 생각해 보면 이시야마 혼간사가 망해서 없어진 뒤 스즈키 시게
유키가 무언가의 연분을 구실삼아 아케치 미쓰히데를 의지하고 가메야마 성
의 가중에 성명을 바꾸어서 아직 살아 있다고 하는 것은 란마루로 하여금 도
저히 견디기 어려운 불안을 느끼게 한 것이 틀림없다.

'만약, 시게유키의 입에서 어머니와의 이전부터의 일이 상세하게 누설되기
라도 하는 날엔?'

이렇게 겁이 나기 시작하였으니 란마루로서도 가만히 관망하고 있을 수가
없는 것도 무리가 아니었다.

노부나가의 군총도 신용도 한꺼번에 뒤집어져서 그 대신에 무엇이 묘코
여승에게 주어질 것인지, 란마루에게 돌아올 것이 무엇인지 너무나 명백했
다.

이시야마 혼간사가 떨어질 때부터 벌써 란마루는 그 공포를 느끼고 있었
다.

사쿠마 노부모리 부자의 추방이라든지, 노신 하야시 사토(林佐渡)의 말로
등, 모두가 털끝만치도 자기에 대하여 의심을 품은 자에 대한 처단에는, 가
령 그것이 먼 과거이든 어제의 일이든 간에 추호도 주저치 않는 것이 사랑을
받고 있는 주군의 성미였다.

특히 란마루가 남몰래 애태우고 있는 그 한 가지 일은 자기 혼자만의 걱정
이 아니고, 어머니 이하 모리 형제 일문의, 지금에 와서는 치명적인 불안이
되고 있는 것이다.

"……아아 세상은 재미있소. 오래간만에 전진으로부터 출부해서 세상 이
야기를 들어 보면, 정말 한없이 세상맛을 만끽합니다. 우선 그만큼 이 아

즈치는 평화의 여유가 충만하고 사민을 편안케 하고 있는 우리들의 보잘
것없는 공로도 있다고 하겠지요. 우리들 전진에 있는 몸으로서는 아침에
오늘 죽지 않을까 생각도 하고, 저녁때가 되면 내일 일을 다짐하고, 날이
새고 날이 저물어도 욕심으로서는 죽음에 임했을 때, 화려하게 사라질 생
각만 하는 자에게는 더 없는 끼의 즐거운 마음의 약입니다. 내년에도 한두
번은 나오고 싶군요. ……오늘 아침은 출발 직전이 되어서 몹시 마음이
어수선한데 다음의 출부 기회에는 꼭 천천히 이야기하도록 합시다. 아하
하하. 오늘은 정말 실례만 했소이다.'

이것은 얼마 뒤, 히데요시가 란마루와 함께 자리에서 일어나, 헤어질 무렵
에 한 말이다. 그야말로 그 자리를 위한 말이었다.

히데요시의 행장 대열이 눈부신 아침 햇살을 받으며 소지쓰사의 문전에서
흘러나갈 때, 사자인 란마루 또한 아즈치의 성문을 향해서 돌아가고 있었는
데, 어찌 알았으랴, 이 지상에서 이와 같은 상면은 이 때가 마지막이었음을.

누가 이 아침부터 반 년 뒤의 혼노사의 변을 예측할 수가 있었겠는가.

교토

히데요시는 교토에서 하룻밤을 묵었다.

교토. ──교토의 모습은 실로 일변했다.

불과 십년 전의 교토를 알고 있는 자는 그렇게 말한다. 2, 30년 전의 교토를 본 사람들은 말할 나위도 없이, 격세의 감이 없을 수가 없다고 말한다.

그만한 격변의 추세를 짧은 사이에 나타내고 있었다.

우선 무엇보다도 달라진 것은 장안에 들어서면 바로 주군이 이곳에 계신다고 하는 광채와 가득 찬 청결이 느껴진다는 것과, 그 「백성」인 것을 행복으로 여기고 있는 사람들의 평화스러운 생활 모습이었다.

또, 이곳에 서면, 설명 없이도 일본의 올바른 존재란 것이 역시 이런 것이 아닌가 싶어 스스로 알 것 같은 기분도 들게 되는 것이다.

일반 시민이 느끼는 바도 역시 히데요시가 느끼는 바와 같았다.

그는 소년시절에 도카이도를 여행하면서 자주 바라본 일이 있었던──그 후지산의 수려한 산의 형태를──지금의 교토와 결부시켜서 생각해 보았다.

아주 장구한 세월 동안 이 나라와 함께 해 온 불멸의 후지산도 구름에 덮여 하늘의 해와 달이 빛을 잃으면, 전혀 사람 사는 곳에서 보이지 않을 때도 있다.

그런가 하면 갑자기 한 조각의 구름조차 없는 청명한 창공에, 끝까지 우아한 그 자태 나타내는 날도 있다.

악착스럽게 하계의 생업에 쫓기고 있는 사람들은 그 모든 것을 눈으로 우러러 바라보고 절실한 심정을 느끼곤 한다.

아아, 후지.

이렇게 부르고 경탄한다.

그런가 하면 또 그것에 익숙해져, 잊은 듯이 구름을 보고는 비록 한탄할 뿐이고, 구름 속에서도 후지산이 있는 것을 생각지 않게 된다.

가까운 과거로서는 오닌(應人) 이후에서 바로 무로마치(室町——足利) 막부말에 이르기까지, 좀더 거슬러 올라가서 아시카가와 호조(北條) 등 폭정을 함부로 한 시대 등, 생각하면 이 나라의 흐린 날도 개인 날도 후지와 구름처럼 반복 또 반복되어 잘 다스려진 세상과 어지러운 세상이 오래된 것이었다.

'……지금의 교토는 개인 날의 후지와 같다.'

히데요시는 장안에 말을 맬 때마다 지난 2, 3년은 언제나 같은 감격을 안곤 했다.

그리고 이렇게 생각한다.

'이것은 무엇에 의한 것일까?'

구름 그 자체의 변화는 문제가 되지 않는다. 후지산 그 자체의 실존만이 움직일 수 없는 사실인 것이다.

그러나 그 쾌청을 가지고 온 것은 뭐니뭐니해도 자기 주군인 노부나가의 힘이라고 생각했다.

노부나가가 없었던들 난운회명(亂雲晦冥) 아래 많은 백성은 어떤 당상(堂上)의 공경이 일기에 이렇게 쓰고 있듯이, 답답하고 불안한 채 오늘이란 날을 보내고 있어야 했을 것이다.

——어떻게 되어 가는 세상일까.

그런데 지금은 어떤가.

대궐을 둘러싼 경치는 빼어나다.

바로 가까운 옛날의 무로마치 막부의 치하에서는 전혀 볼 수 없었던 빛과 생기가 거리마다 넘친다. 더욱이 그곳에서 생업을 영위하고, 그곳에서 안도

하고 있는 시민들의 생활이란 말해서 무엇하랴.

누구보다도 노부나가를 잘 아는 히데요시는 또 노부나가의 이상을 지금 눈으로 본 듯한 기분이었다.

병마의 공총(空偬 : 바쁜 가운데) 속에서 무인으로서 이세신궁을 수리하고 대궐의 축토가 황폐한 것을 개탄하여 어료(御料)를 헌상한 사람으로서 노부나가의 선친 노부히데가 있었다.

그런 독지가는 그 시대에는 거의 보기 힘들었다고 할 수도 있다.

생각건대, 노부나가가 조정에 봉사하는 인간 노부나가로서 스스로 자처하고 나온 것은 선친의 영향에 의한 것이며, 그뿐만 아니라 그것은 선친 이상으로 적극적인 성격을 더해 온 것이다.

궁궐의 건축.

단의 축토.

내대신(內大臣) 배수의 사례.

여러 사원의 부흥.

그 밖에 궁궐내의 경제의 개량이라든지 공경 전상의 생활안정에서 여러 제사의 진흥 등, 모든 면에 있어 그는 황실복고에 마음을 기울였다.

무로마치 막부를 버리고 아시카가 요시아키를 쫓고 나서 불과 10년이 지났다. 눈앞에 여기까지의 추이와 백성의 생활 안정을 보고는 벌써 요사이의 노부나가를 지목해서 이런 말을 하는 자는 없어졌다.

"장군에 대한 배반자."

그 에이산의 방화 공격 직후에는, 희대의 대마왕, 이라고까지 욕을 퍼붓던 법사들마저 그에게 지난날의 비난을 되풀이할 수 없을 뿐 아니라, 함께 오늘날의 밝은 장안 안팎에 있으면서 그 평화를 누리고 있는 모습이었다.

특히 올해 덴쇼(天正) 9년 봄에 행해진 열병식의 성대함에 대해서는 해가 저물어 가는 지금에도 사람들은 말끝마다 잊을 수 없는 화제로 삼고 있었다.

이 봄에 있었던 열병식은 요컨대 평화의 대제였으며, 노부나가의 패권을 자랑한 시위이기도 했고, 또 외국 선교사 등에 대한 국제적인 과시의 의미도 다분히 있었으나, 더욱 중대한 의의로서는 친히 지존의 왕림을 맞이하여 병마의 대본을 명확히 한 것이었다.

먼 상고시대에는 사키모리(防人)로 호칭되어 강한 자 [武士] 라고 스스로 자랑하며 장안에 모여든 젊은이들이 노래를 했다고 한다.

양날의 칼
허리에 차고
황국의, 주군의 수호는
나를 두고 누가 있으리

그 기품 높은 왕조시대의——깨끗하고, 탁한 점이 없는 순정무구한 자랑과 맹세를——적어도 노부나가는 이 열병식을 거행함으로써 몸소 보여 주고, 세상에 나타내려고 한 것이 확실하다.

어느 시대부터인지 황실과 무문의 사이는 건국 때의 신측(神則), 즉 천황의 병사는 치안을 지키는 사키모리(防人)이며 군은 나라의 방패였으나, 나를 닦고 사람을 살리는 사랑이기도 한 검의 본질이 사사로이 문란해져서 때로는 분리되고 때로는 황실을 위협하는 등, 그 폐단은 오닌의 난 이후 무로마치 말기에 이르러서 그야말로 절정에 달했다고 해도 과언이 아니다.

그 문란 속에 시대의 주인공으로 세상에서 인정하고 스스로 그렇게 자처하고 있는 노부나가가 이 시기에 대열병식을 거최하여 그들의 모든 의의를 이론과 법계에 기대지 않고 상하가 함께 즐기고 기뻐하려 한 것은 과연 무변일편의 두령이 아닌 위대한 정치가로서의 노부나가의 모습을 볼 수 있게 한 것이다.

그 장관을 상기해서 여기에 그 일단을 묘사해 본다.

그날은 2월 28일, 장안의 봄도 한창인 무렵이었다.

북부 교토에 자리 잡은 궁궐의 동쪽어서 남쪽에 이르는 마장(馬長) 8정보에는 돋아난 풀의 색도 아직 여리고 목책 군데군데의 여덟 자 기둥은 붉은 천으로 싸여 있었다.

그리고 대궐 동쪽 어문 밖 주변에 출어(出御)를 맞이하는 행궁이 세워져 있었다.

가전(假殿)이라고는 하나 그것은 깨끗한 흰 나무에 금은의 국화가 새겨지고 주렴에는 자색의 끈을 성스럽게 늘어뜨리고 큰 지붕의 기와도 그야말로 금모래를 칠한 궁전 그림 그대로 희미하게 보였다.

섭정 이하 공경(公卿)들은 남김없이 그곳에 구경할 자리를 얻어서 모여들고 있었다.

옷 속의 향이 일대를 위압하고 사방에 풍겨서 개개의 차림, 어의의 멋이 화려하기 이를 데가 없고 붓으로나 말로써 표현하기가 어려웠다.

일월의 깃발, 오색의 어기가 부드럽게 봄바람에 나부끼는 아래에는 친위대의 활·창을 손에 든 무사의 대오가 화원의 꽃처럼 열을 짓고 있었다.

그리고 정해진 시간인 진시(오전 8시)가 되자 멀리 남부 교토의 혼노사에서 소라 나팔 소리가 들려왔다.

1번대, 2번대, 3번대, 4번대, 이렇게 장안의 대로를 누비고 이치조(一條) 동쪽 마장 입구로 행진해 오는 행렬의 출발을 알리고 있다.

그 무렵 벌써 마장의 주위에는 구름처럼 수많은 민중이 이날의 성대한 의식을 조금이라도 구경하려고 운집해 있었다.

이윽고 시바타 가쓰이에, 마에다 도시이에 등의 본국 파견군이 우선 노부나가를 수행하여 먼 마장에 나타났다.

그 기치와 갑옷과 투구에 반사하는 아침 햇빛이 찬란하게 반짝이고 군중은 눈부신 장관에 사로잡혔다.

그러나, 이것은 그야말로 전주곡에 지나지 않았다. 이윽고 7번대의 다케이 세키안(武井夕庵)이 마장에 들어서자, 다음에 노부나가의 모습이 보였다.

좌석담당 4명. 책임자 이치와카(市若). 금색 바탕에 파도가 그려진 깃발, 왼쪽에 선발 시동, 지팡이 휴대자 기다와카(北若), 장도 휴대 히시야.

또, 종자 하인 5명, 군장 휴대, 고이치와카(小市若).

타고 있는 말은 오구로(大黑). 총인원이 27명.

오른쪽 선발시동, 군장 휴대 고쿠마와카(小駒若). 목도 휴대 이도와카(糸若). 장도 휴대 다이도.

이것은 '노부나가 공기'(信長公記) 중의 한 구절이지만, 겨우 좌우의 수행자를 적은 것에 지나지 않는다. 그 뒤를 따르는 근신의 장대하고도 화려한 차림에 이르러서는 다만 한 마디로 장엄하다고 할 수밖에 없다.

그런데 노부나가의 그날의 차림은 어떠했을까.

매화를 꺾어서 목에 꽂고,
2월의 눈이 옷에 떨어진다.

이 마음이 아니었을까——고 당시의 필자는 형용하고 있다.

——어두건(御頭巾)은 당판 뒤에 꽂을 세우고 소매는 홍매에 흰색 그 위에 촉홍 금비단을 겹쳤다. 어깨는 홍색 단자(緞子)에 오동당초 무늬가 있었다. 바지도 동일하다. 허리에 모란꽃을 꽂고, 큰칼 차고 칼집에 축하하는 뜻의 새끼를 감았다.

허리 중간에는 백곰, 채찍을 들고, 흰가죽의 팔주머니에는 오동의 어문이 있다. 성성이 가죽 신발에 군장은 금색바탕에 호랑이의 무늬가 있고, 안장을 겹치고 말고삐, 배가리개, 말의 꼬리, 주머니까지 붉은 풀, 붉은 바탕, 말고들개에는 구슬을 꿰어 만든 장신구를 붙였다.

이렇게 실지로 본 사람의 감격을 그대로 이 자리에 옮긴다고 하면, 그것은 제한이 없을 정도의 묘사가 된다.

물론 이날에 착용한 노부나가 한 사람의 차림을 위해 교토, 나라, 사카이 등의 당능·당금, 당자수 등의 종류에서 아직 일반적으로는 진귀한 고부란 인도 금사(金紗) 낭만적의 모든 것까지 골라 모아서, 그 멋을 낸 것이었다. 후지다카의 아들, 호소카와 요이치로(細川興一郎) 등도 그 담당자 중의 일원이었으며, 노부나가가 착용하는 촉홍(蜀紅)의 소매깃에 사용하는 금테를 찾기 위해 온 교토 시중을 돌아다니다가 간신히 적당한 물건을 찾아냈다고 할 정도로 금력과 인력이 소비되고 있었던 것이다.

"……전혀 이 세상 사람같이 보이지 않는다. 히미요시명신(住吉明神)의 현신(現身)이라도 우러러보는 것 같다."

그날의 군중이 오로지 예찬만 했다는 것도 그다지 과장된 탄성이 아니었을 것이다.

오다가의 혈통은 총체적으로 미남형이었으며 여자는 모두가 미인이었다.

이 해에 노부나가는 48세, 더욱 단정하고 아름다운 위풍을 남기고 있을 뿐 아니라 기품은 아직도 청년에 뒤떨어지지 않고, 이마와 뺨에도 화장을 하여 오늘은 특별히 차렸으므로 배관한 외국인의 무리——야소교(基督敎)의 대표자들은 모두 눈이 휘둥그래져 말했다.

"멋있는 대연무회의 주재자는 또 유럽의 국왕 사이에서도 도저히 볼 수 없는 화려하고 호장한 분장을 갖춘 단정한 한 귀인이었다."

이렇게 그들이 각자의 본국에 보낸 보고서에 모든 찬사를 구사해서 전하고 있는 것도 무리가 아니다.

그뿐 아니라, 그것도 노부나가 한 사람의 성장과 종자들의 미관만이 아니었다. 노부나가는 이 대열병식에 출장을 하명한 모든 제후에게 이렇게 하명했다.

"천자께서 어람(御覽)하시는 뜻 깊은 날이다. 명 나라·남만·서이(서양) 등 여러 나라에까지 알려진 우리나라 고유의 무가식사(武家式事)이다. 마음껏 호장히 하라. 미술화하라. 스스로 자기 모습과 행동을 예술화하라."

이렇게 하명했다.

실로 이 성전을 계기로 해서, 그 시대의 사람들은 그때까지 마음속에 가득 차 있던 어두움을 한꺼번에 벗어던져 버렸다고 해도 좋을 것이다.

그 시대 사람의 심리는 그야말로 새벽빛을 바라고 있었다.

밝은 면을 바라볼 때에는 몸에도, 세상에도 밝은 색을 채색하고 싶어 하는 것이 본능이었다.

희망에 불타고 있다. 호화롭고 상쾌함을 사랑하고 있다. 살벌한 뒤에는 우아함에 목마르고 있다. 피비린내 나는 반면에 화려한 것을 그린다.

——그것은 무인 자신이 아니고 오히려 어두운 전시하에서 오랫동안 떨고 움츠려 왔던 민심에 대해서 이런 감을 느끼게 했다.

'비관하지 말라. 기뻐하고 노래를 불러라. 이처럼 시세는 지금 각각으로 새벽하늘과 같은 광채로 옮겨 가고 있다.'

그런데 이러한 세상에 보기 드문 대연무에는 노부나가의 장자, 기후 중장 노부다타, 기타바타케 중장(北畠中將) 노부오, 오다 산시치 노부다카(織田三七信孝), 시바타, 마에다, 아케치, 호소카와, 니와, 기타의 제후에서 장병 약 1만 6천여 명과 참집자 13만여 명이란 성황리에 진행되어 각인, 각대의 연기(演技)가 있은 후 이윽고 마지막 차례에는 노부나가 자신이 연기에 나섰다.

그는 성질 사나운 말에 올라타, 마장을 종횡으로 달리고, 말 위에서 칼을 휘두르고, 창을 잡고, 또 그 창을 던져서 표적을 맞추기도 했다.

뭇사람의 갈채는 그때마다 울려 퍼져, 천지를 진동시킬 정도였다고 한다.

말 위에서 표적을 주시하다가 창을 내던지고도 표적을 맞추어 떨어뜨리는 그의 연기는 씩씩하고 경쾌하며 지극히 화려장렬하고 그러면서도 한 번도 실수 없이 대여섯 번이나 되풀이되었다.

13만여 명으로 추산되는 그날의 군중은 일개의 노부나가를 모두가 자기의 것인 양 환호하고 예찬하였다.

"과연!"

이렇게 대상시하는 것만으로는 모자라서 넓은 다장 밖에서는 열광적 인파의 일부가 미친 듯이 춤추고 있었다.

"좋아라, 좋아라."

그 모양을 멀리 옥좌 가까이에 있는 당상재경 자리에서도 바라볼 수 있었는지, 그곳의 무수한 얼굴도 모두가 홍조를 띠고, 또 미소를 짓고 있었다.

그때 난간 밑에서 12명의 조신이 어지럽게 노브나가 쪽으로 달려와서 이렇게 소리쳤다.

"칙사."

방금 연기를 마친 노부나가는 땅에 내려서 지친 말을 달래고 있었다.

말은 바다에서 헤엄치다가 올라온 것처럼 땀이 반짝이고 그 전신에서 김이 나고 있었다.

"칙사입니다."

두 번째 소리에 그는 갑자기 깨달았는지 말밑에 무릎을 꿇었다.

칙사는 윤언(綸言)을 전하며 말했다.

오늘의 행사를 예람하시고 용안이 몹시 밝으셨고, 상고말대의 장관 본조(本朝)뿐 아니라 외국에도 이와 같은 장관은 없을 것이라고 말씀하시고, 대단히 흐뭇한 기색으로 배견하실 수가 있었다. 천추만세(千秋萬歲), 명예스러운 일이라고 하는 위로의 말이었다.

"……."

노부나가는 격하게 목이 메었다.

선친 노부히데의 뜻을 자식으로서 지금 그 중 하나나마 해 낸 기분에 사로잡혔을 것이다.

땅거미가 질 무렵 그는 길가의 군중으로부터 더욱 큰 환성으로써 전송을 받으면서 숙소인 혼노사로 되돌아갔다.

군중은 입을 모아 이렇게 서로 칭송했다고 한다.

"이와 같은 좋은 세상에 태어났기 때문에 천하태평, 연기가 끊어지지를 않는다. 생전에 잊지 못할 고마운 일이다."

'황공하게도 일천만승(一千萬乘)의 성상을 노부나가 공의 어성의(御盛儀)로 임해서 몸 가까이 배할 수 있다니, 참으로 고마운 성대(聖代)라고, 귀천노유의 여러 사람들도 오로지 합장하여 감명 깊게 존경을 올렸으며, 이 세상은 그야말로 환희·감투의 아름다운 큰 한집안으로도 볼 수가 있었다.'

이렇게 그날의 상황을 기록한 필자, 오다 우시이치(大田牛一)도 또한 감격의 눈물에 젖어서 쓰고 있는 듯하다.

……

히데요시는 지금 교토를 통과하면서 그날의 일을 추모하고 또 주군의 남보다 뛰어난 위대성을 생각하고, 한편 자신을 돌아보고 있었다.

조성풍어 (潮聲風語)

히데요시는 오사카에 이르렀다.

요도 강까지 오자 사자가 말했다.

"먼저 도착한 짐은 모두 적재를 끝내고 배 안의 위막도 만반 준비되었습니다."

구귀가(九鬼家)의 영접의 사신은 계속 말했다.

"육로로 가실 예정이신 줄 압니다만, 나니와(浪華——大坂)의 포구까지 행로를 변경해서 가시도록 부탁드립니다. 그곳부터는 배편으로 해로를 히메지(姬路)까지 가시는 데 저희들이 수행하겠습니다."

히데요시는 요도 강 가까운 찻집에서 수행자와 함께 휴식 중이었으나 아뢰는 말을 듣자 스스로 격의 없이 나와서 이렇게 물었다.

"응, 구기님이 베푸시는 호의인가?"

세 사자의 대답은 이랬다.

"주인의 분부를 받아 영접하러 나왔습니다만, 배편 주선의 건은 아즈치의 나리께서 긴급 전령으로 지시하신 것으로 듣고 있습니다."

"수고했다."

히데요시는 즉각 동의했다.

"구기가의 사자들에게 차라도 대접하라."

좌우의 가신들에게 당부했다.

히데요시는 물론 이제 평정을 마친 하리마와 중앙 사이의 왕래는 그다지 위험하다고 생각하지 않았다. 그러나 노부나가는 '도중에 어떤 변이 생길지 모른다'고 생각하여, 해상으로 가라고 갑자기 수군에게 그 준비를 긴급 전령으로 하명한 것 같았다.

“이렇게까지 이 히데요시의 몸을 소중히 생각히 주시는구나!”

그는 마음속으로 아즈치 쪽을 돌아보지 않을 수 없었다.

어찌 그 지기(知己)에 거역하리——. 히데요시는 구기가의 안내에 따라 그 저녁 무렵 오사카의 하구에서 배를 탔다.

배는 지난날 이 앞바다에서 모리가의 수송 선단을 격퇴한 전력을 가지고 있는 군선 중의 하나였다.

의장도 어마어마하고, 큰 총의 총자도 거치해 두었으며, 긴 창과 꾸부러진 창도 뱃전에 나란히 세워놓고 있었다.

그러나 선루의 한 방은 마치 성의 본영 안의 주거의 한 방을 그대로 옮겨 온 것처럼 옷걸이도 있으며, 금색 바탕의 병풍도 있고, 그림 칠한 서랍·작은 창고·향로·화로·요·식기·주기 등, 없는 것이 없었다.

“다행히 해상은 조용합니다. 아무쪼록 밤새껏 즐기십시오. 시가마(飾磨) 의 포구에 닿을 때까지는.”

구기가의 가신이라 하는 세 명의 무사가 한껏 멋을 들여 요리한 음식을 올리고 접대를 위해 나타났다.

“배편의 여행은 편안해서 좋다.”

히데요시는 근신들과 편안히 쉬고 있는 참이었다. 바로 술잔을 내리고 그들에게 질문했다.

“이 배는 몇 섬을 싣는 배냐?”

배의 크기는 양곡적재량을 기준으로 했다.

오다군의 수군, 구기가의 가신이라고 하면 모두 바닷바람에 그을린 얼굴에 숭어 같은 눈으로 이빨만 흰 무사가 많다.

여기에 나온 접대역의 3명도 나이는 모두 40이 넘어 보이는데 뼈대가 굵고 단단한 살에 몹시 큰 손을 아두렇게나 양쪽 무릎 위에 얹고 앉아서 하는 일이 성미에 맞지 않는 듯한 인상을 풍기고 있었다.

이거야 말로 지금 덴쇼(天正) 시대의 해국무사(海國武士)라고나 할까. 풍채가 보기에도 양양하게 넓고, 얼굴에도 육지에 사는 저명한 사람처럼 초조한 표정이 없고, 저마다 홍어나 고래 새끼처럼 몹시 표묘한 풍격 속에, 또 일종의 낙천적인 기개를 갖추고 있다.

“네, 무슨 말씀이신지요?”

한 사람이 반문했다.

육상에서의 정치적인 세력이라든지, 거기서의 권세라든지 뭐라든지 하는 사람과 대했을 때의 위축감이란 것이 조금도 그들에게는 반영되어 있지 않다.

그래서 아첨할 줄도 모르는 무뚝뚝한 태도였다. 히데요시는 그 무뚝뚝한 세 사람을 사랑해야 할 것인가 둘러보면서 다시 한번 말했다.

"이 배는 도대체 크기가 얼마나 되는가? 이 배를 타고 조선까지도 갈 수 있을까?"

접대 역의 세 사람은 웃었다. 단지 웃기만 하고 대답을 하지 않았다. 히데요시는 약간 화가 났다.

"왜 웃나, 내가 묻는 것이 우스운가?"

그러자, 갑자기 송구스러워하면서 그 중의 한 사람이 정직하게 대답했다.

"이 배는 적재량 7백8십 섬의 크기며 돛대 기둥이 세 개올시다. 방금 이것으로 조선까지 갈 수 있느냐고 물으셨습니다만, 조선, 명국은 물론 안남, 캄보디아, 보르네오, 샴, 고사(高砂 : 台灣), 루손, 쟈바, 마라카 등은 말할 것도 없고 멀리는 안남만 깊숙이에서 희망봉의 앞바다를 돌고 서양으로 나가 스페인, 포르투갈, 로마, 할 것 없이 어디든 갈 수 있습니다."

"흐……음."

히데요시는 약간 무안해졌다.

그들의 친절한 설명으로 이 배의 힘과 가능한 항해의 범위도 알 수가 있었으나 동시에 자신의 유치한 우문을 깨달았기 때문이었다.

"남만, 남만이라고 자주 한 마디로 말하는데, 도대체 그들 나라는 어디 어디를 가리키는가?"

이번에는 평범하게 질문했다. 대답하는 쪽도 평범하다.

"루손, 자바, 보르네오, 안남, 샴 일대를 총칭해서 남만 제국이라고 하오며, 마라카에서 저쪽 고아들을 극지 남만이라고도 하고 있습니다."

"고아란 어딘가?"

"천축입니다. 저희들은 인도라고 부르고 있습니다. 고아에는 동인도 총독이 있습니다."

"거기까지는 항로로 어느 정도 걸릴까?"

"나가사키(長崎)에서 마카오까지는 순풍으로 약 14, 5일 만에 닿습니다만, 그곳부터는 날씨에 달렸으며, 예정일을 미리 정할 수가 없습니다."

“왜 그런가?”

“폭풍우를 만나면 섬에 들어가서 숨고, 배가 부서지면 배를 수리하고 해서, 거리에 달린 것이 아니라 간담과 끈기의 항해이기 때문입니다.”

“자네들은 지극히 자세히 알고 있는데, 도대체 남만까지 가 본 일이 있는가?”

그러나 세 사람은 애매하게 웃음 띤 표정을 짓고 있을 뿐, 입을 다물어 버렸다. 서로 딴 사람이 대답하기를 기다리는 것 같았다.

“없지는 않습니다만…….”

이윽고 그 중의 한 사람이 마음먹은 듯이 대답하기 시작했다.

“그것을 소상히 아뢴다면 차차로 저희들의 전신이……말하자면 정체가 밝혀지게 되어…… 이것만은 주인 구기 요시다카(九鬼嘉隆)님으로 부터도 평소 흥이 나도 자랑삼아 말해서는 안 된다고 굳게 경고를 받고 있어서 좀 거북합니다.”

“이것 봐, 그것은 자랑삼아 쓸데없는 말은 삼가라는 말이겠지. 오스미(大隅 : 嘉隆)님한테서 질책을 받게 되면 내가 대신 사과해 주마. 어떤 일인가 이야기해 보라”

“……그럼 말씀드리겠습니다. 실은 저희들은 오랫동안 해상낭인의 몸이었습니다. 지난 덴쇼 5년, 노부나가 공께서 이세와 구기 우마노스케(九鬼右馬介)님에게 하명하셔서 오다가의 수군이란 것을 조직하실 무렵에 비로소 구기님의 부르심을 받아 가신이 된 것입니다. 그 전에는 활과 화살을 들고 바다 위를 오고가기는 했습니다만 무사로서 행세하는 일은 전혀 몰랐습니다.”

“그렇게 미안하게 생각할 필요는 없다. 결코 자네들의 예법이라든지 말버릇에 대해서 나무라지는 않겠다. 그것보다 무어냐, 해상 낭인이란?”

“말하자면 바다 위를 오고가는 낭인이올시다.”

“하하하, 왜구로구나. ……자네들의 전신은.”

“말하자면 그런 것입니다.”

팔번선이란 것에 탑승하여 바닷길 수십 만리를 멀다 하지 않고, 남쪽의 여러 섬에서 명나라의 연해는 말할 것도 없고 쏘가리처럼 양자강 수만 리를 쳐올라가고 조선의 변경까지도 경유하여 반생을 바다를 집으로 삼아 보내어 온 사내들이었다.

"호오······."

히데요시는 일부러 하는 것처럼 눈을 둥그렇게 뜨고 갑자기 앞에 놓인 술잔을 들었다.

"바보 같은 놈들, 자아 마셔라."

이것이 다음에 튀어나온 말이며 그 말이 끝나자마자,

"어리석은 무리들이다. 아까부터 무엇을 주저하여 말을 꺼리고 있는가 싶었는데 전신이 왜구라고 해서 그랬던 것이로구나. 정말 가소롭군. 그런 작은 담력을 가지고 해상에서 잘도 날뛰었겠구나. 주인인 구기님도 좀 모를 사람이군. 팔번선이 무엇이 나쁜가. 나라도 16, 7세쯤 될 무렵에 자네들을 만났더라면 반드시 자네들의 수하에 속해서 남만, 대명국, 조선 등을 한 바퀴는 구경했을 것인데, 유감스럽게 생각한다. 정말이다."

"넷······."

세 사람이 머리를 조아려 황공해 하자, 히데요시는 술잔을 내밀었다.

"차례로 술잔을 들어라. 한 바퀴 술을 따라주지. 잘했다, 잘했어."

무엇을 칭찬받고 있는지 그들은 영문을 몰랐다. 그래서 히데요시는 잔을 밑에 내리자 그것을 안타까운 듯이 이야기해 주는 것이었다.

"왜구란 것은 어느새 해상에서 모습을 감추어 버렸다. 애석하다고 말하지는 않는다. 또 내가 장려도 하지 않지만, 사실상 팔번선은 생길 이유가 있어서 생긴 거다. 그렇게 생각하지 않는가?"

"네에······."

"먼 상고시대에 신공 황후님이 품었던 큰 계획을 오늘날에 추모해 보더라도, 그 시대를 전후해서 벌써 이 나라를 침범하려는 오랑캐가 얼마나 많았는가 생각할 수가 있지 않나. 내려와서 원나라가 침범하는 바람에 호조 사가미타로 도키무네(北條相模太郎時宗)가 일검호국의 난을 당하고, 백성 모두의 분노가 쓰쿠시(筑紫)의 대첩을 보았을 때와 같았던 일은 그 가장 분명한 한 예라고 할 수가 있다. 십만의 원병, 수백의 선박, 모두를 일본에서 잃고 나서는 아무래도 손을 들었는지 그 후로 습격해 오지 않았다. 그러나 가마쿠라(鎌倉)시대 이후, 만약 올 수가 있었다면 그 대난 이상의 대난이 있었을 것이라고 생각되는 시대는 이 국내에 상당히 계속되었다. 예컨대 요시노 조정(吉野朝廷 : 後醍醐 천황의 건무의 중흥)시대 아시카가 막부의 초기, 그 다음에는 오닌의 난, 아시카가 요시미쓰(足利義滿) 요시마사(義政)

등 무능한 장군의 부패정치에 맡겨져 있던 시태 말이다. ……어때 상상해 보아. 만약 그 때 원나라가 침범했다면 어떻게 되었겠는가.”

“그렇군요.”

“다행히 조선도 명나라도 그 시대에 원나라만한 위세를 갖지 않았으니 망 정이지만……그건 그렇지만 무로마치 막부의 피폐상이 그대로 해외에 노 출되었더라면 어떻게 되었을지 알 수가 없다. 그리고 무로마치 장군의 원 호로서도 아니고, 또 막부의 지령도 아니고 으로지 이 나라 백성들의 뜻대 로 충분히 침공을 방어하고 있던 것이 자네들의 힘이었다. 너희들 팔번선 의 힘이라고 해도 과언이 아니다.”

“하하하, 그렇습니까?”

“아니 잠깐. 자네들의 시대가 되어서는 팔번선도 벌써 마지막이 되어 왜구 란 이름만 남고, 아마 그 정신은 상실되어 있었을 것이다. 그러나 지난날 자네들의 조상들에게는 그런 것이 있었던 것임에 틀림없다. 그런 정신이 없었다면 어떻게 그런 대담무쌍한 일을 할 수 있었겠는가. 본디 이 나라 백성들은 명분 없이 목숨을 버리지 않는다. 어떠한 보통 사람도 생명의 가 치를 알고 있다. 대명국, 조선의 각지에 올라가 진기한 보물들을 자꾸만 가져 왔다. 그래서 해적이라고 말하고 있다. 가련하도다. 우스운 일이기도 하다. 그런 행위는 부차적인 일이었다. ……그야말로 자네들의 선조들에 게는 좀더 다른 열정이 있었다.”

평소부터 말하고 싶었던 일임에 틀림없다. ㅎ 데요시는 왜구에 대한 그 나 름의 해석을 여기에서 그치지 않았다.

“또 왜구의 정신을 말이다. 팔번선이 일어난 곳으로 그들의 출생지는 모 두가 국난의 시기에 있어서의 기억과 체험이 가장 강했던 서국(西國)과 남 해”라는 것을.

그 중에는 국내에 뜻을 펴지 못하는 흐족들의 후신도 있었을 것이다. 해적 의 도당에 지나지 않는 난폭자도 있었을 것이다.

그러나 가마쿠라 시대 이후 큰 뜻을 품은 무사도 있었다. 사실 스스로 긴 깃발에 써 붙이고 해적 대장군을 자칭하고 있던 무라카미(村上) 아무개라고 하는 왜구의 대장 같은 사람은 아시카가씨에게 멸망당한 구스노기(楠)가의 일족이었다고 한다.

벌써 나라를 사랑하기 때문에 피를 흘린 일족의 지류가 돛을 달고 십만 리를 넘어서 국외에 무위를 떨칠 때, 어찌하여 그 생명의 광염에 호국의 넋이 빛을 나타내지 않겠는가. 나라를 사랑하는 정신이 나타나지 않을 리가 있겠는가.

깊이 생각해 주지 않으면 불쌍하다. 왜구의 눈물을, 왜구의 마음을, 또 왜구의 설움을.

국외 만리의 타향에 이름도 모르고 꽃 한 가지라도 올리는 사람 없이 하늘의 별과 함께 입을 다물고 있는, 땅 속의 백골에도 말을 시켜본다면 우국의 까닭을 말할지 모른다.

사실 무로마치 막부의 오래된 시대를 외국의 내습도 없이 오랑캐가 엿보는 눈초리에서 막고 있었던 것은 막부 그 자체의 힘도 아무것도 아니다. 사실 스스로 해적으로 자처하고 있던 그들 왜구의 공적이 아니었겠는가.

스스로 해적 대장군을 자칭하고 있었던 것은 일이 해외에 관한 것이며, 만일의 경우 자국의 외교상에 누를 끼치지 않으려는, 즉 사랑하는 본국에 낭패를 주지 않으려는 것, 또 국가의 명예를 손상시키지 않으려는…… 깊은 사려에 기인한다고 생각될 수도 있다."

이렇게 히데요시의 이야기는 그칠 줄 몰랐다. 그리고 전반생을 팔번선에서 보내왔다는 세 사람은 오히려 감탄하고 있을 뿐이었다.

"네에, 과연……."

히데요시는 여기에 이르러서 이야기의 방향을 바꾸었다.

"요사이에 와서는 또 그게 사정이 달라졌더군. 스페인의 제비에게란 선교사가 온 것이 아마 덴쇼 20년 무렵이라고 듣고 있는데, 그 뒤 자꾸 이 일본으로 몰려온다. 노부나가 공이 지극히 그들을 부득불리로 포용하시니, 남만의 여러 섬, 극지 남만의 대국, 서구의 여러 곳에서 가지가지의 물건을 박재해 온다. 그러나 제비에게는 본국에 서신을 보내서 말하고 있다……이 나라에 대해서만은 병선을 가지고 대적하지 말라. 문화와 선교사는 보내더라도……이렇게 말이야."

물결이 치는지 배는 조금씩 흔들리기 시작했다. 추위도 통렬한 심경을 느끼게 하였다. 히데요시는 그들로부터 들을 만큼 듣고, 이야기할 만큼 이야기하고 나자 말했다.

"자겠다. ……자네들은 마음껏 더 마셔도 좋아. 여행이 아닌가, 즐겨라."

이렇게 말을 남겨 놓고 그냥 다른 선실에 들어가서 잠들어 버렸다.

내해라고는 하나, 해안에서 멀리 나오니 제법 큰 물결이 선체를 옆으로 친다.

기분 좋은 잠 속에 끌려 들어가면서도 히데요시의 낭만적인 공상의 날개만은 아직도 어디선지 꿈틀거리고 있었다.

선잠 속에서 그 공상이 가지가지의 환상을 그렸다.

도기 공장 방안이 눈에 떠오른다.

소년이었던 무렵이다. 자신의 손이 터서 부어 있다.

많은 점원들이 있는 한 구석에 쭈그리고 앉아 있는 것은 자기였다. 지배인도 있다. 밥하는 사내도 있다. 하녀도 있다.

그릇집 주인인 스데지로는 예쁜 안사람과 아들 오후쿠를 옆에 두고, 화로와 저녁 술상을 옆자리 두고 기분이 좋은지 무언가 사람들에게 이야기를 하고 있다.

그것은 언제나 자랑거리인 명나라 이야기였다. 10년 이상이나 명나라의 경덕진에 살고 지나의 도자기 제법을 버우고 있던 사람의 하인으로 일했다는 이 집 주인의 견문담은, 오와리 일대의 시골밖에 모르는 점원들에게는 얼마나 놀라운 일이었는지 모른다.

하지만 누구보다도 그 놀라운 일을, 경이를, 커다란 눈과 집요한 귀로 듣고 있었던 것은 그 무렵 아직도 히요시라고 불리던 자기였을 것이다. 그러한 히데요시는 지금 또 소년시절에 가슴을 부풀게 한 고동을 생각한다.

싹이란 것은 강하다. 반드시 그 생명을 햇빛 아래 트게 하고야 만다.

생각해 보면 자신 속에 꿈만으로 그칠지 실현될지는 별문제이더라도, 아무튼 한 번은 반드시 해외의 미지의 땅을 밟아 보고 싶다고 하는 꿈을 안고 있었다.

그런데 뜻밖에도 수십 년 뒤 자기와 같은 꿈의 소유자와 우연히 만났던 것이다.

"너도 그런가."

"나리께서도 그렇습니까."

마음을 털어놓고 이야기해 보고 서로 놀랐다. 일본에 자기와 같은 꿈을 품고 있는 사람이란 자기 이외에는 없을 것이라고 서로가 생각하고 있었기 때문이다.

그 사람이 누구냐고 하면 지금 모시고 있는 즈군 노부나가 공이었다. 같은 이상을 가지고 있는 주군을 만나게 되었다. 이런 요행이 어디 있겠는가 하고, 진실로 히데요시는 그렇게 생각하는 것이었다.

해외에 대해서 배워야 한다. 서서히, 시야가 좁은 여러 장수들의 협소한 사고방식을 고쳐 주어야 한다.

'아아, 파도 소리가 들린다. 이 파도는 명국을 치고 남만의 여러 섬에 물을 뿌리고 서구의 여러 나라에도 이어져 있다. 옛부터 이 나라 사람들은 왜 이렇게 일본 국내에서 서로 다투고만 있었을까. 그러나, 단 한 사람 노부나가 공은 종래의 영웅과 그 형상이 좀 달라서, 한계의 넓이가 크게 다르다. 과거에 없었던 문명인이기도 하다. 묵은 것에 대해서는 무서운 파괴력을 나타내지만, 그 이상의 건설적인 정열도 가지고 계시다. 나이는 새해에 49세, 앞으로 2, 30년은 능히 활동하실 수가 있겠지. 좋다, 이 20년 동안에……'

히데요시는 입술을 다물고 정말 깊은 잠에 빠졌다. 그러나 그를 태운 배는 아직 바로 그 앞의 산요(山陽) 땅을 향해서 가는 데 지나지 않았다. 그뿐 아니라 인생이 예측하기 어렵다지만, 이 귀로의 여행이 주군 노부나가와의 마지막 이별이 될 줄은 끝끝내 꿈에서도 몰랐으니 말이다.

주고쿠의 전진(戰陣)

히데요시는 히메지로 돌아갔다.

돌아가자마자 그는 주고쿠 총사령관으로서 누구보다도 높은 자리에 위치하고 있었다.

하리마, 다지마, 마마사카, 이나바 등 점령하의 여러 장수는 번갈아 히메지를 중심으로 왕래했다.

이번에는 그들로부터 세모의 축하와 예물을 받는 입장이었다.

"모두에게 나누어 주어라. 하나도 남길 필요는 없다."

아사노 야헤를 시켜서 그 모든 것을 부하들 모두에게 나누어 주고, 이 해의 노고를 위로했다.

그리고 새해의 각오에 대해 이렇게 말했다.

"내년이야말로 중대한 의의를 지닌 허가 될 것이다. 그리고 더욱 일이 많을 것은 두말 할 나위도 없다. 지금까지의 어떠한 해보다도 급격히 천하의 모습은 일변하고 천하의 문화도 달라져 갈 것이다. 구태여 어떻게 달라질 것이냐고 하면 파괴 격쇠도 거의 일단락을 짓고, 계속 싸우면서도 건설기에 들어간다. 여기에 새로움을 세우그 인문청신을 다투고 오랫동안 고전

쇠연(故田衰煙)의 한탄 속에 잠겼던 백성으로 하여금 재생의 기쁨을 맛보게 한다. 그렇지 않고는 노부나가 공의 여러 해에 걸친 싸움도 다만 단순한 패업에 멈추고 진정한 세업이라고 할 수가 없다. 국업이다. 적어도 천일(天日) 아래 검창을 휘두르고 사람의 피를 땅에 흘리는 일이 사업이어서야 되겠는가."

그는 평소의 생각을 강조하였다.

"그뿐 아니라, 나는 또 새해에도 여러분의 분투를 독려하고 더욱 검창을 갈라고 질타할 것이다. 이것은 결코 내가 바라는 것이 아니며 노부나가 공께서 강요하는 것도 아니다. 그것은 천지의 명(命)이다. 말하자면 우리들 모두가 이 세상, 이 나라의 봉사자이며, 노부나가 공은 그 총책임자이시며, 나는 그 분부를 받드는 사람의 한 사람이다. 지금 내가 그 소임을 맡고 이 주고쿠에 군사를 내세워 모리를 치는 것도 모리가 시세에 눈이 떴다고 하면 막기 어려운 이 진리를 직시하고 깃발을 거두어 우리들에게 합쳐올 것인데, 슬프게도 모토나리(元就) 이래의 모리가는 보수성을 고집하여 그 국정은 일개 모리가의 가계(家計)에 멈추고 그들이 받드는 것은 모두가 사리에 지나지 않는다. 새해가 오면 즉각 우리 주고쿠의 전진은 다시 전투를 전개한다. 그들도 이름 있는 강대한 무문이라 소홀히 생각할 수 없는 점이 있으나 그들은 사리의 군사, 우리들은 세업의 군이니 승리는 결정적이다. 필승의 진군은 다가왔다. 신정 3일간은 마음껏 마시고 크게 신담(神膽)을 길러 두도록 하라."

이렇게 말을 맺었다.

여러 장수들은 히데요시의 욕심이 없고 깨끗한 마음을 평소부터 알고 있었다. 그 히데요시의 말을 들을 때 비로소 세업이란 의의에 커다란 감동을 느꼈다.

단지 모리가뿐 아니라, 총체적으로 전국 초두로부터 군웅할거하기 시작한 각지의 호웅영걸 사이에는 사리만이 존재하고 세업이란 없었다. 하물며 국업으로서까지 이상으로 삼고 자각하고 있었던 자는 거의 없었다고 할 수 있다.

히데요시가 전에 없이 휘하의 장수들에게 이런 훈시를 한 것도 이번에 아즈치에서 히메지로 돌아오는 도중 배 위에서 그 자신이 크게 깨달은 것이 요인이 되었는지도 알 수 없다.

해외를 생각한다.

그것은 당연히 일본을 생각한다.

일의 시작인 것이다. 일본을 일본만으르 밖에 생각 못하는 협량과 협량이 이 속에서 각축하여 그 속에서 사업의 다툼을 되풀이해 온 군웅할거가 그것이었다. 그로서도 의의가 없는 것은 아니었으나 오늘날에 이르러서는 의의도 이유도 없다, 오히려 장애물이다, 히데요시는 그렇게 믿고 있었다.

덴쇼 9년은 저물었다.

봄을 맞아, 주고쿠의 전진은 다음 단계를 향해서 준비하는 것을 게을리하지 않았다.

해가 바뀌어서 덴쇼(天正) 10년.

신정이 되니 모리 군의 진영에는 벌써 거국적인 방어전 분위기가 감돌고 있었다.

산요 방면의 총수 고바야가와 다카가게(小早川隆景)는 적의 총수 히데요시가 뜻밖에도 일찍이 주고쿠로 귀진한 것을 알고 그와 노부나가와의 회견에서 무언가 큰 방침이 결정된 것으로 토고, 그에 대비하기 위해 여러 곳의 우군에게 영을 보냈다.

"때는 바야흐로 비상시, 주고쿠의 흥망이 이떠에 달려 있다. 세모 인사는 폐지한다. 신정의 축례도 구태여 하려고 할 필요는 없다. 그러나 다만 적에게 척지촌토도 욕되게 하지 말아라……."

이렇게 격려하고 있었다.

그리고 월말에 다시 격을 발하여 그 일시를 통보했다.

"빈고(備後) 미하라(三原)에 모여라."

빗추 다카마쓰의 성주, 미야지 산(宮路山)의 성주, 간무리 산(冠山)의 성주——가모(加茂) 히하타(日幡) 마쓰시가(松島) 니와세(庭瀬) 등의 주요 7개 성의 수장이 전후해서 미하라에 집합했다.

다카가게는 그 사람들에게 말했다.

"산요, 산인 양 방면이 모두 오늘까지의 전황으로서는 유감스럽지만 히데요시의 정예의 속력이 매우 빠른 공세 아래에 있어서 모리 군에 승전이 있었다고는 말하기 어렵다. 그뿐 아니라 적의 병력은 날이 갈수록 증강되어 가고 얼마 후 10만에 다다르려고 하고 있다. 그리고, 빈고 접경으로 내습해 오면 우키다 나오이에(浮田直家)가 그 안내자가 될 것임에 틀림없다.

우키다는 여러 해 동안 우리 모리 군의 일익이었으나 이익를 보고 노부나가에게 붙은 자다. 이도 할 수 없는 일이다. 적에게 무문의 절의를 파는 자에게는 또 그 사람 나름대로의 자기 이론과 타산이 있음에 틀림없다. 그런데 노부나가와 히데요시는 앞으로도 갖은 계책과 이익을 가지고 비밀리에 자네들에게까지 손을 뻗칠 게 틀림없다. 명백히 나는 이 자리에서 말해 두겠다. 노부나가와 내통하고 싶은 자는 사양 없이 그를 따라 떠나는 것이 좋다. 고금을 통해서 예가 없는 일이 아니니 지금이라면 나도 그다지 원한을 품지 않으리라."

평소에 없었던 말이다.

말 그 자체가 다카가게의 결심을 여실히 보여 주고도 남음이 있었다.

"……."

일곱 성장들은 잠시 말없이 묵묵히 있었다.

얼마 뒤 한 사람이 소리를 삼켰다.

"방금 하신 말씀, 분합니다. 여러 해 동안 은혜를 받은 자들을 그다지도 믿지 못하셔서 그런 말씀을 하시는 겁니까."

이어서 발언한 자도 이렇게 대답했다.

"이 마당에 와서 어찌 두 마음을 갖겠습니까, 중요한 갈림길의 수호를 분부 받아 죽어도 영예롭게 죽을 각오를 하고 있는 몸입니다."

다카가게는 한 마디 말하고 나서, 대접에 담긴 술을 마셨다.

"만족스럽게 생각하오."

주연 중에도 공방 두 가지의 공략과 방침에 대해서 여러 가지 토의가 있었다. 그리고 협의도, 주흥도 끝났다.

"신정에는 제사축의도 앞으로의 좋은 해에 하기로 연기했는데, 이것은 임전의 출발 축하다."

다카가게는 이렇게 말하고 일곱 장수에게 각각 허리칼을 한 자루씩 주었다.

일곱 명의 장수는 이렇게 말하고는 퇴출하려고 했다.

"승리 뒤의 축하의 날에 다시 또 뵙도록 합시다."

그러자 다카마쓰 성의 시미즈 조자에몬 무네하루만은 혼자 그 인사를 빼고 그 배령물에 대해 대답했다.

"저희들의 책임은 홍수를 막는 제방과 같습니다. 수십만의 성난 파도가 어느 부분을 뚫을지 알 수가 없습니다. 그럴 경우에는 자기가 맡은 곳에서 성을 베개 삼아 전사할 뿐입니다. 이 조자에돈은 다시 경사스럽게 축하의 날에 만나리라고는 꿈에도 생각지 않습니다. 이 배령물은 그런 의미에서 한층 더 고맙게 받아 가겠습니다."

시미즈 조자에몬 무네하루는 진정으로 말했다. 적당한 말을 할 수가 없었다.

그렇다고 해서 다른 여섯 장수가 거짓말을 한 것은 아니다. 무네하루 이외의 장수들은 단지 진정을 입 밖에 낼 수가 없었다.

총수 고바야가와 다카가게에 대해서 뿐만 아니라 자신의 마음에 대해서, 이렇게도 말할 수가 없었던 것이다.

'이번에는 틀림없이 아군 모리측이 총패전을 던치 못한다.'

그러나 다카가게는 당연히 그것을 스스로 알고 있어야 할 위치에 있었다.

그는 이렇게 보고 있다.

"아무리 잘 동원한다 하더라도 아군의 병력은 4만 8천내지 5만 정도."

그러나 적을 본다고 할 것 같으면, 셋스의 이타미(伊丹), 하나구마(花隅)의 2개성이 무너지고 오사카 혼간사가 멸망하고 나서 현저하게 증병(增兵)·운수(運輸)의 이점을 얻어 이 봄에는 틀림없이 10만 이상의 병력을 몰아서 닥쳐올 것이다.

아니 지쿠젠노가미 히데요시가 하는 일이다.

겉으로는 십만 정도로 보이지만, 13만이나 15만을 성난 파도처럼 뒤를 이어 보내올지도 모른다.

아무튼 병력에 있어서 이미 모리 군은 반에도 미치지 못할 것이다.

그에 더하여 사기 문제가 있다.

어찌하여 산인 산요 양 방면 모두가 패전을 계속하고 있을 뿐 아니라 노부나가를 고립시키려고 모책한 유대의 요소요소가 모조리 히데요시 때문에 파괴당한 꼴이 되고 있다.

그러나 아직도 다카가게가 이렇게 마음속에 믿고 있는 것은 단 한 가지 모토나리 정신이라고도 할 수 있는 것이 주고쿠 므사에게는 있기 때문이었다.

"쉽사리 패하지는 않는다."

모리 모토나리가 본국 아키의 요시다 산에 성을 쌓았을 때, 이렇게 말하고 토대 깊이 백만일심(百萬一心)이라고 서긴 큰 돌을 파묻은 일이 있었다.

——사람 기풍은 소용치 않으며 정신의 기둥이야말로 필요할 것이다.

이 일은 모토나리가 생존시부터 언제나 번사의 정신에 가훈으로서 새겨져 있던 것이다.

아아 그것이 지금 이 주고쿠의 흥망의 기로에 와서 얼마나 효과를 나타내는가? 빛을 나타낼 것인가? 시험해 볼 때가 되었다.

사실 지혜롭기로 이름난 다카가게도 오늘날에 와서는 이제 계책이 없었다.

도도하게 밀어 닥치는 중앙 오다의 대군과 히데요시의 지휘 솜씨에 대항하여 체념하고 있었다.

"결국 소책은 무익하다."

최선을 다하고, 필사적으로 부딪친다.

그것밖에 없었다. 또 아무래도 방전 방어를 주로 할 수밖에 방침도 없었다.

이리하여 1월, 2월, 3월—— 경계를 게을리하지 않고, 엄밀히 산천 초목 무릇 주고쿠의 땅에 있는 것은 모든 것을 동원해서 닥쳐오는 적을 기다리고 있었다.

한편, 히데요시 쪽도 착착 전비가 갖춰졌다.

그 대방침은, 한 번 움직여 빗추에 들어가 다카마쓰 성을 점령하고, 다시 진출해 아키의 본성 요시다 산에 육박하여, 무조건 모리로 하여금 굴복하도록 한다는 것이었다.

하리마, 이나바, 다지마에 흩어져 주둔하고 있던 히데요시의 휘하는 2월 중에 벌써 히메지에 집합하라는 명령을 받고 있었다.

3월 말 히메지를 출발했을 때, 그 병력은 6만을 훨씬 넘고 있었다.

당당히 오카야마 성에 도착했다.

이곳에는 우키다 히데이에의 군세 2만여 기가 있다.

우키다 군은 선봉을 명령받고, 곧 빗추에 침입할 태세를 취했다.

그전에 불응할 것을 알고 있으면서, 히데요시는 구로다 간베와 하지스카 히코에몬을 사자로 보내서 다카마쓰의 성주, 시미즈 무네하루에게 항복을 권했다.

"고맙긴 하나……."

무네하루는 우선 모리가의 「백만일심」의 시범을 보이고 깨끗하게 거절했다.

여기에 주고쿠의 전국은 드디어 마지막 단계에 직면하게 되었다.

돈과 노부나가

헤어진 후에도 심계(心契)의 주종은 무슨 일이든지 아침저녁으로 멀리에서 생각을 주고받는 것이 틀림없다.

주고쿠 전진의 히데요시와 아즈치에 있는 노부나가의 사이다.

히데요시는 여전히 군무의 하나로서 부지런히 아즈치에 소식을 전하고 있었다.

노부나가는 앉아서 모리의 판도를 부감하고 있었다.

"……히데요시만 있으면."

이렇게 그 방면의 책략에 대해서는 안심하고 있었던 것이 틀림없다.

그 히데요시를 주고쿠로 보내고 나서 아즈치에서 새해를 맞이한 노부나가는 새봄과 함께 세모의 혼잡의 몇 배나 더 다망해졌다. 아니 다망한 일을 만들고 있었다고 하는 것이 적절하다.

'덴쇼(天正) 10년 임오 정월.

이웃의 다이묘(大名) 쇼묘(小名 : 작은 지방영주), 근족의 여러 분 기타 축하하는 사람들이 도도노교에서 올라오셨는데 너무나 많은 군중이 담을 밟아 무너뜨려 사람과 돌이 한꺼번에 무너져 그로 인해 죽은 사람도 있었으며 다친 자의 수는 헤아릴 수가 없다. 칼지기 창지기 수행자들은 창과 칼을 잃고 낭패를 당한 자가 많았다……' '노부나가 공기(公記)'

새해 첫날부터 인사를 하기 위한 손님들은 이런 식으로 아즈치 성으로 몰린 것같이 보인다.

한 사람의 노부나가에게 한 마디의 새해 인사를 드리기 위해 그 소켄사(總見寺) 산의 넓은 돌계단 길과 정면 대문에서 안으로 향해서 이처럼 혼잡을 나타낸 것은 노부나가의 위광이라고 할까, 인기라고나 할까, 민심의 흐름의 무서움을 생각게 한다.

그야 밟혀 죽은 사람이 있을 정도였으니 이 하의 새해 인사는 특히 이례적이며, 해마다 이런 일이 있었던 것은 아닐 것이다.

왜 이런 소동이 벌어졌느냐 할 것 같으면 노부나가가 제야의 밤에 이렇게 분부한 데에 기인한다.

"새해 인사하러 오는 손님은 누구를 막론하고 한 사람에 백 문(文)씩의 예전(禮錢)을 받으라. 경하스럽게 새봄을 맞이하고 오늘을 무사히 지내고 이 노부나가를 알현하여 인사를 할 수 있는 호강의 대가로서 백 문쯤의 연하세(年賀稅)는 징수해도 좋을 것이다. 호리 히사타로, 가모 우효에 두 사람은 내일 책임자 노릇을 해라."

그뿐 아니라 노부나가의 인기라고 하면 이것도 인기를 불러일으킨 원인이라고 할 수 있을 것이다.

"연하세를 받는 대신에 평소 사람들에게 보이지 않는 비각 심전을 개방해서 모두 구경시켜 주어라."

벌써 며칠 전부터 아즈치의 거리마다 숙소를 정해 대기하고 있던 다이묘, 쇼묘를 유자격자의 서민, 유가(儒家), 의사, 화인(畫人), 공장 모든 계급에서 다이묘 쇼묘의 가신들도 모조리 오늘의 기회를 놓칠세라 한꺼번에 산을 향해 왔으니 견딜 수가 없었다. 밟혀 죽은 사람도 생길 만한 만산의 대혼잡이 되어 버렸다.

그러나 사람들은 그만한 가치가 있었다고 후회하지 않았다.

우선 소켄사 미사문의 무대부터 구경하고 바깥문에서 제도의 대문으로 들어가 본영에서 현관 앞마당까지 와서 이곳에서 축하를 드린다.

그렇다고 해도 사람 물결에 시달리고, 뒤에서는 밀치고, 보러 온 노부나가의 얼굴이나 모습도 보이지가 않았다.

"저분이 3품 노부다타경(信忠卿)."

"지금 저쪽으로 가신 것이 오다 겐고(織田源五)님."

"이쪽을 보고 웃고 계시는 것이 기타바타케 중장 노부오경(北畠中將信雄卿)이 아닌가."

하다못해 일문의 여러 사람들을 멀리에서 바라볼 정도로 서로 만족하고 있었다.

아니, 일반 사람들이 만족을 넘어서서 감격에 고개 숙이게 된 것은 뜻밖에 이 아즈치 성에 지금까지 있다고 듣지 못했던 '어행(御幸)의 방'을 이날 배관한 일이었다.

아즈치에 어행의 방이 있으리라고는 일반 사람들로서는 오늘까지 생각지도 못했던 것이다.

언젠가는 주군의 행차를 이곳에 맞이하려고 남몰래 충성을 다짐하고 있던 노부나가의 준비를 지금 알게 됨과 동시에 사람들은 말했다.

"이렇게 공경스럽게 지존의 옥좌를 눈앞에 배관한다는 것은 평생의 추억이며, 고마운 일이다."

이곳에 오니 자연히 잡담하던 인파도 모두 조용해지고 계단 밑 낭하의 그늘에서 저마다 서로 고개를 숙였다.

이리하여 연하의 군중은 차례로 전중의 방을 다니면서 구경했다. 가노 에이도쿠(狩野永德)의 미닫이문에 그려진 그림 앞에 걸음을 멈추고 운간 장식과 고려 장식을 한 다다미에 눈이 휘둥그레지고 힘들여 닦은 금벽에 기분이 움츠리고 황홀한 생각으로 현관 앞마당어 내렸다.

"뒷문으로 돌아가라."

성사가 통로를 가르치고 사람 등의 발은 자연히 둘러싸인 푸른 대나무 울타리에 유도되어 주방 옆을 흘러서 마구간 쪽으로 넘쳐서 나갔다.

그러자 그곳에는 뜻밖에도 노부나가가 측근 가신들과 함께 거적때기 위에 길을 막고 서서, 손수 돈을 받아서는 뒤를 향해서 내던지는 것이었다.

"예전을 잊지 말고 두고 가라. 백 문쓱의 예전을 잊지 말라."

물론 무수한 군중들의 손이 돈을 내미니 노부나가 혼자로서는 도저히 받을 수가 없다. 호리 히사타로의 부하인 측근 가신도 거들어서 돈을 받아서는 뒤로 내던졌다.

그러나 군중들은 꼭 노부나가 앞으로만 닥쳐왔다.

불과 백 문의 세금을 노부나가에게 직접 올릴 수 있다니, 이것이야말로 일세의 영광, 앞으로 있을 수 없는 일이라고 생각하는 것이었다.

이리하여 노부나가 뒤에는 순식간에 돈의 산더미가 몇 개나 생겼다.

그것을 하급 병졸들이 곧바로 가마니에다 집어넣었다. 그리고 가마니에 넣는 돈은 바로 책임자의 손으로 성하의 관가에 내려져서 아즈치의 거리마다 생활이 어려운 궁한 백성을 찾아서 서해 첫날을 멍하니 맞이하고 있는 빈민들의 가정을 따뜻하게 해 주었다.

그리하여 뒷골목의 구석구석까지 이 정초에는 굶주린 사람이 없다고 상상하는 것도 노부나가에게는 역시 하나으 즐거움이었고 자기의 정초를 크게 장식하는 것이었다.

"어때 연하세는. 재미있는 일이었지."

호리 히사타로를 향해서 그는 나중에 그렇게 자랑했다.

히사타로는 처음에 책임자로 하명 받았을 때 거짓말로라도 천하의 패자 우대신이나 되는 사람이 그러한 평민적인 시늉을 해서 되겠는가고 염려하고 있었는데 민중의 소리가 전혀 자신의 우려와는 반대였기 때문에, 이렇게 극구 칭송했다.

"참으로 훌륭하신 착상이었습니다. 축하에 참여한 사람들은 평생 애깃거리가 된다고 기뻐했으며, 예전을 나누어 받은 가난한 이들은 소문을 듣고 ……이건 여느 돈과는 다르다, 우대신 노부나가님의 손을 거친 돈이다, 그냥 써 버렸다간 죄스럽다, 이것을 밑천으로 해서 내년의 신정까지에는 곤란을 받지 않도록 하자……그렇게 모두가 이야기하고 있었다면서 관원들까지도 기뻐하고 있습니다. 이렇게 좋은 일은 내년의 신정에도, 또 앞으로의 연두에도 좋은 예로 하는 것이 좋을까 생각합니다."

그러나 노부나가는 제법 냉담하게 고개를 옆으로 흔들었다.

"두 번 다시 않을 것이다. 빈민들의 기쁨도 그것에 젖도록 하면 그것은 오히려 정치하는 자의 허물이 된다."

이렇게 말했다.

정월 중순에 모리 란마루는 분부를 받아 파견되었다가 공무를 마치고 기후의 성에서 돌아왔다.

"돌아왔습니다."

"란마루인가, 수고 많았다."

"기후의 돈 곳간의 엽전 1만 6천 관, 남김없이 다시 매어 놓고 왔습니다."

"그리고 지출의 전도 중장에게 소상히 부탁해 두었는가."

"네에, 말씀하신 대로."

노부나가는 만족스러운 듯 고개를 끄덕였다.

오다 중장 노부다타가 있는 기후 성에 란마루가 분부를 받아서 간 용건이란 전부터 그곳의 돈 곳간에 넣어 둔 거액의 돈이 여러 해 동안 산적된 채 있는 것을 노부나가가 이렇게 하명했던 것이다.

'아마 엽전을 맨 새끼도 모두 썩었을 거다. 모든 새끼를 점검하여 다시 매 놓고 오너라.'

곳간 속의 돈 묶는 새끼줄은 몇 해쯤 지나면 썩는다는 것까지 알고 있는 노부나가였다. 란마루는 마음속으로 새삼스럽게 감탄했다. 그리고 그러한 경탄을 느낄 때마다 어머니 묘타가 저지른 과거의 잘못이 걱정되어, 스즈키

시게유키를 가중에 감추고 있다는 아케치 미쓰히데의 일거 일동이 마음에 걸리는 것이었다.

'남들은 주군님의 군략의 재능만을 알고 경제적인 두뇌에 대해서는 그다지 알고 있지 않지만, 경제뿐만 아니라 이 주군의 눈을 가리는 일은 조금도 할 수가 없다.'

그렇다고 해도 그것은 란마루 자신의 마음의 그림자다. 혹은 환상에 지나지 않는 지나친 생각일지도 모른다. 여기서의 문제와는 완전히 다르다.

그가 분부를 받아 수행한 용건을 듣자- 생각 없는 가신의 말단은 이렇게 서로 험담을 주고받았으나, 얼마 후, 좀더 깊은 사실을 알게 되자 그들은 스스로 자신의 입을 꼬집지 않을 수가 없었다.

"과연 인색하신 주군님. 착안이 훌륭하셔. 뜨 그곳에 란마루라니 꼭 알맞은 심부름꾼이야."

도대체 노부나가에게는 그 호방하고 화사한 인품과는 달리, 본성은 인색하다는 평이 자주 세상 사람들의 입에 오르내리곤 했다. 또 실제로 그런 실례라고 생각되는 일을 들어 본다면 얼마든지 있었다. 그래서 이른바 아랫사람의 근성으로 이번의 돈의 새끼줄을 점검한 것도 즉각 그러한 말투로 서로 속삭이게 되었는데, 아무도 생각지 못한 일이었지만 그 후 전해지는 바에 의하면 기후 성의 돈은 얼마 후 속속 돈 곳간에서 반출되어 세상의 햇빛을 보고 있다고 했다.

그리고 그 돈은 모두 육로 해운 등에 의해 모두 이세(伊勢)로 보내지고 있었다.

생각해 보니, 이세 대신궁은 지난 3백 년 동안 천궁의 집행도 없어 신묘의 황폐는 너무나 황송스러웠으며, 국가적인 신사도 오래 끊어진 채로 있었으므로 노부나가는 신궁을 개축하는 일을 생각하여 작년부터 벌써 그 일에 착수케 하고 있었다.

그 비용으로 신궁 조작의 담당자는 대략 천 관이란 액수를 예산해서 연말에 제출했다.

"먼저 네가 권진(勸進)한 야와다의 팔번궁의 건축도 예산 3백 관이란 것이 천 관을 초과했다. 이번에는 특히 이세 신궁의 일이니, 3배가 아니라 몇 배도 더 들 것이다. 비용을 아끼게 마라."

노부나가는 이렇게 말하여 유사시를 위해 대비해 두었던 기후 곳간의 돈을 그 사업을 위해 바친 것이다.

　노부나가의 인색이란 이러한 인색이었다. 그는 무인이 돈을 좋아한다는 비방에 대해서 스스로 부끄럽게 생각하지 않고 자신의 신조를 가지고 있었다.

난반학교

　1월도 반이 지났다. 새해 첫날을 장식하는 송죽도 거의 문전에서 사라지고 나서 아즈치의 백성들은 깨달았다.

　"무엇일까. 굉장히 많은 짐을 실어서 매일 바가 자주 나가는데?"

　그 배는 예외 없이 호남에서 호북으로 가는 것이었다.

　그런가 하면, 또 수천 가마의 쌀이, 육로를, 거마로 그치지 않고 줄을 지어 갔다.

　아즈치의 번화는 정월의 20일을 지나도 줄어들지 않았다. 여객의 왕래와 참부·귀부의 제후는 여전히 빈번했으며, 가도에서 사자인 긴급 전령과 타국 사신들의 느린 걸음은 보지 못하는 날이 없었다.

　"세헤(瀨兵衛), 같이 가지 않겠나?"

　"어디를 말씀입니까?"

　"매사냥 말이야."

　"무엇보다 좋아합니다. 꼭 데려가 주십시오.'

　"산스케(三助)도 오라."

　이른 봄의 어느 아침이었다.

노부나가는 아즈치를 나갔다. 수행자는 간밤에 결정되어 있었으나 마침 만난 나카가와 세헤도 데리고 가기로 하고, 또 이케다 가쓰사부로 노부테루의 아들, 이케다 산스케도 수행하게 되었다.

개 8마리를 8명의 매 조련사가 데리고, 수행하는 측근들도 원거리 승마 겸해서 대부분이 기마로 아이치 강(愛智江) 가까이까지 갔다. 노부나가가 좋아하는 것은 기마, 씨름, 매사냥, 다도라고 일컬어졌을 만큼 사냥은 그의 취미 중의 하나였다.

노부나가는 매일 하는 매사냥에 지치는 기색도 없었다. 그 강인한 기력에 여러 사람들이 탄복하였다.

——몰이꾼들과 함께 뛰어다니고 기분을 푼다.

기록관도 이렇게 기록하고 있다. 몰이꾼과 활부대 사람들은 그래서 지쳐버리는 것이었다.

취미나 여가라고 한다면 한가한 시간을 달래는 일처럼 들리지만, 다도를 하든지 무엇을 하든지 간에 그는 그것을 미지근하게 하지 않았다.

예를 들어서 씨름을 시키면, 그것을 아즈치에서 구경하는 데도 오미, 교토, 나니와, 기타 멀리 떨어진 지방에서도 천5백 명이나 되는 씨름꾼을 모아서 흥행을 하기도 한다. 제후 군중과 관람 끝에 해가 저물어도 싫증을 느끼지 않고 오히려 구경에 열중하여, 이렇게 명령하는 것이었다.

"호리 히사타로와 가모 주사부로, 두 사람이 한 번 해 보아라."

주사부로란 후일의 가모 우지사도, 히사타로는 세상에 알려진 호리 히데마사다.

이러한 일세의 인물과 용장을 단적으로 씨름판에 올려서 다투게 하여 관람하는 즐거움에는 또 다른 흥미가 있었던 것이 틀림없었을 터인데, 아무튼 병마가 쉬는 사이에 있어서도 그는 쾌활하게 노는 날에는 잘 놀았다.

노는 데 있어서도 천하의 일을 이루는 기개와 도량을 나타내고 있었다.

그러나 이 정월의 아이치 강행은 지극히 간소했다. 그리고 매사냥도 들판을 달릴 정도로 마치고 휴대한 다기를 꺼내 한 잔 마시고 나서 바로 돌아갈 것을 하명했다.

그런데 이날 시나노(信濃), 기소(木曾)의 일족인 나에키 규베(苗木久兵衛)란 자가 수행자도 없이 단 혼자서 이곳에 노부나가를 찾아와 있었다. 노부나가는 규베의 손에서 서신을 받아 들고 일독한 뒤에 이렇게 대답했다.

"요시마사(義昌), 기타 일동의 의향은 틀림없이 내가 납득했으나 적당한 인질을 아즈치에 보내 오기 전에는 가부간에 대답할 수가 없다."

그리고 나머지 일을 가신의 스가야 구에몬(菅谷九右衞門)과 잘 타협하도록 말해 놓고 떠나왔다.

오늘의 매사냥은 여기서 기소의 사자와 만나는 것이 주요한 목적이었는지도 모른다. 그의 귀로를 쫓아서 얼마 뒤 스가야 규에몬이 다다르자 바로 안장 옆에 불러서 무언가 낮은 소리로 듣고 나서는 만족스러운 듯이 몇 번이나 고개를 끄덕였다.

"그런가. 으음, 그래."

그 때의 귀로였다. 매사냥의 대열은 아즈치의 거리에 들어왔다.

그런데 노부나가는 말을 멈추고 수목 속의 외국식 건물을 쳐다보았다.

그곳 창에서 제금(提琴)의 소리가 들려왔다. 그는 갑자기 말에서 내려 종자의 일부만을 데리고 문안에 들어갔다.

"우대신님의 왕림이시다."

먼저 달려간 이케다 산스케는 문짝을 열고 2층을 향해 소리쳤다.

계단 밑의 낭하에는 사나이의 커다란 나체 조각상이 있었다. 그리스도의 상인지 무언지 산스케는 모른다.

산스케는 자신도 모르게 진기한 듯이 돌아보고 있었다.

"오오……."

소 같은 소리가 대답했다. 이층에서였다. 2, 3명의 선교사가 급히 내려왔다. 노부나가는 벌써 집안에 들어서고 있었다.

"오오, 주군님."

선교사는 표정을 과장되게 짓고 최대의 경의와 불의의 놀람을 번갈아 나타냈다.

이곳은 옆에 있는 난반사(성당)와 함께 세워진 부속 기독교학교였다. 노부나가도 기부자의 한 사람이지만 다카야마 우콘(高山右近)이라든지 기타 귀의(歸依) 다이묘들이 재목에서 학교 내의 준기물에 이르기까지 일체 기증해서 완성된 것이었다.

"수업하는 것을 참관하고 싶다. 애들은 모여 있겠지."

노부나가의 희망을 듣고 선교사들은 크게 기뻐하면서 영광이라고 서로 이야기했다.

그 말에는 아랑곳하지 않고 노부나가는 그냥 2층으로 올라갔다.

아주 당황하면서 선교사 한 사람은 먼저 교실로 달려가서 생도들에게 이 갑작스런 귀빈의 참관을 말했다.

제금의 소리가 한꺼번에 멈췄다. 속삭임이 그만 그쳤다. 노부나가는 교단에 서서 잠시동안 이 일당을 바라보고 있었다.

'진기한 서당이로군.'

이렇게 말하고 싶은 표정이었다. 교실의 책상과 의자 등 모든 것이 서양식이었다. 한 권씩의 교과서를 각각 책상 위에 놓고 제후와 직속가신들의 자제이니만큼 노부나가의 모습을 맞이하자 숙연히 절을 했다.

열 살에서 13, 4세까지의 아동이 많다. 그중에는 관례 전후의 소년도 있다.

모두 명문의 자제이며 화려한 유럽식 문명의 분위기에 싸여 있어서 거리에 있는 일본의 서당과는 비교가 되지 않는 학원이었다.

그러나 어느 편이 진정한 인간을 가르칠 것인가 노부나가의 머릿속에서는 벌써 해답이 얻어져 있는 모양이었다. 그래서 그다지 감탄도 경이도 하지 않고 있다.

가까운 책상 위에서 생도의 교과서를 집어 들고 말없이 뒤적거리고 있었는데 그것도 바로 생도에게 돌려주었다.

"지금 제금을 타고 있던 사람은 누군가?"

이렇게 물었다.

노부나가의 질문을 받아서 선교사의 한 사람이 생도에게 물었다.

노부나가는 바로 짐작은 했다. 이 교실에는 지금까지 교사가 없었던 모양이었다.

생도 등은 또 그것을 좋은 핑계로 해서 잡담도 하고 왁자지껄 떠들어 대고 있었던 것임이 틀림없다.

"이토(伊東) 제롬님입니다."

생도들은 자기들 속의 한 사람에게 시선을 모았다.

노부나가도 그 시선을 따라서 14, 5세 가량의 한 소년을 찾아내었다.

"네에. 저기 있는 것이 제롬올시다."

선교사가 가르키니 그 소년은 얼굴이 빨개져서 시선을 떨어뜨렸다.

"제롬이란 누군가, 누구의 자제인가."

선교사는 엄숙히 그 애의 스승으로서 그 생도에게 말했다.

"제롬, 일어나서 군주님께 대답해라."

그 생도는 일어섰다. 책상과 책상 사이에 자세를 똑바로 해서 노부나가 쪽으로 향해 절을 했다.

"네에, 저올시다. 지금 제가 여기서 제금을 타고 있었습니다."

말소리도 또렷했다. 눈동자에 비굴함이 없다. 귀인의 자제다운 감이 있다.

노부나가는 그 눈에 엄한 시선을 쏟았다. 그러나 소년은 시선을 떨어뜨리지 않았다.

"제금을 타고 있던 사람은 넌가?"

"네에."

"무슨 곡이냐. 양악에도 악보가 있겠지."

"있습니다. 제가 타고 있던 것은 이스라엘의 백성들이 이집트를 떠나는 '다비데의 성가' 였습니다."

소년은 득의만면이었다. 이런 질문에 대답할 날을 기다리고 있었듯이 거침없이 말했다.

"누구에게 배웠는가."

"사부 와리니야니에게 배웠습니다."

"아아 와리니야니말이냐."

"우대신님께서도 잘 아시지요."

소년이 반문했다.

"음, 본 일이 있다."

노부나가는 끄덕이고 나서 물었다.

"와리니야니는 지금 어디 있나?"

"바로 지난 신정까지는 일본에 있었습니다만 벌써 나가사키를 떠나서 마카오에서 인도 쪽으로 돌아갔는지 모릅니다. 사촌이 보낸 서신에는 아마 20일경에 출범할 것이라고 씌어 있었습니다."

"네 사촌이라면?"

"이도 안시오라고 합니다."

"안시오란 듣지 못했다. 일본 이름이 없나?"

"이토 요시마스(伊東義益)의 조카 요시가다(義賢) 올시다."

"아아, 무언가. 히유가(日何 : 宮崎), 오비(飫肥)의 성주, 이토 요시마스의 일족 사람인가. 그런데 너는……."

"네에, 요시마스의 자식이올시다."

노부나가는 기묘한 웃음을 머금었다. 이 기독교 문화의 화원에서 교육 받는 말 잘하는 미소년을 보면서, 그 부친되는 이토 요시마스라고 하는 사나이의 무뚝뚝한 수염에 싸인 얼굴을 연상했기 때문이다.

규슈(九州) 다이묘인 오토모(大友), 오무라(大村), 아리마(有馬) 등이라든지, 또 그 이토 요시마스라든지, 서일본 연해의 성하는 근년에 더욱더 농후하게 남만 색과 서구 식 문물에 채색되어온 감이 있었다.

총·화약·망원경·의약품·피혁·염직류·일용 기구류, 무엇이든지 받아들이는 데 노부나가는 인색하지 않았다.

특히 의학·천문·군사에 관한 것은 크게 욕심내고 열망하고 있었다고 해도 좋은 것이다.

또 그에 수반한 다소의 폐풍도 어쩔 수 없는 부산물로서 우선 크게 이해하고 있다. 그러나, 이는 씹으려고 하지 않고 그의 소화기도 절대적으로 거부하고 있는 것이 있다. 종교와 교육이었다.

그러나 그 두 가지를 선교사에게 주지 않으면 그들은 무기도, 의학도, 또 다른 것들도 가지고 오지 않는다.

노부나가는 커다란 의의를 문화에 걸어서 이 아즈치의 한 구획에도 난반사와 그 학교를 허용하고 있었다.

그런데 이렇게 마음에도 없이 시키고 있는 학원에서 싹이나 봉우리를 틀려고 하는 구근과 묘목을 보면 이렇게 이곳의 자제들의 장래를 우려하였다.

"이래서는 곤란하다."

또 이런 생각이 들기도 하는 것이었다.

"언제까지 멋대로 내버려둘 수는 없지 않겠나."

노부나가가 그곳을 나가자 선교사들은 화려한 휴게실로 안내했다.

그리고 노부나가는 귀빈을 위해 특별히 비치해 둔 것 같은 금벽찬연(金碧燦然)한 의자에 기댔다.

선교사들은 또, 자기들이 귀중품으로 하고 있는 자기 나라의 차와 담배 등을 내서 이 대빈을 향응했으나 노부나가는 손도 대지 않고 이렇게 물었다.

"방금 이도 요시마스의 아들이 말한 바에 의하면, 와리니야니는 정월 말에 출범한다고 했는데, 벌써 돌아갔나?"

선교사 한 사람이 대답했다.

"아니, 이번에 사부께서 유럽에 가시는 것은 자기 일 때문에 가신 것이 아니라, 일본의 문화를 위해 사절단의 안내역으로 수행하는 것입니다."

"사절단이라니?"

노부나가는 의아스러운 표정을 지었다. 규슈는 아직 그의 세력 아래 있지는 않다. 그러나 규슈의 여러 다이묘와 외국에 있는 교우와의 통상에는 그도 적지 않게 신경을 쓰고 있었다.

"아직 듣지 못하셨습니까. 실은 와리니갸니의 발안으로 한 번은 꼭 일본의 유력한 자제들에게 유럽의 문명을 보여 드리지 않으면 진실한 통상도, 국교도, 시작될 수 없다고 유럽 여러 나라의 국왕, 또 법왕까지를 설득해서 그 승낙을 받고, 드디어 이번에 일본에서 그 사절단을 멀리 맞이하게 되었습니다. 그리고 그 인선에 오른 분들은 16세를 필두로 해서 아직 모두 어린 소년들뿐입니다."

그러면서 그 사람들의 이름까지도 소상히 말했다.

거의가 규슈 다이묘의 자제였다. 이토 요시마스의 조카 이토 안시오의 이름도 그 중에 있었다. 오무라 아리마 일족의 후손들도 섞여 있었다.

"그것 정말 장하군."

노부나가는 먼 유럽으로 길을 떠난다는 16세를 필두로 한 소년 사절의 장도를 진심으로 기뻐했다.

그러나 동시에 이렇게 생각했다.

'뜻대로 할 수 있다면 그 소년들과 만나서 자신이 소유한 정신의 일부라도 전별로 이야기해 주어서 신념을 갖게 해 주고 싶다.'

무엇 때문에 유럽의 여러 국왕이, 또 사부 와티니야니 등이 다이묘의 자제들을 그렇게까지 열심히 유럽 견학을 데리고 가는가. 그 문화적 뜻은 이해한다.

그러나 그들이 결국에 기하고 있는 커다란 야망도 노부나가는 통찰하고 있다.

그렇게 두 가지를 합쳐서 노부나가는 아즈치의 성에도 있는 지구의를 언제나 바라보고 있는 것이다.

"와리니야니는 그 때문에, 작년에 교토를 떠날 무렵에 애석하게 말하였습니다. 아즈치의 주군님에 대해서 말입니다."

“허허……무어라고?”

“아즈치의 주군님께서는 언제나 세례를 받으실 것 같으면서도 결정적인 때에 응낙을 하시지 않는다. 결국 이번에도 아즈치의 주군님에게 세례를 받으시도록 하지 못하고 유럽으로 돌아가는 것이, 단 한 가지 한이라고…….”

“하하……그런가. 그렇게 말하였던가.”

노부나가는 의자에서 일어섰다. 그리고 매를 주먹 위에 앉히고, 뒤에 서 있는 시종을 향해 말했다.

“뜻밖에 오래 머물렀다. 자아 돌아가자.”

말하자마자 노부나가는 벌써 큰 걸음으로 계단을 내려서 대번에 문 밖에서 말을 부르고 있었다.

아까 제금을 타고 있던 이토 제롬 이하 생도들은 교정에 정렬하고 있었다.

고부(古府) 신성(新城)

니라사키의 신부(新府)의 성은 부인과 시녀들이 사는 안채까지 모두 낙성되었다.

“같은 신정을 맞이한다면…….”

다케다 가쓰요리는 부조(父祖) 수 대의 고부(古府)인——고후의 쓰쓰지카사키에서 이신부로——세모인 24일인데도 옮겨 버렸다.

이 이전의 장관과 미려함은 연도의 농민들에게 이렇게 정월이 된 후에도 이야깃거리가 되어 있을 만큼 말로 표현할 수 없는 것이었다.

가쓰요리와 그 귀부인을 비롯하여 시중드는 수다한 시녀들과 백모님이라든지, 공녀 누구누구, 하는 여성의 색칠한 가마만 하더라도 도대체 몇 백이 계속되었을까.

일족의 노무사, 젊은 무사, 또 직속 가신이라든지 측근들, 저마다 소임을 맡은 사람들, 금은의 말안장 청패의 장식 칠기의 빛깔, 펼친 일산, 접은 일산, 활과 화살 총의 대열, 붉은 손잡이 창의 숲……그러한 행렬이 끝없이 이어지는 가운데 가장 사람들의 시선을 모은 것은 다케다 중대의 법성의 깃발로, 나무 스와 남궁 법성 상하 대명신(南無諏訪南宮法性上下大明神)이라 씌어 있었다.

이 열석 자가 진홍 바탕에 금색으로 빛나고 있는 것과, 또 하나는 세상에 잘 알려진 신겐이 좌우의 군기로 삼고 있던 감지 정호직의 장기에 이렇게 2행의 금색 글씨가 적혀 있었다.

질여풍서여림침(疾如風徐如林侵)

약여화부동여산(掠如火不動如山)

그것은 또 신겐이 깊이 심계하고 있던 도의 스승 에린사(惠林寺)의 가이센 화상(快川和尙)이 썼다는 것도 누구나 알고 있었다.

‘아아 저 깃발의 넋은 쓰가사키의 성을 버리고 간다. 오늘의 이전을 무어라 애석히 여기고 있지나 않을지.’

고후의 영민들은 누구나 그러한 애수와 같은 것을 느끼지 않을 수가 없었다. 그리고 이 손자지기(孫子之旗)와 13 자기(字旗)나, 이곳을 출발해서는 가와나가 섬으로 가고 그것이 돌아올 때마다 돌아온 용사들이나 영민들도 같은 감격과 눈물로 목이 쉬도록 울린 함성으로 서로 맞이하고 응답을 했던 에이로쿠(永祿) 연간 전후의 시대가 지금에 와서는 어쩐지 그립게 추모되었다.

그리고 틀림없이 같은 것이긴 하지만 그 무명의 손자지기와 오늘 보는 손자지기는 전혀 다른 것 같은 기분이 드는 것이었다.

그러나 또 그들의 일족문엽의 거가금안(車駕金鞍)과 함께 니라사키 신성으로 옮겨가는 허다한 중기진보(重器珍寶), 군수의 자재들이 길게 수 십리 사이에 펼쳐서 우차와 수레의 열이 흘러가는 것을 보고는, “가이는 아직도 강국이다.”라고 마음이 든든해지는 것이었다. 신겐 이래의 자부심만은 장병은 물론 영하의 백성들에게도 있었다.

신성으로 옮기고 나서 아직 얼마 안 되는 성이었으나 2월에 접어들자 이곳에는 예와 변함없이 흰매화와 붉은 매화가 벌써 피기 시작하여 가쓰요리는 지금도 숙부인 다케다 쇼겐과 함께 안채의 二 매림사이에서 조용히 종달새 소리를 귓전에 흘려버리고 자꾸만 무언가 이야기하며 본관 쪽으로 걷고 있었다.

“……이 신년의 하례에도 끝끝내 얼굴조차 내밀지 않았다. 병이라고 하지만 무언가 숙부님에게 소식이 있었습니까?”

가쓰요리가 말했다.

그것은 가쓰요리의 종재(從弟)가 되는 일족인 아나야마 바이세쓰(穴山梅雪)의 이야기를 하고 있는 것이었다.

다케다 군에 있어서는 중요한 남방의 요충인 스루가구치(駿河口)의 에지리(江尻)의 성을 맡기고 있는 그 바이세쓰가 반 년 이상이나 등성하지 않고, 무슨 일이 있어도 병이라고 말하며 나오지 않아서 걱정되었기 때문이다.

"아니, 진정으로 와병 중이라고 생각된다. 바이세쓰는 정직한 사내이니 꾀병을 부리지는 않겠지."

그렇게 말하는 쇼겐이야말로 죽은 형(亡兄) 신겐의 기상과 달라서 실은 누구보다도 더한 호인이었기 때문에 가쓰요리로서는 이 대답에 안심할 수가 없었다.

쇼겐은 입을 다물었다.

가쓰요리는 그냥 침묵을 지켰다. 그러나 두 사람의 발걸음은 묵묵히 계속되었다.

본관과 안채 사이에는 잡목의 좁은 골짜기가 있다. 계류도 있다. 좌우의 절벽에는 매화가 피려 하고 있었다.

그 골짜기 사이의 다리까지 왔을 때였다. 무엇에 놀랐는지 종달새 한 마리가 떨어지듯이 몸을 날려 달아났다. 그와 동시에 우거진 매화나무 사이에서 아토베 오이(跡部大炊)의 아들로 측근 가신인 아토베 겐시로(跡部源四郎)가 얼굴색이 변한 채 무언가 아뢰러 왔다.

"나리, 여기 계셨습니까? 큰일 났습니다."

쇼겐은 나무라면서 이렇게 말했다.

"겐시로. 좀 조심성을 가져라. 큰일이란 말은 무사가 경솔히 입 밖에 내는 것이 아니다."

젊은 측근 가신에게 가르치는 뜻만이 아니라, 쇼겐은 놀란 가쓰요리를 달래기 위해서도 말하지 않을 수 없었다.

왜냐하면 평소의 자기다운 굳센 의지와 강직함도 찾아 볼 수 없이 가쓰요리의 얼굴색이 몹시 달라졌기 때문이었다.

그런데 겐시로는 말했다.

"함부로 그렇게는 말씀드리지 않습니다. 정말 큰일 났습니다."

벌써 절벽 길을 달려와서 다리 옆에 조아리고 이렇게 단숨에 말했다.

"방금, 바깥에 시나노 다카도(高遠)의 니시나 고로(仁科五郎) 님으로부터 긴급 전령이 왔는데, 기소 요시마사(木曾義昌) 님이 모반했다는 소식입니다."

"엣, 기소가?"

너무나 놀랍고 의아스러워 믿고 싶지 않은지 다급한 소리를 낸 것은 다케다 쇼겐쪽이었다. 가쓰요리는 벌써 어떤 예감을 가지고 있었는지 입술을 깨물고, 측근 가신의 모습을 내려다보고 있을 뿐이었다.

쇼겐은 쉽게 진정되지 않는 가슴의 고동을, 또 떨리는 말투를 나타내면서 전령이 가져왔을 니시다 고로의 서장을 찾았다.

"서장은 서장은……."

겐시로(源四郎)가 대답했다.

"실은 너무 촌각을 다투는 화급한 상황이라, 고로 노부모리의 서장은 다음 전령이 가져오기로 했습니다. 지금 도착한 심부름꾼은 말로 전하고자 달려왔으나, 전하자마자 쓰러져 의식을 잃었기에 약을 먹여 재우고 있습니다."

아직 손을 짚고 있는 겐시로 옆을 큰 걸음으로 넘어가 가쓰요리는 뒤쪽의 쇼겐에게 큰 소리로 말했다.

"고로의 편지 같은 것은 읽을 필요도 없다. 기소(木曾)가 변심한 것은 사실이니, 그놈도 그놈이려니와 바이세쓰의 수상한 징조는 근래에 얼마든지 있었다. 숙부님, 힘드시겠지만 다시 출전해 주십시오. 저도 따르겠습니다."

그리고 얼마 뒤에 신성 이마시로(今城)의 망루에서 북치는 소리가 울렸다. 성벽 아래에는 전쟁터로 가져 갈 무기들이 운반되고 있었다.

매화의 하얀 꽃잎이 흩날리는 산 속의 고요한 봄 풍경이 삼엄해지고 있었다.

출발은 당일로 정해졌다. 니라사키의 저녁 노을에 쫓겨 기소로 향한 군마가, 처음엔 5천, 밤이 되자 1만 가까이 모였다.

"잘도 그가 먼저 반심을 밝혀 주었다. 이 일이 없었더라면 은혜를 모르는 적을 치는 날이 없었을 것이다. 이번이야말로……기소 뿐 아니라 두 마음을 먹은 자를 모조리 숙청해서 남김없이 가이 군의 군기를 일신시켜야 한다!"

억누를 수 없는 분노를 품고 도중에 가쓰요리는 누차 말 위에서 중얼거렸다. 그러나 그와 함께 화를 내고 그와 함께 기소의 신의 없음을 미워하는 소리는 적었다.

가쓰요리의 기세는 여전히 등등했다.

호조와 손을 끊을 때에도, '호조 따위가 무어냐' 하는 식으로 이 커다란 방패가 될 힘을 되돌아보지도 않고 끊어 버렸다.

주위의 헌책으로 인질로 삼고 있던 노부나가의 자식을 아즈치로 돌려보내고 나서도, 마음속에서는 아직도 상대를 대수롭지 않게 여기는 마음을 품고 있었으며, 하마마쓰(濱松)의 도쿠가와 이에야스에 대해서는 더욱 그랬다.

"앞으로 보자."

이렇게 반격할 것만을 언제나 나가시노 전투 이후에 과시하고 있었다.

강한 기운이 나쁜 것이 아니다. 적국적인 정신이다. 강기는 마음의 둑에 가득히 채워 놓아야 하는 것이다.

특히 강자 절대의 전국에서는 더욱 그러하다고 할 수 있다.

그러나, 그것을 위해서는 절대로 궤도를 그르치지 않는 문화적인 성찰과 일견 무력함으로도 보이기 쉬운 침착한 힘의 견지가 필요한 것이다.

함부로 강한 척하는 것은 옳은 상대자를 위협할 수가 없다. 오히려 역효과를 낳게 된다.

가쓰요리는 의지가 강하고 용기가 있으며 굽힘이 없는 성격으로, 이 수년 동안에 차차 노부나가와 이에야스를 그러한 관찰 아래에 가볍게 여겨온 경향이 있다.

아니, 적국뿐만이 아니었다. 가이의 국내에서조차 자칫하면 이런 소리가 들렸다.

"신겐 공이 살아 계시다면……."

일족 역대 가신의 무리들이 어떠한 일이 있을 때마다 옛 주군을 흠모하는 마음은, 그만큼 지금까지 공허감을 안고 있는 증거라고 할 수가 있다.

신겐은 강력한 군국정치를 밀고 나갔다. 그러나 일족 낭당으로 하여금, 아니 영민 모든 사람들에게 이런 절대적인 안정감을 갖게 하고 자신에게 절대적으로 의지하게 했다.

'이 주군이 계시는 이상은……'

가쓰요리의 대에도 군역 증세 기타의 제반 정치 모두가 신겐의 유법대로 행해지고 있었으나, 무언가 결여되어 있었다.

가쓰요리는 그 결여된 '무언가'가 무엇인지 알 수 없었다. 아니 결여되어 있는 것조차 깨닫지 못하는 것이었다.

화합과 중심에 대한 신뢰였다.

이렇게 두 가지가 부족한 강력한 신겐적인 정치는 오히려 일족의 화합을 어긋나게 하기 시작했다.

따라서 신겐 시대에는 상하 일반의 신조였던——가이의 땅은 한 발자국도 적에게 밟게 한 예가 없다——라는 자랑에도, 자신도 모르게 의구심을 품는 경향이 드러나기 시작했다.

'이렇게 가다가는……'

그것이 나가시노의 대차질을 경계로 해서 뚜렷해진 것은 두말 할 나위도 없다.

그 대패전은 단지 가이군의 장비라든지 전략상의 실패에 그치는 것이 아니라 가쓰요리의 성격적인 난점——또 평소의 강기에 대해서도 그를 기둥으로 의지하는 주위와 일반에 몹시 실망을 느끼게 했다.

'가쓰요리 공은 역시 신겐 공 같지가 않다.'

갑자기 이렇게 인식을 바꾸게 한 것이 훗날의 중대한 퇴세를 만들어 내는 요인이 되고 있다.

기소 후쿠지마(福島)를 지키는 기소 요시마사가 신겐의 사위이면서 방향을 바꾸려고 획책하기 시작한 것도 가이의 장래에 대한 판단을 내린 것에 불과한 것이다.

'가쓰요리로서는 감당을 못한다.'

그는 미노의 나에키(苗木) 성의 도야마 규베(遠山久兵衛)를 사이에 넣고, 벌써 2년 전부터 아즈치의 노부나가에게 남몰래 충성을 보내고 있었던 것이다.

스와의 고원에서 가이군 부대는 기소 후쿠시마를 향해 몇 줄기로 나뉘어져 갔다.

모두 갈 때에는 큰소리쳤다.

"기소 군 쯤은……단숨에 짓밟아 버리겠다."

그러나 날이 지나, 스와의 우에하라(上原) 본진에 들려오는 전갈은 조금도 다케다 시로 가쓰요리 부자에게 회심의 웃음을 짓게 한 것이 없었다.

"제법 기소도 완강합니다."

"후쿠지마의 험한 지형을 이용하여 난소에 기계를 갖추어 놓아도 우군의 선봉이 그 곳에 접근하는 데는 상당한 날짜가 걸릴 성싶습니다."

이렇게 진척이 없는 전보(戰報)뿐이었다.

"내가 직접 가보지 않고서야……"

가쓰요리는 보고를 들을 때마다 입술을 깨물었다. 그의 내부의 불길이 맹렬히 끓어오르고, 지체하여 끝을 내지 못하는 전황에 애를 태우기 시작하고 있었다.

달을 넘어서 2월 4일경이었다.

결국 큰 슬픈 소식이 스와에 들어왔다.

이때의 혼란과 소요와 다케다 군의 패색 짙은 놀람이란 그야말로 신겐 이래의 가이 사람으로서는 당해 보지 않던 일이었다.

여러 지방으로부터의 긴급 전령과 정찰원들이 한꺼번에 스와구찌에서 이곳의 진소(陣所)로 모여들어 혼잡했으며, 각자가 말하는 것은 모두 다음과 같은 점에 일치하고 있었다.

"아즈치의 노부나가는 오다 군 휘하부대에 갑자기 출동 명령을 내리고……벌써 노부나가 자신도 오미를 떠났다고 한다."

또 말했다.

"……스루가 쪽에서는 도쿠가와 이에야스의 수세, 간토 쪽에서는 호조 우지마사의 군사, 히다 방면에서는 가네모리 히다노카미, 이들이 호응하여 일거에 가이 침공을 목표로 하고, 이나 쪽에서는 노부나가 노부다타 부자가 두 갈래로 나뉘어져서 벌써 난입했다고 들리며, 높은 산에 올라가 바라보면 몽롱한 뽀얀 연기를 멀리서 바라볼 수 있습니다."

"……노부나가! 이에야스! 그리고 호조 우지마사까지…… ?"

갑자기 가쓰요리는 실망한 듯이 소리쳤다.

첩보의 보고대로라면 자신의 입장은 독 안에 든 쥐와 같다.

바로 70일쯤 전의 일이 아니었는가, 친절하게 일부러 이쪽에서 먼저 노부나가의 인질을 아즈치로 돌려 보내준 것은.

그때 사자에게 노부나가는 무어라고 말했던가.

"다케다가에 맡겨놓은 것이 우리 집에 두는 것보다 마음적으로 안심이 되었는데, 이렇게까지 양육하신 후 돌려보내 주신다니 시로 가쓰요리의 온정, 정말 잊지 못하겠다. 이 일은 양가의 친화를 영구히 하는 계기가 될 것이다."

그렇게 말했다고 하지 않았는가.

그 노부나가가──

가쓰요리는 적의 불신에 머리칼이 곤두서는 듯한 노여운 감정이 치밀었다.

그리고 이 감정 속에는 자신을 돌아볼 여유 같은 것은 티끌만큼도 없었다.

그러나 아직까지 노부나가에 대해선 그는 노여움을 쏟을 여지가 있다고 느꼈다. 이 시끄러운 진영에 땅거미가 질 무렵 이런 보고가 들어왔다.

"……선진의 다케다 쇼겐님을 비롯하여 이치조 우에몬다유님, 다케다 고즈케노스케님에 이르기까지 밤중에 각처의 진지를 버리고 어디론지 모르게 도망쳤습니다."

물론 기소의 전선으로부터였다.

"거짓말이겠지."

가쓰요리는 믿지 않았다.

그러나 다음날 밤 사이, 이러한 것 모두가 사실에 틀림없다는 것이 속속 들어온 비보에 의해 부정할 수 없도록 증명되었다.

"무슨 일인가!"

가쓰요리는 욕을 퍼부었다.

"기소 따위는 벌써 망할 가문을 아사히 장군(旭將軍 : 木曾義神) 이래의 명문이라고, 선친 신겐이 딸까지 시집보내서 일족과 같이 대우해 오지 않았는가."

이렇게 주위 사람들에게 말을 지껄이고 진영 안을 울안의 맹호처럼 거닐면서 말을 계속했다.

"쇼겐도 쇼겐이다. 아무리 무어라해도 가쓰요리의 숙부가 아닌가. 전진에서 물러나서 무단히 달아나다니. 무슨 꼴이냐. 기타의 놈들에 이르러서는 다만 불충·망은(忘恩), 말하기에도 입이 더러워진다!"

그는 하늘을 원망하고 신을 원망했다. 그러나 자기 스스로를 원망할 것은 잊고 있었다.

그만큼 평소부터 사리를 분간하지 못할 정도로 어리석은 그는 아니었으나 상당히 수양이 되어 있는 사람이라 할지라도 그의 입장에 처하면 흔들리지 않을 수가 없었을 것이다. 하물며 가쓰요리 정도로서는 무리가 아니었다.

"할 수 없는 일이올시다. 이렇게 된 바에는 일단 진을 거두시도록 하명하시옵소서."

고야마다 노부시게(小山田信茂), 그 밖의 다른 사람들의 권유에 의해서 가쓰요리는 급속히 스와의 우에하라에서 되돌아갔다.

그것은 참으로 적막한 일이었다. 2만여 명으로 헤아려지는 병력이 아직 일전도 치르기 전에 직속 가신 이하 그를 수행해서 니라사키까지 돌아간 자는 겨우 4천 명에 불과했다.

답답하게 털어놓을 수 없는 심정을 호소하려 했는지 그는 에린사(惠林寺)의 가이센 화상을 청해 들였다.

비운은 어디까지 들이 닥치려는가. 이곳에 귀성하고 나서도 그는 거듭 불길한 소식을 받고 있었다.

그것은 일족인 아나야마 바이세쓰도 명백히 배반을 선언하고 하필이면 그 웅거하고 있는 성 에지리(江尻)를 적에게 맡겼을 뿐 아니라, 도쿠가와 이에야스의 길 안내를 맡아서 가이 난입의 선군(先軍)에 있다고 하는 것이다.

자기의 매제가 되는 바이세쓰까지 이렇게 역력히 반심을 나타내고, 그뿐 아니라 자기를 향해서 멸망을 강요해 온다는 사실을 보고는 그도 고민하며 반성하지 않을 수 없었다.

도대체 자신의 어디가 나빴는가—— 하는 일을 말이다.

그러나, 아직도 다른 일면에서는 불굴의 정신을 더욱더 맹렬히 태우고, 백방으로 방비를 명령하면서 니라사키의 신성에 가이센 스님을 맞이한 것은 이미 늦었다 하더라도 그로서는 온전한 자성의 표현이었다.

"선친 신겐이 별세한 지 마침 10년이 됩니다. 나가시노의 전투를 겪은 지 아직 8년입니다. 어찌 이렇게도 급격하게 우리 가이의 무장들은 과거의 절개와 의리를 잃었을까요?"

가쓰요리는 스님에게 물었다.

대좌한 채 아무리 시간이 지나도 가이센은 아무 말도 하지 않았기 때문이다.

"바로 10년 전까지의 무장들은 이런 것이 아니었소. 저마다 치욕을 알고 명예를 아끼고 함부로 주군을 배반한다는 일은 선친 재세 중에는 전혀 없었던 일입니다. 하물며, 일족에 있어서야 더할 나위가 없었습니다."

가이센은 눈을 계속 감고 있었다.

차디찬 재와 같은 상대에 대해서 가쓰요리는 그야말로 타고 있는 불꽃처럼 말을 계속했다.

"그뿐 아니라 그 반역자를 치러 갔던 자들까지도 모두 일전을 겨누기는커녕, 주군의 명령도 기다리지 않고 흩어진다는 꼴입니다. 이것이 우에스기 겐신과 같은 사람조차 가와나카지마(川中島) 이남으로 한 발자국도 넘어오지 못하게 한 가이의 일족이나 무장이라 할 것입니까. 도대체 이와 같은 사풍의 퇴폐는 세상의 죄일까요. 그야 바바(馬場), 야마가타(山縣), 고야마다(小山田), 아마가스(甘糟), 기타 노장의 대부분은 늙고 또 사망하여 지금 남아 있는 자는 그 대를 이을 적자 아니면, 또 왕년의 선친 신겐의 직속 무사들과는 사람됨이 많이 달라져 있습니다만……."

가이센은 역시 대답을 하지 않았다.

이 늙은 스승도 늙은 것을 생각하고 있는지는 알 수가 없다. 신겐하고는 보통이 넘는 심교가 있었던 가이센은 나이가 별써 70을 넘었을 것이다.

눈을 엎어 놓은 것 같은 흰 눈썹 밑에서, 변할 때에는 변할 수도 있다는 식으로 죽은 신겐의 후계자를 바라보고 있었다.

"스승님, 일이 여기에 이르러서는 떠가 늦었다고 생각하실는지 모르겠습니다만, 정치를 하는 법이 나쁘면 정치를, 군기의 통솔이 좋지 않다면 군기를 크게 진속 시켜 개혁하려고 저는 고심하고 있습니다. 스승께서는 도우(道友)로서 선친께서 배운 바가 많고 크다고 듣고 있습니다. 제발 불초 이 몸 가쓰요리에게도 선책을 내려 주십시오. 부디 가르침을 아끼지 마십시오. 이것이 신겐의 자식이라고 생각하시고……여기가 나쁘다 이렇게 하라, 저렇게 하라……고 기탄없이 들려주시기 바라옵니다."

"……."

"그럼 제가 먼저 말씀드리겠습니다. 선친이 돌아가신 뒤, 더욱더 국방을 엄하게 하고 군비를 증가시키기 위해서 하천 관문의 증세, 기타의 여러 세금 등을 갑자기 증액해서 징수한 것이 민심을 떨어지게 했을까요?"

"아니."

가이센은 고개를 흔들었다. 가쓰요리는 계속해서 이렇게 물었다.

"그렇다면, 상벌을 분명히 하는데 저의 실수가 있었을까요?"

"무슨 그런 일이……."

흰 눈썹의 얼굴을 조용히 또 옆으로 흔들 뿐이었다.

가쓰요리는 드디어 울상이 되어 소리를 내며 엎드려 버렸다. 호방한 기상과 강한 정신의 소유자나, 드물게 보는 자존심의 소유자도 가이센 앞에서는 몸을 비틀면서 울어 버리고 만다.

"울지 마시오. 시로님, 당신은 결코 불초자식이 아니오. 불효자식도 아니오. 단지 깨닫지 못한 실수가 한 가지 나타났구려."

이윽고 가이센은 타일렀다. 다정히 달랬다.

"당신과 노부나가를 나란히 서게 한 현재의 시대가 무정한 것이지요. 결국 당신은 노부나가와 대적할 만한 사람이 못되오. 가이의 문화가 멀리 떨어져 있고, 노부나가는 지역적 이득을 얻고 있다고 하지만 아니 큰 원인은 그것이 아니오. 노부나가는 일전, 또 일전 싸우는 데도 일령(一令), 또 일령 정치를 하는데도 마음속에 반드시 조정을 잊지 않고 조정의 하인으로 자처하는 것으로 무문 자신의 본분으로 삼고 있소. 궁궐의 조영, 열병식의 천람(天覽) 등은 그 일부분에 지나지 않지만 또 노부나가의 만사를 미루어 보아도 알 수 있는 일이오. 당연한 일이 아니겠소. 가이가 아니더라도 할거하는 군웅에 속한 자가 모두 돌아갈 곳에 돌아간다는 것이니."

신겐에게 초빙되어 가이의 게이린사에 오기 전에, 가이센 화상은 교토의 묘심사(妙心寺)에서 도를 닦고 미노의 수후쿠사(崇福寺)에 있었다.

오기마치 천황(正親町天皇)께서는 선(禪)에 깊이 마음을 두셨다. 묘심사의 우당(愚堂) 같은 사람은 몇 번이나 명을 받고 궁중의 선연에 참석했다.

따라서 조정을 모시는 선가나 일반의 신하가 지켜야 할 절개에도 무가(武家) 이상으로 굳건한 데가 있다.

특히 가이센은 이와 같이 먼 땅에 있으면서 덴쇼 9년에는 황공하게도 오기마치 천황으로부터 대통지승국사의 호를 받아서 그 특사의 천은에 감격한 적이 있었다.

그러한 가이센의 심경으로 세세(世勢)의 커다란 움직임과 이 가이의 추이를 바라보고 있으니, 지금 가쓰요리의 통절한 질문에 대해서 대답할 수 있는 것은 전에 말한 한 마디밖에 없었다.

그는 세상을 떠난 신겐과는 심계의 사이에 있었으며 신겐이 그를 존숭한 것도 보통이 아니며, 그도 신겐을 두텁게 믿었다. 그의 7주기의 말에는 고인을 평해서, 이렇게 칭송했을 정도이다.

──인중(人中)의 용상(龍象), 천상의 기린.

그러나 결코 그 아버지에 비해서 아들인 가쓰요리를 이른바 불초한 자라고는 하지 않았다.

오히려 가쓰요리에게는 동정하고 있었다. 남이 가쓰요리에 대해 나쁘게 이야기하면 이렇게 대답하는 것이 통례였다.

"그것을 바라는 것이 무리다. 선친이 너무나 훌륭했었다."

그로서 약간 부족한 것을 생각한다면 만약 오늘날까지 신겐이 살아 있었다면 그 신겐으로 하여금 그 업을 가히 일국에 멈추게 하지 않고, 좀더 커다란 의의 아래에 그 큰 도량과 뛰어난 재주를 사용하게 해 주었을 것을, 하고 아쉬워하는 것이다.

그러나 벌써 그 대처에 착안하여 겐페이(源平) 시대 이후의 무문의 할거적 존재를 황실 중심으로 서서히 시정하고 또 스스로 신하로서의 모범을 몸소 보여주고 있는 노부나가라고 하는 자가 크거 중앙에 있는 오늘날에 와서는 신겐보다 아무래도 인물이 작은 가쓰요리로서는 가이센의 촉망을 도저히 받을 수 없다고 보겠다. 춘추(春秋)가 이미 지났다. 이것이 가이센의 기분이었던 것이 틀림없다.

그럼 그 가쓰요리로 하여금 오다가의 휘하에 무릎을 꿇게 하고 신겐 사후의 안전이라도 도모케 하려는가——그것은 알 수 없는 일이었다.

신라사부로 요시미쓰 이래의 명문, 또 너무나 천하에 빛났던 신겐의 이름을 생각할 때에 가쓰요리는 새삼스럽게 노부나가의 무릎 밑에 항복하여 빌 수는 없는 것이었다.

또 그렇게까지도 명예를 생각지 않는 무기력한 다케다 가쓰요리는 아니었다.

성하의 서민 사이에는 신겐 시대의 정치보다도 나빠졌다고 하는 소리도 있다. 무거운 세금을 부과당한 것이 그 중요한 원인으로 간주된다.

그러나 가이센이 보건대 가쓰요리는 결코 자신의 사치와 마음을 흡족히 하기 위해서 그렇게 한 것이 아니다.

그것을 모두 군사에 충당시켰다. 무기, 전법, 모든 문화도 중앙은 말할 나위 없이 가까이 있는 이웃의 여러 나라까지 지난 수 년간에 장족의 발달을 했으며, 총기, 화약의 구입만으로도 신겐 시대의 지출 정도로서는 도저히 그들 여러 나라와 어깨를 겨누고 갈 수 없었다.

"몸을 조심하십시오."

가이센은 이윽고 하직하려 했다.

"벌써 돌아가시렵니까?"

가쓰요리는 아직도 물어보고 싶은 일이 가슴에 가득하였으나 솔바람만 시원하고, 물어보았자 대답은 같은 것 밖에 듣지 못한다는 것을 짐작하고, 양손을 짚고 고개를 숙였다.

"이것이 마지막 이별이 될지도 모르겠습니다."

가이센도 염주를 쥔 손가락을 바닥에 대고 말했다.

"부디 안녕하십시오."

그리고 별말 없이 자리에서 일어나 돌아갔다.

다카도성 (高遠城)

"자아, 가이 산에서 봄을 감상하고 벚꽃을 구경하며 풀을 캐고 돌아오는 길에는 동해로 나와서 후지 산 구경이나 할까?"

출진하는 말로서 노부나가는 이렇게 달하며 아즈치를 출발했다.

이번의 가이 침공에는 충분히 승산이 있는지, 어딘지 모르게 느긋해 보이는 출진이었다.

2월 10일, 벌써 시나노에 들어가 이나 쪽, 기소 쪽, 히다 방면의 수배를 마치는 한편 간토 방면에는 호조 가를 종용하그 스루가 방면에서는 동맹국인 도쿠가와 이에야스에게 진격을 촉구하고 있었다.

아네 강 나가시노의 전투와 비교하면 이번의 가이 침공은 그야말로 자기 밭의 농작물을 캐러 가는 것처럼 노부나가는 태연했다.

벌써 적국 속에 적이 아닌 우군이 있었다. 나에키 성의 나에키 규베, 기소 후쿠시마의 기소 요시마사도 그의 깃발을 손꼽아 기다리고 있던 자에 지나지 않았다.

오다 노부다타, 가와지리 요베, 모리가와지노가미, 미즈노 겐모쓰, 다키가와 사콘 등의 기후에서 이와무라로 들어간 군세 등 그들이 가는 곳에 감히 길을 막는 자가 없었다.

다케다 군의 성채들은 바람을 바라보고 손을 들어 버렸으며 다케다 일족이 지키는 마쯔오 성(松尾城)도 이다 성(飯田城)도 하룻밤이 지나고나니 빈 성이 되어 있었다.

"이나 방면은 거의 막히는 적도 없이 진격하고 있다."

이런 연락을 받은 기소 방면에서도 장병들 사이에서는 이런 담소마저 오가곤 했다.

"이래서야 어쩐지 싸우는 기분이 나지 않는걸."

이 방면의 군세는, 2월 16일 경 도리이(鳥居) 고개에 다다르고 있었다. 그리고 이곳에서 매복하고 있던 우군 나에끼 규베 부자의 군사와 합류하여 나라이(奈良井) 부근에서 약간의 적의 저항도 있었으나 소전투로 끝나고 적이 내다버린 시체 40구를 본 것에 지나지 않았다.

바바 미노노카미 노부후사의 아들 마사후사(昌房)가 지키고 있던 요해 후카시 성(深志城)도 순식간에 떨어져 버렸으며 이곳에 닥쳐온 오다 나가마스(織田長益), 니와 우지쓰구(丹羽氏次), 기소 요시마사 등의 합류군도 요원의 불길처럼 차례로 가이의 외곽을 짓밟고 진격했다.

가쓰요리의 숙부 쇼겐조차도 이나 고을의 한 성을 버리고 달아났을 정도였다.

이치조 우에몬다유, 다케다 고즈게노스케, 동 사마노스케 등이 깃발을 거두고 행방을 감춘 것도 이상한 일이 아니다.

무엇이 그들을 이다지도 약하게 만들었는가. 원인은 복잡하지만 또 간단히 한 마디로 못할 것도 아니다.

——이번에는 가이도 지탱할 수가 없다.

대부분의 다케다 군이 어느 사이에 패할 것을 각오하고 있었던 것이다.

혹은 오히려 이날이 오기를 기다리고 있었다는 경향조차 있었다.

그러나 아무리 패할 것을 알고 있다 하더라도, 무사다운 무사가 나타나지 않았던 때는 고래로부터 없었다.

"여기에 내가 있는 것을 알렷다."

시나노의 다카도 성에 있던 니시다 고로 노부모리는 바로 그런 사람이었다. 노부모리는 실제로 가쓰요리의 아우이기도 했다.

단숨에 석권해 온 오다 노부다타는, 편지를 하나 적은 뒤 화살 끝에 묶어 활을 잘 쏘는 한 무사에게 뒤쪽 산에서 성 안으로 쏘아 보내게 했다. 물론 투항 권고였다.

그러자 성 안에서도 바로 회답이 왔다. —— 견지를 펴보고 그 뜻을 알겠습니다——이런 말로 시작된 당당한 문면으로 마지막에 내용은 이랬다.

'당 농성의 용사들은 일단 신명(身命)을 가쓰요리님께 무은으로서 보답하고 있으며 소심한 무리와 비교해서는 안 됩니다. 조속히 공격함이 가하다고 생각합니다. 신겐 이래의 단련된 무용 공명을 보여 드리겠습니다.'

공공근언(恐恐謹言), 이렇게 먹글씨로 아름답게 각오한 바가 역력히 나타나고 있었다.

노부나가의 분부를 받고 있는 중장 노쿠다타였다. 그리고 젊다.

"좋아! 그렇다면……."

노부다타는 공격을 명령했다.

성의 뒤쪽과 정면 쪽으로부터 공격군은 두 갈래로 나뉘어져서 성을 공격하기 시작했다.

비로소 여기에 전투다운 전투가 벌어졌다. 니시나 노부모리 이하, 성병 1천여 명은 물론 죽음을 각오하고 있었다. 역시 가이 무사의 무용은 아직 시들지 않았다.

2월에서 3월초에 걸쳐서 다카도 성의 돌담은 공수 양 군의 병사가 흘리는 피로 물들었다.

해자 약 55미터를 사이에 두고 다시 돌려 매어져있던 제1방책도 침입당하고, 해자도 돌과 토목에 파묻히고 공격군은 달려와서 민첩하게 돌담 밑에 매달렸다.

"음!"

"쳐 들어와 봐라!"

위쪽의 흙벽과 축토 너머에 무서운 격의 눈이 무수히 내려다본다. 그리고 창을 내린다. 암석을 떨어뜨린다. 기름을 퍼 붓는다. 또 재목을 굴린다.

돌과 함께, 또 오수의 물벼락과 함께 공격군의 병사는 돌담의 7푼째 8푼째까지 기어 올라와서는 떨어져 버렸다.

그러나 떨어진 병사일수록 용감했다. 떨어져도 아직 의식이 있는 자는 바로 일어나서 또 무엇! 하는 식으로 돌담에 매달리는 것이었다.

그 병사의 모습을 본 다른 병사들은 그 과감하고 용감한 용자에게 함성을 보내고 질새라고 뒤따라 기어 올라갔다. 그리고는 떨어지고 또 되풀이하여 떨어져서는 돌담에 매달리는, 맹렬한 기세 앞에는 아무것도 없었다.

그러나 수비군에게도 결코 그에 못지않은 일치단결과 사투가 있었다.

토벽, 축토, 방루 등에서 반신 혹은 전신을 내놓고 그에 응전하고 있는 것은 성 안에서도 늠름한 가이 무사뿐이며――공격군 측에서는 몰랐으나―― 일단 성벽 안의 활동을 본다면 그 곳에는 모두 한마음이 되어 성을 지키기 위한 눈물겨운 분전이 있었다.

농성과 동시에 이곳에 피난해서 장병들과 함께 농성한 수많은 가족들, 늙은이 어린이도, 여자도 그리고 무거운 몸의 임산부마저 모조리 방비를 위해 무엇인가를 거들며 필사적으로 일하고 있는 것이었다.

젊은 여자는 화살을 운반하고, 노인은 뜨겁게 단 총을 손질하고, 또 부상자를 간호하고, 취사를 거들고, 이곳저곳 모두가 들끓는 듯 소란을 피우고 있으면서도 누가 시키는 것도 아닌데 한 줄기의 질서는 정연하게 서 있었으며, 불평하는 얼굴은 볼 수가 없었다.

"결국, 빨리 떨어지지 않겠습니다. …… 어떠한 희생도 무릅쓴다고 한다면 별문제는 없겠습니다마는……."

공격군의 한 장수 가와지리 히젠노가미(河尻肥前守)는 중장 노부다타 앞에 나서서 지나친 힘에 의한 공격의 무리와 과대한 희생을 내는 것이 불가하다는 것을 이야기했다.

"공격군의 손실이 좀 많군."

노부다타도 반성하고 있는 것이다. 히젠노가미는 혀를 차면서 말했다.

"그런데도 아직 성은 저렇게 완강히 버티고 있습니다."

"계책이 없겠나? 무언가 좋은 계책 말일세."

"생각건대 성병의 강점은 아직 신부(新府)에는 가쓰요리가 건재하다고 믿고 있기 때문이겠지요. ……이곳은 일단 두고 먼저 고후, 이라사기를 공격하는 것도 한 가지 방법입니다만 그렇게 하기 위해서는 전체적인 작전 변경이 필요합니다. ……더 좋은 방책은 신부에 있는 가쓰요리의 죽음을 성군에게 믿게 하는데 있기는 합니다만."

노부다타는 고개를 끄덕였다.

3월 1일의 아침이었다. 공격군이 두 번째로 편지를 화살 끝에 묶어 성 안으로 쏘아보냈다.

"어린이 장난과 같은 거짓 편지로구나. 애먹고 있는 공격군의 표정이 눈에 보이는 것 같다."

니시다 고로 노부모리는 그것을 읽고 웃었다.

편지에는 이렇게 씌어 있었다.

'지난 28일 고후 본성은 함락되고, 가쓰요리님께서는 자결하셨음. 일문의 여러분께서도 혹은 순사하고 혹은 투항하여 가이 중부의 운명이 이미 결정되었음. 불과 한 지방의 한 구역에 지나지 않는 당성에서 무문을 고집하기만 하는 것도 이미 의의가 없을 것이다. 조속히 성문을 열고 본령의 안도를 도모함이 가한 것이다.

오다 중장 노부다타, 정성을 다하여 감히 권고함.'

"어리석군. 이렇게 뻔한 잔재주를 병법이라고 생각하고 있는가."

그날 밤 고로 노부모리는 작은 연회를 열어서 일문 낭당들에게 그 편지를 보였다.

"만약 이에 마음이 동하는 자가 있다면 사양할 것 없다. 오늘 밤까지 뒤 골짜기로 이 성을 떠나도록 하라."

그리고 작은 장고를 치고 가락을 음미하면서 그야말로 즐겁게 밤을 지냈다.

그날 밤에 한해서 무사 대장들의 아내들도 불러서 한 바퀴 술잔을 내리신 점 등을 보고 일동은 벌써 이렇게 짐작하고 있었다.

"오늘을 마지막으로 생각하시는구나."

이렇게 짐작하고 있었다.

그 다음날 2일 아침, 고로 노부모리는 대장도를 땅에 짚고 왼쪽 굵은 다리에 짚신을 매달고 그 한쪽 다리를 끌면서 성문까지 걸어왔다.

"어젯밤부터 아직 이 성에 머물고 오늘까지도 여기에 기다리고 있는 사람들은 모두 이 밑에 모이라."

이렇게 분부해 놓고 자신은 문루 위로 올라갔다.

얼마 후, 의자를 놓고 문루 위에서 그가 내려다보니 성 안의 늙은이, 어린이, 부인을 제외한 정예의 장병 천 명 미만의 병력은 거의 한 명도 줄어들지 않았다.

"……"

묵도라도 하고 있는 듯이 그는 잠시 고개를 숙이고 있었다.

──보십시오! 아직도 가이군에는 이런 자가 남아있습니다.

돌아가신 선친 신겐의 영에 아뢰고 있는 것이었다.

이윽고 고개를 들었다. 전군이 그곳에서 바라보고 있었던 것이다.

그는 형 가쓰요리처럼 살이 두툼하고 탐스러우며 몸이 아름다운 남자가 아니었다. 오랜 시골 생활의 소박함을 감수하고 있었으므로 조금도 음식에 취하는 사치를 몰랐다.

쌀쌀하게 부는 산과 들의 바람 속에 크고 젊은 매와 같은 눈초리를 갖추고 있었다.

올해 34세, 선친 신겐을 닮아서 털이 많고 이마가 길고 입술이 두터웠다.

"그런데 오늘은 비가 오는가 싶었는데, 하늘이 맑게 개고, 먼 산의 쪽꽃도 보이고 죽기에는 너무 좋은 날씨가 되었다. 그렇다고는 하나 우리는 왜 또 구름 같은 부위를 바라고 명예를 버리겠는가. 다만 이 고로 노부모리는 이틀 전의 방어전에서 보다시피 한쪽 다리에 깊은 부상을 입고 진퇴도 뜻대로 안 되니 우선 너희들의 마지막 싸움을 눈여겨 본 후에 유유히 이곳에서 적을 기다리다가 싸운 뒤에 따라가겠다. 자아, 정문 후문을 열어 놓고 용감히 들벚꽃이 떨어져가는 모습을 보여 주어라."

그날 아침에 외친 그의 말이었다.

와, 왓! 서로 대답하는 소리의 폭풍, 모든 사람들이 "알았습니다" 하면서 부르짖고 으르렁거리는 무사들, 그 모든 무사들의 얼굴은 문루 위에 있는 성군의 모습을 바라보면서 이것이 마지막 하직이라고 잠시 동안 같은 생각만을 되풀이하고 있었다.

죽느냐 사느냐가 아니고, 절대로 이것은 죽음의 한길이었다.

성 문은 성 안 사람들의 손으로 과감하고 용감하게 활짝 열렸다. 천여 명의 장병은 함성을 올리면서 달려나갔다..

정면의 대문과 후면의 대문에서 공격군의 전형은 제4진까지 무너졌다.

한 때는 오다 노부다타가 있는 중군조차도 위태로울 혼란에 빠질 뻔했다.

"후퇴. 다시 나오자!"

성군의 무사 대장 이마후쿠 마타에몬(今福又右衛門)은 기회를 보고 성 안으로 신속히 물러섰다.

고바타 스오(小幡周防)의 부대 가스가 가와 지노가미(春日河內守)의 부대 등도 이마후쿠대를 따라서 되돌아갔다.

"후퇴다, 후퇴!"

그리고 각각 획득한 목을 헤아리고는 문루 위의 주군에게 향하여 말했다.

"물이라도 한 잔 마시고 다시 나가겠습니다."

그러면서 유유히 그 의기를 보여주었다.

이리하여 정면 후면 양쪽 모두가 쉬었다가는 달려 나가고, 공격하고는 다시 철수하는, 큰 물결이 밀어 닥치는 듯한 격전을 되풀이하기를 6번, 목을 얻은 것이 437개——그날도 벌써 저물려 하고——점차적으로 우군의 병력 수도 눈에 뜨이게 줄어들었고, 남은 병사들도 도두 만신창이가 되어 별 탈 없이 건강해 보이는 병사는 거의 없었다.

생나무가 불타는 소리와, 화염 속에 벌써 공격군은 이곳저곳에서 성 안으로 물밀 듯이 몰려왔다.

니시다 고로 노부모리는 아직도 문루 위에 있으면서 우군의 마지막을—— 그 한 사람 한 사람의 분투에 이르기까지를——눈도 깜박하지 않고 보고 있었다.

"주군, 주군! 어디 계십니까?"

가신의 고스가 고로베(小管五郎兵衛)가 문루 아래를 달리고 있었다. 노부모리가 위에서 말했다.

"여기 있다."

이렇게 건재를 알리고 다시 말했다.

"이제 가까워졌구나, 너의 얼굴을 보여 다오."

그러면서 밑을 내려다보았다.

고로베는 연기 위로 주군을 우러러 바타보고 헐떡거리면서 말했다.

"고야마다 빗추님을 위시하여 아군 장병의 대부분은 벌써 전사했습니다. 주군께서도 자결의 준비를 하시옵소서."

"고로베 이리 올라오라. 할복 후견인으로……."

"네엣……."

위를 향해서 큰 소리로 대답하고 고토베는 비틀거리면서 문루의 계단 쪽으로 들어갔으나 언제까지나 누상에는 으지 않았다. 그리고 앞의 계단 입구에서는 시시각각으로 짙은 연기가 올라돋 뿐이었다.

노부모리는 다른 틈새의 판자 문짝을 밀고 들여다보았다. 밑에 보이는 것은 오직 적병뿐이었다.

그러나 단 한 사람 그 많은 사람 가운데 분투하고 있는 아군이 있었다. 그 것은 장도를 든 여인이었다.

"앗, 스와 가쓰자에몬의 아내가⋯⋯."

노부모리는 지금 바로 죽을 몸인데도 순간적으로 품은 의외의 느낌을 풀려고 애썼다.

"평소 사람 앞에서는 장도를 들기는커녕, 말도 잘하지 않던 내향적인 그 부인이⋯⋯."

그러나, 그 자신이 지금 해야 할 일이 닥치고 있었다. 그대로 총좌에서 큰 소리로 외치면서 적에게 말했다.

"노부나가, 노부다타의 수하놈들 잠시 정신 차려서 허공의 소리를 들어라. 이 세상의 청년이란 긴 역사 속에서는 한 순간. 노부나가가 지금 패자됨을 자랑하나 떨어지지 않는 벚꽃이 어디 있는가. 불타지 않는 패자의 성이란 있을 수 없다. 영겁의 땅에 떨어지지 않고, 불타지 않는 불후의 것이란 어 떤 것인가. 지금 보여주겠다. 다케다 신겐의 5남 고로 노부모리가 보여주 마."

오다 병이 그곳에 올라가 봤을 때에는 열십자로 할복한 시체뿐이며, 북은 벌써 없었다. 그리고 이곳도 순식간에 봄의 밤하늘을 태우는 불길에 싸였다.

봄은 요란하지만

신부(新府) 니라사키 성의 혼잡은 세상의 종말을 외치고 있는 것 같았다.

"벌써 다카도 성도 함락되고 계씨 노부모리님 이하 모두가 성과 함께 전사 하셨다고 합니다."

이렇게 가신으로부터 들었을 때 다케다 가쓰요리는 동요되지 않는 표정으 로 받았다.

"으음, 그런가?"

이렇게 말했으나 역시 지금에 와서는 자신의 힘이 미치지 않는 것을 명백 히 체념한 모양이었다.

이어서 다음의 긴급 전령에는 이렇게 적혀 있었다.

"오다 중장 노부다타의 병사는 벌써 가미스와(上諏訪)에서 가이로 난입하 고⋯⋯ 이치조 우에몬 다이스케(一條右衞門大輔)님, 세이노 미마사카(請 野美作)님, 아사히나 세쓰님, 아마가타 사부로베님 부자 등, 싸우든 말든 용서 없이 모조리 죽이고는 사방에 늘어놓으면서 밀물처럼 이곳을 향해 몰려오고 있습니다."

또 다른 비보는 이렇다.

"신겐 공의 혈통이신 맹인 류호 법사도 적의 손에 붙들려 비참한 죽음을 당하셨습니다."

그때야 말로 가쓰요리는 눈을 치켜올리면서 독을 퍼부었다.

"무자비한 오다군. 맹인 법사에게 무슨 죄가 있나? 무슨 저항력이 있단 말인가!"

그러나 그는 자신의 죽음이 더 강하게 느껴져 왔다. 허무한 입술을 가만히 깨물고는 마음의 물결 밑바닥에서 이렇게 자제하고 있는 것 같았다.

"이러한 분격을 밖으로 나타내어서는 가쓰요리가 이성을 잃었다고 생각하기 쉽다. 옆에 있는 가신들에게는 면목이 없고……."

신경이 굵고 거칠다는 그의 강인한 표면을 조부라고 보고 있는 사람도 많지만, 실은 가신에 대해서는 남달리 섬세한 신경을 쓰는 것이 가쓰요리였다.

따라서 그가 절개와 의리로 삼고 있는 것과 주군으로서의 면목이나 반성도 거의 소승적이었다.

선친의 유풍을 받아서 그도 가이센 화상으로부터 그 선의를 배우고 있었으나, 같은 사부에게 같은 선을 배워도 신겐처럼 선을 살리고 있지 않았다.

"틀리지 않았나. 다카도의 성만은 아직까지 반 달이나 한 달쯤은 지탱할 수 있다고 믿고 있었는데."

다카도 함락의 소식을 듣고 이렇게 중얼거렸을 정도였다.

방전상의 오산이라고 하기보다도 인간으로서의 미숙을 기탄없이 나타내고 있었다. 아무튼 날 때부터의 소질은 있어도 그것이 미완성인 채 이 시운에 부닥쳐 버린 것이었다.

이 며칠 동안, 그가 있는 본관은 넓은 회의실과 기타의 부속실까지 모든 미닫이문을 떼어내고 마침 연일 연야의 대지진이라도 피하고 있는 양으로 일문 일족 가족과 기타 모두가 기거를 함께 하며 잡거하고 있는 것이었다.

물론 정원에선 장막을 두르고 방패를 나란히 내놓고 병사는 횃불을 들고서 밤에도 자지 않고 경비하는 것이었다.

그리고 시시각각으로 상황을 정문에서 중문을 거쳐 직접 정원을 따라서 이곳까지 와 보고하고, 가쓰요리는 마루 너머로 긴급 전령의 보고까지 자신이 직접 듣고 있었다.

지난해에 신축한 나무 향기와 새로운 금은 장식, 세간의 아름다움도, 모든 것이 지금에 와서는 가로거치는 방해물로밖에 눈에 비치지 않았다.

"나리께서는 어디 계십니까?"

부지런히 옷깃을 여미며 한 여인이 시녀 한 사람을 데리고 마님의 심부름이라고 말하고는, 그 혼잡한 정원에서 좀 어두운 넓은 방 사이의 사람들을 돌아보고 있었다.

그만큼 그곳에는 노약(老若)의 무장들로 가득 찼으며 무언가 떠들썩하게 각자 저마다의 소리를 내고 있었다.

그녀는 마님의 시중을 드는 여인이며, 지무라노 쓰바네(第村乃局)라고 한다. 이윽고 가쓰요리 앞에 와서 안채로부터의 심부름 내용을 이렇게 자세히 말했다.

"아무튼 저쪽의 성곽은 여자뿐이라서 이곳과는 달리 울음소리뿐, 갈피를 잡지 못하고 아무리 달래도 비탄만 합니다. 마님의 말씀이 죽을 때는 안채의 여자들도 이쪽에 함께 농성하여 무사들과 함께 있으면 조금이나마 각오가 빨리 서게 될 것이 아닌 가고 말씀하십니다. 허락하신다면 마님의 자리도 바로 이쪽으로 모실까 하옵는데 어떻겠습니까……."

가쓰요리는 그 말을 듣자 바로 말했다.

"그것이 좋겠다. 부인도 애들도 모두 데리고 내 옆으로 옮겨오도록 하라."

그 때 그의 주위에는 금년 16세가 되는 적자 다로 노부가쓰, 그리고 노장 사나다 마사유키(眞田昌幸), 고야마다 노부시게, 나가사카 조칸(長坂長閑) 등도 있었으며 무언가 회의 중인 모양이었는데, 지무라노 쓰바네가 일어서려고 하기 전에 노부가쓰가 앞에 나섰다.

"아버님, 그것은 오히려 좋지 않을 것입니다."

가쓰요리가 그 날카롭게 생긴 눈썹과 시선을 아들에게 돌리며 물었다.

"왜 좋지 않으냐?"

"왜냐하면 여자들이 여기로 와서는 가로거칠 뿐입니다. 비탄하는 모습을 보고 강기의 무사들의 마음도 해이해지기 쉽습니다."

다로 노부가쓰는 비록 젊은 나이지만 일설을 주장하고 있던 참이었다. 즉 이곳은 신라사부로 이래의 조상의 땅, 다같이 싸울 바에야 죽는다 하더라도 최후의 한순간까지 선조의 땅에서 그것을 이루어야 하며 신부를 버리고 달아난다는 것은 다케다 가의 명예를 생각하면 최대의 치욕이라고 주장하고 있었던 것이다.

그에 대해서 사나다 마사유키는 진언하였다.

"아무튼 사면이 벌써 적에 둘러싸였습니다. 고후는 분지이기 때문에 일단 적의 침공을 받게 되면 호수의 밑바닥에서 물을 받는 것이나 마찬가지입니다. 이렇게 된 이상은 고쓰게(上野)의 와가쓰마(吾妻)로 피하시는 것이 좋을 것입니다. 미쿠니 산맥(三國山脈)의 읕대까지 피할 수만 있으면 사방을 돌아보고 어디로든 나갈 고장은 있으며 숨는 방법도 있으며, 더욱 우군을 규합하여 재기의 기회도 있을 것입니다."

고야마다 노부시게는 또 헌책을 권했다.

"고쓰게 방면에도 벌써 연래 다케다 가에 숙원이 있는 무리들이 오다의 연락을 받고 봉화를 올리면서 길을 막고 있소. 주군 이하 많은 인원이 무난히 지나갈 수 있으리라고는 생각되지 않소. 그러니 이렇게 된 이상 고을 내의 이와도노 산(岩殿山)에 일단 농성하시고 그 후에 또 연구하도록 하심이 가할 줄 아오. 그렇게 되면 그 동안에 흩어졌던 아군들도 모여들 것이니……."

나가자카 죠오간도 동의를 나타내고 가쓰요리의 마음도 거의 기울어지고 있는 참이었다.

"그것이 좋다."

가쓰요리는 노부가쓰에게 쏟았던 시선을 다음에는 말없이 기무라노 쓰바네에게로 돌려서 이렇게 종용했다.

"가 보아라."

"그럼 일은 마님이 희망하시는 대로·……."

"음 그렇게 해라."

지무라노 쓰바네는 그 자리를 떴다.

노부가쓰의 주장은 이것으로 부친에게 부정당한 꼴이 되었다. 그는 말없이 고개를 숙였다.

남은 문제는 고쓰게의 아가쓰마로 달아나느냐, 이와도노 산 방면에서 농성하느냐의 두 가지였다.

그러나 그 어느 것도 이 신부를 버리고 망한 채 흩어져 버린다는 것은 이미 가쓰요리의 마음에도 노장들의 가슴에도 피할 수 없는 운명으로 체념되어 있었던 모양이다.

3월 3일(여자의 단오절). 예년 같으면 이 도화(桃花)의 명절엔 안채가 화사하게 웃음꽃을 피우는데, 가쓰요리의 염씨 문중의 노인과 어린이들은 검은 연기에 쫓기면서 신부의 성을 버리고 나갔다.

물론 가쓰요리도 성을 나갔다. 수행하는 무사들도 남김없이 성 밖으로 나갔다. 그러나 가쓰요리는 그 총수를 돌아보고 아연실색했다.

"이것뿐인가?"

숙소의 면면을 위시하여 일족인 덴규 노부도요(典廐信豊)마저도 어느 사이에 모습을 감추고 없었다.

듣자하니 오늘 아침 어두울 때부터의 혼잡을 타, 저마다 낭당을 데리고 자기 자신들의 영지와 성으로 달아나 버렸다고 하는 것이다.

"다로, 거기 있나."

"네에 여기 있습니다, 아버님"

16세의 다로 노부가쓰는 외로운 그림자 같은 부친에게 다가가서 말을 나란히 하고 있었다.

그의 직속 가신으로부터 하급 무사 병졸까지 모두 합해도 천 명이 되지 못했다. 그리고 그 중 많은 수는 염중 이하 측근 여인들의 색칠한 가마와 쓰개치마 모습으로 걷거나 안장도 없는 말의 등에 탄 모습 등 그야말로 가슴 아픈 여자들이었다.

"오오, 불타는구나."

"맹렬히 타는 불."

미련 많은 여자들의 무리는 니라사키를 떠나서 두 마장이나 오자 걷지도 못하며 모두가 뒤돌아보았다.

아침 하늘에 화염과 검은 연기를 높이 올리면서 신부의 성은 지금 불타 없어지려 하고 있다. 꼭 새벽녘의 묘시(오전6시)경에 스스로 붙인 불이었다.

"오래 살고는 싶지 않다. 이런 꼴을 보다니. 이것이 신겐 공 가문의 마지막 길인가."

가쓰요리의 백모님이라고 불리는 니승과 신겐의 손녀라고 하는 가련한 처녀와, 일문의 아내들과 그 시녀들이 모두 염중의 가마에 매달려서 울부짖고 서로 껴안은 채, 비탄해하기도 하고 또 서로 어린이의 이름을 부르는 등——
— 금비녀를 길에 떨어뜨리고도 돌아보는 자가 없고 지분(脂粉)과 구슬도

진흙에 범벅이 되었으나 아까워하는 사람이 없었다고 하는——장한가 속에
도 있듯이 당왕이 귀비와 장안을 등질 때의 모양과도 닮아 길은 조금도 진척
되지 않았다.

"빨리 빨리. ……왜 우느냐. ……사람 사는 세상에 있을 수 있는 일. 농
민들이 보는 앞에 창피한 노릇이다."

가쓰요리는 격려하면서 늦어지기 쉬운 가마 속에 섞여서 동으로 동으로
피해 달아났다.

고야마다 노부시게의 성을 의지하여 고후의 구관을 옆눈으로 보면서 산으
로 산으로 향해 가는 것이다.

그 사이에도 가마를 짊어지는 시종은 어디론가 사라지고 짐을 들은 하인
들과 다른 가마꾼들도 차례로 달아나 버리고, 어느 새 인원수는 또 반으로
줄어들어 버렸다.

가쓰누마(勝沼) 주변의 산속으로 왔을 때에는 2백 명쯤 되는 총세 중 기
마 무사는 가쓰요리 부자를 포함해서 불과 20기 밖에 안 되는 가련한 변화
를 보이고 있었다.

그뿐 아니라, 이곳까지 유일한 의지로 삼고 온 고야마타 노부시게는 가쓰
요리 주종이 고마가이(駒飼)의 산촌까지 다다르자 갑자기 변심해서 말했다.

"딴 곳으로 가십시오."

그러면서 노부시게는 사사코(笹子)의 산길을 막고 가쓰요리 등이 오는 것
을 거절했다.

가쓰요리를 위시하여 일동은 그만 당혹할 수밖에 없었다. 할 수 없이 길을
바꾸어서 다고(田子)라는 부락까지 피해갔다.

이곳은 덴모쿠 산(天目山)의 기슭이라고 했다. 봄은 요란하지만 보이는
모든 돌과 산은 이제 아무런 위로가 되지도 않았으며 의지할 것이 못되었다.

그리고 이제 불과 44·5명으로 된 말로의 사람들은 어찌할 바를 모르고 있
는 가쓰요리 한 사람을 지팡이나 기둥처럼 의지하여 한군데에 모여든 채, 망
연히 부는 산바람 속에 우두커니 서 있었다.

덴모쿠 산(天目山)

　오다, 도쿠가와의 연합군은 벌써 가이 산으로 성난 파도처럼 들어왔다고 이 일대의 토민들까지도 서로 이야기하고 있다.

　이에야스의 군은 아나야마 바이세쓰를 안내로 해서 미노부(身延)에서 몬쥬도(文珠堂)를 거쳐 이치카와(市川) 방면으로, 또 오다 노부다타는 가미스와(上諏訪)에 진공하여 스와명신(諏肪明神) 기타의 여러 가람을 불태우고 염도의 민가까지도 검은 연기로 만들면서 남은 군졸들을 몰아 니라사키 고후를 향해서 밤낮을 가리지 않고 급진해 온다고 했다.

　결국 최후가 왔다. 3월 11일 아침이었다.

　"오다군의 선봉 다키가와 사콘, 시노오카 헤이에몬 등의 병사가 벌써 가까운 여러 마을에 들어와 이곳에 나리 이하 일문의 여러분이 계시는 것을 마을 사람에게 들었는지 원거리 포위로 통로를 끊고 얼마 후면 이곳으로 밀어닥칠 것 같습니다."

　이것은 간밤에 마을로 나가서 적정을 탐지하고 돌아온 가쓰요리의 측근 오하라 단고가 헐떡거리면서 오늘 아침에 알려온 내용이었다.

　요 며칠 동안 가쓰요리 부자를 둘러싼 잔여 무사 41명과 염중 측근 시녀들 50명의 일군을 덴모쿠 산 속의 히라(平) 저택이라고 부르는 곳에다 잠시 방책을 만들어 농성하고 있었으나, 이 소식을 듣고는 저마다 죽을 준비를 바쁘게 서둘렀다.

"이렇게 된 이상……."

그 중에 성주 부인 가쓰요리 부인은 흰 꽃과 같은 얼굴에 약간 멍한 표정을 띠면서 성 안의 안채에 있을 때처럼 앉아 있었다.

울부짖으면서 매달리고 어찌할 바를 모르고 있는 것은 그녀를 둘러싼 여인들이었다. 그녀들은 입을 모아 말했다.

"이렇게 될 바에야 차라리 신부(新府)의 성에 그냥 계셨던 것이 더 좋았을 것을. 가슴 아픈 일입니다. 이것이 다케다 가의 염중이신 마님의 모습이라니……."

"태어나서는 호조 가의 공주로서 금디야 옥디야 사랑을 받고, 출가하셔서 다케다 시로 가쓰요리님의 마님으로 사람들이 우러러 본 분이……."

"아직 나이도 19살이라고 하는데……."

이런저런 한없는 비탄과 비탄을 주고받다가 마지막에는 남의 눈을 생각지 않고 쓰러져 우는 측근 시녀조차도 있었다.

"여보, 여보……."

가쓰요리는 그 아내를 돌아보고 말했다.

지금 오하라 단고에게 말을 준비 시켰소. 언제까지나 이곳에 있어서는 미련만 남고, 적(敵)은 벌써 산기슭 가까이 다가왔다 하오. 여기서는 사가미의 쓰루 마을에도 가깝다 하니, 당신은 빨리 떠나는 것이 좋소. 산을 넘어서 사가미의 친정으로 돌아가오. 호조 가의 골육들은 당신에게 나쁘게 하지는 않겠지."

가쓰요리는 이렇게 서두르게 했다.

"……."

부인은 눈에 눈물이 가득 고여 있었으나, 결코 일어나려고 하지는 않았다. 오히려 그 눈은 남편의 말을 원망하고 있는 듯하였다.

"쓰치야. 쓰치야 우에몬(土屋右衛門). 마님을 안아서 말에 태워드려라."

"네에."

측근인 쓰치야 우에몬이 분부를 받고 부인 옆으로 가려고 하니, 부인은 갑자기 눈물을 흘리면서 남편인 가쓰요리에게 말했다.

“진정한 무사에게 두 주군이 없듯이, 한 번 출가한 여자에게도 두 번 다시 돌아갈 집이 있을 수가 없습니다. 여기서 혼자 떠나서 오마하라(小田原)로 돌아가라니 자비로운 말인 것 같으면서도 아내의 몸으로 듣기에는 너무나 박정한 말씀입니다. 저는 이곳에서 움직이지 않겠습니다. 마지막까지 옆을 떠나지 않겠습니다. 그리고 어디까지나 따라 가겠습니다.”

그때 또, 아키야마 기이노가미의 신하들이 말 등에 불이 붙듯이 달려왔다.

“적이 가까이 왔습니다.”

“기슭의 절간 가까이까지 왔습니다.”

가쓰요리의 부인은 시녀들의 비탄을 나무라며 강한 어조로 말했다.

“슬퍼만 하고 있을 때가 아니다. 준비한 것을 이리 갖다 줘요.”

아직 스물이 되지 않은 이 부인은 최후가 닥칠수록 정신을 잃지 않고 얼음처럼 냉정했다.

오히려 남편 가쓰요리야 말로 이 부인의 침착성에서 나무람을 받는 심정이었다.

“네에……”

일어선 시녀들은 술잔과 술병을 갖추어서 가쓰요리 부자 앞에 놓았다.

부인은 어느 사이에 이런 것까지 준비해 둔 모양이었다. 흰 나무상 위의 술잔을 아무 소리 없이 가쓰요리에게 권했다.

가쓰요리는 손에 들었다. 그리고 우선 마시고는 적자 다로 노부가쓰에게 주었다. 다음에는 부인하고도 나누어 마셨다.

“주군, 쓰치야의 형제들에게도 술잔을……쓰치야, 이 세상에서의 하직이니 지금 하직의 말씀을 드리도록 하오.”

이것도 부인의 마음씨였다.

측근인 쓰치야 소조(土屋惣藏)는 그 아우 두 사람과 함께 참으로 충성을 다하고 있었다. 형인 소조는 27세, 다음 동생은 22세, 막내아우가 19세.

형제가 일치해서 이미 떨어진 섬 신부에서 이곳까지 오는 도중에 비운의 주군을 지켜 눈물겹도록 잘 모시고 있었다.

“이제 남길 한이 없습니다.”

받은 술잔을 마시고 나자 형인 쓰치야 소조가 미소를 띠면서 아우들을 돌아보았다. 그리고 또 가쓰요리 부처를 위로했다.

“이번에 당하시는 비운은 모두 내부 일족의 이간이 있었기 때문입니다. 주

군께서나 마님께서 이렇게 계시는 동안에도 사람의 마음이란 알 수 없다
는 것이라고 아마 편치 않으신 심정으로 계실 것입니다. 그러나 그러한 사
람들만이 사는 세상이 아닙니다. 아무쪼록 마지막 한순간 만이라도 여기
에 있는 자는 모두 일심동체라고 사람을 믿고 세상을 믿으시고 깨끗하게,
또 편안하게 저승으로 떠나시길 바라겠습니다.”

소조는 그 자리에서 일어나 시종여인들 속에 있는 자기 아내 옆으로 다가
갔다.

갑자기 거기서 캑! 하고 어린이의 비명소리가 들렸다. 가쓰요리는 멀리에
서 신하를 나무랬다.

“소조 환장했나?”

소조의 아내도 소리 내어 울고 있다. 그는 다섯 살 된 자기 아들을 아내의
눈앞에서 찔러 죽인 것이다. 피로 물든 칼을 거두지도 않고 소조는 멀리에서
가쓰요리의 모습을 향해 엎드려 절하면서 말했다.

“박정하신 힐책이올시다. 방금 아뢴 갈씀의 증거로서 우선 방해가 되는 소
인의 자식부터 먼저 저승으로 보내준 것뿐입니다. 아무튼 소조도 나리의
뒤를 따라갑니다. 먼저 가나 뒤에 가나 불과 일각의 차이…….”

미련 없이
지는 봄이라지만
먼저 가는 꽃을
가련하다 할까.

얼굴을 옷소매로 가리고 가련하다고 울면서 가쓰요리 부인이 부르자 시녀
가운데 한 사람이 꼭같이 흐느끼면서 느래 불렀다.

피어있을 땐
눈에도 아니드는 꽃이지만
지는 봄에는 빠질 수 없는 것

그리고 그 소리가 끝나자마자 몇 사람은 몸에서 칼을 뽑아 스스로 자기 손
으로 유방을 찌르고 또는 목을 뚫고 그 흐르는 피로 검은 머리를 적셨다.

피융!

화살 소리가 가까운 데를 스쳐갔다.

푸슛 푸슛 주변의 흙이 튀어서 파인다.

저쪽에서는 소총소리가 메아리친다.

"왔다!"

"주군, 준비를……."

무사들은 모두 일어섰다.

가쓰요리는 아들 타로 노부가쓰에게 각오를 다짐했다.

"좋으냐?"

노부가쓰도 절을 하고 일어서면서 대답했다.

"옆을 떠나지 않고 죽겠습니다."

"마지막이다."

부자가 달려가려고 했을 때, 부인은 위에서 비로소 큰 소리로 남편에게 말했다.

"먼저 가겠습니다."

"……오오."

가쓰요리는 걸음을 멈추었다. 그리고 그 눈은 응시했다. 단도를 쥐고 산봉우리에 떠오른 달처럼 보이는 순백의 얼굴로 위를 쳐다본 채, 눈을 감은 부인이 평소 애송하고 있던 법화경 5권의 1장을 조용히 그 입으로 외우고 있는 모습을.

"쓰치야, 쓰치야."

"네에!"

"후견을 해주라."

"……네. ……네에."

그러나 부인은 그 도움의 칼을 기다리지 않고 스스로 법화경이 흘러나오는 입 속으로 손에 쥔 단도를 꽂았다.

부인의 모습이 소리 내어 앞으로 엎어지는 순간 한 사람의 측근 시녀가 말했다.

"마님께서는 벌써 떠나셨습니다. 여러분들께서도 저승길의 수행에 늦지 마십시오."

남은 사람들을 격려하고는 바로 말이 끝나기가 무섭게 자기도 칼을 꽂고 쓰러졌다.

"하직입니다."

"자아……."

서로 부르고 소리치면서 50여 명의 여자들은 들판에 불어오는 바람에 시달리는 꽃처럼, 어떤 자는 옆으로 또, 어떤 자는 둘이 부둥켜안고 서로 찔러서 모두가 자결해 버렸다.

이 중에서 차마 눈뜨고 볼 수 없었던 것은 젖먹이 아이와, 아직 어미의 무릎을 떠나지 않은 유아의 울음소리였다.

쓰치야 소조는 그러한 자식을 가진 어머니만 네 사람쯤 억지로 말 등에 올려서 안장에 매달면서 말했다.

"당신네들은 여기를 빠져나간다 하더라도 불충이 아닙니다. 만일 목숨을 부지하게 되면 아이를 키워서 허무한 켓 주인에게 여러분들이 공양이라도 올려주시오."

아이들과 함께 한없이 우는 어미를 나무라면서 그들을 태운 말의 궁둥이를 창의 손잡이로 사정없이 쳤다.

말은 놀라서 모자의 울음소리를 얹은 채 일직선으로 달려갔다. 쓰치야 소조는 아우들을 돌아보고 말했다.

"자아, 이제 되었다."

그때 벌써 산으로 올라온 오다 편의 다키가와 사콘, 사기오키 헤이에몬 등의 부하들의 얼굴이 바로 앞쪽에 보였다.

방책 옆에서 가쓰요리 부자는 맨 먼저 적병이 덤벼드는 대상이 되어 그들에게 둘러싸였다. 그 옆으로 가세하러 달려가려고 하니 아군의 아토베 오와리노가미(跡部尾張守)가 반대쪽으로 달아나는 시늉으로 달려갔다.

"불충한 놈!"

분노가 치밀은 소조는 우선 그쪽을 향해서 쫓아갔다.

"아토베, 어디로 가려는 거냐?"

그러고는, 뒤에서 한 칼 휘두르고는 피에 물든 몸을 이번에는 적중으로 달려 들어갔다.

최후의 일전. 그것은 무문의 사람에게는 이 세상의 마지막 일을 다 하는 것이었다.

"다른 활을, 쓰치야! 다른 활을."

가쓰요리는 두 번이나 활줄을 끊고 다른 활과 바꾸어 들었다. 소조는 옆을 떠나지 않고 주군의 창이 되어 있었다.

모두가 있는 대로 화살을 쏘아붙인 다음에는 활을 내던지고, 장도를 들고 혹자는 칼을 휘둘렀다.

당연히 적병은 눈앞에 다가왔다. 그러나 치고받고 하는 칼의 백병전도 한 순간에 지나지 않았다. 대세는 벌써 정해져 있었다.

"안녕!"

"나리. 도령님! 먼저 갑니다!"

서로 부르면서 쓰러져 간다. 가쓰요리도 벌써 갑옷을 붉게 물들이고 있었다.

"다로!"

가쓰요리는 아들을 불러 보았으나 벌써 눈은 피로 희미해지고 있었다. 움직이는 것은 모두가 적으로밖에 보이지 않았다.

"나리! 소조가 아직도 남아 있습니다. 나리 옆에 붙어 있습니다."

"쓰치야, 가서 깔 것을 가져와. 이제…… 자결하련다."

"저리 가십시다."

쓰치야 소조가 어깨를 내밀었다. 가쓰요리는 그에게 매달리다시피 하여 약 백보 쯤 물러갔다.

가쓰요리는 깔 것 위에 앉았다. 상처 때문에 벌써 손이 말을 듣지 않았다. 서두를수록 손은 걷잡을 수가 없었다.

"용서하십시오!"

소조는 보다못해 바로 자결 후견으로 칼을 내려쳤다. 그리고 자기 칼에 떨어진 주군의 목을 붙들어 그것을 안고는 목놓아 울었다.

"동생! 동생!"

열아홉의 아우에게 목을 주고는 어서 가지고 피하라고 말했다. 그러나 아우는 울면서 아무래도 싫다고 했다. 형과 함께 죽으려는 것이었다.

"바보! 가라!"

밀어 제쳤지만 벌써 늦었다. 형제의 둘레는 적병이 철통같이 막고 있었다.

쓰치야 형제는 무수한 창과 칼부림을 받고 화려하게 죽어갔다.

형제 중 가운데인 22세 된 아우는 시종일관 주군의 적자 다로 노부가쓰를 그림자처럼 따르다가 이 젊은 주종도 기어코 같은 무렵에 전사하고 말았다.

타로 노부가쓰는 상당히 아름다웠는지 다케다 일문의 죽음을 기록하는데 조금도 동정의 빛이 없는 '노부나가 공기'의 필자조차도, 이렇게 그 깨끗한 죽음을 극력 칭찬하고 있다.

나이가 16세, 과연 명문의 자제인지라 용모가 준수하고 몸은 백설과 같았다. 깨끗한 행동은 딴 사람보다 뛰어나 가명을 아끼고 부친의 최후에까지 마음을 쓰고 다른 사람과 견주어 볼 수 없는 분투는 감동하지 않는 사람이 없다.

아키야마 기이노가미(秋山紀伊守), 나가사카 조칸(長坂長閑), 고하라 시모후사노가미(小原下總守) 동 단고노가미(丹後守), 아토베 오와리(跡部尾張) 동 자식. 아베 가가노카미(安部加賀守), 린가쿠 조로(鱗岳長老).

이하 41명의 무사.

그 밖에 50여 명의 마님과 시녀들.

시각은 바로 사시(오전10시) 쯤이며 이때에 도든 것이 끝장나고 있었다.

다케다 가는 여기서 멸절했다.

나가사카 조칸, 아토베 오이 등이 가쓰요리를 곤궁에 몰아넣은 간사한 신하라고 전해진 말은 거짓이다. 아토베는 마지막에 가서 달아나려고 하다가 쓰치야 소조에게 살해 되었으나, 그 자도 그 날까지 가쓰요리 옆에 있었으며 조칸은 훌륭하게 주군의 뒤를 따랐다.

또 가쓰요리의 목을 보고 노부나가가 발로 차고 욕을 퍼부었다고 하는 것도 거짓말이다.

반대로 공손히 의자에서 내려 그 목어 경례했다고 하는 이에야스의 인물을 치커올리기 위해 날조한 도쿠가와 시대 어용 사가의 조작에 지나지 않는다.

사실은 그달 14일에 로쿠 강(呂久江)의 진중에서 가쓰요리 부자의 목을 실검하여, 그때 이렇게 좌우의 사람에게 중얼거렸다고 했다.

"일본에서 이름난 무장의 아들도 운이 다하고서는 이렇게 될 것인가. 가련하구나."

그리고는 이다(飯田)의 거리에 목을 걸었다고 하는 것이 평범한 진상이었다.

불도 또 시원하리

동부 야마나시(山梨)의 마쓰사도 마을에 그날 굉장한 병마가 들어왔다. 물론 모두가 오다군이었다. 대장은 3품 중장 오다 노부다타라고 들었다.

"즉각 부서에 자리잡아라."

수천 명의 병력을 나누어서 포위에 착수한 직접적인 지휘자는 휘하의 에지리 히고노가미였다.

목표는 에린사(惠林寺)였다.

그러나 산림 10리 사방, 경내 1만 6천여 명의 사원 구역이다. 거의 마을 전체를 둘러쌀 만큼 대규모이다.

포위는 그날 끝났다.

땅거미 질 무렵이었다. 선발된 4명의 처치 담당자가 말고삐를 나란히 해서 산문으로 향했다.

오다 구로지(織田九郎次), 하세가와 도모지(長谷川與次), 세키 주로(關十郎), 아카자 시치로에몬(赤座七郎右衛門) 등이었다. 거기다가 약간의 부하 병력이라고는 하나 총과 창을 휴대하고, 그들 병사는 가이 전역을 유린해서 모두가 어디서인가 선혈을 맛보고 있다. 이른바 보통 아닌 살기의 소유자들이었다. 가련하게도 저 사람들이 산문을 두드리면 어떻게 될 것인가하고 마을 사람들은 문짝 틈과 벽 그늘에서 내다보고 있었다.

담당자 네 사람은 본당에 올라가서 소리쳤다.

"아무도 없느냐!"

이 지역에는 이른바 칠당가람이 즐비하게 서 있었다. 72문의 회랑, 3문, 초문, 고루, 5중탑 등 가이 제일산의 명찰인 이름에 부끄럽지 않다.

그러나 황혼 색이 짙어 벚꽃 잎과 푸른 나뭇잎 그늘에 늦은 종달새의 울음소리가 이따금 들릴 뿐, 본당도 동굴 속처럼 아무도 없는 양, 조용하기만 했다.

"사당 안에 들어가 보라."

세키 쥬로가 말했다.

그 말을 듣고 흙발 그대로의 병사들이 회랑을 좌우로 달려가려고 했을 때였다.

"누구야!"

큰 소리가 울리면서 종이와 초를 든 한 승려가 안의 기둥 위에서 이쪽으로 걸어오고 있었다.

담당자 중의 오다 구로지가 이쪽에서 앞으로 걸어갔다.

"오오, 자네는 전날 인사하러 나온 간신(勸心)이라고 하는 자로군."

간신은 별로 놀라지도 않았다. 조용히 종이와 초를 아래에 놓고 절했다.

"이건, 중장님의 직속 부하 되는 분들이로군요. 사원을 찾는 사람에게는 스스로 예의가 있고 저기에 방종도 갖추어 두었는데, 본당 위까지 흙발로 난입하는 손님은 아마 밤도둑 아니면 패잔무사가 아닌가고 조심하여 일부러 실례했습니다. 용서하시기 바랍니다."

"중놈아, 자네는 전날 쓸데없는 말만 해서 중장 노부다타 경의 사신을 노엽게 하더니 또 오늘은 우리를 일부러 화나게 할 참인가. 그렇게 하면 큰 손해일 걸."

"사신되시는 분에게는 정직한 대답을 드리는 일 외에 아직껏 자신의 이해 득실을 생각해본 일이 없습니다."

"너는 그래도 좋겠지만 스승인 가이센 국사에게는 불리할 것이다. 가이센 외에도 이 사원에는 아직 더 많은 장노(長老), 중승(衆僧), 치자(稚子), 운수(雲水) 등이 있을 것이 아닌가?"

"아니올시다. 제 말은 한 마디로 사사로운 말이 아니올시다. 모두 화상님의 말씀입니다."

"가이센의 말이라는 거냐?"

"네, 틀림없습니다."

"그렇다면 왜 가이센이 나와서, 직접 대답하지 않는가?"

"세속을 떠난 어른인데다 더구나 노구이시고 해서 대개 모든 세속적인 잡무는 소인이 하고 있습니다."

"세속적인 잡무란 무언가!"

아카자 시치로에몬이 옆에 다가서선 흘겨 보며 물었다. 간신이라고 하는 승려는 고개를 비틀고 칼 손잡이에 손을 댄 그의 손을 차가운 시선으로 되돌아보았다.

오다군의 군사는 오늘까지 두 번이나 이 절에 왔다.

그리고 이렇게 분부를 전달했던 것이다.

'당 사원 안에 잠복하고 있는 아시카가 요시다카의 앞잡이 조후쿠인(上福阮)이란 자, 또 과거에 로카쿠 쇼테이(六角承幀)라고 했고 지금은 사자키지로(佐佐木次郎)라고 이름을 바꾼 인물, 또 한 사람은 야마도 아와지노가미(大和談路守)라고 하며 오다님을 저주하는 괴물, 이 3명의 목을 나란히 내놓아라. 목을 잘라서 내놓는 일을 불문(佛門)에서는 할 수 없다면 절에서 쫓아내라. 그 어느 쪽이라도 좋다.'

에린사 측은 그때마다 순순히 '알겠습니다' 고 말하지 않았다.

그뿐 아니라 언제 사자가 가더라도 그 응대는 오늘과 같았다. 문을 두드리는 운수승을 보는 것과 아무런 차이가 없는 냉담함을 보였다.

'성의가 없다.'

오다군은 이렇게 보았을 뿐 아니라 자기들에게 피정복자 일반이 품고 있던 온 반감조차도 나타내고 있다고 간주했다.

'이 이상은……'

이러면서 일부러 굉장하게 수천의 군세를 이런 산마을까지 끌고 온 것이다.

네 사람의 담당자는 혀를 차면서 말했다.

"대답을 기다린다 어쩐다, 또 있다 없다 하면서 이런 한 중놈을 상대로 시간을 잡아먹는 것도 어이가 없는 일이다. 그뿐 아니라 번잡스럽다. 이렇게 된 이상 뒤져서라도 찾을 수밖에 없다."

"우선 그럴 수밖에 없겠지."

"해볼까?"

"그러나 사원 구역이 넓고, 가람도 많다. 한다고 하면 다시 한 번 에지리님께 알려서 이곳에 인원수를 증원하든지 해서 만전을 기하지 않으면 공연히 쥐새끼를 놓치기 쉽다."

"좋아. 내가 그 인원을 데리고 바로 돌아오마. 그때까지 감시를 부탁한다."

하세가와 도모쓰구가 오다 구로지에게 말하고는 회랑에서 계단을 내려가려했다. 그때였다.

"잠깐만."

"…… ?"

돌아보니 어린 아이를 데리고 한 노승이 회랑 옆에 서있다. 도모쓰구는 그 사람을 향해서 대뜸 말했다.

"당신이 이 절의 화상 가이센인가?"

노승은 황혼 속에 흰머리를 옆으로 흔들었다.

"나는 이곳의 말원(末院), 호센잉의 셋신(雪岑)이요. 가이센 국사가 아니요."

"말원의 화상인가. 그런데 무슨 일로."

"사원 안에 도망쳐 들어온 다케다 씨의 잔당을 내놓으라는 말씀. 가이센도 결코 거절하고 있지 않다고 듣고 있는데……."

"우리들이 바라는 것은 그런 말단 무사의 처분이 아니야. 조후쿠인, 사자키 지로, 야마도 이와지 3명이다."

"그런 자가 있을지 모르겠소. ……아니 무언지는 모르지만, 다시 한 번 내일 아침까지 조용히 기다려 주시면 어떻겠소. 반드시 나도 분부를 받들어 경내에 그들이 있다면 내놓고, 없다면 그더로 알려드리러 보내겠습니다. 아무튼 확실히 인사하러 가겠습니다."

"누구를 말인가?"

"국사를."

"그러나 없다고 하는 말은 받지 않는다. 우리는 틀림없는 증거도 쥐고 있으며 또 밀고해 준 증인도 있다."

"그렇게 확실하다면 아마 사원 내에 있겠지요. 그러나 전투 이래 연고를 찾아서 이 절에 들어온 다케다 가의 사람들은 신분 있는 자 신분이 가벼운 자 등 아무래도 많은 사람들이라 세심하게 규명해 보아야지요."

"그럼 반드시 내일 아침까지 가이센이 직접 가와지리님의 진소까지 인사하러 온다는 것을 네가 서약하겠는가?"

"굳게 서약합니다. 내 목을 걸고라도."

"틀림없이 약속했다."

다짐하고 네 사람은 일단 진소로 돌아갔다.

내일 아침 진시(오전9시) 까지는 반드시 절에서 인사하러 간다고 하는 셋신 장로의 구두 약속을 받고.

물론 그렇다고 해서 경계의 손을 늦추지는 않았다. 오다군은 밤새도록 마을의 길마다 횃불을 태우고 반쯤 위협을 주고 있었다.

그런데 그 밤사이에 에린사의 뒷산을 따라 살며시 빠져나간 사람이 있었다. 조후쿠인, 사자키 지로, 야마도 이와지가 변장한 것이 틀림없다.

목격한 것은 오다병이 아니었으나, 산속 오막살이의 나무꾼이 내려와 아침이 되어서 마을로 보고하러 나섰다.

"왜 밤사이에 알리지 않았는가?"

나무꾼은 보고를 했는데도 간담이 서늘해지리만큼 힐책을 받았다.

시각은 벌써 오전 9시였다.

"절에서 오는 인사 같은 것을 기다릴 필요가 없다."

가와지리 히고노가미, 오다 구로지, 세키 쥬로 등 수천의 군사는 산문과 뒷문으로부터 에린사로 난입했다.

사당 곳곳 모든 곳이 말끔히 쓸어서 깨끗했다. 단지 내진(內陣)에 있던 신겐의 목상이 없다.

또 어디론가 절의 보물 문서와 성주의 서장 등을 옮겨 갔는지 바람에 날리고 있는 몇 장의 종이가 눈에 띌 뿐이었다.

"이것 봐라, 아무도 없다."

"어디로 갔나?"

그러나 이 문제는 바로 해결됐다. 절 사방에 불을 붙여도, 뛰어 나오는 자는 거의 없었다. 사원내의 모든 사람들은 본당에서 나와, 누문 위에 올라가 있었기 때문이었다.

"저거다. 저 곳에 있다."

가와지리 히고노가미와 오다 구로지는 나란히 말을 탄 채, 안장 위에서 손가락질 하고 있다. 모여든 병사들은 고개를 들고 그곳에 시선을 집중시켰다.

오히려 놀란 건 그곳을 바라보던 눈들이었다. 응시한 채 잠시 동안 모두가 정신을 잃고 말았다.

산문의 누상 정면에는 붉은 의자에 기대 앉아 자의금란(紫依金襴)의 가사를 붙인 노화상의 모습이 보였다. 말할 나위 없는 일산(一山)의 장노 가이센 국사였다.

왼쪽에 셋신과 란덴(藍田), 오른쪽에는 다이가쿠(大覺)화상, 기타 노승 11명, 제자승 수십 명이 나란히 서 있었다.

아니 아직 그 외에도 사원 내의 노유(老幼), 치자(稚子), 당중(堂衆)까지 한눈에 헤아려도 백50명에 가까울 것이라고 생각되는 사람들이 무서운 듯이 어린 것은 늙은 사람에게, 늙은 사람은 젊은이에게 서로 끌어안긴 채 서 있었다.

"화상!"

말 위에서 히고노가미가 불렀다.

가이센은 대답하지 않았다.

오다 구로지가 다시 소리쳤다.

"가이센! 속였구나."

흰 머리는 움직이지도 않았다.

"태워죽여라!"

가와지리 히고노가미가 질타했다. 산문 아래에는 장작과 마른 풀이 싸 올려졌다. 오다 구로지는 말에서 뛰어 내려서 주저하는 병사를 나무랬다.

"왜 불을 안 붙이나! 풀만 쌓아놓고 보고만 있어서야 무엇 하겠는가."

연기는 누문의 처마로 솟아올랐다.

"중승(衆僧)."

가이센은 비로소 입을 열고 좌우의 법구들에게 말했다.

"여러분, 지금 화염 속에 앉아 있소. 법륜(法輪)이 어떻게 옮겨지느냐. 각기 전어를 내려서 마지막 말로 하시오."

모두 한 마디씩 외쳤다. 벌써 화염은 난간을 넘어서 가이센의 옷깃을 태우고 있었다. 치자노유의 아비규환은 말할 나위도 없다. 방금 한 마디 외쳤던 승려도 소리치며 몸부림치고 있었다.

가이센은 말했다.

"……안선(安禪) 반드시 산수(山水)를 필요치 않고, 심두를 멸각(滅却)하면 불도 또한 스스로 시원하리."

가이센의 죽음은, 그것을 눈으로 확실히 목격하고 있던 사람도 도대체 그가 죽었는지 살았는지 알 수 없는 기분에 사로잡혔다.

안선 반드시 산수를 필요치 않아
심두를 멸각하면 불도 또한 스스로
시원하리

이렇게 소리친 화염 속에서의 소리가 언제까지나 귓전에서 떠나지 않았다.

만신의 법의가 모두 화염으로 변하고 앉아있는 붉은 의자도 불덩이가 되었으나, 가이센의 몸은 아직 그대로 자세도 흔들리지 않고 있었다.

누문 위의 노유 중승이 모두 화염의 벽과 화염의 마루에 쓰러져서 소리도 나지 않게 되고, 꼼짝없이 움직이지 않게 되어서도 가이센의 모습은 홍연(紅蓮)의 산개(傘蓋)를 머리 위에 하고 맹화(猛火)의 난간에 둘러싸이면서 의자에 기대어 태연했던 것이다.

신기한 기적과 같은 공포감에 사로잡힌 산문 밑의 무사들은 헛소리 같은 소리를 내면서 멀리서 지켜보고 있을 뿐이었다.

"저것 보아라."

"……저것 저것."

이상하게도 화염의 불길이 가장 성했을 때 가이센의 눈이 희게, 불과 검은 연기 속에서 크게 열린 듯이 느껴졌다.

얼마 후 산문의 처마는 부서지고 화진은 그야말로 꽃 기둥처럼 솟아오르고 가이센의 그림자도 차차 검게 바뀌었지만 아직도 의자에 기댄 채, 스러지지도 않고 누상에 있지 않은가.

그 그림자가 없어진 것은 산문의 크고 넓은 집이 커다란 소리를 내면서 불타서 떨어진 순간이었다.

불에 타서 떨어진 후에도 거대한 불덩어리의 산문은 종일 자색의 연기를 내고 있었다. 그리고 어렵사리 겨우 저녁때에는 재가 되었다.

그날 밤, 에린사에 주둔한 수천의 군사는 태반이 가이센의 꿈을 꾸었다. 아니 꿈이 아닌 것이 다음 날에도 꿈처럼 머리에 맴돌고 있었는지 모른다.

"사도(士道)를 깨달았다."

뜻있는 자는 감명을 토로했다.

"가이센과 같은 경지에 도달할 수가 있다면 무사와 승려의 차별은 없다. 이른바 달인의 경지라고 할 수가 있다. 우리들은 아침에나 저녁에나 피비린내 나는 전장을 달리고, 적의 죽음을 목격하고 전우의 죽음을 보내고 자신의 죽음을 각오하고 있으면서 전장 이외에서는 거기까지 도달할 수 없는 것이다."

이런 술회를 말하는 무사도 있었다.

아무튼 가이센의 죽음은 그것을 전해들은 오다 도쿠가와의 전군에게까지 무언가 커다란 인생의 문제를 던지고 있었다.

삶과 죽음에 대한 관념——궁극적으로 볼 때 그것이었다.

예로부터 모든 지식인이나 달인이 불교에 묻고, 유교에서 알아보려고 하고 또 그 구명에 몸소 10년, 20년의 고생을 쌓는 것도 그 궁극은 생사의 문제때문이다.

그 목숨을 기러기의 털보다도 가볍게 여기고 주군의 말 앞, 난군 사이를 수십 번 왕래했다고 하는 무사라도 자리를 가정으로 돌아가게 한 일상 생활에서는 역시 전시 중처럼 할 수는 없다.

그래서 도를 닦고, 참선한다.

혹은 성현에게 묻는다. 혹은 칼을 갈고 담심을 기른다.

그것도 쉽사리 철저해지지 못하는 것이 보통이다. 죽음은 살아있는 한 생과 대립한다. 무슨 일에 부딪치더라도 이 사이에서 헤맨다.

'죽음이란 무언가. 두 번 죽지는 않는다.'

입으로 말하기는 쉬우나 실제로는 어렵다. 살아있는 모든 것이 이 문제를 부과 받고 있다. 그 자각도 없는 자기 죽음을 두려워하는 것이 아니라 생(生)도 잘 모르는 사람이라고 할 수밖에 없다.

혹자는 말할 것이다. 가이센은 왜 죽음을 택했느냐고.

순순히 다케다의 사람들만 사원 내어서 쫓아내면 무사히 끝났을 것이 아닌가고.

무인이 아니고 사문(沙門)이다. 그렇게 했어도 비난받을 일은 없었을 것이라고.

그렇다. 아시카가 시대를 통해서 무로마치 몰락까지의 선가는 그런 것이었다. 그러나 과거의 가마쿠라 시대의 선문에서는 그런 타협과 비굴은 허용치 않았다.

호조 도키무네의 단호한 대 결심도 갈하자면 대선기(大禪機)이다. 그 도키무네에게 한 마디 말을 보내서 격려한 붓코 선사(佛光禪師)를 보아도 당시 선림의 늠름한 기풍을 엿볼 수 있다.

'몽고를 쳐야한다'

그 선도 어느새 문자선이 되고 이론선이 되고, 유회선으로 타락하고 풍류로 화하고 그리고는 뼈대가 없어지려 했을 무렵 여기에 일본승 가이센이 있었던 것이다.

승동(僧童) 74명, 당탑(堂塔) 30우 7당의 장엄도 불태워버렸지만 가이센의 기백과 함께 그것은 광염만장을 올려서 선의 인식을 다시 세상에 새롭게 했다.

그렇다고 해서 가이센은 세상에 반항한 것이 아니다. 시세에 맹목이었던 것도 아니다. 그는 그것보다 먼저 명백히 가쓰요리에 대해서도 말하고 있다.

"무슨 일이 있어도 조정을 숭상하고 조정을 중심으로 해서 통치하는 주의의 노부나가에게는 지방의 무사와 토호들이라 하더라도 자연히 마음이 끌리며, 한 지방의 주인에 지나지 않는 무문의 주인에 대해서 자신도 모르게, 떨어질 생각도 없이 마음이 달라지는 것는 하는 수 없는 추이라고 하기보다는 자연으로 돌아가는 것과 같은 것이다. 결코 신겐 공의 자식으로서 당신이 부족한 것은 아닙니다."

그렇게 위로한 것을 보아도 그는 그 자연에 돌아가는 시세에 반항할 이유도 없으며, 또 맹목이 아닌 것도 분명하다.

그럼에도 불구하고 그가 스스로 죽음을 택한 것은 보통사람의 눈으로는 경탄되기도 하고 이상한 일처럼 비쳐지지만, 그 자신은 본디 생사의 차이에 그다지 구별을 하고 있지 않았으며, 사중(死中)에 생이 있고 생중(生中)에 생이 없다. 극히 자연스러운 행위임에 틀림없었다.

그리고 그 자연스러운 행위 가운데 고(故) 신겐의 온고에 대한 두터운 정의(情誼)도 있었으며 평소 선림의 타락에 대해 교훈하고 싶은 심정이었음이 틀림없다.

그뿐 아니라 그 생명은 시들은 꽃 같지 않고, 육체가 없는 목숨도 여러 세상에 걸쳐서 생각한 바의 작용을 할 수 있는 것이니, 오히려 태연히 큰 화염 속에 미소를 띠고 있었을 것으로 생각된다.

그런데 세태의 변화는 낙화와 함께 가는 봄의 변화보다도 빨라, 가이의 산야는 노부나가의 영하에 물들여지고, 우대신 노부나가의 정벌 여행은 일정대로 진척되었다.

3월 10일 다카도성 도착.

같은 달 19일, 스와 입진 동시에 군정 발령.

20일, 기소 요시마사 알현. 요시마사에게 구령 지쿠바(筑摩) 고을의 아즈미(安曇)를 주다.

동일 아나야마 바이세쓰 참선. 바이세쓰에게는 구령 그대로의 주인을 하부.

23일, 다키가와 가쓰마사(瀧川一益)를 우에노 신슈 2개 고을에 봉하고 간토관령의 중직에 임명하다.

26일, 오다하라의 호조 우지마사로부터 쌀 1천 가마가 도착.

    ——이와 같이 그의 진문(陣門)과 군려(軍旅)의 길은 왕래 출입이 극도로 번창하고 있었다.

쓸쓸한 사람

기소 방면과 이나를 공격한 군사도 얼마 후 스와로 집결했다. 스와는 노부나가의 군세로 넘쳐흘렀다.

그의 숙소, 그 총본진인 호요사(法養寺)에서는 35일에 전군 장병에 대한 논공행상을 발표하고, 또 다음 날에는 여러 장수를 모아서 전승 축하연을 베풀었다.

이보다 먼저 은상의 통지를 받고 있던 사람 외에 이번의 배수자로서는,

도쿠가와 이에야스에게는 스루가(駿河)를 가봉(加封),

가와지리 히고노가미에게는 가이의 일부와 스와 고을을,

모리 나가요시(森長可)에게는 시나노의 네 고을을,

모리 히데요리(毛利秀賴)에게는 이나 고을을,

단 가게하루(團景春)에게는 이와무라 성(岩村城)을,

모리 란마루에게는 가네야마 성(兼山城)을.

이들 행상이 눈에 띄었다.

멀리서 여러 가지 신경을 쓰고 있는 호조 우지마사에게는 배색깔 바탕에 그림이 새겨진 칼집의 칼을 한 자루 주었을 뿐이다.

"앞으로 가독(家督) 상속도 해야 하는구나."

암암리에 그때에는 그것을 인정해 주겠다는 정도의 말을 했을 뿐이었다.

모든 것이 노부나가의 마음에서 이루어진 일이다. 은상의 후박을 말할 수 없다. 가이 침공의 때뿐만이 아니라, 평소의 열성도와 성적 여하도 가미되어 있다고 모두 알고 있다. 그래서 여기서는 측근에서 떨어지지 않고 있는 모리 란마루 같은 사람도 남몰래 기뻐하기보다도 오히려 어머니 묘코를 위해 안도의 숨을 쉬고, 모리가의 누진(累進)을 혼자 측하하고 있었다.

"이런 것을 보면……과거의 일은 우리에게는 조금도 신경을 쓰지 않고 계시는 것 같다."

"형님 나가요시님께서도 시나노 4개 고을의 봉을 받으시고, 정말 경하할 일입니다."

부러워하는 사람들로부터 축하의 말을 들었을 때에도 이전처럼 그다지 꺼림칙한 느낌이 없었다.

축하연 자리에서도 란마루의 얼굴에는 감출 수 없는 자랑이 넘쳐흐르고 있었다.

노부나가로부터 오란 춤을 한 번 추어 보라고 말을 들으면 나서서 춤을 추고, 작은 장고를 치라고 하면 몹시 좋은 음색을 그 손바닥에서 내어 들려 주었다.

"오늘은 고레토(惟任 : 光秀)님께서도 보기 드물게 많이 드시는군요."

좌중 어디선가 그런 소리가 들렸다. 브니, 여러 대장 가운데에 미쓰히데도 섞여 있었다. 말을 건 사람은 옆의 다키가와 가즈마사였다.

"취하지 않고 어떻게 하겠소."

미쓰히데는 전혀 평소와 달리 술기운에 물든 얼굴을 하고 있다. 노부나가로부터 기회 있을 때마다 자주 지적받는 약간 벗겨진 대머리까지도 붉게 반짝거리고 있었다.

"한 잔 주십시오."

미쓰히데는 가즈마사에게 술잔을 달라고 몹시 밝은 말투로 말했다.

"긴 인생에도 오늘처럼 경사스러운 날을 맞는다는 것은 그다지 흔하지 않은 일일 것입니다. 저것 보십시오. 담 밖은 말할 것 없고, 스와 일대만 아니라 오랫동안 우리들이 노력한 보람이 있어서 지금은 가이, 시나노 모두가 아군의 깃발로 메워지고 있지 않습니까. 오랜 소원이 눈앞에 실현된 것이 아닙니까.”

그의 음성은 평소와 같아서 그다지 큰소리는 아니었는데 그 말은 좌중에 잘 들렸다.

왜냐하면 이곳저곳에서 웅성웅성 얘기를 주고 받던 좌중이 어느 사이에 입을 다물고 노부나가의 얼굴과 미쓰히데 쪽을 번갈아 보고 있었기 때문이었다.

노부나가의 눈은 미쓰히데의 대머리를 똑바로 보고 있었다.

너무나 사물을 잘 보는 눈이란 때에 따라서 찾아 내지 않아도 좋을 불행을 찾아냈다. 없어도 좋은 화를 만들어 버렸다.

미쓰히데의 어제부터의 모습에 노부나가의 눈은 그러한 것까지 보고 있었다.

평소 같지 않게, 미쓰히데는 애써 말이 많고 명랑한 모습을 보이고 있다.

'그럴 리가 없다.'

노부나가는 그렇게 보는 것이었다.

왜냐하면 이번의 논공행상에는 의식적으로 그의 이름을 제외해 두었다. 무인으로 행상에서 누락된다는 것은 그 사실 자체보다도 공이 없는 몸을 스스로 수치스럽게 생각하는 데에 오히려 통절할 적막감이 있지 않은가.

그 쓸쓸함을 미쓰히데는 어디에도 나타내고 있지 않았다. 이 사람들 속에서는 오히려 반대로 웃는 얼굴과 즐거운 대화로 어울리고 있었다.

솔직하지 않다. 거짓이다.

어디까지도 알몸이 되지 못하는 사나이, 귀염성이 없는 녀석이다.

왜 불평 하나라도 털어 놓지 않는가.

노부나가는 그를 보고 있으면 보고 있을수록, 아까부터 아무래도 이렇게 엄한 생각이 들고 있었다.

술기운도 거들었을 것이지만 무의식적으로 그만 그렇게 보여지기만 하는 것이었다.

이곳에는 없지만, 히데요시를 보는 눈에는 그러한 감정이 묻어나는 일이 없었다. 이에야스를 볼 때에도 이렇게까지 심술이 나지 않았다.

그것이 미쓰히데의 대머리에 접하게 되면 그만 눈 속에서 불이 나 눈동자가 일변한다. 과거에는 결코 이렇지 않았다.

어느 사이에라고도 할 수 없는 시간의 흐름과 함께 이렇게 되어 버렸다.

이럴 때 이와 같은 사건으로 이처럼 갑자기 변했다고 하는 변화도 아니었다. 미쓰히데에 감사하는 나머지 사카모도 성(城本城)을 주고, 가메야마의 본성을 갖게 하여 고레토란 성을 주고, 그의 딸의 출가에까지 힘을 써주고 점차 출세를 하게 하여 단고 50만 석에 봉하는 등 극히 우대를 했다. 그 우대의 다음날쯤부터 그의 미쓰히데를 대하는 눈이 전과 달라진 것은 틀림없다고 말할 수 있을 것이다.

또 한 가지 원인은 미쓰히데 자신도 고칠 수 없는 그 풍채와 인품 등이다. 적어도 일을 처리해서 그릇됨이 없는 명석한 대머리의 광채를 보면, 노부나가는 그의 성격적인 냄새 때문에 몹시 얄미운 감정이 일어나는 것이었다.

그래서 노부나가의 짓궂은 눈초리는 미쓰히데 그 자체가 자연히 자아내게 한다고 할 수도 있다.

그것은 미쓰히데의 총명한 이성이 무언가를 향해서 반짝거릴 때일수록, 노부나가의 얄미운 생각은 언어와 표정어 나타나는 것을 보아도 알 수 있었다.

공평하게 두 개를 합쳐서 올린 손바닥은 도대체 오른쪽 손바닥이 먼저인가 왼쪽 손바닥이 먼저인가. 제삼자는 그렇게 보아도 괜찮을 것이다.

아무튼 지금 다키가와 가즈마사를 상대로 아무렇지도 않는 양 이야기하고 있던 미쓰히데의 모습에 가만히 쏟고 있는 노부나가의 눈은 벌써 보통 일이라고 볼 수가 없다.

미쓰히데는 그것을 깨달았다. 무의식적으로 무언가 느낀 모양이었다. 왜냐하면 노부나가가 그 순간에 자리에서 일어났기 때문이었다.

"어이. 이것 봐, 대머리……."

노부나가의 발밑에 미쓰히데는 고개를 공손히 숙이고 있었다. 그러자, 그 목덜미를 차가운 부채로 두세 번 가볍게 두드렸다.

"넷, 네에……."

기분 좋은 취기도 대머리 이마의 광채도 갑자기 빛을 잃고, 미쓰히데의 얼굴빛은 흑색으로 변하고 있었다.

"자리에서 물러가라."

노부나가의 부채는 그의 목덜미를 벗어났지단 복도를 가리키는 모습이 마치 검처럼 보였다.

"무슨 일인지 모르겠사오나 기분을 상하게 해드려 이 몸 황공하와 몸 둘

바를 모르겠습니다. 무엇이 나쁘다고 지적해 나무라주십시오. 이 자리에서 힐책하시더라도 무관합니다."

그는 빌면서 고개를 숙인 채, 몸을 옮겨서 회랑으로 물러갔다.

노부나가도 거기로 나갔다.

어떻게 될 것인가 하고, 방을 가득 메운 만당의 사람들은 취기가 깨어 입 안이 마르다는 생각을 하고 있었다.

후탕탕, 그곳 마루에서 큰소리가 울렸기 때문에 일부러 가련한 미쓰히데의 모습에서 눈길을 돌리고 있던 여러 장수들도 갑자기 소리 나는 쪽을 모두 되돌아보았다.

부채는 노부나가의 뒤쪽으로 내던져졌다.

노부나가는 이번에는 손수 미쓰히데의 목덜미를 붙들고 있었다. 그리고 무언가 말하려고 하는 미쓰히데에게 여유를 전혀 주지 않고 그냥 밀며 회랑의 난간까지 몰고 가서 피하려고 하는 얼굴을 난간에 부딪고 있었다.

"……무어라고 말했나. 휴가. 방금, 무어라고 말했는가. ……우리들이 수고한 보람이 있어서 이 가이에 오다가의 병마가 넘쳐흐르고 있는 것을 보는 건 정말 경사스러운 날이라고 말이야……그렇게 말했겠다."

"마, 말했습니다."

"이것 봐!"

"……앗!"

"언제 자네가 애를 썼나. 오늘날의 가이 입성에 얼마나 수훈을 세웠단 말이냐?"

"화, 황공한 말씀을……."

"무엇?"

"이 몸이 아무리 축하주에 취했다 하더라도 어찌 그러한 오만스러운 말을 하겠습니까."

"그렇겠지, 자네에겐 자랑할 수 있는 이유가 있을 수가 없다. 그러나, 그것이 방심이란 것이다. 내가 취기 때문에 듣고 있지 않다고 생각을 해서 그만 불평을 말했구나."

"너무나 황공합니다. 천지의 신도 보고 계십니다. 미쓰히데 파의고검(破依孤劍)의 몸에서 오늘날의 큰 은혜를 입으면서 어찌 그럴 리가 있겠습니까."

“닥쳐라.”

“놓아 주십시오.”

“놓아 주지.”

노부나가는 밀어 내고는 말했다.

“오란, 물을 가져 와.”

란마루가 그릇에 물을 채워서 올렸다. 그 물을 손에 받을 때, 그의 눈동자
는 불꽃같았다.

그는 마음속에 울화가 치밀어 어깨로 숨을 쉬고 있었으나, 미쓰히데는 어
느 사이에 주군의 발밑에서 7, 8척이나 떨어져 옷깃을 고치고 머리를 만지고
마룻바닥에 가슴을 대다시피 엎드려 있었다.

“……”

끝까지 단정함을 잃지 않는 그 모습이 왜그런지 호감을 가지고 볼 수 없어
서 자연 노부나가는 발을 그쪽으로 옮겼다.

“……앗. 주군.”

란마루가 옷소매를 붙잡지 않았더라면 다시 마루가 울렸을 것이다. 란마
루는 많은 말을 하지 않고, 또 눈앞에 벌어진 일에는 언급하지 않았다.

“자리로 돌아가십시오. 노부다타님, 노부스미(信澄)님, 또 니와(丹羽)님
을 위시한 장수 여러분들 모두가 어쩔 줄 모르고 기다리고 있습니다.”

노부나가는 순순히 사람들 쪽으로 돌아왔다. 그러나 앉지 않았다. 그대로
좌중을 돌아보고는 말했다.

“용서하라, 흥이 깨어졌을 것이다. 자네들은 마음껏 놀아라.”

그 말을 남겨둔 채, 그냥 안쪽 방으로 들어가 버렸다.

객래일미(客來一味)

골목집의 처마에 제비가 모여서 재잘거리고 있다. 해가 저무는 것도 모르
고 어미제비는 보금자리 속의 새끼에게 먹이를 갖다 주고 있는 것 같았다.

“화제(畵題)가 될까요?”

넓은 안마당을 사이에 둔 한 방 안에서 아케치의 노신 사이토 도시미쓰
(齊藤利三)가 손님에게 말했다.

손님은 가이호쿠 유쇼(海北友松)라고 하는 화가로서 스와의 사람이 아니
다.

50세 전후일까, 화가로 보이지 않는 뼈대, 입이 무겁다. 몇 동이나 되는 된장장수 곳간의 흰 벽이 주변의 어둠에서 모습을 드러내고 있다.

"아니, 이 전시(戰時)중에 갑자기 찾아와서 쓸데없는 이야기만 했습니다. 용서하십시오. 아마 진무(陣務)에 바쁘실 터인데……."

유쇼는 하직하려는지 오래 앉아 있던 방석을 물리려고 했다.

"무어, 좋겠지."

사이토 구라노스케 도시미쓰(齊藤內藏助利三)는 여유 있는 태도였다. 움직이지 않고 만류하여 말했다.

"모처럼 찾아왔는데, 미쓰히데님을 뵙지 않고 간다는 법이 어디 있소. 주군님이 돌아오셨을 때 부재중에 유쇼씨가 다녀가셨습니다고 아뢴다면, 왜 붙잡아 두지 않았느냐고 내가 말을 듣소. 자아, 자아……."

새삼스럽게 새로운 화제를 끄집어내서 이 격의 없는 손님을 만류하고 있었다.

지금 교토에 집을 가지고 있지만, 가이호쿠 유쇼는 고슈 가다다(江州堅田) 사람이다. 말하자면 미쓰히데가 소유하고 있는 사카모도 성 가까이서 태어난 인연을 가지고 있는 것이다.

뿐만 아니라 유쇼는 이전에 무인으로서 기후의 사이토가에서 녹을 받고 있던 일이 있어서, 그 무렵부터 구라노스케 도시미쓰하고는 서로 잘 알고 있었다. 도시미쓰도 아케치 가에 속하기 전에는 사이토 일족 가운데 용명이 높았던 이나바 이요노카미 나가미치(稻葉伊豫守長通)를 모시고 있던 시대가 있었기 때문이었다.

유쇼가 낭인이 된 후 화가 생활에 들어간 것에는 기후의 멸망이란 이유가 진퇴를 결정짓게 하였지만, 도시미쓰가 옛 주인을 버리고 아케치 가의 가신이 된 것에도 복잡한 내용이 있어, 옛 주인과 미쓰히데 사이에 생긴 갈등을 노부나가 앞에까지 들고 가서 판결을 받은 분쟁도 있었다.

그러나 지금은 그 당시 세상을 떠들썩하게 한 소문 같은 것은 모두가 잊고, 그의 새하얀 귀밑머리를 보는 사람은 '아케치 가로서는 없어서 안 될 분'이라며 중요한 노직의 위치와 인품을 모두 모순 없이 존경하고 있었다.

노부나가의 본진 호요사만으로는 숙소의 할당이 안 되어서 일부 장수는 스와의 민가에 나누어 묵고 있었다.

아케치의 부대는 이곳 오래된 된장 도가에 주둔하여 장병 모두가 며칠간의 전투의 피로를 풀었다.

잠시 후 예쁘장한 소년이 와서 자리를 지키고 있는 사이토 도시미쓰에게 말했다.

"가로님, 목욕을 안 하시겠습니까? 부장님들, 병졸 여러분까지 벌써 저녁 식사를 마치셨는데요."

"아니야, 아직 주군께서 돌아오시지도 않으셨으니……."

"나리께서는 대단히 늦게 오시는군요."

"오늘은 본진에서 전승의 큰 잔치가 있다. 나리께서는 기쁜 나머지 그다지 잘하지 못하시는 약주를 많이 드셔서 취하신 것 같다."

"그럼 저녁을 먼저 드시지요."

"아니야, 나는 돌아오시는 것을 뵙기 전에는 식사를 하고 싶지 않다. ……그렇지만 가시겠다는 걸 잡아놓은 손님에게는 미안하군. 손님만은 먼저 목욕탕에 안내해 주지 않겠나."

"낮에 뵈온 여행 중인 화가 말씀입니까?"

"그렇다. 저곳에 쭈그리고 심심하게 혼자 모란꽃밭의 꽃을 보고 있다. 이야기해 다오."

그 소년은 물러갔다. 그리고, 거처 뒤의 으슥한 곳을 돌아보았다. 모란이 검붉게 피어 있는 앞에 가이호쿠 유쇼는 혼자 무릎을 안은 채 바라보고 있었다.

잠시 후 사이토 도시미쓰가 그곳 사립문으로 나갔을 때, 주인 아들인 듯한 그 소년과 유쇼는 이미 없었다.

사실 도시미쓰는 좀 염려가 되기 시작했다. 주군이 돌아오는 것이 너무 늦다. 축하의 대잔치가 되어서 오늘은 굉장히 성대할 것이며 시간도 오래 걸릴 것이라고 짐작은 되었다.

"……그렇다 하더라도."

약간 불안 비슷한 것을 느끼기 시작했다.

나무껍질로 지붕을 입힌 문을 나서면 바로 호반의 가도다.

스와호의 서쪽 하늘에는 아직 빛이 남아 있다. 구라노스케 도시미쓰는 가도의 저쪽으로 잠시 시선을 돌리고 있었다.

염려할 것까지는 없다. 얼마 후, 마필과 한 무리의 수행자들을 데리고 그의 주인 미쓰히데의 모습이 나타났다.

그러나 그 그림자가 가까워짐에 따라서 구라노스케의 이맛살에는 역시 불안 비슷한 것이 떠나지 않았다. 어딘지 평소와는 다른 것 같았다.

전승의 축연에서 돌아온 사람 같지가 않았다. 가볍게 말 위에서 흔들리고 그 수행자들도 오늘은 취기로 기분이 좋을 터인데 모두 침통한 표정을 하고 있었다. 미쓰히데는 기운없이 도보로 걸어온다.

말은 낭당에게 끌게 하고 지극히 의기가 떨어진 기운없는 모습으로 걸어오는 뒤에서 수행자들도 똑같이 어딘가 개운치 않는 분위기를 흩트리면서 따라오는 것이었다.

"이곳까지 마중 나왔습니다. 피곤하시겠습니다."

도시미쓰가 고개를 숙이자 미쓰히데는 무언가 놀란 것처럼 도시미쓰를 보면서 말했다.

"도시미쓰로구나. ……아니 생각을 잘못했다. 내가 늦게 돌아온다고 염려하고 있었군. 용서해, 용서해. 오늘은 어주를 좀 너무 많이 받아 마셨기 때문에 일부러 취기를 깨우려고 호반을 걸어서 돌아온 거다. 얼굴색이 창백하다고 걱정하지 말아라. 기분도 제법 좋아졌으니."

무언가 불쾌한 일이 있으셨던 모양이다. 여러 해 동안 가까이에서 모셔 온 주인이다. 구라노스케 도시미쓰가 관심없이 대충 넘어갈 리가 없었다.

그러나 구태여 더 묻지 않았다. 다만 어떻게 그 기색을 위로할까 하고 이 노신은 세상일을 겪고 사람들 속에서 단련된 마음을 태우면서 숙소에 들어가서 주군 미쓰히데의 신변 일까지 돌보고 있었다.

"어떻습니까. 저쪽 자리에서 우선 차라도 한 잔 올릴까요. 그렇지 않으면 옷을 갈아입으시면서 바로 목욕을 하시겠습니까."

전장에 서면 용명이 적을 공포에 떨게 하는 맹장 도시미쓰가 시동의 손을 빌리지 않고 미쓰히데가 웃옷에서 바지를 입을 때까지 돕고 있는 것이었다.

미쓰히데는 이 노신이 친절한 장인과도 닮은 것을 잘 알고 있었다.

"목욕 말이냐. ……그렇지, 이런 때에는 목욕을 한 번 하면 아마 마음이 상쾌해지겠지."

"그렇게 하십시오. 안내해 드리지요."

도시미쓰는 부지런하게 앞장섰다. 목욕이란 소리를 듣고 즉각 옆방에 있던 시동이 이 집의 아들에게 알리러 갔다.

초를 들고 주인 아들은 저녁 목욕탕 입구에 쭈구리고 있었다.

"시골 목욕탕입니다. 그러니, 정말 모든 것이 미비합니다만."

미쓰히데는 주인 아들에게 시선을 떨어뜨렸으나 말없이 그대로 목욕탕으로 들어갔다. 시동과 도시미쓰가 뒤에 서 있었다.

잠시 동안 안에서 물 소리가 들렸다. 드시미쓰가 밖에서 말했다.

"나리, 등이나 씻어 드릴까요?"

미쓰히데의 소리가 들렸다.

"시동이 있지 않나. 노인의 수고를 끼쳐서는 미안해서 안 되겠다."

"아닙니다."

도시미쓰는 안으로 들어갔다. 그러고 작은 물통에 뜨거운 물을 떠서 뒤로 돌았다. 이러한 예는 없었으나, 이곳은 전진의 한 장소, 오늘은 평소와 다른 주인의 얼굴빛, 어떻게 해서라도 그 기분을 전환시키려고 하는 것 같았다.

"장수에게 때를 밀게 한대서야 말이 되겠는가."

미쓰히데는 끝까지 사양했다. 가신에게도 언제나 이런 사양을 하는 것이 미쓰히데의 특징이며, 이것이 단점이라고 도시미쓰 같은 사람은 그다지 좋게 생각하지 않았다.

"무슨 말씀을. 이 노골(老骨)의 무명(武名) 같은 것은 길경(桔梗 : 光秀의 家紋)의 깃발 아래 있으니까 비로소 올릴 수 있는 것이니 아케치 가가 있고 이 몸이 있지 이 몸이 있고 아케치가 있는 것이 아닙니다. 그러니 살아서 모시고 있는 한, 한 번쯤은 주군님 옥체의 때를 밀어 드리는 것도 이 몸의 추억이 되리라고 생각됩니다."

도시미쓰는 바지를 올리고 멜빵을 메고는 그의 등을 밀고 있었다.

뿌연 수증기와 빛 속에서 미쓰히데는 고개를 숙인 채 말없이 그가 하는 대로 등을 맡겼다.

구라노스케 도시미쓰가 자기를 위해 주는 마음을 그대로 자신과 노부나가와의 군신의 사이를 비교하며 깊이 반성하고 있는 것이었다.

'아아, 잘못했구나.'

미쓰히데는 마음속에서 통절히 자신을 책망했다. 무엇 때문에 불쾌하게 생각하며 이제껏 괴로워하고 있는가.

노부나가와 같은 좋은 주군을 모시면서 자신의 충절과 정조는 이 일개 노신에게도 미치지 못하는 것이 아닌가. 아아, 부끄럽다.

그는 뒤에서 도시미쓰가 끼얹어 주는 뜨거운 물을 마치 찬물처럼 마음에 덮어썼다.

욕탕에서 나오자 미쓰히데의 기색과 말소리가 변해 있었다. 마음이 하나가 되어, 도시미쓰도 함께 상쾌한 감을 느꼈다.

"역시 목욕을 잘했다. 취기뿐 아니라 피로하기도 했던 모양이다."

"기분이 나아지셨습니까?"

"구라노스케, 이제 되었다. 자네도 너무 마음을 쓰지 말아라. 기분이 참 좋아졌다."

"오늘의 얼굴빛으로 봐서는 심상치 않은 불쾌감을 가지셨다고 실은 염려하고 있었습니다만, 다행스럽습니다. ……그럼 알려 드리겠습니다. 안 계시는 동안에 귀한 손님이 찾아와서 돌아오시는 것을 기다리고 있습니다."

"호오. 이 전장의 가숙에 귀한 손님이라니."

"화가인 가이호쿠 유쇼 씨가 마침 이 가이를 여행하고 있어서 다른 데는 못 가더라도 나리는 잠시 뵙고 문안을 드리고 싶다고 낮부터 와 있습니다."

"어디 있나?"

"제 방으로 정해 놓은 그 은거처에서 기다리고 있습니다."

"그런가. 그럼 자네 방으로 가세."

"주군께서 몸소 납시면 손님이 퍽 황송스럽게 생각할 것입니다. 나중에 어전으로 데리고 오겠습니다."

"아니야, 손님은 일풍류자(一風流子) 격식을 찾을 필요가 없다."

안채의 넓은 방에는 미쓰히데를 위해 정중한 야식이 마련되어 있었으나 그는 구라노스케 도시미쓰의 방에서 손님인 가이호쿠 유쇼와 함께 지극히 간소한 저녁을 들었다.

유쇼와 만나고 나서의 그는 더욱더 밝은 표정으로 되돌아가서 남송·북송의 화풍을 묻고, 히가시야마 어전(東山御殿)의 경향과 도사(土佐 : 畵派) 그림과의 비교를 논하고, 또 근세의 산라쿠(山樂 : 畵家) 등의 가노(狩野 : 畵派) 파의 경향에서 화란 그림의 영향 등에 이르기까지 그 방면에도 평소에 깊은 소양이 있는 것을 토로하였다.

"나도 늙으면 청한(淸閑)을 즐기고 동학(童學)의 옛날로 돌아가서 그림이라도 그려보고 싶다는 생각이 들었다. 기회가 있을 때, 한 번 나를 위해 본보기 그림을 그려다오."

"알았습니다. 미숙합니다만 꼭 그려서 어전으로 올리겠습니다."

이것은 유쇼도 기꺼이 할 수 있는 대답이었다. 미쓰히데를 위해 미쓰히데의 만년은 꼭 그런 데로 몸을 두게 하고 싶다. 한아(閑雅)로 인도하고 싶다. 더럽혀지지 않게 하고 싶다……이런 것은 낮에도 이곳에서 구라노스케 도시미쓰와 조용히 서로 이야기한 바였다.

유쇼는 중국의 양계의 화풍을 닮아서 가노 도사와는 별도로 근래 독자적인 일가의 화경을 개척하고 점차 세인에게 인정받아 왔으나, 왠일인지 아즈치의 미닫이문 그림을 노부나가로부터 위촉받았을 때에는 와병을 핑계 삼아 부탁에 응하지 않았다.

노부나가에게 멸망당한 사이토가의 유신인 것을 생각하면 노부나가 거실의 장식에 그 붓을 휘두르는 것을 좋은 일이라그 생각지 않았던 그의 심사는 이해할 수가 있는 것 같다.

외유내강이란 말은 유쇼의 인품에 그대로 알맞았다. 그런 유쇼였기 때문에 미쓰히데의 총명도 이성도 마음을 놓을 수가 없었다.

이 냉정함과 예지는 한 발짝 헛디디면 언제 어떤 때 상식의 대하를 넘어서 스스로 탁류 속에 몸을 맡기게 될지도 모른다. 무릇 정반대의 위태로움을 이 사람도 다분히 가지고 있다는 것을 그는 평소부터 안타까운 심정으로 보고 있는 것이었다.

그래서 그 미쓰히데로부터 오늘 밤에 본보기 그림을 그려달라고 요청받자 그것이야말로 이 사람의 만년을 무사히 마치게 하는 길이라고 생각되었던 것이다.

그리고 미쓰히데 자신도 깊이 자신의 위태로움에 반성하고 있는 것도 알 수 있어서, 아무튼 빨리 그려드려야겠다고 생각되었던 것이다.

미쓰히데는 그날 밤 기분 좋게 잘 잤다.

목욕을 한 덕분이었다. 또 뜻밖의 좋은 손님 덕이었다고 생각했다.

새벽녘 군사는 벌써 일어나서 말에게 풀을 덕이고, 갑옷으로 갈아입고, 그리고 휴대 식량까지 준비하여 주인이 나오기를 기다리고 있었다.

오늘 아침 호요사에 집합하여 스와를 출발, 고후로 향한다. 그리고 다시 도카이도를 경유 아즈치로 개선하려는 예정이다.

"주군님, 벌써 준비되셨군요."

"오오 구라노스케인가. 간밤에는 잘 잤다."

“그것 참 잘하셨습니다.”

“출발할 때 유쇼에게 노자라도 좀 주어라.”

“그런데 그 유쇼씨가 아침에 일어나 보니 벌써 없습니다. 병사들과 함께 일어나서 아직 밤도 새기 전에 삿갓 하나 지팡이 하나의 가벼운 몸이라 훌쩍 떠난 것 같습니다.”

“정말 태평스럽군…….”

미쓰히데는 중얼거리면서 아침 하늘을 보며 말했다.

“부러운 신세다.”

구라노스케는 그 앞에 한 두루마리의 화축을 펼쳤다.

“이런 것을 두고 갔습니다. 잊은 물건인가 생각했습니다만 자세히 보니 아직 먹이 마르지 않았습니다. 생각건대 간밤에 나리께서 부탁하신 본보기 그림을 바로 마음먹고 자지도 않고 아침까지 그리고 있었던 모양입니다.”

“뭐라고, 자지도 않고…… ?”

미쓰히데는 그림 위로 시선을 떨어뜨렸다. 아침빛을 받아 더욱 희어진 종이에 선명하게 큰 모란꽃 한 가지가 그려져 있었다. 그리고 그 그림의 윗부분에 글이 있었다. “무사시귀인(無事是貴人)”이란 찬미의 글귀였다.

입안에서 외우면서 그것을 풀어 가니 커다란 당무의 그림이 펼쳐졌다. 당무의 제목 ‘객래일미(客來一味)’ 라고 씌어 있었다.

아무 고심도 없이 갈긴 것 같은 묵화의 당무였으나 들여다보고 있으니 흙냄새가 코를 찌르듯이 번져 왔다. 대지의 생명을 그대로 한 줄기의 나뭇잎과 터질 것 같은 뿌리에 간직한 당무의 야성은 심히 천진난만하게 또 아무 거리낌이 없이 미쓰히데의 이성을 비웃고 있는 것 같았다.

“…….”

뒤는 아무리 펼쳐보아도 아무것도 그려 있지 않았다. 여백이 훨씬 더 많았다.

“이 두 그림으로 밤이 새버린 것 같군요.”

도시미쓰도 그림을 좋아해서 함께 고개를 기울이고 감상하고 있었다.

미쓰히데에게는 그 당무가, 보고 있는 동안에 알몸의 젖먹이가 손을 펼쳐서 기지개를 켜고 있는 듯이 보였다.

미를 찾아 내기보다도 이를 받아들이는 심리가 되어 오는 것이었다. 미쓰히데는 오래 보고 있기를 두려워했다.

“구라노스케, 맡아 다오.”

“맡아두겠습니다.”

그때 먼 하늘에서 고동소리가 들렸다. 본진 호요사에서 시중의 여러 부대에 준비를 촉구하고 있는 것이다. 혈전의 거리어 들리는 소리는 은은하게 처참한 여유를 끌고 말할 수 없는 느낌을 주는 것기지만 이러한 아침의 소라고동 소리는 너무나도 부드러워 유유히 태평스러운 기분이 드는 것이었다.

“자아. 집합 장소로 나갈까.”

미쓰히데도 이윽고 말 위에 올랐다. 오늘 아침의 그의 이마에는 마치 오늘 아침의 가이의 여러 산처럼 아무런 그늘도 드리우고 있지 않았다.

후지산을 바라보다

후지산(富士山)을 한 번 보고 싶다.

그것은 노부나가가 여러 해 동안 품어 온 소원이었다. 무릇 자기가 바라는 것이면 가능치 않은 일이 없다 할 노부나가에게 도대체 어떠한 사욕이 있었느냐고 한다면, '후지산을 보고 싶다'고 하는 그리움이었다.

오와리에서 일어나서 서쪽으로 서쪽으로 그 세력을 뻗어간 노부나가는 49세가 된 오늘날까지 후지산을 한 번도 보지 못했다.

나가시노까지는 출진했지만, 후지산의 위용엔 접하지 못하고 있었으며, 미카와의 기라(吉良)까지 나간 일이 있었으나 끝내 후가쿠(富嶽 : 富士山)의 수려함을 바라보지 못했다.

'언젠가 한 번은……'

생각하면서 쉴새없이 북정남략, 중앙에 있는 날도 격무와 사람들에게 둘러싸여 그러한 간단한——천진한 소년의 희망과 비슷한——것이 오히려 노부나가의 마음에는 오랫동안의 동경이었다.

4월 4일.

노부나가는 벌써 고후에 있었다.

사가미(相模)의 호조 우지마사(北條氏政)는 노부나가가 머물고 있는 성으로 또 사자를 보내왔다.

"전진의 위문을 위해서……."

무사시노 들판에서 사냥하여 얻었다고 하는 꿩 5백 마리도 함께 보내 왔다.

그리고 3일째에는 목록을 첨부했다.

말 13마리,

매 3마리,

이렇게 헌상해 왔지만 노부나가는 쓰쓰지카사키 성의 넓은 정원에 그것을 끌고 오게 해서 한 번 보았을 뿐이다.

"말이나 매, 모두 그다지 진기한 물건이 아니다. 내 마음에 안 든다고 말하고 우지마사에게로 돌려보내라."

그렇게 말하면서 받지 않았다.

호조의 사신은 면목 없이 가지고 돌아갔다. 그리고는 분한 나머지 아무도 없는 곳에 이르자 혀를 차며 말을 내뱉었다.

"건방진 놈!"

이런 일도 있고 해서 노부나가는 그 달 10일에 드디어 고후를 출 2 발해 대망의 후지산 구경을 하면서 개선의 길에 올랐다.

그의 전부대가 고후를 떠나는 아침의 거리는 이 분지의 성부(城府)가 열린 이래 가장 변화한 모습이었다.

아무리 신라사부로 이래의 명문 다케다 가의 한때 융성한 문화가 있던 곳이라 하더라도 중앙의 정병과 위군의 아름답고 장중한 차림에는 비할 바가 못 된다.

그 열병식의 관람에 어전 주변의 월경 운객을 경탄시키고, 30여 만의 민중의 시선을 모았던 현란함에 못지않는 차림이 이날에도 노부나가와 그 전후의 여러 대장 직속가신들을 둘러싸고 있었다.

옛날 후한(後漢)의 위(魏)의 조조가 서량군의 군사들이 자기들의 행장에 놀라 눈을 크게 뜨고 서로 손가락질하면서 속삭이는 것을 보고 말 위에서 말했다.

'너희들은 무엇을 놀라고 진기하게 보고 있는가. 이 조조도 눈은 두 개, 코는 하나, 다른 사람과 다를 것이 없다. 다른 것은 지식심모(知識深謀)

의 재주뿐이다.'

이렇게 미개한 서량군을 놀리면서 지나갔다고 하지만, 오늘의 노부나가의 얼굴에는 연도의 민중에 대해 약간 그와 비슷이 득의양양해 하는 점이 엿보이는 것 같았다.

오채(五彩)의 안개가 가듯이 정기의 열은 후에후키 강(笛吹江)을 따라 내려갔다.

얼마 후 강을 건너 에비구치(蛯口)에 닿았다. 민가는 모두 장사를 쉬고, 길을 깨끗이 하고 모래를 쓸고, 영민은 모두 향이라도 태우듯이 처마 밑에서 경건하게 맞이하였다. 그리고 이곳에는 도쿠가와가의 무사가 다수 나와서 경계와 접대의 일을 보고 있었다.

"고노에(近衛)님이 뵙고 싶다고 하십니다."

이 거리에 들어왔을 때, 일행 중에 있던 고노에 사키히사(近衛前久)가 직속 가신을 통해서 노부나가에게 면회를 요청해 왔다.

사키히사는 류잔(龍山)이란 호를 가졌으며 고노에 노부다타(近衛信忠)의 부친이다. 그리고 현직 태정대신(영의정)의 직책에 있다.

조정과 무문 사이에 있으면서 고노에 사키히사는 잘 활동했다. 무문에 있어서는 아랫사람의 뜻을 윗사람에게 전달하기 위해서 쓸모가 있는 사람이었던 모양이었다.

에이로쿠(永祿) 4년이라고 하면 가와나카지마의 대전투가 있었던 해지만, 그 여름에도 그는 우에스기 겐신의 요청에 의해서 고쓰케, 우마야바시(廐橋)에서 만나 겐신의 오다하라 공격에 종군해서 에치고에도 갔었다.

관백 우지노 죠샤(氏長者)라는 중신이 경솔하게 여러 지방을 다니며 무장의 진문을 출입하여 무로마치 막부로부터도 묘한 눈초리를 받은 일도 있었다.

교토에 돌아가자 바로 관직을 깎이고 사키히사 자신은 잠시 행방을 감추고 있었다.

그 무렵 사가(嵯峨 : 京都)에 숨어서 사가기를 쓰기도 하고 시가풍월을 벗하며 본래의 공경 생활에 되돌아가고 있었으나, 노부나가가 나와서 무로마치 막부를 없애고 요시아키를 쫓자 또 어느 사이에 세상에 나와서 노부나가를 위해서 사쓰마(薩摩 : 鹿兒島縣)로 심부름을 가기도 하고, 이시야마 혼간사와 교섭하러 가기도 하고, 그리고 금년 2월 태정대신의 중직을 임명 받았다.

이번 가이 진군의 군사를 따라서 노부나가의 진중에 있었던 것도 물론 노부나가의 요청에 의한 것이 아니고, 사키히사의 희망에 의한 것이었을 것이다.

노부나가로서는 현직 태정대신이란 대빈(大賓)은, 특히 진중에서는 달갑지 않은 짐이었음이 틀림없다.

——만나고 싶다.

이 사키히사로부터 이렇게 새삼스럽기 요청을 받고 노부나가는 그의 존재를 갑자기 상기한 표정으로, 중얼거렸다.

"그렇지. 아직 이 속에 있었군."

가마에서 내려서 고노에 사키히사는 걸음걸이도 우아하게 기다란 군렬의 중간쯤부터 이쪽으로 걸어왔다.

병사·직속 가신·여러 장수 모두 최대의 예와 정숙한 자세를 취했다. 그러나 노부나가는 말에서 내리지 않았다.

"야아."

안장 밑으로 온 사키히사를 지극히 간단하게 맞이하여 무언가 하고 묻는 듯이 눈을 똑바로 보았다.

모든 사람들이 둘러서서 보고 있는데도 그런 눈을 하는 노부나가를 보더니 사키히사는 그만 해서는 안 될 일을 해버렸다. 말 위의 사람에게 그 무례를 나무라지도 않고, 오히려 자기 쪽에서 웃는 얼굴과 눈인사를 하여 이야기를 걸었다는 것이다.

"우대신께서는 후지산 구경을 하면서 도카이도를 경유하여 아즈치로 개선하는 것으로 아는데, 나도 함께 가도 좋을까. 아무런 말도 듣지 못한 채 여러 군사를 따라 왔건만, 도대체 내 신변을 돌봐 주는 사람이 없소."

대우가 재미롭지 못하다는 것 같았다. 불평을 털어 놓으러 온 것이다.

노부나가는 다시 물었다.

"무어라고요?"

"아니 이 사키히사도 우대신과 함께 도카이도로 가도 좋겠는가고 물어보는 거요."

"고노에, 당신 같은 사람은 기소(木曾) 길을 돌아서 돌아가는 것이 좋을 거요. 자랑스럽게 개선하는 군사와 함께 도카이도를 걷는다는 것은 우습지 않소? 어떻든 기소 길을 돌아가십시오.”

노부나가는 말을 마치자 뒤돌아보지도 않고 앞으로 말을 몰아 숙소에 들어가 버렸다.

사키히사는 혼자 남았다. 하는 수 없이 그는 가시와사카(柏坂) 오름길의 기슭에서 길을 바꾸어서 나카야마도(中山道)로 돌았는데 이 사실은 제법 여행 중의 이야깃거리가 되었다. 훨씬 뒤에 씌어진 ‘미카와 후 풍토기(三河候風土記)’의 필자는 이렇게 기록하였다.

――노부나가의 포악함이란.

그러나 포악만으로 표현할 수 있는 일은 아니다. 이 성격이었기 때문에 완고한 구태를 일소할 수도 있었던 것이다.

그러나 이때 여러 장수 속에 있던 자신의 심사에 비추어서 고노에 사키히사의 입장을 몹시 동정 어린 눈으로 바라보고 있었다.

다음 날은 들판에 있는 모도스 호(本巢湖) 가에서 묵었다.

“겨울 같다.”

노부나가를 위시해서 행군하는 장병들은 모두 추위에 떨었다.

앞으로 후가쿠를 바라보고 뒤로 호수를 보는 낙엽송림 속에 모두 새문짝의 숙소가 세워져 있었다.

이곳에 도착하여 도쿠가와가 장병들의 출영을 받고 본진 안의 푸른 다다미 위에 앉자 노부나가는 우선 말했다.

“빈틈이 없다.”

행군에서 숙소까지 모든 면에 신경을 쓰고 있는 것을 도쿠가와가의 가신에게 칭찬했다.

사실 이번 일에 도쿠가와 이에야스가 머리를 쓰고 있는 것은 보통이 아닌 것 같았다. 아무튼 노부나가의 기분을 맞춘다는 것은 어렵다. 하물며 만족을 느끼게 한다는 것은 보통 정성으로 불가능했다.

그래서 오늘 하루의 행군을 돌아보아도, 길이 나쁜 데는 돌을 없애고 나무를 없애고 다리는 모두 새로 다시 만들어 놓았으며, 고갯길은 흙을 평평히 하고, 골짜기에 내려오면 사이에 다정(茶亭)이 만들어져 있었으며, 봉우리에 오르면 전망을 참작해서 찻집의 설비가 기다리고 있고, 저쪽에서는 마을 여자들이 차를 올리고 이곳에서는 생각지도 못한 미인이 산의 산물을 요리하고, 풍광을 구경삼아 한 잔 진상의 접대가 있다는 등 적어도 하루의 여행에 싫증을 느끼지 않도록 갖은 신경을 다 쓰고 있었다.

호조 우지마사가 고생해가면서 무사시노 들판의 꿩과 사가미의 명마를 모아 이것을 공손히 헌상해도, 눈에도 차지 않아 돌려보냈을 정도의 굵은 신경인가 싶으면, 가는 길의 발자국에도 숙소의 세수 그릇에 떠놓은 물에도 성의가 있는가 없는가 한눈에 알아버리는 노부나가였다.

만약 이 일행에 히데요시가 참가하고 있었더라면 이에야스의 빈틈없는 수배를 바라보고 진정한 성의의 발로라고 보았을까. 이것은 믿지 못할 괴물이라고 판단했을까.

아무튼 노부나가라고 하는 일개의 심술 많은 인간으로 하여금 이렇게까지 여행의 나날을 계속해서 즐기게 한다는 수완도 결코 보통 인간이 할 수 있는 성의가 아니다.

아마 이 상황을 멀리 주고쿠에 있는 히데요시가 들었다면 틀림없이 이에야스의 모습이 종래보다 한층 더 크게, 가슴 한복판에 다시 부각되었을 것이다. 그 정도의 상상은 틀림없다고 해도 고언이 아닐 것이다.

밤에는 밤대로 호화로운 주연을 열어, 지방의 경물 구수한 향토의 무곡 등 여러 가지 오락을 즐겼다. 그리고 숙소 밖에선 밤하늘을 태울 큰 불을 여러 군데에서 태웠다.

'무사들이 이렇게까지 조심해서 경호하고 있사오니, 가는 길이 조금이라도 불편하지 않도록.'

이런 생각으로 그의 잠자리까지 조금도 소홀힘이 없이 도쿠가와가의 성의를 나타내고 있었다.

밤새도록 피우는 불빛에도 먹 같던 후지산이 날이 밝자 붉은 색을 띠기 시작했다. 이윽고 노부나가가 모도스 호를 출발할 무렵에는, 구름 한 점 없는 하늘에 뚜렷한 흰 모습를 보이고, 기슭 브분이 완만한 들판은 끝까지 선명한 선을 그리고 있었다.

"드문 일이다. 실로 이처럼 전체 모습을 보이는 것은 일년 중에도 극히 보기 힘드니라. 우대신님의 후지산 구경에 산신 고노하나사쿠야히메(木花咲耶姫)께서도 구름을 물리치고 맞아주시는 것 갈습니다."

도쿠가와가의 사람들은 후지산에 의지가 있는 듯이 입을 모아 오늘의 쾌청을 칭송했다.

"후지, 후지."

노부나가는 말 위에서 몇 번이나 어린이처럼 탄성을 질렀다.

아무리 보아도 싫증이 나지 않는 표정으로 시중드는 사람들에게도 감동하여 말했다.

"보았나?"

이러한 감동을 대하면서 역시 평소와 같은 이성을 가지고 조금도 표면에 감격을 나타내지 않는 어른들이 노부나가에게는 못마땅했다.

순간 그는 생각했다.

'히데요시가 있었으면……'

또, 이렇게 다시 생각했다.

'아니 그자는 몇 번이나 과거에 보았는지 모른다'

그런 생각을 하면서 아무 생각 없이 뒤돌아본 여러 대장의 대열 속에서 살짝 휴우가노가미 미쓰히데의 얼굴도 보였다.

'무언가, 저 얼굴은?'

그의 눈동자는 가만히 미쓰히데의 얼굴을 보았다.

'저 녀석, 오늘의 여행을 조금도 즐기고 있지 않다. 후지산에 대해서도 아무런 흥미도 없어 보인다. 호요사의 일을 아직 생각하고 있구나. 마음 약한 놈.'

자신도 모르게 혀를 찼다. 자기가 즐기려고 할 때, 자기의 권속 속에 홀로 즐기지 않는 자가 있는 것을 알자, 노부나가는 무고한 오체 속에 단 한 개 앓고 있는 이(齒)같이 신경이 쓰여서 즐거운 마음에 방해가 되었다.

그러나, 그때 그가 가는 앞에 와앗! 하는 몹시 큰 함성이 들렸다.

오늘 아침, 어두울 때 여행길의 선두로 떠난 시동들이 저마다 말을 타고 넓은 들판을 자기네 세상처럼 달리고 또 달리며 기마 연습을 하고 있는 것이었다.

"하는구나."

노부나가는 빙그레 웃으며 바라보았다.

"이 넓은 천지에 나와서는 고기처럼 헤엄치고 새처럼 날고 싶어진다. 자, 나도 한 번……"

이렇게 중얼거리던 노부나가는 충동적으로 갑자기 말에 채찍질을 하여 달리기 시작했다.

길안내를 하는 도쿠가와가의 여러 가신, 주위의 직속 가신 여러 대장 이하 행군하는 자 모두를 둔 채 단 1기(騎) 십방벽락(十方碧落) 속으로 그 그림자는 한 마리의 새처럼 녹아 갔다.

"앗!"

"저 보아라."

사람들은 놀래서 멍하니 입을 벌렸는데, 아직 평소의 긴장된 기분에서 풀리는 일없이 공연히 당황하지 않으려고 자중하였다.

"따라갈까요?"

"아니 그것도……."

토끼라도 쫓고 있는지 말 탄 시동들은 이쪽저쪽을 종횡으로 뛰어다니고 있었다.

"어어엇!"

그런데, 이렇게 부르는 소리에 눈동자를 그쪽으로 돌려보니 자기들의 동료로도 생각되지 않는 현란하고 아름다운 옷을 입은 한 귀인이 채찍을 들고 부르면서 들판을 가로질러 옆으로 달려갔다.

"아, 좋은 말이다."

"누구일까?"

"빠른 것도 당연하다. 말도 좋은 것이 당연하다. 주군이시다."

"뭣이? 주군이시라고?"

하늘을 달려가는 듯한 안장 위에서 노부나가는 이쪽을 향해 큰 소리를 지르고 있었다.

"시동들 시동들, 따라오라. 자신이 있는 자는 따라오라."

시동들은 이 말을 듣자마자, 먼지를 차면서, 앞을 다투어 말 탄 노부나가를 쫓아갔다.

"뭐라고? 말은 나빠도 말을 달리는 솜씨는 지지 않는다."

우에노가하라(上野原) 들판인데도 후지산의 기슭, 그 평지를 미칠 듯이 달리고 달려 말이나 노부나가 모두 땀에 흠뻑 젖었다.

"아아, 상쾌하다."

찌는 듯이 쏟는 땀의 김과 함께 노부나가는 하늘을 바라보며 말했다. 고슈 재진 중 무언가 생리적으로 막혀 있었던 것을 비로소 발산한 듯이 쾌적을 느꼈다. 감기 기운의 미열이 떨어진 듯이 거뜬해졌다.

땀이 식을 무렵, 시동들은 그가 있는 곳까지 왔다. 노부나가는 유쾌한 듯이 웃었다.

"늦다, 늦어. 만약 전장이었다면 너희들은 오늘 대장의 목을 놓쳤을 것이다."

농담을 했다.

그러자 시동 중의 한 사람 유아사 진스케(湯淺甚介)가 서슴지 않고 말했다.

"그러하오니 이후로는 저희들 시동조의 마구간에도 명마를 많이 갖추어 주십시오."

그 말투가 마음에 들었는지 노부나가는 말했다.

"좋아, 좋아. 우선 이 말은 진스케에게 주겠다. 충분히 잘 다룰 수 있어야 한다."

그리고 바로 안장에서 내려서 손수 말고삐를 진스케에게 쥐어 주었다.

진스케도 그의 동료들도 눈이 휘둥그레졌다. 거기에 마구간 병졸 도라와카(虎若), 도구로(藤九郎), 야로쿠(彌六), 고쿠마(小熊), 히코이치(彦一) 등이 헐떡거리면서 달려왔다.

얼마 뒤 란마루도 오고, 다른 측근 가신도 모여 들었다.

도쿠가와가의 무사들이 앞장서서 인도해 갔다.

"부근에 찻집이 있사오니 잠시 휴식 하십시오."

그곳까지 노부나가는 걸어갔다.

"땀에 몸이 더럽혀지셨으니 목욕탕에서 몸을 닦으시고 옷을 갈아입으십시오."

"목욕 준비도 되어 있는가?"

"언제 어디서나 땀을 닦을 정도의 설비는 해 두었습니다."

"그것 정말 빈틈없군."

도쿠가와의 대접에는 부족을 생각할 틈이 없었다.

더운 물을 마시고 옷을 갈아입고 이곳에서 한 잔 술을 들었다.

그 동안에 장병들은 모두 도시락을 먹었다. 도쿠가와가에서 병졸의 말단까지에게도 다과를 나누어 주었다.

그리고 출발하여 후지산의 용암동굴을 구경하러 갔다.

이곳에도 찻집이 있어, 한 잔의 진상을 받게 되었다.

그런데 오미야 신사(大宮神社)의 신관 사승 등이 다수 영접하고 있었다.

노부나가는 치사를 하며 각자에게 술잔을 주었다.

"모두 수고가 많다. 길의 청소까지 잘 손이 미치고 있는 것을 보니 알겠다."

신관들의 안내로 요리토모(賴朝 : 무가 정치의 창시자 源賴朝)의 사냥 곳간 유적을 찾아보고 하얀 폭포수를 구경하고 또 잠시 우키시 마가하라의 들판으로 말을 몰고 저물어가는 저녁 후지산에 하직을 고하면서 이윽고 오미야의 숙역(宿驛)을 향하여 이 행군은 완만히 흐르고 있었다.

부락마다 저녁을 밝히는 불을 때고 있었다. 높은 곳에서 보니 저녁 안개가 붉게 무지개처럼 땅을 물들이고 있었다.

산가(山家)의 사람들이 얼마나 경탄했을까 하는 것은 상상도 못할 것이었으나 노부나가의 눈에는 몇 십 리를 가도 깨끗이 쌓아 놓은 길가의 모래와 문 닫힌 초가집밖에 보이지 않았다.

그러나 오미야에 한 발짝 들어서자, 처가마다 가득 등을 켜놓고, 장막으로 벽을 둘러싸고 꽃을 꽂고 금병풍을 내놓고, 사람들은 모두 나들이옷을 입고 거리는 큰 제사 때처럼 온통 흥청거리고 있었다.

그뿐 아니라 도쿠가와 이에야스는 직접 역대 가신과 함께 기다렸다가 노부나가를 영접하러 나와 있었다. 노부나가 일행이 이곳에 도착한 것은 벌써 해가 완전히 저문 초저녁이었으나 밝은 거리는 대낮과도 같았다.

동해 풍류진

그날 밤의 숙박은 오미야 신사의 경나에서 했다. 본전(本殿)·배전(拜殿)을 제외한 다른 모든 곳은 노부나가 일행을 위해 여사로서 충당되었다.

특히 노부나가의 숙소는 금은의 구슬을 꿰어 만든 발로 치장하고, 그의 하룻밤의 휴식을 위해 모두 새롭게 수리된 것 같았다.

특히 경비에 만전을 기한 준비가 엿보였다. 사방에는 큰 오막살이를 만들어 노부나가의 직속 가신을 배치하고, 또 미카오 무사의 부대를 모든 출입처에 두고 숙소에서는 조금도 불안을 느끼게 하지 않았다.

"나에게 이렇게까지 마음을 쓰는 성의에 대해 감사하게 생각하오."

어지간해서는 만족을 나타내지 않는 노부나가도, 그날 밤 이에야스의 충심에서 우러난 환대에는 이렇게 말하지 않을 수가 없었다.

"……그에 반해서 호조 우지마사의 소치는 마음속이 뻔히 들여다보이고

있었소. 고후에서 오미야카지의 도중에 우지마사의 수세가 활동한 것을
이 눈으로 확실히 보았소. 숨기지 못하는 것은, 사람 마음의 거짓과 진실
……."
노부나가는 취중에 그만 이렇게 마음속의 불만을 털어놓았다.
이번의 가이 진압에는 도쿠가와가도 호조가도 같이 병력을 내서 노부나가
를 돕도록 되어 있었으나, 호조군이 활동한 것은 이 오미야 근방에서 들판
기슭 한 촌 주변을 불태웠을 뿐이며 그렇게 중요한 곳에서는 조금도 전과를
올리고 있지 않았다. 요컨대 진실로 임하고 있지 않다. 그리고 진상물과 입
만 가지고 노부나가의 환심을 사려고 했던 것이다.
그러나 그러한 말과 평범한 형식에 의해 속는 노부나가가 아니었다. 호조
가에서 진상한 마필을 마음에 안 든다고 돌려 보낸 것은 무언의 표시였다.
지금쯤 호조 우지마사도 내심 편하지 않을 것이다. 노부나가의 측근들은
이번의 경과와 노부나가의 말투에서 미루어보아 그런 상상을 해 보는 것이
었다.
"밤도 깊었습니다. 그리고 매일 산길의 행군에 피곤하시겠지요. 내일 아침
에 뵙겠습니다."
이에야스는 기회를 보아 물러가려고 했다. 그러자 노부나가는 란마루에게
말했다.
"시켜놓은 품목을 도쿠가와 공에게 보여 드려라."
란마루가 목록을 건네주었다. 노부나가의 기쁨을 나타낸 예물의 물품이었
다.
1. 허리칼 요시미쓰(吉光)의 작품
1. 장도(長刀) 제작 이치몬지(一文字)
1. 명마 구로부치
이에야스는 심심한 사의를 표하고 물러갔다. 명마 구로부치는 노부나가가
언제든지, 곁에 데리고 있는 애마였다.
말을 좋아하는 노부나가로서는 무엇과도 바꿀 수가 없을 것인데, 그것을
할애해서 보낸 것은 성의에 성의를 보여 준 것이다. 이에야스도 마음속 깊이
만족하고 있었다.
휼사권모(譎詐權謀 : 그때 그때 형편에 따라 간사를 부려 남을 속이는 짓)
를 상도로 하고 있는 이 전국시대에 20년 내내 속이지 않고 또 속지도 않고

동맹의 의를 계속 유지하고 있는 것은 쌍방의 이해에만 의한 것이 아니다. 노부나가도 진실을 아는 사람이었다.

이에야스도 진실을 다했다. 우지마사처럼 속임수를 써서 이 변화무쌍한 시기를 건너가려는 위태로운 곡예는 할 생각조차 없었다.

날이 새면 13일.

노부나가는 새벽에 벌써 오미야를 떠나 우키즈마가하라에서 아시다카 산(愛鷹山)을 왼쪽으로 보면서 가고 있었다.

여행 중에도 늦게 잠자리에 들고 일찍 일어나는 노부나가였다. 매일 아침, 어두울 때 식사를 마치고 숙소를 떠나서 십 리나 이십 리를 갔을 무렵에야 해 돋는 것을 보았다.

나날의 행군, 매일의 풍류는 이때에도 수행하고 있던 기록원 오다 규우이치가 '노부나가 공기'에 명확히 쓰고 있다.

오히려 그 원문을 보는 것이 당시를 짐작게 한다.

4월 13일, 새벽에 오미야를 출발하시고 아시다카 산을 왼쪽으로 보면서 후지강을 건너시고 간바라(蒲原)에 찻집을 차리고 한 잔 드셨다.

이곳에서 잠시 말을 세우시고 후키아게(吹上)의 소나무, 와가(和歌)의 궁에 대한 유래 등을 물으시고 저쪽의 땅은 이즈의 포구 메라가사키(目羅崎)냐고도 말씀하셨다. 고코구사(高國寺), 요시하라(吉原), 산마이교(三枚橋), 이즈(伊豆), 사가미(相模)의 경계에 있는 성 등에 대해서도 여러 가지 물으시고 유이(由井)의 물가의 파도에 소매를 적시고 이곳에서 오기즈(興津)의 하얀 파도, 다고 노우라(田子乃浦) 해변, 미호가사키(三保崎), 미호의 소나무 들판, 하고로모(羽衣)의 명소명소에 마음을 두시고 에지리(江尻)의 남쪽 구노(久能)의 성을 구경하시고 그날은 에지리의 성에서 숙박하셨다.

일기는 매일 좋았다.

10일의 밤, 들판의 여숙에서 밤비 소리를 들었을 뿐이었다.

모도스 호에서는 첫 두견새 울음소리가 들렸다. 이날 밤, 에지리의 성에서도 들었다.

"여름이 가까워졌군."

노부나가는 중얼거렸다.

신록을 생각하고 가까워진 여름을 생각하면서 마음속에 무언가 벌써 다음 사업의 단계를 서두르고 있다.

다음 단계, 물론 그것은 주고쿠 공략에 대한 결정적인 방책이어야 한다.

——히데요시는 어떻게 하고 있을까.

첫 두견새의 소리에 품는 그의 감회는, 시도 아니고 노래도 아닌 그것이었다.

그에게 시는 없다. 그러나 그가 지금 하고 있는 매일의 일은 그것이 그대로 긴 시였다.

4월 14일. 밤 사이에 에지리를 떠나시고 스루가 후추(府中)에 찻집을 마련, 한 잔 들었다.

이마가와의 고적 센본(千本) 벚꽃 등을 상세히 물어보고 아베강(安倍江)을 건너 다케다 시로 가쓰요리가 이 땅에 왔을 무렵의 모치부네(持舟)의 성에 대해서도 물어 보았다. 또 산속 오솔길, 마리고(鞠子)의 강가에 산성을 만들어 방어한 성이 있다.

이름 난 우지(宇治)산의 오르막길에 집을 세워 여기서도 한 잔 들다. 하나자와(花澤)의 고성, 이것은 지난날 오가사하라히젠(小笠原肥前)이 농성했을 무렵 다케다 신겐이 이 성을 공격했으나 다수의 병력을 잃고 승리를 얻지 못했던 성이다.

야마사키에는 허공장(嘘空藏)이 있다. 자세히 이야기를 듣고 그 날은 다나까(田中)의 성에서 묵었다.

다음 날의 일지를 보더라도 이렇게 기록되어 있다.

15일, 다나카를 미명에 출발하다.

거의 매일 아침, 동이 트기 전 어두울 때의 이른 출발이었다.

오이 강(大井江)은 말로 건넜다.

그것도 이에야스의 수배로 만일의 일이 있어서는 안 된다고 강의 아래 위에 수백 명의 사람을 나란히 세워놓고 그 사람들의 울타리 사이를 노부나가의 말이 건너갔다.

덴류 강(天龍江)에는 배다리가 가설되어 있었다. 얼마 후 하마마쓰(浜松)에 들어갔다. 하마마쓰는 이에야스의 거성이기도 하고 동맹국의 성하(城下)였기 때문에 영민들도 모두 축하의 뜻을 나타내고 대우와 대접에도 착하고 아름다운 마음을 다한 것이었다.

다음 날은 요시다(吉田)에 숙박.

요시다 성의 사카이 다다쓰구에게 전송을 받고 지리후에서 나루미(鳴海)

로 들어갔다. 여기까지 도쿠가와 영토였으며, 나루미부터는 오다령이었기 때문에, 이곳에는 오다가의 일문이 개선하는 주군을 축하하기 위해 나와 있었다.

그래서 도쿠가와가의 여러 신하는 그때야 그 대임을 마치고 각자 안도하는 듯한 밝은 표정으로 되돌아갔다. 나루미에서 기요스로 향한 것은 19일의 밤이었다.

이 길가의 강·논·밭 등 산기슭의 짚지붕, 노부나가의 시선은 싫증을 느끼지 않고 말 위에서 돌아보고 있었다.

"변하지 않았군. ……벌써 23년이 지났는데……."

추억은 그칠 줄 몰랐다. 에이로쿠 3년, 그때와 이 시각.

오케 분지로. 오케 분지로.

그 대낮에 밤과 흙먼지를 씻고 달려간 자기의 모습.

"……젊었다."

그와 같은 사람도 지금에 와서 돌아보니 자기 용기에 스스로 경탄을 금할 수 없었다.

그렇게 해서 잘도 승리했다고 생각했다. 자칫 했으면 이마가와 요시모토의 목을 벨 수가 없을 뻔했다고 생각했다.

'그런데? 그것은 도대체 내가 한 일인가. 나 혼자 힘으로 한 것일까.'

이렇게 의아해 했다.

순간 그는 자신의 교만을 깨달았다. 하늘을 두려워했다. 그렇다. 그 뒤 불과 23년 동안 이만한 대업을 이룰 수 있었던 것은 단지 자기의 힘만이 아니다. 또 우리 장병들의 힘만도 아니다.

크게 말해서 신명의 가호, 적게는 조상의 은덕이라고 생각했다. 그것이 있음으로써 오다 노부나가도 존재한다는 것을 지금 스스로 깊이 깨달았다.

아쓰타 신궁(熱田神宮)에서 말에서 내려, 물로 입안을 깨끗이 하고 손을 씻고 그리고는 신전에 참배했다.

그날 밤의 숙박은 향수어린 기요스였다.

고향.

실로 우연히도 그는 오늘 밤을 고향에서 보내는 것이었다.

뒤에 가서 생각해 보면 그야말로 신의 인도일까, 다하지 못하는 숙연일까, 그렇지 않으면 하늘이 무언중에 그에게 인생의 고별을 하게 했던 것일까.

오늘 밤 4월 19일에서, 불과 40여 일 후에는 혼노사(本能寺)의 맹렬한 불길 속에서 그 육체를 한 줌의 재로 화한 노부나가였던 것이다.

모른다. 알 리가 없다. 그 후 40여 일이 지났을 때의 자기의 운명 같은 것을 이때의 노부나가가 물론 생각할 까닭이 없다.

그러나, 마치 그의 영혼은 벌써 그때부터 그것을 예측하고 있었던 듯이 기요스 성의 안채 사당을 참배하고는, 오래간만에 선친 노부히데의 묘 앞을 쓸고, 그리고는 훨씬 먼 세이슈사(政秀寺)를 바라보고는 중얼거렸다.

"아아, 할아범이 살았더라면……."

노부나가의 눈에는 저절로 회고의 빛이 떠오르고 있었다.

아직 소년이던 무렵, 노신 히라테 나가쓰카사 마사히데(平秀中務政秀)는 다루기 힘드는 소년 노부나가를 깨우치기 위해서 늙은 배를 할복하여 죽었다. 노부나가의 선친이신 노부히데로부터 받은 은혜를 끝내 죽음으로써 갚은 것이었다.

이 노신의 일만은 노부나가도 평생 가슴 속에 잊지 않았던 모양이어서 무엇이든지 좋은 일이 있으면 반드시 말하는 것이었다.

"할아범이 있었더라면."

그 공양을 위해 세운 세이슈사는 이곳에서 가깝다. 기요스의 성에서 노부나가는, 지금이야말로 할아범 안심해 다오, 하고 마음속으로 말하고 있었으리라.

마사히데뿐만이 아니다. 그 노신에게 자기가 죽은 뒷일을 간곡히 부탁하고 죽은 노부나가의 선친도 아마 세상을 떠나는 순간까지 염려하고 있었을 것이다.

"저것이 성인이 되어서 이 기요스 성을 무사히 유지해 갈 수가 있었으면 좋겠는데."

그리고 그 노부나가가 오늘처럼 대성하리라고는 꿈에도 생각지 못했을 것이다.

20일에는 기후에 도착.

이나바 산의 신록에 또 이곳은 노부다타의 거성이기도 하니, 노부나가는 벌써 집으로 돌아온 기분이었다.

그러나 다음 날 아침은 이른 출발. 로쿠로의 도선장에서는 배를 장식해 이나바 이요(稲葉伊豫)가 배 안에서 한 잔 올렸다.

다루이(垂井)에서도 휴식을 위한 정자를 만들어 이누야마(犬山)의 도령이
──지난 해 다케다 가의 인질에서 돌아온 노부나가의 막내아들──기다렸
다가 역시 한 잔 올렸으며, 이마스(今洲)에서도, 사와야마(佐和山)에서도,
야마사키(山崎)에서도 거의 한 역마다 찻집 정자의 설비가 되어 있었고, 오
다 영하(領下)의 각 신하들이 나와 있었다.

그 사람들의 면면은 이러하다.

니와 고로자에몬, 야마사키 겐다자에몬(山崎源太左衞몬), 후와 히코조(不
破彦三), 스가야 규에몬(管谷九右衞門).

호반으로 나서자 가까운 나가하마 성에서, 하시바가의 가신이 히데요시가
부재중이므로 대신 나와 있었다.

"지쿠젠의 노모는 무고하신가?"

노부나가는 그들에게 물어보고, 되돌가서 나가하마 성을 보고 있었다.

이리하여 드디어 그가 아즈치에 도착한 것은 이른 황혼 무렵이었으나 성
아래 전체는 이날 모두가 장사를 쉬고 아침부터 개선군의 환영에 모든 신경
을 쓰고 있었다.

역시 노부나가의 기마, 막장들이 성문 안으로 들어가자 조용히 꿇어 엎드
려 절하였다. 다만 저녁 하늘에 구름이 붉게 타오르고, 길고 긴 군대의 대열
도 점차 끝나려고 하고 해도 들어갔다. 이윽고 밤의 등불이 켜지기 시작하
자, 와앗! 어디서라고 할 수 없이 솟다오른 환호성이 또 다른 환호성을 불
러일으키면서 그대로 거리는 등불과 춤과 술과 노래와 음악의 도가니가 되
었다.

"성 아래는 대단한 모양이로군. 춤추고 있구나. 춤을……."

노부나가는 목욕탕에서 여행의 때를 말끔히 밀면서, 거리의 광경을 상상
하고 있었다.

노래 소리와 함께 피리·북·종소리까지 목욕탕 안에 들려 왔다.

"저녁 식사는 간단히 해라."

목욕탕에서 나오자 측근에게 분부했다. 11일간의 여행 중, 곳곳에서 대접
을 많이 받아서 지금 그는 물말이 밥에 살구장아찌 하나쯤의 맛을 보고 싶어
졌다.

노부나가는 밥을 한두 공기 먹자 바로 자세를 가다듬었다.

"노부다카를 불러라."

간베 산시치 노부다카가 와서 대령하고 있었기 때문이다. 노부다카는 시고쿠(四國) 공략의 진에 파견 명령을 받았기 때문에 병력 기타의 지시를 받는 즉시 출발할 예정으로 이곳에 출두한 것이었다.

저녁 때, 성 안에 들어선 지 아직 2각(4시간)도 지나지 않았는데 벌써 노부나가는 시고쿠 정벌의 방책에 몰두하고 있었다.

"다녀오겠습니다."

산시치 노부다카가 물러가자 말했다.

"부재중의 문서를 내놓아라."

대부분은 진중에서도 보고 있었으나 아직 서장이라든지 무슨 문서가 산더미처럼 밀려 있었다.

특히 그의 중대한 관심사는 주고쿠진에 관한 것이었다.

이것도 이따금 가이의 진중에 있을 때부터 보고를 받고 있었으나 2월 9일 이후 정벌 여행, 그야말로 70일, 그 동안의 정세의 추이는 노부나가의 예측을 약간 벗어나 어쩐지 진척되지 않는 감이 있었다.

멈출 줄 모르는 그의 정력은, 오래간만에 돌아와서 아즈치에 앉자 그 곳에서 피로를 풀 생각을 하지 않고, 즉각 다음 단계에 대해서 어떻게 싸워야 필승을 하느냐 고심, 자면서도 귀로 베개를 뜨겁게 하고 있었다.

귀여운 손님

　비젠(備前) 오카야마(岡山)의 성은 지금 맹렬히 개수 증축의 공사에 들어가고 있었다.

　이곳의 거리를 중심으로 기비다이라(吉備平)의 봄 내내 6만의 군마가 대기하고 있었다.

　"도대체 전쟁이 있는건가 없는건가."

　피는 꽃을 보고, 나는 나비가 졸게 하며 한가한 거리의 음향과 성을 수리하는 끌소리 등을 듣고 있으면 장병은 한가로움에 싫증이 나서 자신도 모르게 그런 착각을 느끼는 것이었다.

　3월 상순의 3일. 벌써 가이 방면에서는 노부나가, 노부다타의 지휘하에 대병력이 가이, 시나노 국경으로 쳐들어가서 마침 이날 다케다 가쓰요리는 자신의 비운을 알고 그 거성 신부에 스스로 불을 놓아 귀부인 기타 일문의 여성까지가 덴모쿠 산의 최후를 향하여 불꽃 밑에서 뿔뿔히 흩어지고 있던 날이었다.

　그러나 이곳 오카야마는 때마침 삼즌 날의 명절(雛祭 : 여자의 단오절)이라서 어느 집 딸들이나 아낙네들도 배꽃이 활짝 핀 낮에 화장을 자랑하고 집안에서는 저

"

녁에 켜는 명절 등불과 술상 준비 등 같은 하늘 아래이면서도 지상은 전혀 딴 세상인 것처럼 평화로웠다.

"아니 벌써 긴급전령인가."

2기(騎), 거리 입구에서 먼지를 몰고 성문 밖으로 지나간 말굽소리에도, 그다지 새삼스럽게 천하의 급변의 전조라고 귀를 곤두세우는 사람은 없었다.

그러나 성문 앞으로 총알처럼 달려온 사자는 문지기에게 숨을 헐떡거리며 큰소리로 말했다.

"기보로(黃布衣)의 야마구치 젠쇼(山口銑藏) 올시다."

"같은 마쓰에 덴스케. 방금 돌아왔습니다."

이번에는 두 사람이 같이 소리쳤다.

"가이의 진중에 심부름 갔다가 오늘 돌아왔습니다. 통과합니다."

수문병이 몰려 나와서 두 사람 옆에 모여들었다.

"야아 고생이 많았지, 수고했소."

무슨 일인지 생각하는데 대번에 한 사람의 부장이 두 사람의 어깨를 두드리며 노고를 달래고, 그 부하들은 말을 끌며 안으로 들어가고, 또 사자의 소매에 묻은 먼지를 털어주는 자도 있고 땀을 닦으라고 수건을 주며 위로하는 자도 있었다. 어쨌든 입을 모아 모두가 그 노고를 위로했다.

"빨리 왔다."

"먼 거리를 단숨에, 고생이 많았지요."

"자아 저곳에서 물이라도 드시오."

그러나 사자는 머리를 쓰다듬고는 바로 걸음을 서둘러서 말을 버리고 벌써 안으로 들어가고 있었다.

"한시라도 빨리 어전에 가서 보고를 마쳐야지."

히데요시는 그때 오카야마 성 본관의 일실에서 올해 성년식을 올린 우키다 나오이에(宇喜多直家)의 아들 히데이에(秀家)와 함께, 그 히데이에의 누이동생을 초대해 명절 기분을 내어 놓고 있었다.

하치로(八郎)란 아명을, 히데요시로부터 히데이에라는 이름을 얻어서 개명한 것이 바로 얼마 전의 일이었다. 히데요시는 이 어린 자식들을 남기고 죽은 나오이에의 마음을 생각해서 자기 아들처럼 늘 좌우에 두고 있었다.

그 누이동생들은 더욱 어리다. 물론 명절의 손님 접대는 시중드는 여자들이 모두 하는 것이지만 히데요시는 그들이 좋아하여 떨어지지 않을 정도로 기뻐하는 표정을 지었다.

남매는 어느 사이에 자기들의 좋은 친구처럼 생각해서 히데요시의 등에 매달리기도 하고 작은 손에 술잔을 들고 "이제 더 못 마시겠다. 못해." 취한 척하여 빌기만 하는 히데요시의 입에 억지로 그것을 내밀기도 하고, 마치 땅개와 땅개가 놀듯이 장난하고 있었다.

후쿠지마 이치마쓰가 옆방까지 와서 히데요시에게 고했다.

"주군. ……주군."

"무어냐?"

"지난번 가이의 진중으로 보내신 두 사람의 사자가 방금 돌아왔습니다."

"오오. 야마구치 젠쇼와 마쓰에 덴스케 두 사람이 돌아왔는가."

그는 남몰래 기다리고 있었던만큼 갑자기 제 정신으로 돌아간 듯이 엄한 태도를 보였다.

"백로실에서 대령토록 하라."

그는 바로 일어서려 했다.

히데이에의 누이동생과 여자애들은 아직 장난을 그치지 않고 그 소매를 잡기도 하며 어깨에 매달렸다.

"싫어, 싫어."

고개를 흔들면서 억지를 쓰고, 히데요시가 난패스런 얼굴을 하니 더욱 놓치지 않았다.

"이치마쓰. 이치마쓰. 백로실에 가면서 내가 지시를 하지. 너는 이 여자애들과 같이 놀아 주어라."

"……네."

"왜 그런 얼굴을 하느냐?"

"저는 여자 애들과 노는 방법을 모릅니다."

이치마쓰는 벌써 남과 같이 어른임을 자부하고 있다. 그런 일을 한다는 것은 무인답지가 않다는 듯이, 또 언제까지나 쿄를 흘리고 있던 시절 생각을 하시면 곤란합니다──고 말하고 싶은 태도였다.

히데요시는 히죽 웃으면서 말했다.

"노는 방법은 몰라도 좋아. 내 대신에 이곳에 앉아서 이 아이들의 손님이 되기만 하면 되는 거다. 여자애들의 노리개가 되어 공손히 있으면 일은 끝나는 거다.”

“전진에서 참는 일이라면 무슨 일이라도 하겠습니다만 그런 인내는 저로서는 잘할 줄 모르는 일입니다. 딴 사람에게 분부해 주십시오.”

“너는 여자애들이 싫은가.”

“네에, 싫습니다. 어떤 때에는 때려주고 싶어질 때도 있습니다.”

근래 가중에서도 또 우키다가의 여러 가신들 사이에서도 이치마쓰는 평이 좋았다. 돗토리 성(鳥取城)과 고오즈키 성(上月城)에서 공을 세운 것도 알려지고 있다.

장래성 있는 젊은 무사, 좋은 뼈대를 가졌다는 등 다소 칭찬하는 기미의 소리도 본인의 귀에 들렸다. 그래서 그런지 눈에 띄게 어른스러워지고 얼굴에는 차츰 여드름까지 과시하고 있었다.

이따금 히데요시를 애먹일 때도 있었다. 자기와 히데요시는 친척 사이란 기분이 은연중에 숨어 있는 것은 말할 나위도 없다.

히데요시는 혀를 차면서 말했다.

“누구냐. 낭하에 있는 것은.”

“도라노스케올시다.”

“아, 차라리 네가 낫겠다. 도라노스케, 이리 오너라.”

“네에.”

“듣고 있었겠지. 오이치 녀석이 싫다고 하니 네가 대신 여기 있거라. 애들의 손님이 되어 주어라.”

“네에.”

“좋으냐?”

“알았습니다.”

히데요시가 일어났기 때문에 이치마쓰도 황급히 일어났다. 아무 말 없이 그 자리에 앉은 도라노스케를 경멸하듯이 등에 곁눈질을 하면서.

백로실은 밀실이다. 무언가 극비 사항만 말하는 곳으로 되어 있다. 야마구치 젠쇼와 마쓰에 덴스케가 그곳에 들어가 대령하고 있는데 바로 그때, 히데요시도 자리에 앉았다.

“돌아왔나.”

젠쇼는 품에서 밀서를 꺼내더니 히데요시 앞에 놓았다. 말할 나위 없이 2중, 3중으로 동유지(桐油紙)에 싼 것이었다. 히데요시는 겉봉 글씨를 본 뒤에 손수 봉을 뜯고 말했다.

"아, 오랜만에 주군의 필적을 대하게 된다."

우선 펼쳐보기 전에 이마에 받들어 댔다. 오다 우대신 노부나가의 직서임은 말할 나위도 없다.

"틀림없이."

읽고 나서 히데요시는 노부나가의 친서를 자기 품속에 넣고, 그리고 사자의 노고를 치하했다.

"수고가 많았다. 물러가서 좀 쉬어라. 그런데 시나노 가이에 있는 아군은 모두 혁혁한 전과를 올리고 있더냐?"

"거의 파죽지세(破竹之勢)라고 해도 좋을 정도입니다. 소신들이 돌아올 무렵, 벌써 노부다타 경의 군사는 스와구치로 진입했다고 들었습니다."

"과연 굉장한 위광(威光)이로다. 노부나가 곧이 손수 출진하신 전투이니 그렇지 않고야 되겠는가. 우대신께서도 더욱 건장하시더냐?"

"네에, 이번의 가이 진에는 때도 마침 봄이라 협산의 꽃구경과 같았습니다. 귀로에는 도카이도로 나와서 후지산 구경의 예정이시라는 등……이건 무사들의 말을 들은 것입니다만 정말 여유 만만한 진중의 풍경이라고 들었습니다."

"그런가. 아니, 수고했다. 빨리 쉬어라."

이것으로 임무를 마친 두 사람은 비로소 피르한 모습을 드러내면서 물러갔다.

그러나 히데요시는 아직도 그곳에 있었다.

미닫이 그림의 백로를 응시하고 있었다. 백로의 눈에만 노랑 색깔이 칠해져 있었다. 백로가 그를 쏘아보고 있는 듯도 싶었다.

"……역시 간베로 할까. 간베를 보낼 수밖에 없겠지."

그는 중얼거리며 시동을 불렀다. 이시다 사기치(石田佐吉)가 어전에 나왔다. 사기치도 제법 성인이 되어서 더욱거 단정하고 아름다운 시동 모습이었다.

"부르셨습니까?"

"왔느냐. 제2성곽에 구로다 간베가 있을 터이니, 그 사람과 하지스카 히코에몬을 불러 오라."

"어디로 안내할까요?"

"여기 있겠다. 여기가 좋다."

히데요시는 다시 품속의 서신을 꺼내어 보고 있었다. 그것은 서신이 아니다. 히데요시가 받은 서약서였다.

지금 그는 이곳에 앉아 있으면서도, 6만의 병력을 쉽게 움직일 수가 있다. 그리고 또 바로 가까운 국경을 돌파해서 빗추(備中)로 들어갈 준비가 되어 있었다.

빗추에 들어가지 않고 모리 군을 부수는 것은 당연히 할 수 없는 일이니, 그곳에 무언가 커다란 장애를 느끼고 있는 것 같았다.

일부러 사자를 노부나가 앞으로 보내서 노부나가의 서약서를 요청한 것도 실은 그것 때문이었다. 그는 그 장애를 싸우지 않고 제거하려고 했었다.

즉 빗추 국경에 있는 적의 방어선 7개 성을 연결해서 그 중핵루를 이루고 있는 다카마쓰(高松)의 성, 그것을 우선 피를 흘리지 않고 함락시키려고 고심하였던 것이다.

"야아, 이리로."

구로다 간베의 모습이 보이자, 히데요시는 경쾌하게 자리를 약간 내주었다. 방이 좁았다. 다음에 히코에몬도 살며시 들어와서 간베와 나란히 앉았다.

"주군의 서약서가 방금 도착했다. 따라서, 언제나 어려운 일만을 부탁하지만 다카마쓰 성까지 갔다 오겠나."

"제가 보아도 좋겠습니까?"

"보아라."

간베는 그 사람을 대한 것과 같은 예의를 갖추며 서약서 내용을 보았다.

'뜻을 돌려서 오다의 군무에 항복한다면 전후 빗추, 빙고의 양국 중 많은 영지를 주리다. 신명에 맹세하여 위배함이 없으리라.'

그러한 의미의 친필이었으니, 즉 노부나가로부터 다카마쓰 성의 수장 시미즈 조사에몬 무네하루 앞으로 보내는 것이었다.

"보았습니다."

"이것을 휴대하고 즉각 출발해 주기 바란다. 히코에몬, 자네도 부사로서 간베와 함께 다카마쓰 성으로 가도록……그리고 시미즈 무네하루를 만나면 간베 자네도 실수는 없겠지만, 극력 설득을 잘해서 아군에게 항복하도록 노력해 다오. 이 친서를 보이면 아무리 그라고 해도 동하지 않을 수가 없겠지."

지극히 낙관적인 얼굴로 말하는 것이었다. 그 히데요시의 의중을 두 사람은 짐작하기가 어려웠다.

히데요시는 정말로 이 친서 한 통으로 적장 시미즈 무네하루의 이반이 실현될 수 있다고 믿고 있는 것일까. 그렇지 않으면 다른 의도가 있는 것일까.

"지금 당장 가라."

히데요시는 거듭 종용했다.

물론 이의를 말하고 싶어도 말할 틈도 없다. 그로다 간베와 하지스카 히코에몬도 즉시 자리에서 일어섰다.

"알겠습니다."

히데요시는 일어서려는 두 사람에게 다시 이렇게 첨가했다.

"아무튼 성내의 사기와 배치상태를 잘 보고 오라. 그리고 수행원은 많이 데리고 가지 않는 것이 좋다. 이치마쓰, 도라노스케 등 두 사람쯤 데리고 가는 것이 좋을 것이다. 될 수 있는 디로 부드러운 인상을 주는 차림으로……."

"네에."

두 사람은 떠났다.

히데요시도 그곳을 나와 다시 안에 있는 명절 장식을 한 방으로 들어왔다.

'그런데 벌써 아무도 없는가?'

그는 미닫이 문 밖에서 그렇게 생각했다. 그토록 떠들고 놀던 여자애들의 소리가 조금도 나지 않는다. 소리가 없어 사람이 없는 줄 알았다.

이치마쓰가 뒤에서 손을 뻗쳐 앞의 미닫이문을 재빨리 열었다.

보니 히데이에도 있었다. 또 히데이어의 누이동생과 다른 여자애들도 그곳에 있기는 있었다.

그러나 분위기가 전과는 몹시 달랐다. 모두 스리 없이 장식 앞에 앉아 있는 손님에게 시선을 모으고 있었다. 히데요시 대신에 여기 있으라는 분부를 받은 시동 가토 도라노스케는 '주명을 거역할 수 없어서……' 이렇게 말이라도 하는 양의 얼굴로 곤경을 참으면서 덤숙히 양손을 무릎 위에 얹은 채 말없이 앉아 있었다.

고군(孤軍) 속에서 한쪽 편을 혼자서 지키고 있는 듯한 눈초리로 시녀와 여자애들을 쏘아보고 있었다.

무릎 앞에 과자가 수북이 놓여 있지만 손도 대지 않고 있었다. 술잔에 술을 부어 놓았지만 마시지 않고 있었다.

처음에는 여러 가지 놀림을 받았는지 뺨에 분을 칠하고 등에 종이 조각을 달고 있지만 도라노스케는 '우습지도 않은 일을 한다' 는 생각을 하는 듯 했다.

그는 자세를 취한 채, 상대도 하지 않고 아까부터 오로지 충실하게 군명만을 지키고 있었던 모양이다. 눈만을 움직여서 히데요시의 모습을 바라보자 구조된 것처럼 한숨을 쉬었다.

"수고했다. 수고했어."

히데요시는 그를 임무에서 풀어 주었다. 그리고는 이제 되었으니 준비를 하고 다카마쓰 성으로 가는 사자를 따라가라고 분부했다.

"고맙습니다."

조롱에서 풀려나는 새처럼 나가자마자 날갯짓을 하듯 걸음이 가벼웠다.

히데요시는 또 간곡하게 이렇게 타일렀다.

"적중으로 심부름 간다는 일은 대단히 중요한 일이다. 너희들이 남에게 비웃음을 받을 일을 하면 나도 적의 비웃음을 받는다. 그렇다고 해서 지금 본 것처럼 네모나는 태도만 취하고 있으면 저것은 소심한 자라고 적에게 얕보이게 된다. 가는 길, 오는 길에 출입처의 요해, 병량의 수송, 땅에 나 있는 바퀴의 흔적 등등에서부터, 성 안에 들어가서는 더욱 그렇지만 장병들의 눈초리, 방루의 대비, 초목의 모양에 이르기까지 잘 눈여겨 보아야 한다. 너희들을 보내는 것은 공부를 위해서 보내는 것이다. 알겠나? 조심해서 다녀 오너라."

무인 무네하루 (武人宗治)

말머리를 북쪽으로 향해서 성밖 수십 리 앞으로 나서니, 산야에는 온통 전쟁 분위기를 느낄 수 있는 것이 넘치고 있었다.

오카야마에서 적의 다카마쓰 성까지는 하루가 못되는 길, 기마였기 때문에 좀 빨리 도착할 것이다.

구로다, 하치스카 두 사신과 그들을 수행하는 이치마쓰, 도라노스케, 기타를 합해서 약 10명쯤 되는 일행이었다.

중후한 아군의 전선진지를 통과해서, 기비 산맥의 저쪽 붉은 석양이 바라보이는 곳에서부터 일행은 여러 번 으슥한 숲의 어둠 속으로부터 누구냐는 물음을 받았다.

"서라!"

"어디로 가나?"

벌써 누구냐고 묻는 것은 적측 사람뿐이었다. 이곳에는 오카야마의 성 아래에서 볼 수 있었던 봄도 없었고 사람도 없었다. 논에는 농민의 그림자조차 볼 수 없었다.

적의 전선에서 성 아래의 울타리 문으로 긴급전령이 달려가는 것이 보였다. 성 안의 지시를 받은 모양이었다. 이윽고 마중 나온 부장의 안내를 따라 사자들은 울타리 문으로 들어가 다시 성문에 이르렀다.

다카마쓰 성은 평지에 있는 성이다. 정견 성문에 이르는 길의 좌우까지는 논과 들판이었다.

넓은 들판 가운데 한 덩어리의 숲과 재방과 돌담으로 구축한 그곳부터 돌담을 오를 때마다 총알과 칼이 꽂힌 담이 머리 위를 덮었다.

본영으로 들어가니, 과연 국경 7개 성의 주성(主城)인지라, 성 안은 제법 넓어 수비병 2천여 명을 넣고도 아직 허전한 데가 있었다.

아니, 이 성 안에는 그 2천여 명의 군사 이외에 더 3천여 명의 인명을 수용하고 있었다. 총계 5천여의 대세대를 이루고 있는 것이 사실이었다.

그것은 이미 농성을 결의한 시미즈 무네하루가 영토내의 농민과 여자, 노인과 아이 모든 사람을 성중에다 수용했기 때문이었으며, 그것을 보면 벌써부터 이 성에서는 동군 수만의 파도를 막고 일전을 감행하려는 각오가 역력했다.

한 방으로 안내된 것은 구로다 간베와 하치스카 히코에몬 두 사람뿐이었다. 간베는 전부터 한쪽 다리가 자유롭지 못한 몸이었기 때문에, 지팡이를 짚지 못하는 성내에서는 특히 심하게 다리를 절었다.

차도 나왔다. 과자도 나왔다.

"잠시 기다려 주십시오. 지금 바로 주인을 뵙게 되오니."

자리를 물러가는 20세 가량의 시동으로 보이는 자에게 두 사람의 사자는 조용한 시선을 쏟고 있었다.

미닫이문 가에서의 예법 행태가 평소와 다름이 없었다. 가까이 데리고 있는 자에게 이만한 침착성이 있으니 성 안 일반의 마음가짐과 수장 무네하루의 인품도 우선 엿볼 수가 있었다.

이윽고 자리에 와서 위엄을 보이지도 않고 쾌히 앉는 사람이 있었다.

"조자에몬 무네하루올시다. 하시바님으로부터 사신으로 오셨다는데 잘 오
셨소."

나이가 50살쯤 되어보였다. 겸손하게 조복을 걸치고, 좌우에도 요란하게
가신들을 거느리지 않고, 12, 3세의 소년 한 사람을 시동으로 뒤에 두고 있
을 뿐이었다.

만약 대도(帶刀)와 그 시동을 제외한다면, 이 근방의 촌장과 다를 것이
없었다. 그만큼 패기나 현기가 조금도 보이지 않는 인품이었다.

"이것 정말……."

간베는 오히려 위엄을 차리지 않는 적장에게 더욱 공손한 태도를 보였다.

"처음 뵙습니다. 우리들 두 사람은 하시바가의 가신 구로다 간베."

"또, 하치스카 히코에몬이라고 하는 사람입니다."

인사를 받을 때마다 무네하루는 좋은 표정의 시선으로 끄덕였다. ──이렇
다면, 이 사람을 혹시 설득할 수가 있을지 모른다──두 사자는 입술을 적
시고 있었다.

"하치스카님, 당신이 한 번 주명(主命)의 취지를 무네하루님께 이야기해
주지 않겠소."

간베는 이렇게 양보했다. 사신의 상사(上使) 격인 자기가 먼저 말을 하는
것이 당연하다고는 알고 있으나, 상대방의 온아순박한 모습을 보고는 자기
보다는 연상이고, 마음이 단련되어 있는 히코에몬이 간곡히 이해하도록 설
파하는 것이 효과적이라고 그 자리에서 생각했기 때문이었다.

"그럼 소생이 말씀드리지요."

히코에몬은 사양치 않고 이렇게 말하고는 약간 무네하루 쪽으로 무릎을
내밀며 말했다.

"모든 것을 털어놓고 상의하라고, 주군으로부터 분부를 받아 온 말을 그대
로 전해드리는데 불과합니다만, 무릇 쓸데없는 전투는 피할 수 있는 데까
지 피하자는 것이 주군의 참뜻이올시다. 지금 동서의 양군이 이곳에 대치
하여 귀하께서는 7개 성을 해자로 연결하여 국경의 수호에 힘을 다하고
계시나, 이미 주고쿠(中國)의 귀추가 결정된 것은 충분히 알고 계시리라
고 생각합니다. 수를 가지고 말한다면 동군은 쉽사리 15만의 병력을 동원

할 수 있는데 비하여 서군 모리 측은 흩어져 있는 잔여 병력을 모조리 움직여도 겨우 4만 5, 6천에서 5만이라고 하는 것이 최대한도일 것입니다. 그뿐 아니라 모리가와 연계한 에치고의 우에스기, 가이의 다케다, 히에이 산 혼간사 등의 동맹국도 모두 망해 버리고, 그들 동맹국이나 모리가가 명분으로서 주장해 온 구막부의 형태나 장군이란 인물도 벌써 지난날의 것이 되어 버리고, 그 존재가 이 지상에 없지 않습니까. 도대체 모리 측으로서는 오늘날 무엇을 명분으로 삼고, 이 주고크를 초토로 만들면서도 싸우려는지 저희들에게는 이해가 가지 않습니다. 그에 반하여 우리 오다 전군이 추대하는 우대신 노부나가 공께서는, 황공하게도 친히 금문(조정)의 수호가 하명되어 조정의 신임도 날로 두터워지고, 군신의 위치를 밝히시어 위로는 성상의 성려를 편히 해드리고, 아래로는 중민의 흠모를 받고, 지금 점차적으로 오랜 전란의 암흑을 헤쳐 나와서, 세상에 여명의 축복을 보내면서 일우만생(一宇萬生)의 모습으로 돌아가려 하고 있습니다. 좀 지나치게 지껄였습니다만, 말하자면 그러한 정세입니다. 그것이 거짓 없는 진실이라고 할 수 있겠지요. 이러한 시기를 맞이하여, 이렇게 말하면 실례가 되겠지만, 귀하와 같은 분을, 또 무고한 백성, 노인과 아이들로부터 많은 장병에 이르기까지를 헛되이 이 성과 함께 논밭의 바닥에 파묻어 버린다니……이것은 아무래도 애석한 일입니다. 어떻게 희생 없이 처리할 수가 없을까 하고, 주군 지쿠젠께서는 상심을 하시고, 먼저도 한 번 권유를 했지만 귀하가 받아들이지 않아 면목을 떨어뜨린 기분이 되신 모양이나, 다시 한 번 최후의 협의를 해보라는 말씀을 받자와 오늘 다시 두 사람이 여기 온 것입니다. 주군 지쿠젠의 얼마나 진실과 성의를 다한 권유인가는 간베님으로부터 더 들어보시기 바랍니다."

다음엔 간베가 입을 열었다.

미리 휴대해온 히데요시의 서장에 노부나가의 서약서를 첨가해서 보인 뒤 말을 시작했다.

"결코 이를 가지고 권한다는 것이 아니고 무사를 아끼는 주군 히데요시와 무사를 사랑하는 노부나가 공의 충정이 여기에 나타난 것으로서 잘 현려하시기를 종용하고 싶습니다. 즉 귀하의 마음 하나에 따라서 빗추 빙고 2개국을 올리겠다고 미리 드리는 서약서입니다. 어떻습니까, 무네하루님."

"……."

무네하루는 서약서에 절을 한 번 했다. 그러나 손에 들어 펼쳐보려고도 하지 않고 그대로 정사(正使)에게 돌려주었다.

"정말, 정말 과분한 말씀과 은상의 약속을 참으로 무어라고 말씀드리면 좋을지 모르겠습니다. 모리가로부터 평소 받고 있는 녹은 솔직히 말해서 7천 석밖에 되지 않습니다. 그리고 노령에 가까운 이 시골 무사를 이렇게까지 생각해주시니, 고마운 일입니다. 말씀만큼은 정말 고맙습니다. 고맙게 생각합니다."

그렇게 하겠다고는 말하지 않는다.

시미즈 무네하루는 다만 겸손하게 그렇게 되풀이하고 있을 뿐이었다.

침묵이 계속되었다.

그 동안에 무언가 서먹서먹해진 것은 두 사신이었다.

무네하루는 그 이상 어떤 말을 들어도 온화하고 겸손하게 되풀이하고 있는데 지나지 않았다.

"당연한 말씀, 당연하지요."

히코에몬의 노력도, 간베의 재기도 이 상대에는 쓸모가 없는 것이었다.

그러나 사자로서 그 벽을 뚫는 의기로 계속할 때까지 설득을 계속하며 마지막 노력으로서 다시 한 마디 덧붙였다.

"이쪽에서 말씀드릴 것은 모두 말씀드렸습니다. 그러니까 귀공께서도 무언가 특별한 희망이라든지, 조건을 붙이고 싶은 것을 말씀하시면 주선하겠습니다. 그리고 귀공의 힘이 될 생각이니, 털어놓고 이야기해 주십시오."

이렇게 다그쳐서 무네하루의 본심을 캐물어 보았다.

"그럼, 들어주시겠습니까. 소생의 소망이란 것은 모처럼 사람으로 태어나 생애의 마지막에 다가선 이 마당에 사람으로서의 길에서 벗어나고 싶지 않다고 하는 그 점에 있습니다. 우리 모리가만 하더라도 하늘 아래 창생의 일번(一藩), 귀공들의 맹주이신 우대신님과 비교해서 금문에 대한 신정(臣情)에 있어서도 앞섰을지언정 뒤지지는 않습니다. 불초 무네하루는 그 모리가에 속해 별로 하는 일이 없는 몸으로, 다하여 연간 7천 석이란 높은 녹봉을 받아 일족이 모두 은양을 받고, 오늘날 이 변을 당해서 국경의 수호를 하명 받은 것은, 그야말로 주가의 신임에 의한 것이라 생각하여 요사이는 살 맛이 난다고 조석으로 즐겁게 지내고 있습니다. 그런데 작은 이익

에 현혹되어 하시바님의 후대를 받고, 우대신의 휘하로 들어가 2개국의
영주가 된다 하더라도 결국 요사이처럼 마음이 즐거운 날을 보낼 수 있으
리라고는 생각되지 않습니다. 하물며 신의를 배반하고 주가를 팔고는 무
슨 얼굴로 이 몸이 천하의 사민에게 얼굴을 대할 수 있겠습니까. 적어도
소생의 가정에 있어서도 아내에게나 아들, 조카, 질녀에 이르기까지 그들
에게 그러한 일은 사람의 탈을 쓴 사람이 하는 일이라고 평소부터 교육도
시키고 있습니다. 결국 제 스스로 자신의 가등을 깨뜨리게 됩니다. 하하하
하, 그러니 모처럼의 호의라고 생각합니다만 말씀하신 것은 없었던 것으
로 잊어 주시도록 하시바님께도 잘 전해 주시면 고맙겠습니다."

"……그렇습니까, 으음."

간베는 신음하듯이 고개를 끄덕이고 나서는 덤백히 말했다.

"이제 더 권하지는 않겠소. 히코에몬님 돌아가도록 합시다."

"할 수 없지요."

히코에몬은 자기들의 노력이 미치지 못한 것을 탄식했다. 그러나 그 심정
은 이곳에 임한 후에 생긴 것이었다. 시미즈 조자에몬 무네하루는 결코 이
협상에는 움직이지 않을 것을 두 사람이 모두 전부터 미리 예측하고 있었던
것이기는 했다.

"어두운 밤인데 가시는 길이 위험합니다. 오늘 밤은 성내에서 유숙하시고
내일 아침 일찍 가시면 어떻습니까."

무네하루는 만류했다. 그것도 단순한 인사치레가 아닌 것으로 들렸다. 착
실한 인물이라고나 할까, 적이지만 정직하게 말해서 탄복했다.

"주군께서 회답을 고대하고 계실 테ㄴ……."

사자들은 횃불만을 부탁하여 얻어서 귀로에 올랐다. 무네하루는 도중 사
고가 나서는 안 된다고 가신 6명을 따르게 하여 전선의 경계까지 전송케 했
다.

빗추 진입

사자 일행은, 왕복길 모두 자지도 않은 채 돌아왔다.

오카야마로 돌아오자 바로 간베와 히코에몬 두 사람은 히데요시 앞으로 갔다.

"항복시키는 일은 잘되지 않았습니다. 역시 무네하루의 결심은 굳건했습니다. 이 이상, 아무리 수고를 해도 협의는 이루어질 가망이 없을 성 싶습니다."

그들은 시미즈 무네하루의 말을 소상히 히데요시에게 아뢨다.

사신의 보고는 평범한 것이 좋다. 그 사이에 사신 자신의 주관과 감정을 섞지 말고, 사실 그대로를 보고하는 것이 최상이라고 일컬어지고 있다.

"그렇겠지."

히데요시는 의외라고 생각지 않고──우선 잠을 자라, 피곤할 것이다, 자네들 한숨 자고 나서 다시 만나자고 말했다.

"그럼 휴식하고 다시 뵙겠습니다."

두 사람은 히데요시의 거실을 물러나왔다.

히데요시는 또 한 구석에, 그것도 졸린 듯이 공손히 앉아 있는 도라노스케와 이치마쓰를 바라보고는 물었다.

"이것 봐."

"네에."

"너희들은 무엇을 보고 왔나."

"적중에서 여러 가지를 보고 왔습니다."

이치마쓰의 대답이었다.

도라노스케는 정직하게 말했다.

"어디를 보아도, 적의 기색을 그다지 엿볼 수가 없었습니다."

히데요시는 그 어느 쪽에 대해서도 옳다거나 그르다고 하지 않았다.

"많이 자고 오너라."

히데요시는 그들을 방에서 놓아 주었다.

히데요시는 정오가 지나서 다른 방에다 간베와 히코에몬, 기타 6, 7명의 장수를 모아놓고 모의하고 있었다. 우키다 히케이에도 젊은 나이였으나 한 부대의 대장으로서 당연히 이곳에 참가하였다.

"적의 7개 성은 이곳과 이곳입니다."

히데이에와 간베는 주로 지리를 설명하고 있었다. 히데요시가 시선을 주고 있는 그림지도에 지금 옆에서 해설을 가하고 있는 것은 간베였다.

"다카마쓰 성에서 서북쪽으로 60여 리 떨어진 곳에 아시모리(足守)란 읍이 있습니다. 그렇습니다. 그 일대입니다. 그 아시모리의 뒷산에 미야지(宮路)의 성이 있고, 이곳에는 노미 모토노브(乃美元信)가 병력 5백을 거느린 채 농성하고 있을 것입니다. 또 그곳에서 약간 동쪽으로 가면 가무리산(冠山)의 성이 있고, 이곳에는 하야시 시게자네(林重眞)가 수비를 하고 병력은 3백 5, 60으로 보면 틀림이 없을 것입니다."

"그런데 다카마쓰의 주성(主城)은……."

"평소 이곳에는 역시 6, 7백의 병력부에 없었습니다만, 모리측이 스에지카 사에몬(末近左衞門)이 약 2천의 병력을 거느리고 도우러 왔으며 성안의 농민, 여자, 노인과 아이들을 모조리 수용했기 때문에 머리 수를 따지자면 5, 6천 명쯤 되리라고 생각됩니다."

"그래…… 그렇게 많이 있나?"

여기서 그래——라고 중얼거린 히데요시의 독백 속에는, 후일에 생각해 보니 이미 이 순간에 그의 가슴에는 어떤 큰 계책이 벌써 서 있었던 모양이었다.

"그 외에는?"

"다카마쓰에서 5리쯤 떨어진 동남쪽에 가모(加茂)의 성이 있고 이곳에는 병력 약 천 명을 옹립하여 가쓰라 히로시게(桂廣繁)가 굳게 지키고 있습니다. 그리고 남쪽 길을 사이에 두고 5리 앞에는 히바타 가게지카(日幡景親)가 지키는 히바타의 성, 이곳에는 병력이 약 1천여 명 또 미나미 마쓰시마(南松島)의 성에는 나시바네 나카쓰카사노조(梨羽中務조)의 병력 8백, 또 십 리쯤 앞에는 이노우에 아리카게(井上有景)가 1천 명의 병력으로 미나미 이와세(南庭瀬)의 성을 완강히 굳히고, 국경의 길목을 주의 깊게 수비하고 있습니다."

"……그렇군, 7개의 성이 고리를 잇댄 사슬처럼 연결되어 있군."

히데요시는 그림지도 위에서 얼굴을 들고 피곤한 듯이 가슴을 폈다.

그날 가이 방면으로부터 긴급전령이 들어왔다. 전황 보고였다.

이달 11일, 다케다 일문 가쓰요리 이하가 덴모쿠 산에서 멸망했다고 하는 일, 또 고후 점령 접수의 일, ·노부나가 공을 위시한 중중군은 가미스와(上諏訪)로 진주, 수일 내에 고후 입성의 예정 등의 상황이었다.

"정말 빠르시군."

히데요시는 되돌아보고 주고쿠 공략의 곤란성과 비추어서 전도는 아직 밝지 못하다고 생각했다.

"벼루를 가져오라."

우선 노부나가가 앞으로 승전 축하장을 썼다. 그리고 그 속에 주고쿠의 상황을 적고 또 시미즈 무네하루를 항복시키는 계책은 단념했다는 내용도 첨가해서 썼다.

3월 중순경, 히메지에 대기하고 있던 히데요시 직속의 2만 병력은 오카야마로 들어왔다. 거기에 우키다의 군사 1만을 합쳐서 총세 6만의 장비는 완전히 갖추어지고 드디어 빗추로 진군했다.

"이번 일에 대해서는 몹시 신중히 다루시는 것 같다."

모두 다 히데요시의 마음을 그렇게 헤아렸다.

10리 전진하는 데도 정찰한 결과를 기다리고, 20리를 나가는 데도 정찰을 마치고 갔다.

가이 방면의 신속한 전과와 혁혁한 대승의 보도는, 이미 일개 병졸에게서도 들을 수 있었다. 그래서 이 신중한 행동을 못마땅하게 생각하여 다카마쓰 성과 그 나머지의 소성 따위는 이 3만여 병력으로서 덤빈다면 한 번의 공격 아래——등등 기분이 앞서는 소리가 없지는 않았다.

"과연."

실제로 전장에 임하고 적의 포진 상태를 깊이 알고 보니, 이번의 전투가 얼마나 중요하고 또 필승의 위치를 차지할 때까지 난관이 얼마나 많은 것인 가 잘 수긍되었다.

히데요시는 우선 다카마쓰 성의 북방 멀리에 있는 한 고지——류오 산(龍 王山)에다 진을 쳤다.

이곳에서는 남쪽으로 다카마쓰의 성이 똑바토 내려다 보였다.

그러자 적의 7개 성의 위치와 주성인 다카마쓰 성과는 서로 긴밀한 관계 를 맺고 있는 지형이란 것을 한눈에 알 수가 있었다.

그뿐 아니라 더욱 멀리에 아지 요시다의 모리의 본국을 중심으로 해서 호 키(伯耆) 빗추 그외 지역에 걸친 적국의 동향을 대관해서 기쓰가와 모토하 루의 군사, 고바야카와 다카가게의 군사, 모리 데루모토의 군사 등이 이곳에 몰려 올 경우의 대세도 대략 짐작하기가 편리했다.

류오 산의 본진 1만 5천 명.

히라야마 마을 부근 하시바 히데카쓰의 5천 명.

야하다 산(八幡山) 우키다 군 1만 명.

대별해서 히데요시의 진은 이렇게 나누어져 있었다. 히데요시는 우선 주 력전에 들어가기 전에 말했다.

"다카마쓰의 우익, 미야지와 가무리 2개 성, 좌익의 가모와 히바타 2개 성, 이렇게 양쪽을 우선 제거한다. 누구든 미야지 성을 단숨에 함락시킬 자신이 있는 자는 없는가?"

"제가."

"소신이."

"이 기회를 소신에게."

"소신에게 분부를."

여러 장수는 다투어서 이 서전(緖戰 : 실마리가 되는 싸움)의 선봉으로 뽑힐 것을 자원했 다.

그중에 후쿠지마 이치마쓰도 있었다. 시동조에서 나선 것은 그 한 사람뿐이었다.

"이치마쓰, 너도 갈 생각인가."

"분부하신다면……네에."

"자신이 있나?"

"너무하신 말씀입니다."

"하하하 좋아. 불과 4, 5백이 농성하고 있는 성채이니 시동 무사가 공격하는 게 알맞을 거다. 갔다 와. 후쿠지마 이치마쓰에게 이것을 하명한다."

이치마쓰는 용기를 냈다.

사람들의 부러워하는 시선을 온 몸에 받으면서 준비를 위해 즉시로 자리를 뜬 것은 좋았지만, 그때 그의 성미로서 필요도 없는 말을 했기 때문에 사람들은 마음속으로 위태롭게 생각했다.

'서툰 병법과 만용, 두 가지만을 겸비한 이치마쓰가 실수하지 않아야 할 터인데.'

이치마쓰가 하지 않아도 좋았을 말이란 이러했다.

'불초 소신이 계책을 가지고 있사오니 다수의 부하는 필요치 않습니다. 백 명이나 백 50명쯤 데리고 가면 충분합니다.'

그는 득의만면하여 그 자리에서 히데요시에게 말한 것이다.

히데요시는 씁쓸하게 웃으면서 고개만 끄덕였다. 이치마쓰가 건방지다는 것은 그도 충분히 알고 있었다. 또 이치마쓰가 막하의 젊은 지휘관 사이에서 미움을 사기 시작한 것도 알고 있었다. 그러나 히데요시는 공평하게 그의 재능과 추진력이 강한 기질도 평가하고 있는 것이다.

'주군님과 우리 집안은 옛날부터 친척이었다. 그러니 지금도 친척 관계가 된다.'

단지 이따금 이런말로 자랑하는 기미가 있어서 그 거만기를 가끔 꺾을 필요가 있었다. 그것만이 곤란하다고 생각할 뿐, 그 외에는 이 사나이도 훌륭한 히데요시 휘하의 이색적인 무사였다.

나이도 도라노스케 보다 위여서 금년 23, 4세가 된다. 공명을 바라는 마음이 불보다도 더 타고 있다 해도 좋을 것이다.

"휴대 군량은 준비했나? 차림은 가벼운 것이 좋다. 절벽에 매달려도 진퇴에 방해되지 않게 말이다. 말은 필요 없다. 모두 도보로 간다. 나도 걸어간다."

150의 수세(手勢)를 세워놓고 그는 무장으로서 일장의 훈시와 주의를 내렸다.

전투는 이미 이 주고쿠에 와서 충분히 체험을 했다. 덴쇼 6년에 선발대로 주고쿠에 진입할 때, 우키가다의 강골 스에이시 야타로의 목을 잘랐을 때가 16세였으니 첫 공명으로서 실전에 임했을 때의 힘도 본인이 자랑할 만한 것이라고 생각되었다.

"출발할 때까지 휴식하라."

준비가 끝나자 이치마쓰는 영 안으로 들어가 버렸다.

한참 뒤 히데요시의 어전으로 나와서 지금 출발하겠다고 고별인사를 했다.

"이치마쓰."

"넷."

"적의 성채에 당도한 뒤보다 가는 도중이 위험하다. 도중의 각오는 잘되어 있나?"

"염려 없습니다."

"누구든 3백 명쯤 병력을 더 붙여서 후비로 해줄까?"

"그럴 필요 없습니다."

"좋아, 출발하라."

이치마쓰는 시무룩한 얼굴로 나갔다. 이 화를 낸 것 같은 표정도 히데요시를 친척 되는 아저씨라고 마음 한 구석에서 생각하기 때문에 일어나는 것처럼 생각되었다.

미야지의 성채는 아시모리라고 불리우는 자그마한 마을 뒤에 있었다. 아시모리의 민가를 옆으로 보며 그 산기슭에 접근했을 때는 벌써 밤이었다. 밤을 새어가면서 길도 없는 산을 더듬어 올라갔다. 이곳은 상당한 고지였다.

"잘못했다. 몸을 낮추어라."

총성이 들렸기 때문에 이치마쓰는 부하 전처에게 움직이지 말라고 명령했다. 그리고 또 낮은 소리로 굳게 타일렀다.

"이 산 위에 물이 있다. 성 안 사람들이 목숨 줄로 믿고 있는 저수지다. 그곳에 다다를 때까지는 아무리 사격을 받아도 칼을 뽑고 나가지 마라. 내가 좋다고 할 때까지는 멋대로 나가면 안 된다."

이 성채의 약점은 틀림없이 이치마쓰가 착안한 그 음료수의 저수지에 있었다.

그는 그곳을 기습해서 저수지를 지키는 병사 2, 30명을 죽이고는 계속해서 명령했다.

"수문을 파괴하라. 저수지의 제방을 무너뜨려라."

산 위에서 중허리의 성 안으로 해일처럼 더러운 물이 흘러 내려갔다.

"저수지에 적이 습격했다."

이 말을 듣자 성 안의 병사들은 싸우기 전부터 사기를 상실해 버렸다. 왜냐하면 그곳을 점령당해서는 한 방울의 음료수도 다른 데에서 구할 수 없는 지형이었기 때문이다.

"저 곳에 어떻게 적이 나타났을까."

성장인 노미 모토노부는 수비를 잘못한 것을 알고 당황했다. 그로서는 만전의 대비를 한 것으로 생각하고 있었던 모양이다.

"저수지를 탈환하라."

이렇게 고함을 지르며 병사들을 모아 보았지만, 산성에 위치하고 있으면서 기습한 적은 자기들보다도 더 높은 곳에 있는 것이었다.

그리고 밑을 막는 데만 전념하고 있었는데 거꾸로 위에서 적을 맞았기 때문에 거의 싸울 의욕을 잃고 있었다.

그래도 산 위를 향해서 약간 공격하려고 하니 이치마쓰의 부대는 바위, 수목, 돌덩어리 등 손에 잡히는 대로 마구 내던졌다.

그렇게 6, 7번을 되풀이하고 있는 사이에, 사람 소리가 들리지 않게 되었다. 이치마쓰는 맨 앞으로 나서서 창을 겨눈 채 뛰어내렸다.

"돌격!"

과연 성병들은 모두 달아나고 없었다. 수장인 노미 모토노부도 보이지 않았다.

달아나면서 적이 성에 불을 붙였다. 불꽃은 산성이었기 때문에 바람맞이도 강했다. 잠시 보고 있는 사이에 커다란 화염과 검은 연기가 솟아올랐다.

"이 연기는 류오 산에서도 잘 보일 것이니 아군이 모두 우리들의 신속한 솜씨에 혀를 차고 놀라고 있겠지."

사졸과 함께 휴대식량을 풀고 공복을 채우면서 이치마쓰는 유쾌한 듯이 그렇게 말했다.

간밤에 모두 자지 않았기 때문에 교대로 잠깐씩 잤다. 낮잠에서 깨어났을

때, 타는 대로 그냥 내버려 둔 성채도 3분의 1을 태우고 불은 꺼져가고 있었
다.

그날 밤 이치마쓰는 일부의 병력을 남기고 류오 산으로 돌아갔다. 히데요
시를 만나서 보고한 것은 다음 날이었다.

매우 칭찬해 줄 것이라고 생각하면서 이치마쓰는 자랑스럽게 전항을 이야
기했다. 물론 히데요시도 기분이 나쁠 리가 없었지만 그러나 이치마쓰가 기
대한 것만큼 칭찬해 주지는 않았다.

"그래, 잘했다."

그것뿐이었다.

그것뿐인가 하는 듯이 이치마쓰가 저수지 기습의 착상을 자랑삼아 이야기
하고 있는데 히데요시가 말했다.

"만약 그 성채 기슭에서 공격하기 시작했더라면 너는 무장의 자격이 없다
고 보고 있었는데, 그렇지만 생각을 잘 했다. 더욱 노력하면 앞으로 훌륭
해질 수가 있겠지."

히데요시는 이렇게 말한 뒤 주위 사람들과 다른 이야기를 하고 있었다.

"물러가겠습니다만……무어 다른 일이라도?"

이치마쓰가 일어서려고 하였다.

"으음, 휴식하고 다음 명을 기다려라.'

그의 뒷모습을 보지도 않았다. 그는 구로다 하치스카 기타의 본영 장수들
과 숙의(熟議)중이었다. 모두 낮은 음성으로 즈고받기 때문에 아주 가까이
에 있는 사람 이외에는 무엇을 상의하고 있는지조차 알 수가 없었다.

후쿠시마 이치마쓰는 재미가 없었다. 부대를 해산하여 부하들에게 휴식하
라고 명령하고 자기는 빈 막사 속에 들어가서 옆으로 드러누웠다.

막사 뒤에서 도라노스케의 소리가 들렸다. 닳은 사람들이 떠들썩하게 무
엇인가 행동 준비를 하고 있는 것 같았다. 이치 마쓰는 막사의 깃을 들어 올
리고 내다보았다.

"오도라, 어디로 가나?"

입성 첫 용사

도라노스케는 군장의 끈을 매고 있었다. 그도 올해 22세의 젊은 무사가
된 것이었다. 이치마쓰와 함께 미키 성 공략, 그외 지역에서 첫 전투도 경험

하고 훌륭한 공로도 세우고 있었다.

총체적으로는 지난 5년간에 걸친 주고쿠 전선은 히데요시가 예부터 거느린 시동 혹은 가중의 자제 등의 초년병 등에겐 절호의 실전의 연습처가 된 것이다. 그것은 다음 시대를 짊어지고 나선 인재의 다수가 아직 이 무렵에는 모두 나이가 16, 7에서 20대였던 것으로도 충분히 짐작할 수 있는 일이었다.

그렇다고는 하지만 히데요시의 시동조에는 어느 사이에 콧물을 흘리는 자가 한 사람도 없어졌다. 이치야나기 이치스케(一柳市助)의 아들인 이치야나기 시로(一柳四郞)가 15세로 그중 최연소자였다.

하치스카 히코에몬의 아들 이에마사(家政)도 23세, 도도 다카도라(藤堂高虎)가 27세, 나중에 교부(刑部)가 된 오다니 효마 요시쓰구(大谷兵馬吉繼)가 19세였다.

센고쿠 곤베(仙石權兵衞) 같은 자는 벌써 30을 넘어 시동조의 병아리 동료들 사이를 떠나서 한 부대의 지휘관으로서 아와지(淡路), 시고쿠(四國) 등지로 파견되기도 했다.

생각건대, 히데요시도 충분히 의식적으로 이들 어릴 때부터 키운 연소자들은 그 재능에 따라서 수시로 적소에 이용하고 있는 것은 틀림없었다.

'이것은 쓸모가 있다. 이것은 여기에 쓸 수가 있다.'

그들의 그 소질을 확인해 두었다가 가끔 생사의 대도장에서 조석으로 이들 다음 세대의 중군(中軍)을 꾸준하고 부지런히 단련시키고 있는 중이었다고도 할 수가 있다.

"이치마쓰, 자네야말로 진중인 데도 불구하고 무엇 때문에 꾀만 내고 있는가."

도라노스케는 물어보는 말에는 대답하지 않고 갑옷을 다 차려입고 나자, 이렇게 반문하면서 막사 밑을 되돌아보았다.

그 막사 옆에서 후쿠시마 이치마쓰는 배를 땅에 댄 채 내다보며 아직도 자세를 고치지 않았다. 그래서 대가리부터 막을 덮어 쓴 채 말을 하고 있는 것 같은 모습이었다.

"나는 괜찮아."

이치마쓰는 오만스럽게 말했다.

도라노스케를 대할 때 언제나 손위 같은 태도를 취하는 것이 그의 성미이기도 했다.

"주군님으로부터 천천히 쉬라고 공공연하게 허가를 받은 몸이다. 이틀 전부터 어제에 걸쳐 단 하루 반만에 미야지 산의 성을 함락시키고, 이번의 빗추 진입의 최초의 공을 세운 나다. 그냥 꾀를 내며 게을리하고 있는 것과는 다르다."

그러더니 더욱 뽐내면서 말했다.

"그런데 너는 어디로 가냐. 쓸데없이 요란스러운 꼴을 하고 있군."

역시 궁금했는지 자꾸만 도라노스케의 차림을 보고, 또 주변에 있는 부하들을 돌아다보고 있었다.

이치마쓰가 돌아본 것도 무리가 아니었다. 도라노스케와 함께 부지런히 몸 준비에 여념이 없는 무사들은 모두 첩자들 뿐이었다.

고가(甲賀) 무사인 미노베 주로(美濃部十郎), 이가(伊賀) 무사인 쓰게 한노조(拓植半之丞)등의 얼굴도 보였다.

"이봐, 어디로 가는 거냐?"

이치마쓰는 드디어 일어나서 이쪽 막사로 왔다.

"행선지는 말할 수 없다."

도라노스케는 짓궂게 밝히지 않았다.

"왜 말을 못해?"

이치마쓰는 따지고 들었다. 이 선배는 후배에게 언제나 존경의 뜻을 강요했다.

"군사 기밀이야. 나중에 알 수 있어."

"나중이라면 들을 필요는 없다. 기밀이란 적의 첩자에게나 그렇지. 나한테 기밀을 지킬 필요가 있나."

"우선 아군을 속이라고 손자(孫子)엔가 무언 가에도 있는데……."

"건방진 소리 마라. 이놈아! 어디로 가는 거야. 오도라 말해 봐라! 말하지 않겠나?"

"그럼 적에게 누설되면 귀공이 밀보했다고 해도 괜찮겠지?"

"좋다."

"그렇게까지 책임을 진다면 이야기해 주지. 겨시가 내리는 대로 가무리 성을 공격하러 갈려고 대기하고 있는 참이지."

"무어? 가무리 성을?"

"그렇다니까."

"가무리에는 며칠 전부터 스기하라 시치에몬의 부대 천 5백이 공격하고 있다. 7개 성 중에 가장 견고한 성이며 스기하라님의 손으로도 쉽사리 다루기 힘들어서 고전 중이라는 소식이 전해진 곳인데."

"그렇다고는 들었어."

"거기에 너 같은 자가 무엇을 할 수 있다고 가는 거야."

"모르겠어."

"모르고 전장으로 가는 놈이 어디 있나?"

"다만 주군의 명령에 따를 뿐이지. 나는 주군께서 가라고 하신다면 땅에라도 들어가고 하늘도 날아 보겠어."

"이 병력만을 데리고 말인가. 불과 20명 정도밖에 안 되지 않나."

"병력 수 같은 것은 따질 것 없지."

"일일이 나를 깔고 뭉기려 하는 녀석이로군. 오도라, 너는 동향의 후배인 만큼 친절하게 가르쳐 주려고 나는 호의를 보이는 거야."

"전쟁은 목숨을 걸어 놓은 일인데 목숨을 내던지고 해보는 이외에는 남의 이야기나 책에서 쉽게 배울 수는 없어."

"멋대로 해라."

이치마쓰가 등을 돌렸다.

"가토님, 주군께서 빨리 오라고 부르셨습니다."

히라노 곤베(平野權平)가 부르는 것이었다.

"네에!"

도라노스케는 순순히 그 뒤를 따라갔다.

이치마쓰는 아직도 뒤에 서서 고가 무사인 미노에 주로에게 이야기를 걸고 있었다.

"가무리 산은 히바타 보다도, 미야지 산 보다도 요해의 성이라고 듣고 있다. 스기하라님의 부대조차도 난공에 애를 먹고 있다. 기습한다 하더라도, 보통이 넘는 결심으로 덤비지 않으면 실수하기 쉽다."

아무도 탄복하는 표정을 짓지 않았다.

미노베나 쓰게도 말없이 웃으며 듣고 있을 뿐이었다. 이치마쓰는 서먹서먹해져서 그 자리를 떠났다.

도라노스케는 어전에서 얼른 물러나오지 않았다. 빗추 평야에는 오늘도 검붉게 해가 떨어지려 하고 있다. 적의 주성인 다카마쓰 성 주변에 희미한 취사 연기가 솟아오르고 있었다.

"자, 가자."

가무리 산의 성은 지세가 험하고 수장은 강하고 지성으로서 충분히 방어하는 데에 흡족한 조건을 갖추고 있었으나 한 가지 결점이 있었다.

성 안의 장수들이 화목지 못하다는 점이었다. 구체적으로 말하면 수장 하야시 시게자네(林重眞)의 부하 구로자끼 단에몬(黑崎團右衞門)과 마쓰다 구로베(松田九郎兵衞)가 평소부터 사당을 옹립하며 전투가 벌어지자 사사건건 의견을 달리 하고 있었다.

히데요시는 미리 이 약점을 정확하게 달고 스기하라 시치로자에몬에게 공격을 시켜보았으나, 그토록 불화했다는 성병도 그때만은 한 덩어리로 결속해서 공격군에게 맹렬히 부딪쳐 오는 것이었다.

오늘 새벽도 그랬다.

'새벽같이 달려가서 단숨에 짓밟아라.'

히데요시는 스기하라 부대에게 엄명을 내리고 적어도 정오쯤까지에는 함락의 보고가 있을 것이라고 기대하고 있었던 모양이었다.

그런데 다수의 손상을 입었을 뿐 성은 여전히 떨어지지 않았다. 공격하면 공격할수록 성병의 결속은 견고해졌다.

그 요해가 위력을 나타내고 있어, 결국 이곳을 급하게 함락시키는 것은 불가능에 가깝다고 전령이 상세하게 보고해 왔다.

도라노스케에게 히데요시로부터 은밀히 명령을 내린 것은 그 후의 일이었다.

"첩자를 데리고 성 안으로 들어가라. 성 안에 유언비어를 퍼뜨리고, 할 수가 있다면 불을 붙이고 달아나오라."

이가(伊賀), 고가(甲賀) 등의 첩자의 임무는 언제나 교란전 아니면 정찰이었다.

극히 소수의 병력으로 적의 내부로 잠입하여 유언비어를 퍼뜨리고 저수지나 불 있는 곳을 위협하고, 모든 수단을 다하여 적의 신경을 건드려 자신감을 없애는 것이었다.

말하자면 음지의 전쟁이다. 화려하지가 않다. 용감하지 않다. 그리고 또 고가 무사나 이가의 무사를 부하로 부리는 것은 대단히 힘이 드는 일이었다.

이 조(組)의 사람들은 이 조 특유의 심술과 전문적인 지능과, 그리고 음성의 기질을 가지고 있는 자들뿐이었기 때문이다.

아무도 좋아하지 않는 이 어려운 임무를 하명 받고, 도라노스케는 지금 가무리 산성으로 접근해가고 있는 것이다.

자기의 부하는 불과 6명밖에 데리고 오지 않았다. 나머지 20명은 다루기 힘드는 첩자들이었다. 이곳도 산성(山城)이었기 때문에 도라노스케가 뒷산을 오르려고 하니까 고가 무사인 미노베 주로가 귓전에 대고 말했다.

"가토님, 공격군의 입장에서 보아 적의 약점이라고 생각된 것은 적도 조심하고 있을 테니, 무턱대고 뒷산으로 올라갈 수는 없습니다. 우선 준비를 하겠으니 잠깐 기다리시지오."

주로는 부하를 불러서 같은 것을 귓속말로 전했다.

4, 5명의 첩자가 정면 성문 쪽으로 바람처럼 사라져 갔다.

잠시 뒤에 들개들이 짖어대는 멍멍 소리가 먼 어둠 속에서 들렸다.

앞쪽의 총좌에서 2, 3발의 소총 소리가 났다. 훨씬 떨어져 있는 공격군의 진, 스기하라 부대 주변에서는, 먹물을 흘린 듯한 밤공기인 데도 갑자기 움직이는 듯한 기척이 느껴졌다.

"이제 좋습니다. 천천히 올라가 볼까요. 적군의 주의는 지금 모조리 정면에 쏠리고 있소. 어떻습니까. 방금 들은 개 짖는 소리가 사람의 소리라고는 믿지 않겠지요."

미노베 주로는 그런 이야기를 하면서 앞장섰다. 평소에도 적중에 반, 아군 속에 반, 양서를 일상으로 하고 있는 이가, 고가의 참자들은 조금도 적진 깊이 들어왔다고 하는 위구심을 가지지 않는 것 같았다. 탄탄한 자기 집 정원이라도 걷는 듯이 올라갔다.

뒤쪽에는 북문이 있었다.

뒷산의 절벽과 그 문 사이에 길고 가는 골짜기가 맴돌고 있었다. 물론 인공적으로 만든 빈 참호였다.

도라노스케와 이가, 고가의 첩자들은 그 밑바닥을 기고 있었다.

"대장."

주로는 또 도라노스케의 귓전에 입을 가까이 댔다. 아들만큼이나 젊은 도라노스케를 향해서, 싫증이 나도록 전쟁을 겪어온 늙은 고가 무사가 일부러 그렇게 부르는 말 속에는, 단순한 경칭과 달리 어린이 취급과 비슷한 야유가 내포되어 있었다.

"당신은 이곳에 있으면 되오. 적성(敵城) 속이란 제법 간담이 있는 사람이 아니고는, 아무리 작은 성이라도 갈피를 잡지 못하는 법이요. 아무래도 너무 긴장하게 되니까요."

"……."

"아무리 교묘하게 잠입했다 하더라도 그중 한 사람이 실수를 하면 전체 사람들이 꼼짝 못하게 되오. 방해가 된단 말이오. 그리고 당신은 오늘 밤의 대장이니 여기에 있으면서 결과를 기다려주면 그것으로 족하오. 결코 당신의 사명을 손상시키게 하지 않겠소."

이렇게 속삭이고, 미노베 주로와 즈게 한노조의 무리는 자기들끼리 들쥐처럼 참호의 밑바닥을 달려갔다.

그리고 북문에서 백 간쯤 앞에 있는 약간 담이 낮은 데를 찾아내어, 그곳에서 성 안으로 잠입하려는지 한 무리가 되어 앞뒤를 살피고 있었다.

그러자 도라노스케는 부하의 어깨 위에 올라서 참호 위로 기어올랐다. 뒤따라 2, 3명이 그와 함께 올라왔다.

참호 위에 오르자, 또 사람의 살판을 만들었다. 한사람이 엎드렸다. 다른 한 사람은 그 등에 올라탔다. 그 어깨 위에 도라노스케가 섰다.

손이 담 위에 닿자, 도라노스케는 탄력을 붙여 부하의 어깨에서 떨어졌다. 또 한 사람이 밑에서 그 손에 창을 건네주었다.

도라노스케는 창을 왼쪽으로 바꾸어 들었다. 그리고 성 안을 바라보면서 이렇게 큰소리를 쳤다.

"가무리 산성에 1번으로 들어온 용사, 하시바 지쿠젠노가미의 시동무사, 가토 도라노스케 기요마사!"

순간 그는 벌써 성 안으로 뛰어 들어가고 있었다. 성 안에 있던 성병들이 갑자기 놀랜 것은 말할 나위도 없었다. 그러나 오히려 그 이상으로 당황한 것은 저쪽 담 밑에 다가서서 풀이 흔들리는 것에도 신경을 쏟고 있는 이가, 고오의 첩자들이었다.

"앗! 엉뚱하게……."

"바, 바보짓을!"

욕해 보았으나 할 수가 없다. 아무리 적의 허를 찌른다 하더라도 모두 26, 7명의 소병력으로 적진에 들어가서 어찌할 셈인가. 목숨을 아끼지 않는 것도 어느 정도이지, 체념에 앞서 화가 났다.

그렇다고 하지만 도라노스케 혼자 그냥 죽게 버려두고 도망쳐 올 수도 없었다. 미노베 주로는 혀를 차면서 소리쳤다.

"뛰어 들어가! 이렇게 된 바에야 마음껏 날뛰다가 돌아갈 수밖에 없다."

수하에게 말하고는 그냥 담에 매달렸다. 사람의 근성이란 이럴 때에 유감없이 나타나는 것이다. 주로는 그 수하에게 뛰어 들어가라고 명령하면서도 끝까지 돌아간다는 것을 빼지 않고 말하고 있었다.

"미노베 주로! 2번 용사."

그가 화가 난 듯이 큰 소리를 쳤을 때, 저쪽 담 위에서도 그것에 질세라 동시에 이렇게 소리치고 성 안으로 뛰어든 자가 있었다.

"2번 용사! 가토 도라노스케의 부하, 이다 가쿠베(飯田覺兵衛)!"

이 후미에는 성쪽의 한 장수, 마쯔다 구로베의 부하가 지키고 있었다.

그는 당황해서 횡설수설했다.

"북문이다. 아니 수문이다."

이렇게 우왕좌왕하는 혼란상태를 비록 어두움 속에서나마 잘 알 수가 있었다.

도라노스케는 창을 휘두르면서, 적병 2, 3명을 찔렀다.

뒤에서 따라 오는 자가 있었다. 부지런히 적을 치며 자기 뒤를 따라오는 것이다.

뒤돌아 볼 틈은 없지만, 도라노스케는 마음속에서 알아 차렸다.

'가쿠베로구나.'

이다 가쿠베라고 하는 부하는 그가 17세 때 거느린 사람이었다.

그 무렵, 나가하마의 성에서 기무라 다이젠(木村大膳)의 부대에 속해 주인 히데요시로부터 처음으로 370석의 녹을 받았을 때, 도라노스케는 그 중 백 석을 쪼개서 야마시로(山城)의 야하다 마을에서 한 명의 낭인을 불러서 거느리기로 했다. 그것이 이다 가쿠베였다.

"아직 몇 사람이나 더 낭당을 거느리셔야 하는데, 370석 중, 소인 한 사람이 그 3분의 1이나 받아 버리면……."

가쿠베는 몹시 황송하게 생각했으나 도라노스케는 말했다.

"아니, 그 10배나 100배를 주지 않고서는 너 같은 사람에게 주인 행세를 할 수가 없다. 출세할 때까지는 그것으로 용서하라."

그리고 거의 손위 사람에게 대하는 듯한 예의를 다하며 거느리고 있었다.

‘이 사람을 위해서는.’

가쿠베가 맹세하고 있는 것은 무언중에도 나타나 있었다. 이후 언제 어떠한 전장에서도 가쿠베의 모습은 도라노스케의 그림자처럼 떨어져 있은 적이 없었다.

그 가쿠베의 눈으로 보아도 앞에 있는 도라노스케의 분전하는 모습에는 불안도 없었다.

가쿠베는 물론 도라노스케보다도 훨씬 연상이었으며, 전투의 경험도 많았다. 낭인이면서도 좋은 주인을 찾을 때까지 쉽사리 주인을 모시지 않기로 했을 정도지만, 그는 실로 지금의 주인에게는 심추하고 있었다.

‘……이 젊은 주인의 담대함은 천성의 것이다. 단순히 대호의 기질이 있을 뿐이 아니라, 자비롭기도 하다.’

일단 모시면 자신의 생명도 자기 생명이 아니다. 가쿠베가 마음속에 맹세한 것은 이 대호이면서도 자비로운 청년의 장래를 천수에 이르기까지 살리고 싶은 염원이 있었다. 그것을 위해서는 언제라도 주인의 생명을 대신해서 자신의 생명을 버릴 각오가 서 있었다. 그런 줄으로 이 주종은 맺어지고 있었다.

“앗! 이놈!”

가쿠베는 본능적으로 서슬이 퍼런 한 적병에게 덤볐다. 무섭게 날쌔고 용감한 적이 민첩하게 도라노스케의 등 뒤에서 장도를 치켜올려 내려치려는 순간을 보았기 때문이었다.

땅이 울렸다.

혈장이 튀는 속에서 주종은 얼굴을 서로 맞대고 빙긋이 웃었다.

가쿠베가 주의를 하라고 말했다.

“그 주변은 벌써 성채의 본영에 가까운 것 같습니다. 좀 지나치게 깊이 들어간 것 같지 않습니까.”

도라노스케는 고개를 흔들었다.

“일부러 성의 한 가운데까지 단숨에 달려온 것이다. 가쿠베, 소리치라. 소리치면서 다녀라.”

“소릴 치다니요?”

“후미의 수비는 성장인 마쓰다 구로베라고 판단된다. 그 구로베와 평소 사이가 좋지 않은 구로사키 단에몬이 성 안에서 모반을 일으킨 것처럼 외치라는 것이다.”

“알았습니다.”

두 사람은 다시 난맥 속에서 갈팡질팡하는 성병 속을 종횡으로 날뛰며 소리를 질렀다.

“배반자! 배반자!”

“단에몬의 일당이 불을 붙이면서 다니고 있다. 단에몬 수하들을 조심하여라.”

평소의 내부 분쟁은 이런 경우, 수습할 수 없는 혼란이 되어 나타났다.

성병은 성병을 의심하고, 함께 막는 우군이면서 우군끼리 서로 두려워하며, 적을 옆에 둔 채 서로 치고 끝에 가서는 성을 버리고 각기 달아나기 시작했다.

이 무렵 정면 대문 쪽에서도 아까부터 공격에 애먹고 있던 스기하라 시치로사에몬의 부대도 그냥 밀고 가서 성벽으로 달려 들었다.

“자아, 후미 쪽에서도 성 안으로 기습에 들어간 아군이 있는 모양이다. 돌격하라. 정면으로부터.”

이 곳에서의 일번 용사는 스기하라의 낭당 야마시다 규조란 자였다.

그러나 그때, 벌써 태반의 성병은 도주하여 전일까지의 완강성을 잃은 뒤의 일이었기 때문에, 정확한 낙성 일번 용사의 군공은 후미 쪽으로부터 들어간 도라노스케에게 주어진 것은 말할 나위도 없다.

이리하여 그날 밤, 가무리 산의 성도 떨어지고 성장 하야시 시게자네도 성과 함께 운명을 같이 했다.

도라노스케는 뒤처리를 스기하라 시치로자에몬에게 맡기고, 류오 산으로 되돌아오자 바로 히데요시 앞에 나서서 이렇게 말했다.

“분부하신 도를 넘어 그만 독단으로 행동했습니다. 만일 실수했을 경우에는 살아서 돌아올 생각을 안했습니다만, 뜻대로 성이 함락했기 때문에 돌아왔습니다. 명령을 위반한 죄를 부디 처벌해 주십시오.”

히데요시는 아니라고 고개를 흔들고 칭찬했다.

“명령 위반이 아니다. 만일에 적의 후미 쪽으로 접근해서 적에게 틈이 있으면 그렇게 할 것이라고 생각했기 때문에 사려와 용기의 두 가지를 겸한 너를 특별히 보낸 것이다. 좋아, 좋아⋯⋯이번에는 두 사람 모두 잘했다.”

그러나 두 사람이란, 또 다른 한 사람은 누구를 지목했는지 도라노스케가 고개를 들고 돌아보니, 히데요시 옆에 후쿠시마 이치마쓰가 보였다.

그때까지 약간 시무룩한 얼굴을 하고 있던 이치마쓰가 갑자기 얼굴을 붉히며, 손가락을 바닥에 짚고 만면에 희색을 띠고 있었다.

"상은 후일 딴 사람과 함께 주겠다. 이 자리에서 그 표시로서……."

이치마쓰에게도, 도라노스케에게도 표창장이 내려졌다. 도라노스케가 표창장을 받은 것은 주고쿠 진에 임하고 나서 이것이 두 번째였다.

미야지, 가무리 산의 2개 성을 잃고, 적의 외륜(外輪)은 그 방어진에 이가 빠진 것 같은 동요를 나타내기 시작했다. 한 개의 이(齒)를 잃게 되면 양치가 흔들린다.

히데요시는 힘써 아군의 병력을 소도치 않고 차례로 나머지 이를 뽑아가려는 것 같았다.

그리고 얼마 후, 또 가모의 성이 거의 아무런 고생 없이 하시바군의 손에 들어왔다. 이것은 수장 나마이시 나카쓰가사(生石中務)를 동군과 내통시켜서 무혈점령의 효과를 거둔 것이었다.

다카마쓰 성에 이어서 완강하다고 생각된 것은 히바타의 성이었다. 이곳에는 성병이 천여 명이나 농성하며 주고쿠의 호장 히바타 가게지카가 있었으며, 또 모리가의 군감으로서는 모리가의 일족 우에하라 모토스케가 이것을 돕고 있었다.

이것을 어떻게 함락시키느냐의 문제였다. 3만의 아군 전체를 배치하여 적의 여러 성으로 하여금 반격으로 나올 수 있는 여지를 전혀 없애고, 류오 산의 중군 히데요시가 있는 곳에는 계속 1만 5천의 대군으로 여유를 시위하면서도, 구태여 그 대병력을 사용하려고 서두르지 않았다.

"무어냐, 저것은……진 밖에 떠들썩한 음률이 들리지 않나?"

진영 안의 막사를 열고 히데요시가 불쑥 나왔다. 귀에 시끄러울 정도로 피리와 종소리, 북소리가 들렸다.

전진(戰陣)이긴 하나 만춘의 한 낮, 그도 작전에 시달려서인지 빙글빙글 웃는 얼굴로 그 음률에 맞추어 표정도 갈라진 것이다.

시장

시동 와키사카 진나이, 이시다 사키치, 또 가다키리 스케사쿠 그리고 무사들도 각각 막사에서 뛰어 나와 히데요시의 뒤를 따랐다.

"저것은 떠돌이 예능인의 무리가 기슭의 시장터에 가설무대를 만들어 놓고 구경꾼을 부르는 소리일 겁니다."

하치스카 히코에몬의 아들 고로쿠 이에마사가 그렇게 대답했다. 고로쿠라는 이름은 이집 대대의 이름이며 아버지의 것이었으나, 지금은 청년 이에마사가 물려받아 그렇게 칭하고 있다.

"호오, 기슭에 시장이 언제 생겼나?"

히데요시는 류오 산의 오름길을 바라보았다. 아무 예고도 없이 그가 진 밖을 소요하고 오는 것을 보고 경계병들은 눈이 휘둥그레졌다.

"상인이란 것은 실로 빠릅니다."

이코마 진스케가 옆에서 대답했다. 그는 근시 중에서도 노무사여서 세태를 보는 눈을 가지고 있었다.

"여기에 본영을 정하신다고 알려지자 이튿날은 벌써 근처 마을의 남녀가 일자리를 구하러 오고 남은 밥을 빌러 오기도 하고 야채, 과자, 바늘, 실등까지 팔러 옵니다. 더욱이 진중에 체재하신다는 날이 10일쯤 되니 군데 군데 노점을 차리기 시작하고 세탁녀, 선술집도 모여듭니다. 앞으로 반 달쯤 지나면 이번에는 원향근국에서도 모든 상인들이 몰려들어 순식간에 한 시장을 만들고 시장을 목표로 하여 지방순회 예능인까지도 몰려오게 되어 벌써 이곳 기슭에는 조그만 동네의 거리라 할 만큼 번창하여 생업을 하고 있습니다."

이코마의 설명은 소상했다.

"그런가?"

히데요시는 만족스러운 것 같았다.

집에 손님이 많은 것을 즐기는 것과 같은 기분이며 자기 본진의 주위에 그런 서민이 모여드는 것은 그로서도 기쁜 것 같았다.

"……과연."

그는 얼마 후에 그 실경을 높은 곳에서 내려다보고 있었다.

군의 행동을 방해하지 않는 범위 내라는 단서를 붙이고 시장을 허가한 것 같았다.

그곳에서 볼 수 있는 가설 무대라든지 노점의 수는 신사 사원의 제일같이 붐비고 있었다.

물론 여기를 중심으로 하여 3만의 군사들을 고객으로 해서 시작되었겠지만, 그 사람들을 목표로 하고 거기에 또 사람들이 모여서 거듭 번창하고 있는 셈이었다.

"정말 굉장하지 않습니까?"

진스케는 히데요시 밑에 무릎을 꿇으면서 그의 얼굴을 쳐다보았다.

"전국에는 싸움도 많고, 싸움 있는 곳에는 반드시 본영이 있습니다만, 이러한 경관은 오직 주군께서 진치고 계시는 곳에서만 볼 수 있는 현상입니다. 주군께서도 이런 광경은 어떤 전진에서도 보신 일이 없으시겠죠?"

"으음, 없었지."

"결코 아첨이 아닙니다만, 확실히 주군님의 인덕으로 생각합니다. 그것도 이 주고쿠 지방에서 우리 하시바군이 깊이 민심을 얻었다는 증거라 할 수 있겠지요."

"……."

발밑의 소리를 건성으로 들으면서 히데요시는 그저 눈 아래 번화한 시장의 인파에 눈길이 팔려 있었다.

가만히 그는 주군 노부나가를 따라 갔던 호쿠리쿠 지방과 이세의 전쟁을 서로 비교하며 생각했다.

노부나가의 정마(征馬)가 가는 곳마다 가을 서릿발 같은 군령과 철저한 처벌은 초목도 마를 지경이었다. 그렇기 때문에 노부나가에 대해서 깊은 이해를 갖지 않는 적국의 민중은 오다 군이라고 들으면 눈물도 마르는 듯 무서워 떨었으며, 그 진영 주위엔 시장이 서기는커녕 찾으려 해도 사람들이 달아났으며, 구하려 해도 물자는 지하에 숨겨져 버렸다.

히데요시는 다년간 그것을 보고, 그렇게 되는 것을 피하고 있었다. 또 그의 성격상 노부나가처럼 할 수가 없었다.

이윽고 히데요시는 시장 가운데를 걷고 있었다. 물론 비공식이었다.

순회배우들의 무리들이 정취 있는 음률에 맞춰 칼춤이란 곡예를 연출하고 있었다. 여기는 전쟁이란 음산한 그림자나 공포도 없고, 무수한 사람들이 즐겨 웃으며 그것을 구경하고 있었다.

히데요시는 구경꾼이 갈채를 보내고 있는 곡예사의 손끝보다도 다른 곳으로 시선을 돌리고 있었다. 그 시선을 받고 있는 것을 아직 깨닫지 못한 채, 열심히 그 칼춤을 보며 웃고 있는 여행자 차림의 한 젊은 상인풍의 남자가 있었다. 그 사나이는 구경꾼들이 모인 저쪽에 앉아 있었다. 옆에는 커다란 짐을 놓고 한팔을 기대고 몹시 구김 없는 젊음을 얼굴에 나타내며 이따금 입을 크게 벌리고 웃기도 하고, 자기 코를 만지작거리고 있었다.

"오, 야구로가 있군."

히데요시는 중얼거리고 옆에 서 있는 하지스카 이에마사에게 살며시 분부했다.

"고로쿠. 저 맞은편 나무 뿌리에 앉아 지껄이며 웃고 있는, 얼굴이 검고 마른 사람을 자넨 알지 못하겠나?"

"본 것 같기도 합니다만……"

"이즈미(泉洲)의 야구로(彌九郎)야. 뒤에 본진으로 데리고 오라."

이렇게 말을 남겨두고 히데요시는 다른 사람의 경호를 받으며 먼저 산으로 돌아갔다.

얼마 후 야구로라고 하는 젊은 상인을 데리고 이에마사도 뒤따라 올라왔다.

"왔느냐?"

히데요시는 막사 안에 방패를 죽 깔고 그 위에 모피를 펴고 앉아서 다도의 사람을 시켜서 차를 마시고 있었다. 노부나가한테서 얻은 이름 있는 찻그릇을 이런 데까지 가지고 와서 그냥 사용하고 있었다. 그것을 다도가의 손에 돌려주고 이에마사에게 말했다.

"여기라도 좋으니 빨리……."

이에마사는 다시 한번 다짐하여 히데요시가 수긍하는 것을 보고야 야구로를 불러 들였다.

"네, 네, 죄송합니다……여기에 계십니까?"

만사 밖에서 야구로의 소리가 났다. 사카이(堺) 사투리의 경쾌한 어미(語尾)요, 상인다운 점이 짧은 말이나마 선명히 나타나고 있었다.

"오래간만입니다."

훨씬 밑에서 손을 땅에 짚고 될 수 있는 대로 몸을 얕게 엎드려 절했다.

히데요시는 그를 보자 측근자들에게 말했다.

"잠시 너희들은 물러가 있거라."

이곳을 뜨는 것이 뭔가 불안한 것 같은 경계의 눈초리를 야구로에게 쏟으면서 물러나는 시신도 있었다. 곧 막사 안에는 히데요시와 이 젊은 상인 둘만이 남게 되었다.

"더 가까이."

"황공합니다."

"야구로."

"네."

"이 근방에는 무엇 하러 와 있었나?"

"장사일로 왔습니다."

"약은 잘 팔리는가?"

"우키다 님께서도, 구로다 님께서도 여러 곳의 진중에서 대량으로 매입해 주셨으며 이번에는 가내 사람들이 총동원 되어 이곳으로 나와 있습니다."

"왔으면 왜 내가 있는 곳에도 가끔 얼굴을 안 비치나?"

"진중의 일이 방해가 될 것 같아서 그랬습니다. 그래도 가신 여러분의 여러 진소에는 빠지지 않고 주문 받으러 돌아다녔습니다."

"그런가?"

잠깐 사이를 두고 히데요시는 또 말했다.

"그럼 모리군의 이쪽저쪽 성에도 장사하러 다니겠군. 히바타 같은 곳에도 간혹 장사하러 가는가?"

야구로의 눈에 약간 당황한 빛이 보였다. 그러나 이 젊은이에게는 몹시 호담한 일면이 있었다. 도대체 사카이에서 성장한 담력이 큰 전국무장들도 그다지 안중에 두지 않는 독자적인 호기를 갖고 있었다. 좋게 평하면 해외와의 교류로 자연히 길러진 대기 활달한 기품이었고, 나쁘게 말하자면 재력을 배경으로 하여 경제적으로 훈련된 날카로움으로 어떤 경우일지라도 사람을 업신여겨 관찰을 하리만큼 여유를 가지고 있는 것이었다.

아직 서른도 되지 않은 풋내기인 야구로에게서 히데요시는 그것을 볼 수 있었다.

'이 자도 전형적인 사카이의 재간꾼이로구나.'

이렇게 생각하면서 그의 일언반구, 눈초리의 움직임까지도 히데요시는 관찰하고 있었다. 야구로는 머리위로 손을 갖다대며 자꾸만 자기의 옷깃을 만졌다.

"대단히 죄송합니다. 보시다시피 상인이므로 주문을 받으면 거절하지 않습니다. 히바타 성에도, 가무리 성에도 전번에는 용품을 배달해 드리러 갔습니다. 그러나 근래에는 가지 않았습니다. 아무튼 군대들이 포위하고 있어서 쉽게 왕래를 할 수 없어서요."

명쾌하게 대답하고는 갑자기 이렇게 덧붙여 말했다.

"참, 참. 이번에는 미야지 성과 가무리 성을 수중에 넣으셨다고 하니 정말 축하합니다. 오늘에는 주고쿠 지방의 농민은 물론이고 서민들은 모두 하루 빨리 반란이나 소요가 없는 평온한 날이 와서 어진 정치 아래에서 안심하고 일을 할 수 있게 되기를 충심으로 빌고 있습니다. 아첨이 아닙니다. 이건 시장으로 모여드는 저 상황을 보셔도 아실 것 아닙니까?"

히데요시는 그 말을 의심치 않았다. 야구로의 말을 그의 표정 그대로 받아들이고 있었다. 그러나 그가 다음에 꺼낸 말은 야구로로도 예상하지 못한 문제였다.

"자네에게 물으면 좀 소상히 알 수가 있겠지. 히바타 성에는 주고쿠의 명장 히바타 가게치카가 주장으로 앉아 있고, 또 모리 모토나리의 첩에서 난 딸의 남편 우에하라 모토스케(上原元祐)가 군감으로 그를 돕고 있는 꼴이지만, 한편은 모리의 외척 또 한편은 강골의 용장, 이 두 사람이 한 성안에서 사이는 좋은지, 성병들의 평판은 어떠한지, 그쪽의 내막을 좀 듣고 싶은데…… 만약 자네가 그 히바타에 대한 의리가 걸려서 정직하게 말할 수 없다면 나도 역시 자네에게 억지로 듣자고는 하지 않겠다……어때, 야구로."

"그쪽에 대한 의리란 결코 없습니다. 약재를 납품한 일은 몇 번 있었습니다만, 히바타가의 노신(老臣) 다케이 소사에몬(竹井惣左衞門)님하고 저의 선대(先代)에 다소의 연고가 있었을 뿐이며, 저 자신도 히바타 가게치카님과는 직접 뵈온 일이 없을 정도입니다."

야구로는 그제서야 이 화제야말로 상대방이 자기를 이곳에 부른 요점이란 것을 깨닫고 말의 부족을 첨가해서 말했다.

"오히려 저희들로서는 오다가야말로 오래전부터의 소중한 출입처라고 생각하고 있습니다. 나리께서는 벌써 잊으셨는지 모르겠습니다만 맨 처음 뵈온 것이 벌써 13, 4년 전의 일, 아마 노부나가님이 처음으로 사카이로 진군하신 해일 것입니다. 소인도 아직 사카이의 생가 고니시야(小西屋)에 있었으며 나이는 12, 3세 되던 무렵이었습니다."

"그래, 그래. 그대는 상당히 똑똑한 아이였었지."

"나리께서 고니시야의 가게에 들르셔서 가게 앞에서 놀고 있던 소인의 머리를 쓰다듬으시며 이 꼬마는 사람을 무서워하지 않게 생겼군. 어떠냐? 무사가 되지 않겠는가. 그렇게 말씀하신 것을 지금도 잘 기억하고 있습니다."

추억을 이야기하니 히데요시도 그리운 듯 웃었다.

"그런가, 그때 그런 말을 했던가?"

"어린 마음에 새겨진 것은 묘하게도 언제까지나 잊혀지지 않습니다."

야구로는 말을 끊고 입을 다물었다. 옆길로 이야기를 되돌린 사이, 히데요시로부터 질문 받은 것에 대한 대답을 가슴 속에서 간추리고 있는 것 같았다.

이윽고 또 입을 열었다.

"히바타 성의 내정에 대해서 듣고 있는 요점만 말씀드리겠습니다. 그러나 대부분 사람들의 입소문이니 진위에 대해서는 잘 판단해 주십시오."

"음, 음."

"한 마디로 말씀드리면 히바타 성의 내부는 잘 뭉쳐져 있지 않다고 합니다. 주장인 가게치카님쪽과 군감인 모토스케님쪽으로 언제나 명령은 두 군데서 나와 서로 고집하고 논쟁하는 경우가 많다고, 노신(老臣)인 다케이님도 정말 낭패라고 저 같은 놈에게까지 탄식을 보여 주신 일이 있습니다."

"우에하라 모토스케(上原元祐)의 아내도 히바타 성 안에 살고 있다고 들었는데……."

"네, 그 마님은 역시 모리 모토나리(毛利元就)님의 핏줄을 받아서, 소실 몸에서 낳으신 분이지만 현부인이라고 평이 좋은 분입니다."

"……."

"또 그 사람은 보잘것없는 인물이 아닌가 생각됩니다. 자기의 아내가 모토나리 공의 딸이라는 것을 자랑삼고 무엇이든지 격식만을 시끄럽게 말합니다. 이것도 양쪽 장수들의 불화의 원인의 하나라고 듣고 있습니다."

"음, 그렇군."

이미 정탐하여 알고 있었던 일과 야구로의 말은 잘 일치하고 있었던 것이다.

히데요시는 눈을 크게 뜨고는 다시 한 번 턱을 쓰다듬었다.

"야구로."

"네."

"좀더 앞으로 오게. 이제부터 상의할 것이 있으니."

"네."

겁도 없이 야구로는 앞으로 다가갔다. 무릎이 맞닿을 정도까지.

"무엇입니까?"

"어때, 무사가 되지 않겠는가? 이것은 십 수 년 전에 고니시야의 가게에서 자네의 머리를 쓰다듬으며 말했다는 나의 약속을 여기서 실행시키는 셈이 되니까."

그러나 바로 대답하지 않는다. 야구로는 깊이 생각하다가 대답했다.

"되어도 좋겠습니다만……."

"만이란 말이 시원치 않은데, 되어도 좋고 되지 않아도 좋다는 뜻인가?"

"기탄없이 말씀드리겠습니다. 아시는 바와 같이 저는 사카이의 약재상 고니시야 쥬도쿠의 차남으로 태어나서 나중에 오카야마 성하의 동업자의 양자로 들어가 줄곧 사카이와 주고쿠를 왕래하여 여러 군데로 약을 납품하고 있습니다만 이것은 그다지 나쁜 신분은 아닙니다.”

“흐음.”

이상한 말을 하는 뻔뻔한 사나이라고 히데요시는 열심히 듣고 있는 듯, 또 조금 거만한 얼굴로 야구로의 입을 빤히 쳐다보기도 하였다.

야구로는 당연한 일을 당연히 말했다는 태도였다.

“사람들에게 허리를 굽히고 몸에는 조복을 걸치고 발에는 짚신을 신었어도, 그렇지만 마음은 대단히 즐겁습니다. 말씀드리기는 좀 안 되었습니다만, 주고쿠 지방의 전쟁 덕으로 외상의약, 그 밖의 약종은 재미있게 팔리고 장래에는 해외하고도 교역하여 그쪽의 여러 약종 향료 등을 사들이고, 상인으로서도 크게 활동할 수 있는 시대가 있을 것입니다. 여기서 장사하던 것을 버리고 무사들 꽁무니에 붙어서 창을 잡는 일부터 배우기 시작하여 전쟁터에서 우물우물하고 있을 것에는 아무래도 자신을 가지지 못하겠습니다. 이것은 생각해볼 일입니다. 소년 시절이었으면 두 말 없이 말씀대로 따라 가겠습니다만 지금으로서는 급히 대답하기가 어렵습니다.”

크든 작든 상인은 상인으로서 사회적으로 분명히 계급이 구별되어 있는 현실이다. 무사로 끌어 올려 준다고 하면 좋아서 말씀대로 따르겠다고 하는 것이 여느 사람의 마음이고 상식이었다.

그런데 야구로는 그렇지 않았다.

——만나기 힘든 시대를 만나서 무사에게 장래에 크게 될 가망이 많다고 하면 똑같이 상업으로서도 하늘이 내리신 기회과, 꼭 무사로 탈바꿈하지 않아도 자기는 자기의 직을 가지고 시대의 충분한 희망과, 사는 보람을 느낀다. ——모처럼이지만 간단히 대답할 수 없다는 것이다.

“흐음, 그런가?”

히데요시는 일단 입을 다물었다.

이것이 사카이 인사의 특징이란 것일까. 다른 사람 같으면 이해를 가리지 않고, 미숙한 놈에게 고마우신 말씀, 견마의 노고를 다 하겠습니다라든가 기대에 보답하겠다든지, 타산을 버리고 대답하는 것이 보통 일일 터인데 장래의 이해를 명백히 말한다.

‘잘 생각해 보겠습니다.’

이런 대답은 근래에 무문 사이에서는 들어보지 못했던 일이었다.

그래도 히데요시는 그것을 조금도 불쾌하게 듣지 않았다. 오히려 이렇게 분명히 하는 사내가 좋았다. 일단 의리에 못이겨 승낙하고는 뒤에 가서 이해득실을 지루하게 말하는 것보다는 훨씬 낫다.

그리고 이러한 특징은 크게 용도가 있다. 경우에 따라서는 써 먹기 좋다고 생각되었다. 아니, 다분히 그런 사내라는 것을 안 이상에는 교섭이니까 조금도 불쾌하게 생각할 이유가 없는 것이다.

"야구로, 상인이란 판단이 중요한 법인데, 판단이란 눈앞의 일에 대한 의미는 아니겠지? 앞일에 대한 판단, 훨씬 미래에 대한 판단이 아닌가?"

"그러하옵니다."

"그렇다면 자네의 판단이란 너무나 근시안적이다. 앞일의 큰 이익은 생각지 않는군. 장사일을 보더라도 남아의 일은 큰 데 있다고 보는데, 열 칸을 50칸으로 넓히고 눈앞의 광을 백채의 광으로 늘리는 일 밖에 더 되나. 일국의 성주가 된다는 뜻하고는 대단히 달라서 일하는 보람도 다르다. 사내로 태어난 생애의 폭도 다르리라. 어떤가?"

"물론 그런 점은 잘 알고 있습니다."

"당장 부족할 정도의 미록(微祿)을 주지는 않는다. 고참과 같은 대우를 해주마. 전장의 왕래에 자신이 없으면 나의 뒷전에서 장부와 주판을 가지고 있어도 좋다. 군에는 자네 같은 재능도 필요한 거다. 아니, 휘하의 군사는 진두에 나가서 화려하게 싸우고 싶어만 해서는 낭패가 많다. 양식으로 쓰는 쌀이나 군수품의 숫자를 다루고, 그늘에서 경영의 고심을 하는 것은 무사로서는 할 일이 못되는 것으로 알고 모두들 싫어하니 곤란하다. 그렇다고 이에 부적합한 재능을 가진 자를 억지로 시켜보았자 그것은 그 당사자의 재능을 죽이는 것밖에 되지 않는다. 그래서 자네 같은 사람을 크게 중용하게 되는 이유가 생기는 거다."

"나리, 대답을 올리겠습니다. 저 같은 놈도 써주시면 일할 수 있을 것 같은 생각이 들기 시작합니다. 나리를 모시겠습니다. 아무쪼록 야구로의 생애를 부족함이 없이 부렸었다고 후일에 가서 생각하실 수 있도록 충분히 써 주십시오."

"승낙할 텐가?"

"이러쿵저러쿵 자기주장만 한 것 같아 죄송합니다."

"그런 것은 빌 것이 못된다. 내 수하에 둔다고 한 이상, 자네에게 즉시 시킬 일이 있다. 솜씨를 한 번 보여주겠나? 이 사람아.”

모토스케(元祐)

고니시야 야구로는 잠시 여가를 얻어 오카야마로 갔다. 그러나 바로 돌아와서 그날부터 히데요시를 받드는 몸이 되었다.

고니시 야구로 유키나가(小西彌九郎行長)라고 칭하고 어엿한 무사로 되었지만, 야구로의 머리나 모습은 상인 차림 그대로였다.

그는 히데요시의 명을 받고 어디론지 사라졌다가 수일 후 히바타 성에 있는 다케이의 저택으로 손님이 되어 방문하였다. 밀담 반야 끝에 가만히 성 안으로 돌아왔다.

다케이 소사에몬은 우에하라 모토스케 경리 담당 노신이었다. 야구로가 가자 남몰래 모토스케 앞에 나가 품 안에서 히데요시의 서한을 내 놓았다.

“긴히 말씀드릴 것이 있다고 야구로라는 자가 꼭 좀 뵙게 해 달라며 초저녁에 이 서찰을 들고 저를 찾아왔습니다. 일단 주군께 뵈어드린다고 대답해서 돌려보냈습니다.”

모토스케는 그것을 정독했다.

주인이 그것을 보고 어떤 표정을 지을까 하고 소자에몬은 실눈을 뜨고 살폈다.

그다지 나쁜 표정은 아니었다.

히데요시의 편지는 물론 투항을 권유하는 내용이었고 성을 내놓는다면 노부나가에게 주선해서 전후에 충분한 은상으로 보답하며 빗추를 귀하에게 줘도 좋다고 씌어 있었다.

“소자에몬.”

“네.”

“자네는 어떻게 생각하나?”

“저는 그저 주군과 생사를 같이 하는 몸입니다. 주군의 뜻대로 따라가겠습니다.”

소사에몬의 말은 벌써 모토스케가 마음속에 품고 있는 것을 권하고 있는 것 같았다.

그러나 모토스케는 망설이고 있었다. 쉽사리 결심이 서지 않았다.

소사에몬은 거듭 말했다.

"아무튼 이곳 성주 히바타님이 저렇게 고집스러워서는 아무리 막아도 낙성의 날이 머지않은 것은 확실합니다. 그런데 비하여 적(敵)인 히데요시는 주고쿠 지방에서 날로 뭇사람들로부터 신망을 한 몸에 받고 있는 것 같습니다."

이렇게 말하고는 또 바라보았다.

그러자 모토스케도 그에 동요하는 듯이 보여서, 다음 말부터는 기탄없이 자기의 의사대로 말했다.

"일단 성이 함락되면 모든 게 끝장이 납니다. 최후를 마치느냐, 생포를 당하느냐 하는 두 길밖에 없습니다. 뜻이 있으시면 지금 이 때를 놓치지 마시기를……."

"음……소자에몬, 자네도 그렇게 생각하나?"

"사리가 깊지 못하신 히바타 가게치카님과 같이 참패를 당하시는 것보다는 오히려……."

"붓과 종이를 다오."

모토스케는 붓을 들고 히데요시에게 회답을 썼다.

내통(內通)의 건 승낙했다고——.

"소자에몬, 그럼 이것을."

"넷."

"가게치카에게 눈치채지 못하게 하라."

"빈틈없이 하겠습니다."

소자에몬은 그것을 품 속 깊이 넣었다.

야구로가 한 상인으로서 각종 약품을 납품하러 온 것은 다음날이었다. 성안에서는 약품이 부족했기 때문에 그 노고를 치하하며 평상시의 배가 되는 값을 치렀다.

대금은 소자에몬이 치르는데 그 돈 속에는 우에하라 모토스케의 답서도 포함되어 있었다.

야구로는 공공연히 히바타에서 나갔다. 그길로 바로 그가 류오 산 진지로 급히 간 것을 불행히도 히바타 사람들은 몰랐다.

멸망으로 끝나는 것은 대개의 경우, 적보다도 내적인 면에 그 원인이 있다. 내부의 화근이 없는 한 외적이 편승할 수가 없기 때문이다.

히바타 성은 벌써 병균을 안에다 지니고 있었던 것이다. 고니시야 야구로를 움직이게 한 히데요시의 계책은 단순히 그 환부에 밖으로부터 열을 더 가하였을 뿐이었다. 과연 내부 분쟁의 질환은 드디어 곪아 터졌다.

성장 히바타 가게치카와 군감 우에하라 모토스케의 알력, 우군끼리의 암투와 중상, 그것을 둘러싸고 책동 하는 하부층 사기의 난맥은——.

성 아래에 히데요시의 대군을 맞이하고 배후어는 모리가의 흥망을 어깨에 지니고 있으면서 이 속의 인심은 인심의 진미도 순열도 나타내지 않고 단순히 인심의 약점——사욕, 사사로운 분노, 사투 같은 보기 흉한 것만을 조성하는 형태였다.

내버려 두어도 자연히 깨졌을는지도 므른다. 그래도 야구로의 왕래는 급전직하(急轉直下)여서 그일을 빠르게 전개시켰다.

그로부터 얼마 뒤 어느 날 밤이었다.

"즉사하셨다."

"하수인은 누구냐?"

"성 안에 용서 못할 배반자가 숨어 있다. 모두 방심하지 마라."

연이어 떠들썩하고 소란스러운 말은 그 밤이 새도록 잠잠해질 줄 몰랐다.

성장 히바타 가게치카가 북쪽 성곽을 순시중 어떤 놈의 총에 저격당한 것이다. 적의 총탄에 맞은 것이 아니라 틀림없이 우군의 총탄에 맞은 것이다.

들끓는 혼란과 물의가 그칠 새 없이 이는 가운데 밤이 새고, 그 결과는 이러했다.

"평소 가게치카님과 불화가 자자했던 우에하라 모토스케가 시킨 짓이 틀림없다."

"모토스케의 가로(家老 : 중신) 다케이 소자어몬이 수상하다. 며칠 전부터 약품상인 고니시야 야구로와 몇 번이나 밀회하여 그를 시켜서 공격군인 하시바군과 무언가 연락을 취한 것 같은 흔적도 보인다."

"모토스케의 집으로 밀려가서 그들의 표정을 보면 표정만으로도 알 수 있다."

가게치카의 낭당들은 모두들 우에하라의 주거로 밀어 닥쳤다.

밤부터 일어난 소동을 같은 성 안에 있는 군감 우에하라 모토스케가 모를 리가 없다. 그럼에도 불구하고 모토스케는 간밤부터 아무에게도 얼굴을 보이지 않았다.

"모토스케를 내놓아라."

"모토스케를 좀 만나자."

히바타의 낭당들은 대문을 둘러싸고 서로 외치고 있었다.

"나타나지 않는 것을 보니 꺼림칙한 일이 있는 거겠지. 우리들은 오랜 주인을 잃고, 게다가 성 아래에는 대군의 적과 대결하고 있으며, 말할 수 없는 울분을 품고 여기에 왔다. 쳐들어가서 모토스케의 목을 베자."

저택 안에도 우에하라의 낭당들이 모여들고 있었다. 무슨 일인가를 숙의하고 있는 듯이 느껴졌다.

그러자 얼마 뒤, 가신들에게 문을 열게 하고 조용히 나타난 여성이 있었다.

"조용히 하시오. 성 밖의 공격군이 눈치채면 어떻게 하겠소."

우에하라 모토스케의 아내였다. 손에 장도를 들고 있었다.

모토스케의 아내, 반감을 품고 있는 히바타의 낭당들도 이 부인이 모리 모토나리의 피를 이어받은 소실의 소생이란 것을 알고 있다.

그리고 이 여성의 한 마디는 그들의 노여움을 일시적이나마 달래는 효과가 있었다.

"간밤에 일어난 변에 대해서는 여자인 나로서도 퍽 가슴 아프게 생각하고 있는 중입니다만 만약 남편이나 우리 가문의 가신 중에 그와 같은 배신을 초래한 자가 있다면 당신들의 손을 빌리지 않겠습니다. 지금도 그것을 규명하고 있는 중이었습니다. 그러나 잠시 규명이 끝날 때까지는 조용히 결과를 기다려 주셔야 합니다."

모토스케의 아내는 그렇게 말하자 다시 문을 닫게 하고는 저택 안으로 사라져 버렸다.

"돌아갔는가?"

모토스케는 방 안에 돌아온 아내에게 물었다.

그의 아내는 눈물을 흘리며 남편의 얼굴을 멸시하는 눈초리로 물끄러미 쳐다보았다. 그리고 원망하는 듯 이렇게만 대답했다.

"아니에요."

그리고 공손히 남편에게 부탁했다.

"소자에몬을 여기에 불러 주십시오."

모토스케의 근시는 즉시 가로인 다케이 소자에몬을 데리고 왔다. 그리하여 소자에몬의 모습이 마루에 보이자 부인이 말했다.

"들어오지 않아도 좋다."

부인 스스로 방에서 밖으로 나갔다.

그순간 날카롭게 부인의 나무라는 소리가 들렸다.

"불충한 놈!"

부인은 옆방에서 들고 나간 장도를 단숨에 휘둘러 다케이 소자에몬을 그 자리에 쓰러뜨렸다.

"앗! 다, 당신은 왜 무고한 소자에몬을 죽였스……왜?"

모토스케는 창백한 얼굴에 억누를 수 없는 노여움의 표정을 띠고 있었다.

"자리로 돌아가셔요."

서성거리는 근시를 물러가게 하고 그의 아내는 방문을 굳게 닫았다. 부부만이 남게 되었다.

방바닥에 손을 짚고, 아내는 몸을 떨면서 흐느끼고 있었다. 그러나 이제는 울지 않으려고 하는 듯이 아내는 이윽고 눈물을 닦고 남편에게 다가갔다.

"함께 죽읍시다."

"……무, 무엇?"

모토스케는 다가오는 아내의 무릎을 피했다.

그의 아내는 두 사람 사이에 칼을 놓았다. 그리고 진심으로 눈물을 흘리며 말했다.

"아무리 평소부터 의견의 차이가 있었다고는 하나 다케이 소자에몬을 시켜서 히바타님을 전사하도록 하다니 무슨 짓입니까? 그뿐 아니라 사전에 적장 히데요시와 내통하여 사욕에 현혹되어 자기편을 배반하다니."

"누, 누가 도대체 그런 말을 유포시켰나?"

"당신의 아내입니다. 당신의 심중을 몰라서 어떻게 하겠습니까. 벌써 대문 밖에는 가게치카님의 낭당들이 당신의 목을 내놓으라고 와 있습니다. 아내인 제가 옆에 있으면서 쉽사리 당신의 목을 사람들 눈앞에 내놓아 욕되게 할 수는 없습니다. 저도 함께 따라가겠습니다. 죄를 빌고 할복하십시오."

"할복하라고? ……여보, 당신이 미쳤소."

"저는 모토나리의 딸입니다. 선친의 유훈(遺訓)에는 사욕을 찾아서 명예를 버리란 것은 없었습니다. 당신께서도 모리가에 대한 충성 때문에 저와 결혼하시고 또 군사 감찰로 이 성으로 내보내진 입장이 아니십니까. 어떤

마귀가 내 남편을 이렇게도 파렴치한 사람으로 만들었는가 싶어 사람 마음을 믿을 수 없다고 느껴집니다. 아, 저 소리, 대문 밖에 몰려든 아군의 욕소리를 들어보셔요. 살면 살수록 욕될 몸입니다. 모리가의 명예를 더럽히는 것이 됩니다. 자아, 서두르세요."

혈안이 되어 남편에게로 다가가니, 모토스케는 더욱 죽음이 두려워서인지, 갑자기 달아나려고 했다.

"비겁하십니다."

부인은 남편에게 대어들었다. 선혈이 죽 뻗쳤다.

그리고 얼마 뒤에 그녀의 아름다운 시체는 성곽의 동쪽 언덕에서 발견되었다. 남편 모토스케의 목을 앞에 놓고 한 묶음의 꽃을 바친 뒤 그 앞에서 훌륭히 자결하였던 것이다.

엎드린 검은 머리는 서쪽편, 모리의 본국 게이슈(藝州) 쪽을 향하고 있었다.

장마구름

줄지어 있는 작은 성은 이리하여 하나하나 괴멸당했다.

하나, 다카마쓰 성(高松城)의 주력만이 여기에 홀로 고립된 섬 모습으로 남았다.

물론 이러한 퇴세는 다카마쓰 성의 시미즈 무네하루로부터 모리가를 향해서 번번이 "사태는 더욱 급해졌음. 일각도 지체 없이 원군을 보내주시도록." 이렇게 비서(飛書), 긴급 말편 등 잇따른 급사를 보내며 호소한 것은 두 말할 나위도 없으나, 어찌하리! 사정은 모리의 군세로 하여금 급속히 이곳에 반전 진출해 오는 것을 허용치 않았다.

왜냐하면 고바야가와 다카가게(小早川隆景)는 지쿠젠의 다치바나(立花)와 분고(豊後)의 오토모 소린(大友宗麟)등과 교전 중이었다.

기쓰가와 모토하루(吉川元春)는 돗토리 성을 중심으로 하는 적세력이 산인(山陰) 지방으로 넓혀가는 것에 대한 대비에 정신이 없었다.

또 주장(主將) 모리 테루모토(主利輝元)로서도 이렇게 양쪽의 일치와 히데요시 군에 대한 방침이 결정되기 전에는, 그 본진 요시다 산(吉田山)의 성을 섣불리 나설 수도 없는 것은 당연한 일이었다.

데루모토를 중심으로 하여 그 양쪽의 의견이 일치해서 모리가 시작 이래의 대전투를 예측하면서도, 전군 4만이 방향을 돌려 이 빗추의 경계지대로 나오기까지에는 아무리 해도 반 달 이상의 날짜가 걸린다.

"극력 서두르겠다. 반드시 대군을 거느리고 지원하러 가겠다. 단지 문제는 그때까지의 방어이다. 힘써야 한다. 다카마쓰의 한 성만 참고 견디면 적은 게이슈(安藝)에 한 발짝도 들어올 수가 없다……시미즈 무네하루 이하 모두 일심일치를 다시 한번 거듭 부탁한다."

데루모토의 측근은 여러 번 보내온 사자에게 데루모토의 말로 이렇게 격려했다. 또 그 일선의 임무와 농성의 의의가 얼마나 큰가를 말하며 성원과 편달을 게을리하지 않았다.

모토하루와 다카가게도 무네하루 앞으로 그와 같은 격려와, 긴급지원 준비에 착수하고 있다는 소식을 몇 번이나 보내 왔지만 얼마 뒤부터는 그나마 통신마저 중단되어 연락이 두절되었다.

4월 27일부터였다.

히데요시는 치밀한 준비 아래 모든 방해를 제거하고 드디어 남은 한 성(一城) 다카마쓰의 포위를 행동화하기 시작했다.

류오 산의 본진 1만 5천의 군사는 아직 움직이지 않았다.

히라 산의 고지에 하시바 히데가쓰(羽紫秀勝)가 병력 5천을 거느리고 진출했고, 야하타 산(八幡山)에는 우키다 히데이에(宇喜多秀家)의 1만 명의 군사가 전의를 높이고 있었다.

우키다 군의 배후에는 히데요시의 직속 가신인 여러 장수가 진을 치고 있었다.

포진은 우선 일단 갖추어진 셈이었다.

우키다 군의 배후에 직속 가신의 군사를 배치한 것은 아직도 우키다의 수하에 딴 마음을 품고 있는 자가 아주 없다고 할 수가 없기 때문이었다. 만일의 경우에 대비해서 그런 것은 두말 할 나위도 없다.

포위태세를 취한 그날부터 공격군과 성병 사이에는 벌써 선봉에서 한 차례의 충돌이 있었다.

"……오늘 아침 이케노시다구치(池下口)에서 벌어진 전투에서는 우키다님의 가신 중 사상자 합쳐서 5백여 명이나 되었으며, 성병의 손실은 약 백 명에 지나지 않고, 그 중 80여 명은 모두 전사하고 남은 몇 명만 생포했습니다만, 그들도 모두 전신에 깊은 상처를 입고 몸을 움직일 수 없는 상태에서 사로잡힌 자들이었습니다.”

전선을 시찰한 뒤 언제나처럼 가마를 타고 돌아온 구로다 간베가 류오 산의 히데요시 앞에 와서 서전의 첫날부터 처절했던 전투 상황을 소상히 이야기하고 있었다.

히데요시는 고개를 끄덕이면서 말했다.

“그럴 테지. 이번에는 피를 보지 않고 떨어드릴 수야 없겠지. 그러나 우키다 군도 잘 싸우는 모양이로군.”

이렇게 말했다. 우키다의 선진은 그 본심과 전투력을 그 눈앞에서 시험 당하고 있는 것이었다.

바로 5월로 접어 들었다.

장마의 하늘은 무덥고 심상치 않게 흐렸다가도 갑자기 해가 내리쬐었다.

서전에 대손실을 입은 우키다 군은 그 후 5일간 밤마다 와이모도구치 부근에 은밀히 참호를 파고 있었다.

2일 아침에 주변에다 공격지점을 정해 놓고 성을 향해 쳐들어갔다.

시미즈 무네하루의 휘하는 우키다의 병사가 성문과 돌담 가까이에 몰려오는 것을 보자 입을 모아 욕했다.

“버러지 같은 놈들.”

전에는 모리가에 예속했다가 변심해서 히데요시의 선봉이 되어 과거의 우군을 공격해 오는 것에 필연적인 분노를 느끼는 것이었다.

팔을 두드리고 이를 갈면서 잠시 보고 있다가, 기회를 보아 성문을 열자 성난 파도처럼 쳐나갔다.

“버러지 놈들을 쫓아라.”

“아니 한 마리도 살려서 보내지 마라.”

이 파도 속에는 전투를 처참하게 하는 난폭한 감정이 물결치고 있었다. 맹렬하게 창이 날아가고 소리 내어 부딪는 칼의 섬광, 그것을 겨눈 적과 부닥치자마자 바로, 참혹한 핏줄기가 되어 도처에서 일기(一騎)마다, 일병(一兵)마다 붙들고 서로 찌르고, 혹은 목을 벤다. 혹은 그 목을 뺏는 등, 도저히 다른 전쟁에서는 볼 수 없는 맹투가 연출되었다.

“왓냐!”

“야앗!”

“물러가라. 물러가라.”

뿌옇게 오르는 먼지 속에서 우키다 부장의 쉰 소리가 들리자, 이쪽저쪽의 흩어진 병사들도 함성을 올리면서 일제히 물러갔다.

성병은 노기 충천한 채 쫓아갔다.

“돌진!”

“저 깃발이 보이는 곳까지.”

이렇게 우키다 군의 중군까지도 그 기세를 타서 짓밟고 있었다.

그런데 전방의 평지에 한 줄의 참호가 보였다. 큰일 났다 싶어서 선두에 서있던 성군의 부장은 주춤했으나 넘어질 듯이 쫓아가는 군사들에게는 땅도 보이지 않았다. 그러나 참호의 선 가까이까지 접근하자마자, 그 일대의 엄폐호에서 한꺼번에 일어난 총성과 초연이 순식간에 성병들을 들판에 쓰러뜨렸다.

“유인작전이다. 적의 유인에 말려들지 마라. 몸을 엎드려라! 몸을…….”

“사격을 하도록 하여, 사격의 간격을 보고 그 틈에 뛰어 들어가라.”

서로 격려하면서 몇 사람의 희생을 각오하고 일부러 일어나 빗발 같은 사격을 받으며, 적의 총수가 다음의 장진을 하는 동안 참호에 접근하여 기어코 호 속으로 뛰어 들어서 말할 수 없는 피비린내의 토중전(土中戰)이 벌어졌다.

그날 밤부터 비가 왔다.

류오 산의 여러 진지에서는 깃발도 막사도 비에 젖고 있었다. 히데요시는 진소에 들어가서 답답한 장마 구름을 쳐다보면서 매우 울적한 표정을 짓고 있었다.

“도라노스케…….”

뒤를 돌아보면서 불렀다.

“빗소리인가, 사람 발짝 소리인가. 문 쪽에서 떠들고 있다. 가 보고 와, 무슨 일인지.”

“네에.”

도라노스케는 바로 그 자리에 돌아와서 주군에게 대답했다.

“방금 간베님이 전장(戰場)에서 돌아오셨습니다. 도중에 가마를 메는 자가 이 비로 인해 오르막길에서 미끄러져, 그 때문에 간베님께서는 가마에서 떨어져 도롱이를 덮어 쓴 채 가신들의 등에 업혀서 지금 돌아오셨습니다. 여러분들이 사과를 드리니까 간베님께서는 웃으시고는 허리가 아프다고 손으로 어루만지시며 진소 안으로 들어가셨습니다.”

그 다리가 성치 않은 몸으로, 이 빗속에도 전선으로 나가 있었던가. 새삼스러운 일은 아니었으나 히데요시도 간베의 지칠 줄 모르는 정력에는 정말 탄복하고 있었다.

“곧, 오시겠지요.”

도라노스케는 그와 같이 보고하고 물러가서 화로 속에 굵은 장작을 집어넣고 있었다.

차차 모기가 나돌기 시작했다. 비 오는 날에는 유달리 시끄러웠다. 무더운 날씨에 덥기는 하지만 화로 속의 장작은 모기를 쫓아 준다.

“맵군, 으으 맵다.”

중얼거리면서 주변에 있는 시동조의 젊은이들 틈에서 발을 저는 사람이 안내도 없이 히데요시 방으로 들어갔다.

간베였다.

잠시 뒤 방에서는 간베와 히데요시와의 담소가 장마의 답답한 기분을 씻어주고 있었다. 서로 질세라 음성이 높았다.

“무슨 일로 웃고 계실까?”

시동조의 여러 사람들도 길가에서 더운 물을 마시며 쉬고 있었다. ——이렇게 말하면 황공한 일이지만 주군님의 그 웃음 소리를 들으면 우리 높은 양반이 기분이 좋으시구나 싶어서 함께 유쾌해진다. ——그렇게 이곳의 젊은이들은 언제나 주군의 방에 대해서 민감하게 기쁨과 걱정을 함께 하고 있는 것이었다.

“아마 그 일에 대해서일 거예요.”

이시다 사기치(石田佐吉)가 허리를 어루만지는 시늉을 해보이자 후쿠시마 이치마쓰가 말했다.

“그렇다, 그래.”

이렇게 말하면서 무릎을 두드렸다.

“무어냐?”

“무슨 일이 있었구나.”

가다키리 스케사쿠(片桐助作)와 그외 사람들이 눈을 둥글게 뜨며 듣고 싶어 했다. 이 장마철의 진중은 지극히 무료한 참이다. 젊은 사람들은 화제에 목말라하고 있었다.

"오도라한테서 들었는데……."

이치마쓰는 예의 거만스러운 턱으로 도라노스케를 가리키면서 얼마 전에 구로다 간베가 귀진하는 도중 가마를 짊어진 자가 오르막길에서 발이 미끄러져, 그 때문에 간베가 가마에서 떨어졌다고 하는 이야기를 제법 과장을 섞어가며 일동에게 이야기했다.

"그것 정말 재미있군."

이렇게 말한 것은 가토 마고로쿠(加藤孫六)였다.

"봤으면 좋았을 걸. 구로다님이 굴러 떨어진 것을."

이렇게 말하며 안에까지도 들릴 듯한 소리를 내며 웃은 것은 히라노 곤베에였다.

안되었다——고는 아무도 말하지 않았다.

그렇게 말하지 않는 것도 이유가 있었다. 이 젊은이들에게 간베는 평소부터 상당히 고언(苦言)과 편달을 가하고 있었다.

이따금 젊은이들 속에 들어와서는 친절도 보여주었지만 오로지 경원하고 친숙해지지 않도록 하고 있었다. 그래서 취하기만 하면 통렬하게 젊은 사람들을 무작정 호통만 치는 것이었다.

'두고 보자.'

악의나 원한이 결코 아니었다. 좋은 의미로 이 곳의 젊은 사람들은 마음속 깊이 벼르고 있었다. 언젠가 한 번은 구로다 간베로 하여금 손을 들고 말하게 하겠다.

'선배라 하더라도 젊은 사람들에게 너무 큰소리는 칠 것이 아니다.'

이런 각오를 사실로서 보여주어야겠다고 맹세하고 있는 것이었다.

"시동님들."

연기 속에서 중머리가 하나 나타나 허리를 굽혔다. 다도를 보는 사람 중의 한 사람이었다. 이치마쓰가 돌아보고 무뢰한처럼 대꾸했다.

"야아 무어냐?"

"주군의 분부이십니다."

그 말을 듣자 젊은이들은 모두 군장을 붙인 채였으나, 일제히 앉은 자세를 바로 잡고 농담을 그치고 있었다.

"……구로다님과 말씀하시는 동안, 잠시 시동 대기실에 물러가 계시라는 말씀입니다. 무언가 중요한 이야기가 있을 모양입니다……."

"어렵겠지."
히데요시의 말이다.
"어렵다고 생각합니다."
간베가 말했다.
침묵이 계속되자 두 사람 사이에는, 임시로 지은 진영이어서인지, 조잡한 처마에서 넘쳐 떨어지는 빗소리만이 귀를 울렸다.
"중요한 것은 날짜 문제이겠지요. 두 번에 걸친 총 공격을 시도해 본 결과 단기력공(短期力攻)이란 것이 대단히 힘들다는 것을 알게 되었습니다. 그러니 장기전을 각오하고 유유히 포위하도록 할까요. 그 것에도 필연적으로 커다란 위험이 예측됩니다. 모리 군 4만의 긴급 원병이 때를 맞추어 다카마쓰 성과 연락을 취하고, 호응해서 우리 편에 공세를 전개해 올 우려가 있습니다."
"음, ……그래서 나도 이 장마에는 애를 태우고 있다. 간베 무슨 명책이 없나?"
"어제도 오늘도 전선을 다녀보고 적성의 위치, 사방의 지형을 잘 살펴보았습니다만, 여기서 건곤일척의 대책이란 것은 단 하나밖에 없습니다."
"다카마쓰 성이 떨어지느냐 않느냐는 적측에 있어서나 아군에게 있어서나, 단지 일개 성을 다투는 문제만이 아니야. 여기가 떨어지면 게이슈(安藝), 요시다 산의 모리의 본영은 이미 우리 수중에 들어온 것과 같으며, 여기서 차질을 일으키면 5년에 걸친 주고쿠 공략의 대업도 실패로 돌아갈 것이다. 대책이야말로 긴요한 일이다. 간베, 자네의 생각이란 어떤 건가. 옆방의 사람들도 멀리 해 두었으니, 기탄없이 말해 달라."
"황공하오나 주군께서도 계획을 가지고 계시겠지요."
"없지도 않지."
"먼저 말씀해 보시지요."
"자네도 써보라."
옆에 있는 벼루를 당겨서 자신도 붓을 들고, 간베에게도 종이를 주었다.
히데요시가 쓴 것을 간베가 받아서 보았다. 물수 '水' 한 글자가 씌어 있었다.

간베가 쓴 것을 손에 들고 히데요시도 보았다. 거기에는 두 글자 '水攻'이
라고 적혀 있었다.

"하하하하."

"아하하하."

두 사람은 웃으면서 손으로 비빈 종이조각을 소매 안에 넣었다.

"간베. 사람의 지혜란 것은 역시 사람의 지혜 이상의 것은 못되는 것 같
군."

"그렇게 말씀하시지만, 다카마쓰의 성은 평야와 논밭의 낮은 곳에 위치하
고, 사방에는 적당히 여러 산이 에워싸고 있으며, 그뿐 아니라 아시모리
강(足守江)을 비롯해서 대소 일곱 개의 하천이 팔방으로 흐르고 있습니
다. 이것을 모아서 평지의 한 군데로 들어가도록 하면 그 성을 호수에 잠
기게 하는 것도 그다지 어렵지 않습니다. 그야말로 사리를 밝게 관찰하는
안목이 있는 사람이 아니면 생각조차 못할 대규모 작전입니다. 주군께서
벌써 그 점에 착안하셨다는 것은 경복해 마지않습니다. 그러하온데 어찌
하여 그 실행을 주저하고 계십니까?"

"그야 자고이래로 불공격으로 공성에 성공한 예는 허다하게 있으나, 물공
격으로 공을 올린 예는 거의 없거든."

"삼국시대 후한의 전기에서 본 기억이 있는 듯 생각됩니다만, 그렇지요,
우리나라에서도 덴지 천황(天智天皇) 3년에 규슈의 미즈기(水城) 성에서
당나라 군사의 침공에 대비, 제방을 쌓아 물을 가득히 채우고 이것을 끌어
범람시켜서 일거에 당나라 군사를 밀려 내려가게 하려고 작전했었다는 것
을 어딘가의 기록에서 본 일이 있습니다."

"아니야, 그것도 실행하는 단계에 이르지 않아서 당나라 군사가 물러간 모
양이야. 그러니 이 작전을 실행한다면 실로 내가 전혀 전고(前古)에 유례
가 없는 전법을 취하는 것이 된다. 그래서 실은——좀 세밀해야 하기 때
문에 지리 숫자에 밝은 책임자들에게 하명하여 이에 소요되는 토목과 인
원, 소요기간, 비용 등을 대략 조사시키고 있다. 간베, 자네의 계산으로는
대체 얼마 동안의 기간에 어느 정도의 인원이면 해낼 수 있다고 생각하느
냐. 한 번 복안을 들려주었으면 좋겠는데."

히데요시가 바라고 있는 것은 단순한 안이 아니고 구체적인 숫자와 틀림
없는 설계의 확증이었다.

"지당한 말씀입니다. 그 문제의 복안에 대해서는 저의 가신 중에도 약간 재간이 있는 자가 있어서 상세한 공사의 계수를 세우고 있는 자가 있사오니 그 자를 이 자리에 불러주신다면 직접 명확한 대답을 올릴 수가 있겠습니다. 제가 아뢴 헌책도 말하자면 그 자의 계산과 설계에 바탕을 둔 것입니다."

간베의 말에 히데요시가 거듭 물었다.

"그 가신이란?"

"요시다 로쿠로다유(吉田六郎大夫)란 자이옵니다."

"지금 진중에 있는가?"

"네에."

"그럼 즉각 불러 오도록 해라."

그렇게 분부하고 나서 히데요시는 말을 이었다.

"실은 내 밑에도 공사의 관리나 토지 사정에 정통한 그런 놈 하나가 있네. 이 자리에 같이 불러서 요시다 로쿠로다유와 합의케 하면 어떨까."

"좋은 줄로 압니다. 그래, 그 사람이란?"

"우리 문중은 아니지만, 빗추 땅 다마시마(天島)의 향사로 센바라 구에몬(千原九右衞門)이라는 사람일세. 지금 우리 진중에서 주로 이 부근의 그림 도면을 만들게 하고 있지."

"그것 참 좋은 사람인 줄로 압니다. 꼭 이 자리에 불러 주시기를."

"……야, 누구 좀 오너라!"

히데요시는 손뼉을 쳤다.

모두 멀리 물러나 있게 하여 시신도 시동도 없었다. 손바닥 소리는 좀체로 미치지 않는다. 더구나 빗소리가 그것을 훼방했다.

히데요시는 몸소 일어나서 다음 방까지 걸어가더니 마치 싸움터에서 내듯한 큰 소리로 막사 안을 향해 외쳐댔다.

"야앗! 누구 없느냐!"

곧 부리나케 발걸음 소리가 다가왔다. 몹시 놀랐던지, 그것도 사방으로부터 몰려왔다.

히데요시는 그들 서넛에게 뭐라고 분부를 내리고는 뒷방으로 갔다. 비는 더욱더 내리 퍼붓고 있었다.

요시다 로쿠로다유가 왔다. 또 센바라 구에몬도 달려왔다.

"여기서 기다려 주십시오."

시동이 다른 넓은 방에서 두 사람을 안내했다. 휑하니 넓고 어둡다. 한참 만에야 촉대가 군데군데 갖다 놓여졌다.

히데요시와 간베는 아까 있던 방에서 아직껏 밀담을 계속하고 있었다. 얼마 안 있어, 진(陣) 밖으로부터 하지스카 히코에몬이 올라왔다. 또한 아사노 야혜, 기노시타 빗추노가미, 이코마 진스케, 호리 히사타, 그리고 야마노우치 우에몬 가즈도요(山內猪右衛門一豊) 등도 불러서 그 넓은 방에 안내되었다.

이윽고 히데요시와 간베는 같이 어울려서 이 자리에 나타났다. 여기에 오기 전, 두 사람 사이에선 이미 기본 방침이 일치해 있었음은 다시 말할 것도 없다.

요컨대 이제부터 열리려 하는 군사 회의는 그 원안을 기초로 하여 센바라와 요시다 두 사람이 가지고 있는 실제적 지식을 자문으로 하고, 동시에 인원의 배치와 군 전체의 전투도 모두 그 한 목적을 위해 전개하고 추진시키기 위한 것임은 말할 것도 없었다.

"우중에 수고들 하오."

우선 모인 여러 장수들에게 말을 던진 다음, 히데요시가 작전 계획을 끄집어냈을 때는, 먼 진지에 가 있는 하시바 히데가쓰, 고이치로 히데나가 등등 일족을 비롯하여, 우키다 히데이에, 스기하라 이에쓰구에 이르기까지, 진중의 제장들은 거의 모두 모여들었다.

센고쿠 곤베, 모리 간파치, 이치야나기 이치스케, 야마시다 구조(山下九藏), 호리오 모스케, 하지스카 이에마사, 구로다 기치베(쇼주마루의 개명) 등등의 중견 무사는, 특별히 허락을 받고 이웃의 기다란 방에 나란히 앉아 있었다.

군사 회의는 밤이 되기까지 계속되었다.

어느덧 비는 멎은 모양이나, 비 그친 뒤의 무더움은 더 한층 심했다. 촛대의 불은 산속 안개에 뿌옇고, 초는 몇 번이나 새것으로 갈았다. 그동안 히데요시도 간베도 한 잔의 물마저 달라고 하질 않아서, 차 담당의 시종은 아무 할 일이 없었다.

흙과 사람

물에 의한 공격——수공을 결행하게 되자, 류오 산의 본진에서는 모든 면에서 불편했다. 또한 너무 멀었다.

이시이(石井) 산은 다카마쓰(高松城) 동쪽에 토이는 고지로서, 거리도 알맞고 거의 적지와 직면하는 위치에 있었다.

준비 단계로서, 히데요시는 우선 그곳으로 본진을 옮겼다. 5월 7일의 일이다.

다음날 8일이었다.

"새끼줄을 치겠다. 구에몬도 오고, 로쿠로다유드 따라 오너라."

히데요시는 막료 6, 7기를 거느리고 산에서 내려갔다. 저 멀리 다카마쓰 성을 오른쪽으로 바라보며 아시모리 강의 몬젠(門前)이라고 일컫는 지점까지 말을 타고 달렸다.

"구에몬!"

히데요시는 땀을 닦더니 그를 불렀다.

"이시이 산의 산마루에서 이 몬젠까지 거리는 얼마나 되지?"

"10리도 못 되옵니다. 자세히 말씀드리자면 28정(町) 남짓입죠."

"자네 도면을 보이게."

센바라 구에몬의 손에서 그것을 받아가지고 축제의 공사와 사방의 지세를 겨루어 본다.

여기 서서 관망한 즉——서쪽은 기비(吉備)로부터 아시모리 강의 상류 산지까지, 북쪽은 류오 산으로부터 오카야마의 경계선이 되는 산에 이르기까지, 그리고 동쪽은 이시이 산의 가와즈가하나(蛙鼻)의 산 끝에 이르기까지——실로 남쪽 한 곬을 때놓고는, 품속 깊은 천연의 만형(灣形)을 이루고 있다.

그 평야의 만 한복판에 뎅그마니 서 있는 다카마쓰 성은, 평성식으로 구축되었음을 보여 주고 있다.

히데요시의 눈에는 그 평지의 밭도, 논도, 마장도, 인가도, 이미 모두가 하나같이 수면으로 보이고 있었다. 이러한 시야로 바로 볼 때, 세 방향의 산기슭은 모두 곡선 많은 해안이나 곶으로 보이고, 다카마쓰 성은 그야말로 인공적인 하나의 외딴 섬이랄 수가 있을 것 같다.

"흠, 됐네."

도면을 구에몬에 들려주고, 설치면에 있어서는 자신이 있는 듯 히데요시는 다시 말을 타고는 말했다.

"돌아간다."

막료들의 머리 위에 한 마디 던진 다음 공사의 지휘를 맡은 부교(奉行)인 요시다 로쿠로다유와 센바라 구에몬 두 사람에게 말을 건네었다.

"이곳 산 끝에서 저쪽 이시이 산의 가와즈가하나 아래까지 지쿠젠(築前)이 말을 달릴 테니, 그 말발굽 자리 따라 둑을 쌓기 위한 새끼줄을 치도록 하여라. 알았느냐."

"잠깐만 기다려 주시옵기를."

두 사람은 부근의 민가에 인부를 보내어 무엇인지 다급히 일러 놓고는 히데요시에게 거듭 답한다.

"이제 되었사옵니다."

"잘 봐라. 그럼, 이렇게 그어라."

히데요시는 곧바로 말을 동쪽으로 달려갔다.

몬젠(門前)——후쿠사키(福崎)——하라고사이(原古才)——그 부근까지는 장대를 놓은 듯이 직선을 그리고, 하라고사이로부터 가와즈가하나까지는 약간 활처럼 안쪽을 넓혀 간다.

구에몬과 로쿠로다유는 말을 탄 막료들과 히데요시와의 사이를 말로 쫓아가면서 가끔 무엇인지 흰 가루를 떨어뜨리고 갔다. 밀가루나 좁쌀가루일 것이다. 흰 줄이 땅에 쳐졌다.

뒤돌아보니 그의 뒤를 더듬어 벌써 몇몇 인부가 축제선(築堤線)에 말뚝을 박고 있었다.

히데요시는 가와즈가하나에 서서 좌우에게 말했다.

"이젠 됐겠지."

방금 쳐온 한 줄을 둑이라고 보고, 여기에 일곱 냇물을 넣으면, 흡사 반만 열린 연꽃의 잎사귀 모양의 거대한 호수가 이루어진다. 사람들은 비로소 지형의 인식을 환기하여, 이 빗추의 경계선 부근도 머나먼 태곳적에는 역시 바다가 아니었을까 하고 갑자기 생각하게 되었다.

전투는 개시되었다. 피의 싸움은 아니다. 흙과의 싸움인 것이다.

축제의 길이는 28정 20간(間)이라는 거리.

또한 둑의 폭은 위는 6간, 밑의 지면 부분은 그 곱이나 되는 12간의 넓이였다.

문제는 높이였다.

높이는 수공(水攻)의 공격대상인 다카마쓰 성과 비례되게 해야 한다. 정녕코 수공의 성공을 확신할 수 있는 까닭은 무엇보다도 그 다카마쓰 성이 평성식(平城式)으로 지어진 데다가 돌담도 불과 2간 높이 밖에 되지 않는다는 점에 있었다.

그러기에 축제의 두께도 그 높이 4간이라는 기본에서 끌어낸 계산이었던 것이다. 4간의 높이에 물을 가득히 채우면, 성의 돌담을 적시고도 남아서 2간 높이의 물을 성곽 속에 범람시킬 수가 있다는 계산이 되는 것이다.

그러나 토목 공사란 것은 어떠한 경우에도 예정 일수보다 빨리 이루어졌다는 예는 드물다. 여기서 구로다 간베로서도 가장 머리를 괴롭힌 문제는 공사에 종사하는 인력에 관한 문제였다.

물론 그 대부분은 토착 농민들 속에서 구해야간 될 것인데, 이 부근의 마을에는 인구가 지극히 희박했던 것이다. 왜냐하건 적의 수장 시미즈 무네하루는 농성과 때를 같이 하여 농민의 가족 5백여 명을 성 안으로 수용해 버렸고, 또한 영토 밖으로 분산되어 가버린 자들도 걱지 않았던 것이다.

"우리 영주님과 생사를 같이 한다면야."

그러면서 성 안에서 농성한 농민은 퐁소부터 영주를 흠모해 마지않는 선량하며 순박한 백성들이었다. 그에 반하여, 부락에 남아 있는 자는 게으름뱅이가 아니면, 운수 좋으면 싸움터에서 한 밑천 크게 잡아 보자고 벼르는 불순분자가 많았던 것이다.

물론 우키다가의 협력도 있으므로, 오카야마 방면에서도 인력은 징발해왔다. 수천 명이 넘는 머릿수는 우선 순식간에 모아졌다고 하기에 족했다. 하지만 간베의 고민은 그 머릿수를 채우는 사무적인 면에 있지 않고, 이 인력에게 최고도의 능률을 올리게 하는데 있었던 것이다.

"공사의 진척은 어떤가."

그는 순시 때마다 요시다 로쿠로다유를 불러 물었다. 로쿠로다유도 그에 대해서는 침통하게 답하는 수밖엔 없었다.

"아무래도 예정하신 날짜까진 어려울 것같이 생각되옵니다."

이 계수가(計數家)의 기획으로도 뛰어난 두뇌도, 수천 명 인원의——더군다나 다루기 어려운 건달패들마저 섞여 있는 잡인들의 심리에서——성의와 땀을 끌어낼 방법을 찾아낼 수는 없었다.

그러기에 28정 너머에 걸치는 둑쌓기 공사에 있어서 50간마다 오두막집을 짓고 총수 32개소의 감시소에서 상비의 장사가 인부들을 득려하고 있었지만, 한갓 독려 그 자체만으로는 개미처럼 흙을 뜨고 가래질과 괭이질을 하는 수천 명에게 아무런 박차도 가할 수가 없었던 것이다.

더구나 히데요시가 내거는 기일은 지극히 억지인 단기간이었다.

"어떤 일이 있더라도!"

이렇게 말하며, 그 기간내의 준공을 부하에게 요구해 마지않는 것이었다.

"모리의 원군 4만 명은 기쓰가와, 고바야가와, 데루모토의 본군과, 3개 부대로 갈려서 시시각각으로 국경에 다가오고 있사옵니다. 이미 그 선봉의 일부는 아무개 마을까지 왔다는 정보도 있는 줄로 아뢰오."

아침마다 저녁마다 심지어 밥을 먹고 있는 사이에도 그러한 비보를 접하고 있는 히데요시였다. 또한 그 심중을 너무나 잘 알고 있는 간베였다. 밤낮으로 두 가지 이상의 일을 겸해서 하는 노동에 지치고 지쳐서 이젠 낮 동안은 굼벵이처럼 느릿느릿 움직이는 수천 인부를 보자, 간베의 가슴은 이즈음의 장마구름만큼이나 조바심이 나지 않을 수가 없었던 것이다.

예정으로서는 대체로 전 공사를 15일 안으로 완성하고 싶었다. 아니, 절대로 그 기간 안에 축제를 끝내지 않으면 모리의 도착과 더불어 이 계획은 고스란히 무의미하게 되어 버릴 뿐더러, 아군의 통솔상 크나큰 파탄을 초래할 우려마저 있는 것이다.

2일.

3일.

이미 5일.

"안 되겠다. 무슨 수를 써야 한다. 이렇게 지지부진한 진척 상태로는 반달은커녕 50일, 100일이 걸려도, 전장이 28정(町) 20간이나 되는 둑은 쌓을 수 없을 게다."

간베는 그냥 앉아서 두고 볼 수가 없게 되었다. 공사책임자인 요시다 로쿠로다유도, 센바라 구에몬도 거의 불면·불휴로써 공사 감독과 인부의 편달에 안간힘을 쓰고 있었으나, 어찌하랴. 사역하는 인부들이란 모두가 불만과 불복 덩어리라고 해도 좋은 점령지의 적국민이다. 게다가 넉살좋고 뻔뻔스럽고 사나운 건달패들이 섞여 있었다.

그들은 비교적 얌전한 인부들마저 툭하면 선동하고 태업의 한 패로 끌어들이려 했다. 고의적으로 예정에 지장을 초래케 함으로써, 겉으로는 나타낼 수 없는 비굴한 반항을 당사자의 낭패와 히데요시 군의 패배라는 결과에서 보고는, 고의적으로 만족하려는 처치 곤란한 무리들이었다.

"태만한 놈이 누구냐?"

간베는 마침내 몸소 지팡이를 짚고 공사장에 섰다. 몇 정인가, 일부분이 가까스로 쌓여져 가고 있는 둑의 새 흙더미 위에 서서, 그는 그 무시무시한 눈으로 수천 인부들의 머리 위에 형형한 눈초리를 쏘아 붙였다. 조금이라도 게으른 놈이 눈에 띄기만 하면 절름발이라고는 긷을 수 없는 재빠름으로 느닷없이 그 인부의 곁으로 달려가서는 지팡이를 휘둘러 팼다.

"일해랏! 왜 태만한 거냐!"

인부들은 벌벌 떨며 일하기 시작했다.

"저기 절름발이 맹장이 보고 있다!"

그러나 그 눈이 미치는 곳에서일 뿐이었다.

지나친 엄격으로 그들의 땀을 강요하면, 그들에겐 또 그들 특유의 태만 전법이 얼마든지 있었다. 그러니 한다하는 간베도 질릴 수밖에. 수천 인부의, 더구나 넓은 공사장에 걸쳐서 눈길과 채찍이 그리 샅샅이 미칠 수도 없기 때문이었다. 결국, 아무리 수백 명의 감시자를 그 자리에 배치해서 질타시킨들 결코 능률은 오르지 않는다는 것을 비로소 깨닫기에 이른 것이다.

"필경, 예정 내에 끝내기란 불가능한 줄로 아뢰오. 만전을 기하기 위해서 공사 도중에 모리의 원군이 여기 도착한다는 것을 미리 작전상 각오해 주셔야 할 것 같습니다. 글쎄, 잡인들을 잘 부린다는 것은 용병 이상으로 어렵사옵니다."

히데요시 앞에 나와서 간베는 끝내 이렇게 호소했다. 마음속 깊이 그 어려움을 통탄하고 있었던 것이다.

히데요시는 아무 대꾸도 없이 손가락을 꼽아 세어 보고 있었다. 히데요시의 심중에도 심상치 않은 초조감은 있었다. 비유컨대, 이윽고 하늘을 뒤덮을 소낙비를 머금은 먹구름이 바로 저 산 너머에 코이고 있는 것과도 같이, 모리의 대군이 접근하고 있다는 것은 시시각각으로 예보되고 있었다.

"간베, 너무 낙담할 것은 없네. 아직 7일 동안의 여유는 있네. 어떻게든 될 게 아닌가."

"날짜는 이미 예정의 절반이나 초과했는데, 공사는 아직 3분의 1도 진척

되지 않았습니다. 어찌 앞으로 근소한 날짜 안에 총공사가 완성되오리까."

"아니, 되네!"

히데요시는 단연코 간베의 말을 긍정하지 않았다. 대체 간베의 의견에 대해서 그가 이렇게 강하게 부정한 것은 처음이라고 해도 좋은 것이다.

"반드시 할 수 있다. 그러나 3천 명의 인부가 3천의 힘밖에 내지 않는데서야 성취되지 않는다. 한 놈이 세 사람 몫, 다섯 몫의 노력을 내면, 3천의 인부는 1만 여의 힘이 된다. 그들을 독려하는 무사들도 그렇지. 하나가 열 사람 몫의 기력을 분발한다면, 무슨 일인들 이루어지지 않는 법이 있으랴 ……간베, 이렇게 하여라. 히데요시도 내일은 공사장에 나가 볼 테니."

히데요시는 간베에게 무엇인가를 소곤거렸다.

다음날 아침나절이었다.

별안간 노랑옷을 걸친 연락원이 공사장을 두루 돌아다니며 전원에게 공사의 중지를 말하더니 영을 전한다.

"모두 저 깃발이 보이는 곳 밑에 있어라."

"무슨 일일까?"

인부의 우두머리는 고개를 갸우뚱거리며 어떻든 조그만 깃발이 서 있는 둑 밑에 가 모였다.

엊저녁부터 밤새도록 흙을 메어 나르던 인부들도, 지금 막 교대해서 둑의 흙을 쌓아 올리던 인부도, 모두 저마다 조의 우두머리를 좇아서 한 곳에 모여들었다.

"여보게, 뭔가."

"무슨 일인가?"

흙 빛깔인지 사람의 빛깔인지조차 분간할 수 없는 수천 명의 머릿수가, 반은 불안감에 몰리면서도 그래도 허세를 잃지 않으며 그들의 특징인 장난짓거리나 야유를 노골적인 태도로 보이는 채, 새까맣게 인파가 웅성거리고들 있었다.

그러다가 갑자기 조용해졌다. 조그만 깃발 곁에 놓여 있던 의자에 히데요시의 모습이 다가섰기 때문이다.

시동과 하타모토(廣本)들이 좌우로 갈려서 엄숙히 시립한다. 평소에 인부들로부터 증오의 대상이 되어있던 절름발이 맹장 구로다 간베는 조금 떨어진 곳에 대나무 지팡이를 짚고 서 있었다.

그 간베가 이윽고 둑 위에서 수천 명의 머리 위에 큰 소리로 고하기 시작
했다.

"지쿠젠노가미님의 높으신 뜻으로, 오늘은 너희들의 뜻을 들어 주라시는
분부시다. 너희들도 벌써부터 알다시피 축제의 기한은 이미 반이 지났다.
그렇건만 공사는 지지부진하다. 그 원인으로 말할 것 같으면, 오로지 너희
들이 할 일에 대해서 사력을 다하지 않기 때문이라고 지쿠젠노가미님께선
말씀하신다. 그래서 말이다. 대체 너희들에겐 어떤 불만이 있는지 무엇이
부족한지, 어떻게 해달라고 요망하는지, 그것을 기탄없이 오늘은 들어주
기 위해서 여기 모이라고 한 것이니라."

"……."

간베는 여기서 잠시 혀를 쉬면서 수천 명의 머리를 바라본다. 곳곳에서 머
리와 머리가 뭐라고 소곤거리고들 있다. 분명히 전체도 동요하고 있었다. 서
로 눈과 눈을 맞바라보면서.

"각 조의 우두머리들은 인부들의 심정을 충분히 알아보고 있으렷다. 이때
를 놓치면 너희들의 소원을 지쿠젠님의 귀에 직접 들어가게 할 수는 없을
게다. 어느 조부터든지 좋다. 대여섯 명이 여기 나와서 일동의 대표로 부
족 불만이나 희망을 아뢰어라. 조리에 닿는 말 같으면 들어주리라."

이에 숱한 인부 중에서 보기에도 만만찮고 난폭해 뵈는 생김새를 한 반 벌
거숭이의 거한이 뚜벅뚜벅 둑 위로 걸어 올라갔다. 아마 이 자리에서 동료
대중들 앞에 으스대며 제 얼굴을 팔아 보려는 손셈인 것 같았다.

그것을 보자 또 서너 명의 토공(土工)의 우두머리가 애써 주위에 호연해
보이며 이 또한 둑 위에 올라섰다.

"말하자구. 저렇게 말씀하시잖나. 뭐 무서워 할 것 없다구."

"대표는 이것뿐이냐?"

"예,"

의자 바로 가까이라서 저마다 무릎을 꿇고 방바닥에 앉으려 하자, 간베는
제지하더니 말했다.

"앉을 것은 없다. 오늘은 너희들의 불만을 충분히 들어 주라시는 주군의
분부시다. 모처럼 토공 일동을 대표해서 주군 앞에까지 나와서 하고 싶은
말도 못한대서야 이쪽도 난처하다. 요컨대, 이 공사가 기일까지는 되느냐
안 되느냐 하는 것도 오로지 너희들의 일하기 여하에 달려 있느니라. 평소

에 너희들 가슴 속에 숨기고 있는 울분이든 불평이든 기탄없이 여기서 밝혀 말해주길 바라는 바이다. 우선 맨 먼저 여기 나온 오른쪽 사내부터 말해 보아라. 자아, 어서 서슴없이 말해 다오."

간베도 오늘은 싹싹한 투로 말을 건네었다.

여기서 이 공사에 종사한 인부들이 어느 정도의 급여를 받고 있었는가를 잠깐 훑어보는 것도 무의미하진 않을 것이다.

《무장 감장기》에는 총공사비가 다음과 같이 씌어 있다.

돈 63만 5천사십 관문(貫文)

쌀 6만 3천5백여 석(石)

그러나 이 거액의 쌀이나 돈이 미리부터 히데요시의 진중에 마련되어 있는 것은 아니었다. 정벌 군대로 다섯 해에 걸치는 주고쿠 진에서는, 수많은 적산도 획득하고 있었지만 그보다 더 막대한 숫자에 달하는 군비도 소비했다. 그러니, 그리 무한정으로 아즈치에 대해서 그것을 내려주십사고 앙청하자니 그것도 히데요시의 본의는 아니었다.

또한 이 총비용을 감당할 쌀과 돈의 일부쯤은 우키다 가의 창고에도 있긴 있었다. 그러나 그것은 만일의 경우에 대비해서 고갈시키고 싶지 않았다. 그리고, 지금 우키다 가(宇喜多家)에서 그것을 수거하면 산요(山陽) 방면의 경제적 사정으로 보더라도, 인심에 대한 영향에 비추어 보더라도, 결코 양책이랄 수는 없다.

그렇다면 없는 돈 없는 쌀을 히데요시는 어떻게 걷었을까하는 문제가 남는다.

명확한 자료는 없지만, 아마도 이러한 국면에 공통되는 것은 군정에 있어서는 흔히 있는 관례였다. 히데요시는 우선 이 지방의 쌀을 군표로 사들였음에 틀림이 없다.

후불 제도의 군찰 이외에는, 점령지의 산이나 논을 채권으로 해서, 공로가 있으니 또는 무엇을 헌납했느니 하는 이름을 그 고장의 촌장이나 호농들에게 내려 주었으리라는 것도 의심할 여지가 없다. 또한, 그들을 관리자로 해서 토착민의 협력을 촉구하며 우선 극력 진중에 물자를 거두어들이고 있었음도 분명하다.

그러나, 이 정책은 다소 강권을 가지고 하기 때문에, 되도록 현재의 점령지 안에서는 무리를 무릅쓰지 않도록 영을 내리고 있었다. 실시의 목표로 점찍힌 지방은 모리의 원군이 와서 진을 치리라고 예상되는 국경의 가도에 면한 마을들, 그리고 나가라산(長良山)과 이와사끼(岩崎), 히사시산(日差山) 등 사이에 흩어져 있는 숱한 부락들이었다.

적의 대군이 오기 전에 우선 적의 식량을 아군 쪽으로 흡수해 놓는다는 작전상의 의의도 다분히 포함되어 있는 것이다.

'물자'는 '돈'이다. 히데요시는 이번 공사에 즈음하여 인부들의 임금을 하루 고용에 얼마의 일급으로 하지 않고 청부제도로 하여 그 모집과 아울러 이러한 푯말을 세워서 약속했다.

흙 한 섬 나르는 데

돈 백 문, 쌀 한 되를 주노라.

이것은 당시의 노임치고는 족히 농민의 하루 이상의 수입에 해당된다. 토공의 품삯으로도 파격적인 것이었다. 땀을 아끼지 않고 체력이 닿는 대로 일하면, 하루 동안에 평상시의 반달 치를 벌기도 거저먹기였다.

"어디 한 밑천 벌자."

소문을 듣고들, 홀연히 이 일터로 인력이 모여든 첫째 이유는 그 효과였다고 해도 과언이 아니다.

하지만 수입의 이율이 좋으면 그에 비례해서 그들은 결코 무한정으로 일하진 않았다. 도리어 조그만 욕심이 충족된 한도 내에서 땀을 아끼고 그 나머지는 나태를 즐기려 한다. 이렇게까지 해서 그들 자신을 우대하는 고용자에 대해서 그 은혜에 감사하느니보다는, 핍박해 있는 다급한 처지를 기회로 하여 고의로 게으름을 피우고는 그것을 야유하고, 채찍질로 강제되면 불쑥불평을 늘어놓는다는 식이었던 것이다.

──인지상정이라, 그것도 별 수 없느니라.

히데요시는 매우 관대하게 그 상태를 관망하고 있었다. 뱃속까지 철저한 상습적 실직자도 있지만, 거의 대부분은 점령지의 백성들이다. 어제까지 영주라고 섬기던 사람 곁에서 갑자기 떨어져서, 전혀 인정이나 풍습에도 길들지 않은 타국의 진영에 고용되어 와 있는 것이다. 차라리 연민을 느끼게 하는 자들이 아니겠는가.

"무리도 아니로다."

히데요시는 그들의 처지를 가련히 여기긴 할지언정 결코 노여워하지는 않고 있었다.

하지만 이 상태로는 전 작전의 의도는 도저히 관철될 것 같지도 않은 것이다. 그래서 마침내는 구로다 간베에게 뜻을 전하여 오늘이 있게 한 것이었다.

"각 대표들은 듣거라. 인부 일동을 대표해서 여기까지 나왔는데, 겁이 나서 말을 못한대서야 모처럼의 기회에 아무 의미도 없을 게다. 희망하는 사항이나 평소의 불만스러운 일 등등, 무엇이든지 말하면 어떻겠느냐."

두 번이나 간베가 이렇게 독촉하자 불평분자의 대표로서 그곳 둑에 선 토공 우두머리 중의 하나가 말하기 시작했다.

"그럼 분부를 달게 받자와 말씀드리겠습니다만, 부디 성내지 말아 주셔야죠. 네…… 그, 저……아무쪼록 좋도록 들어주셔야겠기엡쇼."

"좋다, 좋아. 그래 무엇이냐?"

"흙 한 섬을 나르면 쌀 한 되, 돈 백 문을 주신다고 하셨기에, 실상은 우리들 몇 천 명이나 되는 가난뱅이들은 기꺼이 고용되어 왔습니다만, 어랍쇼, 약속이 다르지 않습니까……하는 점이, 미천한 놈의 근성이랄까요, 이 몸을 비롯하여 여기 있는 모두들이 다 불만입죠, 네."

"이봐, 이봐. 적어도 하시바 지쿠젠노가미님의 이름으로써 높이 내건 약조인데 어김이 있을 리 없잖으냐. 너희들은 흙 한 섬 나를 때마다 불도장 찍힌 대나무곶(꼬챙이)을 받고 그것으로 저녁에 지불장에 가서 약속대로 타가것다."

"그야, 나으리. 받기야 합죠만, 하루 10짐이나 20짐 날라도 지불장에서 내주시는 것은 현미 한 되에 돈 백 문 뿐입니다요. 나머지는 모두 후불의 군찰과 미권 아닙니까요."

"그렇지."

"그게 도무지 딱하단 말씀입죠. ……네, 번 것은 번만큼 쌀이든 돈이든 좋으니 현물로 받아야지, 우리네 날품팔이 가난뱅이들은 마누라와 자식새끼 먹여 살릴 수가 없거든입죠."

"쌀 한 되에 돈 백 문 있으면, 너희들 살림에서는 평소의 수입보다도 훨씬 좋을 텐데 그러느냐."

"그런 농담의 말씀 마시라굽쇼. 소나 말도 아닐 테굽쇼. 날마다 달마다 이렇게 일만 하다간 몸이 끝장나겝쇼……그런 줄을 알면서도, 하시바님의 분부에 따라 평소의 몇 곱이나 밤낮 없이 일하고 있으니, 이 뒤엔 술도 마시고 싶고 맛있는 것도 먹고 싶고, 빚도 갚자, 여편네에게 여름옷 한 벌이라도 사 주자고 이렇게 욕심이 곁들여 있으니까, 웬만한 무리도 무릅쓰고 일 할 수가 있는 것입죠. 그런데, 보통 때의 시세와 별로 다른 게 없는 푼돈으로 돌려 보내지곤 해야 하니, 기운도 끈기도 이어질 리가 없읍죠, 네."

"그것 참 알아듣지 못하는 놈이구나. 우리 하시바군은, 너희들 영민에게 인정을 베풀려 하고 연민으로 대하긴 할지언정, 일찍이 혹정을 편 일은 없다. 도대체, 너희가 투덜거리는 불만은 어디에 있는 거냐."

"헤헤헤……."

다섯 명의 토공들은 모두 조소했다. 넉살 좋고 뻔뻔스러운 낯짝을 나란히 하며 이번에는 이구동성으로 말했다.

"나으리. 군소린 안 할 테니, 일한 만큼만 줍쇼. 군찰이니 미권이니 하는 종이 조각을 받은들, 배는 부르지 않읍죠. 두엇보다도, 이번 싸움에 하시바님이 져버리는 날엔 그 종이 조각을 가지고 도대체 어디 사는 누가 돈과 바꿔 주느냐 말입니다요."

"염려 말거라, 그런 것이라면."

"어영 얼씨구, 잠깐만 기다리시라구요. 싸움엔 틀림없이 이기니까 염려 말라시는 것입죠. ……원, 천만에굽쇼. 대장군님이나 나으리분들께선 목숨을 건 도박이겠읍죠만, 그런 도박에 반 못 들다니, 우린 제발 맙소사로 사절합니다요……여보게들, 모두 그렇잖나, 응?"

둑 위에서 손을 흔들며 수천 인부에게 동의를 구하자 느닷없이 으와, 하는 소리가 그에 응하여, 시야에 가득한 사람의 머리와 손이 파도처럼 들끓기 시작하여 대표자들을 응원했다.

"해라! 해! 잘해랏!"

"그것뿐이냐, 불평은."

간베의 말에 다섯 사내는 대답했다.

"예이. 우선 첫째는 그 문제부터 처리를 해 즈십사굽쇼."

다수를 믿고 두려움도 없이 주장하는 그들이었다.

"안 된다!"

간베는 비로소 제 목소리를 쥐어 짜냈다. 대나무 지팡이를 내던지자마자

진도(陣刀)를 빼어 한 놈을 두 동강으로 베고, 달아나는 놈은 뒤쫓아서 또 하나를 베었다.

동시에, 뒤에 있던 요시다 로쿠로다유도 센바라 구에몬도 칼을 빼자마자 단칼에 다른 세 놈을 시뻘건 핏속에 처치해 놓고 있었다.

구로다 간베, 센바라 구에몬, 요시다 로쿠로다유, 이렇게 세 사나이가 제 몫을 맡아 순식간에 다섯 명을 베어 버린 셈이었다. 그 엄청난 빠름과 뜻밖의 사태에 놀라서 수천 인부들은 무덤속의 풀잎처럼 고요해졌다. 그때까지의 능청스러워 보이던 낯짝의 표정도, 불평의 소리도, 반항적인 눈초리도 일순간에 씻은 듯이 사라지고, 오로지 흙빛깔의 무수히 많은 얼굴이 기죽은 듯이 떼를 지어 있을 뿐이었다.

다섯 주검을 땅 위에 놓은 채, 간베와 구에몬과 로쿠로다유는, 아직도 핏방울이 뚝뚝 떨어지는 시뻘건 칼을 손에 들고, 그들 무수한 머리 위를 무시무시한 눈초리로 바라보고 있었다.

"……다시 일동에게 말하겠다."

이윽고 간베는 힘껏 큰 목소리로 그들에게 고했다.

"너희들의 대표자 다섯 명은, 지금 여기 불러다 놓고 그 말귀를 들어 주었다. 그 결과, 이와 같이 똑똑한 대답을 해준 것이다. 그러나, 아직도 그밖에 하고 싶은 말도 있을 줄 믿는다. 여기 나와서 하고 싶은 말을 마음속에 품고 있는 축도 있을 게다. 다음은 누구냐. 나야말로 일동을 대표해서 무엇인가를 말하겠다는 이는 지금 곧 나오너라."

"……."

"나오라, 안 나오겠나."

"……."

"이젠 더 할 말이 없는 거냐, 있으면 누구든지 여기 나와서 말하라."

"……."

간베는 또 잠깐 입을 다물고 그들이 반성할 틈을 주고 있었다. 무수히 많은 얼굴 속에는 분명히 공포의 표정을 후회의 표정으로 바꾸어가는 자들이 있었다.

이에, 간베는 비로소 피 묻은 칼을 씻고 칼집에 꽂아 넣더니 그 위용을 바로 잡으며, 또한 얼굴 표정을 부드럽게 하며 인부 일동을 타일렀다.

"다섯 명 뒤를 이어서 아무도 나오지 않는 것을 보니, 아마도 너희들의 본심은 이 다섯 명과는 다르다고 생각된다. 그렇게 해석하고 이제는 이쪽의 할 말을 들려주려는데…… 어떠냐, 이의는 없나."

수천 명의 얼굴들은, 모두 비로소 살아났다는 듯이 목소리를 가지런히 하여 답했다.

──털끝만큼도 딴 생각은 없습니다. 본디 우리는 아무것도 알지 못합니다. 또한 불평 불만을 입에 올린 일도 없습니다. 그저, 거기 올라가서 처분을 받은 우두머리 급의 그 패들에게 사즈 받고 태만했을 뿐입니다. ── 우리는 어떻게든지 명령에 복종할 테니 부디 용서해 주십시오.

수천 명이 입을 모아 말하자, 와자지껄 큰 소리와 작은 소리가 파도칠 뿐, 어느 얼굴이 무슨 소리를 하는지 알 수는 없으나, 아무튼 그들 전체의 심정만은 알아들을 수가 있었다.

"좋아, 좋아. ……조용히들 해라."

간베는 손을 흔들어 제지하며 말했다.

"그럴 테지. 의당 그러리라고 나도 믿고 있다. 어려운 말은 하지 않겠지만 요컨대 너희들은 어서 빨리 좋은 정치 아래서 안민낙토(安民樂土)라는 환경을 얻고 처자식과 더불어 즐겁게 살아갈 수만 있다면, 그렇게 살아가고 싶은 것이렷다. 그런데, 눈앞의 조그만 안일이나 사사로운 욕심에 사로잡혀 있대서야, 너희들 자신이 너희가 바라는 날이 다가오는 것을 방해하는 거나 다름없는 결과가 되는 거다. 또한 이것만은 굳게 믿도록 하여라. 우리 우대신님이 파견하신 하시바 군은 누가 뭐라 해도 절대로 모리에게 패하지 않는다는 것을 말이다. 모리가 아무리 큰나라라 한들, 이미 조락의 운명에 있는 나라다. 이것은 모리가 약한 것이 아니라, 시대(時代)의 대세라는 것이다. 또, 우리 오다 군은, 조정을 섬기고 금문(대궐)의 성의를 잘 받들어, 지금의 여러 나라를 가장 잘 통일하고 다스리라고 두터운 신뢰를 받는 무문이기 때문이기도 한 것이다. 어떠냐, 잘들 알아듣겠느냐."

"알았습니다."

"그럼, 일할 테냐."

"일합죠. 어떻게든지 일합죠."

"좋다……."

힘차게 고개를 끄덕이자 간베는 히테요시 쪽을 돌아보고는 여러 사람을 대신해서 사죄의 말을 진정했다.

"인부 일동이 저렇게 말하고 있사오니, 부디 이번 한 번만은 너그러이 처분하시와."

히데요시는 의자에서 일어나 이쪽으로 다가왔다. 무릎을 꿇은 간베와 감독관들에게 무엇인가를 명한다. 그러자 홀연히 그곳에 금전 출납 담당의 무사에게 인솔된 졸병들이 묵직해 뵈는 돈가마니를 메고 왔다. 한 짐이나 두 짐이 아니다. 몇 십이나 되는 가마니의 산더미, 아니, 돈더미가 순식간에 쌓였다.

아직도 어안이 벙벙해서 공포와 회한에 싸여 있는 인부들을 향해서 간베는 거듭 말문을 열었다.

"깊이 문책하지 말도록 해라. 너희들은 본디 가엾은 무리들이다. 동료 중의 몇몇 나쁜 놈이 사주하는데 넘어가서 마음에도 없이 불평을 늘어놓은 데 지나지 않는 자들이니라. ——지쿠젠노가미님은 이렇게 말씀하시며, 딴 마음먹지 않고 일하는 이상은 술값도 충분히 주어서 격려해 주라시는 분부시다. 감사히 예를 드리고 술값을 받아 곧 일에 착수하여라."

졸병에 명하여 거기 있는 가마니를 모조리 뜯으니, 돈더미가 사태난 듯이 쏟아져 나와서 둑 위에 흩어졌다.

"손에 쥘 만큼 얼마든지 쥐어 가지고 가거라. 그러나 한 사람이 한 줌씩만이다."

이렇게 선언했으나 그래도 긴가민가하고 의심하여 누구하나 나오려 하질 않는다. 눈과 눈을 맞바라보며, 저희 동료끼리 소곤소곤 할 뿐, 여전히 돈더미는 놓여진 채였다.

"먼저 갖는 놈이 임자럿다. 없어진 뒤에 불평 말라. 한 사람에게 한 줌씩 주시는 것이나, 손이 큰 놈은 크게 태어난 것을 복으로 여길 것이오. 손이 작은 놈은 침착히 해서 흘리지 않도록 잘 받아가도록 하여라. 허둥지둥해서 손해 보지 말거라. 그리고, 어서 빨리 일에 매달려라."

이제 인부들은 의심하지 않았다. 그의 웃음짓는 얼굴과 농담 속에 진실을 알아차렸기 때문이다.

앞에 있었던 인부들의 한 떼가 돈 더미를 향해 뛰어나갔다. 너무나 많은 돈에 그만 질린 듯이 잠깐 멈칫거렸으나, 한 놈이 앞장서서 한 줌 집고 물러가자, 동시에 으와 하는 개가와도 같은 환성이 터져 나왔다.

홀연, 돈인지 사람인지 흙덩이인지 알아볼 수 없는 혼잡이 일어났다. 그러나 누구 하나도 속여 먹으려는 놈은 없었다. 평소의 교활한 심리도 불평도 이때만은 어디엔가 던져 버리고 인간 자신이 되어 있었다. 한 줌의 술값을 쥐고는 마치 새로 태어난 사람같이 되어 저마다 냅다 제 일자리를 향해 달음질쳐간 것이었다.

힘찬 괭이질과 가래질의 땅울림이 작업장 전역에서 일어났다.
"어여차!"
흙을 메는 데도, 새끼망(새끼 그물의 네 귀어 끈을 달아서 어깨에 맬 수 있게 한 것)에 막대를 꿰는 데도, 흙섬을 어깨에 젊어지는 데도, 기운이 돌고 정신이 고조된다.
그들에게도 내고 보니 그런 정신이 있었던 것이다. 여기서 흘리게 되는 땀은 각자의 마음을 더더욱 유쾌하게 해준다. 그티하여 그들 자체의 내부에서 서로를 격려했다.
"까짓것, 28정 쯤의 둑쌓기를 앞으로 나달 동안에 못한대서야 말이 되나. 여보게들 큰 홍수가 났을 때 생각을 해서 해보자구."
"그렇지. 물난리를 막는 셈치고 하면 이까짓 것쯤 문제도 아니지."
"해보자, 있는 힘껏."
"하구말구. 지쳐 쓰러질 수야 없지."
그날 반나절만으로도, 공사는 그 전의 닷새 몫을 능가하리 만큼 눈부시게 진척되기 시작했다.
동료끼리 이젠 쓸데없는 소리를 지껄이는 놈도 없었다. 간혹 손톱이 벗겨져 쩔쩔매고 있는 수가 있으면 그들 스스로 이렇게 격려하며 상호의 자치를 유지해 가고 있었다.
"울상 짓지 말아라. 사내새끼답지도 않구나."
감독관의 채찍도 간베의 지팡이도 이제는 쓰잘곳 없는 존재에 지나지 않았다.
모닥불은 밤을 태우고, 흙먼지는 낮을 어둡게 했다. 28정 20간의 거대한 둑 쌓기 공사도, 이제는 조금만 남았을 뿐이었다.
그와는 달리, 이곳 물의 축항(築港)도 이제 완성이 되어가고 있는 한편, 다카마쓰 성 부근의 일곱 군데 하천에서는 이에 못지않는 난공사가 진행되고 있었다.

그것은 하천의 수로를 바꾸어 그 모든 물을 새로 쌓는 대제방 안으로 끌어 넣기 위한 방계의 공사였다. 이 방면에도 무사와 졸병과 인부를 합하면 자그마치 2만 명에 가까운 인원이 동원되고 있었다.

그 중에서도 특히 지극히 어려운 사업으로 보여지는 것은 아시모리 강을 막는 공사와 나루야 강(鳴谷川)을 끌어들이는 공사였다.

"어찌하오리까. 이즈음, 산악 지방의 큰 비로 나날이 수위가 늘어만 갑니다. 이것을 막으려 해도 시공의 방도가 서지 않는 줄로 아뢰오."

아시모리 강 담당의 부교(奉行)는 히데요시에게 자주 어려움을 호소해 왔다.

히데요시는 이 문제를 간베에게 자문했지만, 간베로서도 명안은 없었다. 왜냐하면 그 전날에 가신인 요시다 로쿠로다유와 같이 그곳을 시찰하여 지극히 어려운 일인 것을 알고 있었기 때문이다.

"도대체 그 물살의 세기는 얼추 2, 30명이 간신히 움직일 수 있는 큰 돌덩이를 무수히 떨어뜨려도 홀연히 떠내려가고 말 정도의 격류인 줄로 아뢰오."

간베조차 그렇게 탄식할 뿐이었으나 히데요시는, "아무튼 현장을 보고" 하며 아시모리로 급행했다. 그러나, 실지로 냇가에 서서 그 어마어마한 물살을 보고는 새삼 자신의 작은 지혜에 압도감을 느낄 따름이었던 것이다.

로쿠로다유가 와서 말했다.

"상류의 삼림을 벌목해서 잎이 우거진 채의 큰 나무를 쉼 없이 속속 떠내려 보내면 혹시 막힐지도 모르겠습니다."

그의 헌책을 기용하여 약 반 나절 동안 수천 인부를 삼림에 넣어, 숱한 재목을 잎이 달린 채 물살에 던져 보았으나 그 가지와 가지가 맞물려 물의 흐름을 멈추는 데 도움이 되는 듯 보인 것도 한갓 일순간일 뿐, 아무런 보람도 없음을 알게 되었다.

"그렇다면 좀 엄청난 듯하오나 이렇게 해보면 어떠실까요?"

로쿠로다유가 두 번째로 세운 안은 수천 명의 졸병과 인부들로 하여금 큰 배 서른 척을 하류로부터 끌어 올려, 이에 큰 바위를 싣고 가서 적당한 지점에 가라앉히자는 계획이었다.

"좋겠다."

어마어마한 광경은 그날 중으로 벌어졌다. 그러나 이것도 물살을 거슬러 상류로 그 큰 배를 끌어올리기란 도저히 불가능한 일이었다. 그래서 끝내는, 땅 위에 널빤지를 깔고 그 위에 기름을 부은 다음, 어영차 어영차 하고 땅 위로 끌어다가 예정대로 아시모리 강의 예정 지점에 가라앉힐 수가 있었다.

이 방책은 성공했다.

때마침 이미 십 리에 걸치는 큰 둑도 쌓여 있었으므로 여기서 막힌 격류는 물보라의 방향을 바꿔 다카마쓰 성을 둘러싼 넓은 논밭과 민가가 있는 평지를 향해 도도하고 빠르게 흘러 갔다.

같은 무렵, 다른 일곱 강의 물도 일제히 그리로 쏟아부어졌다. 다만 나루야(鳴谷) 강만이 물줄기를 끌어들이는 그 난공사 때문에 때를 맞추지 못했을 뿐이었다.

5월 7일에 기공하여 실로 14일만의 일이었다. 고작 반 달도 안 되는 단시일 내에 완성을 본 것이다.

설마하는 생각이었음이 분명했다. 기쓰가와(吉川)와 고바야카와(小早川) 등 모리 쪽의 원군 4만 대군이 바로 눈앞의 국경 산지에 도착한 것은, 이미 다카마쓰 성의 주위가 일면 가득히 흙탕물의 호수가 된 다음날인 5월 21일의 일이었던 것이다.

그 21일 아침, 히데요시는 이시이 산의 본진에 서서 여러 장수들과 같이 하룻밤 새에 변모한 흙탕물의 호수를 바라보고 있었다.

"오오, 엄청나군."

장관이랄까, 참담하달까. 밤새 내린 비로 더 뿌옇게 흐려서 가득 찬 물은, 다카마쓰 성 하나를 그 호수 한복판에 홀로 남겼을 뿐, 그 돌담도, 활엽수도 감아올리게 되어 있는 다리도 주택가의 지붕도, 마을도, 논도, 밭도, 길도, 모두 물바다 밑에 가라앉고, 그리고도 계속 시시각각으로 수위를 높여 가고 있는 것이었다.

"아시모리는 어느 쪽인가?"

히데요시의 물음에 간베는 아득히 서쪽 끝에 뿌연 연기처럼, 안개 낀 듯 보이는 소나무숲 한 곳을 가리키며 대답했다.

"보십시오. 저 부근이 둑이 150간 쯤 끊어져 있습니다. 아시모리 강의 본류를 막힌 물은 저곳으로 쏟아져 들어옵니다."

"그러면, 저 북쪽에 있는 야트막한 산이 도라노스케 기요마사(虎之助淸正)의 진지이군."

"그렇습니다."

"적의 좌익 나가라(長良) 산과는 가장 가깝다. 도라 녀석도 기운이 넘쳐서 팔이 들먹들먹 할 테지."

히데요시는 눈을 그대로 먼 산과 산의 선을 따라 서쪽에서 남쪽으로 옮기고 있었다.

국경의 정 남쪽 하늘에 히자시 산(日差山)이 보인다.

오늘 아침, 날이 밝자마자 이 산에는 고바야카와 다카가게(小早川隆景)의 정기(旌旗)가 무수히 눈에 띄었다. 아마도 밤새 도착하여 진영을 친 것 같았다. 이곳 병력만도 2만 명 미만은 아닐 것으로 추측되었다.

조금 떨어진 덴진 산(天神山)에도 선봉의 한 부대가 나가 있는 모양이다. 그 히자시와 덴진의 산 사이를 산요 가도(山陽街道)가 달리고 있는 것이다.

또 모리 데루모토의 본군은 후쿠 산의 산허리에 선봉을 놓고, 거기서 서쪽에 걸쳐서 사루가케 성(猿掛城)께를 중심으로 후위를 하고 있었다. 그 병력은 약 1만여 명이었다.

더구나 기쓰가와 모토하루(吉川元春)의 1만 기가 있다. 이것은 이와사키 산과 데라 산 및 나가라 산 등에 산재하여 전군의 우익을 이루고, 가장 민첩하게 대처할 수 있는 여유를 가지고 방비하고 있었다.

"다카가게도 모토하루도 모두 저곳에 와서 오늘 아침 이 흙탕물의 호수를 보고 어떤 느낌을 가졌을지 비록 적일망정 궁금하옵니다. 아마도 틀림없이 발을 동동 구르며 통분하고 있을 테지요."

간베가 이렇게 말하며 히데요시의 얼굴을 보았을 때 히데요시는 뒤를 돌아보고 있었다.

나루야 강의 공사장으로부터 그곳의 물 공사 담당 감독 책임자였던 사람의 아들과 부하가 사절로 여기 나타나서 엎드려 울고 있었다.

"어찌된 일이냐?"

히데요시가 묻자 그 하나가 말했다.

"오늘 새벽, 나루야 강의 현장에서 감독관님께서는 뵈올 면목이 없다고 이렇게 사과의 유서 한통을 써 놓고는 훌륭하게 배를 베고는 가셨습니다."

그 곳의 물 끄는 공사는 260 간의 산을 베어 헤친다는 난공사였기 때문에 나머지 50여 간을 남긴 채, 끝내 오늘 새벽까지 때맞추질 못한 것이었다. 공사를 독려하는 임무를 띠었던 수리 감독관은 그 책임감에 못 이겨 자해해 버리고 만 것이었다.

히데요시는 그 아들이라는 자의 모습을 지켜보고 있었다. 손발은 물론, 머리카락도 얼굴도 흙물로 더러워져 있었다. 그를 부드러이 곁으로 불러 놓고는 그 땀 냄새 나는 등을 가볍게 두드려 주면서 말했다.

"너는 배를 가르지 말거라. 아버지의 보리(菩提)는 싸움터에서 조례하여라. 알겠느냐?"

감독관의 아들은 목을 놓고 통곡하기 시작했다.

또 비가 내린다. 낮게 드리운 두꺼운 구름에서도 벌써 흰 빗줄기 흙탕물 호수에 내리치고 있었다.

5월 스무이튿날 밤. 즉, 모리의 원군이 국경까지 다다른 다음 날 밤의 일이다.

가랑비가 내리는 어둠의 흙탕물 호수를 마치 괴어(怪魚)처럼 용케 헤엄쳐 와서 둑에 기어 올라온 두 사내가 있었다.

방울과 쇠붙이 소리가 요란스럽게 울린다. 물가와 둑 위에는 거의 가시나무처럼 가느다란 대나무랑 나무를 묶어 걸어 놓고 거기에 종횡으로 새끼를 쳐 놓았기 때문이다.

그리고 긴 둑 십 리 사이에는 50 간마다에 감시 오두막을 지어 놓고 시뻘건 장작불을 피워 놓고 있었다.

소리를 듣고 단박에 감시병이 달려가서 격투를 벌인 끝에, 한 놈은 잡히고 한 놈은 끝내 달아나 버렸다.

"성 안의 병졸인지 모리의 사신인지 어떻든 조사해 봐야 할 놈이올시다."

감시소의 우두머리는 잡혀 온 사내를 이시이 산의 본진으로 보냈다.

히데요시는 진영의 등불을 끌어당겨 놓고 서면을 쓰고 있었다. 전령인 사가키 야에몬(佐柿彌右衛門)은 여장을 갖추고 다래에 대령하고 있었다. 히데요시의 서면이 다 되면 당장 그것을 가지고 속달로 줄달음질치도록 영을 받은 모양이다.

"어떻게 하실까요."

야마노우치 가즈도요가 마루 끝에서 히데요시에게 묻는다. 잡혀 온 적을 그 차양 밑에 끌어다 놓고 있는 것이다.

히데요시는 음, 음 하고 끄덕이면서 끝내 서장을 끝까지 써 버리고 말았다. 그리고는 봉함까지 한 다음에야 마루 끝으로 나왔다.

"어디, 어디 좀 보자. 어떤 놈이냐."

사가키와 야마우치가 좌우로 촛불을 가져왔다. 히데요시는 비가 떨어지는 차양 밑에 두 팔이 묶인 채, 그러나 꿋꿋이 버티고 있는 적병을 바라보더니 가즈도요에게 물었다.

"이건 성 안의 병사는 아니구면. 모리의 진중에서 다카마쓰 성에 사절로 보내어졌던 게로구나. 아무 것도 가지고 있진 않나."

가즈도요는 기본 조사 때 사내의 품속에서 발견했다는 한 조각의 서장을 히데요시 앞에 내놓았다. 그 흙탕물의 호수 속을 헤엄쳤는데도 물에 젖지 않도록 그것을 조그만 단지에 꽁꽁 넣어서 굳게 마개를 닫고 그러고도 세심한 주의를 기울여 기름종이로 정성껏 싸서 맨살에 붙이고 있었다는 것도 덧붙였다.

"……흐음, 이것은 성주인 무네하루가 다카가와 모토하루에게 보내는 답
	장 같구나. 등불을 더 가까이 하여라."

히데요시는 펼쳐서 묵독하고 있었다.

그 답장의 문면으로 미루어 살펴보건대, 모리의 원군이 저 시야 가득히 보이는 흙탕물 호수에 당면하여 얼마나 실망·낙담하고 있었는가를 잘 엿볼 수 있었다.

모처럼 예까지 대군을 거느리고 급히 구원하러 달려왔는데, 사방이 가득 물로 둘러싸인 다카마쓰 성에는 어떻게 구원의 손을 뻗칠 방책이 없다. 별 수 없다. 일시 하시바군에 항복하여 성 중의 수천 생명을 구조하고 그런 뒤에 시기를 보아서 본국으로 돌아오라.

짐작컨대, 아마 이런 뜻의 밀서를 다카가게와 모토하루의 이름으로 성안에 보낸 모양이었다. 그에 대해서 지금 히데요시가 입수한 무네하루의 답은 이렇게 대답하고 있는 것이다.

'우리들 성 안에 있는 목숨을 가엾이 여기시와 참으로 인자하신 어명이긴 하오나, 이 성은 바야흐로 전 주고쿠의 주축이온즉, 다카마쓰가 낙성(落城)은 바로 모리 가의 실패를 의미함이 아닐 수 없사옵니다. 모처럼의 분부시나, 모리 모토나리(毛利元就) 공 이래로 깊으신 은혜를 입고 돌봐주심을 받아온 우리는 적에게 개가를 팔아서 하루라도 더 살아남을 생각은 필부의 말단에 이르기까지 해본 일이 없사옵니다. 모두들 이 성과 더불어 죽을 각오를 하여 농성을 굳히고 있을 뿐이올시다. 아무쪼록 우리 염려는

마시고, 그곳 여러분께서도 부디 이 흥망의 고비에서 천추의 한을 남기시는 일 없으시도록 만전의 준비를 갖춰 주시기 기원해 마지않습니다.’

고성 속에서 무네하루는 이러한 편지로 도리어 원군을 격려하고 있는 것이다.

잡혀 온 모리의 신하는 히데요시의 심문에 대하여 뜻밖에도 솔직히 대답했다. 이미 무네하루의 답장이 적에게 읽혀진 이상 완강하게 숨겨본들 무익하다고 깨달은 모양이었다.

“달아나 버린 또 하나의 사자는 누구냐?”

이 질문에 대해서도 그는 명백히 대답했다.

“기쓰가와 가의 가신인 우다타 고시로오(轉小四郞)올시다.”

“너는.”

히데요시가 물었다.

“같은 문중의 사자 야마즈미 로쿠조(山澄六藏)올시다.”

이렇게 진술하면서도 조금도 죄지은 듯한 표정이 없었다.

히데요시 또한 그리 집요하게 꼬치꼬치 캐묻지 않았다. 선비를 욕보이지 않는다는 식으로 나올 정도였다. 대국적으로 코아서 쓸데없는 짓은 쓸데없는 것으로 돌려 버리고, 차라리 그의 마음은 딴 곳으로 작용하고 있었던 것이다.

“가즈도요.”

“예.”

“그만해 두지. 이젠 됐어. 이 무사는 오랏줄을 풀어 주고 진 밖으로 놓아 주게.”

“네, 놓아주다니요?”

“저 흙탕물을 헤엄쳐 건너오느라고 추워 보인다. 죽이라도 먹이고, 도중에 또 잡히지 않도록 지호인(持寶院) 밑에까지 호송해 주어라.”

“알아 모시겠습니다.”

야마우치 가즈도요는 마루에서 내려와서 그의 오랏줄을 풀어 준다. 당연히 죽음을 각오하고 있었음이 틀림없는 야마즈미 로쿠조는 도리어 갑자기 맥이 풀렸다. 가즈도요에게 재촉을 받고 히데요시 쪽에 대해 목례한 다음 부랴부랴 일어서려 하자 히데요시는 또 그를 불러 놓고는 다시 말했다.

“네 주인 기쓰가와 모토하루 어른께서는 요즘도 안녕하신가? 이번엔 또 우마노야마(馬之山) 이래로 거듭 대진케 됐다. 지쿠젠이 안부 전하더라고 전하여라."

로쿠조는 고쳐 앉아 있었다. 히데요시의 은혜를 느끼며 진심으로 고개를 숙이었다.

"전해 올리겠습니다."

"그리고 또 모리 어른의 유막에는 참모일을 맡아 에케이(惠瓊)라는 군승이 출입하고 있을 게다. 안고쿠사의 에케이라는 분이지."

"예, 계십니다."

"오랫동안 못 만났지. 그 스님에게도 만나는 길이 있으면 안부 전해 주게."

문 밖의 사람이 빗속으로 사라지자, 히데요시는 곧 사가키 야에몬을 방 안에서 돌아보고는 말했다.

"지금의 서장은 지녔느냐."

"틀림없이 맡아 가졌습니다."

"중대한 기밀도 적혀 있고, 아울러 우대신님께도 직접 보여 드려야 할 것이다. 도중에 어떤 변이 없도록 조심하렷다."

"실수는 없습니다."

"지금 잡혀왔던 기쓰가와의 가신도 아마 자네 못지않는 각오를 가지고 밀사로 떠났을 테지. 그런데도 잡혀 이렇게 시미즈 무네하루와 기쓰가와 모토하루의 뜻은 손아귀에 쥐듯이 지쿠젠에게 다 읽혀져 버린 것이다. 부디부디 조심에 조심을 거듭해서 가도록 하여라."

"네잇……."

"그럼 수고스럽지만 어서 떠나게."

"작별을 드려야겠습니다."

"아니, 그럴 것 없다."

사가끼 야에몬도 이윽고 물러갔다.

히데요시는 홀로 촛불과 마주하고 있었다. 오늘 밤, 야에몬에게 맡겨서 아즈치로 급송한 서간은 급거 노부나가 자신의 내원을 이 고장에 앙청하기 위한 것이었다.

외딴 성 다카마쓰의 운명은 이제 그물 속의 고기와도 같다. 그것을 구원하고자 모리 데루모토, 고바야가와 다카가게, 기쓰가와 모토하루의 총장부터 전군이 대거 이곳으로 회동하고 있다.

때는 이때다. 주고쿠의 패업은 이제 이 일거로 완성되리라.

히데요시는 이 장관(將觀)을 노부나가에게도 보이고 싶다고 원했다. 또한 이 중대한 승패의 분기를 결정적으로 확보하기 위해서도 노부나가의 출마를 앙청함이 만전이라고 믿은 것이다.

향연

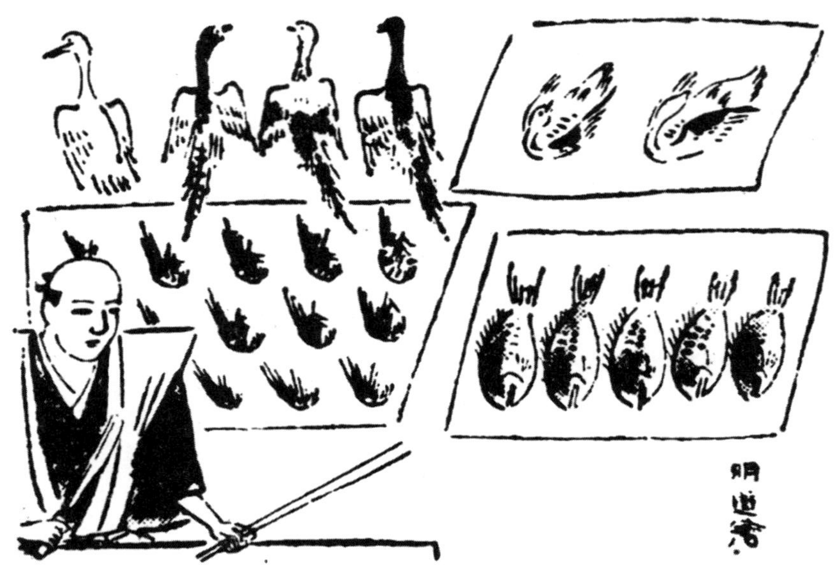

――눈길을 돌려, 아즈치부의 오늘의 모습을 바라볼진대.

이곳 성시(城市)의 경관과 주고쿠(中國)의 전진(戰陣)은 서로 일맥의 연계도 없는 별천지가 아닌가 의심되리만큼 크나큰 차이가 있었다.

향기 높은 신선한 문화.

그에 어울리게 화려하고 호방한 왕래자들의 모습.

찬란한 대 천수각(성 중에서 가장 높이 쌓은 망루겸 본영)의 금빛으로 반짝이는 벽색을 수놓은 신록의 파릇파릇한 새잎들.

이곳에서는 주고쿠에서 보인 그 진흙탕과의 투쟁도 사람의 땀도 머나먼 것으로 밖에는 생각되지 않는다.

5월 열닷새부터 열엿새, 열이래, 열여드레, 열아흐레, 무렵이라면 그때야말로 다카마쓰 성을 고립시키고자 그 대축제를 전제로 한 수공(水攻)의 계책이 실행에 옮겨져서 히데요시 이하 구로다 간베를 비롯한 그 밖의 장병들이 불철주야로 그 공사를 독려하고 있던 무렵이다.

그 무렵을 이 아즈치에서는 마치 봉(盆 : 음력 7월 15일에 조상의 영혼을 제사지내는 불교행사)과 정월을 한꺼번에 맞이한 듯한 흥청거림으로 전시가 화려하게 치장을 하고 있었다.

이유는 이 아즈치 성에 노부나가가 공경하고 존중하여 받드는 손님 한 분을 맞이하기 위해서였다.

그토록 귀하신 손님이란 대체 누구일까?

물론 쟁쟁한 인사이긴 하지만, 오늘밤 노부나가로부터 이처럼 예우를 받는 이로서 새삼스럽게 그를 상념에 떠올릴 때는 세상도 많이 변혁되었지만, 사람들도 진보했고 시대의 선구도 모두 이제야 겨우 어른이 되었구나 하는 느낌을 금할 수가 없다.

즉, 5월 15일, 이 부에 이르러 아즈치 성에 든 대빈이란 도쿠가와 이에야스, 올해 마흔한 살이 되는 인물이었다.

표면적으로 내세운 명분은 열세 해만에 경향 구경을 하는 데 있었지만 노부나가가 고슈로부터의 개선길을 도카이도로 잡아 적지않이 그의 호의와 환대를 받고 돌아온 뒤 고작 한 달도 지나기 전의 일이었으니, 그 답례의 뜻도 포함되어 있었다. 그리고 이에야스로서는 그 효과를 더욱 크게 하고자 또한 겨우 혁신 통업의 제2 단계에 들어선 차제에 장래의 대책에 대해서 게을리 할 수 없다고 하여 그로서는 참으로 보기 드물게 대대적인 행장과 대오를 거느리고 공식 방문한 것이다.

숙소는 성 아래의 다이호인(大寶院), 접대의 봉행 역할에는 고레토 휴가노카미 미쓰히데(惟任日何守光秀)가 맡았다.

노부나가의 아들 노부다타도 주고쿠로 가세하러 가려고 준비 중이었으나, 노부나가는, "만사 젖혀 놓고 진객을 위해서도……" 하며 그마저 독려하여 그 접대를 위해 조력게 하였고 교토나 사카이의 상인들에게는 온갖 맛 좋은 음식의 정수를 모아들이도록 명했다. 그리하여 15일부터 17일까지 3일 동안에 걸친 큰 잔치를 예정한 것이었다.

그에 대해서는, 항간에 쑥덕공론도 다소 없는 것은 아니었다.

——대체 노부나가 공쯤 되는 분이 어찌하여 8살이나 손아래의, 더구나 그 나라꼴이래야 가난하고 약소한 상태로부터 근년에야 겨우 위세를 보이기 시작한 도쿠가와님 따위를 이렇게까지 환대하시는 것일까. 어떤 약점이라도 있단 말인가.

어떤 이는 또 말했다.

——당연한 일을 이상하게 보지 마슈. 오다 가와 도쿠가와 가의 동맹은 애초에 20년래의 정의(情誼)가 아니요. 속은 수와 권모 투성이의 난세에서

20년간이나 서로 시기하지 않고 의심하지 않고 약속을 어기지 않고 다투지 않고 신의로 사귀어 온 것만으로도 이렇게 기쁜 일이 또 어디 있겠소. 무슨 이치 이유가 필요하냐 말이다. 그것만으로도 노부나가 공으로서는 진심으로 서로 기쁨을 나눌 가치가 있는 일이오.

——아니, 아닐세, 그렇기도 하지만 고슈에서 개선하실 때의 답례의 뜻일 테지.

——무슨 그런 소릴. 그런 조그만 뜻이 아닐걸세. 노부나가 공은 장차 주고쿠로부터 규슈로 규슈로부터 해외에까지 웅비하시려는 뜻이 있으시네. 그러기 위해서는 간토 이북을 도쿠가와님 손에 위탁하여 후고의 염려 없이 서쪽으로든 남쪽으로든 진출할 수 있는 자세를 우선 갖추어야 하지. 그런 상담 등도 차츰 진행되고 있을 걸세.

이렇듯, 서민들의 억측에도 때로는 무시할 수 없는 함축이 있는 것이다.

이에야스가 찾아온 것도 노부나가로서 볼 때 그야말로 나들이 가서 맞은 손님격이 아닐 수 없었다.

이보다 전에, 그는 히데요시와의 협의도 있고 하여 근간 직접 주고쿠로 출진할 생각이었다. 주고쿠 또한 고슈처럼 한 달음에 석권하여 단숨에 통합의 결실을 보아 버리자고 하며, 아들 노부다타도 데리고 갈 예정으로 아즈치에 불러 놓고 바야흐로 출진 준비에 바쁜 한창때였던 것이다.

——그럼에도 불구하고, 일단 아즈치의 대빈으로 이에야스를 기다리게 되자 그러한 대사도 몽땅 포기해 버리고 진심으로 손님을 맞이했고, 문중의 모든 신하들도 하나같이 그 접대에 동원하여, 거의 군령이나 다름없는 의기로 영을 내린 것이었다.

"최선을 다하렷다. 손님께서 털끝만큼도 불쾌감을 느끼시는 일이 있어서는 안 되느니라."

숙사의 꾸밈새나 조도에 있어서의 최선최미와 아침저녁의 향그러운 술과 진귀한 음식 등등은 물론이려니와, 노부나가가 이에야스에게 해 주고 싶었던 것은, 역시 시정인들의 이웃 교제나 시골 사람들의 노변 향응과도 다름없는 물질적인 것보다는 심리적인 것이었음을 새삼 말할 것도 없다.

노부나가에게 이러한 뜻이 있기에 20여 년에 걸친 동맹이 이 난세에서도 완벽하게 이어져 왔다고 할 수 있으리라. 또한 이에야스 측에서 말하면 의지할 동맹군으로서는 몹시도 다루기 어려운 상대자지만, 때때로의 응석이나 자기중심적인 제멋대로의 행패도 한 껍질 벗긴 뒤의 노부나가의 밑바닥에는, 이해관계에 철두철미한 것만은 아닌, 진실이라고 일컬을 수 있는 그 무엇——그것이 있다는 것을 알고 있기에, 드물게는 초(酢) 3말을 들이마시리만큼 씁쓰레하게 입맛을 다시는 일이 있거도, 그래도 끝까지 이 사람을 세우고 이 사람을 쫓아가리라는 심정을 계속 지속했을 것이다.

이 두 사람의 동맹 20여 년간 중, 어느 쪽이 이득을 보았고 어느 쪽이 손해를 보았는가를 지극히 제삼자적인 견지에서 바라볼진대 그것은 쌍방 모두의 이득이었다고 할 수 있다.

만약에 뜻을 세운 청년시절에 일찌감치 노부나가가 이에야스를 맹우(盟友)로 삼고 있지 않았던들 오늘날 엄존하는 아즈치의 부를 보기란 어림도 없는 일이고, 또한 만약에 이에야스가 노부나가의 원조를 얻지 못했던들 그 출신부터 영양 불량아와 같았던 그 약소국 미카와가 그 후로 사방 이웃의 압박을 능히 견디어 낼 수 있었을까. 예컨대 나가시노의 싸움을 생각해 보더라도 그렇다. 맹호 앞의 한 조각 먹이밖에 되지 않았을 것이 아닌가 생각되는 것이다.

마음을 터놓고 사귀는 벗과 이해, 이 두 결합을 떠나 한 걸음 더 나아가서 두 사람의 성격을 개개로 바라보면 그들이 그 으의를 서로 끝까지 나눈 밑바닥에 흥미진진한 두 사람의 인간미를 엿볼 수 있는 것이다.

한 마디로 그것을 말한다면, 노부나가에게는 만사에 조심스러운 이에야스 따위로서는 도저히 공상할 수조차 없는 경륜의 웅지(雄志)가 있고 장대하기 그지없는 계획이 있었다. 이상에 수반되는 실행력이 있었다.

이 사실을 반대로 노부나가 측에서 이에야스를 관찰컨대, 그는 노부나가 자신이 갖지 못한 특징을 다분히 가지고 있다는 것을 인정했음이 분명하다. 끈질기게 온갖 고난을 견디어내고, 만심에 빠져 교만해지는 법이 없고, 자랑삼는 일이 없다. 또한 오다 가의 노장들과의 사이에도 섣불리 마찰을 일으키지 않는다. 분수를 알고, 야망을 나타내지 않고, 실속 있게 마음속에 담아, 동맹국으로 하여금 위구심을 느끼게 하여 부질없이 마음 쓰게 하는 일이 없다.

그리고 같은 적대국에 대해서는 항시 묵직한 존재로 비추므로, 무언의 방루는 항상 오다의 후방을 확고하게 도와주고 보호해 주고 있는 것이다.

이를테면 이상적인 우국이요, 개인으로서는 믿음직한 지기였다. 20여 년간에 걸쳐 있었던 온갖 신고(辛苦)와 위기를 돌아볼 때, 노부나가는 이에야스를 가리켜 '나의 조강지처' 라고도 생각했음이 틀림없다. 아즈치 제일의 수훈자라고도 마음속으로는 대하고 있었을 것이다.

바로 그 사람에 보답하는 오늘의 향연이며 예우인 것이다.

그로서는 그러고도 모자란다는 생각이 들으면 들었지 지나치다고는 생각지 않을 것이 분명하다.

그러나 주인 측의 지나친 긴장이 때에 따라서는 도리어 손님을 아슬아슬하게 하는 경우는 세상 일반의 향연에도 흔히 있는 일이다.

그날, 손님인 이에야스는 아즈치 산상의 소켄사(總見寺)의 무악전(舞樂殿)에서 사루가쿠노오(猿樂能)를 구경했다. 관람석 정면에는 고노에 전하도 계셨고 주인역인 노부나가를 비롯하여 그 밖에도 아나야마 바이세쓰(穴山梅雪), 조운(長雲), 유칸(有閑), 세키안(夕庵), 조안(長安) 등등의 노인급 노신과 시동들, 그리고 도쿠가와가의 가신들도 나란히 배관하고 있었다.

우메와카다유(梅若太夫)라는 예기가 다이숏칸(大織冠), 덴카(田歌)의 두 가지를 춤추었다.

매우 잘 추어 주객 모두가 갈채를 아끼지 않고 칭찬해 마지않았다.

이리하여 우메와카다유에게 거듭 명이 내렸다.

"고노(御能)를 보여 드려라."

그런데 어찌된 일인지 노(能)는 실패했다. 노래의 가사를 잊고 두세 번이나 막히곤 했다.

적잖게 흥이 꺾였으나 그 뒤를 이어서 곧 고와카 하치로구로다유(幸若八郎九郎太夫)가 와다의 멋진 춤을 보기 좋게 추기 시작했다.

주빈인 이에야스를 비롯한 일동 모두 흥겨워하여 우메와카다유의 사소한 실수쯤은 아무도 마음에 점찍지 않았다.

특히 이에야스는 주인의 이 대접에 진심으로 기쁨을 표시함에 소홀하지 않았다.

"모두 구경 잘했네. 특히 고와카의 춤은 한차례 더 보고 싶을 정도이네."

자기 가신을 분장실로 보내어, 이같은 찬사를 전하게 하고 우메와카와 고와카 두 사람에게 돈 백 냥과 가다비라(帷子) 쉰 벌을 축의로서 보내 준 것이다.

그러나 분장실에서는 동시에 그 선물에 기뻐할 겨를이 없는 소동이 벌어지고 있었다. 그것은 우메와카의 실수에 대한 노부나가로부터의 꾸지람이었다.

"귀중한 존객 앞에서 조심성 없이 그런 춤을 구경시켜 드렸음은 보기 흉한 실패일뿐더러 게이샤(藝者 : 藝妓)로서 평소의 마음가짐이 온당치 못함에 기인 하니라. 예도의 단련이나 무가의 병법에 다름이 있어서는 아니 되느니라. 본보기로 우메와카다유의 목을 치렷다. 그리하여 예도나 무가의 거울로 삼으라."

꾸지람이 가신 스가야 구에몬과 하세가와 다케 두 사람을 통해서 엄숙히 시달되어 분장실의 모든 이들은 낯빛을 달리하여 바들바들 떨며 사과를 드리고 있는 참이었던 것이다.

이에야스의 알선으로 뒤에 간신히 노부나가도 노여움을 풀고, 용서했지만 그 때문에, 한때는 어떻게 되나 하고 모두들 조마조마해서 오늘의 잔치마저 원망스럽게 여겨질 정도였던 것이다.

하지만 남이 충격을 받은 그만큼을 노부나가 자신으로서는 그 불쾌감을 언제까지나 품고 있는 것도 아니었다.

그 증거로는 우메와카의 과오를 용서한 뒤에는, "상 주기가 아까와서 꾸짖은 것은 아니로다" 하며 모리 란마루를 분장실에 보내서 고와카와 마찬가지로 우메와카에게도 돈 열 냥을 축의로 주었던 것이다.

또 한편 이러한 환대의 지나친 듯한 경향도 오로지 노부나가의 손님에 대한 성의가 넘친 결과에 불과했다고 보여졌다.

그 예로는, 다음날 고운사(高雲寺)의 전각에서 베풀어진 잔치에서는 우대신인 노부나가 자신이 이에야스 앞에 술상을 차린 한 가지 일을 보더라도 알 수 있는 일인 것이다.

그러나 이에야스는 이렇게까지 자신을 위해 주는 노부나가가 이하 접대역인 니와 나가히데(丹羽長秀), 호리 규타로(堀久太郎), 스가야 구에몬 등의 진심에 그지없는 감사를 품으면서도 간혹 무엇인지 모르는 부족감을 문득 느끼고는, 무심코 그것을 좌담 중에 노부나가에게 물어보고야 말았다.

"접대역으로서 처음부터 저에게 붙여 주셨던 휴가미(日向守光秀)님은 어찌 되셨소이까? 오늘도 보이지 않고, 어제 어전에서 춤을 구경할 때도 눈에 띄지 않고, 그저께도 그 모습을 볼 수 없었던 것같이 생각되옵는데……?"

이에야스의 물음에 노부나가는 말했다.

"아아, 미쓰히데(光秀)에 관해서 물으시는군요. 그 사람은 사정이 있어서 15일 밤에 사까모토로 귀성했소이다. ……참, 참, 갑자기 떠나게 되어 유숙하신 곳에 인사드리러 갈 틈도 없이 아즈치를 물러난 것으로 보여지외다."

지극히 태연한 시치미였다. 그렇게 대답하는 노부나가의 눈에도 얼굴에도 특수한 감정이라고 할 만한 것은 아무것도 나타나 있지 않았다.

사실, 이에야스는 약간 걱정도 하고 있었던 것이 사실이다. 항간엔 소문도 가지가지로 떠돌고 있고, 남의 생각을 자기 나름대로 추측해 생각지도 못할 억측들이 난무하고 있었기 때문이다. 하지만 지금 이렇게 노부나가의 깔끔한 대답이나 거리낌없는 모습을 보고는, 항간의 쑥덕공론은 모두 쓸데없는 근심 걱정에 불과하다고 부정되었다. 또한 그래야 마땅한 일이라고도 그의 상식으로 생각되는 것이었다.

그런데 그날 밤, 이에야스는 자신의 숙소 다이호원에 돌아가서, 사카이 사이에몬노조(酒井左衞門尉)나 이시카와 호키(石川伯耆) 등 일족의 장로(長老)들이 아뢰는 말을 들었다. 문중 사람들이 들어 알게 된 이야기를 여러모로 수집 종합한 보고였다. 그에 의하면 고레토 휴가노카미 미쓰히데의 귀국에 관해서는 그리 가볍게 흘려들어 버릴 수 없는 복잡한 사정이 있는 것같이 다시금 고쳐 생각하게 된 것이다.

우선 그들이 중설을 종합한 진상이란 것은 대충 다음과 같은 사항이 미쓰히데의 급거 귀국에 얽힌 원인이 되었음이 명확했던 것이다.

——이에야스가 도착한 15일 날의 일이었다. 노부나가는 아무 예고 없이 향응 담당 책임자의 주방을 임검했다. 이 무렵, 아즈치는 장마철로 접어들어 별스레 무더위가 한창이었던 탓인지 마른 음식들이나 생선의 냄새가 심히 코를 찔렀다. 뿐만 아니라 사카이 항구나 도경으로부터 대량으로 집하한 식량이 풀어 헤쳐지기도 했고 쌓인 채이기도 하여 몹시 난잡하게 흩어져 있었다. 그 속알맹이가 어떤 맛 좋은 음식이건 파리들은 용서 없이 떼지어 들끓었다. 노부나가의 얼굴에도 어깨에도 파리들은 마구 얼씬거렸다.

"퀴이! 구리다 구려."

갑자기 문 안으로 모습을 나타냈을 때부터 그의 중얼거림은 신색이 언짢음을 말해주고 있었다. 이어서 뚜벅뚜벅 서슴없이 조리실의 큰 방에 들어가서 또 한 마디를 누구에게인지도 모르게 내뱉었다.

"뭐야, 이 먼지가! 이 너절한 꼬락서니가! 이런 지저분하고 퀴퀴한 곳에서 빈객의 잔칫상을 어떻게 장만할 수 있겠느냐. 하물며 이 더위에, 썩어 버린 것을 어찌 손님에게 권할 수 있단 말이냐. 갖다 버려라, 갖다 버려! 이런 썩어버린 생선 따윈……."

갑작스레 들이닥쳤고 게다가 전혀 뜻밖의 분이 무섭게 소리치는 꾸지람 앞에 잔칫상 담당의 하급 벼슬아치들이 소스라치며 당황하는 꼴은 차마 보기 민망할 정도였다.

재료의 수집이니 갖가지 도구와 식기의 배합 등에 머리를 써서 이 근래 며칠 동안은 거의 잠잘 틈도 없이 문중이나 담당부서의 부하들을 독려하여 오늘도 이렇게 성심껏 노력해 온 미쓰히데는 노부나가의 목소리를 듣고 처음에는 귀를 의심할 지경이었다.

그러나 가신으로부터, "행차시오" 하는 소리를 듣고는 깜짝 놀라 군전으로 나가서 고개를 조아려 설명했다. 여기 가득한 이상스러운 냄새도 결코 생선이 오래되었기 때문은 아니라고.

"핑계는 그만 둬."

노부나가는 한 마디로 억눌러 버리고는, 귀도 기울여 주지 않고 돌아가 버린 것이다.

"몽땅 갖다 버리렷다. 오늘 밤의 대접은 딴 것으로 하렷다."

그 뒤 미쓰히데가 아직도 멍하니 마치 혼이라도 빠진 듯 맥없이 앉아 있는데, 사자가 와서 한 통의 서장을 건네어 준다.

그대는 주고쿠 전선에 선진(先陣)으로 출동하도록 영이 계셨소. 즉각 떠나시도록.

맛나고 진귀한 음식을 산더미처럼 모아 놓고 오늘 밤 대빈의 성축에 바치도록 이미 거의 장만되어 있었던 진수성찬의 가지가지로부터 목구어대(木具魚臺)에 이르기까지가 그날 밤, 아케치 가의 가신들 손에 의해 뒷문으로 운반되어 마치 쓰레기나 개, 고양이의 주검이라도 내다 버리듯이 풍덩풍덩 아즈치 성 둘레의 해자에 던져 버려졌다.

말없이, 모두들 비참한 눈물이 눈에 가득히 괸 채, 그저 시꺼먼 해자 수면에 솟구쳐 오르는 감정을 쏟아 넣고들 있었다.

마음속의 어둠

밤이 되자, 이곳 저택 안의 낡고 큰 못에선 개구리 소리가 시끄러웠다. 침울하게 홀로 촛불 앞에서 고개 숙이고 깊은 근심에 쌓여 있는 이에게 '무슨 생각에 잠겨 있는 거냐'고 개구리 소리는 묻는 듯, 놀려대는 듯, 또한 동정하며 더불어 한탄하듯, 혹은 그 불평을 비웃듯이 듣기에 따라서는 어떻게든지 들리고 있었다.

"아무도 들지 말도록."

이렇게 명하기라도 한 것일까. 이 넓은 사랑방에 촛불 하나 미쓰히데 하나, 그 밖엔 시동 한 명의 그림자도 보이지 않았다.

살그머니 곁을 지나는 것은 어둑한 미풍뿐이었다. 아직 첫 여름이라 습기는 있었으나 밤바람은 시원스러웠다.

"……."

이날 밤, 평소보다도 더 한층 이 사람의 낯빛은 훤하지 못했다. 몹시 창백하다.

촛불이 흔들릴 때마다 귀밑머리마저 빳빳해지는 듯 움직인다. 그것이 참담하게 곤두선 것으로 보이리만큼, 우수의 그늘이 그 모습에 너무나 짙다.

"──아아."

탄식은 그의 버릇이었다. 무슨 일이든 흉중을 속 시원히 남에게 털어 놓는다거나, 근심거리를 쾌활하게 무산시켜 버릴 수가 없는 그는 그것을 혼자서 아아, 라는 한 마디로 그나마 자위로 삼고 있었다.

그러나 같은 탄식이라 할지라도 아아, 하고 가슴 속으로부터 울울한 심정을 하늘을 향해 뱉어 버리는 이가 있고, 내 몸 스스로에게 아아 하고 한탄하며 인생살이의 우울함을 더더욱 제 한 몸에 모아 들이는 이가 있는 법이다. 미쓰히데의 그것은 뒤의 경우에 빠지기 쉬운 것이었다.

"……."

문득 그는 노부나가가 이름 지은 그 '나팔꽃머리'를 무거운 듯이 쳐들었다. 앞마당의 어둠을 똑바로 바라본다. 수림 사이에 멀리 보이는 숱한 불빛──그것을 응시하고 있었다.

생각건대 아즈치의 성중은 바야흐로 향연 첫날 밤의 환어담소(歡語談笑)로 화려한 꽃을 피우고 있을 테지. 주빈인 도쿠가와님을 비롯한 하마마쓰(濱松)의 가신과 아즈치 사람들의 면면이 기라성처럼 모여 있는 광경도 상상된다.

향응 담당의 접대역으로 자신 외에 두세 명이 임명되어 있었으니, 오늘 밤의 잔치에 별 지장은 없겠지. 요리나 잔칫상에 다소간의 변동은 있을지언정.

"그냥 명령하신 대로 아즈치를 떠날 것인가. 또는 다시 한번 성 안으로 찾아뵙고 인사 말씀을 여쭙고 떠남이 옳을까."

미쓰히데는 아까부터 그런 사소한 일에 방황하고 있었다. 사무에 잘못이 없게 하는 데도 궁리하고 궁리하리만큼, 그의 명석한 두뇌는 오늘 밤에 좀 피로해 있었다.

대수롭지도 않은 자질구레한 일이 중대 문제로 생각되고 그 판단을 뒤쫓으면 뒤쫓을수록 어느 쪽을 택해야 좋을지 알 수가 없게 되었다. 그것은 그의 성격으로써 노부나가의 본심을 규명하려고 초조해 하는 데 기인하는 것이었다.

아아, 하고 저도 모르게 새어 나오는 탄식 속에는 그러한 곤란에 봉착하고 있는 괴로움이 다분히 있었다. 군신이라는 절대적인 것을 젖혀 놓고 그로 하여금 정직하게 말하게 한다면 그는 이렇게 노부나가를 평했을 것이 분명하다.

'저렇게 성질을 알 수 없는 사람이 세상에 또 있을까. 대체 어떻게 하면 저이의 마음에 들 것인가. 참으로 어려운 분, 비길 데 없이 까다로운 분이다.'

아니 더욱 심각하게 노부나가의 심리를 도려내고 심술궂은 비꼼으로 날카로운 해부를 가해서 평할는지도 모른다. 인간의 심리를 통찰하고 인생을 비판하는 면에서 보통 사람 이상의 눈과 비판력을 갖추고 있는 미쓰히데인 것이다. 억지로 그 눈을 가리고 그의 사고를 스스로 어둡게 할 수는 없잖은가. 단 한 가지, 그분이 주군이라는 것으로만 그는 자기의 비판을 삼가고 두려워할 수가 있었던 것이다.

"쓰마키, 쓰마키."

미쓰히데는 이렇게 부르며 별안간 좌우의 장지문을 바라보았다.

"덴고도 좋다. 덴고는 없느냐."

그러나, 한참 만에 장지문을 열고 꿇어앉아서 손을 짚은 것은 후지다 덴고(藤田傳五)도 아니요, 쓰마키 가즈에(妻木主計)도 아니었다. 측신의 하나인 시호덴 마사다카(四方田政孝)였다.

"두 사람이 모두 못쓰게 된 잔칫상의 뒤치다꺼리와 퇴거를 위한 벼락 준비 때문에 바빠서 거의 자리에 붙어 있을 틈도 없습니다. 무슨 일이 있으시거든 마사다카에게 하명해 주십시오."

"그러냐……그럼, 그래도 좋다. 성 안까지 따라오너라."

"성 안에요, 성 안에 들르십니까?"

"역시 퇴거하기 전에 한 번 노부나가 공에게 인사 여쭙고 감이 온당할 거다. 채비를 차려라."

그 결의가 아직 무너지기 전에 굳이 자신을 몰아가려는 듯, 미쓰히데는 곧 몸차림을 위해 일어섰다.

마사다카는 당황한 표정으로 말했다.

"저녁 때, 혹시 그 때문에 등성하시지나 않을까 해서 여쭈어 보았으나 갑자기 받은 어명이니 등성할 수도 없노라 하셨고, 우대신 댁이나 도쿠가와 님에게도 인사드릴 것 없이 퇴거하신다는 말씀이셨기에 실은 수행인들에게도 그 뜻을 전하고, 하인들도 모두 뒤치다꺼리에 매달려 있사옵니다. 잠시 잠깐 동안만 기다려 주시기 바라옵니다."

"아니, 아냐. 수행인은 많이도 필요 없어. 그대 하나면 족하다. 말을 끌어라."

미쓰히데는 현관으로 나갔다. 거기까지 지나오는 사이의 방에도 신하들의 모습은 없었다. 그저 허둥지둥 두서너 명의 시동들만이 따라왔을 뿐.

그러나 한 걸음 밖으로 나오니 그곳의 나무 그늘과 마구간 그늘 등에 삼삼오오 떼를 지어 무엇인가 이마를 맞대고 있는 문중의 신하들의 모습이 거무틱틱하게 보였다. 말할 것도 없이 오늘 갑자기 접대역을 면직당하고 당일로 주고쿠 출정을 하명 받은데 대하여 미쓰히데 이상으로 아케치의 온 가문은 술렁거리고 있었다.

"경우에 닿지 않은 일이다."

"너무나 혹독하신 처사다."

"고의적으로 우리의 주인을 욕되게 하시는 것이라고밖에 생각되지 않는다."

저마다 원망의 소리를 합치고, 비분의 눈물을 눈마다 가득 괴어 가며, 고후(甲府—甲州)에서의 일 이래로 노부나가가에 대하여 갑자기 더해 온 불만과 반감에 기름을 부은 격이 되어, 바야흐로 그것은 위험한 발화 작용을 띠게 될지도 모르는 지경에 이르러 있는 듯했다.

이미 고후에 출정 중, 시모 스와하(下諏訪)의 진영에서, 주인 미쓰히데가 여러사람 앞에서 참을 수 없는 모욕을 당했다는 것은 숨길 수도 없이 문중에 널리 퍼져 있었다.

어찌하여 우대신께서는 근년에 이르러 사사건건 이토록 주인 미쓰히데를 학대하시는 것일까 하고, 그들은 마치 어버이를 보듯이 미쓰히데의 고뇌를 보며, 평소에 하루인들 가슴 아파하지 않는 날이 없을 정도였다.

"요즘 건강이 좋지 않으신 것도, 말 수가 없으신 것도 모두 그 때문……."

오늘의 충동은 지금까지의 어느 경우보다도 가장 크다. 왜냐하면 도쿠가와 공이라는 자랑스러운 대빈을 맞이하여, 하마마쓰의 가중에도, 그리고 도경의 귀인들에게도, 오다 가의 노장들에게도 빠짐없이 알려지는 일이었기 때문이다. 이 자리에서 치욕을 당한다는 것은, 그대로 천하에 수치를 드러내 놓은 것이나 다름없다. 그 수치를 생각할 때 그들은 무가에 몸 두고 그대로 살아가는 것조차 어려워하는 것이었다.

"말을……."

부랴부랴 시호텐 마사다카가 마필을 끌어내려고 가는 모습을 보고도, 그들은 아직 눈치채지 못하고 있었다. 그만큼 문중의 모든 신하들이 아무 일도 손에 잡히지 않는 심정으로 그저 여기저기 서성거리며 쑥덕거리고들 있었던 것이다.

미쓰히데가 막 문을 나서려 하자, 그때 마침 믄전에서 말에서 내리던 사람 하나가 있었다. 노부나가의 사자인 아오야마 요조(靑山與三)였다.

"여어 휴가(日向)님, 퇴거하시는 거요?"

"아니, 아니. 다시 한 번 등성하여 우대신님게도 그리고 도쿠가와님게도 인사를 드리고 떠날까 싶어서."

"그럴 염려도 하실 듯싶어서, 애껏 저에게 말씀을 전하며 심부름을 가라고 명하셨소이다. 화급한 이 판국에 굳이 등성하실 필요는 없소이다."

"뭣이, 거듭 사신을 보내셨다고요."

부리나케 또 저택 안으로 되돌아 왔다. 자리를 바로하고 삼가 상의(上意 : 윗사람의 뜻)를 들었다.

노부나가의 뜻이라면서 아오야마 요조는 이렇게 고한다.

"오늘, 접대역을 면하고 퇴거령을 내리시는 취지는 앞서 하달한 바와 같거

니와, 주고쿠로 향발함에 선진(先陣)으로서 그대가 가야할 방향에 관하여
다음과 같이 거듭 분부가 계셨소이다."

"……옛."

"아케치 일족은 전쟁터에 나와 있는 군대를 서둘러 며칠 내로 다지마(但
馬)를 거쳐 이나마(因幡)로 들어가도록 하여라. 적인 모리 데루모토의 분
국인 하쿠슈(伯州)나 운슈(雲州)에도 주저치 말고 난입할지어다. 방심 말
고, 지체치 말지니라. 어서 바삐 단바(丹波) 귀국하여, 포진을 갖추어 다
카마쓰 성을 포위 중인 하시바 히데요시에 대해서 산인도(山陰道)로부터
측면 견제의 의도를 살려야 할 것이다. 노부나가 자신도 이윽고 얼마 뒤엔
후위로서 서향할 것이다. 늦지 말고, 군략의 좋은 기회를 만일에라도 놓치
는 일 없도록 할지어다……이상과 같은 분부였소이다."

미쓰히데는 엎드려 숙인 채 대답했다.

"분부대로 거행하겠나이다."

그것이 자신 생각에도 작은 목소리로 비굴한 듯 느껴졌던지, 미쓰히데는
가슴을 들고 요조의 얼굴을 똑바로 쳐다보며 목소리를 높여 말했다.

"부디 군전에 말씀 잘 올려 주시기를."

아오야마 요조는 그 눈초리를 곧 비켜 버렸다. 미쓰히데의 섬세한 신경은,
그토록 자신의 얼굴에 차마 볼 수 없는 그늘이 있는 것일까 하고 반사적으로
상심을 품었으나 "그러면 부디 건승하시기를" 하고, 요조는 일어나서 곧 돌
아갔다.

그를 배웅하고자 현관으로 나갔다. 그리고는 곧 현관에서 되돌아왔다. 그
동안의 미쓰히데로서는 인기척 드문 저택 안을 불어 지나가는 밤바람에 뜬
듯, 어쩐지 발뒤꿈치가 다다미 위에 붙어 있질 않는 듯하였다.

"……불과 수년 전까지는, 작별을 고하고 물러나오는 밤에까지도 떠남에
즈음해선 다시 한 번 얼굴 보이고 떠나라. 차라도 나누자. 아침에 떠난다
면, 아침 일찍이라도 성중에 오너라고, 짓궂으리만큼 말씀을 거듭거듭 하
시던 노부나가 공이……어찌하여 이렇게도 미쓰히데가 싫어지신 것일까.
아오야마 요조를 파견하신 것도, 미쓰히데의 낯짝도 보기 싫어서, 이쪽으
로부터의 등장을 피하시려는 속뜻에서 나온 것이나 아닐지."

생각을 말자, 마음먹지도 말자. 그렇게 애쓰면 애쓸수록 이 어찌된 불평이
뇨. 마음은 면면히 소리 없는 독백을 썩은 물의 거품처럼 투덜거리며 그칠

줄을 모르는 것이다.

"누가 보랴, 이 꽃도 이제는 볼 수 없는 꽃."

그는 도코노마(일본식 집의 객실에 방바닥을 한층 높이고, 정면의 벽에는 그림이나 족자를 걸고, 바닥에는 꽃꽂이 등을 놓게 한 곳)의 커다란 단지를 손에 쥐었다. 보기 좋게 꽂아 놓았던 꽃도, 그의 팔에 늘어졌고, 단지의 주둥이에서 쏟아져 나오는 물은 마루까지 뚝뚝 소리를 내고 떨어지며 운반되어 갔다.

"빨리 가겠다, 이곳을 떠나겠다는 거다! 준비는 다 되었느냐!"

그곳에서 집안의 신하들에게 큰소리로 외쳐대면서 미쓰히데는 그 단지를 두 손으로 비스듬히 어깨 위에까지 쳐들었다. 그리고는 마당 앞의 평평한 횟돌을 향해 힘껏 내리 던졌다.

도토(陶土)의 파편, 물의 비말, 그것이 통쾌한 폭음을 내며 미쓰히데의 얼굴에서 가슴으로 튀어 왔다.

미쓰히데는 밤하늘을 향해 젖은 얼굴을 쳐들어 자조적으로, 혼자서 웃고 있었다.

밤은 깊다.

축축이 안개가 끼어서 몹시도 무더운 밤이었다.

문중은 하나 남김없이 여장을 다 갖추었다. 직짝은 말의 등에, 활 따위는 시종들의 손이나 어깨에, 그리고 선발대부터 말단 수행원에 이르기까지 모두 문 밖에 나가서 이미 대오를 갖추고 있었다.

비를 머금은 구름이 낮게 깔린 하늘을 바라보며 말이 자꾸 운다. 수행하는 시종의 우두머리는 뛰어 다니며, "우비는 마련했느냐" 하며 배려하고 있었고 다시 문안을 기웃하고는, 누구에게인지 외쳐대고 있었다.

"오늘 밤은 별빛도 없다. 게다가 비라도 쏟아지면 길은 엉망일 테지. 관솔은 좀 여유 있게 가지고 가는 게 좋겠다."

직책상 그의 목소리만이 조금 긴장감을 띠었을 뿐, 납덩이같이 묵직한 것이 문중 전체를 뒤덮고 있었다. 개개인으로 볼 때, 무사들의 얼굴은 이날 밤의 하늘만큼이나 암담하기만 했다. 험한 기색을 품은 눈초리, 눈물이 괸 눈초리, 비통한 빛을 숨긴 눈초리, 고민이 찬 말 없는 눈초리.

어느 누구의 눈도 결코 평정한 것이 아니었다.

그런 가운데, 미쓰히데의 목소리가 들려 왔다. 대현관 앞의 말 매어 두는 자리를 떠난 한 덩이의 검은 기마의 그림자가 이쪽으로 흘러온다.

"까짓 사카모토(坂本)까진 눈에 보이는 가까운 거리다. 한 차례 비가 오더라도, 채찍질 한 달음이면 닿고 말지. 염려 말라, 염려마."

생각과는 달리 제법 명랑한 주인의 목소리를 듣고, 수행의 면면들은 도리어 뜻밖이라는 느낌이 들었다.

이날 저녁 때, 좀 미열이 있느니 해서 전의가 약을 지어 올렸다는 말을 듣고 있었던 측신들은, 만약 한밤중에 비라도 맞으시면 어쩌나 하고 염려해서 한 말에 대하여 미쓰히데는 주위 사람들에게, 또한 문 안팎에서 서성거리는 가신들에게도 일부러 들리도록 크게 말한 것이었다.

미쓰히데의 모습을 보자 수행원들은 관솔불에 관솔 끝을 한데 모아, 불 하나를 무수히 많은 불로 늘렸다. 그리고는 속속 불길을 끌며 선두로부터 걷기 시작했다.

오 리쯤이나 나아가자, 과연 흰 빗줄기가 어둠을 가르고 내렸다. 마구 뻘건 매연을 내뿜는 관솔의 불길에도, '……픽, 픽, 픽' 하고 한 방울, 또 한 방울 비가 소리를 내며 튕겼다.

"아즈치 성에선 아직 사람들이 잠도 자지 않고 밤을 새나 보다."

미쓰히데는 비를 보지 않는다. 말을 멈추고 호숫가의 뒤를 돌아보니 그곳에는 먹물처럼 시꺼먼 우주에도 여전히 의연한 대천수각이 보이고 있었다. 비 오는 밤에는 더 빛난다는 옥상의 황금 샤찌(鯱 : 일본식 건축에서 용마루 양쪽 끝에 다는 머리는 호랑이, 몸은 물고기의 장식. 물론, 상상의 동물이다)는 이 어두운 밤에 무엇을 노려보고 있을까 하는 생각이 들었다. 그리고, 사전 누각의 숱한 불빛은 호수에 비추어져 오싹 추위가 느껴지리만큼 떨고 있었다.

"주군님, 쏟아지기 시작했습니다. 감기 드시면 안 되옵니다."

주인이 탄 말 곁으로 말을 다가대며, 측신의 하나인 후지다 덴고로는 미쓰히데의 등에 우비를 입혀 주었다.

농병아리 집

아직 봄 장마비의 하늘이 개지 않은 때문인지 오늘 아침도 비와호(琵琶湖)는 뿌옇게 흐렸다. 내리는 둥 마는 둥 하는 안개비와 잔물결로 사방이 그저 하얗기만 했다.

그러나 길은 예상 밖으로 질퍽질퍽한 진창이었다. 말의 눈썹마저 비에 젖어 빗방울이 떨어지고 있었다.

전군의 장병들은 묵묵히 밤새 내리는 비를 맞으며 진창길을 걸어 쓸쓸히 이제 사카모토(坂本)까지 이르렀다. 오른쪽은 호수인 미즈노하마(三津濱), 왼쪽은 히에이산(叡山)의 엔랴쿠사(延曆寺)로 올라가는 언덕길이다.

사람들이 걸치고 있는 도롱이는, 내리 몰아치는 바람과 되울려 치는 바람으로 모두 고슴도치처럼 곤두서 있었다.

"오오! 저기까지 사마노스케(左馬之介)님이 마중 나와 계시옵니다."

시호덴 마사다카는 주인인 휴가노카미 미쓰히데에게 속삭였다. 호반의 성곽 사카모토 성이 이미 일행의 정면 앞에 보이고 있을 때였다.

미쓰히데는 벌써부터 알아차리고 있었던 듯 가볍게 끄덕인다.

——아즈치로부터 이곳 사카모토까지 뒤돌아보면 아직도 아즈치 성은 뒤

에 보일 것같이 가까운 거리이건만, 그는 천 리 길이나 걸어온 것같이 피로에 지친 표정을 보이고 있었다. 그리고 사촌인 아케치 사마노스케 미쓰하루 (明智左馬之介光春)가 살고 있는 이 성곽 앞에 서자, 마치 호랑이 굴에서 빠져나온 듯한 안도감을 품는 것이었다.

"아이구, 드디어 도착했구먼……."

그러나 시종하는 면면들은 미쓰히데의 그와 같은 가슴 속보다는, 미쓰히데가 때때로 기침을 하는 모습을 보고는 그 이상의 근심을 기울이며 이구동성으로 말했다.

"감기 드신 몸으로 이 빗속을 밤새 걸어오셨으니 피로도 각별하시리다. 성 안에 드시거든 한시 바삐 몸을 따뜻이 하시고 주무셔야 가한 줄로 아뢰오."

"그러지, 그럼세."

참으로 그는 솔직하고 유순한 주인이었다. 신하들의 충언을 듣고, 또한 일동의 근심 걱정을 더불어 잘 나누어 준다. 그러한 주종의 정에는 마치 꿀과 같은 것이 있다.

말고삐를 잡은 것은 후지다 덴고였다. 정문의 솔밭 앞에 이르자, 고삐를 멈추고 시중을 들며 안장 곁에 선다. 미쓰히데가 내리자, 말을 부하에게 맡기고 자신은 주인을 따라 성문으로 건너는 다리를 향해 걸어간다.

그곳에 미쓰하루의 가신들이 줄지어 서 있었다. 노신 하나가 우산을 펴서 공손히 내밀었다. 시호 마사다카가 그것을 받아 주인의 머리 위에 받치었다. 후지다 덴고는 미쓰히데의 도롱이를 받아 든다.

미쓰히데는 다리 위를 걸어갔다. 성곽을 둘러싼 해자의 못물은 호수로 이어져 있었고 난간 밑으로 내려다보니 물은 파랗고, 교각 밑을 돌아다니며 흰 물개가 마치 꽃을 뿌린 듯이 노닐고 있었다. 이 근방의 물가에 많이 있는 농병아리였다.

"새벽부터 기다리고 있었습니다."

성문으로 마중 나와 있었던 사촌 사마노스케 미쓰하루는, 그곳에 죽 늘어서 있는 여러 무사들을 뒤로 하고 서너 걸음 앞에 나오더니, 먼저 예를 갖춘 다음 거기서 선도하여 대현관으로 들어갔다.

문중의 노신을 비롯하여 여러 무사들이 차례로 속속 안으로 자취를 감추었다. 미쓰히데를 따라 온 측신의 중요 인사들도, 거기서 진창흙 묻은 손발

을 씻고, 비에 젖은 도롱이를 쌓아 놓고, 십 몇 명은 중앙의 전각으로 인도
돼 갔다.

그 밖의 수많은 신하들은 아직 못 밖어 멈춘 채 말을 씻어 주고, 짐을 정
리하며, 이제부터의 숙영(宿營)과 배비(配備)를 위해 몹시 혼잡을 이루고
있는 것 같았다. 말의 울음소리와 사람이 왁자지껄 거리는 소리가 멀리 들려
오고 있었다.

그때, 미쓰히데는 이미 한 방에서 옷을 갈아입고 있었다. 사촌의 주택은
마치 내 집처럼 편한 느낌이 들었다.

어느 방에서든 호수가 보이고 솔밭이 보인다. 에이산도 바라보인다. 이 중
앙의 전각은 절호의 경승지에 자리하고 있는 것이다.

하지만, 누가 지금의 이 자연을 사랑할 것인가. 에이산(叡山)은 지난 겐
키(元龜) 2년에 노부나가의 한 가닥 명령으로 불태워 버려진 뒤, 지금껏 산
상의 칠당 가람도 중당도 산왕 21사도, 모두 그때의 회진을 쌓은 채, 언제
복구될지 전망도 서지 않는다고 한다.

따라서, 기슭의 마을 집조차 바로 요 근년에 와서야 하나하나 세워지기 시
작할 정도였다. 모리 란마루의 부친 모리 산자에몬이 비장하게 전사한 우사
산(宇佐山)의 성적(城跡)도 이 부근이었고, 아사이 아사쿠라(淺井朝倉) 등
의 대군과 오다 군세가 맞붙어서 시체로 더미를 이룬 히에이 네거리의 싸움
터도 멀지 않다.

지난날의 그러한 유적에 생각을 돌려 보면, 산수의 아름다움은 도리어 마
음에 귀곡(鬼曲)을 들려준다. 지금 미쓰히데는 여기 앉아 봄장마의 빗방울
속에서, 차디차게 감상의 추억을 마음에 두고 있었다. 그리고 사촌인 미쓰하
루는 그의 눈이 닿지 않는 먼 조그만 방에서 화덕의 불이 잘 타나 들여다보
고, 솥에서 보글보글 끓는 소리를 들으며 한결같이 다도의 마음가짐에 잠기
려 애쓰고 있었다. 솥구이 요지로(與次郎)가 만든 이름 있는 솥이었다.

한 성 안에 서로 다른 두 마음이 살았다. 미쓰히데와 미쓰하루는, 아직 미
쓰하루가 야헤이지라는 이름으로 불리던 어린시절부터 거의 한 집에서 자라
났고, 그로부터의 오랜 곤궁도 싸움터에서의 간고도, 가정 속에서의 즐거움
도 똑같이 해온 사촌 간이었다. 그러니, 자라서 자칫 사이가 벌어져 소원해
지기 쉬운 형제들보다도 훨씬 더 골육적인 정과 사랑을 서로 지닌 사이였으
나 타고난 성격만은 하나로 비틀어 맞출 수가 없었다. 오늘 아침만 해도 이

렇게 두 사람은 한 지붕 아래 살게 되자 곧 그 마음 그대로 서로 다른 모습으로서 잠시 떨어져 있는 것이었다.

"어디. ······이제는 옷도 갈아 입으셨을 테지."

이윽고 미쓰하루는 혼잣말로 중얼거리며 솥 앞에서 일어섰다. 바깥의 툇마루를 건너고 다리를 이룬 복도를 건너, 사촌의 방으로 드린 몇 방 중의 하나로 조용히 들어갔다.

건너 쪽의 방에서는 미쓰히데의 측신들이 들어 있는 기색이 들리지만, 이 방에 있는 것은 미쓰히데 단 혼자였다. 정좌하여 유심히 호수를 응시하고 있었다.

"어떠실까요. 좋으시다면 저쪽 다실에서 우선 한잔 드리고 싶은데요."

미쓰하루가 그 때문에 예까지 맞이하러 왔다고 말을 전하자, 미쓰히데는 마치 꿈에서 깨어난 듯한 표정의 얼굴을 돌리며 중얼거린다.

"차라······."

미쓰하루는 다소 득의양양한 듯이 말했다.

"요즘, 도경의 요지로에게 부탁해 놓았던 한 작품이 겨우 만들어져 나왔습니다. 아시야(蘆屋)와 같은 전아한 지문 등은 없지만, 좋은 갑주를 보는 듯한 거칠은 맛이 나는 솥입니다. 솥의 새것은 나쁘다 하지만, 과연 요지로의 솜씨입니다. 끓인 물맛도 천묘(天妙)의 오랜 솥보다 떨어지지도 않지요. 주군께서 오시면 꼭 이것으로 한 잔 달여 드려야지 하고 벼르던 참인데, 오늘 새벽 갑자기 아즈치로부터 귀국하신다는 소식 듣고, 부랴부랴 화덕에 불을 지피고 기다린 참입니다."

"아니 모처럼 고맙지만 차도 싫군."

"그럼 목욕하신 뒤에라도······."

"목욕도 그만 둠세. 사마(左馬), 그보다도 한잠 재워 주려무나. 딴 욕심은 없다."

평소에 들어 알고 있는 일도 많다. 미쓰히데의 심중을 이해함에 전혀 캄캄한 사마노스케 미쓰하루도 아니었다. 특히 이번의 갑작스런 귀국에 관해서는 그로서도 이해할 수 없는 점이 있었다.

노부나가 공이 아즈치 성에 대빈으로 맞이한 이에야스에 대한 향응을 위하여 그 며칠 동안의 접대역으로 고레토 휴가노카미 미쓰히데가 임명되었다는 것은 세상에 너무나 널리 알려져 있었다.

그럼에도 불구하고 그 향연의 첫날을 앞두고 별안간 미쓰히데가 해직 당한 것은 웬 까닭일까. 당사자인 빈객 이에야스는 아직 아즈치에 있는데, 접대역을 내놓고 급거 본국으로 퇴거해 온 미쓰히데에게는 대체 어떠한 신변의 변고가 일어난 것일까.

사마노스케도 그동안의 소식은 아직 깊이 듣지는 못했지만, 오늘 새벽에 이 성문을 두드린 자가 들어와서 이러저러하다는 사유를 잠 덜 깬 귓속에 들려 준 순간부터 그로서는, '필시 또 무슨 일로 노부나가 공의 감정을 건드렸나 보구나.' 하고 예상하고는 미쓰히데의 얼굴을 여기서 마주보게 되기까지 그로서는 남 몰래 가슴 아파한 것이었다.

아니나 다를까. 오늘 아침, 성문에 맞이했을 때부터 미쓰히데의 신수는 좋아 보이질 않았다. 하지만, 그와 같은 심각한 그늘을 이 분의 미간에서 보는 것은, 사마노스케로서 그리 놀라운 것이 못되었다. 왜냐면, 이 넓은 세상에서도 자기만큼 미쓰히데의 성정(性情)을 잘 알고 있는 이는 없을 거라고 그는 믿어 의심치 않을 만한 과거를 지니고 있기 때문이었다.

16살 때, 처음으로 가관하여 주베 미쓰히네(十兵衛光秀)라고 그가 성인의 이름으로 불리게 된 무렵, 사마노스케 미쓰하르는 아직 9살의 나이에 이름도 야헤이지라고 불리던 시절이었다. 성인이 되는 식전(式典)인 원복(元服)의 자리는 아직 그의 눈에 진기하며 그는 어머니 곁에서 그것을 구경하기에만 바빴던 것이다.

그 가관의 의식도, 주베 미쓰히데라는 이름을 골라 준 것도, 사실은 사마노스케 미쓰하루의 아버지인 미야케 미쓰야스(三宅光安) 바로 이 사람이었다. 미쓰히데의 친 부모는 도키(土岐) 일족의 명가였으나, 일찍이 양친을 잃고, 양친이 살고 있던 아케치 성도 망해버린 뒤였다. 그리하여 숙부가 되는 사마노스케의 아버지 미야케 미쓰야스의 슬하에서 키워진 것이었다.

두 사람은 7살 터울이었다. 어려서부터 한 집에서 한 책상을 나란히 하고 책을 읽고 등불을 같이하며 젓가락질을 했다.

30여 년 뒤인 지금에 이르러서도, 의로 말하면 주와 종이지만, 정애(情愛)에 있어서는 형으로도 따르고 있다. 아마 미쓰히데로서도 사마노스케를 가신이라고 보기보다는 아우로 보는 정이 더욱 짙으리라.

그러니, 남에게는 나타내어 보이지 않는 표정도, 그에게는 응석처럼 내색하기도 한다. 그것은 이 사마노스케 미쓰하루로서는 차라리 기쁜 일이었던 것이다.

"아니, 지당하신 말씀. 아즈치에서 밤새워 말을 타고 오셨으니……서로 오십 고개에 이르게 되니, 젊었을 때처럼 몸을 지탱할 수가 없군요. 그러면, 우선 침방에 드셔서 푹 쉬심이 좋겠습니다. 준비는 다 시켜 놓았으니까요."

강요도 않고, 거역도 않고, 사마노스케는 그의 뜻대로 하도록 촉구했다.

"그러겠다."

미쓰히데는 여러 말 없이 일어서더니, 아직 아침나절의 인기척이 감도는 모기장 속으로 몸을 들이미는 것이었다.

병든 잎

미쓰히데가 잠든 후, 곧 사마노스케가 물러나올 것을 예상하여 그 모습을 기다리고나 있었다는 듯이, 한 방의 삼목나무 문께의 말석에 자리하고 있던 아마노 겐에몬(天野源右衞門), 후지다 덴고, 시호덴 마사다카 세 사람은,

"아, 여보십시오……."

하고 불러 세우며 일제히 두 손을 짚고 엎드려서 말했다.

"황공하오나 잠시 동안만 저희를 만나 주실 수는 없으실까요. 긴히 말씀드릴 일이 있어서."

여느 때 같지 않은 표정으로 말문을 열었다.

그것은 도리어 사마노스케로서 그야말로 기다리고 있었던 일이었다.

"여러분 다같이 다실로 건너오시오. 주군께선 잠드셨으니, 솥의 불이 헛될 것같이 생각되던 참이었소. 어떠실까."

"다실이라면 딴 사람을 물릴 것도 없이 매우 좋사오나……."

"그럼 안내하리다."

"하지만, 저희는 모두 풍류를 모르는 몸들인지라 다도를 어디 알아야지요. 더구나 오늘은 그러한 마음 쓰심을 받을 만큼 심중에 여유도 없사오니……."

"그러시겠지. 여러분의 흉중은 사마노스케로서 어느 정도 통찰하긴 했으니까요. 그렇기에 더 더욱 말씀하시기에는 다실이 좋지 않겠소? 마음에 걸리는 것도 없을 테니까……."

사마노스케가 인도해 갔다.

사람들은 그 뒤를 따랐다. 그리고 좁게 벽을 둘러친 방안 양지쪽에 앉았다.

솥안의 탕은 그새 끓어서인지 소리도 매우 낮아졌다. 사마노스케의 무훈은 많은 전장에서 누구나 봐온 일이지만, 화롯가에 앉은 그는 사뭇 달리 보였다.

"그럼, 차는 드리지 않겠습니다, 한데 겐에님, 마사다카님, 하실 말씀이란 뭣인가요?"

이렇게 재촉을 받자, 세 명은 약간 굳어진 표정이 되어 얼굴을 마주보더니, 그 중에서도 가장 강직해 뵈는 후지다 덴고가 말했다.

"사마노스케님, 분합니다. 말씀을 드리켜고 하니 분한 생각이 앞을 가려서 ……."

왼손을 무릎에서 내리고, 오른손으로는 눈물어린 눈을 가렸다. 그러자 다른 두 사람은 눈을 껌뻑거렸다. 덴고처럼 우는 것은 아니었으나 눈은 역시 붉어졌다.

"무슨 일이 있었던가요?"

사마노스케는 오히려 냉정해졌다. 불을 보리라고 예상했던 것이 물을 만난 것처럼 세 명은 정신이 펄쩍 들었다. 자기네의 눈을 보면서도 그런 얼굴을 한다면, 이 사람에게 공감을 얻거나 기대를 건다는 건 헛된 일이라 느꼈다. 그리고 이제껏 지내온 감정으로 보아 하려던 얘기도 자연 안에서 삭아 버렸다.

"생각지도 않게 갑자기 귀국하시는 걸 보고, 우대신님(노부나가) 신변에 무슨 일이라도 일어났는가 싶어, 이 사마노스케도 걱정이었소. 도대체 무엇 때문에 그러시는지 기탄없이 말해 주시오."

사마노스케는 자꾸 그런 말을 꺼내지만, 이 세 명의 가슴 속을 태우고 있는 것과는 어쨌든 차이가 있는 것이다.

셋은 교대로 호소했다. 우선 후지다 텐고가 입을 열었다.

"저희 주군님인 까닭에 비(非)에는 는을 감그 이(理)에는 사리를 꺾어가면서도 결코 노부나가님을 원망하는 것은 아닙니다…… 그러하오나 이번 파면 건만은 어떤 연고로, 또 무슨 잘못이 있기에 내리셨는지 주군님의 의중을 몰라 괴로워하고 있습니다."

애기가 중도에서 끊기는 걸 보자, 시호덴 마사다카가 얼른 말을 받아 이었다.

"그래서 저희도 일단 주군님의 정치적인 편법이 아닌가고 반성하였습니다만, 그것도 아니라는 것이 드러났고, 또 작전상 대계를 위해서 그러시는 거로 짐작했습니다만, 반드시 그런 것도 아니라는 걸 알았습니다. 그리고 도쿠가와님을 영접하는 대사에는, 그날에 가서 저를 그 접대역으로 돌리셨으니, 무슨 연유로 그러시는지 저로서는 주군님의 의중을 헤아릴 수 없습니다."

아마노 겐에몬도 옆에서 거들었다.

"…… 다만 저희로서 짐작이 가는 바가 없는 것도 아닙니다. 오직 하나의 이유가 있다면, 연래로 저희 주군을 미워하시던 노부나가님의 의중이 노골화해서 그 영향이 미친 것이 아닌가 싶습니다. ……저희들 아케치가의 가신들은 모두 그런 생각을 할 수 밖에 없사옵니다."

여기서 세 명은 입을 다물었다. 사실 말하고 싶은 것은 그 이상으로 산더미 같았다.

예를 들어 고슈를 공격할 때, 스와의 진소에서 주군 미쓰히데에게 마시지 못하는 술을 억지로 마시게 하고, 비록 주흥이라고는 하지만 그 많은 좌중에서 '대머리 마셔봐! 대머리……' 하면서, 놀리던 일이며, 아즈치 성내에서도 그와 같은 일은 종종 있었다. 또, 요즈음엔 미쓰히데라면 눈에 박힌 가시처럼 증오하며 멸시한다는 것을 타가의 무사들 중에서도 소문거리로 삼는 터였다.

그러나 오늘 이전에 일어난 일은 말할 필요도 없다. 미쓰히데와는 거의 일심동체라고 할 수 있는 일족 중의 일족이다. 사마노스케 미쓰하루가 모를 리가 없다는 생각이 들자, 마사다카와 겐에몬은 감히 덧붙여가며 얘기할 수 없었다.

사마노스케 미쓰하루는 지금까지 듣고 난 뒤에 조금도 변한 기색도 없이 마치 경하하는 듯한 어조로 대답했다.

"그럼 귀공의 갑작스런 귀국은 결국 이유 없는 파면 때문이었나요. 아, 그 말씀을 들으니 마음이 놓이는군요. 우대신님의 그런 기색은 타가(他家)에서도 볼 수 있는 것, 어쨌든 안심입니다."

세 명의 얼굴색은 갑자기 변했다. 덴고는 옆에서 입술을 떨며 바싹 다가앉았다.

"우선 안심이라니……무슨 영문을 모르겠습니다. 사마노스케님, 도대체 무슨 뜻으로 그런 말씀을……."

"되풀이할 것도 못됩니다. 우리 주군님과는 달리, 노부나가님께서는 기분이 좋으실 땐 다시 부르실 겁니다."

"그, 그렇다면……."

덴고의 말은 점점 빨리졌다.

"귀공께서는 저희 주군님을 노부나가님의 기분을 맞춰드리는 게이샤와 같다는 것인가요? 아케치 휴노가미라는 당당한 무문을 그렇게 평하셔도 됩니까? 치욕이며 분하다고 생각되지 않을까요? 자멸의 늪으로 내몰리게 됨을 느끼지 않습니까?"

"덴고, 그대의 시퍼런 서슬은 너무 지나친 것 같소. 좀 침착하오."

"그제와 어제, 조금도 눈을 붙여보지 못했소. 귀공처럼 냉정할 수는 없소. 조소, 치욕, 인내 등 모든 것이 분해서 참을 수가 없소. 우리는 기름 솥에서 부글부글 끓고 있는 아케치 가의 가신들입니다."

"……그러니 말이오. 2, 3일 푹 잠을 자고 나서 생각하오."

"처, 처, 천만의 말씀을……."

이 분이 주군의 종형제뻘이 된다는 것을 아는 후지다 덴고는 더욱 분해서 덤벼들었다.

"한 번 흙칠한 무문의 수치는 좀체로 닦을 수 없는 법, 저희 주군과 가중은, 그 아즈치에서 있었던 수치 때문에 몇 번을 참아야 했는지 아십니까? 오늘도 그 많은 중인들 틈에서 그런 일을 당했다고, 눈물을 머금고 말씀하시는 주군 미쓰히데님을 둘러싸고 모든 가신들이 밤을 지새웠습니다…… 게다가 이번에는 단순히 접대역을 거두었을 뿐만 아니라, 곧 명령하시기를……본국으로 돌아가서 출진준비를 하라, 주고쿠에 있는 히데요시를 측면에서 도와 모리의 속국인 산인 제국을 공략하도록 하라…… 고 마치 저희들 아케치의 모든 신하를 산돼지를 쫓는 몰이꾼이나 사냥개 취급을 하시는 것입니다. 이런 기분으로 어떻게 전장으로 갈 수 있다는 것입니까. 이거야말로 그 변덕스런 망아지 주군의 간계라고 하겠습니다."

"조심하시오! 망아지 주군이란 누구를 두고 하는 말이오?"

"저희 주군을 보시면 누가 있건 없건 대머리, 대머리라고 부르시는 저 노부나가 공을 두고 하는 말입니다. 그 망아지 주군 시대부터 좌우에서 보좌하여 오늘의 아즈치를 일으켜 놓은 오다가의 공신 하야시 사토(林佐渡)님과 사쿠마 부자님도, 그런 지위와 봉록을 뺏길 무렵에 사소한 죄목을 씌워서 죽음에 처하거나 추방한 것이 뻔합니다……그 망아지 주군의 하는 일이란 추방으로 정해진 것이니까요."

"닥쳐라! 우대신님가에 대한 불손, 무슨 소리요. 귀공들과는 동석할 수 없으니, 자, 어서 일어나요."

기어코 사마노스케도 노발대발하며 이렇게 야단을 치는데, 누가 왔는지 아니면 병든 잎이 떨어지는지 뜰에서 나지막한 소리가 들려왔다.

에이산 부흥

적의 편을 드는 사람은 절대로 없어야 할 성곽 안에서도 방첩상으로는 낮이나 밤이나 세심한 경계를 태만히 해서는 안 된다. 이것만은 예외란 있을 수 없고 어느 성에서나 마찬가지라고 할 수 있었다. 다실이라고는 하지만 그 근처에는 빈터와 뜰을 경계하는 무사가 언제나 숨어 있었다.

지금 출입문에까지 와서 신발을 벗지 않은 채 있는 보초가 그것이리라. 한 통의 편지를 안에 있는 주인에게 건네고 나서도 한참 동안을 꼼짝 않고 그 곳에 대기하고 있었다.

이윽고 미쓰하루의 소리가 안에서 들렸다.

"회답을 보내 달라고 했기에 쓸 터인 즉 내가 쓰고 있을 동안 심부름을 온 중을 잠시 기다리게 해라."

닫혀 있는 마루 위를 보고 보초는 대답했다.

"알아 모셨습니다."

그는 정중하게 절하고 짚신 소리도 조심스럽게 빈터의 나무 사이로 돌아갔다.

그 뒤는, 미쓰하루도 나머지 세 사람도 한동안 석연치 않은 기분인 채 아무 말도 없이 침묵을 지켰다.

이따금 어디선가 대지를 목탁으로 두드리는 듯 한 가벼운 소리가 들렸다. 이 경쾌한 울림만이 침묵을 깨고 있었다.

매실이 떨어지는 소리였다. 구름 새로 흘러나온 강렬한 햇볕이 창문 틈으로 비쳤다.

"그럼 우리는 실례할까. 무슨 볼 일이 생긴 듯한데……."

동료를 재촉하며 시호 마사다카가 자리를 뜨려 하자 미쓰하루는 방금 세 사람 앞에서 감추는 기색도 없이 펼쳐졌던 서장을 도로 말면서 웃음을 띠면서 말했다.

"아직 이르지 않은가"

"아니올시다. 돌아가겠습니다."

"폐만 끼쳤습니다."

겐에몬(源右衞門)과 덴고(傳五)도 옷매구새를 가다듬고 자리를 일어났다. 그리고 등 뒤의 방문을 닫자, 살얼음이라도 밟는 듯한 차가운 발소리를 남기며 사라졌다.

미쓰하루(光春)도 한참 있다가 그 곳을 나왔다. 그리고 복도를 가면서 시신을 불렀다.

머슴까지 그의 방으로 들어왔다.

미쓰하루는 지필묵을 청해 쓸 얘기를 머릿속에 오래 전부터 준비한 사람처럼 거리낌없이 붓을 놀렸다.

"회답이다. 이것을 요코가와(橫川)의 화상께서 보낸 심부름꾼에게 쥐어 보내라."

시신에게 건네주자 이젠 그 일엔 관심이 없다는 듯이 다른 가신을 돌아보며 물었다.

"미쓰히데님은 그로부터 주욱 잘 주무시느냐?'

"침소엔 아직 아무 소리도 없으십니다.'

이 대답을 듣자 비로소, "그래" 하며 미간을 바로 하고 자기도 마음이 편한 얼굴이 되었다.

열아흐레, 스무 날, 스무하루…… 이렇게 그 뒤의 며칠을 미쓰히데는 하는 일 없이 사카모토 성(坂本城)에서 보냈다.

이미 주고쿠에 출진하라는 명령을 받은 몸이긴 하지만, 다소 여유를 부리고 있었다. 한시바삐 거성인 단바가메야마(丹波龜山)로 돌아가서 동원령을 내리고 만반의 준비를 서둘러야만 할 것이 아닌가.

"도중에 이렇듯 무위한 나날을 보낸다는 사실이 아즈치에 전해진다면 재미없을 텐데."

미쓰하루는 이렇게 직언을 하고 싶었다.

그러나 미쓰히데의 심정을 생각하고 그 말이 나오지 않았다.

후지다 덴고나 시호 마사다카 등이 아프게 찌른 말——이 기분을 그대로 가지고서는 싸움터에 임할 수 없다, 하는 절실한 느낌은 미쓰히데의 가슴 속에도 물론 있음에 틀림없다.

그렇다면 조용히 이곳에 묵는 며칠 동안이 미쓰히데에게는 무엇보다 우선 해야 할 출진의 준비가 되는지 모른다는 생각도 있었다.

그렇다. 그럴 것이다. 미쓰하루는 어디까지나 미쓰히데의 굳은 이성과 평소의 총명을 믿고 있었다.

오늘도, 어떻게 지내나 하여 그가 살그머니 미쓰히데의 방을 기웃거려 보니 미쓰히데는 책상 위에 종이를 펼쳐 놓고 한 권의 그림책을 들여다보며 그림 연습을 하고 있었다.

"호오, 화필을 잡으셨군요."

미쓰하루는 옆에 앉았다. 그리하여 미쓰히데가 마음의 여유를 가졌음을 기쁘게 생각하고 옆으로 바싹 다가앉았다.

"야, 사마노스케(左馬介)냐. 보면 못써. 아직 남에게 보일만한 솜씨가 못 되니까."

미쓰히데는 화필을 놓아 버렸다.

그리고 쉰 고개의 어른이라곤 생각할 수 없는 부끄러움을 나타내면서 보고 그리던 그림책까지 감추어 버렸다.

"하하하, 훼방이 되었군요. 그림책은 누구의 그림입니까. 가노산라쿠(狩野山樂)라도……."

"아닐세. 가이호쿠 유쇼(海北友松)야."

"네에. 유쇼의 그림이군요. 그 사람은 요즘 어떻게 지내는지 전혀 소식을 듣지 못했습니까?"

"저번 고슈 싸움때, 잠깐 숙소를 찾아 왔었는데 이튿날 아침 날도 밝기 전에 표연히 떠나가 버렸어. 이것은 그때 그가 그려놓고 간 그림일세."

"괴짜로군요."

"아니지. 한 마디로 괴짜라고 할 수만은 없어. 초지일관 대나무처럼 마음이 곧은 사람이야. 무예는 버렸지만 그야말로 무사다운 인물이라고 생각하네."

"사이토 다쓰오키(齊藤龍興)의 구신(舊臣)이라는 말을 들었는데, 그 옛 주인에 대해 지금까지 지조를 지키는 것을 칭찬하는 것입니까?"

"아즈치를 일으키는데 있어 우대신으로부터 청을 받고서도 그만은 마다하고 명리(名利)와 권세에도 굴하지 않았지."

그때 미쓰하루의 가신이 무슨 볼일이 있어 뒤에 와서 앉았기 때문에 두 사람의 애기는 여기서 끊겼다.

미쓰하루는 돌아보고 무슨 일이냐고 물었다.

그는 손에 한 통의 서장과 봉서로된 무슨 탄원서 같은 것을 걸쳐들고 당황한 얼굴로 미쓰하루의 얼굴빛을 살피면서 조심스럽게 말했다.

"또 성문 밖에 요코가와 화상의 제자가 와서 이 서장을 한 번 더 성주님께 드려야 하겠다고 고집을 부리는데 아무리 거절을 해도 목숨을 걸고 온 길이라면서 돌아가지 않습니다. 어떻게 할까요?"

"뭐, 또 왔다구?"

혀를 한 번 차고, 버럭 소리를 질렀다.

"아까도 요코가와의 화상에게는 나 미쓰하루 자신의 붓으로 회서를 보내고 탄원의 취지는 도저히 받아들일 수 없는 것인즉 무용한 것으로 알라고 했는데, 그 뒤로 두세 번 집요하게 서면을 들고 성문으로 왔는데…… 알아듣지 못하는 스님이로군. 상대를 말라. 어떻게 하든지 돌려보내라."

"네, 넷!"

가신은 마치 자신이 호통을 듣는 것처럼 서장과 탄원서를 손에 든 채 황망히 물러갔다.

그러자 미쓰히데가 이내 물었다.

"요코가와의 스님이라면 에이산의 료신 아지야리(亮信阿闍梨)가 아닌가?"

"그렇습니다."

"겐키 2년 가을 에이산 소탕 때는 미쓰히데도 선봉의 명을 받고 산상의 근본중당, 산 위의 21사, 그 밖에 영사쿨당 등을 불사르고 반항하는 승병뿐 아니라 고승 남녀노소 구별 없이 참살하여 불 속에 던져 다시 이 산엔 사람은 물론 초목도 싹을 보지 못할 지경으로 소멸살육을 했는데 어느새 그곳에 또 산중들이 돌아와 살길을 도모하는 모양이군."

"그러니 말입니다. 들리는 말에 의하면 산 위는 여전히 황량한 폐허지만 그 뒤 요코가와의 화상 료신(亮信)과 호도인(寶幢院)의 센슌(詮舜), 시칸인(止觀院)의 젠소(全余) 등등의 석학이 여러 곳에 산재해 있던 산도(山

徒)들을 불러 모아 모든 수단을 써서 산문부흥 운동을 일으키는 모양입니다."

"노부나가 공이 계시는 동안은 우선 그 실현은 어려울 텐데……."

"그들도 그것을 알고 당상의 제경들에게 많은 힘을 쏟음으로서 위로는 윤지(綸旨)로서 노부나가에게 명령을 내리게 하려고 맹렬히 운동하는 모양입니다만, 그것도 칙허가 내릴 희망은 없고 요즈음은 그저 여러 나라, 여러 집의 문을 두드리며 산왕칠사(山王七社)의 건립을 서두르는 것으로 들었습니다."

"그럼, 접때부터 재삼 이곳에 사자를 보내고 있는 요코가와의 화상도 무슨 그런 탄원이겠군?"

"아닙니다."

미쓰하루는 갑자기 정색하며 미쓰히데를 조용히 쳐다보았다.

"사실은 여쭐 필요조차 없을 것 같아 사마노스케로 하여금 거절하게 했습니다만, 마침 물으시니 말씀을 드리겠습니다. 요코가와의 화상으로부터의 간곡한 간청은 나리께서 이 성에 계심을 알고 제발 한 번만이라도 만나게 해달라고 저를 통해 청을 넣어오는 것입니다."

"료신 아쟈리 화상이 나를 만나고 싶다고"

"그리고, 또 하나의 탄원서는 산문을 우회하는 일에 존명(尊名)을 빌려달라는 것입니다. 하지만 그 두 가지가 모두 들을 수 없는 일이므로 제가 굳게 거절을 하고 있는 중입니다."

"그만큼 안 된다는데 자기의 목숨까지 걸면서 문전에 엎드리다니, 좀 측은한 생각도 드는군."

"……."

"사마노스케!"

"네."

"산문 부흥을 이루는데 있어서 미쓰히데의 이름이 낀다면 아즈치의 주상에게 불경한 일이 되겠지만 아쟈리 화상을 만나는 것이라면 괜찮을 듯도 한데……."

"아닙니다. 못들은 체 하십시오. 산문을 태우는데 공을 세운 대장이 무슨 일로 오늘에 와서 살아남은 중을 만날 필요가 있겠습니까."

"그땐 적이었지만, 지금은 아주 무력해졌고 아즈치에 대해서도 순종할 것을 맹세하는 말하자면 양민들이 아닌가."

"형식상으로는 분명 그렇습니다. 그러나 전교이래의 보탑불사가 재로 변하고 수만을 헤아리는 사제골육을 살육당한 중들과 그 친척들이 무슨 까닭으로 아직도 생생한 그 원한을 아주 잊을 수 있겠습니까?"

"그러니까 더욱……."

미쓰히데는 긴 한숨을 내쉬고는 말했다.

"그때는 나도 노부나가 공의 명을 받고 어쩔 수 없이 미친 불꽃이 되어 산도의 악승뿐 아니라, 무고한 노소승까지 무수하게 찔러 죽였다. 오늘날 그것을 생각하면 가슴이 찢어지는 듯싶다."

"항상 말씀하시는 대승적 생각과는 다르지 않습니까. 그 산의 일뿐이 아닙니다. 흥하는 자와 망하는 자, 봄이 가면 가을이 오듯 되풀이되는 것이 이 땅 위의 진리입니다. 하나를 죽이고 여럿을 살리는 일, 하나의 산을 송두리째 태워 없애더라도 다섯 산 백 봉우리를 밝게 비춘다면 우리들 무반의 살육은 결코 무고한 목숨이나 문화를 망하게 하는 일은 결코 아닐 줄 압니다."

"과연 그래. 그만한 것을 모르는 바는 아니지만, 오늘날의 에이산에 대해 나는 한 줄기 눈물을 흘리지 않을 수 없는 마음이 되는 것이다. 공직으로 볼 때 나로서는 곤란하지만 인간 미쓰히데 한 사람이 뉘우치는 의미로라면 아무 거리낌이 없을 것이다. 나는 내일 기행으로 가만이 산으로 가고 싶다. 그리고 요코가와의 화상에게 자그만 표시를 하고 돌아오고 싶은데 …… 어떨까?"

한낮의 새소리

그날 밤, 미쓰하루는 잠자리에 들어서도 혼자 생각에 잠겼다.

'왜 그처럼 에이산에 있는 자들에게 마음을 쓰실까?'

생각이 꼬리를 물었고, 또 내일은 미행으로 산에 오르겠다는 그의 엉뚱한 생각에 대해, 밤을 밝히면서 생각을 거듭한 것이었다.

'끝까지 말릴 것인가, 혹은 하시는 대로 내버려 둘 건가?'

'산문부흥 같은 일에는 지금의 신분으로서는 일체 관여하지 않는 것이 좋겠고, 요코가와의 화상을 만난다는 것은 더욱 좋지 않은 일일 텐데……'

그것은 그의 마음속에서는 분명히 하고 있었지만, 왠지 미쓰히데는 미쓰하루 독단으로 화상의 청을 거절한 일과 탄원서를 돌려보낸 것을 과히 좋아하지 않는 것 같을 뿐 아니라, 근본적으로 미쓰하루와는 생각이 다르다는 그런 생각을 하고 있는 것 같았다.

'지금의 에이산을 대상으로 대체 무슨 일을 가슴 속에 품는 것일까?'

바로 그 점에 미쓰하루는 상당한 불안과 회의를 품었다. 더구나 주고쿠진으로 진군할 앞이라 아주 불필요한 일인 것 같았다.

'말리자. 무슨 일이 있더라도 말려야 한다.'

그렇게 마음속에 정하고 그는 잠이 들었다.

정면으로 반대하며 말리면 미쓰히데로부터 다소 격한 꾸중을 들을 수도 있겠지만, 아무리 격분하더라도 단호하기 말리자—— 그렇게 결심하고야 잠이 든 것이었다.

이튿날 아침, 일찌감치 일어났는데도 그가 세수를 하고 있으려니까, 이른 아침의 복도에 사람들의 발소리가 어지럽게 들려왔다.

미쓰하루는 측근을 불러 다급하게 물었다.

"지금 누가 나갔느냐?"

"네, 미쓰히데님입니다."

"뭣이라고?"

"네. 산으로 오를 가벼운 차림으로 건에몬 한 분만 데리고 히요시 아래까지는 말을 달려야지, 하시면서 지금 현관에서 짚신을 신고 계십니다."

"그럼 날이 새기 전에 벌써 준비를 하셨군."

미쓰하루는 어떤 때에도 거른 일이 없는 신전의 아침 예배를 오늘 아침만큼은 할 생각을 못했다.

그는 황망히 방으로 돌아오자 대소 의복을 급히 입고 현관까지 달려 나갔다.

그러나 이미 미쓰히데와 시종은 그 곳을 떠난 뒤였고, 배웅을 나온 몇몇 사람의 얼굴만 대했을 뿐이었다.

성밖의 소나무 밭은 아직 밝지 않는 아침 안개에 싸여 마치 호수 밑바닥을 가는 것 같았다.

사람을 태운 두 필의 말이 그 속을 가벼운 걸음으로 뛴다. 비둘기인지 까마귀인지 소나무숲 속에서 크게 나래를 쳤다.

"날씨는 괜찮겠지?"

"이 정도라면 산 속도 반드시 맑게 거였을 것입니다."

"오랜만에 나오니 기분도 상쾌하군."

"심기가 좋아지신 것만으로도 오늘의 산 걸음은 무의미하진 않습니다."

"무엇보다 요코가와의 화상을 만나고 싶다. 미쓰히데의 할일은 그것뿐이야."

"네, 직접 찾아 가시면 그쪽이 매우 어려워할 것입니다."

"사카모토 성에 이르면 눈이 많아서 안 되겠지. 산속 사람이 없는 곳에서

극히 비밀리에 만나려는 거야. 겐에몬, 자네가 일을 잘 봐 줘야 하겠어.”

“사람의 눈은 산기슭에도 있습니다. 주군께서 산으로 들어갔다는 소문이 나면 재미없을 것입니다. 그러니 히오시 근처에서부터는 아주 두건을 깊이 눌러 쓰셔야 할 것 같습니다.”

“이렇게 하면 되겠느냐?”

미쓰히데는 얼굴을 가린 두건을 더욱 깊게 고쳐 쓰고는 눈만 내논 모양으로 돌아보았다.

“옷은 미천한 옷, 안장도 싸구려, 이 정도면 누가 보아도 미쓰히데님이라고는 생각하지 못할 것입니다.”

“겐에몬, 너도 조심해야지. 너무 나에게 친절히 대하면 그것만으로도 의심을 받게 돼.”

“네. 거기까진 미처 생각을 못했습니다. 이제부터는 허물없는 사이처럼 대하겠습니다. 무례를 용서하시기를.”

2, 3년 전부터 집이 들어앉기 시작하여 이제 겨우 옛날의 면목을 찾기 시작한 가도를 달려 엔라쿠사에 이르는 오르막길에 접어들었을 무렵에야 등 뒤의 호수에 아침 햇살이 퍼지기 시작했다.

“가는 길에 소용이 없게 된 말은 어떻게 할까요?”

“히요시 신사 근처에는 농가도 있을 것이다. 그렇지 않으면 히요시에 있는 대장장이한테다 맡기면 될 것이다.”

“앗, 누가 뒤에서 부르는 소리가 납니다.”

“따라오는 자가 있다면 그것은 틀림없이 사마노스케 미쓰하루일 것이다. 미쓰하루는 어젯밤 나의 이 일을 말리고 싶어 한 얼굴이었다.”

“온순 성실한 성품은 무인으로서는 좀체 찾기 힘든 분이라고 생각합니다. 지나치게 부드러운 인품입니다.”

“오오, 보라. 역시 사마노스케가 아닌가. 산기슭 쪽에서 혼자서 말을 달려 오고 있다.”

“저 모양으로 보건대 억지로라도 주군을 돌려 세우려고 할 것 같은데요. 여기까지 쫓아온 것을 보면…….”

“그가 뭐라 하건 아예 돌아갈 생각은 없다. 아니, 그도 아마 이제 와서는 말리려 하지 않을 것이다. 말릴 양이면 성문에서 벌써 나를 막았을 것이다. 저것 봐라, 사마노스케도 산으로 오를 몸차림을 했다. 나와 함께 오늘

하루를 산에 있을 작정을 하고 뒤따라 왔나 보다."

미쓰하루의 마음을 미쓰히데보다 더 잘 알 위인이 없고, 또 미쓰히데의 속을 읽기를 미쓰하루를 따를 자가 없었다.

과연 미쓰하루는 여기에 닿기 전에 으지로 미쓰히데를 권하기보다는 함께 하루를 산에서 보냄으로써 그로 하여금 대가 없이 지내게 함이 옳다고 생각을 다시 한 것이다.

따라서 가까이 달려온 그는 극히 밝은 표정으로 말했다.

"참으로 부지런하십니다. 정말 일찍 기동하셨습니다. 오늘 아침만은 사마노스케도 불의의 기습을 받은 격으로 당황했습니다. 이렇게 일찍 떠나오시리라고는 꿈에도 생각하지 못했습니다."

"아닐세, 사마노스케, 아침에 함께 을 줄 알았다면 간밤에 약속을 할 것을. 자네가 오리라곤 생각지 못했네."

"저의 잘못이었습니다. 설령 미행이라고는 하지만 종자를 10여기(騎) 쯤은 준비하고 차와 점심도 준비시키는 것인데 천천히 떠나실 것으로만 생각했습니다."

"하하하. 여느 때 같은 산길이라면 도르지만 오늘은 어디까지나 왕년의 업화에 사라져 간 영혼을 위로하고 싶은 마음으로 가는 것이니까."

이렇게 말하는 주인 미쓰히데의 옆얼굴을 겐에몬은 뜨거운 시선으로 바라보고 있었다. 사마노스케는 그 말을 조금도 의심하지 않는 모양으로 말을 재촉했다.

"어젯밤은 마음에 안 드실 말씀을 을린 것 같습니다만, 저는 나면서부터 소심한 편이어서 이런 때 그저 아즈치에게 말이 잘못 들어갈 것을 걱정했을 뿐입니다. 이렇듯 가벼운 차림으로 문득 보살님의 마음이 씌어 산으로 드셨다하면 설령 노부나가 공이 이 말을 들었을지라도 지나친 꾸중은 없을 것입니다. 사실은 미쓰하루도 가가운 사카모토 성에 있으면서 아직 한 번도 그 산에 가본 일이 없으므로 오늘은 모시고 가면서 구경도 좀 할까 생각합니다. 겐에몬님, 어서 앞장서십시오."

그리고 미쓰하루는 미쓰히데와 말머리를 나란히 하면서 그의 마음이 언짢지 않도록 보이는 풀과 꽃을 설명하고 나무를 칭찬하고 또 여러 가지 새소리를 듣고 그 습성을 말하는 등 마치 우울한 환자의 기분을 어루만지는 여인네 같은 자질구레한 마음까지 쓰는 것이었다.

"그래…… 흠……, 과연 그렇겠군."

미쓰히데도 그 진정을 모르는 바 아니었고, 사마노스케가 하는 말은 모두가 자연에 대해서 뿐이었다. 그는 인사에 대해서는 한 마디도 하지 않았다. 미쓰히데의 마음 속까지에는 아무래도 번져오지 못하는 화제였다. 미쓰히데도 반드시 자연의 아름다움을 모를 리가 없다. 그러나 그의 마음은 자나깨나 화필을 잡았을 때나 놓았을 때나, 항상 사람과 사람의 갈등 속에 있었다. 상주하는 인간 사회야말로 그의 관심사였다.

약(藥)사냥

한 편 혼노사의 해자에서 병사들이 화살과 돌을 나르고, 반역의 맹렬한 불꽃이 하룻밤 하늘을 태운 뒤에는, 세상 사람들은 새삼스럽게 일이 일어나기 전의 미쓰히데의 마음속을, 그 변심의 순간과 동기를 갖가지 억측으로 수놓는 것이었다.

어떤 자는, '그의 역심은 벌써 오랫동안 길러온 것이다' 라 했고, 어떤 자는 '아니 아즈치를 물러나서 가메야마 성에 돌아간 뒤였다.'

하면서 예증을 인용하였고, 또 더욱 생각이 깊은 사람들은 '가메야마로 돌아간 그날 밤, 아타고 신사에 참배하고 신점을 뽑아 보았을 때 무럭무럭 일어난 마음이었다. 그 성스러운 그날 밤부터 그의 태도가 달라졌다고 했다.

그날 밤, 여나사 쇼하 등을 불러서 연회를 연 자리에서,

'때는 바야흐로 하늘이 하계를 굽어보는 5월인가' 하고 대담하게 마음속의 것을 뽑아내었고, 또 그날 밤 한 방에서 잔 쇼하가 몇 번이나 깨웠을 정도로 가위눌렸다는 것을 보아도 그의 역심은 이날부터 품은 것이라고 할 수 있다고 설파하기도 했다.

이 모든 설이 그 해석을 귀담아 들으면 그럴듯한 것들이다. 그러면 그 중의 어느 하나가 미쓰히데의 본심과 그 변화를 밝혔는가 하면, 이 또한 한 마디로 어느 것이라고 말할 수 없는 실정이다.

신기한 것은 사람 마음의 움직임보다 더한 것은 없다는 것인 듯하다.

그 총명과 대쪽같은 분별을 가졌으면서도 감히 만년을 변절, 역적의 오명을 자초한 그 원인은 무엇이었을까? 그러한 수수께끼와 함께, 그의 변심의 시작이 어느 날 어느 때였던가는 아마도 그의 마음을 사로잡은 악마 외엔 그것을 아는 자가 없을 것이다.

그러나 오늘날의 사가(史家)들이 사증(史證)만을 믿고 추정한 이상 몇 개의 시기를 놓고 이때에 그가 역심을 품었다느니 하는 것은 너무나 경솔하다는 평을 면할 수 없다.

왜냐하면 미쓰히데의 심경에 있어 가장 중요하게 생각해야 할 아즈치를 퇴거한 5월 17일 밤부터 사카모토 체류등의 5월 26일까지 열흘 동안은 종래 많은 역사가들이 외면한 시기였기 때문이다.

미쓰히데의 반역이 전혀 폭거에 지나지 않았고 오랫동안 계획한 끝에 이루어진 것이 아님은, 지난밤의 사정과 작전의 답승에 따라 명확하게 단언해도 좋을 것이다.

그렇다면 그의 가슴 속에 악마가 붙은 것은 타로 아즈치를 퇴거한 뒤였다. 그 때의 충동이야말로 그의 일생의 수업도 이성도 다 쓸데없는 것으로 만들어 버렸음에 틀림없다. 귀국하는 길에 사카모토 성에 체류한 10일 동안의 공간은 이리하여 미쓰히데의 심리에 있어서는 아침저녁으로 일각일각 악마가 되어서 사람을 괴롭히고 때론 보살도 되며 정사(正邪) 두개의 기로에 서서 이리 갈까 저리 갈까 밤을 낮처럼 오뇌했을 것에 틀림없다.

지금 그는 아침부터 에이산에 오르고 있다. 물론 그 사이에도 그의 마음은 한시도 하나만 생각한 것은 아니었다. 가면 갈수록 미궁 속을 헤매고 있었다.

지난 날, 이 산이 번성하던 때에 비하면 이 무슨 정적이랴. 곤겐 강(權現川)를 따라 도토사카(東塔坂)의 언덕을 오르는 사이에도 거의 사람은 만나지 못했다.

변하지 않은 것은 지저귀는 새소리뿐이었다. 예부터 백조의 선경이라고 할 정도였다. 자비심의 소리로도 들린다. 귀를 기울이면 온갖 새소리가 다 들렸다.

"중은 하나도 보이지 않는군."

몬쥬당(文珠堂) 빈 터에 섰을 때 미쓰히데는 무연(憮然)하게 입을 열었다. 새삼스럽게 노부나가의 위용과 그 무력에 의한 토벌이 철저했음에 놀라는 얼굴이었다.

"사마노스케."

"피곤하실 텐데요."

"뭘…… 어쩐 일인가. 이 산 위에도 사람의 그림자가 보이지 않으니. 중당(中堂) 쪽으로 가보자."

왠지 적잖이 실망한 모양이었다. 그로서는 아무리 노부나가의 표면적 제압이 심해도 산도의 잠재세력은 더욱 눈에 띄는 부흥을 산 위에 이룩했을 것으로 생각한 모양이었다.

그러나 이윽고 중당의 옛터 또 대강당이나 산왕원과 정토원 자리를 둘러보았지만 그곳엔 옛자취를 말하는 검게 탄 초토가 그대로 있을 뿐이었다. 다만 저편에 산막 비슷한 몇 채가 서 있었고 향냄새도 났기에 겐에몬더러 안을 둘러보게 했더니 4, 5명의 산승만이 죽냄비에 둘러앉았을 뿐이었다.

"물으셔도 요코가와의 료신아쟈리님은 이곳엔 안 계십니다."

그들은 묻기도 전에 합창하듯 말하는 것이다.

"요코가와의 화상이 없으면 누군가 이 절의 석학이나 장로 되시는 분들은 없는가?"

다시 미쓰히데는 그렇게 물어보도록 했지만, 겐에몬이 가지고 온 대답은 이랬다.

"그런 분은 한 사람도 산엔 안 계신 것 같습니다. 산에 들어가는 데도 일일이 관가에서 아즈치의 허가를 받아 주어야 하며, 산에 살 것이 허락되는 것은 안정된 평승(平僧)뿐이라 합니다. 그것이 법이랍니다."

그것을 미쓰히데는 들어 넘기듯 말했다.

"법은 법이겠지만, 종내의 열의란 물을 끼었으면 곧 꺼지는 따위는 결코 아니야. 생각건대 우리들이 아즈치의 무사라 생각하고 감추는 게 분명해. 요코가와의 대사를 비롯하여 살아남은 장군들은 지금도 산속 어딘가에 살면서 사람들의 눈을 피하고 있음에 틀림없다. 결코 그런 걱정을 할 필요는 없다고 이르고 한 번 더 물어오라."

"네."

겐에몬이 다시 가려고 하자 사마노스케가 그것을 말리면서 말했다.

"내가 갔다 오리다. 겐에몬의 엄한 말투로는 산승들이 말을 잘 안 하려고 들거요. 미쓰하루가 가서 사정을 물어오는 것이 좋겠습니다."

미쓰하루는 미쓰히데가 고개를 끄덕이는 것을 보자 오두막 쪽으로 걸어갔다.

그런데 그 미쓰하루가 돌아오기를 기다리는 사이에 미쓰히데는 의외의 인물을 거기서 만나게 되었다.

찻빛 두건을 쓰고 같은 빛깔의 승복을 입고 헌 발싸개에 짚신을 신고 있다.

나이는 70을 넘었지만, 입술은 소년처럼 빨갛고 눈썹은 흰 구름 같고 그러면서도 황새에게 승복을 입힌 것 같은 노인이었다.

두 머슴과 한 동자를 데리고, 넷이서 지금 시메이다케(四明獄) 골짜기 길을 올라왔는데, 문득 미쓰히데의 모습을 보더니 들었다.

"오오, 이거 미쓰히데님 아니십니까?"

한 눈으로 알아 본 모양으로 종자들을 뒤에 두고 거리낌없이 가까이 다가와서 말을 건넸다.

"오랜만에 만나게 되었습니다그려. 이것 참 이런 곳에서 뜻밖의 인물을 만났구려. 아즈치에서는 한시의 짬도 없이 바쁘게 공무를 보고 계시더니 오늘은 어찌 사람이 없는 이 산속에 나오셨는지?"

노령에도 불구하고 참으로 밝고 우렁찬 목소리였다. 그리고 새하얀 눈썹도 그 입술에도 늘 미소를 띠고 있었다.

그에 비하면 미쓰히데는 당황한 표정이었다. 이 명랑한 노인의 눈썹을 눈부신 듯 쳐다보면서 그 대답도 평상시의 그와는 달리 문란해 보였다.

"아, 누구신가 했더니…… 마나세(曲直瀨)님이군요, 미쓰히데도 밤낮 바쁘기만 하란 법은 없죠. 며칠 동안 사카모토 성에 머물면서 산이나 좀 오를까해서, 기분도 우울했고 말이오."

"오랜만에 큰 산에 올라 자연에 접하여 기분을 씻는 것이 무엇보다 마음의 보양을 위해서 좋습니다. 몸에도 약이 되고요. 보매 여느 때보다 심신이 퍽 피로하신 듯한데 병이라도 나서 휴양을 위해 귀국하는 길입니까?"

바늘같이 가는 눈을 더욱 가늘게 뜨고 묻는다. 왠지 이 눈앞에서는 거짓말을 할 수 없는 무엇을 느낀다. 마나세 드산, 이름은 마사모리(正盛)——당대엔 무시할 수 없는 제일의 명의였다.

아시카가 요시테루가 아직 장군으로 건재했을 무렵부터 이미 의원으로 도산(道三)의 이름은 고을마다 울렸고 그 총애도 두터웠다.

얼마 동안 만나지 못했었지만, 미쓰히데는 이마나세와 아즈치의 성내에서 몇 차례 동석을 한 일이 있었다. 그중 두어 차례는 차석이었다. 차의 상대로도 곧잘 그를 초대했지만, 병이 났다고만 하면 이내 "도상을 불러라"할 정도로 좌우에 있는 전의들보다 그에게 보내는 신뢰가 훨씬 더 두터웠던 것이다.

그러나 도산은 본디 권력자에게 붙어사는 걸 즐기지 않는 성미였고, 그는 교토에서 살았기 때문에 번번히 아즈치까지 나온다는 것은 아무리 건강한 체질이라도 어려운 일 같았다.

미쓰하루는 오두막까지 가지 않고 돌아왔다. 급히 겐에몬이 부르러 왔기 때문이다.

겐에몬은 작은 소리로 말했다.

"아주 곤란한 사람을 만나셨습니다."

그는 걸으면서 속삭였지만 미쓰하루는 이윽고 나마세 도산을 보고 가까이 다가가자 마치 요행이라는 듯이 말했다.

"이것 참 반갑습니다. 항상 장년처럼 건강하십니다그려. 오늘은 교토로부터 오르셨군요. 무슨 산놀이라도 하실려구?"

평소의 다정한 사이임을 보이며 미쓰히데와의 대화 속에 끼어들었다.

얘기를 좋아하는 도산은 이 산속에서 뜻밖의 지기를 만난 것이 기뻐 유쾌하게 말했다.

"봄부터 여름에 걸친 4, 5월과 가을이 가는 9, 10월 중에는 해마다 이렇게 산에 오르는 것을 잊은 일이 없소이다. 이 봉곡 골짜기에는 귀중한 약초가 참으로 많이 있답니다."

그는 말하면서 멀리 서있는 종자를 손짓으로 불러, 메고 있는 당우리에서 채집한 약초를 꺼내 보이면서 하나하나 그 효력과 약초의 유래를 설명하는 것이었다.

"노부나가 공은 무슨 일이나 새로운 것을 좋아 하시고 특히 해외문물에는 민감한 분이기 때문에 아즈치의 남반학교(南蠻學校)에 있는 홍모인 의사에 명하여 이부키산 기슭에 약초원을 만드시고 서양약초 7, 80종을 심으셨는데, 꼭 그렇게 하지 않으셔도 에이산에만 하더라도 우리의 눈에 띄는 것이 모두 신비한 약초입니다."

얘기가 그칠 줄 모르는 도산이었지만, 다만 시종일관 침묵만 지킬 뿐 아니라 얘기 도중에도 어딘가 먼 허공만 쳐다보는 미쓰히데의 안색에는 그도 마음이 걸리는 모양으로 때때로 의사다운 눈길을 주는 것이었다.

거기서 화제는 다시 미쓰히데의 건강에 미쳤다.

"미쓰하루님의 얘기를 듣자니, 미쓰히데님은 근간 주고쿠에 출진하시는 모양인데 몸을 건강하게 하시기를 빕니다. 사람이 50을 넘으면 아무리 튼튼하더라도 자연의 생리는 거부하지 못하는 것으로 여러 가지 변화가 몸에 오게 마련이니까요."

그렇게 말 이상의 걱정을 표정에 띠며 당부하는 것이었다.

"그럴까요."

미쓰히데는 억지로 웃음을 띠면서 도산의 주의를 남의 일처럼 흘러버렸다.

"전번, 몸살이 좀 있었지만 날 때부터 건강한 편으로 별로 병이라는 것을 모르고 지냅니다."

"아니죠. 반드시 그렇게 말할 수 없습니다."

도산은 자기 의학의 체험과 권위를 가지고 그것을 부정했다.

"병을 병이라고 자각하는 병자는 늘 주의를 기울이고 있으니까 괜찮지만, 당신처럼 무병을 지나치게 믿고 있으면 더 큰 화를 입을 수가 있습니다. 조심하셔야죠."

"그럼, 나 미쓰히데의 지병은 무엇일까요?"

"안색을 보고, 목소리만 들어도 좋은 건강 상태가 아님을 곧 알 수 있습니다. 어디가 나쁜지를 안다면 좋겠지만, 아마 오장이 모두가 피로하신 것 같습니다."

"피로하다면 나도 알 수 있어요. 몇 해 동안을 어전에서 근무했고, 싸움터를 전전하면서 무리에 무리를 거듭했으니까요. 그러나 잠 못 이루는 밤도 있지만 어젯밤은 잘 잤습니다. 아무튼 뜻밖에 간나 반갑습니다. 출진 후에도 약을 쓰게 해주십시오."

미쓰히데는 이것을 계기로 사마노스케와 겐에몬을 돌아보고 가자고 길을 재촉했다.

"오래지 않아 사람을 보낼 터인즉 갖고 있는 좋은 약이나 보내 주십시오. 길에서 실례가 많았소."

미쓰히데는 달아나듯 앞을 재촉했다.

지은이
요시카와 에이지(吉川英治)

그린이
곤도 고이치로(近藤浩一路)

옮긴이
박재희 창춘사도대학일문학전공 김문운 니혼대학일문학전공
김영수 와세다대학일문학전공 문호 게이오대학일문학전공
유정 조지대학일문학전공 추영현 서울대학교사회학전공
허문순 경남대학불교학전공 김인영 숙명여대미술학전공

대망 15 다이코 3

지은이 요시카와 에이지/책임편집 박재희 추영현 김인영

1판 1쇄/1979. 12. 1
2판 1쇄/2005. 8. 8
2판 12쇄/2022. 3. 1
발행인 고윤주/발행처 동서문화사
창업 1956. 12. 12. 등록 16-3799
서울 중구 마른내로 144(쌍림동)
☎ 546-0331~3 (FAX) 545-0331
www.dongsuhbook.com

*

*

사업자등록번호 211-87-75330
ISBN 978-89-497-0354-1 04830
ISBN 978-89-497-0351-0 (2세트)